임화문학예술전집

2

지은이 임화는 1908년 서울 낙산(駱山)에서 태어났으며, 본명은 인식(仁植)이다. 이후 필명으로 성아(星兒), 임화(林華), 임(林)다다, 쌍수대인(雙樹臺人) 등을 사용하였다. 시인, 문학평론가, 문학사가, 영화배우 등으로 활동했던 임화는 한국 근대문학 100년사의 질곡을 온몸으로 겪으며 살았던 문인 중 한 명이다. 특히 그는 카프의 서기장을 역임하고, 해방 이후 조선문학가동맹을 실질적으로 주도하는 등 프로문예운동사에서 독보적인 이론가·실천가였다. 김남천과 함께 월북하여 남로당 계열의 입장에서 활동하였고, 한국전쟁 중에는 종군체험을 담은 시 「서울」「너 어디에 있느냐」 등을 발표하였다. 이후 북에서 숙청·총살당하는 비운으로 삶을 마감했다.

임화문학예술전집 편찬위원

김재용 원광대 교수
임규찬 성공회대 교수
신두원 문학평론가
하정일 원광대 교수
류보선 군산대 교수

임화문학예술전집 2—문학사

초판인쇄 2009년 5월 23일 **초판발행** 2009년 5월 29일
지은이 임화 **엮은이** 임화문학예술전집 편찬위원회 **펴낸이** 박성모 **펴낸곳** 소명출판 **출판등록** 제13-522호
주소 서울시 서초구 서초동 1621-18 란빌딩 1층
전화 02-585-7840 **팩스** 02-585-7848 **전자우편** somyong@korea.com

값 31,000원

ⓒ 2009, 임화문학예술전집 편찬위원회

ISBN 978-89-5626-393-9 93810
ISBN 978-89-5626-391-5 (세트)

임화문학예술전집

문학사

책 임 편 집
임규찬

소명출판

1. 발표 당시의 표기 방식을 따르지 않고 오늘날의 표기 방식으로 수정하되, 원 텍스트의 모습에 훼손이 가해지지 않는 선에서 수정하였다.
   ㉠ 띄인 → 띤, 끄으렀다 → 끌었다, 도웁지 → 돕지, 난호이는 → 나뉘는, 卄年 → 20년, 卅年 → 30년
   - '푸로'와 '뿌르'는 각각 '프롤레타리아' '부르주아'의 준말로서 '프로', '부르'로 표기한다.
   - 及, 그實, 그他 등과 같은 표현은 한자는 병기하되 수정하지 않고 살린다.
2. 한자 표기는 한글화하되, 한글만으로 의미가 모호해질 경우 한자를 병기한다.
   - 특수 사례 : 『林巨正』의 경우는, 『임꺽정林巨正』
3. 외국어 표기는 전부 현대식으로 전환한다. 외국어 고유명사의 경우 초출 시 외국어를 병기한다. 일본어 고유명사 역시 원문에 주로 한자로 표기되어 있으나 모두 일본어 발음대로 한글로 표기하며, 역시 초출 시 한자를 병기한다.
   ㉠ 골키 → 고리키M. Gorki, 甘粕石介 → 아마카스 세키스케甘粕石介
   - 단, 東京, 大坂, 明治, 大正, 昭和의 경우는 동경東京, 대판大坂, 명치明治, 대정大正, 소화昭和와 같이 한글 식으로 읽는다. 초출 시 한자 병기하고, 이후는 그냥 한글만으로 쓴다.
4. 외국어 표기에서 따옴표는 없앤다. ㉠「코스모폴리탄」 → 코스모폴리탄
5. 숫자의 한자 표기 중 아라비아 숫자로 교체하여 자연스러운 것은 교체하였다.
   ㉠ 三人 → 3인, 二三의 → 2, 3의
6. 원문의 복자는 복원할 수 있을 경우 복원하며, 복원하기 어려운 경우는 복자의 모양(×, ○ 등)은 그대로 둔다. 복자를 복원할 경우에는 복자 다음에 [ ]를 두어 복원한다. 아울러 한두 글자의 탈자를 복원할 경우에도 [ ]를 사용한다.
   ㉠ ××적 계급 → ××[혁명]적 계급
7. 판독불능인 글자는 □로 처리한다.
8. 복자의 복원 이외에 원문을 수정할 경우에는 모두 각주에서 수정이 어떻게 이루어졌는지 밝혀준다. 단 조사의 경우 명백한 오류인 경우는 주석 없이 수정한다.
9. 모든 주석은 각주로 처리하며, 임화 자신의 주는 주석 말미에 (원주)라고 밝힌다.
10. 인용문은 5행 미만일 때는 본문 내에서 따옴표 처리하고, 5행 이상일 때는 가능한 본문으로부터 한 행씩 띄어 인용문임을 쉽게 구별할 수 있도록 한다.
11. 방점에 의한 강조는 의미에 따라 고딕체에 의한 강조로 교체하기도 하였다.
12. 이해를 돕기 위해 인용부호를 첨가할 수 있다.
    ㉠ 思想을 가지고 作品가운데 드러가지 못한다 할지라도 常識으론 이러한것임에 不拘하고 眞狀은 어떠한것이냐 하는 常識에 對한 懷疑에서 시작하는게 언제나 文學의 出發點이고 思考의 始初다. → 사상을 가지고 작품 가운데 들어가지 못한다 할지라도 '상식으론 이러한 것임에 불구하고 진상(眞狀)은 어떠한 것이냐' 하는 상식에 대한 회의에서 시작하는 게 언제나 문학의 출발점이고 사고의 시초다.

　시간이야말로 인간을 지배하는 자라고 셰익스피어는 말한 바 있다. 무엇보다 역사 속의 인물들을 생각할 때 그런 시간의 진정한 무게는 더욱 막중해지는 듯하다. 한때 한 시절을 풍미한 인물이 언제인지도 모르게 자취를 감추고, 전혀 이름없던 어떤 인물이 순식간에 역사의 전면에 내세워지기도 하는 것을 우리는 곧잘 목도한다. 실제로 임화란 한 문제적 인물을 떠올릴 때도 시간의 결이 펼쳐내는 시대의 풍속화는 참으로 달랐다. 1980년대 말엽에 보여준 임화의 화려한 부활과 지금의 적막은 너무도 대비된다. 물론 역사는 아무렇게나 되풀이되는 게 아니라는 사실을 유념할 때 이 적막의 역사적 간지奸智 또한 예사롭지 않을 것이다. 그러나 새로운 21세기적 전환을 위해서라도 식민지와 분단으로 점철된 우리는 상처투성이 20세기를 먼저 생각하지 않을 수 없다. 20세기의 '청승'과 '궁상'이 싫어 하루라도 빨리 벗어나고 싶은 오늘이기도 하지만 조상들이 익지 않은 포도를 먹었기 때문에 자손들의 이빨이 아프다는 말처럼 전前 세대의 빛과 그늘을 우리는 지워버릴 수는 없다.

오히려 오늘의 우리는 난장이이지만 '과거'라는 거인의 어깨 위에 올라타고 있어서 그만큼 위대해진다고 하는 만큼, 지금 우리가 소유하고 있는 과거는 어느 만큼 풍부하며, 그리하여 우리 자신의 현재는 과연 풍요로운 것인지 자문할 일이로다. 새삼 그렇게 역사의 발치를 들여다보면 다른 어느 시대보다도 새로운 것에의 질주와 과거로부터의 탈주가 왕성한 지금이야말로 참된 과거와 대면하는 일이 절실하며, 무엇보다 잠들 수 없는 과거의 거인들과 만나는 일이 중요함을 깨닫게 된다.

우리는 그렇게 역사의 무덤에 그냥 잠들게 할 수 없는 지상의 별 하나로 임화를 선택했다. 무엇보다 당대의 시간 속에서 가장 설득력 있고 영향력이 가장 큰 목소리를 냈을 뿐만 아니라, 이후의 역사에서도 항상 살아있는 문학사적 인물로 우리와 미래를 놓고 이야기를 나눌 수 있는 가장 대표적인 문학인이라는 판단 때문이다. 불과 20세의 젊은 나이에 카프KAPF의 지도적 인물로 부상한 그의 활동은 일제하 프로문학운동과 해방직후 민족문학운동의 전개과정과 그 성과, 모든 면에서 결코 뗄 수 없는 깊은 연관을 가지고 있다. 또한 시인으로서, 비평가로서, 조직운동가로서, 그리고 한때는 영화배우가 되기도 했던 그의 다방면에 걸친 정력적인 활동은 참으로 눈부시다. 가히 그 자체가 하나의 문학사라 할 만하다.

실제로 많은 연구자들이 임화를 '넘어서야 할 벽'으로 생각하고 그에 대한 암묵적 겨냥 속에서 자신의 논리를 펴고 있을 만큼 임화는 근대문학사에서 가장 문제적인 인물이기도 하다. 임화는 짧지만 강렬한 삶을 살았다. 그는 자기 조국의 문학과 사회의 진보를 향해 비장할 정도로 헌신을 투여했다. 임화의 글에는 언제 어느 때나 열기가, 심장의 피로써 키운 언어의 박동이 느껴진다. 그래서 항상 역사의 바람소리가 있고, 방향을 다투는 화살의 속도가 있다. 임화는 식민지 조국에서 언어의 임시정부를 지켜낸 선각자 중의 한사람이다. 문학의 자유뿐만 아니라 문학의 방법까지 고민한 실천적 문학인이었다. 그는 비평의 정신에 현실의 육체를, 문학의 육체에 혁명의 입을 부여했다. 현실과 민중이야말로 가장 견실한 문학의 친구이며 그런 관계적 삶의 연대감이 문학의 원천임을 입증해주었다. 물론 이 모든 것을 그 혼자 다 했다는 것은 아니다. 오히려 그는 성공과 실패로서 이것이 한 사람의 힘으로 충분하지 않다는 것을 보여준 좌절의 인물이기도 하였다.

그런 임화의 목소리를 이제야 비로소 견고한 하나의 성채로 모아냈다. 이 작업을 하면서 우리 편자들은 예술의 역사란 걸작의 역사이며, 결코 실패작과 범작凡作의 역사가 아니라는 에즈라 파운드의 말을 절실히 깨달았다. 벌써 그 성채로부터 때로 고독한 독창이, 때로 폭풍과도 같은 합창이 여기저기서 울려퍼져 나올 듯하다. 그래서일까, 좋은 책이란 것도 마음대로 출간되는 것이 아니라 사람처럼 감당할 만한 고통과 인고의 세월을 통과해서야만 가치있는 '역사의 장부丈夫'로 태어날 수 있음을 깨달았다. 예정보다 훨씬 늦게 책이 나오게 되었지만 그만큼 전집의 완성을 위해 편자들이 최선을 다한 결과라는 사실을 변명삼아 덧붙여둔다.

본 전집은 무엇보다 지금까지 알려지지 않은 많은 자료들을 수합하여 '전집'이란 말에 진정으로 부합할 만큼의 성과를 담아냈다. 또한 전공자뿐만 아니라 누구나 읽을 수 있게끔 현대어로 고치고, 거기에 주해작업을 철저히 하여 현재화된 정전으로 바람직한 모델이 될 수 있게끔 편집에도 혼신의 노력을 기울였다. 하여 지금까지 말없이 기다려준 소명출판 식구들이나 말 그대로 거인 '임화'의 출현을 손꼽아 기다린 독자 모두에게 다시금 감사드리며, 무엇보다 임화 탄생 100주년을 기념해 전집 출간의 기쁨을 모두와 함께 하고자 하는 바이다.

2009년 3월
편자 일동

개설 신문학사[1]

소서(小序) – 본 논문의 한계

여기에서 나는 우리 신문학의 기술적 통사記述的通史를 기도企圖하고 있지는 않다. 불과 30년의 단기간이라 하지마는 그 사이에는 세기世紀의 변천이 하나 들어있고 서구문학사의 기幾백 년간에 필적할 내용이 또한 그 속엔 포함되어 있다.

단테, 보카치오에서 기산起算한다면 7세기 6백 년이요, 17세기 고전주의 시대로부터 기산한다면 3세기 2백여 년, 실로 우리 신문학의 30

---

1 여기서 말하는 「개설 신문학사」는 「개설 신문학사」(『조선일보』, 1939.9.2~10.31. 총 43회 연재), 「신문학사」(『조선일보』, 1939.12.8~12.27. 총 11회 연재), 「속 신문학사」(『조선일보』 1940.2.2~5.10. 총 49회 연재), 「개설 조선신문학사」(『인문평론』, 1940.11~1941.4. 총 4회 연재) 등 임화가 1년 8개월 여에 걸쳐 집필한 일련의 연속된 글을 총괄적으로 지칭하여 하나의 글로 묶은 것이다.

년에 비한다면 장구하고 거창巨蒼한 시간이다. 이것을 만일 근대 서구 문학의 자연自然한 형성이 요要한 시일이라 할 것 같으면 그것을 이식 移植하고 모방하는 데도 백 년을 불하不下하리라는 것은 근대 일본문학 사를 보아 명백하다.

명치明治·대정大正·소화昭和 3대에 긍亘하여 근대 일본문학이 자기 형성에 요한 시일은 실로 전후前後 백 년, 세기로는 두 세기다.

다른 곳의 몇 백 년 혹은 근 백 년이 조선에선 약 30년으로 단축되 어 창황蒼皇히 지나간 것이다.

이러한 역사적 시간의 단축은 이식문화사移植文化史의 한 특징이거니 와 동시에 그 문화 내용의 조잡粗雜과 혼란은 필수의 결과로 연구자에 게 막대한 곤란을 맛보게 하는 것이다.

더욱이 조선 신문학사의 30년이란 시일은 동양문화권 내의 일- 지 방이 처음으로 서구문화에 접촉하고 그것을 이식한 기간의 전부요, 또한 그 기간 동안에 서구문화사상西歐文化史上 중대한 변화를 초래한 19세기로부터 20세기에의 추이推移를 아울러 체험하였던 만큼 복잡성 은 이중으로 배가倍加되어 있다.

더욱이 이 복잡성을 구하기 어려울 만한 상태로 인도하는 또 하나 의 사실로 우리는 정치 사정의 중대 변화를 특기特記하지 아니할 수 없다. 즉 30년간의 단시일短時日을 두 개의 전연 상이한 정치 상태가 갈라놓고 있는 것이다.

이러한 제점諸點이 30년에 미급未及하는 조선 신문학사를 간단하게 요리 하지 못하게 하는 중요한 조건인 동시에 최대의 난점이라 할 수 있다.

앞으로 많은 연구자의 인내와 노력과, 그리고 부단한 정진에 의하 여 비로소 이러한 복잡성은 천명되어 단순화되고 난관은 극복될 것 이다.

역사 기술이 항상 그 뒤에 이뤄지는 것으로 사료史料의 수집蒐集과 이해에서 시작함은 하나의 상식이다. 그러나 사료는 극복되면서 역사적 개괄概括이 발생하는 것은 또한 사실이다. 역사적 개괄이 또한 역사적 투시력을 낳고 거기서 일관한 역사적 법칙이 발견되어 비로소 기술記述이 가능하게 된다. 그 기술 가운데 그 역사의 고유한 과정과 발전의 노선이 표현된다.

문학사라고 사정은 조금도 다르지 않다. 이러한 기초적 또는 보조적인 제연구가 태무殆無한 위에서 신문학의 기술적 통사가 씌어지지 못함은 명백한 일이다.

통사通史에 한 기초가 될 중요 자료의 정리, 연결 관계의 천명, 문제의 발견과 체계화의 시험 등이 자연 나의 한계요 또한 도달점이 될 것이다.

이것은 기술적 통사가 나올 때까지 혹은 그 대용代用을 할지도 모른다. 그러나 이것까지도 분명한 모험冒險임을 면치 못할 것이다.

이 가운덴 훗날 면밀綿密한 연구자가 보아 가소로운 실패와 분반噴飯할 결함이 스스로 포함될 것이요, 1,2립粒 외의 모두가 와륵瓦礫일지도 모른다.

그럼에도 불구하고 역사의 영역에 있어 전연 그 아마추어인 필자가 대담한 기도를 시험함은 훌륭한 1권의 통사를 열망하는 단순한 염원에서이다.

1. 서론

1) 신문학의 어의(語義)와 내용성

신문학新文學이란 말이 어느 때 누구의 창안으로 씌어지기 시작했는지는 알 수 없다.

그러나 현재 우리가 쓰는 의미의 개념으로 씌어지기는 육당六堂, 춘원春園 이후에 비롯하지 않은가 한다.

그 전에는 비록 신문학이란 문자를 왕왕 대할 수 있다 하더라도 그것은 지금 우리가 사용하는 의미보다는 훨씬 광의로 사용되었다.

광무光武 3년 10월 30일분[2]의 『황성신문』 논설에 성盛히 문학이라는 말을 썼는데 그것은 우리가 현재 사용하는 의미의 문학은 아니다. 왈曰,

> 唯人이 最貴함은 何오, 我는 曰호디 文學이 有홈이라 倫常道德도 文學으로 從ᄒ야 學習하야 知ᄒᄂ 비오, 富强文明도 文學으로 從ᄒ야 郅隆을 致ᄒᄂ 비오, 農業製造도 文學으로 從ᄒ야 發達을 期ᄒᄂ 비오, 政治律例도 文學으로 從ᄒ야 公平홈을 得ᄒᄂ 비오 商賣貿港遷도 文學으로 從ᄒ야 利益을 獲ᄒᄂ니[3] 운운(云云).

즉 학문 일반의 의미로 문학이란 말이 사용되었다. 그러므로 신문학이란 말은 곧 신학문의 별칭別稱이라 할 수 있다.

---

2 원문에는 "光武 二年 十月 某日分"으로 되어 있으나 출전을 찾아 바로잡았다.
3 "오직 사람이 가장 귀한 것은 어째서인가? 나는 문학이 있기 때문이라고 말한다. 윤리 도덕도 문학을 따라 배워서 알게 되는 것이요, 부국강병과 문명도 문학을 좇아 융성함을 이루는 것이요, 농업과 제조도 문학을 좇아 발달을 기약하는 것이요, 정치 법률도 문학을 따라 공평함을 얻는 것이요, 상업 무역도 문학을 따라 이익을 얻나니……"

이것은 지금 우리로서 보면 실로 가소로운 혼동이다. 그러나 문학이란 말을 Literature의 역어譯語로 생각지 않고 자의字義대로 해석하여 사용한 당시에 있어 이 현상은 극히 자연스러운 일이라 아니할 수 없다.

이 '문학' 가운덴 시·소설·희곡·비평을 의미하는 문학, 즉 예술 문학까지가 포함되어 있는 것은 물론이다.

전인前引한 신문 논설을 보면 오히려 학문이란 말을 문학이란 문자로 표현하는데 문장상의 참신미嶄新味를 구한 흔적조차 발견할 수 있다.

거기에선 문학이란 말이 분명히 그대로 신학문이란 의미로 사용되고 있다.

이것은 또한 문학이란 말에 대한 자의字義대로의 해석일 뿐더러 문학에 대한 동양적 해석, 전통적 이해의 일- 연장延長이라는 데도 의미가 있다.

일반으로 동양에선물론 지나(支那)를 의미하나 우리가 말하는 예술문학을 문학이라 생각지 않아 왔고, 우리 조선에서도 그런 관념은 하나의 전통이 되어 왔었다.

경서經書가 물론 문학의 대종大宗이요, 비록 시문詩文과 소설을 의미할 때도 조선서는 주지하는 바와 같이 한문만을 의미했다.

시조 같은 귀족시가도 영언永言 혹은 가요라 하여 문학 속에 넣지 않고, 언문소설은 말할 것도 없이 아녀자의 주방독물廚房讀物로 일척-擲해 버렸었다.

'이언부재俚言不載'라 하여 수많은 모어가요母語歌謠와 설화가 저서 중에 기록되는 일까지가 기피당해 왔다.

더욱이 명明, 청淸의 소설이 수입되어 상하를 물론하고 천하를 풍미할 때도 그들은 "演義小說은 作奸誨淫하니 不可接目"[4]이덕무(李德懋)라든가 "明末小說의 盛行은 世變"[5]『소재집(疎齋集)』이니 "水滸傳作者는 必有陰

賊之志[6],[7]성호 이익(星湖李瀷)[8][주1 : 김태준 저, 『조선소설사』에서 인용]이니 하여 대부분은 사갈시蛇蝎視하여 문장지사文章之士의 읽을 바가 되지 않는다고 해서 중구衆口가 그것을 배척하였다.

예술문학에 대한 이러한 멸시의 전통적 의식이 신시대에 와서 문학을 먼저 학문의 의미로 해석한 것이다.

더욱이 실리적인 의미의 학문으로 생각한 것이다. 경제나 정치에 직접 소용되는 학문이란 곧 구시대의 경서류와 같은 성질의 것임은 물론이다.

그러므로 신문학이란 말이 신학문의 의미를 떠나 문학예술의 한계限界내로 정착되기 위하여는 진정한 의미의 서구적인 문학이 형성될 육당六堂, 춘원春園의 시대에 이르지 아니할 수 없다.

육당의 시와 춘원의 소설에서 새로운 의미의 문학은 실현되고 「문학이란 하何오」대정 5년 11월 11일~23일[9]라는 『매일신보』에 실린 춘원의 논문, 『청춘』 제12호대정 11년 3월에 실린 「현상소설 고선여언考選餘言」[10] 등에서 이론적으로 규정되었다고 할 수 있다.

그 내용을 여기에 소개함은 대부분 춘원의 문학사상에 접촉되는 일로 이하에 따로 춘원을 논하는 부분과 중복되겠기에 피하거니와 특히 『청춘』 소재의 「고선여언考選餘言」에 피력한 바 요지를 들면 대

---

4 "연의소설은 사람을 간사하게 하고 음란함을 가르치니 거기에 눈을 주어서는 안 된다."
5 "명말(明末) 소설의 성행은 또한 한 세변(世變)." 원문에는 '世變'이 아닌 '國變'으로 되어 있으나 오식이기에 바로잡았다.
6 원문에는 '心有淫賊之心'으로 되어 있으나 원문과 다르기에 바로잡았다. 참고로 이 대목이 실린 『성호사설』의 원문은 다음과 같다. "作是書者, 其必有陰賊之志乎."
7 "『수호전』의 작자는 반드시 사람을 음해하려는 마음이 있었을 것이다."
8 원문에는 '星胡'로 되어있으나 오식이고, 혹시 몰라 호와 함께 이름을 밝혔다. 김태준의 원저에는 '『僿說』'로 되어 있다.
9 원문에는 '大正四年?'으로 적혀 있으나 출전을 찾아 바로잡았다.
10 원전에는 '懸賞文藝選後言'으로 적혀 있으나 오식이기에 바로잡았다.

략 아래와 같다.

　①시문체時文體 — 즉 언문일치의 신문장
　②정성精誠 — 즉 할 일 없이 소일消日로 소설을 쓴 것이 아니라 엄
　　숙하고 신성한 사업으로 생각한 것
　③예술성 — 전습적傳襲的·교훈적이 아니라 순수 자율적
　④현실성 — 고대문학의 이상적인 데 비하여
　⑤신사상의 맹아

등 5개조다.

이 5개조는 근대의 서구적 문학을 완벽에 가깝게 특징지은 것으로 한문으로 씌어진[11] 구舊문학과의 구별이 엄격할 뿐 아니라 시문체, 예술적 자율성, 신사상, 실로 언문으로 씌어진 구문학과의 구별이 엄숙·신성한 것으로서의 문학, 시문체—비운문성, 현실성, 예술성, 신사상성 또한 준열하다.

이것은 비록 같은 언문으로 씌어졌더라도 시조, 구舊소설, 가사, 창가 등을 신문학에서 분리시킨 상당히 준엄한 규정이라 할 수 있다.

그러므로 결국 신문학이란 새 현실을 새 사상의 견지에서 엄숙하게 순純예술적으로 언문일치言文一致의 조선어로 쓴, 바꾸어 말하면 내용·형식 함께 서구적 형태를 갖춘 문학이다.

신문학이란 개념은 그러므로 일체의 구문학과 대립하는 새 시대의 문학을 형용形容하는 말일 뿐더러 형식과 내용상에 질적으로 다르고 새로운 문학을 의미하는 하나의 개념이 될 수 있다.

따라서 신문학사는 조선에 있어서의 서구적 문학의 이식으로부터

---

11 원문에는 '漢文으로漢文으로 씌어진'으로 중복 기술되어 있기에 바로잡았다.

시작되는 것이다.

이 점이 다른 곳에서는 근대문학 혹은 현대문학이라고 불리어지는 것이 조선에서는 통틀어 신문학으로 호칭되는 소이所以다.

그렇다고 조선문학의 역사가 신문학에서 시작되는 것은 아니다.

시조, 가사, 구소설 혹 이두吏讀 문헌 또는 한문 전적漢文典籍까지도 서구적 의미의 문학, 즉 예술문학적인 성질의 유산은 전부 문학사 가운데 포함되는 것이다.

그러나 거듭 말하거니와 신문학사는 근대 서구적인 의미의 문학의 역사다.

2) 우리 신문학사의 특수성

이러한 제 조건은 신문학사로 하여금 일반 조선문학사상上에서 차지할 위치를 아주 명료케 한다.

타국의 문학사 기술의 예를 보면 그 위치는 자명하다. 그것은 일반 문학사의 근대사, 고쳐 말하면 근대문학의 항목 외外에 씌어지는 것이 정칙定則이다.

예하면 이태리伊太利문학사의 르네상스단테, 보카치오 이후, 영국英國문학사의 엘리자베스조시드니, 스펜서, 셰익스피어 이후, 불란서佛蘭西문학사의 문예부흥기라블레, 몽테뉴 이후, 노서아露西亞문학사의 국민문학 수립기푸슈킨, 레르몬도프,[12] 고골리 이후, 서반아西班牙문학사의 세르반테스 이후[주2 : 중앙공론사판, 『세계문예대사전』]가 모두 우리 신문학사에 해당한다.

그러므로 신문학사라는 것은 조선 근대문학사라고 일컬어도 무관

---

12 원문에는 '레르몬로프'로 기술되어 있으나 오식으로 보이기에 바로잡았다.

한 것이요, 또한 장래 씌어질 일반 조선문학 전사全史 가운데 근대문학을 취급하는 일항一項으로 삽입되어도 역시 무관한 것이나, 특히 재래 우리가 관용慣用해 오던 신문학이란 용어를 빌어 근대문학사란 명칭에 대신함은 약간의 이유가 있다.

신문학이란 관용설慣用說의 어의는 전항前項에서 이미 언급하였거니와 그 서구적인 형태의[13] 양식과 내용을 가진 문학은 재래의 동양에는 대체로 없었다고 보아 족하기에 우선 조선에 있어 서구적인 형태의 문학사를 문제삼자는 데 중점이 있다. 이 말은 곧 서구적인 형태의 문학을 문제삼지 않고는 조선일반으로는 동양의 근대문학사라는 것은 존재하지 않고 성립하지 아니한다는 의미도 된다.

동양의 근대문학사는 사실 서구문학의 수입과 이식의 역사다.

그러면 어째서 수입되고 이식된 외래문학을 근대문학사의 주체로 삼는가? 이 해답이 우리의 근대문학사를 신문학사라고 하여 문제삼는 둘째의 이유다.

왜 그러냐 하면 근대에 이르러서 잔존해 왔고 현재도 그 면영面影을 찾을 수 있는 재래의 문학은 우리가 어떠한 의미[14]에서도 근대문학이라고 명칭할 수 없기 때문이다.

근대문학이란 단순히 근대에 씌어진 문학을 가리킴[15]이 아니라 근대적 정신과 근대적 형식을 갖춘 질적으로 새로운 문학이다.

시조, 가사, 운문소설, 한시, 그타他는 현대에 이르도록 전통적 문학으로 생존해 있으나 결코 근대문학은 아니다. 그것들은 오직 현대에서 볼 수 있는 구시대 문학의 약간의 유제遺制에 불과하다.

---

13 원문에는 '형태와'로 되어있으나 의미상 '형태의'가 적합하기에 바로잡았다.
14 원문에는 '理味'로 되어있으나 문맥상 '의미'의 오식으로 보이기에 바로잡았다.
15 원문에는 '가리침'으로 되어 있으나 오식이기에 바로잡았다.

시민정신을 내용으로 하고 자유로운 산문을 형식으로 한 문학, 그리고 현재 서구문학에서 보는 바와 같은 유형적으로 분립分立된[16] 장르 가운데 정착된 문학만이 근대의 문학이다.

이러한 문학은 역사적으로 개혁된 계단階段과 일신一新된 사회를 배경으로 하여서만 탄생하는 것이다. 이것은 또한 인간의 정신문화사상精神文化史上에 있어 하나의 커다란 자각의 산물이기도 하다.

이러한 개혁과 자각이 자력으로 수행되지 아니한 곳에서 이식문학을 가지고, 그곳에서 독자적으로 성생成生해야 했을 근대문학사에 대신하는 것은 당연한 일이다.

그러나 이러한 이식문학으로 자기 나라의 독자적인 근대문학에 대신한 동양에서 우리가 특히 신문학이란 용어에 구애됨은 또하나 다른 이유를 들 수도 있다.

그것은 언어적 해방이다. 조선의 문학이란 신문학의 시대가 비롯하기 전엔 자기의 고유어固有語로[17] 표현될 자유를 갖지 아니 했었다. 정통正統의 문학적 작물作物, 시, 전기, 사기史記, 신화, 전설의 기록, 소설, 희문戱文, 일기, 수필류에 이르기까지 한문으로 씌어졌다.

오직 구전口傳의 가요, 전설이 겨우 고유어를 그대로 사용해온 데 불과했다는 것은 신문학의 고유어 전용專用이 하나의 정신사적 의의를 가짐을 상상시키기에 족하다.

이 점에선 지나支那의 백화白話운동이 조선 신문학의 모어 전문母語專門과 비슷하다. 그러나 백화운동은 서구 제국諸國의 근대문학사와 같이 구어의 문어체로부터의 혹은 산문의 운문으로부터의 해방과 비교될 정도의 것이다. 즉 낡은 자국어로부터의 새 자국어의 수립 과정의 일

---

16 원문에는 '分白된'으로 되어 있으나 오식으로 보이기에 바로잡았다.
17 원문에는 '國有語'로 되어 있으나 오식으로 보이기에 바로잡았다.

종이다.

그러나 우리 신문학은 장구한 동안 자기 문학을 지배하고 있던 외국어로부터의 해방의 결과,[18] 우리 신문학은 이러한 의미에서 언어, 형식, 내용 전부가 재래의 문학으로부터의 비약이다.

여기에 조선의 근대문학사가 그 창건자들에 의하여 불러진 '신문학'의 이름으로 씌어지는 이유가 있다.

3) 일반 조선문학사와 신문학사

이상은 신문학의 범위와 그 특수성이거니와 여기서 우리는 신문학사와 그 이전의 조선문학과의 관계를 마저 규명規明해 둠이 순서상 당연한 일일 것 같다.

이 문제를 취급함에 있어 또한 당연히 상정上程되는 것은 신문학사 이전의 조선문학에 대한 평가의 문제다. 즉 그것도 과연 조선문학이라고 볼 수 있느냐 하는 것이다.

연전年前 『삼천리三千里』지에서 이런 문제를 들어 제가諸家에게 의견을 물은 일이 있는데[19] 우선 춘원春園의 견해를 인용함이 가장 편의便宜할 것이다.

춘원은 성대城大[20] 조선문학과에서 『격몽요결擊蒙要訣』, 『구운몽九雲夢』을 텍스트[21]로 사용한다는 사실을 비난하면서 "그 대학에 조선문학이

---

18 원문에는 '解放의 結果'에서 단락이 끝나고 새로이 줄바꿈하여 '우리의 新文學은' 이하가 새 단락으로 이루어져 있다. 따라서 '해방의 결과' 이후 문장이 누락되거나 삭제된 것으로 볼 수도 있으나, 이후 문장과 이어서도 어느 정도 뜻이 통하기에 쉼표를 활용하여 여기서는 한 문장으로 이어놓았다.
19 이광수 외, 「조선문학의 정의·특집」, 『삼천리』 76호, 1936.8.
20 '경성제국대학'의 약칭이다.

있다면 거기에서 가르칠 것은 결코 『격몽요결』도 아니요, 『구운몽』도 아닐 것이다. 거기에서 가르칠 것은 신라 향가, 시조, 『춘향전』, 현대 조선작가의 작품일 것이다. 만일 포프A. Pope의 『호머』 영역英譯이 영문학의 교과서가 되는 모양으로 지나支那문학, 기타 외국문학 중에서 조선문으로 썩 잘 번역된 것이면 그것은 조선문학의 교과서로 써도 좋다"고 한 다음, "조선문학이란 무엇이뇨" "조선문으로 쓴 문학이다"고 갈파喝破[22]하였다.[주3 : 잡지 『신생』 제2권 제1호(1929.1), 「조선문학의 개념」][23]

이 말은 분명히 진실이다. 그러나 만일 춘원의 견해에 따라 우리가 신문학사 이전의 조선문학사를 쓴다면 사태는 우리의 예기豫期하지 아니한 곳에 결과한다.

『삼국유사三國遺事』, 『금오신화金鰲新話』, 『연암외사燕岩外史』, 우선 이 정도만 하여도 한문으로 된 조선인의 작품을 조선문학사에서 제외하기 어려움을 통감할 것이다.

한문으로 쓰여졌음에 불구하고 그 내용인 사상·정조·감정이 분명히 조선 땅의 것이다. 문학은 언사言辭[24] 형식만이 아니라 내용이 또한 불가결의, 때로는 기초요건임을[25] 잊을 수 없다.

고유한 내용을 고유한 언어로 표현한 문학이 원칙적으로는 문학의 불변한 특성이다.

그러나 조선의 문화사와 같이 부자연하게 변칙적인 경로를 밟아온 지역의 문학에 대하여는 '언어 즉 문학'이란 개념을 공식적으로 적용해선 아니 된다.

---

21 원문에는 '펙스트'로 되어 있으나 오식으로 보이기에 바로잡았다.
22 원문에는 '唱破'로 되어 있으나 오식으로 보이기에 바로잡았다.
23 원문에는 '『사해공론』 창간호'로 되어 있으나 오식이기에 바로잡았다.
24 원문에는 '言舍'로 되어 있으나 오식이기에 바로잡았다.
25 원문에는 '基礎要件을'로 되어 있으나 문맥상 '기초요건임을'이 되어야겠기에 바로잡았다.

조선문학 전사全史의 범위와 내용을 규정하는 마당에선 불가불 '언어 즉 문학'의 공식은 약간 개변改變될 필요가 있다.

단적으로 말하면 조선문학 전사全史는 향가로부터 시조, 언문소설, 가사, 창곡에 이르는 조선어문학사를 중심으로 하여 강수强首, 김대문金大問, 최치원崔致遠으로부터 강추금姜秋琴, 황매천黃梅泉, 김창강金滄江 등에 이르는 한문학사와 우리 신문학사를 첨가한 삼위일체三位一體일 것이다.

그렇지 않으면 조선반도에서는[26] 수천 년 간의 역사를 가진 한 겨레의 문화로서의 문학의 역사는 기대할 수 없다.

따라서 신문학사와 일반 조선문학의 전사全史와의 관계는,

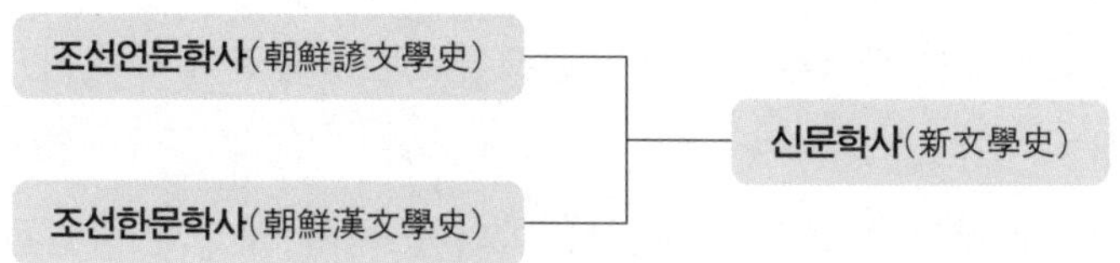

라는 도식으로 표현할 수 있다.

말하자면 신문학사는 신문학의 선행하는 두 가지 표현 형식을 가진 조선인의 문학 생활의 역사의 종합이요 지양止揚이다.

그런 의미에서 신문학사는 일반 조선문학 전사全史 가운데 최근의 일一 시대로서 씌어져 무방한 것이다.

그러므로 신문학사 연구는 서구적 형태의 문학이 성립하고 발전한 역사를 중심으로 가능한 한, 이상의 두 문학사적 조류와의 교섭을 천명하는 것으로 스스로 제 구극究極의 과제를 삼을 것이다.

---

26 원문에는 '朝鮮半島에 사는'으로 되어 있으나 문맥상 '조선반도에서는'이 적당하기에 바로잡았다.

이 점이 또한 신문학사 연구가 일반 조선문학 전사全史를 해명하는
데 중요한 공헌을 하는 소이所以이다.

2. 신문학의 태반(胎盤)

1) 물질적 배경

새로운 문학의 직접적 배경이 되는 것은 새로운 정신문화의 준비
이나[27] 새로운 정신문화는 또 새로운 물질적 조건을 배경으로 하여서
만 준비되는 것이다.
여기에 신문학 생성의 두 가지 전제 중 먼저 물질적 배경이 성찰되
는 이유가 있다.
이러한 물질적 배경은 물론 신문학의 준비와 태생과 성립과 발전
의 부단한 온상溫床이 될 물질적 조건, 즉 근대적 사회의 제 조건의
성숙이다.

(1) 자주적 근대화 조건의 결여

이러한 제 조건이 이조 봉건사회 내부에서 자생적으로 성숙, 발전
치 못한 것은 불행히 조선근대사의 기본적 특징이 되었었다. 이 점은
모든 연구자의 일치한 결론이었다.[주4 : 백남운(白南雲), 이청원(李淸源), 김
광진(金洸鎭), 김태준, 고(故) 하야가와 지로(早川二郎) 등과 모리야 가쓰이(森谷克
己), 이우진(李友鎭) 씨 등의 조선사 과정에 관한 견해는 전연 상이하나 이 점에서는

---

27 원문에는 '준비나'로 되어 있으나 문맥으로 보아 '준비이나'가 적당하기에 바로잡았다.

모두 일치한다. 특히 잡지『역사과학』제5권 제2호 소재 하야타 아사히토(林田朝人)

씨의「이조의 경제 상태에 관한 약간의 고찰」참조]

왜 그러한 제 조건이 결여 미비되었었는가? 근대사회의 어머니인 봉건사회 자체가 충분히 성숙되어 있지 못했었기 때문이다.

근대사회로의 전화轉化를 위한 기본적 제 조건, 예하면 상품자본의 축적, 산업자본에의 전화, 상품 유통의 확대와 그것을 가능케 하는 생산력의 증대, 수공업의 독립, 매뉴팩처의 성장, 교통의 발달, 시민 계급의 발흥 등은 자연경제自然經濟의 분열을 내포한 봉건사회 자체의 성장에 정비례하여 구비됨은 벌써 정식定式된 사실이다.[주5 : 하야가와 지로早川二郎,『타이할트』등 참조]

따라서 이러한 제 조건이 충분히 성육成育되지 못한 사회를 우리는 성숙한 봉건사회라고 부를 수는 없다. 아직 자녀를 생산할 만한 육체를 갖추지 못한 부인을 우리는 어머니라고 부를 순 없는 것이다. 비단 조선뿐이 아니라 서구 자본주의가 동점東漸하기 전 모든 동양사회가 이런 조혼早婚한 부인들이었다.

그러면 어째서 동양, 그 중에도 조선 봉건제는 이렇게 성숙치 못했는가? 더구나 동양사회는 서구보다도 먼저 봉건화封建化하지 않았는가? 수당隋唐[28]에서 기산起算하는 지나支那는 차치差置하고라도 고려 건국에서 이조 말까지 근近 천년을 조선서도 계산한다.

천년간 조선 봉건제는 결국 조혼한 부녀의 체구體軀를 고지固持하고 내려온 셈이다. 이 불성숙하고 변형된 사회를 역사학에선 동양적 사회라 하고 그 원인을 소위 아세아亞細亞적 정체성停滯性에다 구하고 있으나 물론 소저小著의 범위 외外요, 필자와 같은 천학淺學의 용훼容喙할[29]

---

28 원문에는 '隨唐'으로 되어 있으나 오식이기에 바로잡았다.
29 원문에는 '容啄할'로 되어 있으나 오식으로 보이기에 바로잡았다.

문제가 아니나 문화사와 지극히 관계가 깊고 전통 형성에 중대한 영향을 끼친 만큼 평소平素[30]에 생각해 있는 사견私見의[31] 일단一端이나마 간단히 설명하자면 다음과 같을 수도 있다.

정체성停滯性이란 역사적으로 보면 발전 속도의 지지遲遲함이요, 사회적으로 보면 하나의 사회 구성이 충분히 원만하게 발달치 못함을 이름이다.

한 사회 구성 —혹은 체제—가 충분히 발전 성숙하지 못하고 있다가 다른 사회 구성으로 이행되면 그 다음 사회 구성은 선행한 사회 구성이 미처 충분히 원만하게 해결치 못한 제 과제를 숙제로서 물려받기 때문에 발달이 지지遲遲하다 할 수 있다. 또한 반대로[32] 발전이 지지遲遲하기 때문에 그 사회 구성이 미처 충분히 원만하게 성숙하기 전에 타국他國의 선행한 사회 구성의 영향과 또 그것과의 균형의 보지保持상 불가불 미성숙한 사회 구성을 폐기하면서 숙제를 이끌고 다음 사회 구성의 시대로 들어선다고 말할 수가 있다.

이 양자의 교호관계와 그것의 연속적인 번복飜覆을 통하여 역사 과정 위에는 일관한 정체성停滯性이 지배하게 되는 것이다.

그러므로 아세아亞細亞적 정체성은 역사 과정 중 어느 임의의 지점에서 돌연히 배태되는 것이 아니라 실로 최초의 역사상 사회 구성인 원시사회의 붕괴의 비전형성非典型性에서 유래하게 된다.

이 비전형성이란 원시사회가 충분히 원만히 발달 성숙하기 전에 어떤 원인과 충격으로 숙제를 이끌고 고대사회로 들어온 동양 제국諸國

---

30 원문에는 '平案'으로 되어 있으나 오식으로 보이기에 바로잡았다.
31 원문에는 '利見의'로 되어 있으나 오식으로 보이기에 바로잡았다.
32 원문에는 '反對도'로 되어있으나 문맥상 '반대로'의 오식으로 보이기에 바로잡았다.

의 역사상에 숙명적으로 계승된 것이다.

원시사회 붕괴와 고대사회 탄생의 비전형성은 고대사회 자체의 불충분한 발달과 비전형적 붕괴를 초래하고, 고대사회의 비전형적 붕괴는 또한 봉건사회 탄생의 비전형성과 불충분한 발달을 초래하여 내종乃終에는 아울러 봉건사회 자체 붕괴의 비전형성과 근대사회 생탄生誕의 비전형성에까지 결과를 미치게 하고 마는 것이다.[주6 : 하야가와 지로(早川二郎), 『타이할트』 등 참조]

이렇게 동양사를 장구한 동안 지배해오던 소위 아세아亞細亞적 정체성이란 것은 결국 서구의 근대 사회제도를 수입 이식하지 않고는 봉건사회로부터 근대사회제에의 전화, 과도過渡를 불가능케 한 조건을 만드는데 결착結着되는 것이다.

그것은 일반으로는 동양 봉건제, 구체적으로는 조선 봉건제 가운데 고대적 원시적 유제遺制의 잡다한 잔존과 교착膠着이다. 원시사회의 유제가 고대사회에 잔존되고 또 고대사회는 자기도 미처 처리 못한 고대사회의 유제와 아울러 원시사회의 유제까지를 중첩적으로 봉건사회 위에 전승했기 때문이다.

이리하여 고대사회, 봉건사회의 순수한 성숙과 발전을 저해沮害함과 동시에 일반으로 역사 과정 자체의 발전의 속도를 비상히 지지遲遲하게 만들고 나중에는 서구와 함께 동양 제국諸國이 근대사회로 들어갈 조건을 미비未備케 하고 시기를 뒤늦게 한 것이다.

그러므로 만일 서구 자본제의 동점東漸이 없이 장구한 동안 동양 혹은 조선 봉건제를 그대로 내버려 두었다면 먼 장래에 독자적으로 근대 사회로의 전화를 수행했을지도 모른다.

예를 들면 적어도 내지內地의 봉건제는 이러한 가능성을 가장 많이 가졌던 사회라고 말할 수가 있다.

동양 제국諸國에 있어 가장 일찍이 서구 자본제의 이식을 완료하고 독자獨自한 근대사회는[33] 서구와 필적함을 보아 이 점은 한 번 수긍할 만하다.

그러나 역사는, 더구나 근대사회는 결코 한 국가나 지방의 폐쇄적 독존獨存을 허락하는 것은 아니다. 상업과 화폐에 의한 모든 지방의 세계화가 이 시대의 특징이다.

요컨대 동양 제국諸國은 내부 조건이 미처 성숙치 못하고 시기가 상조尙早한 채로 근대화의 길로 들어선 것이다.

그러므로 동양 제국諸國은 공통으로 서구 근대사회의 촉발觸發과 수입과 이식으로 근대화될 운명 아래 놓여 있었다.

이것은 자주적 근대화의 조건이 결여된 모든 후진 사회의 공통한 운명남북 아미리가[亞米利加] 대륙, 대양주[大洋州], 그타[他]이거니와 또한 정규의 사회사적 제계단諸階段을 통과했음에 불구하고 이른바 아세아亞細亞적 정체성 때문에 자주적 근대화의 조건이 미숙한 동양 제국諸國의 필연한 운명이기도 하다.

이러한 때엔 봉건적 쇄국鎖國의 서구 제국諸國에 대한 문호개방이 근대화의 가장 가까운 길이 된다.

다시 말하면 개국開國이[34] 근대화의 유일의 길이다.

초기에는 지나支那, 내지內地, 조선이란 순서로 동양의 근대화 과정은 진행된 것이다.

따라서 당시 일본이 지나支那에서그것은 극히 미소하고 일시적인 것이나 또는 조

---

33 원문에는 '近代社會은'으로 되어 있으나 문법상 '근대사회는'이 맞기에 바로잡았다. 혹 글자가 누락되었을지도 모르나 이는 확인할 도리가 없어 문법상의 측면만 참조하여 바로잡았다.
34 원문에는 '開國의'로 되어 있으나 문장상 '개국이'가 맞기에 바로잡았다.

선이 지나支那와 내지內地에서 간접으로도 서구 자본주의를 이입移入하였으리라는 사정도 용이히 짐작할 수 있다.

(2) 조선의 개국 지연(遲延)

바꿔 말하면 조선도 다른 동양 제국諸國과 같이 이식 자본주의, 타력他力에 의한 수입 근대사회화의 길을 밟았음에 불구하고 직접 영英·미米·불佛과 접촉한 것보다 간접으로 지나支那와 내지內地를 통하여 더 많이 서구 자본주의와 관계한 것이다.

이것은 물론 전술前述한 바와 같이 순서상으로 조선에 선先하여 지나支那, 내지內地가 서구와 교섭한 데서 오는 자연한 결과나, 이 사실은 조선의 개국과 근대화에 지대한 관계를 가지고 있는 점이다.

어째서 조선이 지나支那나 내지內地보다 뒤떨어져 서구와 교섭하게 되고 문호를 개방하게 되었는가의 조건에 대하여는[35] 여러 가지로 고구考究할 가치가 있는 문제이나,[36] 먼저 오쿠히라 다케히코奧平武彦 씨의 견해를 빌면 다음의 두 조건을 그 중 유력한 것으로 들고 있다.

제일第一은 구미인歐米人에게 조선에 관한 지식이 희박했던 것, 제이第二는 미米, 불佛의 강화 원정의 실패가 중요 원인이 되었다 한다.[주7 : 오쿠히라 다케히코(奧平武彦) 저 『조선개국교섭전말』]

우리로서 생각하면 이 두 조건이라는 것이 약간 조선 개국의 지연遲延을 설명하기에 족한가 여부를 의심케 하는 점이 없지 않으나, 제일第一의 조건이 구미인歐美人으로 하여금 조선의 경제적 가치를 의심케 하였다는 데는 수긍할 여지가 있다. 사실 하멜의 『표류기』가 17세

---

35 원문에는 '對하연'으로 되어 있으나 현행의 일반적 표기법에 따라 풀어서 '대하여는'으로 고쳐 썼다.
36 원문에는 '問題나'로 되어 있으나 문맥상 '문제이나'가 바르기에 바로잡았다.

기에 영英, 불佛, 독어獨語로 번역되어 상당히 전파되었다 하나 그 당시 서구에 특별한 반향反響을 일으키지 아니했고, 지나支那와 내지內地의 개국 이후에도 조선에 관하여는 오히려 '천연물자가 빈핍貧乏한 나라'[37]라는 관념이 포회抱懷되어 있는 상태였다.

그러나 제이第二의 조건인 강화 원정의 실패는 그다지 중요한 이유가 되지는 아니 한다. 만일 구미인歐米人이 인도나 지나支那만큼 경제적으로 조선을 평가한다면, 더 큰 희생을 내고라도 조선 원정을 성공시켰을 것이다. 강화 원정의 실패에는 당시 구주歐洲의 국제 정정政情 불안이 차라리 더 많이 영향했다.

우리로서 조선 개국 지연의 중요 조건으로 생각되는 것은, 오히려 이 외에 조선의 지리적 특수성과, 정치적 특수성에 더 많은 이유가 있는 듯하다.

조선은 미국米國으로부터나, 서구로부터나 직접 동양 교통로交通路상 요충적 위치에 있지 아니하여 구미인의 직접으로 도래渡來할 기회를 주지 아니 했고, 다음으론 지나支那의 속방屬邦이란 관계가 조선으로 하여금 직접으로 구미인 상대의 외교 무대에 등장할 기회를 또한 주지 아니한 게 사실이다. 고종高宗 13년에 한일수호조약[38]을 위시로 그 후 구미 각국과의 국교관계가 정식으로 성립될 때까지 구미인의 조선에 대한 교섭은 주로 지나支那와 일본 양국을 통하여 간접으로 행해진 사실에 징徵하여 이 정치적 장벽지리적 조건이 이것을[39] 조장하였다이 얼마나 중요했던가를 짐작할 수 있다.

---

37 원문에는 '天然物資의 貧乏한 나라'로 되어 있으나 어법에 맞게 고쳤고, 간접인용문이기에 이 부분에 작은 따옴표(' ')를 쳤다.

38 원문에는 '日韓守護條約'으로 되어 있으나 요즘 방식으로 바꾸었다.

39 원문에는 '地理的條件 이것을'로 되어 있으나 주격 조사가 빠진 것으로 인정되기에 바로잡았다.

(3) 근대화의 제1과정

그러므로 폐쇄된 반도, 은자隱者의 나라 조선의 근대화 과정은 먼저 전대前代로부터 주종主從의 관계를 가져오던 지나支那 근대화의 영향을 받는 데서 시작한 것은 당연한 순서다.

요컨대 봉건적 유대紐帶의 잔재인 대지對支관계[40]가 조선 근대화의 제1과정이요, 최초의 코스다.

중종中宗 15년1502 입명사신入明使臣의 통사通使로 갔던 이석李碩이 불랑기국佛郎機國[41]에 관한 보도[주8 :『중종실록』(이능화 저,『조선기독교 급 외교사』에서 재인용)]와『지봉유설』[42]의 저자 이수광李睟光의 서양 사정 소개를 위시로 하여 북경北京 가는 사신의 손으로 수입된 천주교와 서학西學의 전파가 그것이다.

먼저 선조宣祖 36년1603에 사신 이광정李光庭이 구라파歐羅巴 지도를 가져오고[주9 :『지봉유설』]], 인조仁祖 9년1631 진주사陳奏使 정두원鄭斗源이 서양총, 천리경千里鏡, 자명종, 염초화焰硝花 등 무기, 도구와 천문서天文書, 천문도天文圖,『서양국 풍속기』,『천리경설千里鏡說』등 외의 다수의 서적을 가져왔고[주10 :『성호사설』], 인조 27년1649 동지사 오준吳竣이 누자초縷子草, 책 15권, 성도星圖 10장을 가져왔고[주11 :『인조실록』(이능화 저,『조선기독교 급 외교사』에서 재인용)], 효종孝宗 44년[43]1653에 인조 때 입연入燕했던 김육金堉이 가져온 시헌역법時憲歷法을 시행하고[주12 :『국조실감(國朝實鑑)』], 정조正祖 18년1793[44]에 이승훈李承薰이『천주실의天主實義』와 더불어『기하원본幾何原本』,

---

40 ‘對支關係’는 요즘식으로 표기하자면 ‘대중(對中)관계’이다.
41 원문의 ‘불랑기국(佛郎機國)’은 당시에 사용되던 ‘프랑스’의 음역이다.
42 원문의 ‘芝峰款說’은 오식이기에 바로잡았다.
43 원문에는 ‘(孝宗四十年)’으로 되어 있으나 연대에 착오가 있기에 바로잡았다. 또 괄호로 잘못 묶여 있기에 괄호를 뺐다.
44 원문에는 ‘正宗十?年(1793)’으로 되어 있으나 바로잡았다.

『수리정온數理精蘊』, 『지평표地平表』 등의 서書와 그타他 의기儀器를 가져왔다.[주13 :『정종실록』(이능화 저, 『조선기독교 급 외교사』에서 재인용)]

서구문명과의 이러한 단편斷片 교섭을 통하여 점차로 서구의 새로운 학술과 사상이 전래한 것이다.

이익李瀷·이이명李頤命·김만중金萬重·홍양호洪良浩[45] 등에 의한 서양 천문학과 역학曆學의 수입, 역시 이익·이이명·김만중·박지원朴趾源[46]·홍대용洪大容·정동유鄭東愈[47] 등에 의하여 서양 지리학, 더욱이 재래의 천원지방설天圓地方說을 부정하는 지구설地球說, 지동설地動說이 수입되고 역시 이 시대에 이분들을 중심으로 서양화, 서양의학, 음악, 수학, 무기 등의 서구과학이 수입된 것이다.[주14 : 이익 저『성호사설』, 박지원 저『열하일기』 참조. 『지봉유설』과 더불어 차 양서는 필독의 가치가 있다.]

이와 동시에 천주교가 또한 사신 왕래를 통하여 과학과 더불어 수입된 것은 주지의 일이다.

저간의 사정은 이능화李能和 씨의 『조선기독교 급 외교사朝鮮基督敎及外交史』의 일장一章을 인引하면 편의便宜하다.

朱明萬歷年間에 譯刊西教書籍하니 我使入燕하여 臨時購來하여 臟置玉堂史庫之中하니 宣祖朝臣 李睟光이 見天主實錄하고 已有評騭之語하며 光海朝文臣 許筠이 讀天主教書하고 亦有信教之思想하며 孝宗大王이 爲世子時에 質於北京하여 從西洋人湯若望遊하여 領得天主教書多種하니 蓋王子及 使臣持來之書는 係是公物이라. 故로 置之館閣하여 唯獨館閣之臣이 能得讀之而已니 似無影響及於人民이라. 此有不然者는 何오. 入燕使行에 隨伴人員은 名目이 夥多하니 卽以冬

---

45 원문에 '洪良吉'로 되어 있으나 오식이기에 바로잡았다.
46 원문에는 '李趾源'으로 되어 있으나 오식이기에 바로잡았다.
47 원문의 '鄭東憲'은 오식이기에 바로잡았다.

至使行言之하면 有上使, 副使, 書狀官 各一員하고(以上은 正使) 堂上官二員, 上通事二員, 質問從事官一員, 押物從事官八員, 押幣從事官三員, 押米從事官二員, 淸學新遞兒一員, 醫員一員, 寫字官一員, 畵員一員, 軍官七員, (皆使臣自辟名曰子弟軍官亦曰伴倘) 偶語別差一員, 灣上軍官二員하며 此外尙有蔘商及雜邑人員하여 尙屬不少하니 此等人員은 皆可任便購書以來라 然則史館所有之西敎書籍은 民間도 亦可有之하니 而民間西敎信者는 又不知有幾千百人也로다.[48]

이라 하여 정종正宗 무신戊申, 1788에 서교西敎를 금지한 이래 정종 신해辛亥, 1791의 서교옥사西敎獄事를 위시로 순조純祖 신유辛酉, 1801의 서교옥사, 헌종憲宗 기해己亥, 1839의 서교옥사, 고종高宗 병인丙寅, 1866의 서교옥사 등 부절不絶하는 유혈의 형로荊路를 통하여 천주교는 결하지세決河之勢로 전파하였다.[주15 : 조선사편수회 『조선사』. 이능화 저, 『조선기독교 급 외교사』, 그 외에 딸레의 『조선교회사』와 경성천주교회, 민주교(閔主敎)의 『순교사료』 등이 있

---

[48] 한글로 옮기면 다음과 같다.
　"명(明)나라 만력 연간에 기독교서적을 번역 간행했는데 우리 사신이 연경에 들어가 때마침 구입하여 옥당 사고(玉堂史庫) 안에 두니 선조조의 신하 이수광이 『천주실록』을 보고 평한 말이 있었으며 광해조의 문신 허균이 천주교의 서적을 읽고 천주교를 믿는 사상이 있었다. 효종대왕이 세자였을 때 북경에 인질로 가서 서양인 탕약망(湯若望)과 교유하여 천주교 서적 여러 종을 얻으니 대개 왕자 및 사신이 가지고 온 책은 모두 공공기물에 속한다. 그러므로 관각(館閣)에 두어 오직 관각의 신하만이 능히 얻어 읽을 뿐이니 인민에게 영향이 미침이 없을 듯하나 이것이 그렇지 아니한 것은 어째서인가? 연경에 사행(使行)할 때 따라가는 인원은 명목이 퍽 많으니 곧 동지사행으로 말하더라도 상사·부사·서장관 각 한 사람씩이고(이상은 정사), 당상관 두 사람, 상통사 두 사람, 질문종사관 한 사람, 압물종사관 여덟 사람, 압폐종사관 세 사람, 압미종사관 두 사람, 청학신체아 한 사람, 의원 한 사람, 사자관 한 사람, 화원 한 사람, 군관 일곱 사람(모두가 사신을 스스로 돕는 사람이라 하여 자제군관 또는 반상이라 부른다), 우어별차 한 사람, 만상군관 두 사람이며 그 밖에도 인삼상인 및 잡읍(雜邑) 인원이 있어 위촉받은 사람이 적지 않으니 이들 인원은 모두 편할 대로 책을 구해올 수 있다. 그러므로 사관(史館)에 소유된 천주교 서적은 민간에서도 역시 가질 수 있으니 민간의 천주교 신자는 또한 그 수가 몇천백인지 알지 못하는 것이다."
　원래의 원문에는 '아래 ㅇ' 표기 방식으로 되어 있으나 임화의 표기와 별 차이가 없어 그대로 살려두었다.

다 하나 미견(未見)] 이것은 봉건 조선에 최초로, 그러면서도 가장 뿌리깊이 내리박힌 근대정신의 대철추大鐵鎚다. 봉건 조선 붕괴의 가장 중대한 영향을 이 과정 가운데서 받은 것이다.

왜 그러냐 하면 이 영향하에서 선조宣祖 임진壬辰, 1592의 대소탕 이래 이 10년에 긍亘하는 대외전역對外戰役에서 이조 건국 이래 조선사회에 잔재殘在했던 전봉건적前封建的 제유제諸遺制가 여하한 내부적 노력에도 비류比類할 수 없는 정도로 소탕되고 본격적 봉건사회에의 길로 들어선 감이 있다. 봉건제의 순수화의 과정과 아울러 대두하기 시작한 상인常人, 서민 등의 세력과 그것을 반영한 양반층의 급진분자를 사회적 모순의 제1선상으로 불러냈고 그들을 실사구시實事求是의 정신으로 훈육訓育하기 시작했기 때문이다. 이 현상은 사회적으로나 사상·문화적으로나 지극히 중대한 사실이다. 그들이야말로 갑오개혁甲午改革 이래 조선 신문화를 건설한 급진적 인텔리겐차의 선구요 실사구시의 학풍이야말로 개화문명사상과 실증정신의 모태였다.

이 과정이 특히 흥미를 끄는 것은 개국전開國前 조선의 대지對支관계가 전술한 바와 같이 봉건적 관계였다는 점이다. 그러므로 우리는 이 현상을 지나支那 근대화의 일- 연장이라고 볼 수도 있다.

(4) 근대화의 제2과정

그 다음으로는 서구 제국諸國과 조선과의 직접적인 관계다. 이것을 조선측으로서 보면 대구미對歐米 외교사이며, 국제적 견지에서 보면 구미歐米 자본주의의 동양침략사의 일혈-頁이다.

조선 땅에 들어온 최초의 서양인은 선조宣祖 초? 연대 미상 전라도 흥양興陽에 표류하여 왔던 영국선英國船인 듯하다. 당시의 조선은 그 이양선異樣船(혹운[或云] 황당선[荒唐船])[49]을 다음과 같이 흥미있게 또한 제법 상세히 형용形容하였다.

　永結利國, 在極西外洋, 以舟爲家, 四重造船, 以鐵片周裹內外, 船上建數十檣竹, 船尾設生風之機. 碇索用鐵鎖數百湊合以成, 故, 雖遇風濤不敗, 戰用大砲, 出沒行駛, 諸國莫敢相抗, 頃年自日本, 漂到興陽之境,[50] 其船極高大, 層樓大屋,[51] 我軍搏戰, 不能攻破, 致令脫去, 後問倭使, 知其爲永結利人也.[주16 : 이수광 저, 『지봉유설』][52]

그 다음에는 선조宣祖 임오壬午, 1582에 제주도에 표류해온 서양인국적 미상[주17 : 『문헌촬요(文獻撮要)』, 이씨, 『조선기독교 급 외교사』[53]에서 인(引)] 역시 선조 임진란 때 군중軍中에 끼어 따라 서래西來했던 천주교도 세스페데스[54][주18 : 임(壬), 일(日), 천(天)]가 역시 서구의 사정과 천주 교의敎義를 전했다 하나 이렇다 할 흔적이 남지 않고, 인조仁祖 6년1628에 제주도에 표류한 채 조선에 귀화하여 조선부인을 얻어 자녀까지 낳고 통역까지 하던 화란인 얀야스 벨테브레[55]조선명 박연[朴燕―延[56] 혹 淵―] 또는 호탄만

---

49 원문에는 '唐荒船'으로 표기되어 있으나 이는 '荒唐船'의 오식이다.
50 임화의 원문에는 '漂到興陽之頃'으로 되어 있으나 오자가 있기에 바로잡았다.
51 임화의 원문에는 '層樓大金'으로 되어 있으나 오자가 있기에 바로잡았다.
52 한글로 옮기면 다음과 같다.
　　"영국은 극서(極西) 밖 바다에 있어 배로써 집을 삼는데 네 겹으로 배를 만들어 철편으로 두루 안팎을 싸고 배위에는 수십 개의 돛대를 세우며 꼬리에는 바람을 일으키는 기구를 설치하고 닻줄은 쇠사슬 수백을 사용하여 모아서 만든다. 그런 까닭에 바람이나 파도를 만나더라도 부서지지 아니하고 싸울 때는 대포를 사용하고 몹시 빠르게 출몰하니 여러 나라가 감히 상대하여 저항하지 못한다. 지난 해에 일본으로부터 표류하여 흥양(興陽)의 경계에 이르렀는데 그 배가 매우 높고 크기가 층루대옥이었다. 우리나라 군사들이 격투하였으나 능히 공격하여 격파하지 못했고, 명을 내려 후퇴시킨 후에 왜국 사신에게 물어 그들이 영국인임을 알게 되었더라."
53 원문에는 '『朝基, 外史』'로 되어 있으나 원래의 책제목으로 표기했다.
54 원문에는 '세르페레스'로 되어 있으나 현대 외래어표기법에 따라 고쳐 썼다.
55 원문에는 '연·연스·벨트브레'로 되어 있으나 현대 외래어 표기법에 따라 고쳐 썼다.
56 원문에는 '廷'으로 표기되어 있으나 '延'의 오식이기에 바로잡았다.

[胡呑萬][57] 외 3인[주19 : 김석의(金錫義) 편 『탐라기년(耽羅紀年)』 혹은 성해응(成海應) 저 『연순제전집(研純齊全集)』 혹은 이덕무 저 『아항유고(雅享遺稿)』, 윤행초(尹行焦) 저, 『석제고(碩齊稿)』 등 참조, 이상 전부 이병도 씨 역주 『하멜표류기』에서 인], 효종孝宗 4년1653에 제주도에 표착漂着하여 유명한 『표류기』와 『조선국기朝鮮國記』를 서양에 전파시킨 화란인和蘭人 헨드릭 하멜그는 서기[書記]과 및 선원 35인으로부터 조선은 비로소 자기 영토에 투족投足한 서구인에게서 미지의 서방세계에 대한 지식을 얻었을 것이다.

하멜 이하 처음 제주도에 표착한 효종 4년1653부터 여수麗水에서 나가사키長崎로 탈출할 현종顯宗 7년1666까지가 14년간이요, 잔류한 인원이 조선에서 생애를 마쳤으니 그들이 조선에 남긴 것이 불소不少하였음을 생각할 수 있다.[주20 : 이병도 씨 역 『하멜표류기』] 더욱이 벨테브레와 하멜은 당시 구라파 신흥 상업 자본주의의 패권을 쥐고 있는 나라로 범신론汎神論 철학자 스피노자가 생존해 있는 문명국이며 가장 첨예한 신교국新敎國이었던 만큼 그들에게서 조선이 얻은 것은 천주교도에게서 얻은 바와 스스로 다른 점도 있으니[58] 생각하면 흥미있는 일이다.

좌우간 임란壬亂에 들어왔던 세스페데스가 최초의 천주교도라면 벨테브레와 하멜 일행은 조선 땅을 밟은 최초의 신교도라는 것은 기념할 일이다.

그 다음은 뒤를 이어 주로 남조선 해안에 표래漂來한 서구인을 대략 들면 현종 7년1666에 제주도에 표류했던 화란인 66인[주21 : 『실록』, 이씨 저 『조선기독교 급 외교사』에서 인], 정조 12년1797에 동래 부근에 표착했던 화란인 50여 인[주22 : 『실록』 및 정동유(鄭東愈) 저 『주영편(晝永編)』, 역

---

57 원문에는 '胡容萬'으로 표기되었으나 오식이기에 바로잡았다.
58 원문에는 '있으나'로 되어 있으나 문맥상 '있으니'가 적당하기에 바로잡았다.

인(亦引) 이씨 저『조선기독교 급 외교사』], 순조 원년1801[59]에 제주도 당포唐浦에 흡수吸水하러 왔다 풍랑으로 모선母船을 타지 못하고 잔류한 5인내흑인[內黑人] 2인[주23 : 『실록』, 『통문관지(通文館志)』, 『주영편(晝永編)』 동상 이씨에서 인(引)이나, 특히 차항(此項)은 흑인으로서 최초로 조선에 온 것이 기억될 만하다], 순조 16년1816 충청도 마량진馬梁鎭에 표도漂到한 영국선 2척[주24 : 『실록』, 동상 이씨 저에서 인], 고종 2년1865 경상도 임곡진林谷津[60]과 강원도 삼척 등지에 육○陸○ 표착한 양인洋人들[주25 : 『실록』 병(並) 『일성록』 공히 동상 이씨 저에서 인]이 양선洋船 표착의 중요한 자者이다.

이와 같이 표류선을 통하여 서구인과 교섭한 것은 물론 정상적 대외관계라 할 수 없으나 서구인이 조선에 들어온 최초의 경로인 점은 주목할 만하다.

요컨대 그들은 주로 인도와 남중국, 대만을 거쳐 나가사키長崎로혹은 북지[北支]로 가던 상인들로 풍파를 만나 우연히 조선에 온 것이고 조선을 안 것이다.

그러나 이러한 장구하고 수차에 긍亘하는 불행한 표류가 사실에선 지나支那를 통하여혹은 내지[內地]를 간접으로밖에 알지 못하던 서구인에게 직접 은자隱者의 나라 조선을 알게 한 것은 또한 흥미 있는 일이다.

나가사키와의또는 북지와의 통상로의 우연하나마 최대의 부산물이 즉 조선의 발견이었다. 이 사실은 또한 조선 자신으로 하여금 서양 사정을 적극적으로 탐지케 하고[주26 : 이능화 저『조선기독교 급 외교사』 중 고종이 성(盛)하게 신하들에게 양이(洋夷)의 사정을 하문한 조(條)를 보면 흥미 있다] 또한 조선에 대한 서구인의 지식을 넓히고 상업적 정치적 관심을 앙등시키지 아니 할 수 없었다.

---

59 원문에는 ‘1810’으로 되어 있으나 오식이기에 바로잡았다.
60 원문에는 ‘村谷津’으로 되어 있으나 오식이기에 바로잡았다.

이때까지를 조선의 대 서양관계에 있어 표류의 시대라고도 할 수 있다.

이로부터 구미인의 계획적인 조선 내항來航의 역사, 나아가서는 외교와 견상遣商, 황교皇敎의 역사가 시작되는 것이다.

그러나 이때부터는 벨테브레, 하멜을 위시로 많은 불행과 간난艱難을 맛보고 은자의 나라 조선을 서구에 알린 공적을 쌓은 화란인에 대신하여 영·미·불그리고 나중엔 로[露], 독인들이 등장한다. 서구에 있어 화란이 세계 무역의 제1선에서 물러나고 영·불·미인米人 등이 동양침략에 등장하였기 때문이다.[주27 : 포치야로프[61] 외 1인 저, 『유물 세계사 교정(敎程)』[62] 제3,4권 참조]

이리하여 순조 31년1831 영국 동인도회사 상선이 충청도 홍주 고대도古代島에 내박來迫하여 교역을 요구하고[주28 :『실록』, 오쿠히라 타케히코(奧平武彦) 저『조선개국교섭시말』중의 일부와 이능화 저『조선기독교 급 외교사』중의 그 전문과『문헌비고』로부터의 인증이 있음], 동同 32년1832 광동廣東 영국 상관商館의[63] 북지北支 연안 무역조사선 로드 앰허스트호가 이순二旬[64]에 긍亘해서 동상同上 고대도에 내박하여 교역을 요구하고, 헌종 6년1840에 영선英船 2척이 제주도 모슬포摹瑟浦에 와서 축우畜牛 등을 겁략劫掠하고, 헌종 11년1845에 영국 군함 사마랭호가 전라도 홍양으로부터 제주도에 이르는 연해의 심도를 측채測採하고[주29 :『실록』,『문헌비고』, 이씨 저 동상서(同上書)에서 인, 오쿠히라 타케히코(奧平武彦) 저『조선개국교섭시말』], 고종 2년1865 해미海美에 영선이 청인을 데리고 내박하여 통

---

61 원문에는 '포차로프'로 되어 있으나 현대 외래어표기법에 맞추어 고쳐 썼다.
62 원문에는 '『世界史敎程』'으로 되어 있으나 오식이기에 바로잡았다.
63 원문에는 '商館을'로 되어 있으나 문맥상 '상관의'가 적절하기에 바로잡았다.
64 원문에는 '그旬'으로 되어 있으나 오식으로 보이기에 바로잡았다.

상을 청하고[주30 : 『일성록』, 이씨 저 동상서(同上書)에서 인], 고종 3년1866 미함米艦 제너럴 셔먼호가 평양성 외外 대동강 양각도羊角島에서 약탈 중 피격되어 소위 평양 양함洋艦사건을 일으켜[주31 : Griffis, "Corea the Hermit Nation"] 고종 5년1867 미米 군함 와추세트호의 황해 내격사건과 고종 8년1871 미국 아시아함대 기함旗艦 콜로라도호 이하 군함 5척으로 된 함대의 강화도 내침과, 고종 3년1866 불인佛人 선교사 학살에 기인한 불국佛國 함대 내침의 병인양요[주32 : Dalle, "Historie de I'Elise de Corea", 이씨 저 『조선기독교 급 외교사』에서 인]와 더불어 쇄국 조선이 경험한 2대 대외 전역戰役인 신미양요[주33 : Dalle, "Historie de I'Elise de Corea", 이씨 저 『조선기독교 급 외교사』에서 인]에까지 발전하였다.

이 외에 불란서佛蘭西가 헌종 11년1845[65] 충청도 홍주洪州 외연도外煙島에 군함을 시켜 통상을 청하는 서書를 가져오고, 13년에 국서國書를 얻으러 전라도 만경萬頃 고군산古群山에 왔다가 조난했고[주34 : 『대동기년』, Griffis 동상서, 이씨 저, 『조선기독교 급 외교사』에서 인, 『일성록』 동상], 천주교도 학살 문제로 병인사건에까지 이르렀음에 노국露國이 또한 고종 원년1864 경흥부안慶興府岸에서 통상을 청하는 위협적 투서사건을 위시로 빈빈頻頻한 월경越境 사건, 그타他로[주35 : 『실록』 동상] 국경을 시끄럽게 하여 반도半島는 전후 좌우에서 개문開門을 촉박促迫당하는 형편이었다.

이때까지를 또한 조선의 대 서양관계에 있어 상업적, 정치적, 혹은 군사적인 침범 시대라고도 말할 수 있다. 여기서 우리는 천주교의 수입을 말하지 아니 할 수 없으나 제2절의 정신문화를 이야기하는 데서 말하겠기로 그만 둔다.

---

[65] 원문에는 '1895'로 되어 있으나 오식이기에 바로잡았다.

(5) 근대화의 제3과정

물론 이 과정은 현해탄을 건너 서구 자본주의가 조선에 들어온 길로 고종 13년[1876] 2월 강화도에서 쿠로다 기요타카黑田淸隆, 이노우에 카오루井上馨와 신헌申櫶·윤자승尹滋承 간에 체결된 수호조약[주36 : 고우야 모리후쿠(恒屋盛服) 저, 『조선개화사』, 오쿠히라 타케히코(奧平武彦) 저, 『조선개국교섭시말』] 이래 조선 근대화의 대동맥이 된 노선이다.

임진壬辰 이후 내지內地와의 관계는 부단히 끊어지지 않고 계속되어 왔으나 개화된 선진국으로 조선 앞에 나타나기는 철종哲宗 11년[1860], 일본 만연[萬延] 원년 예조에 보낸 개국권고서간사건[주37 : 이선근 저 『조선최근세사』 참조]으로부터 비롯한다. 그 전까지는 대마번주對馬藩主 무네宗 씨를 통하여 표면상 예의적 교섭이 있어 왔을 따름이다.

그러던 것이 페리[66] 제독에게 인솔된 미국 함대에 내공來攻을 받아 시모다下田, 하코다테函館를 개항하여 쇄국의 몽夢을 깬 뒤 노露·불佛·난蘭·영英과도 수호하고 가나가와神奈川·나가사키長崎·니가타新瀉·효고兵庫 등의 제항諸港을 열어 근대화에의 길을 급히 하면서 도쿠가와德川 막부幕府 하의 일본은 역사적 전형기轉形期에 들어서지 아니 할 수 없게 된 것이다.[주38 : 다구치 료키치(田口卯吉) 저 『일본개화소사』] 전기前記 서간은 페리의 우라가浦賀 도래渡來로부터 연수年數로 8년 후의 일로 대략 내용을 살피면,

略曰 魯西亞, 佛蘭西, 英吉利, 亞墨利加 四國이 此年에 屢航于本邦하여 切請通商이라 紃其素情하고 審其懇款之狀하니 有可憐者하여 柔遠之道를 亦不可廢할새 仍各許其請하여 以應彼望하고 若夫邪教緊防嚴飭은 何夫待言哉아 今此事

---

66 원문에는 '펠리'로 기술되어 있으나 현대 외래어표기법에 따라 고쳐 썼다.

由를 令不倭으로 告報貴國하니 是는 東武之特旨 운운[주39 : 『문헌비고』, 이선근 저, 『조선최근세사』에서 인][67]

이라 한 것을 보아 막부 당국이 자기들이 서구 제국과 통상수호케 된 사정을 알리는 동시에 조선도 개국을 권한 것이다. 이 권고는 서구 제국의 간청으로 씌어졌다고도 볼 수 있고 또한 단순한 정치적 충고[주40 : 이선근 저『조선최근세사』]라고도 볼 수 있으나 여하간 그 뒤 조선의 인허認許하는 바 되지 않고, 그 후엔 피차彼此의 내정 문제의 복잡으로 특별한 교섭이 없다가 고종 3년1866 즉 경응慶應 2년 왕정복고王政復古의 전년前年 불함佛艦 내침건來侵件으로 원조를 청한 데서 교섭이 재개되고, 불함佛艦이 퇴거한 후에도 당시 조선의 집정자執政者 대원군大院君은 예조로 하여금 대마對馬의 무네宗 씨를 통하여 호의적인 서간을 보냈고,[주41 : 동상(同上)] 다시 동년同年 8월에 평양미함사건平壤米艦事件이 일어나매 익翌 고종 4년1867, 경응[慶應] 3년 2월에 거중조정居中調停 겸 대한對韓 진출의 목적으로 도쿠가와德川 막부의 장군 요시노부慶喜가 견한遣韓 사절 준비를 하다가 동년同年 12월 명치유신明治維新 막부 도괴倒壞의 결과 중지되고 말았다.[주42 : 동상(同上)]

이로부터 대일관계는 명치明治 정부의 대한對韓 외교가 되는데 오쿠히라奧平 씨는 "명치 원년으로부터 명치 8년까지는 아국我國의 조선 심교상尋交上 장구한 곤란의 시기였다"[주43 : 오쿠히라 다케히코(奧平武彦) 저

---

[67] 한글로 옮기면 다음과 같다.
　　"간략히 말씀드려, 러시아, 프랑스, 영국, 아메리카 4국에서 이 해에 여러 번 우리나라로 항해해 와서 통상하기를 간절히 요청했습니다. 그들이 바탕에 품은 생각을 살피고 그 정성스러운 모습을 살피니 가련함이 있어 회유하는 방법을 폐지 못할 때 이내 각기 그 청을 허락하여 저들의 바람에 응했습니다. 그런데 사교(邪敎)를 굳게 막아 엄중히 신칙하는 것은 어찌 말할 필요가 있겠습니까. 이제 이 사유를 제가 귀국에 보고하니 이는 동무(東武)의 특별한 뜻이라."

『조선개국교섭시말』]고 이야기하며 이어서 "조선 심교尋交는 단순한 대외 문제에 그치지 않고 내정內政상의 제목題目으로 보상키 어려운 희생을 지불케 한 것이다"[주44 : 오쿠히라 다케히코(奧平武彦) 저 『조선개국교섭시말』]고 말하였다.

명치 8년은 바로 한일수호조약이 성립되기 전년前年이요, 내정 문제라는 것은 정한론征韓論이며, 희생은 서남전쟁西南戰爭일 것이다.

명치 원년으로부터 8년까지는 명치 원년 무네 요시다쓰宋義達[68]가 휴래携來한 유신정부의 국서불수리사건國書不受理事件을 중심으로 한 수차의 교섭과 그것을 기연機緣으로 한 정한론의 대비등大沸騰과 조선측 대원군의 쇄국주의가 일양日洋의 화응和應과 일양의 동일시, 척양척왜斥洋斥倭의 정책을 강행함에 심교尋交는 용이히 성립되지 않았다.[주45 : 오쿠히라 다케히코(奧平武彦) 저 『조선개국교섭시말』]

그러던 것이 고종 13년 여러 가지 파란과 곡절을 지내 수호조약이 체결되자 정한론은 익翌 고종 14년 서남 전역戰役으로 종막을 닫고 조선은 또한 처음 외국과 정식 조약을 통하여 개국하고 독자의 입장에서 국제 외교 무대에 등장한 것이다. 이 조약은 고종 12년1875, 명치 8년 9월 일본 군함 운양호의 강화도 피격사건의 교섭 결과 성립된 것으로 일본의 페리 제독 내항과 근사하여 조선 개국의 시그널이 되었다.

조선은 부산·인천·원산 3항을 자유항으로 개방하고 이 조약을 통하여 조선은 또한 '자주지방自主之邦'[주46 : 수호조약 정문(正文) 제1조]으로 자타가 인정하게 되었다.

바꾸어 말하면 이 조약에서 조선은 청국의 속번屬藩이 아님을 스스로 성명聲明하고 상대편으로부터 인정받아 그 뒤에 올 구미 각국과 자

---

[68] 원문의 '宗義達'은 오식이다.

주적 수호 외교의 길을 연 것이다.

이 점은 극히 국제법상의 한 형식 문제에 그치는 것 같으나 그실은 극히 중요한 것이다.

왜그러냐 하면 전술前述한 데서 우리는 한청韓淸[69]의 봉건적 주종관계를 조선근대화의 제1 도정이라 규정하였으나 또한 다른 한편으로 그 관계의 잔존은 조선의 철저한 근대화의 유일의 방법인 개국의 질곡이 되어 있었기 때문이다.

그러므로 형식적이나마 이 주종관계를 떠나 자주지방自主之邦으로 국제무대에 등장하는 것이 지극히 필요했다.

이것은 또한 조선에 대하여 여러 가지 경략經略을 가지고[70] 있는 제諸 외국에 있어서도 초미焦眉의 급무였다.

이리하여 고종 19년 4월1882에 한미韓米, 동년 4월에 한영韓英, 동년 5월에 한독韓獨, 고종 21년1884 윤5월에 한이韓伊, 동년 윤5월에 한러韓露, 고종 23년1886 3월에 한불韓佛, 고종 29년1892 한오韓墺, 고종 19년에 한청韓淸, 고종 광무 6년1902에 한백韓白의 수호통상조약이 체결되었다.[71][주47 : 『경성부사(京城府史)』 제1권]

이리하여 동양 제국 중 홀로 국제법의 양광陽光을 입지 못했던 '고도孤島' 조선은 쇄국의 동굴에서 일시에 동·서 자본주의의 광망光芒이

---

69 원문에는 '淸韓'으로 되어 있으나 요즘의 관례에 맞게 고쳐 썼다.
70 원문에는 '가리고'로 되어 있으나 오식으로 보이기에 바로잡았다.
71 원문의 수호통상조약 연월 표기에 오류가 많아 전체적으로 바로잡았다. 또한 국가명 표기에서 원문에서는 상대국을 앞세웠으나 요즘 표기법대로 우리나라를 앞세웠다. 참고삼아 원문을 인용해둔다.
　"이리하여 高宗十九年二月(1867)에 米韓 同年六月에 英韓, 同年同月에 獨韓, 高宗二十年(1868)六月에 伊韓, 同年七月에 露韓, 高宗十三年(1886)六月에 佛韓, 高宗二十九年(1892)墺韓, 高宗四十三年에 淸韓, 高宗隆熙二年(1908)에 白韓의 修好通商條約이締結되엇다."
　'墺'는 '오스트리아', '白'은 '벨기에'의 당대 표기음이다.

휘황한 증무대檜舞臺 위로 끌려나온 것이다.

(6) 개국의 영향과 갑오개혁

그러나 해외의 사정엔 어둡고 인방隣邦의 경험엔 무지한오쿠히라[奧平] 후진後進 사회가 더듬을 폴리티컬한 운명이란 스스로 명료하거니와 우리의 관심할 바는 개국이 조선 내부에 야기시킨 영향이다.

주지하는 바와 같이 외래자본제가 국내로 유입하면서 후진 사회 내부엔 두 가지 작용이 역행적으로 진전된다.

하나는 전자본제적 제관계의 급속한 와해요, 다른 하나는 국내에 있던 자본주의적 요소의 급속한 성장 과정의 전개다.

여기에 외래자본제가 유입되면서 국내에 뿌리를 박을 소지素地가 준비되는 것이다.[주48[72] : 시카다 히로시(四方博), 「조선 근대자본주의 성립과 정」, 경성제대 편『조선 사회발달사 연구』에서]

그러나 본장 제1절 1항에서 언급한 것처럼 자주적 근대화의 조건을 준비해 가지고 있지 못하던 조선사회가 몽蒙할 영향은 거의 일방적인 구舊관계의 와해작용뿐이라 할 수 있다.

따라서 개국에 이르기까지 제諸외국과의 단편적 교섭 장면에 있어 일찍 다른 후진 동양 제국이 경험한 것 같은 극단의 배외주의排外主義로 일관할 수밖에 없었다.

이 공포는 어떤 경제학자가 비유한 것처럼 묘지에 대지를 맞본 미라의 허물어짐과 비길 수 있었기 때문이다. 그러나 이조 말李朝末 사회는 비록 자주적으로 근대화될 만한 기본 조건이 결여되었었다 할지라도 북미나 호주처럼 근대적 생산양식과 접촉하자마자 전全 사회기

---

72 원문에는 각주 번호가 38로 잘못 기재되어 있다. 이후 이 번호에 근거하여 차례로 표기되어 있는바 모두 바로잡았다.

구가 허물어져버릴 정도는 아니었다.

미숙하고 불충분하나마 그 정도에 상응한 근대적 생산양식의 맹아를 장藏하고 있었으며 이조 말기에 가까워지면서 상기上記한 세 길을 통한 대외관계로부터 오는 자극과 봉건 자체의 성숙과 아울러 그것은 성장하고 있었다.

이러한 새 세력의 성장과 봉건적 상층기구의 부패, 농업생산력의 퇴화, 거기에 따르는 농민생활의 파괴와 어우러져 이조 말 조선 봉건사회의 절망적 위기를 초래한 것이다.

거기에서 자연히 두 가지 방향에 의한 개혁이 요구되었다.

하나는 봉건제 자체의 숙청과 재편성, 또 하나는 근대적 방법에 의한 구폐舊弊의 소탕이다.

그리하여 이미 종래의 봉건사회는 부란 위축腐爛萎縮케 하여 전연 유지될 수 없기 때문이다. 전자가 대원군의 코스요, 후자가 개화당의 코스다.

그러나 반역사적인 봉건적 개혁이 외래 자본제에 의한 근대화의 운명을 맞이한 조선사회에서 성공할 리는 만무했다.

그리하여 도래된 것이 갑오甲午의 개혁이다. 허나 이 개혁이 재래의 조선사회의 내부에 있던 자본제적 요소에 의한 구舊관계의 개조일 수 없는 것도 또한 당연한 일이다.

거기엔 조선보다 앞서 근대적 생산양식을 수입하여 전진前進 도상에 있는 젊은 국가 일본의 힘이 크나큰 동력이 된 것이다.[주49: 동상(同上)]

갑오개혁은 실로 조선 근대화의 제도적 기초요, 타방으로 외래자본제가 자기의 활동을 자유롭게 할 통로의 개방이었다.

다음에 인引하는 두 가지 공문서가 이 개혁의 전모를 밝힌다.

其一, 軍國機務處決議事項抄要

一, 公私文書의 日附에 淸歷을 不用하고 開國紀年을 用함.

二, 從來의 文武官尊卑의 別은 廢하고 아주 同等으로 함.

三, 兩班 及 平民은 法律上 全然 同等으로 하고 貴族門閥에 相關없이 人材를
　　　登用함.

四, 公私奴婢의 典籍을 廢하고 人身賣買를 禁함.

五, 早婚을 禁하고 男子 20歲 以上 女子 16歲 以上으로 비로소 嫁娶를 許함.

六, 從來에도 妻妾이 다같이 無子한 境遇에 養子를 許하는 制가 있었으나
　　　自今 一層 勸行함.

七, 貴賤의 別이 없이 寡婦의 再家를 許함.

八, 犯罪者家族 連坐의 律을 廢함.

九, 平民이라도 國에 利하고 民에 便할 事項은 建議書를 軍國機務處에 提出
　　　함을 許하여 이를 會測[73]에 附케하여 그 意見이 卓越한 者는 官吏로 採
　　　用함.

十, 大臣通行의 際에 平民이 起立, 或은 下馬한 習慣을 廢함. 단 高等官에게
　　　는 路를 讓할 것으로 함.

十一, 官吏가 不正히 他人의 金品을 占有한 時는 그를 罰하고 그 占有物을
　　　汲收함.

十二, 司法 又는 警察의 官吏가 아닌 者는 어떤 府, 衙門, 軍門이라도 人民을
　　　捕縛하거나 또 刑罰함을 沒得함.

十三, 驛人, 俳優, 皮工의 賤人됨을 免함.

十四, 從來의 科擧를 廢하고 새로 官吏登用法을 設함.

十五, 新刑法이 編纂되기까지는 大典會通刑法을 施行할지라도 拷問을 加함

---

73 원문에는 '會議'로 되어 있으나 오식이기에 바로잡았다.

은 不得 함.

十六, 租稅의 納入에는 穀物, 織物 其他의 作品으로 하였으나 自今은 一切를
　　　金納으로 改함.

十七, 各道監司에 命하여 郡縣의 守令으로 하여금 各面으로부터 一人을 選
　　　出하여 議會를 組織케하고 그 決議를 얻어 政令을 施行케 함.

十八, 品行이 方正하고 銳敏한 少年을 얻어 海外에 留學케 함.

十九, 各衙門에 外國顧問官을 聘用함.

二十, 宮內府의 大小官吏는 各郡 各衙門의 大小官吏됨을 不得케 함.

二十一, 鴉片의 使用은 從來로 嚴禁하였으나 自今 一層 嚴禁함.

二十二, 各州縣에는 適當히 社倉을 設하여 備荒貯蓄을 하게 함.

二十三, 從前 宮內府 卽[74] 各司로부터 諸道에 誅求하던 廢習은 一切 禁함.[주
　　　50 : 『조 선사강당(朝鮮史講堂)』 최근세사, 김기전(金起田) 저, 『조선최
　　　근세사 13강(講)』][75]

---

74 원문에는 '竝'으로 되어 있으나 오식이기에 바로잡았다.
75 현재 표기법으로 고쳐 쓰면 다음과 같다.
　기일(其一), 군국기무처 결의사항 초요(軍國機務處決議事項抄要)
1. 공사문서의 일부(日附)에 청력(淸歷)을 사용하지 아니하고 개국기년(開國紀年)을
　사용함.
2. 종래의 문무관 존비의 차별은 폐지하고 아주 동등으로 함.
3. 양반 및 평민은 법률상 전연 동등으로 하고 귀족문벌에 상관없이 인재를 등용함.
4. 공사노비의 전적(典籍)를 폐지하고 인신매매를 금함.
5. 조혼을 금하고 남자 20세 이상 여자 16세 이상으로 비로소 가취(嫁娶)를 허락함.
6. 종래에도 처첩이 다같이 무자(無子)한 경우에 양자를 허락하는 제도가 있었으나 금
　일부터 일층 권행함.
7. 귀천의 차별이 없이 과부의 재가를 허락함.
8. 범죄자 가족 연좌의 율(律)을 폐지함.
9. 평민이라도 나라에 이익하고 백성에 편한 사항은 건의서를 군국기무처에 제출함을
　허락하여 이를 회칙에 부(附)케하여 그 의견이 탁월한 자는 관리로 채용함.
10. 대신(大臣) 통행의 제(際)에 평민이 기립, 혹은 하마(下馬)한 습관을 폐지함. 단 고
　등관에게는 길을 피하는 것으로 가(可)함.
11. 관리가 부정히 타인의 금품을 점유한 때 그를 벌하고 그 점유물을 급수(汲收)함.
12. 사법 또는 경찰의 관리가 아닌 자는 어떤 부, 아문, 군문이라도 인민을 포박하거나

'임시군국기무처'는 김홍집金弘集[76] 총재하에 갑오[1894] 7월 26일에 조직된 일종 임시내각으로 즉시 정식내각이 되었다.

其二, 홍범14조(洪範十四條)[77]

또 형벌함을 몰득(役得)함.
13. 역인(驛人), 배우, 피공(皮工)의 천인됨을 면함.
14. 종래의 과거를 폐지하고 새로 관리등용법을 설(設)함.
15. 신형법이 편찬되기까지는 대전회통형법(大典會通刑法)을 시행할지라도 고문을 가함은 부득(不得)함.
16. 조세의 납입에는 곡물, 직물, 기타의 물품으로 하였으나 지금부터는 일체를 금납(金納)으로 바꿈.
17. 각도(各道) 감사에 명하여 군현의 수령으로 하여금 각면(各面)으로부터 1인을 선출하여 의회를 조직케 하고 그 결의를 얻어 정령(政令)을 시행케 함.
18. 품행이 방정하고 예민한 소년을 얻어 해외에 유학케 함.
19. 각 아문(街門)에 외국고문관을 빙용(聘用)함.
20. 궁내부(宮內府)의 대소관리는 각 군(群) 각 아분의 대소관리됨을 부득(不得)케 함.
21. 아편의 사용은 종래로 엄금하였으나 지금부터 일층 엄금함.
22. 각 주현(各州縣)에는 적당히 사창(社倉)을 설(設)하여 비황저축(備荒貯蓄)을 하게 함.
23. 종전 궁내부 또는 각사(各司)로부터 제도(諸道)에 주구(誅求)하던 폐습은 일절 금함.

[76] 원문에는 '金宏集'으로 되어 있으나 이때는 '김홍집'으로 이름을 바꾸고 활동하던 시기다.

[77] 참고삼아 「홍범14조」의 내용을 밝혀둔다.
1. 청국(淸國)에 의부(依附)하는 생각을 끊어 버리고 자주독립(自主獨立)하는 기초를 세운다.
2. 왕실 전범(王室典範)을 제정하여 대위계승(大位 繼承)과 종척(宗戚)의 분의(分義)를 밝힌다.
3. 대군주(大君主)는 정전(正殿)에 나아가 정사(政事)를 보되 친히 각 대신에게 물어 재결(載決)하고, 후빈종척(后嬪宗戚)은 간예(干預)를 불용(不容)한다.
4. 왕실사무(王室事務)와 국정사무(國政事務)는 곧 분리(分離)하여 서로 혼합됨이 없도록 한다.
5. 의정부(議政府)와 각 아문(衙門)의 직무(職務)·권한(權限)을 명확히 제정한다.
6. 인민이 세(稅)를 받침에 있어서는 법령(法令)에 따라 율(率)을 정하되 멋대로 명목(名目)을 붙이거나 함부로 징수해서는 안 된다.
7. 조세의 과징(課徵)과 경비(經費)의 지출은 모두 도지아문(度支衙門)에서 관할한다.
8. 왕실비용(王室費用)을 솔선 절감하여 각 아문과 지방관청의 모범이 되도록 한다.
9. 왕실비(王室費)와 각 관부(官府)의 비용은 일년 예산을 정하여 재정의 기초를 확립한다.
10. 지방관제(地方官制)를 속히 개정하여 지방관리의 직권(職權)을 제한 조절한다.
11. 국중의 총준자제(聰俊子弟)를 널리 파견하여 외국의 학술과 기예(技藝)를 널리 전

이것은 그 익년翌年 1월 7일에 고종이 서정 개혁庶政改革과 자주 독행 自主獨行의 연유를 태묘太廟에 고하고 실언實言한 14조로 내용이 군국기 무처 결의와 대동소이大同小異하기로 생략한다.

요컨대 봉건적 신분제의 폐지, 상업자본 축적의 근간인 재정제도 의 확립, 궁내부와 정부의 구별, 신문화의 이입 등으로 명치유신明治維 新에 비교할 만큼 획시기적劃時期的 혁신이다.

비록 갑오개혁이 곧 수구파의 손으로 와해되었다 하나 사회를 이 이전으로 회귀시킬 수는 없었다.

2) 정신적 준비

(1) 금압(禁壓) 하의 '실학(實學)'

새로운 시대의 정신적 준비는 이조李朝 재래의 정신문화기구가 붕 괴되는 곳에서 시작한다.

조선의 학문발전사는 삼국시대(고구려, 신라, 백제) 이래의 한문학, 불학 (佛學), 노장학(老莊學), 유학 등을 포함한 방대한 부문을 형성하고 있는 것으 로 어느 것이나 그 사회경제의 역사적 발전과의 내면적 관련을 맺고 있음은 물론이다. 그 중에도 근세 조선사상의 유형원, 이익, 이수광, 정약용, 서유구

습(傳習)한다.
12. 장관(將官)을 교육하고 징병법(徵兵法)을 정하여 군제(軍制)의 기초를 확정한다.
13. 민법과 형법을 엄명하게 제정하여 감찰(藍察)과 징벌을 남용치 못하게 하고 인민 의 생명과 재산을 보전한다.
14. 사람을 쓰되 문벌(門閥)에 구애받지 말고 두루 조야(朝野)에 비쳐 인재 등용의 길 을 넓힌다.
(『구한국관보(舊韓國官報)』 제1권, 개국(開國) 503년 12월 12일자 참조)

(徐有榘), 박지원 등 말하자면 '현실학파'라고도 칭할 우수한 학자가 배출하여 우리의 경제학적 영역에 선물로 남겨준 업적은 결코 적지 않다.[주51 : 백남운, 『조선경제사』 서(序)]

이것은 봉건 이조의 국교요 국학인 유교와 이학理學에 대하여 새로이 대두한 실학의 가치를 경제학의 측면에서 발견한 백남운白南雲 씨의 소론所論이거니와 단순히 그 의의가 경제학 내에 머무르는 것이 아니다.

만일 이조의 관인官人 기구가 조선 봉건사회의 사회적 골격이라면 주자朱子의 성리학은 실로 그 정신적 골격이라 할 수 있었다.

"유가儒家의 유일한 직업이었던 성리性理 연구의 일소一掃"(김태준)[주52 :『조선소설사』]는 실로 관인 기구를 토대로 한 이조 봉건제의 동요의 반영이 아닐 수 없으며 '실학'의 대두는 그것에 대한 비판의 표현이요 개혁 의지의 발현이라 아니 할 수 없다.

'조선의 학문 발전의 최초의 광망光芒'(김태준)[주53 :『동아일보』 소화 11년,[78] 김태준 필(筆) 「고전 섭렵 수감(隨感)」]이라 하는 이수광의 『지봉유설』이 백과전서적 계몽정신에서 출발하여 『반계수록磻溪隧錄』의 저자 유형원에 이르러서는 제도, 행정, 경제, 생산 등의 개조책으로 발전하고 이익, 안정복, 신경준, 사검서四檢書 저자들, 박지원 등을 거쳐 정약용에 이르러 집대성될 때까지 거익去益 정치적·경제적 개혁이 실학의 주요 안목이 되어 있음은 의미 깊은 일이다.

선조, 인조 양차兩次 대란의 결과라든지 혹은 청조淸朝 고증학파의 영향이라든지 당파의 여파라든가[주54 : 김태준 저, 『조선소설사』] 각종의

---

[78] 정확한 게재일자는 『동아일보』 1936년 2월 9일이다.

동기를 들 수 있으나 실학은 최초부터 구舊사회에 대한 개혁적 요망비록 부분적이나과 더불어 생성·발전한 것이라 단언할 수 있다.

'사문난적斯文亂賊'이란 율律이 곧 학문상의 이단자를 사형장으로 내어 모는 지엄한 조건 하에서 실사구시의 학풍이 성장한 사실을 우리는 기억할 필요가 있다. 구사회에 대한 치열한 개혁정신 없이 학문의 개조에 종사한다는 것은 아직 진리의 존엄이나[79] 과학의 신성, 학문의 자유 등의 훈련을 받지 않은 일개 유자儒者들로서 사死를 모冒하고 신학설新學說 연구에 몰두한다는 것은 상상키 난難한 일이다.

실학파의 대부분이 '정치에 득의得意치 못한 색벌色閥의 출신'김태준[주55 : 전게(前揭)『동아일보』 소재 김태준 필 「고전섭렵수감」]이란 점을 생각하면 그들이 구舊사회의 부패를 목도하고 새 사회 탄생에 눈뜬 선구적 지식층이었음을 이해할 수가 있다.

이 현상은 현대 인텔리겐차의 성격과 조금도 다름이 없다.

아직 그 시대의 왕자일 수는 없으나 그 무시할 수 없는 세력으로 엄연히 성장하고 있는 새 시대의 맹아를 배경으로 하여 그들은 낡은 정신적 유산 위에다 새 신념을 심어 갔던[80] 것이다.

연대로 치면 이때가 숙肅·영英·정正 연간, 머지않아 신문학의 모태가 된 신소설과 창가를 낳은 언문諺文의 구소설과 가사 창곡이 또한 유명무명有名無名한 이들 하층의 혹은 불우不遇의 사인士人들에 의하여 수입되고 창작된 것이다.[주56 : 김태준 저, 『조선소설사』; 조윤제, 『조선시가사강』[81] 참조]

그러나 실학이 이러한 개혁정신을 함축하고 있으면서도 정면으로

---

79 원문에는 '尊嚴이다'로 되어 있으나 문맥상 오식으로 보이기에 바로잡았다.
80 원문에는 '심어 가던'으로 되어 있으나 문맥상 과거시제가 적당하기에 바로잡았다.
81 원문의 '朝鮮語歌史綱'은 오식이다.

위정爲政 당국의 압박 하에 서지 않고 한미한 관직이나 무관사림無官士林에 머물러 있게 된 이유는 위선爲先 그 개혁사상 자체가 미온적이고 타협적인 데도 연유하겠으나, 중요한 것은 그들이 고증학으로 무장하고 있었기 때문이다.

고증학은 주지함과 같이 청조의 학풍으로 그 정치적 특색이 이족異族 지배하의 한족 지식인의 중요한 캄프라치술術[82]이었던 만큼 직접한 정치적 예봉銳鋒을 피할 수 있었다 할 수 있다.

청의 고증학과 같이 이조의 실학은 사실의 고구考究를 위주로 하는 만큼 그때 위정자가 생각키에 따라서는 유용한 이익을 줄 수도 있고 또한 그것만으로 억압의 구실을 발견키 어려웠다.

이 점은 내지內地 도쿠가와德川 시대의 양학洋學 혹은 국학과 그 성격이 비슷하였다. 김만중·신여암申旅菴 등의 언문, 국자 연구와 존중은 이 내지內地의 국학과 방불한 점이 있다 할 수 있다.

사실 내지內地의 양학이 그러했던 것처럼 이조의 실학은 정치상 견해는 말할 것도 없거니와 경서에 관하여 경의는 표했을지언정 그타他의 의미로는 일언반구一言半句 말하지 아니 했다.

이 사실은 실학자들의 현명賢明을 말하는 자료도 되는 동시에 또한 얼마나 그들이 '사문난적'으로 몰릴 위험 하에 있었던가를 말하는 사실도 된다.

여기에서 우리는 저 처참하고 잔인한 천주교 박해의 비밀을 알아낼 수 있다.

실사구시의 정신은 단순히 청조 고증학의 모방이 아니라 성리性理에 대립하여 사실을 신성시하는 만큼 당연히 과학정신, 과학적 진리

---

82 원문에는 '캄므푸라―쥬術'로 표기되어 있는데, 이는 프랑스어 '카무플라주(camou-flage)'로 '위장'을 뜻한다.

탐색의 길에까지 미치는 것으로 지나支那와 내지內地, 구미歐米 등으로부터 유입하기 시작한 근대 서양과학에 대한 무한한 흥미와 호기심과 동경과 학득욕學得欲을 감추지 못하였다제1절 참조.

그러나 불행히 이러한 때 우리 조선에는 근대 서양과학이 단독으로 수입되지 못하고 천주교와 더불어 유입되지 아니할 수 없는 운명에 있었다.

구미인은 동양에 과학을 가져옴이 목적이었다느니보다 기독교 선포宣布의 일— 수단으로 과학을 가져왔다기독교는 또한 정치적 경제적 침략의 일 수단이었으나!.

그러므로 동양인에겐 기독교보다도 과학이 더 많이 필요했음에도 불구하고 먼저 기독교를 받았고, 또한 그것을 통해서야 비로소 과학의 편린片鱗을 대할 수 있는 불가피한 처지에 있었다.

거기서 때로는 과학과 기술을 기독교에서 분리하다가도[주57 : '일본문화사대계' 중 니무라 이즈루(新村出) 저『양학(洋學)』 참조. 조선 정부가 전부가 양학과 천주교를 통한 '실학'파를 직접 처벌치 아니한 데서도 이런 견해를 발견할 수 있다.] 내종乃終엔 천주교도의 명목으로 과학 정벌科學征伐을 기도한 것이다. 참고로 동일한 조건하에 있던 도쿠가와 막부 시대의 사정을 소개한다.

봉건사회의 기초를 흔드는 것으로서 서양 근대과학이 격리(隔離)된 것은 그것을 그것(과학—인용자)으로 한 것이 아니라 사종문절리지단(邪宗門切利支丹)의 명목에서이었다. 막부 당로(當路)에서 보면 막번(幕藩) 봉건제를 위협하는 해외 학술사상 그것은 전부 사교(邪敎)의 명목 중에 포함되는 것이며 서양 근대과학이 보여주는 호기적(好奇的)인 실험까지가 "절리지단천연(切利支丹天連)의 환술(幻術)이라 불려진 것이다."[주58 :『일본역사전편(日本

여기에 조선의 서교西敎 박해에다 일층 더 참혹과 잔인을 가한 원인이 있으니 그것은 붕당 상쟁朋黨相爭[83]이다.

李朝宣祖八年 東西分黨以來로 莫論在朝在野하고 更無是非曲直邪正善惡忠臣逆賊君子小人하고 惟朋黨是視焉하니 假如甲黨得勢하면 則甲黨之人이 盡爲忠臣孝子正人君子하여 讚揚之如麟鳳而不足하고 (細詳略) 乙黨之人은 反是하여 盡爲凶漢逆賊邪黨小人하여 屠殺之如羊狗而不惜하고 乙黨이 得勢하면 則乙黨之人이 亦復爲忠臣孝子正人君子하고 而甲黨之人은 反是하여 盡爲凶漢逆賊邪黨小人하니 亘古及今 (…中略…) 然而四色之中에 南人一黨은 雖不得志於政權이나 而才德之士는 固不乏焉하니 卽如柳磻溪馨遠 李星湖瀷 安順菴鼎福 丁茶山若鏞 皆有著述하여 其爲通儒는 世所共知요 至於西洋書籍之入來에 其最先講究而信奉之者도 亦在南人一派하니 可謂一奇現象也라 (…下略…)[주59 : 이능화 저 『조선기독교급 외교사』)[84]

---

83 원문에는 '朋黨計爭'으로 되어 있으나 오식으로 보이기에 바로잡았다.
84 한글로 옮기면 다음과 같다.
　"이조 선조 8년에 동서로 당이 갈라진 이래 조정과 재야를 막론하고 또 시비·곡직·사정·선악·충신·역적·군자·소인의 구별이 없이 오직 붕당만이 있게 되어 가령 갑당이 세력을 얻으면 갑당의 사람이 모두 충신·효자·정인·군자가 되어 찬양하기를 현철(賢哲)로도 부족하고 (…중략…) 을당의 사람은 이와 반대로 모두 흉한 역적·사당·소인이 되어 도살하기를 양과 개처럼 하여도 아깝게 여기지 않는다. 을당이 세를 얻으면 곧 을당 사람이 역시 다시 충신·효자·정인·군자가 되고 갑당 사람은 이와 반대로 모두 흉한·역적·사당·소인이 되니 예로부터 지금까지 그러하다. (…중략…) 그러하나 사색 가운데 남인 일당은 비록 정권에 뜻을 얻지 못하였더라도 재덕이 있는 선비는 실로 적지 않았으니, 곧 반계 유형원, 성호 이익, 순암 안정복, 다산 정약용 등은 모두 저술이 있어 그들이 박학한 학자임은 세상이 함께 아는 바이다. 서양서적이 들어옴에 이르러 가장 먼저 강구하고 신봉한 자도 역시 남인 일파에 있었으니 기이한 현상이라 이를 만하다."

요컨대 정권을 장악 못한 남인南人 같은 파가 제일 먼저 불평을 품고 개혁사상으로 달아나게 되며과학-천주교 남인을 공격할 제 동인東人이나 서인西人은 천주교도로 몰게 되어 조선 천주교 금압禁壓의 일一 특국特國을 가加하게 된 것이다.

뿐만 아니라 대원군 시대에 이르러서는 천주교 정벌이란 명목을 공공연히 개화파 박멸의 수단으로[85] 삼은 것이다. 조선 유사有史 이래의 대석학 정다산鄭茶山의 20년에 긍亘하는 적거생활謫居生活과 수차數次에 미친 서교 옥사西敎獄事가 모두 이 신문화의 불행한 운명의 기록[86]이다.

천주교가 조선문화와 무슨 내적 교섭이 있었느냐 하는 것은 또한 별다른 과제나 우리로서는 기독교가 불교와 같이 세계종교인 만큼 적응성의 풍부를 말할 바, 이렇다고 지적할 정신적 교섭을 발견키 어렵지 않은가 한다.

이러한 것이 모두 다양한 조선 근대화 과정 중의 산물이요 혹은 그 결실이라 할 수 있으며, 또한 구舊문화 붕괴와 신문화 탄생의 맹아요 핵심이라 할 수 있으나 갑오甲午의 개혁이 이것을 구舊사회와 구문화의 질곡 하에서 제도적으로 해방할 때까지 수난의 시대에 살지 아니 할 수 없었다.

비록 조선의 사회적 후진성이나 정치적 특수성 때문에 이 개혁이 불철저했고, 몇 번 다시 반동의 암흑으로 회귀되었다 할지라도 갑오는 조선 근대문화 탄생의 위대한 신호였다.

또한 어떠한 정치적 곡절도 조선을 근본적으로 갑오 이전으로 회귀시키지는 못했다. 새 문화는 어떠한 조건으로이고 생탄·성장할 필연한 운명의 길을 걷게 된 것이 또한 사실이다.[주60 : 이 테마는 내지

---

85 원문에는 '手段을'으로 되어 있으나 문맥상 '수단으로'로 적절하기에 고쳐 썼다.
86 원문에는 '記餘'로 되어 있으나 오식으로 보이기에 바로잡았다.

(內地)의 '양학(洋學)'에 비교될 수 있는 것이어서 흥미 무진한 것으로 일후(日後) 독학(篤學)의 사(士)의 연구를 무엇보다도 절망(切望)한다. 이 연구 없이 조선 근대사는 뿌리 없는 수목과 같다. 특히 전기(前記) 『양학론』을 참조해 주기 바란다.]

(2) 자주의 정신과 개화사상

구(舊)시대와의 결별이 곧 사대(事大)정신으로부터의 분리의 형식을 취한 것은 새 시대의 당연한 제일보였다.

선진 개화 제국(諸國)에 대한 엄혹한 문호 폐쇄와 봉건 인접국과의 밀접한 결부(結付)로서 부패, 약화한 봉건제를 유지하려던 조선을 그 유일의 배경인 청국(淸國)으로부터 절단해 내는 것은 신세력에게 중대한 이익을 제공하는 것이다.

말할 것도 없이 조선의 청(淸)으로부터의 분리는 국내의 봉건적 지배층을 고립화시킨다. 이것은 대두하는 신세력에 있어 최량(最良)한 전략이다. 즉 적을 일체의 외적 배경에서 절단하여 가장 약하게 된 상태에서 공격하는 것이다. 그러나 신세력의 이러한 정치적 무장의식의 근저에는 일체의 예속으로부터 해방되어 자주적인 근대국가를 형성하려는 시민 본래의 욕구가 안 받쳐져 있는 것이다.

금압 하의 실학이 연구의 방향을 성리(性理)의 천상에서 현실의 지상으로 전환한 것이 바로 이 정치의식의 문화적 표현이 아닌가?

봉건적 대외관계의 폐기는 실로 신세력이 희망한 근대적인 대외관계 수립의 전제인 동시에 종속적인 대외관계로부터의 해방과 자주적인 대외관계의 수립의 전제이기도 하다.

그러므로 대청간(對淸間) 종속관계의 폐기는 내부에 있어서의 구(舊)관계를 소탕하는 의욕의 집중된 표현이다.

그 기반 위에서 신세력은 선진 제국과의 자유로운 교역과 인물, 제

도의 수입 등으로 자기의 성장을 돕고, 나아가선 전체로 근대국가로
서 부강해지려는 데 근본목표가 있었다.

이 점에 자주정신이 쇄국주의와 구별되는 중요한 근거가 있다.

쇄국주의는 비록 봉건 청국과의 종속관계를 유지하고 있으나 자기
의 근대화에[87] 기익寄益하는 일체의 국가와의 수교를 거부함으로써 진
정으로 고립적일 뿐만 아니라 보수적이다. 이러한 길을 더듬어 국가
는 갈수록 세계사에서 뒤떨어지고 내부적으론 약화되어 간다.

그러나 자주의 길은 선진 국가가 주는 경제적·문화적인 전래물傳
來物 가운데 침닉沈溺하지 않고 그것을 자주적인 입장에서 섭취함으로
써 쇄국주의적인 고립보다 더 많이 '자기 자신'의 부강을 꾀해 가는
길이다.

따라서 자주정신은 진보적일 뿐만 아니라 진정한 의미에서 국가적
일 수가 있었다.

갑오의 개혁은 이러한 의미에서 전대의 실학이 내포하고 있던 국
가적 성격과 개국적開國的 성격이 단일한 이데올로기가 되어 정치상에
실현될 시기였다. 내부적으로는 자주적 체제의 정비와 대외적으로는
선진 문명의 수입, 이 두 과정이 융합되면서 구舊제도는 완전히 종언
하고 새 사회가 용립聳立하게 되는 것이다.

이것은 근세 초기 모든 나라로 하여 그 과정을 통과시키게 한 르네
상스적 운동의 한 형태다.

봉건제 내에서 한번 자기의 영토를 떠난 정신이 다시 자기로 돌아
오고 거기서 다시 세계를 향하여 날개를 펼치는 정신 운동의 역사적
형태다.

---

[87] 원문에는 '近代化의'로 되어 있으나 문맥상 어색하기에 고쳐 썼다.

이러한 과정의 운동 형태가 가장 명확히 나타나는 것이 후진 제국 諸國에 있어서임은 거기선 자기에의 회귀의 귀착점이 곧 세계로의 전개의 출발점이 되는 까닭이다.

만일 자주가 개화의 출발점이 되지 아니 한다면 자주정신은 쇄국주의와 구별될 수 없는 것이다.

여기서 자주의 길은 곧 개화의 길로 전개되는 것으로, 이것은 정치적인 독립과 개국의 정신적 연원인 동시에 문화가 또한 그러한 운동 과정을 더듬는 것이다.

내지內地의 국학이 양학의 출발점이 된 사실이라든가 조선의 실학이 학문적인 자주주의임과 동시에 개방주의였던 점이 모두 이러한 문화 과정의 표현이다.[주61 : 엔도 모토(遠藤元男), 『일본문화사총설』]

이러한 의미에서 갑오의 개혁은 자주와 개화, 문화적 회귀와 재再전개가 한 점에 통합되어 있는 전형적인 사례다. 갑오에 조선은 비로소 정치적 문화적으로 조선에 돌아왔고, 갑오에서 또한 세계를 향하여 전개하기 시작한 것이다.

그러나 갑오 이후 근대에 우리 문화가 조선으로 회귀한 데에서보다 더 많이 세계를 향한 전개 과정에 영향받고 전혀 모방문화, 이식문화를 만든 데 그쳤음은 무슨 까닭인가?

그것은 일반으로 후진국의 근대화의 당연한 운동이라 할 수 있으나 그 중에도 조선의 특수한 점은 자주의 정신이 정치적으로만 아니라 문화적으로도 새 문화 형성에 이렇다 할 영향을 남기지 못한 데 있다.

도대체 자기에의 철저한 회귀, 심원한 반성, 깊은 침잠 없이 바꿔 말하면 자주정신의 진정한 실현을 보지 못하고 개화의 마당으로 창황히 달려나간 데서 오는 결과라 할 수 있다.

또한 그것은 자주적 개혁의 주체가 토착 신세력에 있지 않고 더 많이 외래 세력의 힘을 빌려 구세력과 대체한 까닭이다. 통틀어 고유 문화의 유산이 새 문화 형성 위에 실질적으로 발흥하는 여부라든가 거기에 따라 새 문화가 얼마나 개성적 가치를 취득取得, 창조하는 여부가 모두 자주 정신의 건립자인 신세력의 정치적 실력에 의존하기 때문이다.

이 점에서 자기의 실력에 의하여 구세력과 대체하였다느니보다 더 많이 국제관계의 영향과 거의 타력他力에 의하여 자주화의 길을 걸은 조선의 신세력이 신문화를 고유문화의 개조와 그 유산 위에다 건설하느니보다 더 많이 모방과 이식에 의하여 건설했음은 당연한 일이다.

따라서 갑오 이후에 전개되는 개화의 과정은 구舊문화의 개조와 유산의 정리 위에 새 문화를 섭취하는 과정이기보다 오로지 구미歐米 문화의 일방적인 이식과 모방의 과정이 되는 것이다.

그러나 이것이 조선 신문화의 건설의 유일唯一의 길이며 낡은 문화를 구축驅逐하는 최대의 방법이었음은 사실이다.

새 문화, 문학, 예술이 그 뒤 일관하여 모방과 이식의 황급한 과정을 반복했음은 실로 이유가 이곳에 있다.

뿐만 아니라 우리가 가장 주목해 둘 점 하나는 이러한 일방적인 신문화의 이식과 모방에서도 고유문화는 전통이 되어 새 문화 형성에 무형無形으로 작용함은 사실인데, 우리에게 있어 전통은 새 문화의 순수한 수입과 건설을 저해하였으면 할지언정 그것을 배양하고 그것이 창조될 토양이 되지는 못했다는 점이다.

이 불행은 어디서 왔느냐 하면 그것은 결코 우리 문화 전통이나 유산이 저질의 것이기 때문이 아니다. 단지 근대문화의 성립에 있어 그것으로 새 문화 형성에 도움이 되도록 개조하고 변혁해 놓지 못했기 때문이다. 그것은 우리의 자주정신이 미약하고 철저히 못했기 때문이다.

그런 때문에 신문화의 형성자들은 구舊문화를 변혁하여 새 문화 형성에 사용하는 대신 왕왕 그것과 타협함에 이르렀던 것이다. 신문학의 태생을 이야기하는데 이 점은 천명될 것으로 주의하기 바란다.

(3) 신문화의 이식과 발전

가. 신교육의 발흥과 그 공헌(貢獻)

신문화 이식과 인문人文 개발의 공간槙杆은 역시 새로운 교육제도의 실시와 그 장려로 당시의 모든 층이 일치하여 교육에 대하여 원대한 희망을 부치고 있었다.

외래의 제 세력이 조선 민중에게 선사할 최대의 선물로서 새로운 교육을 가지고 왔고 자기 해방으로부터 점차 새 정신을 요구하고 있던 민중이 또한 신교육의 보급으로 민권 증대의 수단을 삼았으며 국력의 부강을 도圖하여 열강간에 자립해 보자던 위정 당국이 또한 새 교육에 절대絶大한 결과를 기대하였다.

개화에 의하여 자주가 가능하다면 개화는 실로 신교육에 의하여서만 달성된다는 신념이 상하를 통하여 팽배했던 것이 당시의 공기空氣다.

새로운 건설에 필요한 새로운 문화의 이식의 길은 교육이 최대한 자者이었고 다음에 신新사회를 움직여나갈 신세대의 교육은 실로 모든 층에게 의의가 중대했던 때문이다.

이런 이유에서 정부가 교육을 중대시했다. 이 소위 교육입국敎育立國의 이상을 알아볼 수 있는 것이 고종 32년개국 504년, 명치 28년, 서기 1895년[88] 2월 상上이 내린 조칙詔勅이다.

---

[88] 원문에는 '1902년'으로 되어 있으나 오식이기에 바로잡았다.

朕惟我 祖宗이 業을 創ᄒᆞ사 統을 垂ᄒᆞ시미 玆에 五百四年을 歷有ᄒᆞ시니 實
我列祖의 敎化와 德澤이 人心에 浹洽ᄒᆞ시미며 亦我臣民이 厥忠愛를 克殫호믈
由호미라 이러므로 朕이 無疆ᄒᆞᆫ 大歷服을 嗣ᄒᆞ야 夙夜에 祗懼ᄒᆞ야 오작 祖宗
의 遺訓을 是承ᄒᆞ노니 爾臣民은 朕衷을 體홀지어다 오작 爾臣民의 祖先이 我祖
宗의 保育ᄒᆞ신 良臣民이니 爾臣民도 亦爾祖先의 忠愛를 克紹ᄒᆞ야 朕의 保育ᄒᆞ
는 良臣民이라 朕이 爾臣民으로 더브러 祖宗의 丕基를 守ᄒᆞ야 萬億年의 休命을
迓續ᄒᆞ노니 嗚呼라 民을 敎치 아니면 國家를 鞏固케 ᄒᆞ기 甚難하니 宇內의 形
勢를 環顧ᄒᆞ건디 克富ᄒᆞ며 克强ᄒᆞ야 獨立雄視ᄒᆞᄂᆞᆫ 諸國은 皆其人民의 知識이
開明ᄒᆞ고 知識의 開明홈은 敎育의 善美ᄒᆞᄆᆞ로 以홈인 則 敎育이 實로 國家保存
ᄒᆞᄂᆞᆫ 根本이라 是以로 朕이 君師의 位에 在ᄒᆞ야 敎育ᄒᆞᄂᆞᆫ, 責을 自擔ᄒᆞ노니
敎育도 쏘ᄒᆞᆫ 其道가 有한지라 虛名과 實用의 分別을 先立ᄒᆞ미 可ᄒᆞ니 書를 讀
ᄒᆞ고 字를 習ᄒᆞ야 古人의 糟粕만 掇拾ᄒᆞ고 時勢의 大局에 朦昧ᄒᆞᆫ 者는 文章이
古今을 凌駕ᄒᆞ야도 一無用ᄒᆞᆫ 書生이라 今에 朕이 敎育ᄒᆞᄂᆞᆫ 綱領을 示ᄒᆞ야 虛名
을 是祛ᄒᆞ고 實用을 是崇ᄒᆞ노니 曰 德養은 五倫의 行實을 修ᄒᆞ야 俗綱을 紊亂
치 勿ᄒᆞ며 風敎를 扶植ᄒᆞ야ᄡᅥ 人世의 秩序를 維持ᄒᆞ고 社會의 幸福을 增進ᄒᆞ라
曰 體養은 動作에 常이 有ᄒᆞ야 勤勵ᄒᆞᄆᆞ로 主ᄒᆞ고 惰逸를 貪치 勿ᄒᆞ며 苦難을
避치 勿ᄒᆞ야 爾筋을 固케 ᄒᆞ며 爾骨을 健케 ᄒᆞ야 康壯 無病ᄒᆞᆫ 藥을 享受ᄒᆞ라
曰 智養은 物을 格호미 知를 致ᄒᆞ고 理를 窮ᄒᆞ미 性을 盡ᄒᆞ야 好惡·是非·長
短에 自他의 區域을 不立ᄒᆞ고 詳究博通ᄒᆞ야 一己의 私를 經營치 勿ᄒᆞ며 公衆의
利益을 跂圖ᄒᆞ라 曰 此三者는 敎育ᄒᆞᄂᆞᆫ 綱紀니 朕이 政府를 命ᄒᆞ야 學校를 廣設
ᄒᆞ고 人材를 養成호믄 爾臣民의 學識으로 國家의 中興大功을 贊成ᄒᆞ기 爲ᄒᆞ미
라 爾臣民은 忠君愛國ᄒᆞᄂᆞᆫ 心性으로 爾德·爾體·爾智를 養ᄒᆞ라 王室의 安全홈
도 爾臣民의 敎育에 在ᄒᆞ고 國家의 富强홈도 爾臣民의 敎育에 在ᄒᆞ니 爾臣民의
敎育이 善美ᄒᆞᆫ 境에 抵치 못ᄒᆞ면 朕이 엇지 골ᄋᆞ디 朕의 治가 成ᄒᆞ다 ᄒᆞ며
朕의 政府가 엇지 敢히 골ᄋᆞ디 其 責을 盡ᄒᆞ다 ᄒᆞ리오 爾臣民도 敎育ᄒᆞᄂᆞᆫ 道에

心을 盡ᄒ며 力을 協ᄒ야 父가 是로뻐 其 子에게 提誘ᄒ고 兄이 是로뻐 其 弟에게 勸勉ᄒ며 朋友가 是로뻐 補翼ᄒᄂ 道롤 行ᄒ야 奮發 不己홀지어다 國家의 ᄒ를 敵홀이 惟 爾臣民이며 國家의 侮롤 禦홀 이 惟 爾臣民이며 國家의 政治制度롤 修述할 이 亦惟 爾臣民이니 此皆爾臣民의 當然ᄒ 職分이어니와 學識의 等級으로 其 功效의 高下롤 奏ᄒᄂ니 此等事爲上에 些少ᄒ 欠端이라도 有ᄒ거든 爾臣民도 亦惟 曰호되 爾等의 敎育이 不明ᄒ 然故라 ᄒ야 上下 同心ᄒ기롤 務ᄒ라 爾臣民의 心은 ᄯᄯ 朕의 心이니 勗홀지어다 若玆홀진딕 朕이 祖宗의 德을 揚ᄒ야 四表에 光홀지며 爾臣民도 亦惟爾祖先의 肯子孝孫이 디리니 勗홀지어다 爾臣民이여 惟朕此言[89][주62 : 다카하시 하마키치(高橋濱吉) 저 『조선

---

[89] 한글로 옮기면 다음과 같다.

"짐이 생각컨대 조종(祖宗)께서 창업(創業)하시고 통(統)을 드리워 이제 504년이 지났도다. 이는 실로 우리 열조(列朝)의 교화와 덕택이 인심에 젖고 우리 신민이 능히 그 충애(忠愛)를 다한 데 있도다. 그러므로 짐이 한량없이 큰 이 역사를 이어나가고자 밤낮으로 걱정하는 바는 오직 조종의 유훈을 받들려는 것이니 너희들 신민은 짐의 마음을 본받을지어다. 너희들 신민의 선조는 우리 조종께서 길러주신 어진 신민이고, 너희들 신민 또한 너희들 신민의 힘을 같이 하여 조종의 큰 터를 지켜 억만년 평안함을 마저 이어가야 할지로다. 아아! 짐이 교육에 힘쓰지 아니하면 나라가 공고하기를 바라기 심히 어렵도다. 세계의 형세를 살펴보건대 부강하고 독립하여 웅시(雄視)하는 모든 나라는 모두 다 그 인민의 지식이 개명하였도다.

이 지식의 개명은 곧 교육의 선미(善美)로 이룩된 것이니 교육은 실로 국가를 보존하는 근본이라 하리로다. 그러므로 짐은 군사(君師)의 자리에 있어 교육의 책임을 몸소 지노라. 또 교육은 그 길이 있는 것이니 헛된 이름과 실제 소용을 먼저 분별하여야 하리로다. 독서나 습자(習字)로 옛 사람의 찌꺼기를 줍기를 몰두하여 시세의 대국에 눈 어두운 자는 비록 그 문장이 고금을 능가할지라도 쓸 데 없는 서생에 지나지 못하리로다.

이제 짐이 교육의 강령을 보이노니 헛된 이름을 물리치고 실용을 높이는 도다. 곧 덕을 기를지니 오륜의 행실을 닦아 속강(俗綱)을 문란하게 하지 말고 풍교를 세워 인세(人世)의 질서를 유지하며 사회의 항복(享福)을 증진시킬지어다.

다음은 몸을 기를지니 동작을 떳떳이 하고 노동과 역행을 주로 하며 게으름과 평안함을 탐하지 말고 괴롭고 어려운 일을 피하지 말며 너희의 근육을 굳게 하고 뼈를 튼튼히 하여 건장하고 병 없는 낙을 누려 받을지어다.

다음은 지(智)를 기를지니 실제 사물에서 지식을 얻고 이치를 궁구함에 성(性)을 다하여 아름답고 미운 것과 옳고 그른 것과 길고 짧은 데서, 나와 남의 구역을 세우지 말고 정밀히 연구하고 널리 통하기를 힘쓸지어다. 그리고 한 몸의 이익을 꾀하지 말고 공중의 이익을 도모할지어다.

이 세 가지는 교육의 기강이라 할 것이다. 짐은 정부에 명하여 학교를 널리 세우고

인재를 양성하여 너희들 신민의 학식으로써 국가 중흥의 대공을 세우게 하려 하노라, 너희들 신민은 충군(忠君)하고 국가를 위하는 마음으로 너희의 덕과 몸과 지(智)를 기를지어다. 왕실의 안전이 신민의 교육에 있고 국가의 부강도 또한 너희들 신민의 교육에 있도다. 너희들 신민의 교육이 선미(善美)한 경지에 다다르지 못하면 어찌 짐의 다스림을 이루었다고 할 수 있고, 짐의 정부가 어찌 그 책임을 다하였다고 하리오 아비는 이것으로써 그 아들을 고무하고 형은 이것으로써 아우를 권면하며 벗은 이것으로써 벗을 돕는 도리를 행하고 분발하여 멈추지 말지어다. 나라의 분한(憤恨)을 대적할 이 오직 너희들 신민이요, 국가의 멸욕을 막을 이 오직 너희들 신민이며, 국가의 정치 제도를 수술할 이도 너희 신민들이니, 이것이 다 너희들 신민의 본분이로다. 학식의 등급으로 그 공효(功效)의 고하를 아뢰되 이러한 일로 상(上)을 좇다가 사소한 흠단(欠端)이 있더라도 너희들 신민은 또한 이것이 오직 너희들의 교육이 밝지 못한 탓이라고 말할지어다. 상하가 마음을 같이 하기를 힘쓸지어다. 너희들 신민의 마음이 곧 짐의 마음이니 힘쓸지어다. 진실로 이와 같을진대 짐은 조종의 덕광을 사방에 날릴 것이요, 너희들 신민 또한 너희들 선조의 어진 자식과 착한 자손이 될 것이니 힘쓸지어다, 너희들 신민이여. 오직 짐의 이 말을.”

임화는 위에 밝힌 대로 다가하시의 책에서 인용하여 다소 차이가 있다. 참고삼아 임화가 번역하여 인용한 글을 그대로 아래에 옮겨놓는다.

“朕惟컨대 祖宗의 創業, 統을 垂하여 玆에 歷하기 五百有四年, 實로 列祖의 敎化, 德義人心에 浹洽함은 亦我臣民의 克히 厥의 忠愛를 殫함에 由한다. 以是로 朕無彊한 大歷服을 嗣하고 夙夜祈懼하여 祖宗의 遺訓을 是에 承하다. 爾臣民其朕의 衷을 體하라. 惟컨대 爾臣民의 祖先은 卽我祖先의 保育하신 良臣民이다. 爾臣民도 亦克히 爾祖先의 忠愛를 紹하여 卽朕의 保育하는 良臣民이라 朕은 與爾臣民으로 祖宗의 丕基를 守하고 億萬年의 休命을 迓續할지니라. 嗚呼 惟컨대 我敎하지 않고 國家의 鞏固甚難이라. 宇內의 形勢를 環視컨대 克富히 克强히 獨立雄視의 諸國은 皆其人民의 知識開明이라. 知識의 開明은 敎育의 善美로서 한다. 則敎育은 國家保安의 根本이라. 以是로 朕君師의 位에 在하여 스스로 敎育의 責을 擔하여 敎育도 또한 그 道가 有한바 虛名實用을 먼저 分別할 바로 讀書, 習字, 掇拾은 古人의 糟粕이라. 時勢大局에 朦한 者는 비록 其文章이 古今을 凌駕할지라도 하나의 無用한 書生에 불과하다. 今에 朕은 敎育의 綱領을 示하노라. 虛名을 是를 袪하고 實用은 是를 用하라. 曰 德養이니라. 五倫行實을 修하여 俗綱을 紊亂치 않고 風敎를 扶植하여 人世의 秩序를 維持하며 社會의 幸福을 增進할 것이니라. 曰 體養이니라. 動作에 有常하여 以勤勵로 爲主하고 惰逸을 勿貪할지며 苦難을 不避하여 爾의 筋을 固히 하고 爾의 骨을 健히 하여 康壯無病의 藥을 享受하라. 曰 智養이니라. 物을 格하고 知를 致하며 理를 窮하고 性을 盡하여 好惡, 是非, 長短, 自他의 區域을 不立하고 詳히 究하고 博히 通하여 一己의 利를 營함이 없이 公衆의 益을 企圖하라. 曰 右三者는 敎育의 綱紀니라. 朕 政府에 命하여 學校를 廣히 設하고 人材를 養成하여 爾國民의 學識으로써 國家中興의 大功에 贊成시키고자 하노라. 爾臣民은 忠君愛國의 心으로써 爾의 德, 爾의 體, 爾의 智를 養할지니라. 王室의 安全在爾臣民의 敎育이라. 國家의 富强도 在爾臣民의 敎育이라. 爾臣民 善美의 境에 抵치 않으면 朕은 豈 朕이 朕의 治를 成하였다 曰하랴. 政府 豈 敢히 其責을 盡했다 曰하랴. 爾臣民亦豈敢히 敎育의 道에 盡心協力했다 曰하겠는가. 父는 以是로 그 子를 提誘하고 兄은 以是로

"이씨 조선시대에 있어 교육에 관하여 선명宣明한 바 실로 많으나 일찍이 여사如斯하게 당당히 교육입국을 선명한 바를 보지 못했다총독 부 시학관[視學官] 다카하시 하마키치[高橋濱吉]"[주63 : 동상(同上)]할 만큼 방가邦家의 안위와 요원한 장래를 오로지 교육에 의탁한 것을 천명한 조칙詔勅 이다.

××××××××××××××××××××××××××××××
××××××××××××××××××××××××××××××
××××××××××××××××××××××××××××[90]

"동포同胞여 지호知乎아 부호否乎아 생호生乎아 사호死乎아"[91] 하고 비분 강개한 민간측의 교육열과 정히 일치하여 촌분寸分의 간격이 없음을 알 수 있다.

이 조칙은 을미년乙未年 즉 갑오개혁甲午改革이 있은 익년翌年의 일로 뒤이어 동년同年 4월 16일에 내각 총리대신 김홍집金弘集, 학부대신 박정 양朴定陽의 서명 하에 칙령勅令 제79호로서 조선 최초의 신교령新教令인 한성사범학교 관제官制가 공포되었다. 계속하여 동년 5월 10일에 외국

그 弟를 勸勉하며 朋友는 以是로 補翼引導하여 奮發不己하라. 國家의 敵愾도 惟 爾 臣民이라. 國家의 禦侮도 惟 爾臣民이라. 國家의 政治制度를 修述함도 亦爾臣民이 라. 此皆爾臣民의 當然한 職分이라. 學識의 等級으로 써 그 功效의 高下를 奏함은 此等의 事爲로서 上에 從하여 些少의 欠端이 있어도 爾臣民은 亦惟曰 爾等教育不 明의 故로써라 하라. 其 上下同心을 務하라. 爾臣民의 心 亦 朕의 心이리라. 勗하라. 若 玆에 尤하면 朕은 祖宗의 德光을 四表에 揚하고 爾臣民亦惟爾祖先의 肯子孝孫 일지어다. 勗하라."

90 신문지상으로 약 14행이 삭제되어 있다.
91 한글로 옮기면 다음과 같다. "동포여 아는가 모르는가, 살 것인가 죽을 것인가."

어학교 관제, 동년 7월 19일에 소학령^{小學令}(학부대신 이완용)이 공포되고 광무^{光武} 3년 4월 4일엔 중학교 관제의 제정을 보아^{학부대신 신기선[申箕善]} 신교육이 행정제도상으로 정립되었다^{이것이 소위 관학[官學]이다.}

여기엔 을미년^{乙未年}에 도래한 정치고문^{政治顧問} 오카모토 류노스케^{岡本柳之助}, 야가다 료^{屋亨}, 사이토 슈이지로^{齊諫修一郎}, 이시즈카 히데즈오^{石塚英藏}, 오바 강이치^{大庭寬一}의 힘이 물론 절대^{絶大}하다.[주64 : 전 학무국장 유게 고타로(弓削幸太郎), 『조선의 교육(朝鮮の敎育)』]

✕　　✕　　✕

그러나 조선에 있어 신교육은 역^亦 맨 처음 반도에 신문화를 가져온 구미인 기독교 선교사의 손으로 수입되었다. 그 뒤 민간측^{民間側}의 자각으로 발흥한 사립학교와 더불어 얼마 전까지 조선 개화사상 불멸의 공적을 남긴 사학^{私學}으로 발전하였다.

그 수에 있어, 세력에 있어, 남긴 공적과 영향에 있어 사학은 조금도 관학^{官學}에 뒤지지 아니했다.

더구나 자주의 정신에 있어 분산^{奔散}한 학풍에 있어 관학이 주로 관리 양성의 기관이었던 점에 비하여 사학은 민간 인재의 양성과 장래 사회의 기관^{機關}을 배출시키려는 거대한 개화의 정열로 충만해 있었다.

이 점은 또한 관학이 주로 외래의 정치적 세력의 원조하에 된 것이나 사학은 주로 구미인의 정신적 지원하에 된 데서 오는 차이이기도 하며 뒤에는 민간의 순연한 자각의 산물로 일반화된 데서 맺어진 결속이기도 하다.

사학의 효시는 실로 조선 신교육의 단초로 서교박해의 대원군 정치가 몰락하고 고종 10년 기독교가 조선에서 처음으로 포교의 자유를 획득한 이후에서 시작한다.

구체적으로는 고종 21년¹⁸⁸⁴ 갑신년^{甲申年}[92] 신교^{新敎}가 선교를 개시하면서부터 학교경영에 유의하여 익년^{翌年} 추^秋 미인^{米人} H. G. 아펜젤러 박사가 경성에 개설한 배재학당^{培材學堂}에서 조선의 신교육사는 시작하는 것으로, 동 27년에는 조선 여자교육의 개조^{開祖}인 이화학당^{梨花學堂}의 설립을 보게 되었다.[주65 : H.N. Allen, Korea; Fect and Faney, 다카하시, 앞의 책 및 유게, 앞의 책이 연대상 차이가 있으나 서로 일치된 뒤 두 책을 취했다. Allen 책에 배재, 이화가 모두 1886으로 되어 있다.]

물론 이러한 선교사 경영의 학교는 포교의 부속사업으로 시작한 것이나 단순히 조선신교육의 효시일 뿐 아니라 그 뒤를 이어 경향^{京鄕}에 설립된 소^小, 중^中 정도의 양인^{洋人} 경영 학교는 바야흐로 문명 개화에 눈떠 그 활로를 교육에 구하여 전토^{全土}에 가득찬 교육열을 자극하는 데 그 힘이 여간 크지 않았다.

참고로 융희 4년 2월 한국학부 통계를 거^擧하면 13도를 통한 신구^{新舊} 각파^{各派}의 소관 학교가 801교인데 같은 융희^{隆熙} 3년 양파대회^{兩派大會} 보고서에 의하면 대^大, 신^神, 중^中, 소^小 각교^{各校}를 합하여 805교, 일요학교가 양파 합하여 1,072교의 다수에 달하였다.

조선인측 사립학교의 숫자는 명백치 않으나 평안남북, 황해 등 서북이 제일 많고, 그 중에도 선천군^{宣川郡} 같은 곳엔 일 군에만 100교가 넘었다 하니 요원^{燎原}의 화^火와 같은 교육열의 추세를 가히 짐작할 수 있을 것이다.

그런데 이 사학의 성질이라는 게 어떠했느냐 하면 『조선교육사

---

92 원문에는 '고종 21년(1885) 을미년'으로 되어 있으나 잘못이기에 바로잡았다.

고』의 저자요 총독부 시학관^{소화 2년}이었던 다카하시 하마키치^{高橋濱吉}
씨의 서술을 빌면 그 대략을 짐작할 수가 있을 것 같다.

차등(此等) 사립학교는 명(名)을 학교에 적(籍)했으나 조금도 그실(實)이 무
(無)하고 부질없이 청소년들을 모아 유희(遊戲), 조련(調練)을 일삼고, 정치와
교육을 혼동하여 불량한 교재를 사용하고 불온한 사상을 주입하여 써 학생
생도(生徒)의 전도(前道)를 그르침이 파다하여 (…중략…) 만일 그것을 자연
의 상태에 방임한다면 교육상 파(頗)히 우려할 바이었다

하니 사립학교 교육의 대강을 짐작할 수 있을 것이다.

그리하여 융희 2년 8월 26일에 사립학교령이라는 것이 공포되고
당시 학부차관 다와라 마고이치^{俵孫一} 씨가 한성사범학교 강당에 사립
학교 급^及 학회 대표자를 소집하여 제 법규와 법령의 취의^{趣意}를 개진
하였다.

이 법령의 의의는 자못 중대한 것으로 사립학교는 기존, 신설을 불
구하고 새로 학부의 인가를 맡을 것과 교수시간의 배정, 교과서의 인
가 등을 골자로 한 것으로 관학의 산하로 사학을 통제코자 한 구^舊한
국 정부와 통감부^{統監府}의 결정적 교육개혁의 단행이었다.

당시 민간의 향학열이 얼마나 팽창하고 사립학교 시설이 얼마나
다수에 올랐는가 하는 증거로는 전기^{前記} 사립학교령 공포 후 1년 9
개월간에 학부^{學部} 인가^{認可}를 수^受한 학교 수가 실로 2,250의 다수였
음을 미루어 보아 가히 짐작할 수 있다.

인가 맡은 학교수만 하여 교회^{敎會}학교의 약 3배니^{물론 이 중엔 교회학교도}
^{들었을 것이나} 인가 안 맡은 학교 또는 실격 당한 학교까지를 합하면 실
로 굉장한 숫자에 달하리라고 생각한다.

이 교육 통제가 더 구체적으로 나타나기는 융희隆熙 2년 9월에 공포된 『교과용 도서 검정규정』으로 동령同令 공포 이후 융희 4년 5월까지 개인 출원出願 117종 중 불허不許 18, 허가 55, 미조未調 44란 숫자의 상태며 학교출원은 448 중 불허 68, 허가 680의 상태였다 한다. 검정의 기준은 정치·사회·교육의 3방면으로 온당치 못한 것을 제거하는 방침이었다.

이 시기는 제도적으로만 아니라 정신적으로 관학官學의 사학私學 통제의 급격한 진행기라 할 수 있다.

다시 참고로 숫자를 들면 명치明治 43년융희 4년 5월에 사립학교 총수는 1,973교였던 것이 대정大正 3년 5월에는 1,242교로 되어 4년간에 실로 731교가 감減하고, 교회학교는 명치 43년 5월에 746교였던 것이 대정 3년 5월에는 473교가 되어 4년간에 273교가 감하였다.[주66 : 유게 고타로(弓削幸太郎) 저 『조선의 교육』]

이 숫자는 새로운 교육 통제가 얼마나 순조로이 진행되었는가를 이야기하는 것이다.

×　　×　　×

이것은 밖으로부터 혹은 아래로부터의 교육열이 만들어 놓은 결과이거니와 소위 위로부터의 개화교육은 전기前記 고종高宗 32년 조칙에 비롯하여 사범, 외어外語, 소학, 중학 등 제관제諸官制와 성균관 개혁 관제[주67 : "성균관이 구태를 탈(脫)하고 새로운 공기를 흡입하려고 한 이 일사(一事)를 보아도 여하히 당시의 위정자가 진취의 기상에 부(富)하고 개혁을 단행하려던 지향의 일단을 추찰할 수 있다."— 다카하시 하마키치(高橋濱吉) 저 『조선교육사고』] 에까지 이르러 구체화되는 것으로 각각 관제官制 공포公布와 동시에 법령에 해당한 학교가 설립되었다.

주요한 학교의 설립과 발전의 추세를 대략 소개하면 다음과 같다.

'초등교육'은 소학교 제도가 광무光武 10년 8월에 보통학교로 되면서 비로소 숫자가 명백해지는 것으로 동년同年에 관립경성부[京城府] 내만 관립 9교, 공립지방 13교, 동 11년에 다시 공립 28교가 증설되고, 융희 2년 9월 사립학교 보조補助 규정에 따라 사립학교에 일부를 다시 편입하여 융희 4년엔 관립 1, 공립 59, 보조 지정補助指定 41, 계 101교란 숫자에 달하였다.

'고등교육.' 이것은 현재의 중등교육이나 당시에는 이 이상 학교가 없으므로 고등교육이라고 불렀는데 물론 문명 개화상 고등교육이 절대한 공헌을 한 것은 말할 것도 없다.

융희 3년 학부통계에 의하면 경성에 관립 성균관, 법학교, 한성사범학교, 한성고등학교, 평양고등학교, 한성외국어학교, 인천실업학교, 한성고등여학교, 공립 부산실업학교, 대구농림학교, 전주농림학교, 진주실업학교, 광주농림학교, 춘천실업학교, 군산실업학교, 정주실업학교, 제주농림학교, 도립 평양농학교, 함흥농업학교, 재단법인 사립 선린상업학교 등으로 뒤에 농상공부農商工部 주관의 경성공업전습소京城工業傳習所와 수원농림학교[주68 : 융희 3년 7월 학부 발행, 『한국교육의 현상(韓國敎育／現狀)』] 등과 더불어 관학官學의 특색은 관리의 양성과 교원의 양성은 물론 주요한 특색은 실업實業 교육에 주력한 것이 주목을 끈다.

이 점은 아마 교회학교나 사립학교가 종교 교육이나 부질없는 정신 교육에 힘쓴 데 비하여 일단 견실하고 실제적인 기풍의 표현이라 하겠다.

타방他方 한국 교육 행정을 최초부터 원조한 내지인內地人 고문들의 노력의 반영이기도 하다.

여자교육에 관하여 모두 특별한 서술敍述이 있으나 문명 개화에 있어 여자의 신교육은 그들의 사회 진출과 봉건적 가족제도의 개혁의 동인動因이 되는 만큼 우리의 주목치 아니 할 수 없는 부분이다.

그러나 융희 2년 4월 칙령으로 고등여학교령이 공포되어 동년에 전기前記 한성고등여학교가 설시設施될 때까지 하나의 관공官公 여자교육기관이 없었음은 기이한 현상이라 아니할 수 없다.

그때까지는 이화학당을 단초로 하여 경성 각지에 설립된 교회학교와 사립학교가 조선여자가 신교육을 받을 수 있는 유일한 시설이었다.

이 점에 특히 눈에 띠게 관학의 관료적·실용적 성질과 서민적·계몽적 성질이 나타남은 당시의 교육사를 뒤적이는 자의 한 가지로 느낄 수 있는 사실이다. 대체로 한말韓末에 결하決河[93]의 세勢로 밀려들은 이러한 신교육의 발흥과 발전이 암매暗昧한 민풍을 계몽하는 데 절대絶大한 작용을 했으리라는 것은 다언多言으로 요要치 않으나 그것이 남긴 정신적 영향이라는 것은 다양한 시세時勢의 변천과 우심尤甚한 정국의 전환 등으로 일일히 측량키 어렵다.

그러나 이것이 조선에 외래문명을 이식하는 직접의 또 가장 유력한 통로이었다는 것을 부정할 수 없으며 아울러 신문화가 건설될 가장 직접적인 기초공사였음은 사실이다. 더구나 교육이란 하나의 행정제도인 만큼 전토全土가 상하를 들어 일치하여 신문화 수입과 건설에 열중한 사업으로 교육은 중요시되어야 한다.

여유가 있으면 일보 들어가 교육방침과 교수상황敎授狀況, 교과서 등에까지 눈을 돌리면 흥미있는 결과를 얻을 수 있으나 독지篤志의 사士

---

93 원문에는 '澤河'로 되어 있으나 오식으로 보이기에 바로잡았다.

는 별기別記의 참고서를 번역해 주기를 바란다.

단지 한 가지 이야기해 둘 것은 우리 신문학 탄생에 지대한 관계를 갖고 직접 그것의 형성의 결정적인 초석이 된 조선어문語文이 신교육 가운데서 얻은 바 많은 점을 명기銘記하기 바란다.

외국어 독본讀本을 제하고는 학부 편찬編纂이나 민간 저작을 물론하고 모든 교과가 언한문諺韓文으로 씌어졌었다. 지금 생각하면 평범하고 또 진부한 문체로 오히려 한문체에 가깝다 할 것이다. 모든 학문을 한문으로 배운 사람들이 모든 학문을 언문으로 배우기 시작했다는 것은 실로 감탄할 일이 아니면 아니 된다당시 교과서 문체, 신문잡지 문체도 여기에 든다. 그 뒤의[94] 기독교 성서聖書 문체와 더불어 근대 순조선 문체구어가 성립하기까지 과도 시대의 지배적 문체로 유행했음은 후인으로 하여금 더욱 신교육과 신문학과의 관계를 중시케 한다.

유학생의 해외파견

직접의 교육은 아니나 역시 신학문 학득學得을 목적으로 정부가 해외에 파송한 조선 유학생은 조선의 신문화사상 막대한 의의를 가지고 있는 사실이다.

신교육 제도의 실시가 국내의 개화를 목적으로 한 신新정책이라면 유학생의 해외파송은 전혀 국내 개화의 준비로써 선진국의 문물, 제도, 기술, 무기를 수입, 이식하려는 의도에서 출뻐한 일이다.

이 유학생들이 돌아오면 혹은 정부요인으로, 혹은 장교로, 혹은 교사로, 혹은 기술가로 영迎하여 신사회를 건조建造·형성해 나가고 새 시대를 인도·교육해 나갈 지도자층의 양성을 목표로 쇄국鎖國의 온

---

[94] 원문에는 '란뒤의'로 되어 있으나 오식으로 보이기에 바로잡았다. 또 바로 앞 괄호의 시작 부분이 누락되어 채워 넣었다.

상溫床 가운데서 자란 청소년들을 뽑아 멀리 수륙만리水陸萬里의 해외로 파송한 것이다.

여기엔 늦게야 눈을 뜬 노은자老隱者의 나라의 가련할 만큼 한 몽상夢想과 원대한 희망이 어리어 있어, 현해탄을 건너는 그들 청소년들의 심중心中을 오늘날 상상하여 자못 감격 깊은 바가 있다 아니할 수 없다.

서양은 너무 멀고 생소하고 오직 일본과 동경이란 말이 곧 문명이고 개화였다. 이 이면엔 또한 명치明治 정부와 주한 공사駐韓公使의 부단한 권유와 노력이 숨어있음도 잊기 어려운 일로 고종高宗 19년개국 491년, 명치 15년, 서기 1882 9월에 박영효朴泳孝 특명전권대신 겸 수신사 인솔하에 윤치호尹致昊, 박유굉朴裕宏, 박명화朴命和, 김혁원金革元 등 4인과 고종의 밀유密諭를 띤 김옥균이 처음으로 파송되었다.

그 때 윤치호 씨가 18세, 박유굉 씨가 16세, 박명화 씨가 12세, 김혁원 씨가 18세로 모두 홍안紅顔 소년으로 윤치호 씨가 어학교語學校, 박유굉 씨가 육군사관학교, 박명화 씨가 영어학교, 김혁원 씨가 제혁소製革所로 들어갔다 하니 그들의 유학 의도가 어디 있는가를 대략 짐작할 수 있다.

박영효 전권대신全權大臣이 당시 일본 외무경外務卿 이노우에 가오루井上馨에게 보낸 서신을 인引하면 아래와 같다.

. . . . .

敬啓者 本大臣有率來本國生徒四人 擬將各授一技 煩請貴省卿指導擬業之方 該生徒姓名年數及願學之技 縣錄于後務望貴省卿知炤各省 俾各就業千萬萬[95] 其月料金額當有布置矣 竝乞鑑亮順 頌

---

95 원문에는 '千萬千萬'으로 되어 있으나 오식으로 보이기에 바로잡았다.

日趾 開國四百九十一年九月二十二日

特命全權大臣 朴泳孝

日本外務卿

井上馨 閣下 (방점－인용자)[96]

각인各人에게 기술 한 가지씩을 전수해 옴을 목적으로 박 대신朴大臣이 그들을 인솔하고 갔을 것이다. 이 기념할 해가 바로 군란軍亂이 났던 임오壬午로 한일수호조약韓日修好條約이 체결된 병자1876로부터 6년[97] 뒤요, 갑오개혁으로부터 12년 전이다.

그 뒤 갑신甲申의 개화당開化黨 우정국 거사郵政局擧事 실패에 반伴한 망명과 더불어 다시 일단一團의 학생이 도해渡海하고 수차 계속터니 갑오개혁에 이르러 신정新政 실시의 중요 조항의 하나로 유학생 파송이 아주 국책화國策化하였다.

‘군국기무처軍國機務處 의결사항 제18항’에 “품행이 방정하고 예민한 소년을 발拔하여 해외에 유학케 함”이라든가, 고종高宗의 「홍범洪範 14조」 중 11항 “국중國中 총준聰俊의 자제는 널리 파견을 행하여 써 외국의 학술, 기예技藝를 전습傳習케 함”이라든지는 모두 신문화 수입을 하나의 국시國是로 하고 문화 이식을 위한 유학생의 파견을 국책國策으로

---

96 한글로 옮기면 다음과 같다.
　．“삼가 아뢰는 바 본 대신이 거느리고 온 본국 생도 4인이 각기 한가지 기술을 배우려고 생각합니다. 번거롭더라도 귀성의 경께서 직업을 가질 방법을 생각하여 지도해주시기를 청합니다. 생도의 성명과 나이 및 배우려는 기술을 뒤에 적어 두었으니 각각 성에 알려서 각기 취업케 하시기를 천만만 부탁드립니다. 그 월료금액은 적당히 나누어주십시오 아울러 일이 순조롭도록 돌봐 주시기를 부탁드립니다.
　개국 491년 9월 22일
　특명전권대신 박영효
　일본 외무경 이노우에 카오루 각하”
97 원문에는 ‘七年’으로 되어 있으나 잘못이기에 바로잡았다.

했음을 의미한다.

의화군義和君이 동경에 간 것도 이 갑오년으로, 이래 정치사정과 국내 세력관계의 소장消長 등의 영향으로 유학생 파송이 불일不一하였으나 일본 교관과 고문顧問의 도래와 아울러 도일 유학생은 연년이 증가하여 조선에 있어서 신문화를 이식해 오는 데 가장 중요한 방법의 하나가 되었다.

물론 관비로 동경을 가는 외에 서양인 계통으로 도미渡米하는 사립학교 교비생이 또한 직접 구미문화를 수입하는 데 공헌했으나 유길준, 서재필, 안창호, 기타 유일학생留日學生들 만큼 대량적이고 또 중요 영향을 조선에 남기지는 못했다.

그리하여 이들 유학생을 통하여 명치유신明治維新 이래에 급격히 문명한 일본의 신문화가 조선에 수입되고 개화에 공헌하면서 재일 학생단체로서 처음엔 '태극학회太極學會', 다음엔 '대한학회大韓學會'가 생기고, 보호조약 체결로 공관公館이 폐지된 뒤엔 유학생 감독부라는 것이 설치되어 그들을 감독해 왔다.

참고로 광무光武 10년 12월 24일 발행 『태극학보太極學報』 제5호 목차를 들면 다음과 같다.

告學會說(二)	유학생감독	韓致愈
恭賀太極學會創立		金普鉉
講壇學園		
科學論		張膺震
租稅論		崔錫夏
去騎說		金貞植
愛國의 義務		李潤柱

　　다음으로 융희隆熙 2년 7월 25일 발행『대한학회월보』제6호에 실린
회원록을 보면 회원 총수가 263명이요, 전全 유학생 통계를 보면 493
인으로 이 숫자는 관비생과 사비생의 총계요, 차차 해를 따라 관비생
보다 사비생이 늘어 온 것으로 간혹 학비 부족이나 그와 유사한 사정
으로 귀국하는 학생의 소식이 종종 발표됨을 볼 수 있다. 예하면 전게
前揭『태극학보』목차 중 김창대金昌臺라는 이의 고별사가 그것으로 "회

원 김창대는 임별臨別하여 아我의 친애하는 태극학회 회원 김형 좌하座
下에 일언一言을 백曰하노라. 불초한 김창대는 가운家運이 불행하여 가형
家兄이 이세離世함으로써 세부득이勢不得已하여 학업을 미료未了하고 귀국
하니 제일第一은 부모의 죄인이요, 제이第二는 국가의 죄인이 되나이다.
연然이나 백절불굴百折不屈은 아我 청년에게 교훈한 잠언箴言이라. 어찌[98]
일시의 변재變災로써" 운운하면서 "용용약약踊踊躍躍할 혈성아血性兒를
다다양성多多養成 하소서"한 것을 보아 저간의 정황을 가히 짐작할 수
있다.

이 유학생들이 그 후 사회, 산업, 교육, 문화, 각 방면에 얼마나 큰
공헌을 끼쳤는가는 전게前揭 회원록 중 독자가 능히 일목一目으로 누군
지를 알 인명人名을 발췌해 보면 흥미가 있다.

최린崔麟, 임규林圭, 최남선崔南善, 윤정하尹定夏, 임표林彪, 고원훈高元勳,
구자욱具滋旭, 김사국金思國, 임경엽林景燁, 진학문秦學文, 홍명희洪明熹, 허
헌許憲, 강우姜遇 등 제씨로 이 외에 내가 아는 중학교 교원이 7,8인,
그타他 대부분이 몇 십년 조선사회에 지도자요, 중견이 되어오던 분
들이다.

이것을 보아도 내지內地 유학이 얼마나 조선 개화 내지 그 후 조선
사회에 인재로, 학문으로 기여한 바 많은지는 미루어 알 수 있다. 이
사실은 또한 조선의 개화와 조선 신新사회에 유신 이후의 신新 일본문
화가 조선에 기여한 것임을 의미한다.

(차항은 유자후(柳子厚) 씨의 후의를 입음이 불소(不少)하다. 특히 박영효 씨의 『사
화기략(使話記略)』[99] 발췌를 배차(拜借)했음은 감사한 일이다)

---

98 원문에는 '엇지의'로 되어 있다.
99 원문의 '史話日誌'는 오식이다.

나. 저널리즘의 발생과 성장

조선의 저널리즘은 다른 신문화와 같이 이식문화의 하나로 조선사회의 문명개화와 신문화의 형성상形成上 막대한 의의가 있는 것으로 대략 다음의 두 가지 점에서 그 공헌을 이야기할 수 있다.

첫째는 발달한 인쇄 기술과 대량 생산의 발전[100]을 기초로 한 저널리즘 본래의 기능상으로 보아 신문화의 이식과 보급화에 있어 학교 교육과 더불어 가장 위력있는 문화형태이었던 점이다.

둘째는 문화의 대중화와 인민대중의 문화에의 참여를 본래의 기능으로 하여 타고났던 저널리즘인 만큼 소수인에게만 적용되는 한문 대신 다대수 인민에게 해독될 언문으로 표현수단을 삼지 아니 할 수 없었던 점, 즉 현대 조선 언문 개척과 발달상에 끼친 공적이다.

교과서보다도 먼저, 또 교과서보다도 널리 현대 문체의 기초가 된 언한문혼용체諺漢文混用體를 사용하고 보급시킨 것도 신문·잡지며, 현대 조선문학을 위시로 범백凡百의 의사 표시의 유일한 표현 수단이 된 언문일치 문체를 발명한 것도 이 시대의 일− 신문후술이었다.

그러나 문체상 혹은 문장상의 공헌은 당시의 저널리즘에 있어 부차적이고 형식적인 점에 불과할지도 모른다.

오히려 그 시대 저널리즘의 근본 사명은 밖으로는 신문명을 수입하고 그것을 보급시켜 신사회를 건설하여 신문화의 수립에 매진하자는 곳에 있었고, 안으로는 정부로선 인민을 계몽하고 민도民度를 향상시켜 신사회의 역군을 만들고, 인민으로서는 완미부패頑迷腐敗하고 약화한 위정당국의 몽夢을 깨치고 편달하며 인민의 위대偉大를 인식시키고 민권을 주장하여 정치를 개혁하여 상하가 일치하여 외력外力의 침

---

[100] 원문에는 '能展'으로 되어 있으나 '發展'의 오식으로 보이기에 고쳐 썼다.

입을 방어하며 자주적인 개화의 실實을 거擧하자는 데 공동의 이상이
있었다.

바꿔 말하면 여론에서 배우고 여론으로 가르치던[101] 시대 혹은 각
개의 신문, 잡지 기관이 독립한 입장과 견지를 가지고 요컨대 저널리
즘이 여론의 전성기傳聲器였던 로맨틱한 시대다.

조선의 신문이나 잡지의 발달사를 말하는 이들이 누구나 경술庚戌
이후 혹은 기미己未 이후의 신문·잡지사와 근본적으로 구별하는 시
대로, 우리의 기술記述은 물론 이 여론으로서의 저널리즘이 기능을 발
휘한 시대에 국한한다.

그러나 역시 이러한 신문·잡지가 새 문학의 표현 형식인 언한문
체와 언문일치 문장을 발견하고 보급시킨 막대한 공적은 기념되어야
하는 것이며, 이것이 개화의 정신이 남긴 커다란 문학적 유산이란 점
도 기억되어야 할 것이며, 또한 조선서 최초라고 할 신新문학 작품이
이 신문과 잡지 가운데서 성장하고 그것을 무대로 하여 세상에 나왔
다는 것은후술 더욱 기념되어야 한다.

이 점은 조선문학이 이 시대 저널리즘에게 최대의 사의를 표해야
할 점이며, 동시에 그 신문·잡지들의 큰 광영光榮의 하나라고 생각치
아니 할 수 없다.

이하에 신문과 잡지를 구분하여 발달을 약기略記한다.

조선의 저널리즘은 잡지보다 신문이 선행한 것으로 고종 20년 10
월명치 16년, 서기 1883 정부의 인쇄기관인 박문국博文局에서 발행한 『한성
순보』로 효시를 삼는다.

---

101 원문에는 '아르키던'으로 되어 있다.

이 해는 갑오개혁으로부터 12년 전, 갑신정변의 바로 전년으로 그 해에 정부는 기기국機器局, 전환국典圜局, 박문국의 3국을 설設하여 점점 급변해 가는 신정세에 대응하려 한 것이다.

고종 12년1876 한일조약 체결을 위시로 대對 미, 영, 독 각국과의 수교와 항만의 개항 이래 도도히[102] 유입한 개화 세력에 대한 수구당의 임오壬午, 고종 19년, 서기 1882년 저항의 불성공不成功과 더불어 정국은 보수파와 개화파가 어깨를 나란히 하여 병립竝立한 상태를 정呈하게 되었다.

박문국은 실로 기기국, 전환국典圜局들의 경제적·재정적인 신시정新施政과 아울러 문화의 영역에서 정부내의 개화세력이 시설한 중요 기관이다.

신식 인쇄기계를 수입하고 활자를 구입하며 기술자와 고문단을 내지內地에서 초빙하여 신新서적을 출판하고 신문을 발행하여 민지 계발民智啓發에 주력코자 한 것이다. 이리하여 고문 이노우에 가쿠고로井上角五郎 씨의 직접 지도와 경영 하에 전기前記 고종高宗 20년 10월 1일에[103] 『한성순보』가 그 명칭과 같이 순간旬刊으로 창간된 것이다.

문체는 순한문, 체재體裁는 국판菊版, 활자는 현재 3호를 전부 균일하게 사용한 것으로 그 창간사인 「순보서旬報序」에는 "…… 今風氣漸闢 智巧日長 輪船馳駛環瀛 電線聯絡四土 ……"[104] 운운하여 시세의 격천激遷을 말하고 "朝廷開局設官 廣譯外報 竝載內事 頒示國中 (…中略…) 名曰旬報"[105]라 하여 관보官報의 성질을 가짐을 명시하였다.

---

102 원문에는 '滔'로만 되어 있으나 누락된 것으로 보여 채워 넣었다.
103 원문에는 여기에 '(註)'라고 되어 있으나 구체적 사항이 없어 뺐다.
104 한글로 옮기면 다음과 같다.
　　"…… 지금 문명이 점차 열려 지식과 기술이 날로 발달하여 윤선(輪船)이 바다를 달리고 전선(電線)이 사토(四土)를 연결하게 되었다 ……."

편집 내용을 보면 첫째가 「내국기사內國紀事」라 하여 칙유勅諭, 의정부 이하 각 국局, 부府의 계장啓狀이 실려 있고, 그 다음 「잡지쇄문雜誌鎖聞」이라 하여 지금의 사회면 기사에 해당하는 것이 실려 있고, 「시정탐보市情探報」가 경제기사, 「각국근사各國近事」가 지금 정치면에 해당하도록 되어 있다.

이런 점을 보면 지금의 관보보다 어느 정도 신문에 가깝다 할 수 있으나 그 기사들이 일반 독자를 상대하여 씌어지지 않고 전혀 관리의 계몽과 신지식의 섭취, 민정의 탐지를 목적으로 한 만큼 역시 관보에 가까웠다 할 수 있으며, 어떻게 보면 관리官吏 사회를 상대로 한 순간旬刊 잡지로 볼 수도 있다.

하지만 박문국이 본시 외아문外衙門의 일 기관이요, 주요 목적이 관령官令 전달에 있음을 보아 역시 관보에 가까웠다.

일반 신문이면 의례히 실리는 광고가 전혀 아니 실렸던 것도 일一 특색이다.

그러나 호號를 따라 일본, 서구 등 강국의 군비충실軍備充實함을 소개하고, 지나支那, 안남安南, 인도 등의 위급危急을 보報하여 인민의 정치적 각성을 촉促하여 세계 지리나 역사, 외국의 문물을 소개하여 문화계몽에 힘쓰는 등 광범한 노력을 아끼지 않았다.

갑신정변甲申政變 뒤 『한성순보』는 일시 폐간되었으나 고종高宗 23년 명치 19년, 서기 1886 1월에 이노우에井上 씨는 다시 운양雲養 김윤식金允植 씨와 더불어 박문국을 구지舊趾, 현재 천주교당 북방[北方]인 경성헌병대 관사 구내에서 교동현재 교동[校洞] 소학교 구내 일一 가옥으로 옮겨다가 명칭을 『한성주

보』라 고쳐 속간되다가 동년同年 12월에 아주 폐간하고 익년翌年 1월에 박문국도 폐지되었다.

그런데 이 신문이 끼친 신문화 발전상의 공적을 이야기함에 있어 무엇보다도 특기할 것은 『한성주보』가 조선 유사 이래 처음으로 언한문혼합체의 문장을 사용하기 시작한 것이다. 『순보旬報』의 문장이 순한문이라 일반 독자의 읽기 어려웠음을 깨달아 이노우에井上, 운양雲養 양인이 상의하여 종래에는 부녀자간에나 통용되는 언한문혼용체를 사용하기로 영단英斷을 내렸다 하는 것으로, 실로 이것은 현대 조선문장의 남상濫觴이라 하니 할 수 없다. 이 사실이 우리 신문학사상上에도 특기할 일임은 두말할 것이 없다.

그 뒤로는 고종 23년명치[明治] 29년, 서기 1896,[106] 즉 갑오개혁의 익익년翌翌年 독립협회의 기관지 『독립신문』이 창간될 때까지 조선에서 신문은 일시 자취를[107] 감춘 것으로 갑신정변에 개화당이 패배하고 보수당이 득승得勝한 까닭이다.

갑오개혁에 의하여 새 시대가 전개되면서부터 조선에는 비로소 인민[108]의 여론을 대표하는 신문의 시대가 도래한 것이다. 바꾸어 말하면 인민의 소리의 표현기관이[109] 되면서 조선에는 진정한 신문이 탄생한 것이다.

『독립신문』은 당시의 시대정신을 대표하는 단체요, 개화파의 공연公然한 조직이며, 조선 최초의 정당이라고 볼 수 있는 '독립협회'의 기관신문으로 1896년 4월 7일고종 23년, 건양 원년, 명치 29년에 창간되었다.

---

106 원문에는 '고종 23년(明治 22년, 서기 1896)'으로 되어 있으나 잘못이기에 바로잡았다
107 원문에는 '가치를'로 되어 있으나 오식으로 보이기에 바로잡았다.
108 원문의 '1. 民'으로 되어 있으나 '人民'의 오식으로 보이기에 바로잡았다.
109 원문에는 '表現機關—'으로 되어 있으나 오식으로 보이기에 바로잡았다.

체재는 평판 중형 4혈頁이요, 창간 후 약 1년이 넘도록 격일간隔日刊이었으나 『한성순보』나 『한성주보』에 비해서 이 신문의 특색은 한두 가지가 아니다.

위선爲先 간행에 있어 순간旬刊이나 주간에 비하여 훨씬 신문다워 약 1년 격일隔日 간행을 하다가 곧 일간이 되어 실로 최초의 일간신문이 됨과 동시에 그 내용과 정신에 있어 『독립신문』은 신흥한 민권을 대변하여 모든 문제에 있어 발랄한 여론을 환기하여 내內로는 폐정弊政을 일소一掃하고 자유 평등의 이상을 고취하고 입헌군주제를 확립시켜 점차로 강해지는 인강隣强의 압력을 방어하여 자주독립自主獨立[110]의 실實을 거擧하자는 데 있었다.

이것은 실로 독립협회의 주의·주장을 지면에 반영한 소이所以라 할 수 있다.

또 한 가지 이 신문의 큰 특색은 조선 최초의 순언문純諺文 신문인 점에 있다. 『한성순보』가 공중公衆을 목표로 한 문장으로 언한문체를 쓴 것이 일대一大 경이驚異라고 할 것 같으면 『독립신문』의 순언문체의 사용은 일대 위업偉業이라 아니 할 수 없다. 이것은 개화에 대한 관변官邊의 태도와 민간의 태도를 알아 볼 수 있는 우연한 표현이라 할 수 있다.

언한문 혼용체[111]는 정부가 민중에 대한 타협적인 양보의 표현이라면 순언문체는 민중이 순수한 자기의 언어를 가지고[112] 공공연하게 외치는 패기에 찬 태도의 표현이 아닐까?

---

110 원문에는 '自主獨往'으로 되어 있으나 오식으로 보이기에 바로잡았다.
111 원문에는 '活用體'로 되어 있어 의미상으로 무리는 없으나 통일을 기하기 위해 '混用體'로 바꾸었다.
112 원문에는 '가리고'로 되어 있으나 의미맥락상 '가지고'가 적당하기에 바로잡았다.

창간사를 보면 순언문에다[113] 구점句點까지 찍은 것은 남녀 상하 귀천 할 것 없이 모든 사람이 볼 수 있게 함이라 말하여 문체 자신이 계급타파와 사민평등의 표현임을 밝히었다.

더욱이 우리에게 있어 의의 깊은 것은 재래 일부의 규방소설에 겨우 씌어오던 순언문이 정치, 경제, 기타 각반各般의 사실을 표현하는 데 조금도 부족됨이 없다는 산 증거를 이 신문이 보여준 데 있다.

『독립신문』이 창간된 동기는 먼저도 말한 것과 같이 독립협회의 기관지로 독립협회는 갑신정변의 실패로 미국으로 망명했던 서재필徐載弼 씨가 청일전쟁이 끝나고 개화 자주가 확인되었을 때 귀국하면서 결성된 것으로 서씨는 아주 미국에 귀화하여 언론인으로 서기엔 입장이 여러 가지로 편의했었다.

그 뒤 서씨는 약 1년간 협회와 신문을 지도해 나가다가 1897년 노국공사露國公使 스페에르의 마산항 조차租借 문제로 단端을 발發하여 한국 고문까지를 사辭하고 귀국하자 『독립신문』은 전일前日의 특질을 지속해 나가기 위하여 미인米人 아펜젤러[114] 씨를 발행인으로 고쳐 윤치호 씨가 주필이 되어 일간으로 속간케 되었다. 잠깐 『독립신문』이 연演한 시대적 역할을 적으면 아래와 같다. 독립협회는 고관의 탐리, 외국의 이권투쟁, 심지어는 영, 불, 로, 미의 잡병雜兵까지를 고빙顧聘하여 궁정 호위를 맡긴다는 소동까지 나서 정사政事의 문란紊亂이 극도에 달했을 때 분연히 일어난 것이다. 1898년 10월 30일에는 종로 네거리에 만민공동회官民의 共同를 열고 정권의 확장을 요구하여 각국과의 사권 계약私權契約, 재정, 중대범의 공판, 칙임관勅任官의 임명 등에 관하여 6개조를 결의하고 언로言路의 통달, 상공학교의 설립 등에 관한 윤

---

113 원문에는 '純諺文에나'로 되어 있으나 오식으로 보이기에 바로잡았다.
114 원문에는 '아렌설라'로 되어 있으나 현대 외래어 표기로 고쳤다.

언論言이 있게 되었다.

그 뒤 동년同年 11월 4일[115] 야夜의 독립협회원의 검거, 반동정부의 대두, 소위 보부상배褓負商輩인 황국협회皇國協會의 운집, 체포당한 사람을 놓아달라는 만민공동회의 상소, 그것을 해산시키려는 황국협회원의 습격으로 유명한 충돌이 있은 뒤, 결국 만민공동회의 요구는 관철되어 죄신罪臣의 처벌, 공동회 결의의 실행은 공약되어 공중은 해산하였으나 협회는 동년 11월 4일에 해산된 채 부설復設되지 못하고 말아 신문도 단체와 생명을 같이 하였다.

이 시대의 인민의 소리를 대변한 것이 결국 『독립신문』이었다.

그 뒤 1898년 이후의 시기를 대표하는 신문이 『황성』과 『제국』 두 신문이다.

『황성신문』은 『독립신문』의 퇴세頹勢와 시국의 급변에 따라 다른 형태의 언론기관을 요구하던 정세 속에서 탄생된 것으로 1898년 3월 8일광무 2년, 명치 31년 윤치소尹致昭 씨가 창간한 주간지 『경성신문』을 동년同年 9월에 독립협회원 남궁억南宮檍 씨와 나수연羅壽淵 씨 등이 인계 개제改題한 것이다. 인계 개제하면서부터 주간을 일간으로 고치고 체재는 『독립신문』과 같이 중형 4혈頁 평판 인쇄로, 문체는 언한문 혼용문을 사용하였고 논조는 『독립신문』과 대동소이하였으나 차차로 장지연張志淵, 유근柳瑾,[116] 신채호申采浩, 박은식朴殷植 등의 논객들을 옹擁하면서 사세社勢가 대진大振하였다.

기후其後 통감부 당국에게 발행 정지를 당하였으나 2개월 후에 다시 속간되어 발행을 계속하다가 1910년 병합과 동시에 폐간하였다.

그 간間에 사장으로 남궁억, 장지연, 남궁훈南宮薰, 김상천金相天,[117] 유

---

115 원문에는 '11일'로 되어 있으나 오식이기에 바로잡았다.
116 원문의 '柳槿'은 오식이기에 바로잡았다.

근 씨 등이 역임하고 발행부수는 약 2천부였으며, 이 신문의 특색은 정계 급及 민간의 상층부 속에 세력을 가지고 있던 점으로 문체도 언한문이나 한문의 여훈餘薰이 강하였다.

이 점이 역亦 상하 귀천 각층의 독자를 상대로 했던 『독립신문』에 비하여 다른 곳이라 할 수 있다.

그러나 『제국신문』은 『황성신문』과 달리 전혀 중류 이하와 부녀자까지를 상대로 하여 문체도 순언문체를 써서 『독립신문』이 가졌던 민주적 전통을 계승하였다 할 수 있다.

이 신문이 창간되기는 『경성신문』보다 5개월 늦어 1898년 8월 8일 이종일李鍾一, 심상익沈相翊, 염상모廉相模,[118] 장효근張孝根 등 제씨를 중심으로 발간되어 체재는 일간, 중형, 평판, 4혈頁이다.

1907년 9월 21일 재정난으로 일시 정간, 동년 10월 3일 정운복鄭雲復 씨가 사장이 되어 재간再刊하였다가 1910년에 『황성신문』과 같이 폐간하였다.

차등此等의 신문이 소위 을사조약1905년 보호조약에 이르기까지의 대표적인 신문으로 이 시대 조선 언론의 특이하고 복잡한 성질을 이야기하는 것이다.

『독립신문』이 언론의 온전한 자유를 향유하고 있었던 반면, 이 시대의 신문들은 반분半分의 구속과 반분의 자주성을 향유하였던 것이다.

물론 이것은 보호 시대 조선의 정치적 특이성과 내지乃至 그 복잡성의 반영이다.

이 외에 내지인內地人 경영으로 아나치 겐조安達謙藏의 『한성신보』1898년 1월 22일 창간, 일간으로 언한문혼용,[119] 노일露日전쟁 당시에 기세이 쥬로蟻生十郎

---

117 원문에는 '金相夫'로 되어 있으나 오식이기에 바로잡았다.
118 원문의 '廉仲模'는 오식이다.

가 발간한『대한일보』, 역시 노일전쟁시에 기쿠치 겐조菊池謙讓가 발간한『대동신보』등이 있었으나 모두 오래 가지 못하고『한성신보』와『대동신보』[120]만이 통감부에 매수되어 1906년 1월 9일에 지금의『경성일보』가 되었다.

이 계통의 신문은 그 발행자와 발행사정으로 주지主旨와 성격이 명백한 것이나 그것이 조선에 있어서 당국 기관지의 효시인 것은 물론, 그것이 최초에는 한국에 도래했던 내지인內地人들의 손으로 발간된 것은 주목할 사실이다.

민간측의 사업을 통감부 당국이 거두어들인 셈이다.

이러한 조류는 정세의 변화가 심각화함에 따라 민간언론계 자체 가운데에까지 파급하였다.

즉 내지인 계통의 신문과 조선인 계통의 신문으로 구분되던 정치적 경향이 이제는 조선인 언론계의 내적 분열로 표현된 것이다.

그것은 곧 당시 조선인의 정치적 경향의 반영으로서 '일진회一進會'와 거기에 대항하여 결성된 '대한자강회大韓自强會'가 결국 당시 조선인의 정치적 방향을 표현하는 2대 노선이었다.

자강회는 결성 미구未久에 송병준宋秉峻 내무대신에게 해산을 당하여 '대한협회大韓協會'로 재조직되어 계속하여 일진회에 대항하여 간 것으로 자연히 그때의 신문은 이 양대 정치조류를 대변하게 되었다.

이 시기의 가장 유력한 신문은 광무 9년명치 38년, 서기 1905 8월 11일에 양기탁梁起鐸 씨와 영인英人 배설裵說, Vessel 씨 등이[121] 한영 양문兩文으로 창간한『대한매일신보』다. 체재는 처음엔 4·6·4배판이다가

나중에는 국4배로 커지고 문체는 언한문과 순한문을 혼용하였다. 영문판은 따로 *Korean Dailly News*라 하여 전혀 재경 외인과 대외 선전에 주력하였다.

『대한매일』의 논지는 전혀 개화파와 구미 제국의 의사를 표현하여 기세가 등등하고 일세의 인기를 집중하는 듯 싶었다.

배설은 그 논조가 일본에 대하여 심히 불온하여 3개월의 금고까지 받고, 1908년에는 영인英人 만함萬咸, Marnham이 그 뒤를 이어 일시는 발행부수 1만을 산算하더니 그 후에 이장훈李章薰 씨가 인계하였다가 합병과 동시에 통감부에 매수되어 '대한' 두 자를 떼어 버리고 기관지 『매일신보』가 되었다.

그밖에 직접 자강회계의 신문으로 『대한민보』가 있었다. 자강회는 결성과 동시에 『대한자강회보』라는 기관잡지를 발행하다가 한일협약과 동시에 해산되고 『자강회보』도 따라서 폐간되고 뒤이어 '대한협회'가 조직되고 『협회월보』가 발행되다가 협회의 세력이 증대되자 월보月報를 민보民報로 개제改題하여 일간으로 변개變改하여 정식으로 협회의 기관機關신문이 되었다.

간부는 윤효정尹孝定, 정운복, 오세창吳世昌 등 제씨로 논조는 진보적이고 무력한 정부를 공격하고 열분熱憤을 토하였으나 독자는 주로 일부 정치가와 상류사회에 속하여 발행부수는 약 2천이었다. 이 신문도 병합과 더불어 협회와 운명을 같이 하였다.

그밖에 1905년 9월에 천도교 측에서 창간한 『만세보』가 오세창 씨를 사장으로 하고 이인직소설가 씨를[122] 주필로 하여 일시는 비분강개의 분憤을 토하더니 뒤에 이완용 일파의 기관지 『대한신문』으로 변했

---

[122] 원문에는 '씨를'이 누락되어 있으나 문맥상 오식으로 보이기에 채워 넣었다.

으며 일진회의 기관지 『국민신보』가 최영년崔永年을 주필로 하여 솔직히 한일합병을 주장하였다.

정치상 경향이 극도로 대립하면서 또한 점차로 일방一方으로 기울어져 가는 시대의 신문의 양상이 대략 이와 같았다.

조선에 있어 잡지의 발간은 신문에 비하여 약간 뒤늦은 것으로 1896년 12월에 창간된 독립협회의 기관지 『독립협회월보』로 효시를 삼는다. 『독립협회월보』도 신문을 이야기할 때 말한 바와 같이 갑신정변 후 미국에 망명했던 서재필 씨가 귀국하면서 발행한 것으로 곧 『독립신문』으로 발전한 것이다.

이 잡지의 특색은 물론 『독립신문』과 한가지로 협회의 주의·주장을 선전하는 데 있던 것으로 그 이후 한말韓末 잡지의 공통한 특색의 단초였다 볼 수 있다. 이종수李鍾洙 씨가 논문 「조선 잡지 발달사」[123]에서 "이 시기를 내놓고는 조선에서 조선 사람이 다른 나라 사람과 같은 의미에서 정치적 언론을 해본 적이 없다. 그런 까닭으로 이 때를 정치 잡지 시대라고 하여도 과히 틀림이 없을 줄 안다"고 한 만큼 정치상의 전연全然한 주장과 왕성한 비평이 잡지의 근본 특징이었다.

이 점은 조금도 신문과 다름이 없는 것이나, 신문이란 신문화의 형태가 내지內地에서 수입된 대신 잡지가 미국에서 수입된 것은 흥미가 있다.

전술前述한 서재필 씨가 『독립협회월보』를 발간한 것이 미국으로부터 잡지를 수입한 우연한 인연이 된 것이나, 그보다도 먼저 잡지는 미국인이 조선 사정을 연구하기 위하여 영문으로 창간한 데서 시작

---

123 출전은 다음과 같다. 『조광』 14호, 1936.12.

한 것을 보면 다른 이유가 없을 것도 같다.

한말韓末에 있어 잡지가 일반으로 신문에 비하여 세력이 떨치지 못한 것을 보아 신문이 내지에서 수입되고 잡지가 미국에서 수입된 사실이 혹은 양대 정치적 세력의 관계를 반영하고 있지나 않은가 하고 상상할 수가 있다.

이 시대 언론계의 패권은 사실상 신문에 있었고 잡지로 존재한 것은 신문의 전신前身이나, 학생회보, 서양인의 조선연구 소개의 역域에 머물러 있었다.

정치적 언론과 여론의 지도에 있어 사실 잡지는 신문에 필적하지 못하고 신문경영은 잡지보다 비할 수 없이 많은 물질적·정치적 실력이 필요했던 만큼 정치적 언론이 저널리즘의 주류였을 때엔 잡지는 신문에 눌리었고, 또한 조선에 대하여 보다 많은 관심과 조선 안에서 보다 많은 세력을 점유하고 있는 국가만이 조선서 신문을 경영할 의도를 가질 수 있었다. 이러한 원인 등이 역시 잡지를 미국에서 수입한 조건이 되지 않는가 한다.

또한 잡지의 발생과 발전을 신문보다 뒤늦게 한 것이 아닌가 한다.

을사조약에 의하여 조선의 정치적 운명이 거의 결정되다시피 하고 따라서 조선인의 정치적 언론이란 것의 의의가 그 전보다 훨씬 적어져서 일반의 관심이 정치에서 차차 계몽 방면으로 방향이 전환되면서 잡지가 본격적으로 발전한 것이다.

요컨대 일반이 계몽보다 정치를 주요 관심사로 알고 있을 동안 자연히 잡지보다 신문이 언론계서 우이牛耳를 잡고, 그 경향이 반대로 전환되면서 바꾸어 말하면 신문의 운명이 쇠퇴하면서 잡지의 시대가 전개된 것이다.

문화와 계몽을 기도하던 조선인의 정신상태를 표현하는 데는 신문보다도 잡지가 더 적절했던 때문이다.

그러므로 신문을 정치 시대의 조선 언론을 표현하는 형태라고 하면 잡지는 계몽 시대에 적응한 저널리즘 형식이라고 말할 수가 있다.

참고로 주요 잡지들의 발간연대를 비교하여 보면 흥미가 있다.

1905년 즉 을사조약이 체결되기 전에 창간된 잡지는『독립협회월보』와『한성월보漢城月報』1898년 7월 창간, 유일선[柳一宣] 주간[124]와 미국인 헐버트訖法, Hulbert가 발간한 *Korean Review*, 역시 미국인 F. 오링거가 1892년 1월에 창간하였다가 1년만에 폐간하고 1895년 1월에 아펜젤러가 복간했던 *Korean Repository* 등이 있을 따름이다.

그나마도 후기의 2종은 서양인의 조선 사정 연구잡지요,『독립협회월보』는 신문의 전신이요,『한성월보』는 미상未詳이다.

잡지계가 이렇게 영성零星한 데 비하여 신문은 전술한 바와 같이 이 시대가 전성기요, 정치언론의 왕성기요, 1883년의『한성』, 1896년에『독립』, 1898년에『황성』, 1898년에『제국』등 제 신문이 일시에 흥기興起하고 현란히 활동하였다.

그 대신 1905년 이후, 신문계가『대한매일』,『대한민보』,『만세보』[125] 등이 겨우 구미를 배경으로 혹은 민회民會를 기초로 하여 쇠잔한 국운을 바로잡으려 최후의 정치언론을 편 반면에 잡지계는 아연 활기를 정呈하여 미증유의 성황盛況을 이룬 감이 있다.

1905년광무 9년, 을사 조병식趙秉式을 회장으로 한 '동아개진교육회東亞開進敎育會'의 기관지『동아개진교육회회보』의 발간을 위시로 1906년 6월엔『대한자강회월보』와 동년에『조양보朝陽報』,『야뢰夜雷』,『수물학잡지數物學雜誌』,『서우西友』,『소년한반도少年韓半島』,『가정잡지家庭雜誌』,『기

---

124 원문에는 '1906년경?'으로 되어 있으나 바로잡았다.
125 원문에는 '『萬朝報』'로 되어 있으나 오식이기에 바로잡았다.

호학회월보畿湖學會月報』 등의 한말韓末 주요 잡지가 대부분 이 때에 발간되었고 익년翌年엔 『대한구락大韓俱樂』, 동경유학생회의 기관지 『태극학보太極學報』 등이 발행되고, 1908년융희 2년에 『교육월보敎育月報』, 『자선부인회잡지』, 재동경在東京 『대한학회월보』 익년翌年엔 역시 재동경 대한흥학회의 『상학계商學界』 등이 발행되었다.

이 중에 『대한자강회월보』만이 『대한민보』의 전신으로 정당의 기관지요, 그밖엔 모두 계몽잡지나 학회, 계몽단체의 간행물이다.

『조양보』, 『야뢰』와 『소년한반도』까지가 지금의 소위 종합잡지요, 『가정잡지』, 『자선부인회잡지』가 부인잡지며, 『서우』, 『기호학회월보』, 『태극학보』, 『대한학회월보』가 학생회의 잡지요, 『상학계』, 『수물학잡지』가 전문잡지며, 『대한구락』, 『교육월보』 등이 보통 계몽잡지다.

이 가운데 좀 다른 색채의 잡지가 『동아개진교육회회보』로 이것은 일찍부터 정치보다도 교육에다 국가적 진로를 설정하려는 당시 상층사회와 재류在留 내지인의 공동 협력의 산물이다.

그러나 교육과 계몽으로 조선인의 관심이 불가부득이不可不得已 나타난 현상이다.

정치의 전성기가 신문의 시대임에 반하여 교화와 계몽의 열성이 앙양되면서 잡지의 시대가 도래한 것은 이 때문이다. 이것은 잡지의 성질상 자연히 시대가 정치에서 계몽으로 움직이면서 잡지가 저널리즘의 제일선상으로 등장한 것으로 잡지의 시대에 와서 조선 사람은 비로소 문화란 것을 생각할 기회를 얻었다고 말할 수가 있다.

신문기사에 비하여 잡지의 내용은 항구성을 띠게 되는 때문이다. 심히 모순되는 말이나 조선서는 정치가 쇠퇴하면서 문화에의 길이 열린 것이다. 요컨대 정치적 방향이[126] 두색杜塞됨에 따라 문화를 정치적 정열의 방수로放水路로써 선택한 것이다. 이러한 문화가 당연히 강한 공리성功利性[127]으로 일관됨은 또한 당연한 결과라 아니 할 수 없다.

조선의 신문화를 이해하는 데 이 점은 지극히 중요한 점이다.

그러므로 모든 잡지가 계몽성을 주지主旨로 삼으면서도 근저에는 "생호生乎아 사호死乎아 지호知乎아 부호否乎아"[128] 하는 정치적 정열이 맥脈 뛰고 있었다.

일례로 서우학회의 기관지로 잡지의 성질이 가장 계몽에 주력해 있는[129] 『서우』 창간호 소재 논설 박은식 씨의 「교육이 불흥不興이면 생존을 부득不得」이란 일문一文을 인引하면 저간의 사정을 알 수 있다.

上下古今千萬年하며 縱橫東西屢萬里하여 歷史上과 地球上에 民族盛衰之由와 國家存亡之故를 擧而證之하면 何以盛何以衰며 何以存何以亡고. 曰智識의 明昧와 勢力의 强弱으로 以하다 謂할지로다. 西儒之言에 曰生存競爭은 天演之理요 優勝劣敗는 公例之事라 하니 是其爲言也가 豈不違背於仁義道德之說乎아. 雖難이나 仁義道德之爲物도 聰明智慧와 剛毅勇邁者의 全而有之하는 바요 愚昧懦弱者는 未能有之커든 況其競爭之權力이 豈不優者勝而劣者敗乎아.

噫라. 自有天地以來로 生物之類의 血氣之屬이 無時不有競爭焉하니 勝者는 主하고 敗者는 奴하며 勝者는 榮하고 敗者는 辱하며 勝者는 存하고 敗者는 滅하나니 値其競爭之局하여 凡有知覺運動之性者가 孰不求勝於他哉아. 雖辱常談論과 汗漫遊戲라도 亦皆好勝而惡敗커든 況於民族盛衰와 國家存亡의 大關係乎아.

然卽孰勝孰敗오 하면 其唯曰智優者는 勝하고 智劣者는 敗라 할지로다. 盖嘗論之컨대 (…中略…)

---

126 원문에는 '方向'으로만 되어 있어 '이'가 누락되어 있다.
127 원문에는 '巧利性'으로 되어 있어 오식으로 보이기에 바로잡았다.
128 한글로 옮기면 다음과 같다. "살 것인가, 죽을 것인가, 아는가 모르는가."
129 원문에는 '主力해는'로 되어 있으나 문맥상 누락된 것으로 보여 '주력해 있는'으로 바꾸었다.

嗚呼라 禽獸之患이 旣除에 人類之競爭이 生焉하니 中古以降으로 智力角鬪가 日趨劇烈타가 現時代에 至하여는 五洋이 大開하고 六洲相通하여 五色人種이 迭相競逐할새 智識이 開明하고 勢力이 膨脹한 者는 優等人種이라 稱하고 智識이 闇昧하고 勢力이 縮小한 者는 劣等人種이라 謂하는데 優等人種이 劣等人種을 對하여 目之以野蠻하며 認之以犧牲하여 驅逐과 宰殺을 惟意所欲에 略無顧忌라. 所以로 劣等人種은 生存을 不得하여 漸就衰滅하니 如非洲之黑奴와 米洲之紅番이 是也라. 豈不悲哉며 豈不慘哉아. 現今時代는 劣等人種이 優等人種에게 被逐함은 上古時代에 禽獸가 人類에게 被逐함과 如하니 故로 曰生存競爭은 天演이요 優等劣敗는 公例라 함이라.

噫라. 同是人類로 或居優等地位하여 生活福祉를 享有하고 或居劣等地位하여 身世의 悲慘을 不堪하니 此何故焉고 但其學文의 有無로써 等級이 若是懸絶하여 安危와 盛衰와 榮辱과 苦樂이 判若天淵하니 可不念哉아.

盖勢力은 生於智力하고 智慧는 出於學問故로 現世界文名富强한 國民은 各其學業을 勉勵하여 長其智識한 效果니 何可他求哉아. 今吾大X[韓]同胞는 値此時代하여 所處地位가 果在何等耶아. 以若智識과 以若勢力으로는 已失其優等地位라. 作人奴隷와 供人犧牲이 卽目前倘來者니 苟有靈覺之性者면 豈不惕然以警이며 奮然以作이리오만은 尙此依然深酣에 長夢을 不醒하니 將若之何오.

凡吾同胞의 爲人父兄者는 試一思之어다. 自己身世는 生長於舊習固陋之中하여 腦瘦之痼하고 歲月을 難追하니 從事新學하여 開發新智가 亦云難矣나 忍令其子若孫으로 怠惰不學하여 無識無才로 重陷於下等地位하여 奴隷於他人하고 犧牲於他人而已耶아. 古人이 曰養子不敎는 父母之罪라 하니 到此地頭하여 尙認以過去歲月하고 罔念將來禍福하여 不肯注意於子弟敎育者는 非但國家之罪人이요 實子孫之罪人이니 寧不可歎哉아.

凡厥人情이 莫不欲其子孫之榮且貴矣어늘 惟我同胞兄弟는 任其子孫의 怠惰不學하여 使之永墜萬劫地獄하고 不得其高尙快樂之境遇耶아. 念及於此하면 寢食何

安가. 一言以蔽之하고 當此時代하여 敎育이 不興이면 生存을 不得이니 惟我同
胞兄弟는 相互奮發하고 相互勸勉하여 一心主義로 子弟敎育을 振起하여 所在學
校가 相繼而興하면 其設備之規模와 敎導之方法은 卽本學會之責任也오. 對此雜
誌之發行하여 千言萬語가 皆吾儕의 嘔吐心血한 者니 惟我一般士友는 諒之勉之
어다. (방점-인용자)[130]

---

[130] 한글로 옮기면 다음과 같다.
　"고금 천만년을 오르내리고 동서 수만리를 종횡하여 역사상과 지구상에 민족성쇠의
이유와 국가존망의 이유를 근거를 들어 증명하면 무엇 때문에 흥성하였으며 무엇 때
문에 쇠하였던가? 또한 무엇때문에 보존되었고 무엇 때문에 망하였던가? 이르기를, 지
식의 밝고 어두움과 세력의 강약 때문이라 할지로다. 서구 선비들의 말에 이르되, '생
존경쟁은 하늘이 행하는 이치요, 우승열패는 공공연한 관례의 일이라' 하니 이는 그
말하는 바가 어찌 인의도덕의 설에 위배되지 않을 수 있겠는가? 비록 어려운 일이나
인의도덕이란 것도 총명지혜와 굳세게 나아가는 자에게 모두 다 있는 것이요, 우매하
고 나약한 자에게는 능히 있지 못하거늘 하물며 그 권력을 다툼에 어찌 뛰어난 자가
이기고 열등한 자가 지지 않겠는가? 아! 천지가 생겨난 이래로부터 생물류와 혈기가
있는 것들이 경쟁하지 아니한 때가 없나니 이긴 자는 주인이 되고 진 자는 노예가 되
며, 이긴 자는 번영하고 진 자는 치욕을 당하고, 이긴 자는 살아남고 진 자는 멸망하니
그 경쟁의 국면을 만나 무릇 지각과 운동하는 천성이 있는 자라면 누가 남을 이기기를
구하지 않겠는가? 비록 일상적인 담론과 한만(汗漫)한 유희에서도 모두 이기기를 좋아
하고 지는 것을 싫어하거늘, 하물며 민족성쇠와 국가존망의 대 관계에 있어서랴.
　그런 즉 누가 이기고 누가 지는가 하면, 그것은 오직 지력(智力)이 뛰어난 자는 이기
고 지력이 열등한 자는 질 것이라고 말할 수 있을 뿐이로다. (…중략…)
　오호라! 금수의 근심이 사라지고 나니 인류의 경쟁이 생겨나 중고(中古) 이래로 지력
을 다툼이 날로 극렬해져서 현시대에 이르러서는 오대양이 크게 개통되고 육대주가
서로 통하여 오색 인종이 서로 쫓고 다툴 새, 지식이 개명하고 세력이 팽창한 자는 우등
인종이라 일컫고 지식이 어둡고 세력이 축소된 자는 열등한 인종이라 말하니 우등인종
이 열등인종을 대하여 야만으로써 지목하며 희생물로 여겨 몰아 쫓아내고 죽이기를
마음먹은 바대로 함에 조금도 거리낌이 없다. 이런 까닭에 열등인종은 생존을 얻지 못하
여 점차 쇠약하고 멸망해가니, 비주(아프리카)의 흑인 노예와 미주(아메리카)의 홍번(인
디언)이 이들이다. 어찌 슬프지 아니하며 어찌 참혹하지 아니한가? 현금시대에 열등인종
이 우등인종에게 구축당함은 상고시대에 금수가 인류에게 구축당하는 것과 같으니 고로
이르기를 생존경쟁은 하늘이 펼치는 이치요, 우승열패는 공공연한 관례라 함이라.
　슬프다! 같은 인류로 혹은 우등지위를 차지하여 생활의 복지를 누리고, 혹은 열등한
지위에 처하여 신세의 비참함을 견디지 못하니 이는 무슨 까닭인가? 다만 그 학문의
있고 없음으로써 등급이 이와 같이 현격하여 안위와 성쇠와 영욕과 고락이 하
늘과 못처럼 판이하니 유념치 않을 수 있겠는가?
　현재 세계에 문명부강한 국민은 각각 그 학업을 장려함에 힘써 그 지식을 기른 한
효과니 어찌 다른 것을 구하겠는가? 이제 우리 대한 동포는 이러한 시대를 만나, 처한

이것은 "왕실의 안전은 이신민爾臣民의 교육에 재在하다"고 하신 전게前揭 고종의 조서와도 방불한 절규다. 그러나 이것은 정부의 소리가 아니요, 민중의 소리다.

이러한 정신이 처음에 학회가 되고 그 뒤에 학회의 월보로 표현되면서 잡지가 된 것이다. 이 점은 근자의 학생단체의 기관잡지나 혹은 월보 또는 소위 학회의 연구발표 잡지와 전연 성질을 달리 할 것으로 후진後進 국민의 교화와 계몽이 알파이고 오메가였다.

"단但히 회원會員의 친목구락親睦俱樂을 위爲함이 아니요 일체청년一切靑年의 교육敎育을 진작振作하고 동포同胞의 지식智識을 개발開發하여 공중公衆의 단체결합團體結合ㅎ여 국가國家의 기초基礎를 식립植立코자"[131]『서우』

지위가 과연 어느 등급에 있겠는가? 이같은 지식과 세력으로써는 이미 우등민족의 지위를 잃었다. 남에게 노예가 되고 남에게 희생물로 제공될 일이 눈앞에 다가오니 참으로 영혼이 있고 깨닫는 성질이 있는 자라면 어찌 슬프지 않으며 놀라 떨쳐 일어나지 않으리오마는 아직도 태연하여 깊이 단맛에 빠져 있는 꿈을 깨지 못하니 장차 어찌하리오?

무릇 우리 동포중 남의 부형이 된 자는 한 번 생각해 볼지어다. 자기 신세는 구습 고루한 가운데 생장하여 머리가 이미 굳어 세월을 따라가기 어려우니 신학문에 종사하여 새로운 지식을 개발하기 어렵다고 말하나, 차마 그 자손으로 하여금 게을러 배우지 못하여 무식하고 재주가 없어 거듭 하등한 지위에 빠지게 하여 남의 노예가 되게 하고 남에게 희생되게 하려는가? 옛사람이 자식을 기르되 가르치지 않는 것은 부모의 죄라 하니 이 지경에 이르러 아직도 과거 세월로 알아서 장래의 화복(禍福)을 헤아리지 못하고 자제 교육에 주의하기를 생각지 않는 자는 다만 국가의 죄인일 뿐 아니라 진실로 자손에게도 죄인이니 어찌 탄식하지 않을 수 있겠는가?

무릇 그 인정이 그 자손의 영화롭고 귀함을 바라지 않음이 없거늘 오직 우리 동포 형제는 그 자손의 나태하고 배우지 아니함에 맡기어 그들로 하여금 영원히 만겁의 지옥에 떨어지게 하고 그 고상하고 쾌락한 경우를 얻지 못하게 하는가? 생각이 이에 이르면 침식이 어찌 편안하겠는가? 일언으로써 폐지하면 이 시대를 당하여 교육이 흥하지 아니하면 생존을 얻지 못하니 오직 우리 동포 형제는 서로 분발하고 서로 장려하여 한마음주의로 자제교육을 일으켜 학교가 있는 곳이 서로 계속하여 흥하면 그 설비규모와 교도의 방법은 즉 본 학회의 책임이요, 이 잡지를 발행함에 있어서 천언만어(千言萬語)가 모두 우리들의 심장의 피를 토한 것이니 오직 우리 일반 사우(士友)는 살펴서 힘쓸지어다."

131 한글로 옮기면 다음과 같다.

"단지 회원의 친목을 위함이 아니요 모든 청년의 교육을 떨쳐일으키며 동포의 지식을 개발하여 뭇사람들이 단체를 결성하여 국가의 기초를 세우고자."

창간호 사설에서—박은식 필 **학회**지금의 학우회와 재경 지방유지의 연합회같은 것要, 발간설립된 한 잡지다.

참고로 잡지 『서우』의 정신적 저수지요, 물질적 배경이 된 서우학회 설립취지서를 인용하면 다음과 같다.[132]

凡物이 孤하면 危하고 群하면 强하며 合하면 成하고 離하면 敗함은 固然之理라. 矧今世界에 生存競爭은 天演이요 優勝劣敗는 公例라 謂하는 故로 司會의 團體成否로써 文野를 別하며 存亡을 判하나니 今日吾人이 如此히 劇烈한 風潮를 撞着하여 大而國家와 小而身家의 自保自全之策을 講究하면 我同胞靑年의 敎育을 開導勉勵하여 人才를 養成하며 衆智를 啓發함이 卽是 國權을 恢復하고[133] 人權을 伸張하는 基礎라.

然이나, 此重大事業을 振起擴張코자 하면 公衆의 團體力을 必資할지니 此는 今日西友學會의 發起하는 小異라. 盖域於國中하여 平安과 黃海의 兩道를 兩西라 謂하나니 吾兩西의 士友學會를 胡爲乎 漢城中央고. 橘嘗觀之컨대 年來吾兩西의 憂時愛國之士가 注意時務하여 所在學校가 相繼而興하니 比諸他方하면 差有進境이나 其實相을 觀察하면 或 敎科의 書籍도 畫一한 課程이 未立하며 或 經費의 資金도 持久할 預算이 不敷하여 有初鮮終을 不免하는 者도 有하며 出鄕遊學하는 靑年들은 有志熱心이 非無可稱者나 間或昨往今來에 徒糜資斧할뿐더러 外人의 笑柄을 作하는 者도 有하니 此는 中央一位의 跋動挺引하는 機關이 不立한 緣故니 此本會의 位置가 漢城中央에 在하여 各私立의 校務를 贊成하며 遊學靑年을 導率獎勵함이오.

且子弟敎育을 到底發達코자 하면 先히 其父兄의 熱心을 激起하여 飢

---

132 원문에는 '다음 같다'로 되어 있어, 의미상의 혼란을 야기할 만큼은 아니지만 요즘 표기법에 따라 '과'를 채워 넣었다.
133 원문에는 '國難을 恢復하고'가 누락되어 있다.

者의 食과 渴者의 飮과 如히 得此則活하고 不得此則死할 줄로 認知케한
然後에 子弟敎育을 爲하여 不憚勞不吝財하고 竭力做去할지니 所以로 本
會에서 每月 雜誌를 發刊하여 學齡已過한 人員의 購覽을 供給하여
普通知識을 開牖코자 함이니 此도 漢城中央에서 四方見聞을 接受하여
輯成印行하는 것이 便宜하도다.

然則社會의 組織은 公衆의 力量을 聯合하여 事業經營의 好果를 欲得함이니
此에 注力할진대 我韓全局十三道로 一個大團體를 結合하여 通同敎育을 一例擴
張하는 것이 完美한 事業인데 何必兩西를 界限하여 區區한 小範圍에 止하리
오마는 目下我韓情形이 稍開者는 尙屬小部分이요, 未開者가 尙占多數하니 全
局團體는 遽然히 成立키 難한지라. 大抵風氣初開에 必先起點處가 有하여 其他
方面으로 流通貫注하나니 在昔檀箕之世에 惟我關西가 首開人文之地라. 今日又
是開明維新之初頭인則 國中新文化之倡起가 其必自此而始焉故로 一條光線이 旣
已現出其端緖어니와 今玆學會의 成立이 亦豈偶然哉아. 卽是全國進步之起點이
니 此로 有하여 邦人耳目이 聳其觀聽하여 互相感發心과 爭承意로 明日三南에
學會가 起하며 又明日東北에 學會가 起하여 百脈一氣와 衆流一源으로 全國大
團體가 成立함은 吾人의 一大希望이니 此目的을 達하자면 本學會가 完全鞏固
히 著其實效하여 他方의 標準을 建立함에 在하니 惟我社友의 責任이 愈其重大
라 念之勉之어다.

光武十年十月

發起人

朴殷植 金秉燾 申錫厦

張應亮 金允五 金秉一

金達河 金錫桓[134] 金明濬

---

134 원문에는 '金錫吾'로 되어 있으나 오식이기에 바로잡았다.

郭允基 金基柱 金有鐸

(방점 – 인용자)¹³⁵

---

135 한글로 옮기면 다음과 같다.

"무릇 사물이 고립되면 위태롭고 무리를 지으면 강해지며 합하면 이루어지고 흩어지면 패함은 진실로 당연한 이치라. 하물며 지금 세계에 생존경쟁은 하늘이 베푼 이치요, 우승열패는 공공연한 관례라 말하는 까닭에 사회단체의 이루고 이루지 못함으로써 문명과 야만을 구별하며 존망을 판가름 짓나니 오늘날 우리들이 이와 같이 극렬한 풍조를 만나 크게는 국가와 작게는 자신과 집을 스스로 보전하는 계책을 강구하면 우리 동포 청년의 교육을 이끌고 장려하여 인재를 양성하며 대중의 지혜를 계발함이 곧 [국권을 회복하고] 인권을 신장하는 기초이다.

그러나 이 중대사업을 진흥 확장하려면 반드시 공중단체의 힘을 바탕으로 삼을지니 이는 오늘날 서우학회를 발기(發起)하는 까닭이다. 대개 지역이 나라 가운데 있어 평안과 황해의 양도를 양서(兩西)라 이르니 우리 양서의 사우학회(士友學會)를 어찌하여 한성 중앙에 두는가? 살펴 보건대 연래(年來)로 우리 양서(兩西)의 시대를 근심하는 애국지사가 시국의 일에 주의하여 학교가 있는 곳을 서로 이어서 흥성시키니 다른 여러 지방에 비하면 나아간 경지가 차이가 있으나 그 실상을 관찰하면 혹 교과의 서적도 획일한 과정이 세워지지 않았으며 혹 경비 자금도 오래 지탱할 예산이 베풀어지시 못하여 처음은 있어도 끝맺지 못함을 면치 못하는 자도 있으며 서양에 유학하는 청년들은 뜻이 있어 열심히 함을 가히 칭찬할 것이 없는 것은 아니나 간혹 어제 갔다가 오늘에 와서 헛되이 돈을 낭비할뿐더러 외국인의 웃음거리를 만드는 자도 있으니 이는 중앙 최고 지위에서 북을 울리며 이끌어 주는 기관이 서지 못한 때문이니 이에 본회의 위치가 한성 중앙에 있어 각 사립의 교무(校務)를 찬성하며 유학 가는 청년을 이끌어 통솔하고 장려함이다.

또한 자제 교육을 철저히 발달시키고자 하면 먼저 그 부형의 뜨거운 마음을 격렬히 일으켜 굶주린 자가 밥을 먹고 목마른 자가 물을 마시는 것과 같이 하여 이것을 얻으면 살고 이것을 얻지 못하면 죽어야 할 줄로 알게 한 다음에 자제 교육을 위하여 노력을 아끼지 않고 재물을 아끼지 않고 힘을 다하게 할지니 이런 까닭에 본회에서 매월 잡지를 발간하여 학령이 이미 지난 사람들이 사볼 수 있도록 공급하여 보통지식을 열어주고자 함이니 이도 한성 중앙에서 사방 견문을 접수하여 책을 만들어 간행함이 편리하도다.

그러한즉 사회의 조직은 공중의 역량을 연합하여 사업 경영의 좋은 결과를 얻고자 함이니 이에 주력할진대 우리 한국 전국 13도로 하나의 커다란 단체를 결합하여 같은 교육이 통하게 함을 일례로 확장하는 것이 지극이 올바른 사업인데 하필 양서(兩西)를 한계로 하여 구구한 작은 범위에 그치리오마는 눈앞에 우리 대한의 정세와 형편이 조금이라도 열린 자는 아직도 작은 부분이요, 미개한 자가 오히려 다수를 차지하고 있으니 전국 단체를 갑자기 성립시키기 어려운지라 대저 풍기(風氣)가 처음 열림에 반드시 먼저 일어난 지역이 있어서 기타 방면으로 통하게 되나니, 과거 단군 기자의 시대에 오직 우리 관서지방이 사람과 문물이 처음 열렸던 지방이라. 오늘날에 또 이곳이 개명 유신의 시작인즉 나라 안에 신문화가 일어나게 된 것이 반드시 이로부터 시작된 까닭으로 한 줄기 광선이 이미 그 단서로 나타났었거니와 오늘날 학회의 성립이 또한 어찌

이 가운데 방점을 부附한 부분이 특히 잡지 『서우』의 임무를 규정한 것으로 다시 동지同誌 3호를 보면 권두별보卷頭別報에 『만주보滿洲報』에서 역재譯載한다 하여,

泰西各國을 觀호건디 報紙의 多寡로 文化의 程度를 欲호느니 報紙의 關係가 如此히 甚重호며 家居鋪戶에 莫不人手一紙호고 婦人孺子라도 每月에 亦必流覽호는 故로 西諺에 云호되 報紙는 如麵包호야 一日不可少라 호니 報紙의 吸力이 如此其大호며 政府施行各事가 往往히 報紙의 言論을 視호야 民心의 向背를 觀호고 其多數의 公論을 取호야 擧措의 準的을 삼으니 報紙의 動力[136]이 又 如此甚靈호더라.[137]

우연이겠는가? 곧 이것이 전국이 진보하는 기점이니 이로 말미암아 국민들의 이목이 보고 들은 것에 귀 기울여 서로 마음을 북돋움과 다투어 잇고자 하는 마음으로 훗날 삼남지방에 학회가 일어나며 또한 훗날 동북지방에도 학회가 일어나 하나의 기(氣)로부터 백맥(百脈)이 뻗어나가는 것과 하나의 근원으로부터 여러 물줄기가 흘러나가는 것처럼 전국에 대단체가 성립함은 우리들의 일대 희망이니 이 목적을 달성하자면 본 학회가 완전 공고히 그 실효를 거두어 다른 지방의 표준을 세움에 있으니 오직 우리 사우(社友)의 책임이 더욱 중대하다. 유념하여 노력할지어다.
광무 10년 10월
발기인
박은식 김병도 신석하
장응량 김윤오 김병일
김달하 김석환 김명준
곽윤기 김기주 김유탁"

[136] 원문에는 '效力'으로 되어 있으나 오식이기에 바로잡았다.
[137] 한글로 옮기면 다음과 같다.
"태서(泰西) 각국을 살펴보건대 잡지의 많고 적음으로 문화의 정도를 헤아리나니 잡지의 관계가 이와 같이 매우 중하며, 집과 점포에 사람의 손에 잡지 한 권을 들지 않은 자가 없고 부인과 어린 아이라도 매월 역시 여기저기를 다니면서 보기 때문에 서양 속담에 이르되 "잡지는 빵과 같아서 하루도 줄일 수 없다"고 하니 잡지의 흡수력이 이같이 크며, 정부에서 시행하는 각각의 일이 가끔 잡지의 언론을 보아 민심의 향배를 살펴 그 다수의 공론을 취하여 일에 착수하는 기준을 삼으니 잡지의 동력이 이와 같이 매우 신령한지라."

하여 일반 언론 간행물의 의의를 강조하였다.

따라서 자연히 잡지의 편집 내용도 단체의 기관지와 인민 계몽과 또한 정치평론까지를 겸하게 되었다.

『서우』 제7호^{광무 11년 6월 1일 발행}의 목차를 소개하면 다음과 같다.

論說	義務敎育實施　회원 朴殷植	
別報	韓國工業　　　日文 京城報 譯謄	
敎育部	家庭學(續)	譯述 회원 金明濬
論幼學(續)		譯述 회원 朴殷植
衛理學(續)		金鳳觀
愛國精神談	著作 法人 愛彌兒拉	譯述 회원 盧伯麟
雜俎	北京報 謄載 後識	회원 朴殷植
	領事의 裁判權	회원 韓光鎬
	葉과 日光의 關係	譯述 회원 鄭泰胤
	國家事가 誤於物欲	회원 崔 烈
	5월 20일 西北學生親睦會運動場演說	
		金聖烈述, 安昌浩 演說
	民法講義의 槪要회원 朴聖欽	
	梅柳의 競爭論	회원 鄭秉善
	個人 自治(續)	金奎植 譯
	我東古事(嘉俳節)	
人物考	金庾信傳(續)	
詞藻		회원 金有鐸, 기타
雜俎	文苑 時報(지금의 社會日誌 같은 것)	
會報	會計員報告 제7호 제7회 月損金收納報告	

학회의 발행잡지이나 지금 보아 종합적인 계몽과 평론 잡지의 성질을 띤 것은 먼저 이야기한 동경유학생회의 발행잡지인 『태극학보』와 『태극학회월보』와 유사한 점이 많다. 뒤에 발행된 기호학회 발행의 『기호학회월보』가 또한 이와 전연 동同 성질의 것으로 보성전문의 『법률학회잡지法律學會雜誌』, 동경유학생들의 『상학계』가 유일선 씨가 주재하던[138] 『수물학잡지』와 더불어 조선에 있어서 전문잡지의 효시나 역시 이러한 정론성政論性과 계몽성에서 자유로 되지 못했다는 것은 시대의 제약[139] 때문이라 할 수 있다.

그러한 시대의 제약이 얼마나 학문 연구를 조장하고 혹은 방해했는지는 별문제로 하고 모든 학문을 민족과 국가의 부유강대富有强大와 독립자존獨立自存을 위하여 공헌케 하려 한 것은 분명히 후인後人으로써 주목에 치値할 사실이다.

학회잡지와 학생회의 잡지, 전문잡지까지를 지배하고 있는 정론성과 계몽성이 직접 정치와 문화의 계몽을 목적으로 『야뢰』 『조양보』 등에서 만개滿開했으리라는 것은 당연한 일이다.

『야뢰』의 발행 주지主旨는 창간호 소재 사설을 보면 명백하다.

長夜는 漫漫ᄒ고 萬顝는 俱寂ᄒ디 人皆鼾鼻熱睡ᄒ야 栩栩然周化爲蝶ᄒ며 蝶化爲周ᄒ니 均是夢中이로디 夢各不同이라. 朱門華屋에 威勢赫赫者도 有ᄒ며 多積黃金[140]ᄒ야 富豪一時者도 有ᄒ며 貧賤憂戚으로 不堪其苦者도 有ᄒ리니 方其夢也[141]에야 竝不知是眞是假커든 況知其有身乎아. 旣不知其有身커든 況知其

有家有國乎아. 于斯時에 忽然有一聲雷가 轟轟烈烈에 憾天震地ᄒᆞ야 直射睡人耳朶來ᄒᆞ니 莫不翻然驚悟ᄒᆞ고[142] 竦然起坐ᄒᆞ야 瞠目凝思에 神魂頓淸ᄒᆞ니 回念夢境에 邈若前生이요 但聞風雨凄凄ᄒᆞ고 鷄聲咿喔而已라. 人於是際에 亦各有思乎이저 傷時憫俗ᄒᆞ야 繞壁彷徨者도 有之矣오, 悔過省愆ᄒᆞ야 勉其自修者도 有之矣오, 惜志期之未就ᄒᆞ야 歎歲月之不與者도 有之矣오, 念生活之艱楚ᄒᆞ야 謀自力而營業者도 有之矣오,[143] 從未有懷非僻邪慝之心者矣리니 此皆雷之使也라.[144] 本報之所以取義於斯者也로다. 嗚呼라, 試顧我朝今日之現狀컨디 此誠何等時오. 其有能不睡且夢者가 幾人乎아. 其有能知其有身者乎아. 其有能知其有家有國者乎아. 彼富貴者는 只耽目前之樂ᄒᆞ야 不恤其他ᄒᆞ고 貧賤者는 只顧目前之憂ᄒᆞ야 亦不恤其他ᄒᆞ니 夜長睡深에 誰其雷之오. 玆將寸管尺紙ᄒᆞ야 鳴告我二千萬同胞ᄒᆞ야 庸代阿香之車云爾로다.[145]

---

[142] 원문에는 '轟轟烈烈ᄒᆞ야 直時睡人耳朶來ᄒᆞ니 莫不翻然覺悟ᄒᆞ고'로 되어 있으나 글자도 누락되고 오식도 있기에 바로잡았다.

[143] 원문에는 '念生活之艱楚ᄒᆞ야 謀自力而營業者도 有之矣오' 부분이 누락되어 있다.

[144] 원문에는 '此其皆雷之使也라'로 되어 있다.

[145] 한글로 옮기면 다음과 같다.

"긴 밤은 아득하고 만물은 모두 고요한데, 사람들 모두 코를 골며 깊이 잠들어, 황홀하게 장주는 나비가 되며, 나비는 장주가 된 것 같으니, 이 모두가 꿈속이로되 꿈은 각각 같지 않다. 붉은 대문의 화려한 집에 위세가 빛나는 자도 있으며, 황금을 많이 쌓아 한때나마 부호가 된 자도 있으며, 빈천하여 근심과 슬픔으로 그 고통을 감당하지 못하는 자도 있을 것이니, 그 꿈을 꾸는 동안에야 이것이 진짜인지 거짓인지 모를 것이어늘 하물며 그 몸에 지닌 것을 알겠는가? 이미 그 몸에 지닌 것도 모르거늘 하물며 그 집에 있는 것과 나라에 있는 것을 알 수 있겠는가?

이 때에 홀연히 한 뇌성이 우당탕탕 내리침에 하늘이 흔들리고 땅이 진동하여 잠자는 사람의 귓볼에 내리 쏘아대니, 화들짝 놀라 깨고 꼿꼿이 일어나 앉아 눈을 똑바로 뜨고 생각을 집중하여 차차 정신혼백이 맑아지니, 돌이켜 꿈을 생각해 본즉 아득한 전생의 일같고 다만 비바람 소리만 처량히 들려오고 닭 울음만 들릴 따름이라. 사람이 이 때에 또한 각기 생각이 있을 것이니, 때를 슬퍼하고 풍속을 염려하여 성벽 둘레를 방황하는 자도 있을 것이요, 잘못을 뉘우치고 허물을 살펴 스스로 수양하는 일에 힘쓰는 자도 있을 것이요, 뜻한 대로 이루지 못함을 애석해 하며 세월이 도와주질 않음을 탄식하는 자도 있을 것이요, 생활이 어렵고 험난함을 생각하여 스스로의 힘으로 사업을 경영할 것을 도모하는 자도 있을 것이요, 단지 방자하고 사악한 마음만은 품지 않을 것이리니 이는 모두 뇌성이 그렇게 만든 것이다. 본 잡지는 이것으로부터 뜻을 취하고자 하는 바이다.

이라 하여 잡지 『야뢰』는 스스로 쇄국鎖國과 미개未開의 깊은 밤 깨일 줄 모르는 잠속에 든 인민을 각성시켜 여명黎明으로 인도하는 선구자의 임무를 자기의 사명으로 한 것이다.

이것은 당시의 종합 계몽잡지로서 당연한 포부라 아니할 수 없다.

발행소를 '야뢰보관夜雷報館'이라고 하였으나 그것이 단순한 잡지사인지 혹은 계몽을 목적으로 한 문화단체인지는 속단키 어려우나 추측컨대 양자를 겸한 자者로서 역시 창간호 소재 오영근吳榮根 씨 서명의 취지서의 일절一節을 인引하면 『야뢰』의 실제적 평제評題를 명백히 한 바가 있다.

今日之急務 莫先於覺其未覺之智識 開其未開之思想而已 博採古今東西之制度情形 以至學術技業纖鋸 畢具綱羅萬象偏撮於一篇之中 而擴充普通之智識於一般國民之則[146]

무엇인고 하니 "我韓三千里疆土 非不廣也 二千萬民 非不大衆也 苟能內修外學 綢繆陰雨 培養國土則足可竝肩齊駕於世界列强之間"[147]

오호라! 시험삼아 우리 대한이 처한 오늘의 상황을 돌아보건대 이는 진실로 어떠한 시대인가? 능히 잠들지 않고 또 꿈꾸지 않고 있는 자 몇이나 있는가? 능히 그 몸에 지닌 것을 아는 자가 있는가? 능히 그 집안에 있고 나라에 있는 것을 아는 자가 있는가? 저 부귀한자들은 단지 목전의 쾌락만 욕심내어 다른 것은 돌보지도 않고, 빈천한 자들은 단지 목전의 근심만 돌보아 다른 것은 돌보지도 않으니, 밤은 길고 잠은 깊은데 그 누가 벼락 소리를 내겠는가? 이에 짧은 붓을 들고 조그만 종이를 펼쳐 우리 이천만 동포들에게 알려 고하여, 중국 진나라 때 벼락의 신인 아향(阿香)을 감히 대신하여 뇌성 수레를 몰겠노라고 이르노라."

146 한글로 옮기면 다음과 같다.

"오늘날에 시급히 힘쓸 것은 덜깨인 지식을 깨이게 하고 미개한 사상을 개화하게 하는 것보다 시급한 것이 없다. 동서고금의 제도 및 실정을 널리 수집하여 그것으로써 학술과 기업의 크고 작은 이치에 이르러서 마침내 삼라만상을 한 권의 책에 모두 핍진하게 모아서 일반 국민에게 보통지식을 널리 갖추게 한즉……"

147 한글로 옮기면 다음과 같다.

이기 때문이다.

이것은 전진 중에 있는 인민과 계층만이 가질 수 있는 부동의 신념이요, 확고한 자신이다.

잡지의 체재는 다른 잡지와 같이 전부 국판으로, 표지는 당시에 있어선 가장 호화로운 금문자金文字 인쇄요, 본문 내용에 들어가도 생리학엔 사람의 전신골격도全身骨骼圖라는 정심精審한 목판화를 사용했고, 역사지리에 삽화揷話[148] 금강산도金剛山圖 등을 전혈全頁 목판화를 써서 계몽잡지로서의 면목面目의 용의用意를 썼다.

다시 『야뢰』의 목차를 보면,

趣旨書		吳榮根
論說	自由說	松堂 金性喜
	無能獸論	玄采
社說		
寄書	祝辭	海鶴 李沂 伯曾, 三東 朴承健
時事評論	國語維持論	朴太緖
	論淸國遊學生	玄公廉
學術	理化學의 主旨	李弼善
	生理學	申海容
	肉食動物	尹泰榮
歷史地理	薩水大捷	玄采
	王仁 授學於 日本太子	

"삼천리 강토는 넓지 않은 것이 아니며, 이천만 인민은 적은 수가 아니다. 모름지기 내수외학(內修外學)하고 국사(國士)들을 배양한다면 세계 열강들과 두 어깨를 나란히 할 수 있다."

148 원문의 '柚話'는 '揷話'의 오식으로 보이기에 바로잡았다.

	金剛山	
文藝	滑稽小說	尹泰榮
詞藻	七言古詩	荷亭山人
	古賦 夜雷有感	金建中, 기타
	諧歌	成三問, 朴泰輔, 李舜臣, 李濟臣, 金尙憲, 金流玉
實業	勸告于商業會議所 實業家諸君	金大熙
	應用經濟	安國善
	合金製造法	申海容
	農業叢談	金東完
	光武十一年 遠圃 月令	
外國事情	世界談詩	頭腦의 重量, 酒商의 罪, 人蠶의 優劣, 米國農産物의 價額, 德國植民政策, 桑港排日問題, 日米條約改正問題, 南淸의 暴徒, 旅順의 私財賠償
內國彙報	官報抄略	
	雜報	

이상의 목차를 일별—瞥하여 특색 있는 제목은 김성희 씨의 「자유설」, 현채 씨의 「무능수론」, 박태서 씨의 「국어유지론」 등이다.

「자유설」이 민권을 주장하여 입헌제의 요구를 제시한 점이라든가, 「무능수론」이 그 때의 정정政情을 풍자함이라든가, 「국어유지론」이 한자의 폐지 급及 제한을 주장하여 언문의 애용과 보급을 꾀한 것은 모두 단순한 계몽이라기보다 일정한 정치적인 혹은 문화적인 요구의 비평이라 볼 수 있다.

더욱이 「국어유지론」이 시사평론이란 항목에 씌어진 것은 『야뢰』가 계속하여 시사평론잡지로서의 자기 일면을 표시한 것이다.

전체의 편집방침 내지 목차의 편성에 있어 지금 보면 중학 강의에 실릴 글을 많이 게재하여 민중 계몽잡지로서 『서우』나 기타의 당시 잡지와 대차大差가 없으나 『야뢰』가 학술부소學術部所 항목 가운데 이런 기사를 일괄하여 넣은 것은 다른 지면을 자유로 사용하려는 의사의 표현같기도 하다.

『조양보』가 또한 이와 유사한 잡지로 월 2회 발행했고, 목차 편성은 사설, 논설, 교육, 해외잡지, 내지內地잡지, 강담 등 체재는 물론 국판이며 언한문諺漢文을 혼문混文했다.

취지에 "蓋本社之目的은 亶在乎啓導民智하며 扶護國權이라"[149]하여 『야뢰』와 거의 동일한 목적을 사명으로 하였다.

이러한 잡지가 일반 민중의 계몽과 정치 평론을 해오던 반면,『가정잡지』같은 것은 조선 부인잡지의 효시로 전혀 순언문純諺文으로 부녀 계몽에 주력했으며,『자선부인회잡지』같은 것은 역시 순언문으로 부녀간의 자선운동의 보급을 위하여 노력하였다.『수물학잡지』『상학계』『법률학계』가 다 각자의 영역에서 이러한 일에 종사하였다.

이렇게 잡지는 정론성을 전면에 내세우기에 급급하였으나 대세는 점차로 기울어져 실제로는 계몽의 방향으로 전화되어 가지 아니할 수 없었다. 그 대신 정치가 해결하지 못한 것을 문화와 계몽에다 위촉하려 하는 기운이 융희隆熙년간의 일반 경향이었다.

여기서 새로 일어난 경향이 청년, 특히 소년들에 대한 눈물겨우리

---

[149] 한글로 옮기면 다음과 같다.
　"대개 본사의 목적은 실로 백성의 지혜를 계도하며 국권을 떠받들어 보호하는 데 있다."

만치 정성스러운 희망과 기대였다.

잡지 『소년한반도』는 이러한 기분을 반영한 듯한 것으로 창간 취지를 보면 다음과 같다.

少年韓半島兮 少年韓半島兮 二千萬圓顱方趾之類兮여 天下之盛德大業이 孰有過於××[愛國]者乎. ××[愛國]者兮 此何日也이며 此何辰也오 書之曰 噫라 我歷史上 舊社會之革命之日也오, 乃二十世紀中 少年韓半島誕生之辰也이로다. 今에 爲舊社會革命하여 慍縷縷之淚하고 濾滴滴之血하여 接心歷膽하고 匍匐奔走하여 提告于, 我有血性有榮譽之二千萬同胞曰 舊社會는 已矣어니와 我神聖之 少年韓半島는 固自在也이로다. 吾輩가 各出其高尙純潔之××[愛國]心 以立斯世也하여 以保我自由하면 敢斷言曰 悉十八層阿鼻臺地獄 恒河沙數之魔鬼하여 來相攪襲이라도 被無如我少年韓半島에 何로다. 請言能保我自由하고 能培養我少年韓半島者하노니 乃高尙純潔之××[愛國]心也라. ××[愛國]維何오 眞××[愛國]者는 國事以外에 擧無足而介其心하여 捨國事에 無嗜欲하며 [捨國事에 無分爐하며 捨國事에 無希望하며] 捨國孝에 無爭競하여 其視國事에 無所謂艱難하며 無所謂險阻하며 無所謂已足하나니 眞愛×[國]者는 其所以行其愛之之術이 必不同하여 或以舌相하며 或以血誠하여 或以機神하며 或以劍氣하며 或以筆諫하여 前唱後應할새 善射가 持轂에 決拾이 相隨하여 其所向之鵠이 發必命中하나니, 今에 國於世界者가 歷歷可數하대 其雄豪自壯者가 不過十之一이나 彼其締造之鼓舞之莊嚴五者가 孰不從一二××[愛國]者之心之力腦之舌之血之劍之筆之機之而來者哉아. 寐而歎之者 非舊社會之革命乎아 寐而言之者가 卽少年韓半烏也라. 少年韓半島者는 但地理上之名詞乎아, 抑政治上之撮影歟아. 乃東半球上亞細亞樞軸之少年韓半島也며 乃太平洋門戶之少年韓半島也어늘 矧玆舊社會之革命也여, 鑲攘主義가 錮其心者가 垂三百年에 老少南北이 蠹其腦하고 崇禎紀元이 耗其精하며 濂洛淵源이 腐其血하고 詩賦表策이 盲其目하며 苞苴賄賂가 眩其耳하고 春

秋大義가 蝕其智하며 勢道關節이 壅其腠하고 賣官鬻爵이 滅其天하여 眞元이
喪敗하고 四肢가 不擧하여 霄壤之間에 不知自X[國]之XX[獨立]이 爲何事하며
自由之精神이 爲何物하고 外交之朝三暮四를 如狙公之詐其群이라가 指嗾所使泡
花獨立이 如如西土陷落之火燄矣라 刧灰零落에 泄泄然如海蜇之任人裁割이어늘
若有人兮라 非舊社者之革命하여 濺赤血而班班經竹上之淚가 無時可減하니 哀莫
哀於無 X[國]이로다. 繄我二千萬同胞之未亡者兮여 其猶知夫XX[愛國]者乎아
天造地關之少年韓半島가 固金甌無缺歌爾民商堅之墟乎山인저. 乃少年韓半島之簹
筆子가 萃二十世紀歷史上XX[愛國]之持國之保國之建國之謨謀誠銘하여 願與舌
相者血誠者劍氣者機神者로 從事焉하여 掉出我神聖之少年韓半島於腥風血雨之中
하고 願與我悲悼呻吟之二千萬民族으로 飛躍乎他種一摘再摘之下하여 建築我少
年韓半島之XX[獨立]하며 長養我少年韓半島之自由爲白齊[150]

---

150 한글로 옮기면 다음과 같다.
　　"소년한반도여! 소년한반도여! 이천만 동포들이여! 천하의 성대한 덕과 사업이 어느
것이 애국보다 낫겠는가? 애국함이여! 지금이 어느 날이며 어느 때인가? 그것을 쓰노
니, 아! 우리 역사상 구(舊)사회를 혁명하는 날이요, 곧 이십 세기중 소년한반도가 탄생
하는 날이로다. 오늘 구사회를 혁명하기 위하여 줄기 줄기의 눈물이 뜨겁고, 방울방울
피눈물 흘러 마음을 다바쳐 기고 달려 우리의 뜨겁고 명예로운 이천만 동포에게 고하
노니, "구사회는 이미 지나갔거니와 소년한반도는 진실로 스스로 여기에 있도다." 우
리들이 각각 고상하게 순결한 애국심을 내어 이 세상에 그것을 세워서 우리의 자유를
보호한다면, 단언해 말할 수 있나니 "십팔층 아비대지옥(阿鼻臺地獄), 항하강(恒河江)
과 사수(沙數)의 마귀가 모두 몰려와서 서로 엄습하더라도 저들은 우리 소년한반도를
어찌하지 못할 것이다."
　　간절히 말하건대 우리 자유를 보호하고 우리 소년한반도를 배양할 수 있는 것, 그것
은 곧 고상하고 순결한 애국심이다. 애국은 어떠해야 하는가? 진정한 애국이란 국사
(國事)를 제외하면 족히 마음을 둘 곳이 없으며, 국사를 버리고는 욕심내는 일이 없으
며, 국사 이외에는 성내는 일이 없으며, 국사 이외에는 더 바라는 것이 없으며, 국사를
제외하면 경쟁하는 것이 없다. 국사를 대함에 소위 간난(艱難)이란 것이 없으며, 소위
험한 것도 없으며 만족할 것도 없다. 진정한 애국이란 그 사랑을 실천하는 방법이 동
일하지 않으니, 혹자는 혀로써 돕고, 혹자는 피를 흘려 정성을 보이며, 혹자는 일의 기
미(機微)로써 신령스럽게 하며, 혹자는 칼로써 기백을 드러내며, 어떤 이는 붓으로써
간(諫)하며, 앞뒤로 응답하여 활 잘 쏘는 이가 활을 잡음에 결습(決拾)이 서로 따라서,
그 향하는 과녁에 쏘면 반드시 적중하는 것과 같다.
　　지금 세계 여러 나라를 하나 하나 살펴 보건대 옹호하고 스스로 굳센 나라는 십분의
일에 불과하다. 저들이 나라를 만들고, 고무시키고 장엄하게 하는 것은 어느 것 하나라

편집 내용은 창간호에 의하면 "취지·성질性質·논자수論自修·교육
신론·교자제신학敎子弟新學·국문원류國文原流·사회·국제법·사설史
說·경제학문답·농업의 대의·아모 권면·위생설·지리문답·심리
문답·물리학설·동물학문답·식물학문답·광물학문답·수학·지
문론地文論·교제상례경交際上禮敬·동양담설·사조詞藻·소설·내보內
報·외보外報·현상미화懸賞謎話·축사"[151] 등으로 실제적인 계몽성이
눈에 띠었다.

도 한두 애국자의 마음과, 힘, 두뇌, 혀, 피, 칼, 붓으로부터 시작하여 이룩되지 않는
것이 있겠는가? 자면서 탄식하는 것은 구사회의 혁명이 아니다. 깨어서 외치는 것이
바로 소년한반도인 것이다.

소년한반도는 단지 지리상의 이름인가, 아니면 정치적 의미를 포괄하는 것인가? 이
는 곧 태평양의 문호인 소년한반도이거늘, 하물며 이 구사회를 혁명함에 있어서랴.

폐쇄주의가 그 마음을 가둔 지가 3백년에 이르러 노소 남북 사색 당파가 두뇌를 좀먹
고, 숭정 연호가 그 정수를 소모시켰으며, 성리학의 연원이 그 피를 썩혔고, 시(詩)·부
(賦)·표(表)·책(策)이 눈을 멀게 했으며, 뇌물수수가 귀를 어지럽혔고, 춘추대의의 명
분주의가 지혜를 가렸으며, 세도정치가 그 혈맥을 막았고, 매관매직이 천명을 소명시켜
서 나라의 원기가 없어지고 사지가 움직이지 않게 되어, 이 세상에서 자기 나라의 독립
이 무슨 일이며 자유의 정신이 무슨 물건인지 알지 못하고, 외교가 조삼모사(朝三暮四)
하여 마치 원숭이 키우는 자가 원숭이 무리를 속이는 것 같이 하다가 독립을 왕성히
꽃피우게 하도록 시키는 바가 마치 서토(西土) 함락의 화염을 더해주는 것과 같다.

멸망되고 영락함에 시끌벅적한 것이 마치 바다 해파리가 마음껏 사람을 뜯어먹는
것 같거늘, 만약 사람이 있어 구사회를 혁명하지 아니하면 붉은 피를 대나무 위에 자
욱하게 뿌리는 것이 그칠 때가 없을지니 나라 없는 것보다 슬픈 것은 없다.

우리 이천만 동포의 망하지 않은 자여, 그대 무릇 애국이란 것을 알기를 주저하는가?
하늘과 땅이 열려 만들어진 소년한반도가 진실로 없음인저 !

이에 소년한반도의 미관말직인 자가 이십세기 역사상 애국, 지국(持國), 보국, 건국
의 슬기를 모아, 혀로 돕는 자, 피로 정성을 바치는 자, 칼로 기운을 쓰는 자, 기미(機
微)를 틈타 신령을 베푸는 자들과 더불어 일에 종사하여 모진 바람 피비린내 속에서
우리 신성한 소년한반도를 우뚝 끌어내길 원하노라. 또한 신음하고 비탄하는 우리 이
천만 민족과 함께 다른 민족보다 비약하여, 우리 소년한반도의 독립을 세우며 우리 소
년한반도의 자유를 한껏 키우기를 원하노라."

[151] 이 부분에 오자와 오식이 많다. 인용부호 안의 원문은 다음과 같다.
"趣旨·性質·自修論·敎育論·敎子弟新學·國文諒流·社會學·國際公法·
史說·經濟學·農業의 大意·아모 권면·衛生問答·地理問答·心理問答·物理
學·動物問答·植物問答·鑛物問答·數學·地文·交際新禮·동야답설·詞藻·
小說·內報·外報·懸賞迷話·祝辭"

발행 대표자는 양재건梁在謇, 관계자 명名을 보면 조진태趙鎭泰·원영의元泳義[152]·정교鄭喬·조중응趙重應·박정래朴晶來·이인직李仁稙·이응종李鷹鐘·이해상李海相·서상호徐相浩·김경식金瓊植·유석하柳錫夏·서병길徐丙吉·이범익李範益·한익교韓翼教·유제달柳濟達·최재익崔在翊 등 제씨다.

이러한 경향이 아주 완성된 것이 육당 최남선六堂崔南善 씨가 발행한 잡지 『소년少年』이다. 육당은 동경 유학으로부터 돌아와 그 백씨伯氏 최창선崔昌善 씨와 더불어 거만巨萬의 재財를 투投하여 신식 인쇄기계와 활자를 구입하여 당대의 조선서 제일 완비한 인쇄소 신문관新文館을 설設하고, 타방他方으로 조선광문회朝鮮光文會를 만들어 고서古書의 간행과 번역 문학 등을 간행하며, 잡지 『소년』을 발간하여 조선 신문화의 기초를 닦은 이다. 이 운동에 관하여는 이야기할 것이 많고, 더욱이 40여 종에 궁亘하는 조선사 관계 문헌의 중간重刊이라든가, 우리 고소설, 가요 등을 지금의 문고 형식으로 보급시킨 육전소설六錢小說의 간행 등은 하나의 문예부흥적인 의의를 갖는 것이나 다음에 적당한 기회로 미룬다.

단지 을사조약 후 4년째 활발하던 일간신문들도 점차 그 기세를 잃고, 홀로 영인英人이 발행인임을 기회로 기고만장하던[153] 『대한매일』이 수난을 거듭하며 정치에 대한 희망이 점점 엷어져 정치신문은 존폐가 위태로워지며, 잡지들도 저절로 계몽의 방향으로 부득이 걸음을 옮길 제, 조선인의 방향을 명시한 것이 『소년』임을[154] 말하는 데 그치고자 한다.

---

152 원문의 '文泳義'는 오식이다.
153 원문에는 '氣高萬丈튼'으로 되어 있으나 현대어 표기법으로 고쳐 썼다.
154 원문에는 '『少年』을'로 되어 있으나 문맥상 글자가 누락된 것으로 보여 바로잡았다.

『소년』은 창간호로부터 매호 표지 우편右便[155]에는, "今에 我帝╳[國]은 우리 少年의 智力을 資하여 我國歷史에 大光彩를 添하고 世界文化에 大貢獻을 爲코자 하나니 그 任은 重하고 그 責은 大한지라"[156]라고 특서特書하고, 좌편에는 "本誌는 此責任을 克當할만한 活動的 進取的 發明的 大╳[國]民을 養成하기 爲하여 出來한 明星이라. 新╳[大]韓의 少年은 須臾라도 可離치 못할지라"[157]고[158] 특필特筆하여 교육 유무가 국가 흥망을 좌우한다는 재래의 관념에다가 이것을 전혀 소년에 대한 불붙는 희망으로 정착시켰다.

창간사라고도 볼 창간호 제1혈頁 소재의 글을 보면

나는 이 잡지의 간행하난 취지에 대하여 길게 말삼하디 아니호리라. 그러나 한 마듸 간단하게 할 것은

'우리 ╳[大]韓으로 하야곰 소년의 나라로 하라. 그리하랴 하면 능히 이 책임을 감당하도록 그를 교도(敎導)하여라.'

이 잡지가 비록 덕으나 우리 동인(同人)은 이 목적을 관철하기 위하야 온갖 방법으로써 힘쓰리라. 소년으로 하야곰 이를 닑게 하라. 아울너 소년을 훈도(訓導)하난 부형(父兄)으로 하야곰도 이를 닑게 하여라

한 것을 보면 저간의 사정을 알 수가 있다.

---

155 원문에는 '左便'으로 되어 있으나 오식이기에 바로잡았다.
156 한글로 옮기면 다음과 같다.
　　"오늘날에 우리 대한제국은 우리 소년의 지력(智力)을 바탕으로 하여 우리나라 역사에 커다란 광채를 더하고 세계문화에 크게 공헌을 하고자 하니 그 임무는 무겁고 그 책임은 큰지라."
157 한글로 옮기면 다음과 같다.
　　"본지는 이 책임을 감당할 만한 활동적이고 진취적이고 발명적인 대국민을 양성하기 위하여 떠오른 밝은 별이라. 신대한의 소년은 잠깐이라도 떨어져 있지 못할지라."
158 원문에는 인용문 다음에 '고'라는 글자가 누락되어 있어 채워 넣었다.

체재가 일신一新하여 표지 3색판이요, 사진 동판을 처음 썼으며 내용에도 다수한 삽화를 사용하여 계몽적 용의用意의 주도함을 알 수 있게 하였다. 참고로 목차를 보면

▲ 사진판─황태자전하와 이또오 태사(伊藤太師), 나이아가라폭포, 피터대제, 기타

▲ 소년 11월력

▲ 해에게서 소년에게(詩)

▲ 소년시언(少年時言)

▲ 까마귀의 공망(空望)[159]

▲ 흑구자(黑軀子) 놀이

▲ 갑동이와 을남이[160]의 상종(相從)

▲ 공육(公六)의 애송시(愛誦詩)

▲ 이솝의 이야기

▲ 바람과 볕, 주인할미와 하인, 공작과 학

▲ 큰 짐승[161]

▲ 해상대한사(海上大韓史)

▲ 바다란 것은 이러한 것이오

▲ 가을 뜻

▲ 소년 한문교실[162]

▲ 거인국표류기

▲ 소년독본

159 원문에는 '空想'으로 되어 있으나 오식이기에 바로잡았다.
160 원문에는 '乙童伊'로 되어 있으나 오식이기에 바로잡았다.
161 원문에는 '크딈생'으로 되어 있다.
162 원문에는 '少年漢文室'로 되어 있다.

▲ 소년사전(少年史傳) 피터대제

▲ 러시아는 어떠한 나란가[163]

▲ 소년훈(少年訓)

▲ 성신(星辰)

▲ 봉길이 지리공부

▲ 살수전기(薩水戰記)[164](서언)

▲ 쾌소년세계주유시보(快少年世界周遊時報)

▲ 소년문단

▲ 소년통신

▲ 소년응답

▲ 편집실 통기(通奇)

등으로 일견하여 재래의 범백凡百 잡지와 천양天壤의 차가 있음을 알 수 있다. 서명署名이 하나도 없음은 전부를 육당六堂이 쓰다시피 한 때문이요, 그러한 만큼 모든 기사가 다른 잡지와 같이 직역直譯이나 그에 가까운 상술詳述이 아니라 모두 시세와 독자와 조선의 실정에 맞추어 노력하여 쓴 것이다.

「쾌소년세계주유시보」 같은 연재물도 최건일崔健一이란 이가[165] 보통학교를 나와 1년여 영英·일日·청어淸語를 공부하고 남대문 정거장에서 떠나면서 부치는 보고報告 편지에서 이야기를 출발시키는 등 실로 여간한 노력이 아니었다.

그 중에도 우리 문학사상 영구히 기념될 것은 목차 중 「해에게서 소년

---

163 원문에는 '러시아는엇던곳인가'로 되어 있다.
164 원문에는 '薩水大戰'으로 되어 있다.
165 원문에는 '崔健一이란'으로만 되어 있으나 문맥상 누락된 것으로 보여 채워 넣었다.

에게」란 것이 우리 글로 씌어져 발표된 최초의 자유시란[166] 점이다.

이후 약 4년간 1차 정간을 당했다가 합병 후에 톨스토이 별세호別世號를 내고 끝막아 한말韓末 문화의 일대 금자탑을 이루었다.

다. 성서번역과 언문운동

기독교의 수입이 조선 근대화의 단초가 된 것이라든지, 또한 교회 경영의 학교가 신교육의 효시를 지은 것이라든지, 혹은 기독교의 사상이나 그것이 가져온 제문화가 신문화 형성의 자극이 되고 나아가 그것을 배양한 것은 누설屢說할 필요를 느끼지 아니하나, 이제 교서敎書의 역간譯刊이 신문화 표현의 형식인 언문 문화를 개척한 공적을 생각하면 실로 깊은 감회를 금할 수가 없다.

갑오개혁이 공문서에 언한문諺漢文 혼용체를 허락하기까지 조선어와 언문은 다만 버려진 언어임에 지나지 않았다. 새 시대와 새 문화가 무엇보다 먼저 한문으로부터 언문을 해방하는 곳에서 문화정책의 출발점을 삼은 것은 그것이 실로 르네상스적 의미를 가졌기 때문이었다.

새 시대는 먼저 새 시대에 적응한 표현형식을 가져야 되었었다. 이것이 오래 버려져 있던 조선어와 언문에의 귀환이었다. 그러나 갑오甲午의 개혁정신도 한문으로부터 곧장 순언문純諺文으로 들어오지는 못하였다. 언한문 혼용체 사용에는 명백히 갑오개혁의 중세에 대한 반타협半妥協 의식이 숨어 있었다.

그러나 민중은 소설에, 노래에 모두 순조선어, 순언문으로 자기의 의사를 표현해 오고, 문화를 가지고 있었다. 이러한 민중의 문화는

---

166 원문에는 '自由란'으로 되어 있으나 문맥상 글자가 누락된 것으로 보여 채워 넣었다.

한문문화[167] 지배하에 이름도 없이 매몰되어 있을 때, 기독교는 자기의 경서를 언문으로 변역해 가지고 조선에 들어온 것이다. 물론 이것은 우매한 남녀에게 자기의 종지宗旨를 선전하기 위함이나, 좌우간 이 기독교서가 언문부흥의 기념할 선구가 된 것은 사실이다. 조선에 일찍부터 들어온 기독교는 주지하는 바와 같이 천주교로, 처음엔 물론 이마두利瑪竇의 『천주실의』와 같은 북경, 상해, 천진 등에서 간행한 한문 포교서가 들어왔으나 1860년대철종시[哲宗時]엔 벌써 언문 포교서를 간행하기 시작하였다.

소화昭和 6년 9월에 열린 '교구 설정 100년 기념[168] 조선 천주교 사료 전관 목록展觀目錄'에 의하면 1839년에 죽은 앵배르Lawrant Marie Joseph Imbert[169] 주교가 편술하고 베르뇌 주교[170]가 1862년 경성京城서 완성 간행한 『언문 천주성교공과天主聖敎公課』 3책이 최고最古의 간본刊本이라 한다.

이 해는 갑오甲午를 소溯하기 32년 전인 철종 13년문구[文久] 2년으로 조선이 아직 중세의 꿈 속에 있을 때다. 이 때 준열峻烈한 박해 하에 비밀히 간행한 일개 종교의 포교서가 조선에 있어 어문 부흥의 등화燈火가 되었다는 것은 생각할수록 감회 깊은 일이다.

그 다음 1864년 베르뇌 주교 감준監準하에 다블뤼Marie Antonie Nicolas Daveluy[171]가 편술한 『언문 영세대의領洗大義』 1책이 경성서 간행되고, 동년同年엔 중국에 와있던[172] 선교사 이류사李類思, Luige Buigio[173]의 저술을

---

167 원문에는 '諺文文化'로 되어 있으나 문맥상 오식으로 보이기에 바로잡았다.
168 원문에는 '紀年'으로 되어 있다.
169 원문에는 '암벡(La wont Imbelt)'으로 기술되어 있다. 한국명은 범세형(范世亨)이다.
170 Berneux Simeon(1814~1866)이 본명이다. 한국명은 장경일(張敬一)이다.
171 원문에는 '따뷰류이(AntOine Danvolug)'로 기술되어 있다. 생몰연대 1817~1866, 한국명 안돈이(安敦伊)이다.
172 원문에는 '中國와잇던'으로 되어 있으나 어색하기에 글자를 채워 넣었다.

정약종丁若種이 언역諺譯하여 다블뤼가 간행한『언문 주교요지 2편主敎要旨二篇』1책이 역시 경성서 간행되고, 1865년엔 다블뤼가 편술한『언문 천주성교예규天主聖敎禮規』1책이 경성서 간행되고, 동년에 역시 경성서 언문 교회력敎會曆인『1866년 교회력』이 간행되고, 그 외에 유명한『천주실의天主實義』4책의 언역과 중국에 와있던[174] 선교사 방적아龐迪我의 저술을 1866년에 순교한 원元 페퍼가 언역한『칠극七克』6책, 역시 중국에 와있던[175] 선교사 풍병정馮秉正의『성평광익聖平廣益』13책의 언역, 역시 풍병정의 원저原著『성세추요盛世芻堯』의 언역 등이 사본寫本으로 돌아다녔다.

이 외에 활자본으로 1890년 간刊인『쥬년첨례광의』10책, 1906년에 중간重刊하고 초판연대가 미상未詳한『성모성원』1책 등이 나도 본 책이나 이밖에도 적지 않은 포교서가 있을 듯하다.

이 외에 천주교 관계 다블뤼 주교의『라한羅韓사전』1890년 홍콩[香港] 간, 리델이 조선인 교도[176] 최지혁崔智爀의 조력으로 10년을 걸려 만든『한불자전韓佛字典』1880년 요꼬하마[橫濱] 간이 있는 것으로, 그 중에도『한불자전』은 조선어사전의 효시며 아직까지도 그 뒤 간행되는 모든 사서辭書의 전범이 되는 바로 공헌이 크다.

그 외에 리델과 같이 요동遼東반도의 일一 고촌孤村 수엄현秀嚴縣 차구岔溝에 있으면서 편찬하다 미완未完한[177]『불한자전』등의 수사본手寫本이 남았다 하니 그들의 고심을 짐작할 수 있다.

그러나 성경이 언역되기는 신교新敎의 손을 기다리지 아니할 수 없

---

173 원문에는 '利類思(Luige Bugio)'로 기술되어 있다.
174 주171과 같다.
175 주171과 같다.
176 원문에는 '敎誌'로 되어 있으나 오식으로 보이기에 바로잡았다.
177 원문에는 '編纂마다 未安한'으로 되어 있으나 오식으로 보이기에 바로잡았다.

었다. 그것은 교육이나 그타他 문화에 있어 신구교의 역할이 각각 다르듯이 이 영역에 있어서도 구교는 고난에 찬 여명을 선구先驅했고 신교는 전개기展開期에 실질적인 공헌을 하였다.

성경이 최초로 언문으로 번역되기는 1881년고종 18년에 간행된 『요한복음』과 『누가복음』 등 두 복음서로, 이 책은 만주 영구의 봉천에서 선교하고 있던 영국인 존 로스[魯約翰] 목사[178]와 존 매킨타이어[馬勤泰][179]가 조선인 서상륜徐相崙, 이성보李成保 등과 더불어 1875년고종 12년으로부터 번역하기 시작한 것이라 한다.

번역이 완성될 때 영국 성공회에서 그 비용을 내고 각 3천부씩 인쇄한 것인데, 1886년 서상윤이 가지고 입국하여 선포宣布하였다.

이 때는 토마스 목사가 황해 연안에서 복음을 득得한 지 18년 뒤요, 매클레이,[180] 앨런[181] 등 미국 선교사가 도래하기 1년 전이다.

그 뒤 4년간 1886년까지에 복음서 1만 5천 6백부를 전파하였고, 1884년에 일본 요꼬하마橫濱에서 미국 성공회 총무 헨리 루이스 목사[182]가 이수정李樹廷[183]과 협력하여 역간한 『마가복음』을[184] 언더우드 목사가 인천으로 가지고 왔다.

이렇게 신교가 선교의 자유를 획득해 가지고 부분적으로 역간해오던 성서번역사업은 1900년광무 4년 『신약전서』에 완역 출간을 일기一期

---

[178] 원명은 'John Ross'이다. 중국명이 원문에는 '魯約翰'으로 되어 있으나 오식이기에 바로잡았다.
[179] 원명은 'John MacIntyre'이다. 원문에는 중국명이 '孟約翰'으로 되어 있으나 오식이기에 바로잡았다.
[180] 원문에는 '메글레'로 표기되어 있다. 원명은 'Robert S. Maclay'(1824~1907)이고, 한국명은 맥리가(麥利加)이다.
[181] 원문에는 '엘렌'으로 표기되어 있다. 원명은 'H.N.Allen'이고, 한국명은 안련(安蓮)이다.
[182] 원문에는 '해느리 루이쓰'로 표기되어 있다.
[183] 원문에는 '李秀燦'으로 되어 있으나 오식이기에 바로잡았다.
[184] 원문에는 '을'이 빠져 있어 채워 넣었다.

로 전진 도상에 올랐다.

그때로부터 10년 뒤인 1910년융희4년에 겨우 『구약전서』까지 완역된 것으로, 이 대사업에 종사한 공로자는 언더우드·아펜젤러·게일·민휴閔休·이눌서李訥書·시란돈施蘭敦[185]이상 서양인·송한용宋漢容[186]·조한규趙閒奎·최병헌崔炳憲·정태용鄭泰容·이승두李承斗·김정삼金鼎三·유성준愈星濬·이창직李昌稙 등으로, 그 중 조한규와 아펜젤러는 성서 번역국飜譯局의 일로 목포로 가던 도중 해상 조난으로 희생까지 당하였다.

이렇게 거창한 번역사업이 완성되기 위하여 바쳐진 막대한 희생은 여기에 누누할 필요가 없으나, 활자본 등이 나오기 전에 수사본手寫本이나 등사본 등이 유포된 흔적이 있으며 그 뒤에 오역과 불충분한 점을 정정하기 위하여 성경 개역회改譯會 사업이 진행중에 있다 한다.

그런데 1895년고종32년에 영국 성공회의 지부가 경성에 설치된 이래 1934년昭和9년 말까지 전조선에 전파된 성경의 수효는 총수總數 1천 6백만 권에 달하고 총경비 3백 6십만원이며, 연년年年이 전포傳布되는 책수冊數가 70만 부에 달한다 한다.

이러한 숫자는 모두 언문의 보급화를 위하여 기독교가 얼마나 큰 공헌을 해왔는가를 이야기하는 사실이거니와 더 근본적으로 조선어의 보존과 정리를 위하여 바친 노력은 이와 못지않게 거대하였다.

그것은 전기前記 천주교도들이 착수했던 조선말사전 편찬사업의 계승과 발전이다.

1889년에 언더우드 목사의 손으로 『한영문법韓英文法』이 출판되고 그 익년翌年인 1890년에는[187] 비로소 『한어자전韓語字典』*A Concise Dictionary of*

---

185 원명은 스크랜튼이다.
186 원문의 '宋淳容'은 오식이다.
187 원문에는 '一八九〇년는'으로 글자가 누락되어 있어 채워 넣었다.

Korean Language[188]을 요코하마橫濱에서 출판하였는데, 그 제1부는 「한영자전」[189]이요 제2부는 「영한자전」으로 이것이 영인英人이 만든 조선어 사전의 효시다.

다시 1891년에 제임스 스코트의 『영한자전』이 출판되고 1893년엔 게일의 『사과지남辭課指南』*Korean Grammatical Forms*이란 토吐에 대한 사전이 나오고 그 뒤 1897년에 역시 게일의 『한영자전』이 요꼬하마橫濱에서 간행되었는데, 이것이 『한불자전』 다음으로 가장 권위있는 저술로 오늘날에 이르도록 우리의 안두案頭에 놓여 중보重寶가 되고 있다.

그 익년翌年에 헛지의[190] 『한어소사전韓語小辭典』이 나오고 그 외에도 조선어 급及 문文에 대한[191] 저술이 불소不少하여 아직도 그 방면에 주의를 부지런히 못하는 조선인에게 크나큰 기여를 해왔다.

이리하여 교과서 급及 공문서, 신문과 잡지와 더불어 기독교 문헌은 조선어의 정리整理와 언문의 부활復活에 특이한 역할을 연연演한 것으로 그 영향은 문체文體에까지 미쳐 소위 기독교식 조선 글체라는 것을 형성하였다.

다음 장에 논술할 기회를 가지려 한다.

× × ×

이러한 각종 문화가 모두 근대조선의 정신적 전진의 길을 걸으면서 그 표현형식으로 모두 조선어의 한문으로부터의 해방과 새로운 조선

---

188 원문에는 '韓英字典'으로 되어 있으나 오식이기에 바로잡았다.
189 원문에는 '韓英字'로만 되어 있어 바로잡았다.
190 원문에는 '헛지는'으로 되어 있으나 문맥상 오식으로 보이기에 바로잡았다.
191 원문에는 '及한'으로 되어 있으나 오식으로 보이기에 바로잡았다.

어문의 확립을 위하여 편편^{片片}히 노력하는 중 어문영역의 본격적 운동이 싹텄으니 그것은 그때 말로 하면 '국문운동^{國文運動}'이다.

이 운동의 시초는 멀리 훈민정음 반포^{頒布} 이후 최세진^{崔世珍}의 『훈몽자회^{訓蒙字會}』에서 시작하여 박성원^{朴性源}의 『화동정음통석운고^{華東正音通釋韻考}』, 신경준^{申景濬}의 『훈민정음운해』, 홍계희^{洪啓禧}의 『삼운성휘^{三韻聲彙}』, 홍양호^{洪良浩}의 『경세정운도설』, 황윤석^{黃胤錫}의 「자모변^{子母辨}」, 유희^{柳僖}의 『언문지^{諺文志}』, 이규경^{李圭景}의 『언문변증설^{諺文辨證說}』, 강위^{姜瑋}의 『동문자모분해^{東文字母分解}』에 이르는 일련의 전문적 노력과 더불어 실학자들의 부분적 연구에 있는 것으로 갑오개혁에 이르러 전연 근대적 형태로 전개된 것이다.[192]

이 사정에 대하여 『조선문자 급 어학사^{朝鮮文字及語學史}』[193]의 저자 김윤경^{金允經} 씨의 서술을 빌면 다음과 같다.

이러한 개혁과 동시에 각 방면에 자각의 광명이 비치게 되었습니다. 따라서 국어, 국문에 대하여도 각성이 있게 되어 학자 중에는 정음(正音)이 조선 고유의 문자임과 그것이 과학적 기초 위에 선 것임을 주장하고 언문(諺

---

[192] 이 부분에서 이름 및 저서 표기에 오류가 있고, 오자도 발견되어 전체적으로 바로잡았다. 참고로 원저의 이 대목은 다음과 같다.

　"이 運動의 始初는 멀리 訓民正音頌布以後 崔世珍의 訓蒙字會에서 시작하야 朴性淵의 『華反切과 東正音 通譯韻考』 申景濬의 『三韻聲彙』 洪良浩의 『字母辨』 柳僖의 『諺文志』 李玉景의 『諺文辨證說』 姜瑋의 『本文字母分解』에 이르는 一聯의 專門的勢力과 더부러 實學者들의 部分的研究에 잇는 것으로 甲午改革에 이르러 全然 近代的形態로 展開된 것이다."

　참고로 원문에는 '박성원의 反切과 華東正音通釋韻考'라 하여 '反切'을 박성원의 저서 가운데 하나라고 기재하였으나 이는 잘못이다. '반절'이란 이름은 한자의 음을 '聲'과 '韻'으로 분석해서 그것을 표시하는 방법을 이르는 말인데, 훈민정음이 초·중·종성이 합쳐 하나의 字音을 표시할 수 있음이 이와 비슷하기 때문에 훈민정음을 지칭하는 말로 쓰이는 용어인 것이다.(유창균, 『국어학사』, 형설출판사, 1988, 165면 참조)

[193] 원문에는 '朝鮮語擧及文學史'로 되어 있으나 오식이기에 바로잡았다.

文)이라던 이름을 국문(國文), 방언(方言)이나 속어(俗語)라던 것을 국어(國語)라 하게 되었습니다. 또 당시 한국정부에서도 갑오경장(甲午更張) 이래로 공사(公私)문서에도 비로소 한자 대신으로 한자와 정음을 섞은 문체, 즉 국한문체(國漢文體)란 것을 사용하게 되었습니다. 이능화(李能和) 씨 같은 이는 자전(字典)과 사전(辭典)의 제정에 관한 의견서를 학부(學部)에 제출한 일도 있었으며 문법을 전문으로 연구하는 이들도 많이 생겼으며, 한편으로는 개국(開國) 504년(서기 1895) 2월에 내린 고종(高宗)의 교육입국(敎育立國)의 조서(詔書)에 의한 신교육기관의 학교가 발흥하게 됨을 좇아 헌신짝같이 버림을 받았던 정음은 부활의 서광을 보게 되었습니다.

이러한 시대적 풍조에 따라 조선어문과 문법에 관한 전문적 저술의 용간冗쩨을 보게 되었으니 조선문을 언문이라고 하여 천민과 부녀자의 전문할 글이라 하여 멸시하던 왕시往時에 비하면 실로 일대 경이驚異요 변혁이라 아니할 수 없다.

○ '이봉운'이란 분의 『국문정리國文正理』[194]란 소책자가 그 귀중한 사업의 효시였다.

건양健陽 2년[1897] 2월에 출판되었으니 갑오[1894]로부터 3년 뒤이니 그 운동의 출발이 빨랐음과 동시에 이 사정은 새 시대의 정신이 얼마나 자기의 고유한 표현형식을 갈망하고 있었는지를 알 수 있다. 여기서 『국문정리』 서문을 인刮하면 그 책이 만들어진 이유와 '국문운동'의 정신을 대략 이해할 수 있다.

나라。 위흥기눈。 려항의。 션비나。 죠졍의。 공경이눅。 츙심은。 흔가지기로。

---

194 원문에는 "『국國문文졍正리理』"로 표기되어 있다.

진졍을。 말ᄒᆞᄂᆞ니。 대뎌。 각국。 사ᄅᆞᆷ은。 본국。 글을。 슝샹ᄒᆞ야。 학교를。 셜립ᄒᆞ고。 학습ᄒᆞ야。 국졍과。 민ᄉᆞ를。 못홀。 일이。 업시ᄒᆞ야。 국부。 민강ᄒᆞᆫ것ᄆᆞ는。 죠션。 사ᄅᆞᆷ은。 ᄂᆞᆷ의。 나라。 글문。 슝샹ᄒᆞ고。 본국。 글은。 아죠。 리치를。 알지못ᄒᆞ니。 졀통ᄒᆞᆫ지라。

세죵죠。 ᄭᅵ옵셔。 언문을。 ᄆᆞᆫᄃᆞ셧것ᄆᆞᄂᆞᆫ。 ᄌᆞ고로。 국문。 학교와。 션ᄉᆡᆼ이。 업셔。 리치와。 규법을。 ᄀᆞᄅᆞ치며。 비호지。 못ᄒᆞ고。 입문。 놀려。 가。 가。 거。 거。 ᄒᆞ야。 음문。 입에。 올녀。 안다ᄒᆞ되。 음도。 분명히。 모ᄅᆞ니。 ᄒᆞᆫ심ᄒᆞᆫ지라。 금쟈에。 문명。 진보ᄒᆞ랴。 ᄒᆞᄂᆞᆫ떠요。 또。 태셔。 각국。 사ᄅᆞᆷ과。 일。 쳥사ᄅᆞᆷ들이。 죠션에。 오면。 위션。 션ᄉᆡᆼ을。 구ᄒᆞ여。 국문을。 비호기로。 반졀。 리치를。 무ᄅᆞ면。 디답지。 못ᄒᆞᆫ즉。 각국。 사ᄅᆞᆷ들이。 말。 ᄒᆞ되。 너희。 나라。 말이。 쟝단이。 잇시니。 언문에도。 그。 구별이。 잇서야。 올흘거신터。 글과。 말이。 ᄀᆞ지。 못ᄒᆞ니。 가히。 우습도다。 ᄒᆞ고。 멸시ᄒᆞ니。 그러ᄒᆞᆫ。 슈치가。 어디。 잇시리오。 외국。 사ᄅᆞᆷ의。 션ᄉᆡᆼ。 노릇ᄒᆞᄂᆞᆫ。 사ᄅᆞᆷᄆᆞᆫ。 슈치가。 아니오。 젼국이。 다 슈치가。 되니。 그러ᄒᆞᆫ。 슈치。 붓ᄂᆞᆫ거시。 통분ᄒᆞ고。 또。 ᄌᆞ쥬。 독립의。 리치로。 말。 ᄒᆞ야도。 ᄂᆞᆷ의。 나라。 글문。 위쥬 할거시。 아니오。 또。 비유로。 말。 ᄒᆞ야도。 그。 부모ᄂᆞᆫ。 공경치。 아니ᄒᆞ고。 다른。 사ᄅᆞᆷᄆᆞᆫ。 ᄉᆞ랑ᄒᆞᄂᆞᆫ。 모양이니。 문명의。 뎨일。 요긴ᄒᆞᆫ거슨。 국문인디。 반졀。 리치를。 알。 사ᄅᆞᆷ이。 젹기로。 리치를。 궁구ᄒᆞ야。 언문。 옥편을。 만ᄃᆞᆯ。 죠아에。 발ᄒᆡᆼ하야。 이왕。 국문을。 안다。 ᄒᆞᄂᆞᆫ。 사ᄅᆞᆷ도。 리치와。 ᄌᆞ음과。 쳥탁과。 고뎌를。 분명히。 알아。 ᄒᆡᆼ문케 ᄒᆞ고。 동몽도。 교육ᄒᆞ면。 우리。 나라。 글이。 ᄌᆞ연。 볽을거시오。 독립。 권리와。 ᄌᆞ쥬。 ᄉᆞ무에。 뎨일。 요긴ᄒᆞᆫ거시니。 여러。 군ᄌᆞᄂᆞᆫ。 깁히。 싱각ᄒᆞ시기를。 바라읍[195] 운운(云云)

---

195 김윤경, 『조선문자급어학사』, 동국문화사, 1954, 335~336면. 임화가 인용한 원문은 누락된 곳이 많은데 참고로 여기에 그대로 옮겨놓는다.
　　"나라。 위ᄒᆞ기ᄂᆞᆫ。 려항의。 션빅ᄂᆞ。 죠졍의。 공경이ᄂᆞ 츙심은。 ᄒᆞᄀᆞ지기로。 진졍을。 말ᄒᆞᄂᆞ니。 대뎌。 각국。 사ᄅᆞᆷ은 본국。 글을。 슝샹하야。 학교를。 셜립ᄒᆞ고。 학습ᄒᆞ야。 학교를。 셜립ᄒᆞ고。 학습ᄒᆞ야。 국졍과。 민ᄉᆞ를。 못홀일이。 업시ᄒᆞ야。 국

이 소책자의 내용을 여기에 소개하는 것은 오인吾人의 임무가 아니라 상론을 피하나, 비록 체계와 서술 그타他 여러 점에 있어 후일에 나온 동종同種 저작에 비할 바 아니 되나 조선어문에 관한 문법적 연구로는 최초의 저술이라 한다. 또한 이 서문에서 우리는 갑오개혁甲午改革 이후 노도와 같이 밀려든 새 시대의 풍조를 넉넉히 느낄 수가 있다.

그 다음에 나온 것이 교과서의 편찬과 공문서 급及 일반 어문의 정

부. 민강흔것무는. 조션. 사룸은. 본국. 글은. 아조. 리치를. 알지못ᄒ니. 졀통흔 거라. 세종조. 끠옵서. 언문을. 문드섯것마는. 즈고로. 군문. 학교와. 선생이. 없어. 리치와. 규법을. 굴르치며. 비흐지. 못ᄒ고. 입문. 놀녀. 가.갸.거.겨. ᄒ야. 음문. 입에. 올녀. 각국. 사룸들이. 말. ᄒ더. 너희. 나라. 말이. 장단이. 잇시니. 언문도. 그. 구별이. 잇서야. 올흘거신터. 글과. 말이. ᄀ지. 못ᄒ니. 가히. 우습도다 하고. 멸시ᄒ니. 그러흔. 슈치가. 어듸잇사리오. 외국. 사룸의. 선셩. 노룻ᄒ는. 사룸문. 슈치가. 아니오. 젼국이다. 슈치가. 되니. 그러흔. 슈치. 붓는 거시. 통분하고

문맹의제일요긴하거슨. 국문인대. 반졀. 리치를. 알사람이적기로. 리치를. 궁구하야. 언문. 옥편을. 만드ᄅ. 조야에발행하야. 이와. 국문을. 안다하는. 사람도. 리치와. 즈음과청탁과. 고려를. 분명히. 알야행문케. ᄒ고. 동몽도. 교육ᄒ면 우리. 나라. 글이. 붉을거시오 ……”

이를 현대어로 옮기면 다음과 같다.

“나라 위하기는 여항의 선비나 조정의 공경이나 충심은 한가지기로 진정을 말하나니 대저 각국 사람은 본국 글을 숭상하여 학교를 설립하고 학습하여 국정과 민사를 못할 일이 없이 하여 국부민강하건마는 조선 사람은 남의 나라 글만 숭상하고 본국 글은 아주 이치를 알지 못하니 절통한지라.

세종조께옵서 언문을 만드셨건마는 자고로 국문 학교와 선생이 없어 이치와 규범을 가르치며 배우지 못하고 입만 놀려 가가거겨 하여 음만 입에 올려 안다하되 음도 분명히 모르니 한심한지라. 금자에 문명진보하려 하는 때요 또 태서 각국 사람과 일청 사람들이 조선에 오면 우선 선생을 구하여 국문을 배우기로 반절 이치를 물으면 대답치 못한즉 각국 사람들이 말하되 ‘너희 나라 말이 장단이 있으니 언문에도 그 구별이 있어야 옳을 것인데 글과 말이 같지 못하니 가히 우습도다’ 하고 멸시하니 그러한 수치가 어디 있으리오 외국 사람의 선생 노릇하는 사람만 수치가 아니요 전국이 다 수치가 되니 그러한 수치를 받는 것이 통분하고 또 자주독립의 이치로 말하여도 남의 나라 글만 위주할 것이 아니요 또 비유로 말하여도 그 부모는 공경치 아니하고 다른 사람만 사랑하는 모양이니 문명의 제일 요긴한 것은 국문이되 반절 이치를 알 사람이 적기로 이치를 궁구하여 언문 옥편을 만들어 조야에 발행하여 이왕 국문을 안다 하는 사람도 이치와 자음과 청탁과 고저를 분명히 알아 행문체 하고 동몽도 교육하면 우리나라 글이 자연 밝을 것이요 독립 권리와 자주 사무에 제일 요긴한 것이니 여러 군자는 깊이 생각하시기를 바라옵 ……”

리를 위하여 당시의 의학교장이요, 조선에 종두種痘를 수입한 은인이며, 개화운동에 공헌이 큰 지석영池錫永 씨의 '신정국문新訂國文'에 관한 상소上疏와 공포公布다.

그 상소문을 소개하면,

郎伏見醫學校長臣池錫永疏

批下者則所陳誠爲敎育齋民之要疏辭令學部商確施行事

命下矣自臣部爲其整釐取考所著之書則叅互古今允合時宜該新訂國文實施件謹具

開錄伏候

聖裁奉

旨制曰可[196]

라 하여 학부의 상의商議와 재가를 거쳐 광무光武 9년1905 7월 19일에 신정국문이 발포되었다. 이 내용도 역시 재래의 언문을 개량한 것으로 상술할 게 아니나, 뒤에 큰 문제가 되어 학부學部에 국문연구소까지를 설치하게 된 '·' 문제만은 기억해두고 싶다.

'·' 문제란 재래 언문에 있던 '·'를 폐지하고 지씨가 새로 '='를 창작한 것이다.

이것의 가부可否가 문제가 되어 나중에 비단 '·' 문제뿐 아니라 신정국문 전체에 관하여 일층 연구하고 완벽한 것을 만들자는 데서 학

---

196 한글로 옮기면 다음과 같다.

"의학교장 신 지석영의 상소를 엎드려 살펴보건대, 정성스럽게 뜻을 편 바가 교육과 제민의 요체가 되는 사령(辭令)이요, 학부에서 헤아려 시행할 사명입니다. 신이 속해있는 부(部)에서 저술한 책을 정독하여 본즉, 고금에 해박하고 시의에 마땅하기에 신정국문 실시건에 해당되는 것을 삼가 목록을 갖추어 엎드려 보입니다. 성상의 재가를 받들겠나이다. 위에서 이르기를 그렇게 하라 하였다."

부내에 국문연구소라는 것이 설립되었다.

그런데 지석영 씨는 신정국문운동에서 보듯 의학자라기보다 전혀 일개 계몽학자로 언어에 관한 저작을 두 개나 남긴 이로, 하나는 융희隆熙 원년에 출판된 정다산丁茶山의 『아학편兒學編』 해역解譯이요, 또 하나는 『언문言文』이란 책이다.

『아학편』은 다산의 책에다 새로 화和, 영英 양문兩文을 붙인 것이요전일 이것을 그대로 다산의 저라 함은 필자의 오[誤], 『언문』은 일상 조선어 가운데 상용 한자와 언구言句를 조사·집성하여약1만9천여구 상편에는 구해句解, 하편에는 자해字解를 한 것이다. 이것은 다같이 조선어 가운데 한자사용을 제한하려는 의미와 한편으로는 부득이 상용되는 것은 의미를 밝혀 정복征服코자 함에 있었으니 단순한 어문운동보다 일층 넓은 문화적 시야에서 만들어진 노력이라 아니할 수 없다.

여기에 참고를 위하여 『언문』의 체재와 서문을 소개하면 체재는 양서洋書와 같이 좌측에 표지가 되고 서문과 예언例言을 빼놓으면 횡조橫組로 체재에까지 그 의도의 소재처所在處를 보였으며 서문은 아래와 같은데[197] 서문도 순언문 급及 본문에다 필요한 데만 옆에 한자를 달았으나 여기엔 이해의 편리를 위하여 언문諺文 있는 데 한자를 넣어준다.

　　××[大韓]人民이 無論京鄕。貴。賤하고 日。用。事物에 行。用하는 言。語가 太牛。漢文의 字音으로 通行하는지라。是故로 無識한。社會와 婦人。小兒들은。口頭로는 能히 文彩스러운 言辭을 行。用하나, 眼目에는 一字도。解得하기 不能하고 筆墨으로도 亦是 一點一劃을 形容하기 極難하므로 言辭는。了

---

197 당시 신문의 체재가 우에서 좌로 세로쓰기여서 원문에는 '如左한데'라고 되어 있으나 이 책이 가로쓰기 체재이기에 고쳐 썼다.

了하나 識。見이。貿貿하여 與人酬接에。醜拙을 難免이라。所以로 國俗이。漢文을。大段崇尙하여 人才를。養成하는 것이 非此莫可라 하더니。近年。以來로 風氣가。大。變하여 漢文만 尊主하다가는 無情한。歲月을 虛。送하고。有。限한 心力을 徒費하여 假使成功이라도 一個。老學究에 不過라하여 於是乎。漢文에 專力하든 思想을 國文과 相半하여。國漢文敎作法이。施行되어 各種學文을 純全이 國。漢文으로 飜譯하여。漢字를 略干만 通하면 能히 全篇文義를。解得하니, 實로 敎育上。第一便易한 方法이로다。於此에。感念이 動하여 全國同胞의 言辭에 漢文音으로 行。用하여 因이 國語된 것을 略略調査한즉 一萬九千餘句節이기。猥濫함을 不顧하고 一卷冊子를 編輯하여 言文이라 名稱하고。上篇에는。漢字로 國文을。對。照하여 國語된。所以然을 發明하고。下篇에는。漢字字義를 國文으로。註釋하였으니 國文만 通하면 無時로 行。用하는 國。語의 本。面目을。가히 透得할지라。國。語의 本。面目을 透得하면 天痴。外에난 當場에 國。漢文交作法을 足달히 模倣하리니 前日에。漢文을 失學하고 無識하다 自。處하든 同胞들은 此篇을 潛心熟讀하시면 不過 幾月에 如干 通情은 綽綽。有餘하리니 願。컨대 著述者의 區區한 誠意를 容納하시고 特別이 采。用하심을 千萬。顒望하나이다。

隆熙 三年一月十五日

太原池錫永書[198]

---

198 한글로 옮기면 다음과 같다.

"대한의 인민이 서울과 지방, 귀하고 천함을 막론하고 일용사물에 사용하는 언어가 태반 한문의 글자음으로 통용하는 지라. 이러한 까닭으로 무식한 사회와 부인, 어린아이들은 입으로는 능히 화려한 언변을 사용하나, 눈으로는 한 자도 해득할 수 없고 필묵으로도 역시 한 점, 한 획을 형용하기 지극히 어려우므로 언사는 똑똑하나 식견이 어두워 사람들과 더불어 응대하는데 졸렬함을 먼키 어렵더라. 이러한 까닭으로 나라의 풍속이 한문을 대단히 숭상하여 인재를 양성하는 것이 한문이 아니면 불가능하다 하더니 근래에 풍기가 크게 변하여 오직 한문에만 주력하다가는 무정한 세월을 허송하고 유한한 심력을 낭비하여 가령 성공한다 하더라도 일개 늙은 학자에 불과하다 하여 이밖에 간행되지는 못하였을망정 고본古本으로 되어 있던 책이 1, 2종 있다 하고, 신문, 잡지 등을 통하여 언문 존중이 역설되면서 민간 학자간의 연구열이 왕성해지는 도중에 전기前記 지석영 씨의 '신정국문'론을 중심으로 한 논쟁이 벌어져 수 백년간 이토泥土 중에 매몰되었던 언문은 문화사의 주인공으로 만신滿身에 양광陽光을 욕浴하면서 등장하였다

주시경周時經 씨가 『독립신문』에 있을 때 만들었던 '국문동우회', 지석영 씨의 의학교 내에 있던 '국문연구소', 그밖에 상동청년학원尚洞靑年學院에 있던 문법과文法科라든가, 그타他 학교에 있던 단편적인 조선어 연구기관의 족생簇生이 모두 이 기운의 표현이라 할 수 있다.

이 풍조를 일층 공고히 하고 분산되었던 연구에 통일을 기도한 것이 저 국문연구소의 개설로, 이것은 훈민정음이 발포發布된 이후 정부가 자국自國 어문에 대하여 중대한 사명을 자각한 획기적 사업이었다.

연구소 창설의 직접의 동기는 역시 '신정국문'의 ' · '와 '='의 논쟁이다. 그것이 정부의 사업으로 되기는 당시의 학부대신 이재곤李載崑의 주청奏請에 의한 것이다.

이에 한문에만 힘쓰던 생각을 국문과 서로 섞어 국한문교작법(國漢文交作法)이 시행되어 각종 학문을 순전히 국한문으로 번역하여 한자를 약간만 통하면 능히 전편의 글의 뜻을 해득하니, 실로 교육상 가장 편리한 방법이로다. 이에서 감동을 받아 전국 동포의 언사에 한문음(漢文音)으로 사용하다가 국어가 된 것을 대략 조사한즉 만구천여 구절이기에 외람함을 살피지 아니하고 한 권의 책자를 편집하여 언문이라 이름짓고, 상편에는 한자로 국문을 대조하여 국어가 된 까닭을 밝혀 드러내고, 하편에는 한자의 글자 뜻을 국문으로 주석하였으니 국문만 통하면 무시로 사용하는 국어의 본면목을 가히 잘 알 것이라. 국어의 본면목을 잘 알게 되면 천치 외에는 당장에 국한문교작법을 족히 모방하리니, 전날에 학문을 배우지 못하고 무식하다 자처하던 동포들은 이 책을 열심히 읽으시면 불과 몇 달만에 웬만큼 뜻을 통함은 작작(綽綽) 여유가 있으리니 원컨대 저술자의 구구한 정성을 용납하시고 특별히 채용하심을 천만 바라나이다.
　융희 3년 1월 15일
　태원 지석영 서"

연구소 위원으로 뽑힌 이들은 그후 약간의 변동이 있었다 하나 대체로 다음과 같은 이들이었다.

위원장 학무국장 윤치오尹致旿, 위원 어윤적魚允迪·이능화·권보상權輔相·이억李億·윤돈구尹敦求·주시경·현은玄檃·송기용宋綺用·장헌식張憲植·이종일李鍾一·유필근柳苾根·이민응李敏應·우에무라 마사키上村正己·지석영 등 제인諸人으로 광무光武 11년隆熙 원년 9월로부터 동同 3년[199] 12월까지 23회의 회의를 거듭하면서 연구 토의된 문제는,

1. 국문國文의 연원淵源
2. 자체字體와 발음發音의 연혁沿革
3. 초성初聲 ㆁ, ㆆ, ㅿ, ◇, ㅱ, ㅸ, ㅹ 8자字의 복용復用 여부
4. 초성에 대한 ㄱ, ㄴ, ㅂ, ㅅ, ㅈ, ㅎ 6자의 병서竝書의 서법書法 일정一定
5. 중성中聲 '='자를 창제하고 'ㆍ'자를 폐지하는 여부
6. 종성終聲 ㄷ, ㅅ 2자의 용법과 ㅈ, ㅊ, ㅋ, ㅌ, ㅍ, ㅎ 6자를 종성에도 통용通用하는 여부
7. 자모字母의 7음과 청탁淸濁과의 구별 여하
8. 사성표四聲標의 용부用否와 조선어음朝鮮語音의 고저高低
9. 자모의 음독音讀의 일정一定
10. 자순字順과 행순行順의 일정一定
11. 철자법綴字法

등 어문語文 정조整調상 오늘날까지 토의되던 기본적인 제문제가 포함된 것으로, 토의와 연구는 종합 통일된 후에 연구소의 의견을 붙여

---

[199] 융희 3년, 즉 1910년을 말한다.

내각에 제출되었으나 미처 공포가 되기 전 학부대신이 갈리게 되어 유야무야지간有耶無耶之間에 묻히고 말아 이 획기적 운동의 결과를 얻지 못했으니 유감스러운 일이다.

이 연구 보고서는 여러 차례로 수합된 모양이나 알 수 없고, 다만 그 1회 및 2회 보고서가 김윤경 씨의 『조선문자 급 어학사朝鮮文字及語學史』에 전할 뿐이다.

그러나 이 연구소는 비록 유종의 미는 맺지 못했다 할지라도 제인諸人의 연구를 일당一堂에 모을 기회를 주어 여러 의견을 상호 비교케 하였고, 어문정리상의 다단多端한 문제를 일시에 등장시켜 그 소재를 밝혔고, 더욱 중요한 것은 그 후에 올 어문연구의 토대를 작성해 주어 그 사업의 금일이 있게 한 공적은 기념할 만한 일이다.

이러한 크나큰 자극과 경험을 통하여 융희 3년 1월엔 최광옥崔光玉의 『대한문전大韓文典』이 나오고 융희 3년 10월엔 유길준兪吉濬의 『대한문전大韓文典』이 나왔으며 이 모든 것을 집대성하고 정리하며 그 유산을 일층 높은 계단에서 확대 재생산한 『국어문전음학國語文典音學』 『국어문법國語文法』 『말의 소리』 등의 저자 주시경 씨가 생탄된 것이다.

최광옥의 『문전』에는,

盖心之所感에 必有思想이요, 思想所發에 必爲言語ᄒ고 綴集言語ᄂᆞᆫ 著外而有形者也요 心與思想은 在內而無形者也라. 無形者ᄂᆞᆫ 原無定體ᄒᆞ야 必隨有形者而如影之從響之應ᄒᆞᄂᆞ니 泰西文明之邦이 各有自國文章言語之典範ᄒᆞ야 使國民으로 趨向有方에 圖合其心者良有以也라. 我X[韓]民心之不能團合이 未嘗不有於文章言語之異軌殊轍일ᄉᆡ 余友崔君光玉甫가 用是之憂ᄒᆞ야 倣泰西例迺成一書ᄒᆞ야 名之曰 大韓文典이라.[200]

운운한 월남 이상재月南 李商在 씨의 서문이 붙어있고 유길준 씨의 『문전』에도 "읽을지어다 우리 ××[대한]문전을 읽을지어다"라는 창가조唱歌調로 시작하여 "幾百年 漢文崇拜ᄒᆞ는 風이 全國을 風靡ᄒᆞ야 西隣의 借來한 혼 客字가 國民의 正音을 驅逐ᄒᆞ야 學士의 案頭를 去ᄒᆞ며 詞匠이 筆端을 離ᄒᆞ즉 鴉烟의 毒에 中홈같이 迷醉愈甚ᄒᆞ야 人姓, 地名과 國號까지도 漢字로 改書ᄒᆞ얏으니 此言을 疑ᄒᆞ거든 古書를 試看홀지어다"[201] 운운하여 "然卽 我의 文을 我가 用하며 我의 語를 我가 用하니 此乃 自然한 天機의 發하는 者이라",[202] 다시 "읽을지어다 우리 ××[동포]여 천하만국에 기其 고유한 언어 문자가 유有ᄒᆞ고 문전文典 없는 국민은 없으니 읽을지어다, 이 문전을" 하고 감격으로 일관한 유길준 씨의 서문이 또한 실려 있다.

그런데 유씨의 『문전』 서언을 보면 "本著者가 國語文典의 硏究로 三十星霜을 經ᄒᆞ야 稿를 易함이 凡八次에 此書가 始成ᄒᆞ니"[203] 하여

---

200 한글로 옮기면 다음과 같다.
    "대개 마음이 느끼는 바는 반드시 사상이 있는 것이요, 사상이 드러남에는 반드시 말(언어)이 되니 언어를 모아서 엮는 것은 밖으로 드러내어 형태를 남기는 것이다. 마음과 사상은 안에 있어서 형태가 없는 것이다. 형태가 없는 것은 원래 정체(定體)가 없으니 반드시 그 형태를 파라서 그림자처럼 따르고 메아리처럼 호응하나니 태서(泰西) 문명의 나라가 각기 자국 문장 언어의 전범이 있어 국민으로 하여금 따르고 향하게 하는 방법이 있으리 그 마음이 단합되는 것이 진실로 이유가 있는 것이다. 우리 한국민의 마음이 잘 단합되지 못함은 예전부터 언어와 문장이 궤적을 달리하는 데에서 말미암은 것이니 나의 친구 최군 광옥이 이것을 근심하여 태서의 예를 모방하여 한 권의 책을 만들어 대한문전이라 이름하였다."
201 한글로 옮기면 다음과 같다.
    "몇 백년 한문을 숭배하는 바람이 전국을 휩쓸어 선비들이 책상머리를 떠나며 문필가들이 붓끝을 떠나게 한즉, 아편의 독에 빠진 것같이 혼미하게 취함이 더욱 심하게 사람의 성과 지명, 국호까지도 한자로 고쳐 썼으니 이 말이 의심스러우면 옛 책을 시험삼아 볼지라."
    임화가 인용한 원문에는 중간 "西隣의~驅逐ᄒᆞ야"가 누락되어 있다.
202 한글로 옮기면 다음과 같다.
    "그런즉 우리의 글월을 우리가 사용하며 우리의 말을 우리가 사용하니 이는 자연스러운 천기가 발하는 것이라."

그 책의 유래를 썼고, 특히 제4차의 고본稿本이 세간에 오락誤落하여 인포印布함이 재판再版에 지至했다 하여 씨의 저서가 타인의 명의로 발간되었음도 말하였다.

이것이 어느 책인지는 그리 흥미 없는 문제로, 우리에게 감명 깊은 것은 이 한말韓末 최대의 계몽사상가의 1인이 언문연구에 장구한 시일과 막대한 정열을 경주傾注했다는 일사一事다.

『조선문자[204] 급 어학사文字及語學史』의 저자 김윤경 씨도 만일 본서가 초고대로 먼저 세상에 나왔더라면 문법적 체계를 갖춘 최초의 서書가 되었으리라 한 것을 보아 더욱 그러한 감이 깊다.

이렇듯 강개慷慨한 낭만적 풍조로부터 어문 연구를 치밀하고 실질적인 과학의 수준으로 높인 이가 주시경 씨다.

그의 대표적 저작은 역시 『국어문법』으로 그 전에 나온 『국어문전음학』은 학부에 제출했던 보고와 융희 3년 여름 '하기강습회'의 강의 중에서 음학音學만을 뽑아 문인門人들이 간행한 것이요, 『말의 소리』는 성언학적聲言學的 연구에 그친 것이다.

이하에 장황張皇의 폐가 불무不無하나 이 저작을 기념하는 의미에서 『국어문법』의 서문을 적출摘出해 둔다.

宇宙 自然의 理로 地球가 成하매 其面이 水陸으로 分하고 陸面은 江海山岳沙漠으로 各區域을 界하고 人種도 此를 隨하여 區區不同하며 그 言語도 各異하니 此는 天이 其域을 各設하여 一境의 地에 一種의 人을 産하고 一種의 人에 一種의 言을 發하게 함이라. 是以로 天이 命한 性을 從하여 其域에 其種이 居하기

---

203 한글로 옮기면 다음과 같다.
　"본 저자가 국어문전의 연구로 30여 년을 지내면서 원고를 바꿈이 무릇 8번에 이 책이 비로소 만들어지니"
204 원문에는 '문자'로 약칭하여 썼으나 본래 제목으로 고쳐 썼다.

宜하며 其種이 其言을 言하기 適하여 天然의 社會로 國家를 成하여 獨立이 各
定하니 其域은 獨立의 基요, 其種은 獨立의 體요, 其言은 獨立의 性이라. 此性이
無하면 體가 有하여도 其體가 아니요, 基가 有하여도 其基가 아니니 其國家의
盛衰도 言語의 盛衰에 在하고 國家의 存否도 言語의 存否에 在한지라. 是以로
古今天下列國이 各各 自國의 言語를 尊崇하며 其言을 記하여 其文을 各制함이
다 此를 爲함이라.[205]

운운한 다음 훈민정음 제정 유래를 말하고 이어서,

然하나, 至于今 字典을 未修하여 由來의 文字와 今日의 行用함이 다 正音의
原訓과 國語의 本體를 未得하고 其連發의 音만 僅搆하매 此音을 彼音으로 記하
고 彼語를 此語로 書하며 二音을 一音으로 合하고 一音을 二音으로 分하며 上
字의 音을 下字에 移하고 下字의 音을 上字에 附하며 書書不同하고 人人異用하
며 一個言을 數十種으로 記하며 文字를 誤解하는 弊가 語音에 及하고 語音을
未辨하는 害가 文字에 至하여 文言이 不同하며 前人의 謬를 後人이 襲하고 彼
人의 誤에 此人이 醉하여 苟且相因하고 混亂相尋에 穿鑿無稽한지라.[206]

---

[205] 한글로 옮기면 다음과 같다.

"우주 자연의 이치로 지구가 이루어짐에 그 면이 바다와 육지로 나뉘고 육지면을
강, 바다, 산악, 사막으로 각 지역이 경계를 이루고 인종도 이를 따라 구구히 같지 않으
며 그 말도 각기 다르다. 이는 하늘이 그 구역을 각기 설정하여 한 지역의 땅에 한종의
사람을 나게 하고 한종의 사람에게 한종의 말을 표현케 함이라. 이런 까닭에 하늘이
명한 성(性)을 좇아 그 지역에 그 인종이 거주함이 마땅하며 그 인종이 그 말을 말함이
적당하여 천연의 사회로 국가를 이루어 독립이 각기 정해져 있으니 그 지경은 독립의
터전이요, 그 인종은 독립의 체(體)요, 그 말은 독립의 성(性)이라. 이 성(性)이 없으면
몸체가 있어도 그 몸체가 아니요, 터전이 있어도 그 터전이 아니니 그 국가의 성쇠도
언어의 성쇠에 있고, 국가의 존부(存否)도 언어의 있고 없음에 있는지라. 이런 까닭에
고금 천하열국(天下列國)이 각각 자기 나라의 언어를 존숭하며 그 말을 기록하여 그
글월을 각기 제정함이 다 이를 위함이라."

[206] 현대어 표기로 바꾸면 다음과 같다.

"그러나 지금까지 이르도록 자전을 정리하지 못하여 전해 내려오는 문자와 금일에

하여 어문 혼란의 상相을 처음으로 명쾌하게 분석한 다음,

> 이에 井蛙의 觀이 萬一의 補가 될까 하여 剞劂에 付하노니 有志諸公은 我言
> 文을 深究精硏하여 字典文典을 制하며 後生을 獎勵하여 我民國의 萬幸이 되게
> 하소서.[207]

하였다.

주씨는 이리하여 가장 투철한 학자인 반면 또한 최대의 영향력을 가진 교육가로 그 문하에서 김과봉金科奉 · 이규영李奎榮 · 권덕규權悳奎 · 장지영張志暎 · 신명균申明均 · 정열모鄭烈模 · 이상춘李常春 · 이윤재李允宰 · 김윤경 · 최현배崔鉉培 · 이극노李克魯 · 이희승李熙昇 같은 이들이 직접 간접으로 그의 학통을 계승 발전시켜 금일의 '한글'운동에 지표至標하였다. 이 점에서 그는 더욱 위대한 사람이었다 할 수 있어 이 모든 것이 신문학의 이른바 정신적 기초의 한 부분이 된 것이다. (차항[此項]은 특히 김윤경 씨의 대저(大著)『조선문자 급 어학사』와 오쿠라 신페이[小倉進平] 씨의『조선어학사』, 최현배 씨의『우리 글의 바른 길』을 많이 참작했기로 명기하여 사의를 표하여 두는 한편, 독자의 참조를 빈다.)

쓰이는 문자가 다 정음의 원훈(原訓)과 국어의 본체를 얻지 못하고 그 비슷한 음만 겨우 구함에 이 음을 저 음으로 기록하고 저 음을 이 음으로 쓰며, 두 음을 한 음으로 합하고 한 음을 두음으로 나누며, 윗자의 음을 아랫자에 옮기고 아랫자의 음을 윗자에 붙여, 쓰는 것마다 같지 아니하고 사람마다 사용하는 것이 다르며 한 말을 수 십종으로 기록하며 문자를 오해하는 폐단이 어음(語音)에 이르고 어음을 분별하지 못하는 해(害)가 문자에 이르러 글과 말이 같지 아니하고 앞 사람의 잘못을 뒷사람이 답습하고 다른 사람의 잘못에 이 사람이 취하여 구차히 서로 원인을 삼고 뒤죽박죽이 되어 천착하고자 해도 근거가 없는지라."

[207] 현대어 표기로 바꾸면 다음과 같다.
"이에 좁은 안목으로도 만분의 일이나마 도움이 될까하여 새겨 당부하노니 뜻이 있는 여러분은 우리 말과 글을 깊이 탐구하고 정밀하게 연마하여 자전 문전을 만들고 후생을 장려하여 우리 국민의 모든 행복이 되게 하소서."

3. 신문학의 태생

1) 과도기의 문학

과도기過渡期란 항용 어느 하나의 시대가 몰락하고 다른 하나의 시대가 발흥하는 중간의 시기를 가리켜 일컫는 말이다.

그런 만큼 과도기라는 시기는 이미 몰락하면서 있는 구시대나 혹은 벌써 발흥하면서 있는 신시대와 같이 확연한 내용과 독자의 형식에 의하여 통일된 개성 있는 한 시대라 일컫기는 자못 곤란하다.

그 시기에 있어 두 시대는 다만 교체됨에 지나지 아니하므로 신시대가 구시대를 완전히 대신하기까지 신구新舊의 두 시대는 서로 교착交錯되고 혼효混淆되어 도저히 개성적일 수는 없다.

따라서 과도기가 독립되고 완전한 일— 시대이지 못하고 두 시대가 교체되는 데 필요한 연결점·일— 공간, 다시 말하면 자연적 시간인 시기로서 형용形容됨에 불과하다.

그럼에 불구하고 사회사나 문화사 상上에서 이 시기가 간과될 수 없고 항상 중요한 의미를 갖는 순간으로 이야기됨은 그 시기를 무대로 하여 신구의 두 시대가 서로 투쟁하여 승패를 결決하기 때문이다.

이 투쟁을 통하여 정표히 신시대가 창생蒼生되고 구구舊시대가 사멸하기 때문이다. 이를테면 창조적 의미를 가지고 있는 한 시기다.

이것은 사회사나 문화사의 큰 전환기다.

이렇게 말하면 현재 우리가 살고 있는 시대나 우리가 문제삼고 있는 신문학사의 전시기가 모두 조선의 사회사상社會史上 혹은 문화사상文化史上의 큰 전환기라고도 생각할 수 있으나 우리는 전환기라든가 과도기라는 것을 단순히 신구의 교착이나 혼효만으로 규정할 수는 없다.

과도기의 진정한 내용은 신시대의 탄생이나 구시대의 사멸이 모두 가능적可能的이었을 때가 아닌가 한다. 즉 양자의 승패가 모두 확정적이 아닌 때이다.

요컨대 보나파르티즘 즉 두 세력의 균형 이전을 우리는 엄밀한 의미의 신구의 과도기라 부를 수가 있다.

따라서 신시대의 세력이 조금이라도 구시대를 압도하고 승리의 가능성이 결정화決定化하기 시작할 때부터 신시대의 탄생을 선언치 아니할 수 없다.

신시대의 승리가 결정화되고 그것의 탄생이 곧 부단한 성장의 일로一路를 더듬는 도중에서 조우하는 구시대의 저항이라는 것은 마치 점령 후의 잔적殘敵 소탕과 같은 것이다.

그러므로 우리는 과도기라는 말을 사회사이고 문화사이고간에 신구세력의 보나파르티즘 이전에 관하여 사용함이 마땅치 않은가 한다.

만일 신구의 상극이 존재하는 모든 시기, 예例하면 신문화가 수입된 이후 현재에 이르는 전全 시기를 아직도 우리가 새 시대가 완전한 형태로 자기를 실현하지 못한 기간이라고 생각한다면 우리는 더 넓은 의미와 큰 어감語感을 가진 듯한 전환기란 말로 형용해도 좋을 것이다.

따라서 내가 신문학사에서 쓰는 과도기라는 말은 육당의 신시와 춘원의 새 소설이 나오기 이전 그리고 한문과 구시대이조적인의 언문문학이 지배권을 상실한 중간의 시대를 지정하는 좁은 의미에 한정된다. 이 시기엔 자연히 구舊문학이 이제 전래의[208] 신용과 위엄을 상실

---

208 원문에는 ‘舊文學이제 傳來의’로 되어 있으나 문맥상 ‘이’가 누락된 것으로 보여 채워 넣었다.

한 대신 신문학은 당연히 가져야 할 새 위의威義를 채 갖추지 못하여 일종 반구반신半舊半新의 문학으로 충전充塡되었다.

이것을 내지內地문학사에선 개화기의 문학이라고도 하고 중국문학사에선 주지하는 바와 같이 문학혁명의 시대라고도 불러온다.

두 가지 명칭이 다 중간시기를 형용함에 응분의 진리를 가지고 있으나 내가 일부러 양자 중의 일자一者도 취하지 않고[209] 특히 평범한 과도기란 용어를 사용함은 다름이 아니라 보다 객관적으로 이 시기를 보고자 하는 미의微意에서다. 개화기라 함은 구시대를 몽매기朦昧期라 하여 그것이 문명개화文明開化됨에 중대한 역할을 연演한 서구 외래문화를 중히 평가한 데서 온 결과 같고, 문학혁명이라 함은 신문학에 주관적 입장을 설정하여 구문학을 개혁했다는 의미에서 이 시기를 보아, 새 문학의 탄생과 구문학의 몰락에 있어 서구 외래문화의 큰 역할을 몰각한 것 같아[210] 취取치 아니 했다.

요컨대 일방一方은 지나치게 의타적이고 일방一方은 지나치게 주관적이다. 그러나 과도기라는 말은 이 양자와 같이 의미 내용이 명백치 못한 흠이 있으나 그 대신 일층 포괄적이고 객관적인 점이 또한 전자보다 우월하였다.

이 가운데서 우리는 구문학과 신문학의 투쟁의 상극相剋,[211] 또한 외래문화의 역할을 자유로 기술할 수 있지 않은가 한다.

그러면 과도기 문학의 내용 다시 말하면 구문학을 붕괴시키고 신문학을 형성시킨 근원적인 동력은 무엇인가 하면 그것은 일찍이 전

---

209 원문에는 '取치 노코'로 되어 있으나 의미상 '취(取)치 않고'가 적당하여 바로잡았다.
210 원문에는 '沒却한것 가타야'로 되어 있으나 오식으로 보여져 고쳐 썼다.
211 원문엔 '鬪爭이 相剋'으로 되어 있으나 문맥상 '투쟁의 상극(相剋)'이 적당하여 바로잡았다.

장前章에서 약술略述한 것처럼 주로 외래문화의 영향 하에 생장生長한 근대 시민적인 문화의식이라 하겠다. 이른바 자주의 정신과 개화의 사상을 핵심에 품은 광막廣漠한 의미의 계몽운동의 일익一翼으로 신문학은 생겨난 것이다.

신문학의 선구요, 그것을 직접으로 준비한 과도기의 문학은 그러므로 투쟁의 문학이라느니보다 더 많이 계몽의 문학이었다. 이것은 아직도 신문학의 이른바 문화담당자라 할 조선의 시민이 아직 자력으로 구문화와 구舊사회관계를 양기揚棄하고 일거에 신문화와 신사회를 건설할 만큼 역량이 성장치 못한 데 기인하는 것으로 타일他日 별別로 상론할 기회를 가져 본편本篇이 성권成卷할 제 증보增補하겠거니와 또한 그런 만큼 구문학으로부터 신문학이 생탄生誕하는 과정은 구문학으로부터의 급격한 결별 과정인 것보다는 오히려 구문학으로부터의 서서徐徐한 해탈 과정이었다 할 수 있다.

그러므로 과도기의 문학이라는 것도 그 후의 전신문학사全新文學史와 같이 언문에 의한 새로운 시대정신의 표현이 역시 근본성격이 되어 있음에 불구하고 우리의 신문학사는 다른 후진 제국諸國의 근대문학사가 그러한 것처럼 재래의 형식을 빌어 새 사상을 표현하는 절충적인 곳에서 출발한 것이다. 이것은 소위 낡은 용기에 새 술[酒]을 담은 격이다. 그것은 물론 아직도 새 술이 새 용기를 만들어낼 만큼 성숙치 못한 때문이다. 이런 현상은 하필 왈曰 문학에 있어 전통의 구속이나 유산의 중량이 무거웠던 때문이라기보다 물론 신문학의 힘이 약한 데 원인하는 것이나, 우리 조선과 같은 곳의 문학사에는 이러한 사정을 조장하는 다른 조건이 하나 더 작용하고 있지 않은가 한다.

그것은 외적인 압력이 강한 때문에 본래로는 문화적·정치적으로 상용相容키 어려운 봉건적 지배층과 평민적 피치층被治層[212]의 문화적·

정치적 합작의 가능성이 다른 곳보다도 더 많았더라는 점이다. 이것도 결국은 평민의 문화적·정치적 미발달에 원인한다 할 수 있으나 불평 사족不平士族이나 불우한 관인군官人群의 평민화가 어느 나라 과도기에도 볼 수 있는 현상이라 하더라도 외적인 압력이 가중되면 그 속도가 빠르고 규모가 또한 넓다. 여기에서 평민화하는[213] 귀족과 신흥하는 평민이 일종의 개량주의적이고 절충적인 지점에서 합작할 수 있는 가능성이 벌어진다.

이것이 신문학사 초기에 있어 과도기의 문학 즉 구舊용기에 신주新酒를 담는 성질의 문학을 만들어낸 사회적 기초라 할 수 있다.

이러한 문학으로서 대체로 우리는 세 부류에 나눌 수 있는 문학적 산물을 가지고 있다.

첫째는 정치소설[214]과 번역문학,

둘째는 새로 생긴 창가唱歌,

셋째는 신소설新小說이다.

이 가운데 특히 첫째 부류에는 지금 우리가 볼 수 있는 장르의 확연한 작품만이 아니라 광범한 계몽서적류, 예하면 기행이라든가 평속平俗하게 씌어진 사서史書라든가 혹은 소위 경세문학經世文學이라는 것까지를 이야기할 수도 있다.

그런데 새로운 정신을 담은 낡은 용기를 이야기함에 있어 우리는 그것을 한문 문화의 유산이 아니라 이조의 언문 문화의 전통을 의미하는 것임을 다시 하나 밝혀 둘 필요가 있다.

---

212 원문에는 '平面的 被治層'으로 되어 있으나 '평민적 피치층'의 오식으로 보이기에 바로잡았다.
213 원문에는 '平面化하는'으로 되어 있으나 오식으로 보이기에 바로잡았다.
214 원문에는 '政治說'로 되어있으나 '政治小說'로 보이기에 바로잡았다.

한문으로부터의 해방이 신문학의 형식적 욕망이었음은 중언重言한[215] 바와 같거니와 그것은 또한 자연히 재래의 언문 문화에 대한 관심으로 전이轉移하여 갔다.

이 과정을 우리는 또한 문학의 정신 급及 형식에 있어 고유한 것민족적인것에의 회귀운동이라 할 수 있고, 또한 그 회귀가 곧 전대의 문학에 대한 역사적 관심으로 표현될 때 우리는 또한 새로운 문학의 창조를 위하여 고대로 돌아간 르네상스와 방불彷彿한 무엇을 우리 문학의 과도기에서 발견할 수도 있다.

그러나 과도기의 문학이 한문 대신 언문으로 자기를 표현하기 위하여 이조의 언문문학의 유산을 회고한 것을 우리가 곧 서구의 르네상스에다 비교할 수 없음은 당연한 일이다.

이조의 언문문학에서 우리는 르네상스 시대의 사람들이 희랍과 라마羅馬에서 발견한 고대의 정신, 고전의 완미完美를 발견할 수 없는 것이 역시 당연하기 때문이다. 그것은 오직 봉건적 문학에 불과하였다. 그러나 유소幼少한 시민의 문학으로서의 과도기의 신문학은 한문과 결별하면서 곧 그것에 대신할 새 언문의 문체와 작품의 형식을 창조할 수 없었던 만큼 구시대의 의장衣裝을 차용할 수밖에 없었던 것이 또한 과도기에 있어 이조 시대의 언문문학의 양식적 전통이 상당한 기간 신문학을 지배한 요인의[216] 하나가 되지 않았는가 한다.

한말의 신문이나 잡지 및 공문서에 사용되던 한문에 토吐만 단 것 같은 혹은 한문을 번역한 것 같은 언한문 혼용체諺漢文混用體가 현대 문장이 한문으로부터 해방되는 제일보였다면 그 시대의 문학 형식인 정치소설이나, 창가나, 신소설은 현대문학이 이조의 언문문학으로부

---

²¹⁵ 원문에는 '重言할'로 되어 있으나 '중언한'이 바르기에 바로잡았다.
²¹⁶ 원문에는 '요인에'로 되어 있으나 맞춤법상 '요인의'가 맞기에 바로잡았다.

터 탈출하는 제일보였다고 말할 수가 있다.

이것은 이조의 언문문학과 신문학과의 교섭을 주로 부정적인 측면에서 고찰한 것이나 돌이켜 신문학 형식에 있어서 이조의 언문문학이 연演한 역할을 생각하면 또한 그 공적의 불소不少함을 놀라지 아니할 수 없다.

한문과 결별하여 그야말로 의지할 곳이 없는 문학으로 하여 재출발의 기점이 되어 준 것도 이조의 언문문학이요, 아직 자기의 형식을 발견하지 못하여 방황하던 나신裸身의 새 시대 문학정신에다 풍우風雨를 피할 의장衣裝을 입혀준 것이 또한 이조의 언문문학이다.

요컨대 비록 낡은 양식 가운데 결합되었다 할지라도 이조의 언문문학 가운데는 생생한 조선어의 보옥寶玉이 숨어있었다. 그 보옥들을 가지고 새 시대의 문학은 오직 새로운 양식을 구조構造하면 그만이었다.

이 점에 있어 특히 또 하나 간과할 수 없는 점은 시조, 가사, 창곡, 소설 등의 수다數多한 이조 언문문학의 유산 중 새 시대의 문학에 가장 가까운 형식의 문학만이 새 정신을 담는 낡은 용기가 될 자격을 얻은 점이다.

바꾸어 말하면 평민의 정신을 내용으로 한 새 시대의 문학에 있어 전대의 문학 중에서도 비교적 평민적인 문학이었던 소설과 창곡, 그리고 가사이것 또한 조선의 민요의 형식과 근사한 것임을 기억해야 한다의 일부분이 재생된[217] 데 불과하다.

언문문학 중 가장 귀족적이었던 시조가 새로운 문학, 특히 새로운 시가에 있어 전연 돌아보아지지 않고 또한 기여하지 않음을 보아 역

---

217 원문에는 '再生될'로 되어 있으나 '재생된'이 바르기에 바로잡았다.

력한 사실이다.

이것은 『청구영언』의 김천택, 『해동가요』의 김수장 등 일대의 명가인名歌人들이 평민층에서 배출하여 경정산가단敬亭山歌壇[218]이라는 시조사상 미증유의 성관盛觀을 정呈하여 시조가 평민의 문학으로 내려오는 듯도 하였으나 그실實은 더 평민적이고 아주 서민의 예술인 창곡주로가극의 발홍을 준비한 데 불과하였음을 생각할 때 우리는 시조의 그러한 한계라는 것을 일층 감명깊게 알 수가 있지 않은가 한다조윤제 씨 등 『조선시가사강』 제7장 참조.

오직 장편의 창곡조씨는 가극에다 가사까지 창곡에 넣었으나 다 같이 부르는 노래라도 가사는 어느 정도 가극, 예하면 『열녀춘향수절가』, 『심청가』 등과[219] 구별함이 마땅치 않은가 한다을 위한 낡은 시조의 유산 정리가 평민들로 하여금 경정산가단[220]을 현출現出시키지 아니 했는가 한다.

이러한 신문학 성립과 재래의 문학 전통과의 교섭도 상세히 할 기회를 얻어 후일 첨가코자 이만 두고 이대로 본론에 들어가고자 한다.

이것은 나 자신의 추측인 것보다 과도기의 신문학이 체험하고 있는 자연스러운 자태이기 때문에 우리는 이해의 곤란을 느낄 염려가 없기 때문이다.

2) 정치소설과 번역문학

『조선소설사』의 저자 김태준 씨에 의하면 신문학이 탄생되기 전 독자의 문학적 취미를 만족시킨 것은 당시의 신문 일우一隅에 실렸던

---

[218] 원문에는 '敬의亭歌壇'으로 되어 있으나 '경정산가단'의 오식이기에 바로잡았다.
[219] 원문에는 '等그과'로 되어 있으나 '등과'가 자연스럽기에 바로잡았다.
[220] 원문에는 '敬山亭歌壇'으로 되어 있으나 '경정산가단'이 바르기에 바로잡았다.

'사조詞藻'란과 '장회소설章回小說'란 같은 것이라고 하는데 이 현상은 여러 가지로 설명할 수가 있다. 첫째는 그때 신문들이 정치나 민중 계몽 이외에는 생각할 여유가 없었던 때문이요, 둘째는 그들로서 독자에게 제공할만한 적당한 작품정치적이고 계몽적인이 없었던 까닭이요, 셋째는 그들의 문학관이 실로 소박하고 오로지 공리적이어서 순정純正한 의미에서 문학을 생각할 수 없기 때문이라고 볼 수가 있다.

그러므로 '사조'란이나 '장회소설'란은 그야말로 취미를 만족시키는 대상에 불과하여 한시나 한문에다 토만 단 것 같은 문장이나, 부賦, 심지어는 고문체古文體 풍風의 작물作物까지가 이런 난을 채우고 있었다. 거기에다 오직 시세時勢를 개탄하고 강개慷慨하는 내용을 담으려 한 데 지나지 않았다. 신문뿐이 아니라 제종의[221] 잡지에서까지 모두 '사조'란이라는 게 반드시 있고 이따금 소설이라는 제하題下에 그런 류의 문장이 실려있음을 볼 수가 있다전장[前章] '잡지'의 부분 참조.

그러나 이러한 현상은 언제까지나 계속되는 것이 아니었고 또한 그때 문원文苑의 전부를 차지한 사실도 아니어서 한국도 말기에 가까워 오면서 신문·잡지 위에도 신문학의 선구인 창가나 신소설류가 차차 실리기 시작하여 독자의 눈을 놀라게 하였다.[222]

'사조'란이나 '장회소설'란 같은 것은 그러므로 편집자나필지는 물론 독자의 낡은 한문 취미의 산물에 불과하고 또한 뒤에도 그렇게 존속되어 갔다. 독자는 이러한 의미에서 현재에도 첨예한 문예평론이나 참신한 시나 소설과 더불어 학예면 일우一隅에 실리는 한시를 그런 경향의 잔해로 볼 수가 있지 않은가?

신문이나 잡지가 이와 다른 의미에서 신문학 생성에 공헌한 것은

---

221 원문에는 '諸種에'로 되어 있으나 '제종의'가 맞기에 바로잡았다.
222 원문에는 '놀래게되었다'로 되어 있으나 의미상 '놀라게 하였다'가 바르기에 바로잡았다.

별항別項에서 따로 또한 이야기될 기회가 있기로 여기에서는 다만 초기로부터 그곳에 실렸던 '사조'란과 '장회소설'란 같은 것이 과도기의 문학짜리가 아직 일반화되지 아니 했을 문학사상의 '에어 베이케이트'[223]를 메운 존재였다는 점을 이야기함에 그친다.

역시 과도기 문학의 선구는 새로운 조선의 정치적 이상을 선전하고, 깨우지 못한 민중을 계몽하려는 의도가 직접적, 또한 노골적으로 표현된 정치소설에서 시작한다.

정치소설은 정치소설 연구의 권위인 모리스 에드몬드 스피어 교수에 의하면 "정서적인 것보다 사상적으로 치우친 산문문학, 작가의 주목적이 당黨의 프로파간다, 사회의 개혁 또는 정부를 지지하는 제인물의 생활의 폭로, 정부를 조직하는 세력의 폭로에 있는 문학"이라고 정의하였다. 이렇게 보면 내용중심주의, 사상성이[224] 강한 문학, 혹은 소위 폭로문학 등이 일반으로 정치소설에 들어가는 것 같으나 기무라 다케시木村毅 씨는 스피어설을 다시 다음과 같이 연역衍繹하였다.

즉 "정치소설이란 뒤에 영국의 대재상이 되고 금일今日엔 보수당의 건설자가 된 벤자민 디즈레일리[225]의 프리즘적인 사상 가운데 만들어진 문학상의 신 장르다"고 한다. 디즈레일리[226]는 명치明治 초기에 와타나베 하즈메渡邊始란 사람의 『정해政海의 정파情波』, 오사카 유키오關直彦의 『춘앵전春鶯囀』으로 화역和譯이 되고, 세기 노오히코尾崎行雄의 손으로 『경세위훈經世偉勳』이란 책으로 전기傳記까지 씌어진 인물로 기무라

---

223 원문에는 '에어, 보케트'로 되어 있으나 영어 'air vacate'를 표기한 것이기에 지금의 외래어표기법에 따라 '에어 베이케이트'로 적는다.
224 원문에는 '思想性의'로 되어있으나 '사상상이' 문맥상 바르기에 바로잡았다.
225 원문엔 '벤자민, 리스렐리'로 되어 있으나 'Benjamin Disraeli'를 지칭하는 것이기에 현대 외래어표기법에 따라 '벤자민 디즈레일리'로 바로잡았다.
226 원문에는 '띄스렐리'로 되어 있다.

木村 씨는 스피어 교수의 이 디즈레일리[227]론을 요약한 것인데 조선에
는 이러한 의미의 정치소설은 수입도 아니된 것 같고 창작도 아니 된
듯하다.

이보다 더 소박하고 노골적인 정치적 목적으로 추구하여 문학이라
고 하기엔 주저되나 그러나 정론적政論的인 작품이[228] 조선서는 대부분
수입되고 제작되었다. 여기에 비하면 영국 정치소설은, 물론 일본의
정치소설도 훨씬 문학적이었다고 말할 수가 있다.

『가인지기우佳人之奇遇』라든가 『정해政海의 정파情波』라든가 하는 제
명에서도 엿볼 수 있듯 정론政論을 외형이나마 소설에 유사한 형태로
쓴 반정론반소설半政論半小說의 문학이라 할 수 있다.

우리 조선에서는 그것이 공문서나 경서풍經書風이나 신문·잡지
의[229] 논설이 아니고 사실史實이나 설화說話의 형식을 빈 것으로 겨우
문학이라 칭할 수 있는 정도였다.

단일한 정치적 목적을 추구하기 위하여 사실史實을 차용하고 설화
에 가비假批하기 때문에 우리는 또한 그것을 정치적 산문으로, 즉 정
치소설로 볼 수 있는 것이다.

그 목적은 영국보다 내지內地가 달랐고 내지보다 또한 조선이 달랐
다. 내지에서는 국가 흥융興隆과 약진躍進의 정신과 그것에 반伴하는 고
난의 극복이란 것들이 정치소설 발흥 당시의 기풍이었으나 한말에는
누설縷說한 것처럼 독립 자주獨立自主였다.

이 목적을 단적으로 표시하고 또한 한말韓末에서 공공연히 정치소

설이란 명銘을 붙인 유일의 서책인『서사건국지瑞士建國誌』광무 11년 7월 대
한매일신보사 번간[飜刊] 소재의 겸곡산인謙谷散人 박은식 씨의 서문을 인引하
면 저간의 사정과 당시 조선 사람의 문학관을 알기에 절호絶好한 문서
가 아닌가 한다.

　夫小說者는 感人이 最易ᄒ고 入人이 最深ᄒ야 風俗階級과 敎化程度에 關係
가 深鉅ᄒ지라 故로 泰西 哲學家가 有言ᄒ되 其國에 入ᄒ야 其小說의 何種이
盛行ᄒᄂ 것을 問ᄒ면 可히 其國의 人心風俗과 政治思想이 如何ᄒ 것을 覩ᄒ
리라 ᄒ엿스니 善哉라 言乎여 所以로 英法德米各國에 學塾이 林立ᄒ고 書樓가
雲擁ᄒ야 一切 牖民進化의 方法이 至矣盡矣로되 愈其小說의 善本으로써 匹夫匹
婦의 警鍾과 獨立自由의 代表를 作ᄒ고 東洋의 日本도 維新之時에 一般學士가
皆於小說에 汲汲用力ᄒ야 國性을 培養ᄒ고 民智를 開導ᄒ얏스니 其爲功也 一
顧不偉哉아 我韓은 由來小說의 善本이 無ᄒ야 國人所著ᄂ 九雲夢과 南征記數
種에 不過ᄒ고 自支那而來者ᄂ 西廂記와 玉麟夢과 剪燈新話와 水滸誌等이오 國
文小說은 所謂蕭大成傳이니 蘇學士傳이니 張風雲傳이니 菽英娘子傳이니 ᄒᄂ
種類가 閭巷之間에 盛行ᄒ야 匹夫匹婦의 菽粟茶飯을 供ᄒ니 是ᄂ 皆荒誕無稽ᄒ
고 淫靡不經ᄒ야 適足히 人心을 蕩了ᄒ고 風俗을 壞了ᄒ야 正敎와 世道에 關ᄒ
야 爲害不淺ᄒ지라 若使世之覘國者로 我邦의 現行ᄒᄂ 小說種類를 問ᄒ면 其風
俗과 正敎가 何如타 謂ᄒ깃ᄂ가 乃學士大夫가 此等 緊要的事에 慢不致意ᄒ고
學問家에 所宗은 性理討論의 湖洛競爭과 儀禮問答의 蠶絲牛毛而已오 功令家의
所誦은 蘇子瞻의 赤壁賦와 申光洙의 關山戎馬而已니 試問ᄒ건디 這般工夫가 於
國性과 於民智에 究有何益가 反히 此를 將ᄒ야 禮俗으로 自高ᄒ며 文治로 自誇
ᄒ야 世界各國의 實地學問과 實地事業은 鄙夷ᄒ고 排斥ᄒ니 不亦愚乎아
　現今 競爭時局을 當ᄒ야 國力이 萎敗ᄒ고 國權이 墮落ᄒ야 究竟 他人의 奴
隷가 된 原因은 卽我國民의 愛國思想이 淺薄ᄒ 緣故라[230] 同是圓顱方趾의 冠帶

之族으로 獨히 愛國思想이 淺薄혼 것은 一則 學士大夫之罪오 二則 學士大夫之
罪라 余가 間嘗同志를 對ᄒ야 小說著作을 擬議ᄒ나 現方報舘에 執役홈으로 暇
隙이 苦無홀 뿐더러 또 此等著作에 技能이 不及혼지라 抱志莫遂에 徒深慨嘆터
니 適以微疾로 委頓牀第 一十餘日이라 精神이 不甚昏朦홀 時에ᄂ 敗箱의 殘書
를 抽ᄒ야 써 寓目홀시 맛참 支那學家政治小說의 瑞士建國誌一冊을 得ᄒ니 披
閱數日에 殆乎忘病이라 夫瑞士ᄂ 歐羅巴洲 中央에 在ᄒ야 疆域은 一萬五千九百
七十六方英里요 人口ᄂ 三百十一萬九千六百三十五名에 不過혼 一小國이라 西
曆十二世紀 卽 支那 元朝 元貞 年間을 當ᄒ야 强隣 日耳曼의 所佔을 被ᄒ야 壓
力이 無限에 生靈이 塗炭이라 牛馬가 되고 奴隷가 되야 殆히 人理가 無ᄒ더니
皇天이 瑞民을 不遺ᄒ샤 獨立自由를 克復홀 一大英雄을 誕生ᄒ니 維霖惕露가
其人이라 崛起田間ᄒ야 奮臂一呼에 國民이 振起ᄒ야 맛참니 異國의 覇絆을 脫
ᄒ고 共和政治를 立ᄒ야 萬年不朽ᄒ니 彼西國에 轟赫宇宙혼 拿破倫과 華盛頓
의 功業이 實로 維霖惕露의 芳軌를 襲혼 者라 至今 泰西의 文明制度가 皆瑞士
에 起點ᄒ야 赤十字會와 萬國公會와 交通郵政會 等에 區區혼 瑞士가 其牛耳를
執ᄒ니 其遺澤의 垂世가 豈不遠哉아 天下後世에 玆瑞士建國誌를 讀ᄒᄂ 者는
誰가 愛國思想과 救民血心이 奮發치 아니ᄒ리오 余乃病을 强ᄒ며 忙을 撥ᄒ고
國漢文을 和ᄒ야 譯述을 竣了에 爲之印布ᄒ야 我同胞의 茶飯閱讀을 供ᄒ노니
惟我國民은 舊來小說의 諸種은 盡行束閣ᄒ고 此等傳奇가 代行于世ᄒ면 牖智進
化에 裨益이 確有홀지라 (…下略…)

大韓光武 十一年 七月日 謙谷散人 序[231]

---

230 원문에 이 단락 시작부터 여기까지(現今 …… 緣故라)까지 누락되어 있기에 채워 넣었
다. 그 외에 임화가 인용한 글에는 오자와 오식이 많고 표기도 일부 달라졌으나 여기
서는 일일이 밝히지 않는다.

231 한글로 옮기면 다음과 같다.
　　"대저 소설이라는 것은 사람을 감동시키기 가장 쉽고 사람에게 파고듦이 가장 깊어
서 풍속 계급과 교화 정도에 관계가 매우 큰지라, 그런 까닭에 서양철학자가 말하였으
되 "그 나라에 들어가 어떤 종류의 소설이 성행하는가를 물으면 가히 그 나라의 인심

풍속과 정치사상이 어떠한 것인가를 볼 수 있다"고 하였으니 좋은 말이로다. 이런 까닭에 영국, 프랑스, 독일, 미국 등 각국에 학교가 늘어서고 도서관이 많이 생겨 일체가 백성들의 진보와 교화의 방법에 지극하고 다하였으되 더욱이 그 소설이 좋은 표본으로써 필부필부(匹夫匹婦)에게 경종을 울리고 독립 자유의 대표를 삼고 동양의 일본도 유신의 시절에 일반학사가 다 소설에 온 힘을 쏟아 국민성을 배양하고 민지(民智)를 열고 이끌었으니 그 공로를 세움이 어찌 크지 아니한가?

우리 대한제국은 전해오는 소설의 좋은 표본이 없고 우리나라 사람이 지은 것은 『구운몽』과 『사씨남정기』 등 수종에 불과하고 중국으로부터 전해진 『서상기』와 『옥린몽』과 『전등신화』와 『수호전』 등이요 국문소설은 이른바 『소대성전』『소학사전』『장풍운전』『숙영낭자전』 등의 종류가 여항지간에 성행하여 일반 사람들이 일상적으로 섭취하는 음식처럼 제공되는 때는 모두 황당무계하고 음탕하여 본받을 바가 없고 다만 충분히 인심을 흐뜨리고 풍속을 무너뜨려 바른 가르침과 세상을 교육함에 해가 됨이 얕지 않은지라. 만약 세상의 나라를 예측하는 자로 하여금 우리나라의 현재 흥행하는 소설 종류를 가져다 물으면 그 풍속과 정교(正敎)가 어떠하다고 말하겠는가?

이에 학사대부가 이들 긴요한 일에 뜻을 두기를 게을리 하고 학자들이 으뜸을 삼는 바는 성리(性理) 토론의 호락(湖洛) 논쟁과 의례문답이니 명주실과 소털을 다툴 뿐이요, 공령가들이 외우는 바는 소동파의 「적벽부」와 신광수의 「관산융마」일 따름이니 시험삼아 묻건대 저간의 공부가 국민성과 백성의 지혜에 어떤 유익이 있음을 추구하였는가? 도리어 이를 장려하여 예속으로 스스로를 높이며 문치로 자기를 과시하여 세계 각국의 실생활의 학문과 실생활의 사업은 비루한 오랑캐 것이라 여겨 배척하니 이 또한 어리석지 아니한가?

오늘날 경쟁의 시대를 맞아 국력이 약해지고 국권이 몰락하여 마침내 남의 노예가 된 원인은 곧 우리 국민의 애국사상이 천박한 까닭이다. 또한 둥근 머리와 모난 발자국에 갓 쓰고 띠 두른 민족으로 유독 애국사상이 얕은 것은 첫째도 학사 대부의 죄요, 둘째도 학사 대부의 죄라. 내가 일찍이 뜻을 같이하는 친구를 대하듯[*확인] 소설 저작을 생각하나 현재 보관(報館)에서 일하기 때문에 틈이 없을 뿐더러 또 이와 같은 것을 저작하기에는 기능이 미치지 못하기 때문에 뜻을 두고도 쫓지 못하며 다만 깊이 개탄하다가 가벼운 병을 만나 힘이 빠져서 침상에 누운 지 십여 일이라. 정신이 그다지 혼몽하지 않을 때에는 부서진 상자에 남아있는 책들을 골라 볼 새 마침 중국학자의 정치소설인 『서사건국지』 한 책을 얻으니 펼쳐본 지 며칠 만에 거의 병을 잊었다. 대저 스위스는 유럽 중앙에 있는, 국토의 넓이는 일만 오천 구백 칠십 육방 영리(方英里)요, 인구는 삼백 십일만 구천 육백 삼십오명에 불과한 일개 작은 나라이다. 서기 12세기, 즉 중국 원조(元朝) 원정년(元貞年)간을 당하여 이웃 강대국 오스트리아에게 점령을 당하여 압력이 한이 없고 생령이 도탄에 빠져 소나 말이 되고 노예가 되어 거의 사람의 이치가 없더니 천황이 스위스 국민을 버리지 아니하여 독립 자유를 극복할 일대 영웅을 탄생시키니 빌헬름 텔이 그 사람이라. 시골에서 일어나 팔을 걷어붙이고 한 번 호령함에 국민이 떨쳐 일어나 마침내 다른 나라의 속박을 벗어나 공화정치를 수립하여 만년 동안 사라지지 않으니 저 서양에서 패도로써 우주에 빛난 나폴레옹과 워싱턴의 공과 업적이 실로 빌헬름 텔의 궤적을 따른 것이다.

지금 태서(泰西)의 문명과 제도가 모두 스위스에서 기점하여 적십자회와 만국공회와 교통우정회 등 구구한 단체에 스위스가 맹주가 되었으니 그 남긴 혜택이 세상에 이 서문 중에 '원저자 지나^{支那}학자'라 함은 본문 초두에 '광동 정철귀공 저^{廣東 鄭哲貫公 著}'라 함을 보아 그 인ㅅ을 알 수 있으나 어떤 사람인지는 알 수 없고 내용은 역시 「겸곡산인^{謙谷散人} 서序」에 있는 바와 같이 서서^{瑞西232} 해방사를 기술한 것인데 형식은 여전^{如前} 지나^{支那}의 장회소설^{章回小說} 비슷하게 씌어졌다. 원저는 아마 서양인일 것 같으나 지나인이 번역한 만큼 재래의 지나^{支那}소설의 양식에 맞추어 그리 한 것이 아닌가 한다.

목록을 보면,

제1회	異國官毒下害民手	耕田佬大有愛國心
제2회	對妻兒同心談國事	與朋友矢誓復民權
제3회	殘忍兵恃勢奪緋牛	愛國士傳檄招人馬
제4회	駕扁舟乘風波巨浪	唱歌曲苦口勵羣心
제5회	亞魯拿募兵渡二河	華祿他隨父過平鎭
제6회	懸冠冕人民須下拜	折木柱父子被擒拿
제7회	命射果假手殺英雄	求棹舟天心救好漢
제8회	脫危險乘勢誅賊臣	趂時機擧義恢舊國
제9회	成大事共和立國政	莫中興上下得平權
제10회	祭偉人萬民歌大德	建遺像千古留芳名²³³

드리움이 어찌 원대하지 아니한가? 천하후세에 이 『서사건국지』를 읽는 자는 누군들 애국사상과 구민혈심(救民血心)에 떨치고 일어나지 아니하겠는가? 나는 이에 병을 무릅쓰고 바쁜 것을 떨쳐버리고 국한문을 혼용하여 번역을 마쳤기에 그것을 인쇄하고 배포하여 우리 동포가 일상생활 중에 열람하고 읽도록 제공하니, 오직 우리 국민은 전해오는 구소설 여러 종은 묶어서 높은 다락에 넣어 두고 이들 전기가 대신 세상에 성행하면 지혜롭게 나아감에 보탬이 확실히 있을 것이다.
　대한 광무 11년 7월 겸곡산인 서"
232 원전에는 '瑞西(서서)로 되어 있다. 이는 스위스의 음역이다.
233 한글로 옮기면 다음과 같다.

등 10회로 각 회의 초두에는 반드시 사왈詞曰하고 가사歌詞를 붙였다. 명말明末로부터 청에 긍亘하여 전성을 극極하던 장회소설의 본을 딴 것이 명백하였다.

이것은 일찍이 『천군연의天君衍義』의 저자 국당菊堂 정태재鄭泰齋광해 4년 생[生]~현종 14년[234] 몰[沒]가 당시의 소설을 가리켜 '형식은 『사씨연의史氏演義』요 내용은 유가儒家의 마음이라' 한 것처럼 형식은 장회소설이나 내용은 이른바 "天이 瑞民을 不遺ᄒ사 獨立自由를 克復홀 一大英雄을 誕生ᄒ니 維霖惕露가 其人이라 崛起田間ᄒ야 奮臂一呼에 國民이 振起ᄒ야 마침내 異國의 覇絆을 脫ᄒ고 共和政治를 立ᄒ야 萬年不朽"[235] 하였다는 류의 민권과 자주의 사상이다.

"제1회 이국관헌의 해독이 아래로 인민에게 미치고 밭가는 늙은이가 애국심을 가지고 있다.

제2회 아내와 아들을 대하여 한마음으로 나라일을 말하고 친구와 더불어 민권의 회복을 다짐하다.

제3회 잔인한 병졸들이 권세를 믿어 밭가는 소를 마음대로 빼앗고 애국의 지사는 격문을 뿌려 군사와 군마를 모으다.

제4회 작은 배를 몰아 바람을 타고 큰 물결을 헤치고 노래를 불러 비감한 말로 무리의 마음을 격려하다.

제5회 아르놀트가 병사를 모으기 위해 두 강을 건너고 발터가 아비를 따라 저자를 지나다.

제6회 모자를 걸어 놓고 인민에게 절을 시키니 기둥을 꺾어 부자가 잡히다.

제7회 과일을 쏘게 명령하여 짐짓 영웅을 죽이려 하고 노를 젓게 하여 천심이 호걸을 구하다.

제8회 위험을 벗어나 기회를 타 적의 신하를 죽이고 시기를 맞추어 의를 세워 옛나라를 회복하다.

제9회 큰 일을 이루어 공화국을 세우고 중흥과 평등권을 얻다.

제10회 위인을 제사지내고 만백성이 큰 덕을 노래하며 동상을 세워 천고에 꽃다운 이름을 남기다."

[234] 원문에는 '顯宗十年'으로 되어 있으나 오식이기에 바로잡았다.
[235] 현대 한글로 풀어쓰면 다음과 같다.

"하늘이 스위스 국민을 버리지 않아 독립 자유를 극복할 일대 영웅을 탄생시키니 빌헬름 텔이 바로 그다. 밭고랑 사이에서 일어나 팔을 휘두르고 한 번 호령함에 국민이 떨쳐 일어나 마침내 다른 나라의 구속에서 벗어나고 공화정치를 수립하여 만년 동안 때문지 않으니"

이와 비슷한 책으로 역시 광무 11년 5월에 출판된 김덕균金德均 연역演譯『의대리독립사意大利獨立史』236가 있다. 서기 1859년의 이태리伊太利 통일과 1866년의 대對 오태리墺太利237 혈전, 라마羅馬의 병합을 내용으로 한 것으로 전단前端엔 이태리의 각반各般 사정 급及 간략한 역사를 소개하고, 후편에 독립 통일 전말을 서술하였는데 전기前記『서사건국지』와 같이 소설체는 아니고 통속사기通俗史記에 가깝다.

그 다음 동 시대 이태리사伊太利史에서 사실상 이태리를 오랜 분열과 외강外强의 압박에서 구출한 사람인 '마치니', '가리발디'. '카부르' 3인의 충용忠勇을 이야기한『이태리건국삼걸전伊太利建國三傑傳』융희 2년간[刊]이 있고, 각국 애국 여성의 전기를 모은 장지연 저著의『애국부인전』동상 2년과『피득대제전彼得大帝傳』,238『미국독립사』 등이 모두 선진 각국이 당면했던 유사한 정세에서 탈출한 경로와 영웅의 무용을 찬미한 것이다. 그 외에『라마사羅馬史』239 혹은『중동전사中東戰史』,『일로전사日露戰史』,240『영법로토제국 가리미아전사英法露土諸國可里米亞戰史』241유길준 역(譯) 상술(詳述),『보법전사普法戰史』,242『후례두익 7년전사厚禮斗益七年戰史』,243『나파륜전사拿破崙戰史』244 등이 청일, 러일 등 2대 전쟁을 간접으로나마 체험한 조선인의 신군담열新軍談熱을 영迎하여 전쟁의 의의를

---

236 의대리(意大利)는 '이탈리아(혹은 이태리)'를 말한다.
237 원문에는 '墺太利(오태리)'로 기술되어 있다.
238 '피득'은 '피터'를 말한다. 그리고 원문에는 '피득'의 '피'가 '皮'로 되어 있으나 '彼'의 오식이기에 바로잡았다.
239 '羅馬史'는 '로마사'를 말한다.
240 '日露戰史'는 현행표기로 한다면 '러일전사' 혹은 '노일전사(露日戰史)'이다.
241 '英法露土'는 '영국, 프랑스, 러시아, 터키'를 말하며, '可里米亞'는 '크리미아'를 지칭한다.
242 '普法'은 '프로이센·프랑스'를 지칭한다.
243 '厚禮斗益'은 '프레드릭'을 지칭한다.
244 '拿破崙'은 '나폴레옹'을 지칭한다.

밝히고 일편 혁혁한 무훈을 동경케 하고 5백 년래로 소침했던 용기를 은연중 고무하는 바가 있었다. 그리고 『을지문덕』 혹은 『을지문덕전』 『최도통전崔都統傳』 같은 조선사상朝鮮史上의 영웅전을 저著한 이도 적지 않았었고, 그 중에도 법국法國[245] 애미아랍愛彌兒拉[246] 원저原著라 하는 『애국정신』이란 보불普佛전쟁[247]에서 패전한 불군佛軍[248]의 희생과 불굴의 용기를 이야기한 책은 상당히 널리 읽히고 또 좋아한 듯하여 이채우李埰雨란 이의 단행본융희 2년 간행, 장지연 교[校]이 있는 외外는 노백린盧伯麟의 역譯으로 『애국정신담愛國精神談』이라 하여 서북학회 기관지 『서우西友』에 연재된 일까지 있다.

그런데 이 가운데도 가장 열혈熱血 문자는 역시 『월남망국사越南亡國史』그냥 『월남사』란 책이 또 있다로 이 책은 아직까지 인구人口에 오르내리는 것으로 소국小國 안남安南[249]이 불란서佛蘭西[250]의 속지屬地가 된 사실史實을 그린 것으로 한말에 유행하던 정치소설의 일一전형이라 할 수 있다.

대략 이러한 것이 한말의 정치소설이라 할 수 있는데 이와 아주 다른 것으로 『금수회의록禽獸會議錄』이란 책이 있어 가장 광범히 읽혔다. 다른 책들이 거개가 번역 아니면 번안서임에 반하여 이 책은 순연한 창작인 데도 특색이 있고, 그 저자가 한말에 있어 지나支那 계통 계몽사상가의 일인자로 조선의 양계초라 할 수 있는 안국선예[例]에 의하여 경칭[敬稱]을 약[略]한다이라는 데 또한 특징이 있다. 이 분은 호號가 농구실주인弄球室主人으로 양계초의 음빙실주인飮氷室主人을 본받은 듯하며

---

245 원문에는 '法國'으로 되어 있다.
246 원문에는 '慶彌兒拉(건미아랍)'으로 표기되어 있으나 오식이기에 바로잡았다.
247 원문에는 '普佛(보불)전쟁'으로 표기되어 있다.
248 원문에는 '敗戰佛軍(패전불군)'으로 표기되어 있으나 '패전한 불군'으로 고쳐 썼다.
249 원문에는 '安南(안남)'으로 표기되어 있다.
250 원문에는 '佛蘭西(불란서)'로 표기되어 있다.

항상 지구의地球儀를 문명 개화의 상징처럼 어루만졌다 하여 농구실주인으로 위호爲號하였는데 현 문단의 안회남安懷南 씨가 그의 사자嗣子이다. 『금수회의록』은 전술前述의 제본諸本과 같이 외국의 역사나 영웅 전기에 탁托하여 노골적으로 정치적 목적을 고취하지 않고 순연한 소설체의 언문으로, 유머와 풍자로 시세時勢를 폭로하고 새로운 정신을 취입하여 흥미와 실익實益과 그리고 다분의 예술미가 겸비한 작품으로 특필特筆할 저작이다. 여기에 그 광고문을 소개하면 "본소설은 신체新體 문단에 연극적 소설로 공전절후空前絶後의 일대一大 금수회의를 개최하고 해륙海陸 동물이 연단에 집합ᄒ야 인류와 금수의 우열과 조화주재造化主宰의 진리를 토론 비평하던 광경을 방청 실사傍廳實寫ᄒ야 독자 제군에게 소개로 금일 오ᄯ름 인류 사회의 공덕퇴폐公德頹廢함을 경성警醒코자 흠이니 기其 골계적 문체가 광채육리光彩陸離하며 풍자적 비평이 기발관곡奇拔款曲ᄒ야 실로 국문 소설계에 일대 이채" 운운한 것을 보아 그 내용의 태반[251]을 짐작할 수 있다. 이것은 『나의 아내는 고양이다』[252]와 비슷이 우화적 형식을 빌은 소설로 엄밀히 말하면 정치소설이기보다는 사회소설이요 혹은 정치소설과 신소설의 중간에 속하는 것이라 할 수 있는 것이나 특히 이 절에 넣음은 그 내용에 있어서 이인직 씨의 제작諸作에 비하여 훨씬 정치소설에 가깝기 때문이다.

이 분의 이러한 소설로는 대정大正 5년에 간행된 『공진회共進會』란 소설이 있다. 이 작품 역시 기생, 인력거꾼, 지방노인 등의 이야기를 통하여 세상을 풍자한 것이다. 이렇게 『금수회의록』을 정치소설에다 넣고 보면 『금수회의록』은 조선 정치소설 중 제일의 걸작이라 할 수

---

251 원문에는 '大半'이나 요즘의 일반적인 표기인 '태반(太半)'으로 바꾸었다.
252 원문에는 일본어 '我妻は猫である'로 표기되어 있다.

있다.

그리고 『금수회의록』 만치는 '파퓰러'[253] 하지는 못해도 한문 교양을 가진 독자층에 애독되던 소설로 융희 2년 8월에 간행된 밀아자蜜啞子 유원표劉元杓(우[又] 호[號] 열수[冽水])의 소저所著 『몽견제갈량夢見諸葛亮』이 있다.

밀아자蜜啞子란 속담의 '꿀먹은 벙어리'라는 의미로 작자의 자조自嘲 같다. 그 밀아자 즉 작자가 "奧在丙午春에 所帶殘御를 休免하고 家族을 團合하여 農田에"[254] 돌아갔으나 "東洋事勢와 自國情形을 思覺하면 心膽이 冷落하고 計算이 沒策이라 不勝感哀"[255] 하던 중 어느 날 오수午睡가 방농方濃한 가운데 남양 초당南陽草堂에서 와룡臥龍선생을 만나 정견政見, 군략軍略을 주고받은 이야기를 적은 흥미있는 책이다. "1. 議者謂爲計, 2. 容或見怪十條, 3. 生生歷史演義, 4. 東土文學虛實, 5. 黃白關係眞狀, 6. 支那政略改良"[256] 등의 목차를 보아 삼국사나 사기에 밝은 독자에게 흥미와 깨우침이 컸으리라는 것을 상상할 수 있다. 특히 권두에는 신채호申采浩의 서문이 붙어 있어 후인後人의 주의를 끈다.

다음에 특기할 사실의 하나는 일본에 있어 정치소설 창작의 효시라 하는 야노 유게이矢野龍溪의 명작 『경국미담經國美談』명치[明治] 16년 간이

---

253 원문에는 '파퓰라'로 되어 있으나 'popular'의 외래어 표기법에 맞추어 고쳐 적었다.
254 한글로 옮기면 다음과 같다.
　　"병오년 봄에 벼슬을 그만두고 가족을 데리고 농장에"
255 한글로 옮기면 다음과 같다.
　　"동양의 사정과 우리나라의 정세를 생각하면 가슴이 서늘해지고 타개할 방책이 전혀 없는지라 슬픈 감정을 이기지 못"
256 한글로 옮기면 다음과 같다.
　　"1. 의논하던 바가 계책이 될 만하다고 말하다, 2. 그럴 듯하기도 하고 혹은 괴상하게 보이기도 하는 10조, 3. 생생한 역사 연의, 4. 동양문학의 허실, 5. 황인종과 백인종 관계의 진상, 6. 중국 정략의 개량"

융희 2년에 즉 원본原本이 나온 지 25년 뒤에 조선서 상하 2책으로 번간飜刊된 것이다.

물론 전역全譯이 아니고 원작인 전후편前後編 600혈頁에 수垂하는 대작을 불과 4·6판 100혈 미만에 초역抄譯, 역자 미상[257]한 것이나 당시의 문학적 지향을 반영하는 사실로 흥미있다. 그러나 그 책이 어느 정도의 흥미와 이익을 당시의 독자에게 주었는지는 알 수 없다.

이밖에 소설은 아니라 하더라도 민중계몽상 큰 공적을 남긴[258] 책으로는 구당矩堂 유길준의 『서유견문西遊見聞』개국 504년, 명치 28년, 동경 발행이 있다. 이 책은 후쿠자와 유키치福澤諭吉의 『서유기문西遊記聞』에 못지않은 양서良書로 구당矩堂이 그 은사 후쿠자와福澤의 지志를 고국에 와 베풀은 성과의 하나라 하겠다.

책이 되기는 서문에 보면 고종 18년서기 1881, 명치 14년 처음 도일渡日했을 때의 견문을 적었다가 실失한 뒤 고종 20년서기 1883, 명치 16년 민영익閔泳翊 전권대신을 따라 도미渡米[259]하였다가 견문한 바를 써서 개국 498년서기 1889, 명치 22년에 탈고하여 7년 뒤인 개국 504년서기 1896, 명치 29년[260]에 동경서 간행한 것으로 조선인의 차종此種 저서로는 최대한 자者이다. 이 책은 시대의 이름으로 보아서는 내용이 상세하고 논술이 치밀하여 그야말로 문명세계의 전폭全幅을 전했을 뿐 외外라 문장과 언어적 방면에서 남긴 공적은 막대하다 할 수 있다.

그 책이 탈고한 명치 22년은 갑오를 거距하기 실로 5년 전으로『한성순보漢城旬報』하나가 언한문체를 사용했을 뿐 언문을 교效한 거편巨編

---

257 원문에는 '拚譯(보역)'으로 되어 있으나 오식으로 보이기에 바로잡았다.

258 원문에는 '功績을 긴 冊으로'로 되어 있으나 문맥상 글자가 누락된 것으로 보이기에 바로잡았다.

259 당시 '미국'은 '米國'으로 표기되었다. 한자병기가 필요할 경우 당시의 표기를 따른다.

260 원문에는 '明治 28年'으로 되어 있으나 '29년'의 오식이기에 바로잡았다.

篇의 저작이란 몽상夢想도 아니 했을 때 560여 면에 수垂하는 대저大著
를[261] 신문체新文體로 쓴다는 것은 거대한 용기가 아닐 수가 없다. 그
이유에 관하여 구당은 서문 가운데 "書旣成有日에 友人에게 示ᄒᆞ고
其批評을 乞ᄒᆞ니 友人이 曰 子의 志ᄂᆞᆫ[262] 良苦ᄒᆞ나 我文과 漢字의 混
用홈이 文家의 軌度를 越ᄒᆞ야 具眼者의 譏笑를 未免ᄒᆞ리로다"[263] 하
는 경위를 술述하고 계속해서 "余 應ᄒᆞ야 曰 是ᄂᆞᆫ[264] 其故가 有ᄒᆞ니
一은 語意의 平順홈을 取ᄒᆞ야 文字를 略解ᄒᆞᄂᆞᆫ 者라도 易知ᄒᆞ기를
爲함이요 二ᄂᆞᆫ 余가 書를 讀홈이 少ᄒᆞ야 作文ᄒᆞᄂᆞᆫ 法에 未熟한 故로
記寫의 便易홈을 爲홈이요 三은 我邦 七書諺解의 法을 大略 倣則ᄒᆞ
야 詳明홈을 爲홈이라"[265] 하여 겸손과 모謀 우인友人에 대한 아이러니
를 섞어 대의를 밝힌 다음 "外人의 交를 旣許함애 國中人이 上下貴
賤婦人孺子를 毋論ᄒᆞ고[266] 彼의[267] 情形을 不知홈이 不可ᄒᆞᆫ 則 拙澁
ᄒᆞᆫ 文字로 渾圖ᄒᆞᆫ 說語를 作ᄒᆞ야[268] 情實의 齟齬홈이 有ᄒᆞ기로ᄂᆞᆫ[269]

---

261 원문에는 '大著(대저)'로만 되어 있어 문장상 '를'이 빠져 있어 채워 넣었다.

262 원문에 '子의 旨ᄂᆞᆫ'이 누락되었기에 채워 넣었다.

263 한글로 옮기면 다음과 같다.

　"책이 완성되어 며칠 뒤에 친구에게 보이고 그 비평을 구했더니, 친구가 이르기를 '그대의 노력하며 고생하며 노력한 자취는 가상하나 우리 글과 한자를 섞어 쓴 것이 문장가의 궤도를 벗어난 일이라 식견이 있는 사람들의 비방과 웃음을 면키 어려우리라' 하는 것이었다."

264 원문에 '是ᄂᆞᆫ'이 누락되었기에 채워 넣었다.

265 한글로 옮기면 다음과 같다.

　"내가 대답하기를 '이는 그 까닭이 있으니 첫째, 말의 뜻을 평순하게 하여 문자를 대략 이해하는 사람이라도 누구나 쉽게 알 수 있게 하기 위함이요, 둘째, 나 자신이 책을 많이 읽지 못하여 글쓰는 법에 미숙하므로 옮겨 적기 편하게 하기 위함이요, 셋째, 우리나라 칠서언해(七書諺解)의 기사법을 대강 모방하고 본받아서 자세하고 명백하게 하기 위함이라'고 하였다."

266 원문에는 '無論'으로 되어 있으나 오식이기에 바로잡았다.

267 원문에는 '被'로 되어 있으나 오식이기에 바로잡았다.

268 원문에는 '語說 作ᄒᆞ야'로 되어 있으나 오식이기에 바로잡았다.

269 원문에 '有ᄒᆞ기로ᄂᆞᆫ'으로 되어 있으나 오식이기에 바로잡았다.

暢達호 詞旨와 淺近호 語意를 憑호야[270] 眞境의 狀況을 務現홈이 是
可"[271]라고 한문전용론을 단호^{斷乎} 일축하여 계몽 정신의 품품^{稟稟}한
기상을 보였다.

신문·잡지와 종교서류를 제하고는 아마 이 책이 신문체^{新文體}의 자
유로움을 실물^{實物}로 표시한 최대의 기념비적 저작일 것이다.

이 외에 현순^{玄楯}의 『포와유람기^{布蛙遊覽記}』[272]용희 2년간가 있어 또한 수
차 노동 이민이 도거^{渡去}한 일이 있어 조선인에게 인상깊은 태평양상
의 일 군도^{群島}를 소개하여 세인^{世人}을 즐거이 하였다.

이렇게 이야기를 벌여놓고 보니 번역문학이란 것의 태반이 기술된
것 같아 이상[273] 더 특별히 말하는 것도 싱거울 듯 하나, 그러나 여기
에서 간략히 그 유래와 계통과 공적의 대강을 아물어 버림은 필요할
듯하다.

그런데 번역문학을 정치소설과 동 항목 중에 이야기함은 외국문학
이 특히 정치소설로 많이 번역된 때문이라기보다도 통틀어 공리적
목적으로 수입됨이 어느 나라를 물론하고 후진국의 개화기에 있어서
의 특징이기 때문이다.

이렇게 말하면 혹 성서의 언역^{諺譯}을 위주로 그 계통의 문학 번역
은 공리적 의미에서도 종교문학에 들지 아니할 것이냐 반문할지 모

---

270 원문에는 '語意 憑호야'로 되어 있으나 글자가 누락되었기에 채워 넣었다.
271 한글로 옮기면 다음과 같다.
　　"이미 외국과 국교를 맺은 오늘날, 나라 안의 모든 사람들—상하 귀천이나 부인, 어
　린이를 가릴 것 없이 저쪽의 사정과 형편을 알지 못하고는 안 될 터인즉, 졸렬하고 난
　삽한 문자로 어지러운 이야기를 지어내어 참다운 정경이나 사실을 기록하는 데에 어
　긋남이 있기보다는 유창하고도 친근한 한글에 의지하여 사실 그대로의 정황을 충실히
　나타내도록 하는 것이 옳은 일"
272 '布蛙'는 '하와이'를 지칭하는 당대 표기이다.
273 원문에는 '가타여 以上'으로 되어 있어 불필요한 글자 '여'가 첨삭되거나 '가타 이 以
　上'의 오식으로 보이나 여기서는 전자를 택했다.

르나 종교와 종교문학이라는 것도 그 시기에 있어 우리에게는 조선을 근대화시키는데 사용되었다는 정치적·사회적 이익 때문에 그 수입이 가능했다는 것을 잊어서는 아니 된다.

그러나 성서의 번역은 역시 종교사에 속하는 일이다.

그러므로 우리는 한말의 번역문학을 대략 3부류 혹 3계통으로 구별할 수 있는 것으로 일─을 종교문학, 이二를 정치문학, 삼三을 순문학과 그에 준하는 것 등으로 볼 수 있다.

신구교新舊敎의 경서經書는 별문제로 치고 1881년 게일[274] 박사가 상하 2권으로 번역하여 대형 목판에 삽화까지 넣어 원산에서 인출印出한 번연[275]의 『천로역정天路歷程』에서 대표되는 것이 제1의 것이라 할 수 있다.

그 다음이 전술前述한 『서사건국지』, 『애국정신』, 『경국미담』 등으로 비롯하여 다수에 오르는 정치계몽서 등이 제2에 속할 것이다.

그리고 1882년에 나온 *Peep of day*역명[譯名], 역자 미상[276]와 윤치호가 『이솝』을 역한 『이삭우언伊索寓言』[277]연대미상이나 극히 초기다을 비롯하여 잡지 『소년』에 역재譯載되고 신문관新文館에서 간행된 적지 아니한 것들은 제3에 속할 것이다.

신문관 간刊으로는 육당六堂이 역한대부분 초역 십전총서十錢叢書로 나온 스위프트의 『걸리버유람기』융희 3년, 라미이 부인의 『불쌍한 동무』융희 4년, 애드워드 부인의 『만인계』, 춘원이 번역한 스토우 부인의 『검둥이의 설움』 등과 김독金櫝이란 이가 초역한 『절세기담 라빈손표류기

---

274 원문에는 ‘奇─’이라는 한문으로 표기되어 있다. 영어의 본 이름은 ‘Gale’이다.
275 원문에는 ‘빤얀’으로 표기되어 있다. 영어로 본 이름은 ‘J. Bunyan’이다.
276 원문에는 ‘譯名譯者未譯’으로 되어 있으나 오식으로 보이기에 바로잡았다.
277 원문의 ‘伊索’은 ‘이솝’의 한자 표기이다.

絶世奇談 羅賓孫漂流記』융희 2년 등의 번역이 공리성에 흥미와 유락愉樂을 더했으며 순문학에의 지향을 보여 『소년』지에는 제임스 몽고메리스코틀랜드의 시인, 찰스 매케이?, 톨스토이, 캐롤라인 에프 오은?, 안데르센, 시몬스, 롱펠로우, 스마일즈, 페스탈로치, 세익스피어, 밀튼, 바이런의 이름을 대할 수가 있어 벌써 톨스토이의 소설, 바이런의 장시를 읽게 됨은 실로 놀라운 일이 아닐 수 없다.

그밖에 아리스토텔레스, 칸트, 세네카, 베이컨, 키케로, 에머슨 등의 이름을 대한다는 것은 경이가 아닐 수가 없다.[278]

3) 신시의 선구로서의 창가

조선의 신시 ─ 엄밀히 말하여 자유시 ─ 는 조선시가의 전통적 형식이었던 4·4조에다 신사상을 담는 데서부터 시작하였다.

이것이 지금에 말하고자 하는 창가唱歌다. 창가라면 지금도 학교나 항간에서 곡에다 가사를 맞추어 부르는 것인데, 우리 조선에도 낡은 곡에다 사詞를 맞추어 부르는 노래가 있었던 것은 주지의 일이다. 뿐

---

[278] 이 대목에 외국 인명 표기가 많이 나오고 오식도 한 군데 있어 원문을 밝혀둔다.
　　　"『스윕트』의 『껄리버유람기』(隆熙三年) 『라미이의 夫人』의 『불상한 동무』(隆熙四年) 『엣듸워즈』부인의 『만인게』 春園이 번역한 『스토우』夫人의 『검둥의 설음』 等과 金檀이란 이가 抄譯한 『紀世奇談羅賓孫漂流記』(隆熙二年) 等의 飜譯이 功利性에 興味와 愉樂을 더햇으며 純文學에의 志向을 뵈여 『少年』誌에는 『제임스·몬고메리』 ("스콧트랜드"의 詩人) 『찰스·매케이』(?) 『톨스토이』 『카로나인·에프·오은』(?) 『안더센』 『시몬스』 『렁펠로』 『스마일스』 『페스탈러치』 『쉑스피어』 『밀톤』 『빠이론』의 일흠을 對할 수가 잇서, 벌써 『톨스토이』의 소설 『빠이론』의 長詩를 읽게됨은 實로 놀라운 일이 아닐 수 업다.
　　　그박게 『아리스토-틀』 『칸트』 『키케로』 『에머-슨』 等의 일흠을 對한다는 것은 驚異가 아닐 수가 업다."(임화가 12월 27일자에 정정한 사항을 반영하여 원문을 재작성한 것이다)

만 아니라 근대의 자유시가 발흥하기 전에 시가라는 것은 거개擧皆가
모두 곡—음악—을 떠나서 자립할 수 없는[279] 것이라 조선의 시가詩
歌라고 할 것 같으면 신시新詩를 빼놓으면 모두 그러한 것이다. 향가가
그러하고, 고려가요가 그러하고, 이조의 가사가 그러하고, 시조가 그
러하며 이조 말기에 와서는 우리가 전주토판全州土板 『춘향전』이니
『심청전』 등에서 보듯이[280] 산문소설까지 노래하는 소설인, 즉 가극歌
劇 혹은 창곡唱曲으로 되어 있었다. 이것은 모두 아직 시가 자율성을
획득하지 못한 문학의 상태였다. 즉 그것은 음악의 도움없이 존립할
수 없었다. 그런 만큼 시는 언어의 운율만으로 형성되어 있지 못하고
자연自然 음악—곡—에 구속을 받고 그것에 맞는[281] 형식, 예를 들어
말하면[282] 음악에 맞는 언어적 운율인 운문韻文의 형식을 가지고 있었
다. 따라서 근대의 모든 나라의 신시가 이 운문으로부터의 해방을 제
일의 과정으로 하여 출발하게 되었다.

그러나 조선의 신시는 소설, 그타他와 마찬가지로 생탄生誕 즉시로
운문과의 투쟁[283]에 출발하느니보다 낡은 운문에다 새로운 정신을 불
어넣는 일로부터, 바꾸어 말하여 낡은 형식을 차용借用하는 데서 출발
하였다.

이것은 창가의 내용인 신시대의 정신이 아직 자유율自由律을 획득할
만큼 성숙하지 못한 때문이기도 하다. 이런 점이 조선 시가의 전형적
이고 전통적인[284] 운율형식이라고 할 4·4조에다가 새 정신을 넣은

---

279 원문에는 '잇는'으로 되어 있으나 의미상 오식으로 보이기에 바로잡았다.
280 원문에는 '보듯기'로 되어 있으나 오식으로 보이기에 바로잡았다.
281 원문에는 '그것에만은'으로 되어 있으나 의미와 문맥상 '그것에 맞는'이 적당하기에
　　　바로잡았다.
282 원문에는 '앨써말하면'으로 되어 있으나 요즘식으로 풀어 적었다.
283 원문에는 '斗爭'으로 되어 있으나 '투쟁'으로 오식으로 보이기에 바로잡았다.
284 원문에는 '傳統인'으로 되어 있으나 문법상 '전통적인'이 자연스러워 채워 넣었다.

곳에서 신시를 출발케 한 원인일 것이다.

그 대신 조선의 신시의 선구인 창가는 낡은 형식을 그대로 답습한 대신 낡은 가사니 창곡의 기초가 되었던 재래의 전통적 음악—곡으로부터 창가의 곡을 분리하는 중요한 일을 창가의 형성을 통하여 수행하였다.

창가는 새로 수입된 서양음악을 토대로 하여 형성된 노래다. 시조나 가사나 창곡의 토대가 된 구舊가곡을 몰아내고 서양음악을 수입하는 것으로서 창가는 형성되었다 할 수 있다.

초기의 창가는 비록 운율은 재래의 가사나 창곡과 같이 4·4조나 그 가사의 의미가 다를 뿐 외外라 노래하는 곡은 전연 별개의 것이다.

그러므로 재래의 가사나 창곡에 비하면 창가는 극히 초기에 있어 운율형식이 같을 뿐으로 그 내용과 곡은 전혀 다르다 할 수 있다.

여기에 극히 초기의 창가로 건양建陽 원년서력 1896, 명치 29년 5월 26일 『독립신문』 소재의 「동심가」— 양주 이중원[285] 작 — 을 인引하면 다음과 같다.

잠을깨세 잠을깨세
사천년이 꿈속이라
만 국 이 회동하여
사 해 가 일가로다
구구세절 다버리고
상하동심 동덕하세
남의부강 불워하고

---

[285] 원문에는 '안주李증원作'으로 되어 있으나 『독립신문』에는 '양쥬 리쥬원 동심가'로 되어 있기에 바로잡았다.

근본없이 효빈하랴

범을보고 개그리고

봉을보고 닭그린다

문명개화 하려하면

실상일이 제일이다

못에고기 불워말고

그물맺어 잡아보세

그물맺기 어려우랴

동심결로 맺어보세[286]

—조윤제 씨 저, 『조선시가사강』에서

이 노래의 형식은 보는 바와 같이 순연한 4·4조요, 내용은 그 전에 음풍영월식^{吟風咏月式} 가사와 달라 상하 각층의 관민이 일치협력하여 문명개화를 할 것과 그러기 위하여는 사대주의를 떠나 독립자강의 길을 걸어야 한다는 국민적 자각의 필요를 역설하였다. 이 노래는 그 형식과 내용에 있어 초기 창가의 대표적인 작품 같다.

이와 비슷한 작품으로 역시 동년건양[建陽] 원년 6월 2일의 『독립신문』에 실린 「신문가」가 있다. 금강 김교익 작^作이라고 하여 전문^{全文}이 아래와 같다.

초당에 깊이든잠

---

286 원문과 약간 달라 임화의 글을 인용해둔다. "잠을깨세 잠을깨세 / 사천년이 꿈속이라 / 만국이 회동하여 / 사해가 일가로다 / 구구세젤 다바리고 / 상하동심 동덕하세 / 남의부불 강어하고 / 근본업시 희빈하야 / 범을보고 개그리고 / 봉을보고 닭그린다 / 문명개화 하라하면 / 실상일이 제일이다 / 못에고기 불어말고 / 그물매자 잡아보세 / 그물맺기 어려우랴 / 동심결노 매저보세"

뉘라서 깨려는고

창외의 더딘달이

삼간이 높하셔라

구천을 바라보니

미인옥루 어드메요

우연히 오는말씀

우리조선 신문이라

반갑고 장하도다

신문논설 장하도다

논설도 많건마는

헌집논설 장하도다

자고이래 헌집목수

하나둘뿐 아니언만

뉘라서 통리하여

이렇듯이 소상한가

아마도 이목수는

야공중 제일이라

헌연목과 헌기둥을

그대로나 반듯세워

아무리 풍우라도

삼우전복 없이하여

공평염직 벽을치고

효제충신 문을달며

인의도덕 도배하고

예악서수 자리깔면

　　이집도 옥루되어

　　우리민인 높이앉아

　　광명촉을 켜여놓고

　　태평연을 배설할때

　　이목수와 저목수며

　　억조창생 노닐적에

　　초당에 자던사람

　　격양가를 불러보세[287]

　이 노래는 엄밀한 4·4조는 아니고 3·4조가 많이 씌어졌으나 이러한 것은 그 전前 시조에 많이 쓰이고 또한 가사, 민요 등에 많이 쓰인 운율로 조금도 새로운 형식이 아닐 뿐더러 음률적으로는 4·4조로 압운押韻된 것이다. 만일 노래될 때에는

　　아무리○ 풍우라도

　　삼우전복 없이하여

하는데 '아무리' 아래 ○를 친 곳에는 공음空音이 한 장단長短 더 들어간다 한다.

---

287 임화의 글 그대로를 참고삼아 여기에 인용해둔다. "초당에 깁히든잠 / 뉘라서 깨라는가 / 창외에 더딘달이 / 삼간이 높하서라 / 구텬을 바라보니 / 미인옥루 어더민뇨 / 우여이 오는말삼 / 우리조선 신문이라 / 반갑고 장하도다 / 신문논설 장하도다 / 논설도 만컨마는 / 헌집논설 장흐도다 / 즈고이리 헌집목슈 / 하나둘뿐 아니연만 / 뉘라서 통리하여 / 이러타시 소상흔가 / 아마도 이목슈는 / 야공중 뎨일이라 / 헌연목과 헌기둥을 / 그디로늑 반든셰워 / 아모리 풍우라도 / 삼우전복 업시흐여 / 공평염직 벽을치고 / 효제츙신 문을 달며 / 인의도덕 도비하고 / 례악셰슈 자리깔면 / 이집도 옥누되어 / 우리민인 놉히안져 / 광명촉을 커여노코 / 태평연을 배설홀때 / 이목수와 저목수며 / 억조창생 논일적에 / 초당에 자든사람 / 격양가를 불너보세"

그러니 이렇게 씌어진 3·4조라는 것은 4·4조의 한 변형이요 사실상 4·4조와 동일하다 아니 할 수 없다.

「신문가」의 내용은 보는 바와 같이 새 시대의 국가의 경종이요, 문명 개화 수입의 사도使徒인 신문의 의의와 역할을 찬양한 것으로 전게前揭 「동심가」가 그 전 가사와 같이 추상적인 주제를 노래한 대신 이것은 새로운 의의를 가진 구체적이고 적극적인 제재를 노래한 것으로 특색이 있다. 그러나 이 노래의 노래되는 형식은 그 전의 규수閨秀가사나 민요와 동일하다 아니할 수 없다. 신문의 이야기를 풀어내는 방식도 구가사의 형식이요, 목수이야기를 끌어 국가적 이상을 말하는 후반부, 즉 '공평염직 벽을치고 효제충신 문을달며 인의도덕 도배하고 예악서수 자리깔면',288 하는 것은 재래의 가사와 혹은 민요가 수천 수백 번 사용해온 서술방법을 습용襲用한 흔적이 역연歷然하다.

이것은 창가가 단순히 가사나 창곡 등을 4·4조에서만 구舊형태를 차용借用한 것이 아니라 노래의 구조, 양식과 용어에서까지 구투舊套를 습용했음을 알 수 있다.

그러나 이 초기 창가의 가형歌形을 살핌으로 의심되는 것은 과연 이 창가들이 노래되었던가 하는 점이다. 비견鄙見같아서는 노래되지 아니 했을 것 같이 생각된다. 이 두 가지 창가의 곡曲을 발견할 수 없다는 것이 이유의 하나도 되겠으나 그보다도 개화 이후 신시가 나올 융희隆熙 초에까지 노래되지 아니 한 창가가 수다數多히 제작되었다는 것을 지적하는 것이 중요하다.

그러면 먼저 우리가 창가를 가리켜 구舊가사가 서양 음곡音曲에다가289 신사조를 담아가지고 변형된 것이라고 말한 것과 노래되지 아

---

²⁸⁸ 이 부분도 원문과 달라 임화의 글을 인용해 둔다. "공평령진 벽을치고 효제충신 문을 달며 인의도덕 도빈하고 려약서수 자리깔면"

니한 창가의 존재는 모순하지 않나 할 것 같으면 그것은 일견 모순하는 것 같다. 그러나 사실에 있어서 모순되지 아니하는 것은 그것이 언제나 노래될 가능성을 가지고 있기 때문이다. 즉 서양 창가음곡唱歌音曲에 들어맞는다.

그러면서도 노래되지 아니한 창가는 사실에 있어 새로운 사조의 입장에서 씌어진 구가사의 개변된 자者에 불과하다. 신사조의 계몽이나 정치사상의 선전이나 국민적 자각을 고취하기 위하여 씌어진 창가는 실상 이 노래되지 않는 창가, 바꾸어 말하면 새 입장에서 씌어진 구舊가사의 변형에서 사랑하였다.[290]

그러면서도 초기의 창가가 단순한 신사조를 담은 구가사의 역域을 넘고 그것의 변형을 감히 야기한[291] 것은 신사조의 표현에 구가사의 형식이 합일合一되지 아니 했던 탓도 있지만, 또 창가를 창가이게 만든 것은 서양음악에 있는 것으로, 요컨대 신사조와 서양음악이 구가사로부터 창가를 탄생시켰다 할 수 있다.

서양음악은 주지하는 바와 같이 기독교와 더불어 찬송가讚頌歌의 형식으로 수입되었다.

소화昭和 14년[1939년] 6월 21일 『조선일보』 학예면 '여명기회상록' 중 「김인식金仁湜 씨에게 양악洋樂 이입移入 초창기를 묻는다」는 글 가운데 '교회나 혹은 보통학교 아동들에게 불리우기 시작한 찬송가가 즉 장래將來할 서양음악의 제일보였다'는 말은 저간의 사정을 반증하는 사실이다. 다시 뒤이어서 '우리가 보표譜表를 처음 구경하게 되고 또

---

289 이 부분의 원문은 "西洋音曲을 냇나 新思潮를 다머가지고"라고 되어 있어 정확치가 않다. 문맥의 흐름으로 보아 대략 뜻을 감안하여 고쳐 적었다.
290 원문에 '사랑하엿다'로 되어 있어 의미가 불확실하나, 달리 추량할 길이 없어 원문 그대로 둔다.
291 원문에 '惹起할'로 되어 있으나 오식이기에 바로잡았다.

한 5음계만 있던 조선가요에서 눈을 떠서 7음계가 있는 악리적樂理的인 서양음악을 지금 앉아 회상하여 볼 때' 운운한 말을 비추어 보아 서양음악이 구가사292 급及 곡을 해체시키는 데 얼마나 이의적利義的이고 강력했음을 상상할 수가 있다. 신사조에 지지 않을 만큼 신곡은 구가사 와해에 작용했을 것이다. 그리하여 찬송가는 서양음곡과 조선말이 결합하는 하나의 표본이었다.

이 표본을 본떠서 혹은 그것의 영향하에 본격적인 창가가 생겼을 것이다. 김인식 씨가 작곡하였다는 '학도야 학도야 저기청산 바라보게 고목은 썩어가고 영목榮木은 소생하네' 하는 「학도가學徒歌」는 노래된 창가의 한 고전이다.

또한 노래될 것을 예상하고 혹은 노래될 가능성을 품은 창가가 비록 곡으로 안 옮아져293 노래되면서 탄생하지는 아니 했을지라도 이른바 노래되지 아니한 창가가 많이 제작된 것이다.

그러므로 노래되지 아니한 창가도 신사조를 담은 구가사가 아니라 창가로서 평가될 뿐만 아니라 그러한 창가는 새로운 시대의 시적 표현의 유일한 형식이 되었다.

전前 같으면 가사를 지을294 수 있는 사람 혹은 한시를 지을 수 있는 사람들이 모두 창가의 형식을 통하여 자기의 시적 표현의 욕구를 만족시킨 것이다.

그리하여 한시 급及 구가사에 비하여 전혀 혁신적인 시적 형식이 되었다.

---

292 원문에는 '舊歌調'로 되어 있으나 앞뒤 맥락으로 볼 때 오식으로 보여 바로잡았다.
293 원문에는 '안올마치어'로 되어·있다.
294 원문에는 '거들'로 되어 있으나 앞뒤 맥락으로 볼 때 오식으로 보여 바로잡았다.

4) 신소설의 출현과 유행

(1) 신소설의 의의와 가치

창가의 수입이 재래의 시가를 개혁하는 선구가 되고 신시가 생탄生
誕되는 단초가 되었다면 소설의 영역에서 그러한 역할을 한 것은 신
소설의 출현이다.

창가가 만일 처음에 4·4조[295]와 같은 낡은 운문의 형식에다 새로
운 정신을 담아 가지고 출발하여 점차로는 새로운 정신에 조화되도
록 낡은 양식을 개조하여 나갔다면 신소설 역시 처음에는 전대의 전
기傳記소설이나 군담軍談이나 염정艷情소설 등의 낡은 양식에다가 새로
운 정신을 담는 일에서 출발하여 나중에는 새로운 정신을 표현하기
에 적합한 소설적 제 조건과 양식을 취득取得하여 현대소설이 건설될
제1의 초석을 놓았다고 볼 수가 있다.

그러나 실제로 신소설의 발전사를 보면 반드시 우리의 예상하는
도식대로 낡은 소설양식에 새로운 정신을 담은 작품이나 작가가 먼
저 나고 그 다음에 새 정신에 적응한 새 양식이 발견되는 경로를 밟
지는 않았다.

무엇보다도 신소설 작가 중에 그 중 현대문학에 가까운 이인직李人
稙이 누구보다도 먼저 신소설단新小說壇에 출현하였다는 사실은 이러한
사정을 증명한다. 이인직은 단지 가장 우수한 신소설 작가일 뿐만 아
니라 실로 신소설이란 양식을 창조한 사람이다. 이인직의 손으로 비
로소 신소설이란 것이 조선문학사 위에 등장한 것이다. 그의 소설의
영향을 받아 다른 사람들도 신소설이란 것을 쓰게 되고 독자도 역시

---

295 원문에는 '四調'로만 되어 있으나 누락된 것으로 보여 채워 넣었다.

그를 통하여 신소설이란 것을 알게 되었다. 당시의 저명한 신소설 작가로 현재의 유일한 생존자인 해동초인海東樵人 최찬식崔讚植 씨유명한『추월색』의 작자의 술회述懷를 들어도 그와 함께 우리 신소설사의 대가라고 볼 이해조李海朝, 김교제金敎濟 등 제 작가가 모두 이인직의 소설을 읽고 비로소 신소설이란 것을 알고 또한 쓰려고 생각했다. 또한 연대로 보아도 이인직의 처녀작인『치악산雉岳山』이 그가 당시에 주필로 있었던 사장은 현 서도[書道] 대가인 위창[韋創] 오세창[吳世昌] 씨『만세보萬歲報』 지상에 연재되었다고 하니[296]『만세보』가 창간된 것이 1905년명치 38년, 광무[光武] 9년 9월이요, 2년인가 뒤에『만세보』는 이완용 일파의 기관지『대한신문』으로 변하여 그가 사장이 되었으니『치악산』은 1905~1907명치 38~40년, 광무 9년~융희[隆熙] 원년년간의 소작所作이라고 보아 옳다.

현재 내가 본 신소설의 발행 연대가 융희隆熙를 넘는 것이 없음을 보아『치악산』을 우리 신소설의 효시嚆矢[297]라 단언할 수밖에 없다.

이 뒤를 이어 이인직은『귀의 성』,『혈의 루』,『백로주강상촌白鷺州江上村』미완 등을 썼고, 이해조·최찬식 같은 분을 위시로 유명무명한 작가가 배출하여 수십 수백의 작품을 썼다.

그러나 신소설은 결국 최초의 작가요 그 양식의 발명자인 이인직의 수준을 넘지 못한 채 현대소설의 출현을 당하여 더 발달치 못하고 항간巷間 촌락村落과 규방閨房 문학으로 속화俗化하고 만 것이다.

그러므로 현대소설의 건설자인 이광수가 계보적으로 연결되는 사람은 후대의 이해조도 아니요, 최찬식도 아니요, 이인직이 된다.

---

296 이는 필자의 착오다. 이인직의 작품 중『만세보』에 연재되었던 작품은『혈의 누』,『귀의 성』이며,『치악산』은 유일서관(唯一書館)에서 1908년 9월, 단행본으로 발간되었다.

297 발표연대로 보아 신소설의 효시는 1906년 7월 22일부터 동년 10월 10일까지『만세보』에 연재되었던『혈의 누』이다.

그러나 이인직 개인의 문학적 발전의 경로로 보면 『치악산』으로부터 『귀의 성』, 『혈의 루』, 『백로주강상촌』 등에 이르러 일관하여 발전의 선線으로 걸었다.[298]

다시 말하면 다음 작품에 올수록 그는 전대 소설의 영향을 더 많이 탈각하여 현대소설에로 접근해 온 것이다.

여기에 반하여 이해조는 이인직의 다음 가는 신소설 작가 중의 웅雄이나 거의 『자유종』이란 정치적 소설 1편을 제외하고는 일관하여 이인직의 초기작인 『치악산』의 경지를 벗어나지 못하고 끝난 사람이며, 최찬식은 그것을 일층 흥미 본위로 통속화하여 오늘날까지 천하를 풍미하는 문학으로서의 신소설 도道를 개척한 사람이다.

요사이 용어로 고친다면 이인직은 순수한 현대작가요, 이해조는 전통적 작가요, 최찬식은 대중작가라 부를 수가 있다.

그러면 창가에 비하여 신소설에는 어째서 이러한 특수한 발전 형식이 생겼는가 하면 일률로 역사상의 한 우연 즉 천재의 출현으로 돌릴 수도 있으나, 다른 한편으로는 신소설이 출현하기 전에 이미 수입된 정치소설과 번역문학이 신소설 출현의 토대를 닦았기 때문이라고 생각할 수도 있다. 또한 이인직에 뒤를 이어 이광수가 나오지 않고 이해조, 최찬식 같은 신소설 작가가 나온 것이 그때의 문학적·정치적인 정황은 신소설은 나올 수 있었으나 아직 현대소설이 생탄生誕될

---

[298] 이인직의 작품은 『혈의 누』, 『귀의 성』, 『치악산』, 『백로주강상촌』의 순서로 발표되었다. 좀더 구체적으로 설명하면 『혈의 누』(『만세보』, 1906.7.22~10.10)가 처녀작이고, 그후 『귀의 성』(『만세보』, 1906.10.10~1907.5.31), 『치악산』(1908년 9월 유일서관 발행), 『은세계』(1908년 11월 同文社 발행), 『백로주강상촌』 등의 순으로 발표되었다. 또한 『백로주강상촌』은 『매일신보』에는 발표되지 않았고 그 사본(寫本)을 소장하고 있는 최원식(崔援植; 최찬식의 제)에 의하면 『국민신보』(일진회 기관지)에 연재되다가 중단되었던 것이라 한다(전광용, 『신소설연구』, 새문사, 1980, 참조). 이외에 이인직의 작품으로 「소설 단편」(『만세보』, 1906.7.3~4), 「빈선랑(貧鮮郎)의 일미인(日美人)」(『매일신보』, 1912.3.1) 등이 있다.

만치는 성숙되지 아니 했었기 때문이라고 생각할 수도 있다. 신소설은 융희隆熙 초로부터 보호정치 시대를 지나 대정大正 초에 가장 많이 생산된 것이다.

그러면 신소설이란 대체 무엇인가 하면 먼저 그것은 현대소설혹은 우리가 부르는 그냥 소설과 고대소설혹은 구소설과의 사이를 점유하고 있는 문학사적 과도기의 소설이다.

이것을 일보 진進하여 구체적으로 설명한 것으로 김태준金台俊 씨의 신소설과 구소설의 구분론이 있다.

예전부터 전하여 오던 이야기책으로는 새로운 지식을 받은[299] 청년들에게 환영될 수 없으니 고대의 소설은 어느새 형식을 변하여 장회(章回) 소설로 되었고 내용도 천편일률한 군담(軍談)류인 「소대성전(蘇大成傳)」, 「양수봉전(梁朱鳳傳)」, 「권용선전(權龍仙傳)」, 「팔장사전(八壯士傳)」 같은 것으로는 만족할 수 없으니 개화된 신생활이거나 몰락된 귀족의 생활을 제재로 하였다.[300] 그러나 중국식의 장회 소설만으로도 만족할 수 없으니 설화의 취미를 좀더 풍부하게 하며 언문일치의 문체로서 어떤 한 개의 사건을 취급하여 그 사건의 추이를 따라 순간 순간의 행동과 대화까지 그대로 쓰는 것이었다.[301] 이는 자발적이라기보다는 구미(歐米)·일본 문예의 모방이었다. 그리하여 고대 소설(구소설)에 대하여 신소설이라고 불렀다.

이 신소설은 아직도 구미의 소설을 모방하여 아직 그 완비한 역(域)에 달(達)치 못한 자(者)로서 기미(己未) 운동[302] 이후의 원숙한 소설 작품을 '소설'

---

299 원문에는 '마튼'으로 되어 있으나 오식이기에 바로잡았다.
300 원문에는 "「팔장사전(八壯士傳)」 같은 것으로는 만족할 수 없었다"로 되어 있으나 빠진 곳이 있어 채워 넣었다.
301 원문에는 '것이업다'로 되어 있으나 오식이기에 바로잡았다.
302 원문에는 '운동'이 빠져 있어 채워 넣었다.

이라고 부름에 대하여 이때의 소설풍은 그대로 신소설이라고 불러 이제는 소설, 신소설, 구소설(고대소설) 3종의 구별이 있게 되었다.

이것은 동씨의 소저所著 『조선소설사』 중의 일절一節인데 여러 가지 흥미있는 비교·대조가 있으나 신소설의 성격을 뚜렷이 묘출描出해 주지는 않았다.

여기에 비하여 명치明治 45년 발행 이해조의 소설 『화花의 혈血』의 서문과 발문은 보다 직절直截하게 신소설의 성격을 이야기하고 있다.

무릇 쇼셜은 톄지가 여러 가지라 한 가지 젼례를 들어 말홀 슈 업스니 혹 졍치를 언론혼 자도 잇고 혹 졍탐을 긔록혼 자도 잇고 혹 샤회를 비평혼 즈도 잇고 혹 가졍을 경계혼 자도 잇스며 기타 륜리 과학 교졔 등 인성의 쳔스 만스즁 관계 안이되는 자이 업느니 샹쾌ᄒ고 악착ᄒ고 슮ᄒ고 즐겁고 위틱ᄒ고 우슌 것이 모도 다 됴흔 지료가 되야 긔자의 붓ㅅ긋을 ㅅ다라 즈미가 진진혼 쇼셜이 되나 그러나 그 지료가 미양 옛스룸의 지나간 자최어나 가탁의 형질업는 것이 열이면 팔구는 되되 근일에 져슐혼 「박졍화」, 「화세계」, 「월하가인」 등 슈삼죵 쇼셜은 모다 현금의 잇는 사룸의 실지 샤적이라 독자 제군의 신긔히 넉이는 고평을 임의 만히 엇엇거니와 이제 ㅅ도 그와 ᄀᆞᆺ튼 현금 사룸의 실적으로 「화의혈(花의 血)」이라 ᄒᆞᆫᄂ 쇼셜을 시로 져슐ᄒ시 허언랑셜은 한 구졀도 긔록지 안이ᄒ고 뎡녕히 잇는 일동 일졍을 일호 차착업시 편즙ᄒ노니 긔자의 지료가 민첩지 못홈으로 문쟝의 광치는 황홀치 못홀지언졍 스실은 젹확ᄒ야 눈으로 그 사룸을 보고 귀로 그 스졍을 듯는 듯ᄒ야 션악간 족히 밝은 거울이 될 만홀가 ᄒ노라[303]

<hr>

303 원문에는 임화의 당대 표기로 기술되어 있다. 누락된 곳도 두 군데 있어 이해조의 직접 원문을 옮겨놓았다. 참고삼아 임화가 쓴 원문을 여기에 옮겨놓는다. "무릇 小說은

이것은 그 서문이요 다음에 발문을 인용引하여 한가지로 중요한 개소
個所엔 원언문原諺文을 한자로 고쳐 둔다.

기자 왈 소설이라[304] 하는 것은 매양 빙공착영(憑空捉影)으로 인정에 맞
도록 편집하여 풍속을 교정하고 사회를 경성하는 것이 매일 목적인 중 그
와 방불한 사람과 방불한 사실이 있고 보면[305] 애독하시는 열위(列位) 부인,
신사의 진진(津津)한 재미가 일층 더 생길 것이요, 그 사람이 회개하고 그
사실을 경계하는 좋은 영향도 없지 아니할지라. 고로 본 기자는 이 소설을
기록함에 스스로 그 재미와 그 영향이 있음을 바라고 또 바라노라.

이 글은 본장 제1절 정치소설을 이야기하는 곳에서 인용引한 『서사건
국지』에 실린 박은식의 서문에 보이는 것과 같은 지사풍志士風의 기개
와 품위가 없고 시정市井의 이야기책 작자에 있음직한 비속한 구조口調
가 보이나 전기前記 박씨의 글과 더불어 과도기의 문학을 이야기하는
거의 유일의 논설적 문장이다.

體裁가 여러 가지라. 한가지 典例를 들어 말할 수 업스니 或 政治를 言論한 者도 잇고,
偵探을 記錄한 者도 잇고 或 社會를 批評한 者도 잇고 或 家庭을 警戒한 者도 잇스며
其他 倫理 科學 交際 等 人性의 千事萬事中 關係 아니 되는 者이 업나니 爽快하고 惡착
하고 슬프고 즐겁고 [*] 우순 것이 모두 다 조흔 材料가 되어 기자의 붓끝을 따라 자미
가 津津한 小說이 되나 그러나 그 材料가 매양 넷사람의 지나간 자최이나 假託의 形質
업는 것이 열이면 八九는 되되 近日에 著述한 薄情花, 花世界, 月下佳人 等 數三種 小說
은 모두 現今에 잇는 사람의 實地 事蹟이라. 讀者諸君의 新奇히 넉이는 高評을 이미
만히 어덧거니와 이제 또 그와 가튼 現今 사람의 實蹟으로 花의血이라는 小說을 새로
著述할 새 虛言浪說은 한 句節도 記錄지 아니하고 [*] 記者의 재조가 민첩지 못함으로
文章의 光彩는 황홀치 못할 거언정 事實은 適確하여 눈으로 그 사람을 보고 귀로 그
사정을 듣는 듯 하여 善惡間 足히 밝은 거울이 될만할가 하노라."([*] 표시 된 곳이 누
락된 곳)

304 원문에는 '小說이다'로 되어 있으나 오식이기에 바로잡았다.
305 원문에는 '編輯하여 그와 彷佛한 事實이 있고 보면'으로 되어 있으나 누락된 곳이 많기
에 채워 넣었다.

전인前引한 김태준 씨의 글과 더불어 이 가운데 우리가 추출할 수 있는 신소설의 특징은 첫째 문장의 언문일치, 둘째 소재와 제재의 현대성혹은 신시대성, 셋째 인물과 사건의 실재성혹은 사실성 등이 먼저 눈에 뜨이는 특징이다.

이렇게 나열해 놓고 보면 모두가 신소설만이 아니라 현대소설도 가지고 있는 특징이나 신소설에 있어서는 현대소설에서와 같이 완성되어 있지 않고 겨우 발아하기 시작한 데 불과하다. 구소설이 가지고 있는 문장의 운문성과 소재와 제재의 비현대성과 인물 급及 사건의 비실재성으로부터 마악 결별하기 시작하고, 혹은 하려고 드는 것이 신소설이었던 만큼 신소설의 새로운 형식적 특징 속에는 아직 불소不少한 구소설 형식의 잔재가 남아 있었다. 그러면서도 신소설 가운데는 새로운 형식적 제諸특징이 압도적으로 우세했고 승리하고 있었기 때문에 신소설은 새로운 시대의 소설양식이 된 것이다.

먼저 문장으로부터 보아도 4·4조의 운문을 떠난 것은 물론 영·정英正 이래 한말에 이르기까지 다수多數한 소설에 씌어오던 한문 직역체直譯體의 서술 문체로부터 해방되어

> 셔양목 테를 호허리 뚝걱거맨든 밤집게를 땅에다 툭더거고 오동빛 ᄀᆺ흔 검앵무든 손으로 머리를 득득글그며
>
> (융희 2년 발행, 이해조 저 『빈상설』의 일절)

운운한 언문일치는, 물론 현대소설 문장에 비겨서도 그 유머러스하고 적실適實한 묘사력에 있어 떨어지지 않을 산 문체를 썼었다.

그러면서도 '이러라', '하더라', '하였도다' 식의 어미를 다이쇼大正 8년경 이상협李相協, 민우보閔牛步, 조일재趙一齋에 이르기까지 써온 것은

과도기의 문학으로서의 신소설을 이야기하는 사실이 아닐 수 없다.

그 다음 소재와 제재의 현대성이라는 것은 인물과 사건의 실재성이라는 것과 밀접하게 관계되는 것인데 이 점은 문장보다도 더 일목요연하게 신소설을 구소설로부터 구별하는 특징이 된다.

구소설은 고대소설이라고 불려지는 만큼 소재와 제재, 바꾸어 말하면 배경·무대·인물·사건 등이 모두 과거過去한 시대의 것이라 지금 말로 하면 일종의 역사소설 같은 것이다. 그러므로 독자들은 전설이나 신화나 고군담古軍談 등 소위 옛날 이야기를 듣는 기분으로 구소설을 읽었다.

그러나 신소설은 분명히 취급되는 배경이나 인물이나 사건이 모두 개화 이후 그때로 치면 현대의 배경 가운데서 현대인이 현대의 있을 수 있고 또한 흔히 있는 사건을 일으켜 가는 이야기책이다.

신소설이 그때 작자나 독자에게 신소설이라고 불려진 주요한 이유가 여기에 있지 아니한가 한다.

그런 만큼 소설에서 허황한 소리나 황당무계한 이야기를 쓸 가능성이 감소될 것은 불가피한 일이다. 소설이 아무리 가구假構의 예술이라 하더라도 무대와 인물과 사건이 당대의 것이게 되면 허구虛構할 한계가 고대소설에 비하여 자연히 좁아지게 됨은 사실이다. 요컨대 그때에 있지도 않은 지방이나, 볼 수도 없는 인물과, 듣도 보도 못할 사건으로 현대소설을 쓴다면 허구요 거짓말이라는 것이 누구의 눈에도 명백하게 된다.

그러므로 소재와 제재의 현대성은 인물과 사건의 실재성을 돌아보지 아니 할 수 없게 된다. 융희隆熙년간에 흥부, 놀부도 있을 수 없는 일이요 홍길동洪吉童이나 활빈당活貧黨 사건도 있을 수 없는 것이다. 결국 신소설은 광무光武, 융희년간을 무대로 하여 등장할 수 있는 인물과 일어날 수 있고 실제로 수없이 일어난 사건으로써 소설을 만든 것이다.

그러므로 전인前引한 『화의 혈』의 작자와 같이 그 전 소설이 "매양 옛사람의 지나간 자취나 가탁假託의 형질形質없는" 이야기를 쓴 대신 신소설은 "현금現今에 있는 사람의 실지 사적事蹟"을 쓴다고 한 것이다.

비록 그들이 실제로 당시에 있던 인간의 실사적實事蹟을 모델삼아 쓰지 아니했다 하더라도 가구假構의 사실을 실사실과 같이 보여야 한다는 소설문학의 원리를 신소설 위에서 새로 살리려고 이상理想한 것이었을 것이다.

이것은 우리가 리얼리즘이라고 하는 것, 바꿔 말하면 소설의 사실성寫實性이라고 말하는 것이다. 실재성實在性이란 그실實 사실성을 결과하는 것으로서 신소설은 실상 구소설과 결별하면서 조선의 소설문학 사상上에 리얼리즘의 형식을 유치한 형식으로나마 맨처음 기여한 것이다.

그러므로 구소설이 전기나 설화나 야담 혹은 염사艶事의 단순한 서술인 대신 신소설은 비록 초보적이었을망정 무엇을 보다 더 묘사하는 데서 시작한 것이다. 그것이 문장을 고치고 인물을 고치고 구조를 개혁한 것이다.

그러면 신소설은 일괄하여 무엇을 묘사하려고 하였는가?

먼저 우리는 『화의 혈』의 문장[306] 가운데서 그 소설의 작자가 자기의 작품을 가리켜 "족히 밝은 거울이 될 만할까" 하다고 이야기한 부분을 읽은 일이 있다. 거울 가운데는 우리가 잘 알듯 과거過去하고 소멸한 사실은 비춰질 도리가 없는 법이다. 현재에 있는 것만이 비치우

---

[306] 원문에는 '章文'으로 되어 있으나 조판상의 실수로 보이기에 바로잡았다.

는 법이다. 신소설 작자들의 눈에 비칠 수 있는 대상이란 정히 광무·융희년간의 조선사회상이요, 인정세태人情世態다. 연령으로 보아서 당시에 이인직·이해조·최찬식 등이 모두 30으로부터 40에 이르는 연배이므로 그들의 체험이 20년 이내였음은 사실이다. 그 가운데서 그들은 개화하고 새 문화의 건설에 노력한 것이다. 이러한 신소설 작자들로서 갑오甲午 이후가 결국 체험 한계 내內요, 지적 관조의 범위였음은 불가피한 일이다.

그리하여 신소설은 대범히 말하여 갑오 이후 광무·융희년간 과도기 조선의 토대에서 생성한 문학이요, 불충분하게나마 그것을 반영한 유치한 거울이었다고 말할 수가 있다.

그러나 신소설이란 거울 가운데는 새로이 발아하고 성장하고 있던 개화의 조선, 청년의 조선의 자태보다는 더 많이 낡은 조선, 노쇠老衰한 조선의 면모가 크고 똑똑하게 표현되었다. 전혀 와해 과정 가운데 있는 봉건 조선의 도회圖繪를 그린 것이 신소설의 주요한 목적이었다고 말해도 과언이 아닐지도 모른다. 그만치 신소설의 전편이 모두 배경도 양반의 세계요, 인물도 낡은 인물이 주요, 사건도 낡은 배경과 낡은 인물 가운데서 일어났다.

이것은 아마 그때 아직 개화 조선에 비하여 봉건 조선의 실재력의 강대한 반영이기도 할 것이며 타방他方 개화 조선의 당면 목표가 새로운 것의 건설에 있는 것보다 낡은 것의 파괴에 있었기 때문이기도 하다.

그렇기 때문에 본래로 말할 것 같으면 개화 조선의 성장 앞에 무참히 붕괴되는 구세계 봉건 조선의 몰락 비극이 그려져야 할 것임에 불구하고 오히려 강대한 구세계의 세력 하에 무참히 유린당하고 노고勞苦하는 개화 세계의 수난 역사로서 모든 신소설이 씌어진 것이다.

이러한 현상은 독일의 또는 노서아露西亞의 혹은 일본의 계몽 시대에도 공통으로 볼 수 있는 사실이다. 그러므로 모든 나라의 계몽문학에 있는 거와 마찬가지로 현재는 구舊세력이 강하여 수난을 당하지만 그 수난과 고생 끝에는 신新세력의 승리와 행복이 오고 반드시 그렇게 약속하는 '아이디얼리즘'이 소설의 기본 색조가 되고 구조 원리가 된다.

이러한 신세력의 주관적인 아이디얼리즘은 구세력이[307] 몰락하는 비극 가운데서 살아가는 비극적 존재로서 모든 역사적인 관찰안觀察眼을 문학에서 탈거奪去한다. 즉 사실상의 비극은 개화 조선에 있느니보다 더 봉건조선에 있다는 것을 깨닫지 못하였다. 그러므로 신소설은 정말 사실적으로 그때의 사회와 또한 그들이 전력을 다하여 묘사하려고 한 구세계를 보지 못한 것이다.

역사적으로[308] 보는 방법만이 정말 현실적이고 사실적일 수가 있다.

여기에서 신소설은 새로운 배경과 새로운 인물군人物群을 가졌음에도 불구하고 천편일률로 선인·악인의 유형을 대치하는 구소설의 구조를 거의 그대로 답습[309]하고 권선징악이란 구소설의 운용법運用法을 별로히 개조하지 않고 사용한 것이다.

양반, 관리, 내외국인, 노비를 물론하고 개화 소년에게 유리한 인간이면 다 선인 유형에 속하고 또한 상하 귀천을 불문하고 봉건묵수封建墨守의 인간은 악인편에 들게 되었다. 그리고 개화 소년이나 혹은 그 처와 동류同類는 어떠한 고생을 하고 참경에 있더라도 나중에는 영달榮達하며 악인들은 죽거나 불연不然이면 깨끗이 전비前非를 후회하고 선인이 된다. 이러한 점은 모든 신소설의 공통점이다.

그러므로 구소설을 그대로 장소와 인물을 바꾸어 놓은 데 불과한

---

307 원문에는 '舊勢力을'로 되어 있으나 문법상 주격조사가 와야 하기에 바로잡았다.
308 원문에는 '歷史的인'이나 문법상 적당치가 않아 바꾸었다.
309 원문에는 '襲踏'으로 되어 있으나 조판상의 실수로 보이기에 바꾸었다.

소수의 예외를 제하고는 대부분의 비참사는 개화 소년의 실성失成에
서 원인한다. 비참사라는 것은 결코 개화 소년이 당하는 감난堪難이
아니다. 그러한 인물이 생겨남으로써 간접적으로 구세계에 던져지는
파문, 그것은 곧 구세계 가운데 복재伏在해 있던 모순의 격발激發이다.

따라서 그 파문이 사실상으로 전파되고 모순이 격발되는 장소는
필연적으로 가정이요 가족이다.

가정과 가족이야말로 구세계의 유일한 사회요, 그 기점이기 때문이
다. 여기에 신소설의 대부분이 부자, 처첩, 적서, 고부姑婦 등의 봉건적
제갈등310을 근간으로 하고 있는 원인이 있으며 낡은『장화홍련전』등
과 같은 낡은 가정소설의 면모를 정呈하고 있는 원인도 있다. 사실 대
부분의 신소설은 그 구조와 생기生起하고 발전하고 단원團圓되는 사건
에 있어 구舊가정소설의 역域을 얼마 넘지 못하고 있다.

이 점은 인물의 선인악인식 유형화와 권선징악과 아울러 신소설
가운데 남은 가장 큰 구소설의 유제遺制다.

신소설의 작자들은 그들의 이른바 소위 '재미'와 아울러 독자에게
전해주고 싶은 영향을 이렇게밖에 전하지 못하였다.

그러므로 우리가 모처럼 신소설 가운데서 발견하고 그것으로서 구소
설의 허구성과 비현실성에 대립시키며 새로운 가치로서 평가한 사실성
은 극히 중도반단中途半端적인 것으로 떨어져 머무르고 마는 것이다.

신소설 가운데 있는 리얼리즘은 결국 부분적 국부적인 리얼리즘,
트리비얼한 리얼리티임을 면치 못한다.

그러나 이러한 정도의 사실성이나마 구소설에 비하여 창조적인 가
치요, 신소설 가운데 보옥처럼 귀히 들어와311 그 뒤의 현대소설로 하

---

310 원문에는 '諸葛'로 되어 있으나 글자가 누락된 것으로 보아 채워 넣었다.
311 원문에는 '貴히 드러'로 되어 있으나 문맥상 누락된 것으로 보이기에 바로잡았다.

여금 일층 자기의 길을 개척하기에 용이케 한 무기가 될 것이다.

그러한 소득으로서는 먼저 우리는 신소설들이 우수하면 할수록 그때 세상의 시대상의 반영을 들 수 있다. 청일전쟁이라든가 러일전쟁이라든가 동학란이라든가 하는 대사건을 위시로 오리汚吏로 충만한 정부의 부패와 세정世情의 변천, 풍속의 추이에 이르기까지 구소설에서는 볼 수 없는 것이 묘출되었다. 그러한 외적인 것보다 더 중요한 것은 전반적인 구사회의 부패상의 폭로와 봉건적 가족제도의 혼란과 부패의 정치한 묘사다.

여기서 점차로 일반화해 가는 반상班常의 평등, 평민의 성장이 그려도 지고 혹은 자녀들의 성장이 표현도 되고 미신도 폭로되고 하여 개화를 계몽하는 데 가장 확실한 예술적 사업이 수행되고 있다. 이러한 리얼리즘은 개화의 주관적인 주장보다 훨씬 강하게 그 사상의 필연성을 인식시킨다.

이것은 또한 신소설이 가지고 있는 불멸의 가치다.

그러면 통틀어 이러한 신소설은 어떻게 생겼는가 하면 어떤 의미에서는[312] 재래의 여항閭巷소설을 개조한 것이나 결정적으론 외국문학의 수입과 모방의 산물이다. 더욱이 초기 명치明治문학의 영향이 강했으리라는[313] 것은 중요한 신소설 작자들이 모두 일본 유학생이나 그렇지 않으면 일본문학의 애독자였다는 사실을 보아 알 수 있다.

『추월색』의 작자 최찬식의 술회를 들어도 문장, 기타를 전부 일본문학에서 배우고 모방했다 하니 그 전의 작가들은 더욱 말할 나위도 없을 것이다.

이렇게 명치明治 때 수입되어 일본화된 서구문예신파조 소설 등의 영향을

---

312 원문에는 '어떤 意味에'로 되어 있으나 문맥상 오류이기에 바로잡았다.
313 원문에는 '强햇으리는'으로 되어 있으나 글자가 누락된 것으로 보여 채워 넣었다.

받아 그들은 반구반신半舊半新의 소위 신소설이란 것을 만들었다.

그리하여 구소설에 못지않은 독자를 획득하고 차차次次로는 더 왕성히 유행하여 대정大正 7,8년도까지 일세를 풍미했음은 물론 금일에 와서까지 수백의 종수種數와 연 판매고 10만부를 불하不下한다는 놀라운 반포력頒布力을 가졌다.

신소설이 출현하자마자 이렇게 놀랍게 보급되고 현대소설이 생탄 성장한 금일에 이르도록 의연하게 독자층을 유지하고 있는 이유는 그 전엔 주로 그 전통적인 양식 때문이고, 지금엔 주로 그 낡은 내용 때문이라 할 수 있다. 광무光武, 융희隆熙, 대정大正 초년에는 아무리 새롭고 좋은 내용이라도 구소설의 양식을 표현 형식으로 하지 아니 했으면 그러한 전파력이 없었을 것이요, 그 이후에는 그 낡은 양식과 더불어 낡은 독자에 영합될 만큼 내용에 낡음이 없었으면 또한 그만한 독자를 유지하지는 못했을 것이다. 구소설에 비하면 신소설의 내용은 새롭다 할 수 있으나 현대소설에 비하면 신소설의 내용은 역시 낡은 것이다.

그러므로 아직까지 항간巷間의 독자를 유지하는 근본 비밀은 독자의 의식이 구소설의 내용보다는 새로워졌으나 현대소설의 내용만치는 일반적으로 새로워지지 못한 데 원인이 있다.

즉 신소설의 내용만치 새로워졌고 신소설의 내용만치 또한 낡기 때문이다. 즉 현대의 일반 독자의 의식은 꼭 신소설을 읽을 만하기 때문이다.

다른 말로 하면 민중 가운데 깊이 뿌리박고 있는 의식의 반봉건성半封建性 때문이다. 이 점은 신소설의 중요한 성격이라 할 수 있다.

(2) 작가와 작품의 연구[314]

엄밀하게 말하면 신소설이란 작가가 분명치 않은 문학이다. 내용과 형식이 더불어 현대문학에 치値하는 이광수의 소설과 최남선의 시에 와서 조선문학사에는 작가라는 것이 확립되었다. 그러면 신소설은 그 전의 이야기책과 같이 작자도 수하誰何인지 모르고 구구전래ㅁㅁ傳來해 오는 문학이냐 하면 주지와 같이 그런 것은 아니었다. 신소설에는 작자가 서명을 하기는 했으나 현대소설에서 보듯이 그 소설이 제목이 무엇이냐든가 내용이 무엇이냐든가로 읽히는 것이 아니라, 수하誰何의 작품이라 하여[315] 가리고 읽힐 만큼 작자가 한 사람의 독립한 작가로서 권위를 가지고 있지 못하였다.

요컨대 작자가 존중되지 아니했다.

그것은 물론 과거의 이야기책 작자라는 것을 천시하던 전통의 한 유물이다. 소설류를 저술한다는 것이 본래 사대부의 할 일이 아니요, 더구나 언문으로 이야기책을 쓴다는 것은 더한층 글 배운 사람의 할 일이 못된다고 생각해온 것이다.

이러한 풍습은 이학理學이나 사학史學 등에 비하여 문학을 경시한 전통의 한 결과요, 또한 한문을 숭상하고 언문을 무시한 오랜 습관의 유물이다. 그러므로 양반이 한여閑餘에 한문으로 소설류를 희작戱作 삼아 짓는다 하여도 모두가 자기의 이름이 드러날까 두려워하였고, 언문소설류는 관직은 물론 신분이 한미한 계급의 사람들이 써서 구구ㅁㅁ 전승하거나 촌에서 촌으로 필사되어 유포해 오다가 영英·정正·순純·철哲년간에 간혹 판본版本이 되어 항간에 돌아다녔다. 그것도 소설류가 많이 쓰여진 영정英正년간이나 그 이후가 사회적으로 중인 이하

---

314 원문에는 '(2) 작가와 작품'으로 되어 있으나 글자가 누락된 것으로 보여 채워 넣었다.
315 원문에는 '作品하여'로 되어 있으나 문맥 흐름상 누락이 있는 것으로 보여 채워 넣었다.

소시민들의 지위가 급격히 양등揚騰되면서 필사도 많이 되고 판각板刻
도 된 것이다.

그러므로 광무光武 · 융희隆熙년간에 새로 나온 신소설의 일우一隅에
나마 작자의 이름이 기록되었다는 것은 전혀 개화開化의 결과 시민의
사회적 지위의 향상과 언문 존중의 혜택이라 할 수 있다. 그러나 아
직도 소설책의 작자를 다른 서적의 저자와 동등同等에 놓지 아니 했고
은연중 천시하는 풍이 잔재殘在하여 작자들도 내가 아무런 소설의 작
자라 하는 것을 공포公布하는 것을 그리 명예로운 일이라고 생각치 아
니 했다.

오늘날 내외 문단의 작자들의 사회적 지위나 영예에 비하여 실로
천양天壤의 차가 있었다. 실로 금석今昔의 감회가 깊은 바가 있다. 그러
면서도 역시 소설 일우一隅에 작자의 서명이 있는 것을 보면 신소설이
란 어떤 의미에서도 작자가 불명不明한 시대와 작자가 확연한 시대와
의 사이를 차지한 과도기의 문학임을 통감케 된다.

그런 만큼 시대가 지남에 따라 발행서점에선 자의로 작자명을 말
소하고 저작 겸 발행인으로 점주店主의 명의를 기기記하여 작자를 알지
못하게 된 작품이 불소不少하며, 또한 초판 발행 당시에도 이인직이라
든가, 이해조라든가 하는 저명한 작자 이외는 최초부터 작자명을 기
재치 아니하여 신소설을 읽는 사람으로 하여금 발행 점주를 작자로
오인케 하는 수가 종종 있다. 근소한 돈을 주고 판권을 매수하여 자
기의 명의名義로 바꾸어 버린 것이다.

이러한 사정은 또한 신소설의 작자가 누구라는 것은 전혀 염두에
두지 않고 글자대로 이야기의 재미만을 탐했다는 다른 반반反半의 사실
을 반영하는 것이다. 이것은 또한 구소설을 읽던 습관의 연장이다.

여기에서 또한 우리는 신소설의 독자층이란 것이 대부분 구소설의

독자들이었다는 사실을 발견케 한다. 극히 소수의 독자가 구소설의 독자가 아니고 신문화의 훈도薰陶를 받은 사람들이었다. 이러한 독자층의 구성내용은 곧 신소설의 양식과 내용에 일치하는 것이다. 신소설이 대부분 소위 가정소설에 속하는 것임을 기억할 필요가 있다. 그러나 현대의 문학으로서 볼 제는 신소설의 작자야말로 무명無名한 천민 가운데서 소설작가의 지위와 명예라는 것을 구출한 최초의 인사이요, 신소설이야말로 구소설의 미몽迷夢 속에 들은 독자들을 새 소설을 읽는 일에 맨 먼저 훈련시켰으며, 더욱이 귀중한 일은 흥미 이상의 목적으로 소설을 읽히려는 진정한 의미의 새로운 문학 독자의 층을 개척한 거대한 공로자라 아니 할 수 없다.

즉 예술가로서의 소설작가와 예술로서의 소설, 예술향수자로서의 독자를 그들은 전통의 중압과 사회적 불우不遇 가운데서 준비한 선구자들이었다 할 수 있다.

가. 이인직과 그의 작품

신소설 작가 중의 먼저 손꼽을 사람은 이인직이다. 호는 국초菊初요 강원도 강릉 출생으로 광무光武 10년경에 연세年歲가 40에 가까웠다 하니최찬식 씨 담[談] 명치明治 23년경에 탄생한 이일 듯하다. 개화운동 관계로 동경에 망명한 일도 있고 그 곳에서 수학하였다는 말은 있으나 자세치 않고 좌우간 그가 광무光武 말년에 귀경歸京하여 『만세보』의 주필로서 기자생활을 시작하면서 소설 창작에 붓을 든 것은 사실이다. 그것이 전술한 바와 같이 처녀작 『치악산』이요, 그 다음 작품이 아마 융희隆熙 2년 10월로 간행년월이 되어 있는 『은세계』일 것이며, 그 다음이 『혈의 누』후에 『모란봉[牧丹峰]』으로 개제, 그 다음이 명치明治 45년

2월로 발행일자가 된 『귀의 성』일 것이며, 최후의 작품이 대정大正 초년에 『매일신보』에 실렸다가 중단된 『백로주강상촌』일 것이다.[316]

그의 작품은 미완의 작품을 합하여 상기한 5편이나 그는 소설 외에 그가 관계하던 『만세보』, 『대한민보大韓民報』, 『매일신보』 등에 다수한 사설을 썼으며, 잡지 『소년한반도』를 보면 사회학에 관한 강의 비슷한 논문을 쓴 것을 보아아마 번안일 것이다 신문기자로서 또는 계몽가로서의 꽤 넓은 교양을 가졌던 것을 짐작할 수 있다.

그 교양이란 것은 물론 당시의 계몽가나 소설 작자가 다 그러하듯 상당히 깊은 한학의 교양에다 신학문을 가미한 것이었다.

그런데 이인직의 전기적 사실, 그 중 흥미있는 것은 그가 조선에 있어 새로운 연극을 수입 내지 창건한 1인자였다는 점이다.

조선에는 신극이 수입되기 전 소위 창극 위주의 극인들로 된 협률사協律社란 것이 있었으나 신연극의 막이 열리기는 원각사현재 흥화문[興化門] 전[前]의 무대에서 있었는데 그 무대에 각본을 제공하고 연출을 지도한 사람이 이인직이다. 김태준 씨의 『조선소설사』와 김재철金在喆 씨의 『조선연극사』에 의하면 이인직이 일본 명치明治년간에 유명한 정치소설 『설중매』와 자기의 소설 『은세계』, 『김옥균사건』아마 이인직 자신의 각본이었을 것이다 등을 상연한 것이 1909년융희 3년, 명치 42년이었다 한다. 이것을 보면 조선 현대문학의 선구인 신소설과 신연극이 거의 시대를 같이하여 출발한 것을 알 수 있으며, 또한 그것이 모두 이인직 한 사람의 노력에 의하였음을 볼 제 그의 문화사적 공로가 실로 막대했음을 짐작할 수 있다이 사실은 뒤에 신연극과 활동사진의 수입이란 항에 상술위계(詳述爲計)니 참조하라. 그러나 이인직은 한말韓末의 모든 문화인이 그러했던 것처

---

316 이에 대한 오류는 이미 지적한 바 있다. 주 298) 참조

럼 단순한 소설가나 연극인은 아니었다.

그는 그의 소설에서도 볼 수 있듯 사상적으로 개화주의자였고 정치적으로는 친일당親日黨이었다. 그가 소설 가운데서 왕왕 김옥균을 비상하게 숭배함은 물론 김의 개화사상에 공명한 때문이었으나 타방他方 김옥균의 정치적 노선에도 공명했기 때문인 듯 싶다. 그렇다고 우리는 이인직의 정치 행동과 김옥균의 그것을 동일시할 수는 없으나 이인직의 주관으로는 적어도 그리 생각지 아니했는가 한다.

이 점을 이상 더 추구하는 것은 그리 필요치 않은 일로, 이인직의 정치가로서의 생활을 약간 기술하면 그만이다.

이인직의『만세보』주필 취임은 그 당시에 신문이 모두 정치적 신문이었던 만큼 하나의 정치생활이라 할 수 있는 것으로, 더욱이『만세보』를 이완용파의 수중으로 넘기는데 이인직의[317] 비상한 공적이 있었다 함을 보아 그렇다 아니 할 수 없다.

『만세보』는 이완용파의 기관지가 되면서『대한민보』라 개제改題하고 이인직이 사장이 되었다. 그때부터 이인직의 공연公然한 정치생활이 시작되는데 융희 말년에 이르러 이인직은 이토오 통감伊藤統監과 이완용의 사이 혹은 그들과 더 윗이와의[318] 사이에서 연락과 정치적인 절충 사무를 거의 담당하다시피 했다 한다. 즉 이인직은 일개一個 소설가인 것보다 그때에는 모사謀士로서 혹은 정치가로서 한일합병에 적지 않은 공로를 남겼다.

그의 작품『은세계』나 혹은『혈의 누』그타他 소설에 일관하던 그의 사회사상, 내지는 정치 이상과 그의 행동이 적지 않은 거리가 있었

---

317 원문에는 ‘李人稙이’로 되어 있으나 문맥상 오식으로 보이기에 바로잡았다.
318 원문에는 ‘더우이와의’로 되어 있어 애매하나 의미상 ‘더 윗이와의’가 적절하게 보여 바로잡았다.

으나 그 문제를 그가 어떻게 내적으로 처리했는지 지금 알 길이 없다.

그러나 좌우간 그는 이 공로로 말미암아 병합 후에 『매일신보』에 관계하고 경학원經學院 사성司成으로 있다가 근 60에 몰沒하여 경학원장經學院葬까지 지냈다. 문학자의 생애로서 더구나 우리 신문학 초창자의 전기로서 이 사실은 심히 흥미있는 점이다.

이인직의 작품으로는 먼저도 말한 『치악산』, 『혈의 누』, 『귀의 성』, 『은세계』와 『백로주강상촌』 등의 5편인데 당시 신소설을 많이 읽은 이들의 말을 들으면 여러 작가 중의 이인직의 작품이 그 중 애독되었다 하며 그 중에도 『치악산』과 『은세계』가 더욱 유명하였다 한다.

그러나 우리 후대의 독자로서 두 작품을 읽어볼 제 이 두 작품이 결코 동일한 경향의 소설이 아님을 용이容易히 짐작할 수가 있다.

『치악산』은 가정소설형에 속하는 작품이요, 『은세계』는 현대말로 하면 일종의 사회소설이기 때문이다. 그러한 만큼 『치악산』은 더 구소설의 양식을 습답襲踏하고 있어 모티브와 구조가 한가지로 전래[319]의 소설양식인 권선징악의 설화說話처럼 되어 있으나 『은세계』는 일본의 신소설이나 서구의 장편소설처럼 인생을 객관적 태도에서 보려 했고 모티브나 구조에 있어서도 전혀 구소설의 면영面影을 찾아보기 어려웠다. 『은세계』는 분명히 구소설의 유형을 파괴한 작품이요 권선징악의 낡은 소설의 방법에서 해방된 작품이다. 이것은 곧 소설사에 있어 낡은 전통으로부터의 완전한 분리이며 새로운 기원紀元의 건립이다.

문장, 사회의식, 인물, 묘사, 그타他 여러 가지 점에서 후인後人들은 이인직의 역사적 의의와 가치를 말하나 이 구소설 유형의 파괴와 새

---

319 원문에는 '將來'로 되어 있으나 의미상 오식으로 보여 바로잡았다.

로운 소설 양식의 창조다운 거대한 의의를 갖는 것은 없다. 이해조 같은 작가는 신소설 시대에 있어 이인직과 어깨를 견줄 대작가로 여러 가지 점에서 이인직의 도달 수준에 육박하고, 특히 경성어京城語의 구사에 있어서는 강원도인인 이인직보다 능숙하고 정교한 데까지 있으나 새로운 소설양식 즉 권선징악의 낡은 소설적 방법에서 해방되지 못한 작가로 이 점에선 도저히 이인직에 필적할 수는 없었다. 신소설작가 중 구소설의 양식적 영향을 떠나서 객관소설의 신기원新紀元을 개척하고 권선징악 설화가 아닌 신소설을 쓴 사람은 이인직밖에 없다.

이것은 곧 현대소설의 시원始源이요 현대 문학정신의 원연源淵[320]이라 아니 할 수 없다. 바꾸어 말하면 새로운 정신을 낡은 양식으로 표현한 신소설 시대에 있어서 새로운 정신을 새로운 양식으로 표현해본 유일의 작가이며 그것을 시험하여 기념할 작품을 남긴 최초의 인ㅅ이다. 그 이외의 모든 사람이 새로운 정신을 낡은 양식으로밖에 표현하지 못하던 시대에 있어 이 사실은 우리의 상상하는 것보다 훨씬 더 어려운 일이며 또 거대한 가치와 의의를 갖는 일이라 아니 할 수 없다.

이러한 경향에 속하는 작품으로 『은세계』와 더불어 『혈의 누』가 있다.

그리고 『치악산』의 경향에 속하는 작품으로는 『귀의 성』과 미완의 『백로주강상촌』이 있다.

이 『치악산』, 『귀의 성』, 『백로주강상촌』은 이인직의 뒤에 있는 모든 신소설 작가들의 제작制作 전범이 된 것으로 새로운 정신을 낡은

---

[320] '연원(淵源)'의 오식으로 보이나 뜻을 짐작할 수 있을 것 같기에 그냥 두었다.

양식 가운데 담은 대표적 작품들이다.

이해조·최찬식·김교제, 기타 다수한 작가들이 이러한 작품을 쓰는 가운데서 이인직은 얼른 자기의 창조한 신소설의 양식을 초월하고 현대소설의 기원을 개척한 데 실로 그가 범백凡百의 신소설 작가 중에서 절연截然히 구별되는 이유가 있으며 또한 문학사 상上에서 그가 차지할 지위의 높이가 있는 것이다.

그러므로 이야기를 돌려 『치악산』과 『은세계』가 애독된 이유를 다시 돌아보면 우리는 약간 다른 점을 생각지 아니 할 수 없다. 즉 『치악산』을 좋아한 독자와 『은세계』를 좋아한 독자의 차이다. 『치악산』은 구소설 독자를 그대로 흡수할 수가 있었으나 『은세계』는 그러기가 약간 어려웠을 것이다. 역시 보다 개화된 독자 즉 객관客觀소설에 흥미를 붙일 수 있는 독자만에 한하지 아니 했는가 하는 점이다. 물론 지금 앉아 우리가 당시의 독자를 무단無斷히 상상해 낼 수는 없다. 그러나 이 서로 다른 경향의 소설이 일시에 애독되었다 하니 그 의문을 이러한 방식으로밖에 푸는 수가 없다. 또한 이 소설들을 읽던 독자를 이러한 형태로 구별함으로써 우리는 당시에 소설 독자의 복잡한 구성을 상상할 수도 있기 때문이다.

또한 이러한 상상이 단순한 억측에 그치지 아니함은 현대소설의 독자라는 것이 졸지에 나타난 것이 아니요 신소설을 읽는 데서부터 준비되고 그 중에도 『은세계』, 『혈의 누』와 같은 소설의 독자로부터 시작하였기 때문이다. 그 소설의 독자는 정히 현대소설 독자의 선조先祖일 것이다. 이것은 또한 신소설계의 가치있는 주변周邊이었을 것이다.

그러면 이인직에 있어 제일의 경향을 대표하는 『치악산』, 『귀의 성』 등은 어떤 작품인가.

먼저 『치악산』의 줄거리를 소개하면 이러하다.

강원도 원주에 유명한 치악산 밑 단구역말이란 동리에 이름난 양반 홍참의가 살았다. 홍참의는 일찍이 처를 여의고 후실 김씨를 맞이하여 사는데 전처 소생으로 아들 하나가 있고 후실의 몸에서 딸이 하나 났다. 아들의 이름은 홍철식^{이명 백돌}이요 딸은 남순이라 하였는데 백돌은 당시 서울서 개화운동가로 이름난 이판서 집으로 장가를 들어 이부인은 검홍이라는 교전비轎前婢를 데리고 참의집에 와서 시집을 살았다.

이러한 것이 위선爲先 소설 『치악산』에 소여所與된 환경이다. 이 환경 가운데 등장되어 있는 인물들은 조선 재래의 가부장제적[321] 대가족 제도를 구성하고 있는 거의 전형적 인물들이라 할 수 있고, 여러 가지 각도에서 상호충돌하고 갈등할 원인을 거의 숙명적으로 배태하고 있는 관계 가운데 서로 연결되어 있다고 볼 수가 있다.

위선爲先 전처 소생과 계모, 이 관계는 재래의 『장화홍련전』을 위시로 『콩쥐팥쥐』, 『정을선전鄭乙善傳』, 『장풍운전張風雲傳』, 『어룡전魚龍傳』 등의 계모소설에서 유형화되어 비극의 핵심이 된 관계로서 이른바 계모소설의 토대다.

이러한 관계가 어째서 하나의 특이한 소설형에까지 유형화되고, 그러한 소설의 사건으로써 출발점이 되느냐 하는 것은 동양 봉건사회에 기초가 된 가부장적[322] 대가족제도의 내적 모순 때문이다.

김태준 씨는 계모가 악의 권화權化처럼 생각되는 이유를 다음과 같이 설명하였다.

가족제도는 부부를 단위로 한 것이지만 옛날에는 위에 시부모[323]를 모시

---

321 원문에는 '父家長制的'로 되어 있으나 요즘 사용하는 단어로 고쳐 썼다.
322 원문에는 '父家長的'으로 되어 있으나 요즘 사용하는 단어로 고쳐 썼다.

고, 곁에 누이동생들과 시형제를 거느려서 그 복잡한 세대의 일원이 되어 한갓 폭군 같은 남편, 또는 독사 같은 시모(媤母)의 중압에 신음하는 주부로서의 '아내'의 존재가 있을 뿐이니 시집살이의 고초가 간단한 것이 아닌데 더구나 남계사회(男系社會)에 있어 남편의 지위[324]가 높고 남편은 황음무도(荒淫無道)한 짓을 마음대로 하니 아내 된 주부의 불평이 한두 가지가 아닐 것이다. 더구나 어찌어찌 되어 그 남편의 후실이 된[325] 무지한 부녀가 죽은 전실에 대한 증오와 남편의 애정의 분산에 대한 시기와 모녀간에 호양(互讓)치 않으려 하는 아량없는 다툼이 날이 갈수록 도를 가하여 내종(乃終)에는 전실 소생의 자녀를 가해하려고[326] 하는 데 이르는 것이니 이것은 거의 우리 사회에 다반사라고[327] 하여도 과언이 아니다.

요컨대 부녀에게 지워진 책무의 중후함에 비하여 그 지위의 한미한 데서 오는 발악에 가까운 반항심이 왜곡되어 이렇게 표현되는 것이다. 그 반항심을 왜곡하는 것은 주지와 같이 견고한 가족제도의 산물인 인종忍從의 윤리다. 그러므로 가족이 팽창하고 복잡해지면 질수록 부녀의 지위는 불리해 지고 직책은 가중되어 전혀 인내키 어려운 상태에까지 이르는 것이다.

그리하여 며느리를 미워하는 시어미가 생기는 것이고 그것이 이상한 조건에 봉착하면 아주 별개의 방향으로 전화한다.

그 전형적인 예가 계모소설에서 보는 전처 소생과 후실과의 갈등이다. 이것은 며느리를 미워하는 시어미의 고유한 심리의 한 연장이

---

323 원문에는 '媤父君'으로 되어 있으나 오식이기에 바로잡았다.
324 원문에는 '他位'로 되어 있으나 오식이기에 바로잡았다.
325 원문에는 '되면'으로 되어 있으나 오식이기에 바로잡았다.
326 원문에는 '加害하려'로 되어 있으나 글자가 누락되었기에 채워 넣었다.
327 원문에는 '茶飯事라'로 되어 있으나 글자가 누락되었기에 채워 넣었다.

라 볼 수 있다. 요컨대 직접 자기의 피[血]와 연결되지 아니한 가족에 대한 증오심이다. 왜 그러한 경우에 증오심이 일어나는가 하면 부녀가 애정을 기울일 대상은 오직 자기와 혈血의 유대로 결부되어 있는 사람만이기 때문이다.

이러한 관계가 전통적인 계모소설의 원형인데 『치악산』은 이보다 사정이 좀더 복잡화되어 후실과 전처 소생의 처妻와의 갈등이 주축이 되어있다.

이것은 전처 소생과 후실과의 갈등에다가 고부간의 갈등을 가중한 것으로 갈등의 도는 계모소설에서보다 배 이상 심각화深刻化되어 있다. 즉 그냥 며느리는 미운 데다가 그것이 전처 소생의 며느리니 미움은 중첩되는 것이다.

소설양식으로 보면 『치악산』은 계모소설에다 토대를 두고 가정소설의 기축基軸을 빌어다가 그 위에 구성한 것으로 원형을 삼았다. 이러한 수법은 모두 조선 소설의 전통적 구조 양식과 신소설이 밀접하게 관계하고 있는 증거다.

또한 이러한 토대 위에 신소설이 구조되어 있는 그 전 계모소설과 가정소설이 발생한 사회적 토양과 비슷한 토양 위에 발생한 문학이라는 것을 이야기하는 사실이기도 하다.

요컨대 붕괴해 가는 가부장제적[328] 대가족제도의 문학적 반영으로서, 또한 해체기에 임한 동양 봉건사회의 관념적 표현으로서 영정英正 이후의 언문소설과 직접의 관계를 가지고 있음을 의미한다.

그럼에 불구하고 『치악산』이 구소설에 머무르지 않고, 그것을 해탈하여 신소설의 출발점이 된 것은 홍참의의 사돈 이판서가 개화파

---

328 주 320)와 동일.

요, 그 아들 홍철식이 개화되어 가는 청년의 형상으로 등장하는 때문
이다.

이 두 가지 요인은 『치악산』을 일조一朝에 구소설의 영역에서 구출
하고 계모소설이나 가정소설적인 환경을 새로운 시대가 생성하는 역
사적 환경으로 밀어버리는 데 성공시켰다.

홍참의와 이판서 두 인물을 통하여 우리는 당시의 상이한 두 가지
양반의 타입, 즉 보수파와 개화파의 대립을 볼 수 있을 뿐만 아니라
보다 더 중요한 것은 이 대립이 홍참의 가정 내의 제대립의 성질을
일변一變시킨 것이다.

후실 김씨[329]와 전처 소생 홍철식의 대립이 순純계모소설적 갈등에
서 신구세대의 대립으로 변화되며 시모 김씨와 며느리와의 대립도
가정소설적 갈등으로부터 신구세대의 대립의 여파로 개조된다. 이
사실은 새로운 사상이 어떻게 구소설 양식을 개조하였는가의 역사적
표본이며, 또한 새로운 정신이 낡은 양식 가운데 담아지는 전형적 사
례의 하나이다.

그러므로 홍참의의 후실 김씨가 며느리 이李부인을 학대하는 것도
본래로는 계모소설에 원인한 가정소설적인 갈등임에 불구하고 이 소
설에서는 개화되는 새 세대의 일원이 당하는 수난의 성질을 정鼎하게
된다.

멀리는 이부인의 친부親父가 개화파의 이판서요, 가까이는 이부인
의 남편 홍철식이 외국유학을 떠난 뒤에 이 소설의 온갖 비극이 일어
나기 때문이다. 즉 불행의 원인은 물론 계모관계나 고부관계에 토대
를 둔 것이나 직접으로는 홍철식이 그의 악부岳父 이판서의 권유와 원

---

329 원문에는 '李氏'로 되어 있으나 오식이기에 바로잡았다.

조로 개화세계의 역군이 되기 위하여 해외 수학修學을 떠나는 데서 원인한다.

그리하여 다시 『치악산』의 경개梗槪를 계속 소개하면,

홍철식이 부친도 몰래 집을 떠난 뒤 후실 김씨와 그 딸 남순[330]은 전실 자부(子婦) 이씨를 증오하고 모해하기 시작하여 드디어 이부인을 음부(淫婦)로 몰아버리는 데 성공한다. 이 음모에 등장하는 인물은 여비 옥단과 최서방이란 동리 천인(賤人)으로 거짓 간부월장(姦夫越墻)의 연극을 꾸며서 홍참의를 속이는 것이다. 이씨 부인은 드디어 억울한 누명을 쓰고 친가로 쫓겨가는데 간악한 김씨는 이씨 부인을 경성으로 보내는 게 아니라 교군(轎軍)들을 시켜 백주에도 호저(虎猪)가 출몰하는 치악산 중에 내어버리고 오게 하였다. 거기에 이부인의 기구한 운명이 시작되는데 처음에는 최가라는 건달패에게 욕을 볼 뻔하고 그 다음에는 산중에 사는 포수에게 구출되었으나 이내 또 그 손에 욕을 보게 되어 일난거(一難去)하면 우일난래(又一難來)하는 식으로 고생을 하다가 드디어 치악산 속에 사는 어느 도사의 손에 머리를 깎고 승(僧)이 되어 살아갔다.

그러는 동안에 어언간 세월이 흘러가 홍철식은 해외유학에서 돌아와 가평 군수를 하고 고생하던 이씨 부인을 맞아서 임지에 가 다복한 생활을 누리는데 일방(一方) 홍참의 집은 후실 김씨의 간계가 드러나 친가로 쫓겨가서 갖은 고생을 다하고 그의 딸은 어찌어찌 하다가 홍철식의 도움을 입어 이씨 부인이 친자매처럼 데리고 살아가는 중 하루는 우연히 가평서 김씨 부인과 홍철식이 만나게 되어 풍파 많던 홍참의의 일가족이 다시 합하게 되어 홍철식과 그의 이씨는 원수를 은혜로 갚아 살아가게 되었다.

---

[330] 원문에는 '금순'으로 되어 있으나 오식이기에 바로잡았다.

　이것이 『치악산』의 대요大要인데 사건의 진행은 순전히 구소설의 양식을 그대로 습답襲踏하고 있음을 알 수가 있다. 후실 김씨의 음모라는 것도 『장화홍련전』과 비슷한 것을 고부관계에다 전용했을 뿐이요, 자부 이씨의 고생하는 것은 『숙향전』식의 고담古談을 그냥 습용하였다 할 수 있다. 다만 구소설이 단순히 이러한 수법과 유형을 사용하고 있는 대신 여기에선 그것을 일층 복잡하여 가려고 구사했다.

　그러나 인물의 배치는 근본적으로 구소설적이다.

　후실 김씨와 그의 딸 남순과 대립되는 인물로서 간비奸婢 옥단과 자부 이씨와 충비忠婢 검홍, 그리고 이씨가 고생하는 중에 만나는 최가, 포수, 도승 등이 모두 구소설적인 전형들이다.

　그리고 또 한 가지 이 소설을 현대소설에서 구별할 특징은 새 사조와 구사조의 대립이 갈등에까지 높아지지 아니한 점이다.

　홍참의와 이판서는 전자가 수구파요, 후자가 개화파라 하더라도 그 차이가 시대의 사조적 갈등을 표현할 만큼 선명하지 못하고 오히려 서울 양반과 시골 양반의 특색이란 한도에 머물러 있었다.

　따라서 이 두 사람의 관계 가운데선 직접으로 사건이라는 게 일어나지 아니한다. 먼저도 말한 바와 같이 이판서의 개화 사상은 단지 홍참의의 아들을 유학보내는 데 불과하다. 바꾸어 말하면 홍참의의 아들이 자기 부친의 수구사상을 배반하는 동인動因이 되어 나타날 따름이다. 이 점에서 이판서의 개화사상은 간접으로 홍참의[331]의 수구사상과 관계하였다 할 수 있다. 그러나 만일 새로운 사상과 낡은 사상의 대립을 소설의 중요한 테마로 하였다면 이판서를 동인으로 한 홍참의와 그 아들과의 사조상의 차이는 당연히 소설 가운데 부父와

331　원문에는 '參議'로만 되어 있으나 글자가 누락된 것으로 보여 채워 넣었다.

자子와의 세대적 갈등으로 표현되어야 할 것이다.

그러나 『치악산』에서는 전술과 여如히 홍철식은 그 부친과 대립되는 대신 소설적 현실에서[332] 장소를 뜨는 데 그쳤다. 바꾸어 말하면 그 부친과 대립하여 관계하는 대신 유학이란 길로 도피하였다. 물론 유학간다는 것이 당시의 현실로는 자연스러웠을 것이나 홍철식이 유학간 뒤에 이 소설 가운데 있던 부에 대립되는 아들의 좌석은 공석空席대로 남는 것이다.

인물이 아니고, 그 인물이 있을 자리 혹은 인물이 떠나버린 좌석이 소설적 현실 가운데서 현실적 힘으로 작용할 수는 없는 것이다.

그러므로 부父와 자子와의 세대적 차이라는 것은 이 소설에서 그 이상 표현되지 않고 따라서 홍참의와 이판서의 사상적 차이라는 중대한 사실도 다시는 표현될 기회를 얻지 못한 채 소설은 진행된다. 이러한 동인이 소설에서 빠진 채 혹은 기능이 정지된 채로 진행되는 소설은 불가불 먼저 말한 계모소설이요 가정소설일 것은 불가피의 일이다.

이 소설 가운데의 새로운 사조란 홍철식을 유학보낸 데 불과하기 때문이다.

만일 새 사조의 힘이 이러한 곳에 머무르지 않고 더 인물들의 성격과 행동에 작용하였더라면 『치악산』의 구조는 현대소설에 접근했을 것이다.

예하면 투르게네프의 『부와 자』와 같은 구조나, 그 외의 서구주西歐州에서 볼 수 있는 가족소설의 풍모에 가까워질 것이다.

그러나 신소설의 시대는 그러한 시대는 아니었다.

---

332 원문에는 '현실을'로 되어 있으나 어색하기에 바로잡았다.

그리하여 결국은 『치악산』을 구소설에 방출한 원인인 이판서의 개화사상은 동시에 이 소설을 현대소설에서 구별區別 한계限界가 된 것이다.

이러한 제점諸點 가운데 우리의 특별한 주목을 끄는 점은 이 소설이 당시의 사회상을 상당히 반영하고 있는 점이다. 모든 신소설이 새로운 시대를 사실적으로 반영하는 것으로서 구소설과 구별되는 것이요, 새 현실을 반영하는 것으로서 새로운 사상의 표현과 부합한 것이니,[333] 이인직의 이 소설에서도 그 때 사회상을 우리는 상당한 정도로 볼 수 있다.

홍참의와 이판서 두 양반의 가정, 불합리한 주종의 관계, 구가족제 하에서의 부인의 참담한 지위, 그리고 무엇보다 이 소설에서 우리의 눈에 띠는 것은 홍참의의 가정에서 볼 수 있는 이조 말 양반 가정의 실로 음냉陰冷, 암흑한 양상이다.

이 점은 신소설의 그 새 사상에 못지않은 신소설의 높은 가치라 아니 할 수 없다.

그러나 그것도 일조一朝에 창출된 것은 아닌 것으로 역亦 전술前述한[334] 영정英正 이래에 생산된 구소설의 유물을 계승한 산물이라 할 수 있다.

그런데 이 소설을 이야기하는 데 빼놓지 못할 점은 홍참의 집이 망하는 에피소드의 하나인 '무당' 이야기에 표현된 미신 타파의 사상이다. 작자는 하나의 기담奇談으로서 전혀 구소설의 양식을 빌어 이 이야기를 삽입하였으나 결과로서는 '굿'이나 '점占'의 허망함을 폭로하였다.

---

333 원문에는 '것이나'로 되어 있으나 의미상 오식으로 보이기에 바로잡았다.
334 원문에는 '前述닌안'으로 되어 있으나 오식으로 보이기에 바로잡았다.

이 소설을 이야기함에 끝으로 일언—言할 것은 어떻게 된 일인지 『치악산』의 상권과 하권의 저자가 다른 점이다.

현재 영창서관永昌書館 발행의 『치악산』을 보면 상하 합본인데 상권 서두에는 "고故 이인직 선생 작"이라 하였고, 하편 서두에는 "아속생啞俗生"이라 하였다. 아속啞俗이란 김교제란 신소설 작자의 호다. 이것은 분명히 상편으로 중단되었던 것을 김교제 씨가 속필한 것일 것이다. 서명署名뿐만 아니라 문장도 다른 것 같고 사건도 상편에 비하여 홀홀이 끝막은 점이 분명하다.

어찌해서 중단이 되었는지 그것은 현재 알 수 없다.

『치악산』과 비슷한 경향의 소설이라고 하나 『귀의 성』의 내용은 주로 당시의 지배자와 상층계급이었던 양반층의 부패상과 무력화無力化를 그린 작품이다. 이 소설에는 개화된 인물도 등장하지 않고 개화의 세계에 대한 이상도 나오지 않는다.

그러면서도 이 소설을 한말韓末의 오리汚吏를 그려 완벽의 경境에 달한 『은세계』의 아래에 넣지 아니하고 『치악산』과 더불어 같은 경향으로 평가함은 무엇보다 양식상의 이유가 주主된다. 『은세계』나 『혈의 누』보다는 『귀의 성』은 훨씬 『치악산』에 가깝다. 말하자면 더 구소설적이요 그만치 황당한 수법을 많이 썼다.

이러한 양식상의 특징은 단지 『귀의 성』을 구조 위에서만 『치악산』과 비슷하게 만들었을 뿐만 아니라 전기前記한 양반층의 무력화와 부패상을 그리는 데 그것을 직접의 주제로 하지 않고 '시앗'과 '본처'의 갈등이란 가정소설적인 주제 가운데다가 내포시켜서 표현하였다. 요컨대 '시앗'에 대한 본처의 질투가 주主 테마요 양반층의 부패와 무력화 그것은 양반 가장[家長]의 황음[荒淫]으로 표현되나는 부副 테마가 되어 있다.

『귀의 성』의 양식에 있어서 뿐 아니라 그 내용에 있어서도 『치악산』에 가까웠다.

이러한 공통점이 또한『은세계』가 발매를 정지당하고『혈의 누』가 절판된 채로 세간에서 자취를 감춘 뒤인 오늘날까지『치악산』과『귀의 성』이 부절不絶히 증쇄增刷되고 애독되는 이유다.

현대소설이 역사적으로 신소설에 대신한 후 신소설은 자연히 그 시대적인 생명을 현대소설에게 빼앗기고 형해形骸만 남아있는 때문이다. 그 형해라는 것은 계모소설의 양식이나 가정소설의 양식 같은 구소설적 형식이요 시대적인 생명이라고 할 것은 형식적으로는 신소설 가운데 구소설 형식과 더불어 병존했던 현대소설의 양식적 맹아인 리얼리즘 형식이요 내용적으로는 새 시대의 의식이다.

그러므로 리얼리즘적 형식과 새로운 의식이 현대소설에 의하여 통일되고 발전되면서 신소설은 단지 조금 변형된 구소설로 낡은 양식과 낡은 테마를 유형적으로 번복飜覆하는 상태에 머무르지 아니 할 수 없었다. 그것은 과도기의 소설이요 신구新舊 혼합형의 소설이기 때문이다. 그 이상 발전하자면 신소설이 되지 아니 할 수 없는 고로 현대소설이 탄생하고 발전하면서부터 신소설은 이미 역사적 역할을 다한 것으로 발전은 정지하고 급기야는 사멸하지 아니 할 수 없었다.

그럼에 불구하고 사멸하지 않고 신소설이 잔존해 있음은 이미 역사적으로 죽은 것이 살아있는 셈이다. 여기서 신소설이 현대소설의 선구先驅로서보다 구소설의 아류亞流로서 존재해 있는 이유가 있다.

그 가장 좋은 예는 수많은 현대 신소설이다. 그것들은 단지 구소설의 아류일 뿐 아니라 실로 초기의 신소설 그것을 속화한 것이다.

현대의 신소설과 초기의 신소설이 역사적인 가치나 의의에 있어서와 같이 현격한 것임에 불구하고 그것들이 모두 후진하고 비속한 독자층의 애독물이 되어 있는 이유는 그것들이 다같이 구소설적 양식에 구소설적 주제를 담아 가지고 있기 때문이다.

그런 의미에서 『귀의 성』은 이인직 뒤에 오는 이해조, 최찬식 등의 초기 신소설의 한 전범일 뿐 아니라 현대 신소설의 원천이요 궁극에선 가정소설적 유형 가운데 편입될 것이다.

『귀의 성』의 줄거리와 구조를 분석해 보면 비밀은 생각하던[335] 것보다 훨씬 간단하게 풀린다.

그 경개梗槪를 보면 대략 이러하다.

강원도 춘천 땅에 강동지라는 서민의 부부가 살았었는데 슬하에 아들이 없고 외딸 길순을 아들처럼 기르고 있었다. 형세는 어렵지 않아 비록 아들이 없었으나 남부럽지 않게 살아왔으나 연달아 내려오는 군수들 바람에 재산을 탕진하고 나중에는 그 딸 길순이 마저 군수로 왔던 서울 양반 김승지의 감언이설에 소실로 빼앗기게 되었다.

그러던 것이 일조에 김승지가 직을 버리고 상경하게 됨에 길순은 애비도 없는 자식을 안고 주야로 눈물 가운데 세월을 보낸다.

강동지 부부는 김승지의 소식을 기다리다 못하여 나중에는 강동지가 길순을 데리고 상경을 하게 된다.

이것이 소설의 발단인데 이러한 사실은 황음탐재荒淫貪財한 오리汚吏들이 횡행하는 이조 말엽에 무수하던 비참사의 한 에피소드에 불과함을 짐작할 수가 있다.

이 소설은 『치악산』과는 다른 의미에서 새로운 시대의 현실을 반영하는 데서 출발하였다. 그것은 낡은 사회의 또는 낡은 정치기구의

---

335 원문에는 '생각던'으로 되어 있으나 요즘 표기법에 따라 고쳐 썼다.

부패요 평민의 수난이다.

『귀의 성』의 작자는 이 비참한 정경을 다음과 같은 인상적인 문장으로 서술하였다.

강동지가 거짓말로 서울 김승지집에서 길순이를 오라하였다 하고 또 하는 말이 내일은 길순이를 데리고 서울로 올라가겠다 하였는데 밝은 후에 일어나서 술집에 가서 식전술을 얼근하게 먹고 집에 들어와 본즉 길순의 모녀가 당장 이별하는 사람같이 다시 만나보느니 못보느니 하며 우는 것을 보고 강동지가 기가 막혔더라.

강동지가 성품은 강하고 힘은 장사이라 하늘에서 떨어지는 벼락도 무섭지 아니하고 삼학산에서 내려오는 범도 무섭지 아니하나 겁나는 것은 양반과 돈이라. 양반과 돈을 무서워하면 피하여 달아나는 것이 아니라 어린 아이 젖꼭지 따르듯 따른다.

따르는 모양은 한 가지나 따르는 마음은 두 가지라.

양반을 보면 대포로 놓아서 무찔러 죽여 씨를 없애고 싶은 마음이 있으면서 거죽으로 따르고 돈은 보면 어미 애비보다 반갑고 계집자식보다 귀애하는 마음이 있어서 속으로 따른다.

그렇게 따르는 돈을 이전 시절에 남부럽지 아니하게 가졌더니 춘천 부사인지 군수인지 쉽게 말하려면 인피 벗기는 불한당들이 번갈아 내려오는데 이놈이 가면 살겠다 싶으나 오는 놈마다 그놈이 그놈이라.

강동지의 돈은 양반의 창자 속으로 다 들어가고 강동지는 피천대푼 없이 외상술이나 먹고 집에 들어와서 화풀이로 세월을 보내더니 서울 양반 김승지가 춘천 군수로 내려와서 지방정치에는 눈이 컴컴하나 어여쁜 계집 있다는 소문에는 귀가 썩 밝은 사람이라.

솔개 동리 강동지의 딸이 어여쁘단 말을 듣고 강동지를 불러서 고소대같이 치켜세우더니 알깍쟁이가 다된 책방을 시켜서 강동지를 어떻게 삶았던 지 김승지가 죽어라 하면 죽고 싶을 만하게 된 터에 김승지가 길순이를 첩으로 달라하니 강동지의 마음에는 이제 큰 수 났다하고 그 딸을 바쳤는데 일년이 못되어 군수가 갈린지라. 세력이 없어서 갈린 것도 아니요 싫어서 내놓은 것도 아니라.

김승지의 실내는 서울 있다가 그 남편이 춘천가서 첩을 두었다는 소문을 듣고 열길 스무길을 뛰며 운운.[336]

이 문장 가운데는 작자의 양반에 대한 깊은 증오가 숨어있고 썩은

---

[336] 임화가 인용한 원문을 여기에 밝혀둔다. 몇 군데 오식과 탈자(脫字)가 보인다.
『강동지가 저근말로 서울 김승지집에서 길순이를 오라하엿다하고, 또하는말이 내일은 길순이를 다리고 서울로 올라가겟다 하엿는데 밝은후에 일어나서 술집에가서 식전 술을 얼근하게 먹고 집에 들어와본즉 길순의 모녀가 당장 이별하는 사람가치 다시만나 보나니 못만나니하며 우는것을 보고 강동지가 기가막혓더라.
강동지가 성품은 강하고 힘은 장사이라 하늘에서 떠러지는 벼락도 무섭지 아니하고 삼학산에서 나려오는 범도 무섭지 안이하나 겁나는 것은 량반과 돈이라. 양반과 돈을 무서워하면 피피하여다라나는것이 아니라 어린아해 젓꼭지 따르듯 따른다.
따르는 모양은 한가지나따르는 마음은 두가지라.
양반을보면 대포로 노아서 뭇질너죽여 씨를 업새고시픈 마음이 잇스면서 거죽으로 따르고 돈을 보면 어미애비보다 반갑고 게집자신보다 귀애하는마음이 잇서서 속으로 따른다.
그러케 따르는 돈을 남부럽지 아니하게 가젓더니 춘천부사인지 군수인지 쉽게말하면 인피 벳기는 불안당들이 번가라 나려오는데 이놈이가면 살겟다 시푸나 오는놈 마다 그놈이 그놈이라
강동지의 돈은 양반의 차자속으로 다 들어가고 강동지는 피천대푼업시 와자술이나 먹고 집에 들어와서 화푸리로 세월을 보내더니 서울양반 김승지가 춘천군수로 내려와서 지방정치에는 눈이컹컴하나 어엽분 계집잇다는소문에는 귀가 썩 밝은 사람이다.
솔개동리 강동지의 딸이어엽부단 말을 듯고 강동지를 불러서 고소대갓치치켜 세우더니 알깍쟁이가 다된 책방을시켜서 강동지를 어떠케살멋던지 김승지가에죽어라 하면 죽고 시플만하게 된터에 김승지가 길순이를 첩으로달라하니 강동지의 마음에는이제큰 수 낫다하고 그딸을 밧첫는데 일년이 못되어 군수가 갈닌지라. 세력이 업서서 갈닌것도 아니요 시려서내노흔것도 아니라.
김승지의 실내는 서울잇다가 그남편이 춘천가서 첩을 두엇다는 소문을듯고 열길수무길 뛰며 운운』

정치에 날카로운 비판의 칼날이 번뜩인다. 또한 민중의 비참과 불행 위에 축조築造되어 있는 사회의 전도前途가 커다란 원경遠景처럼 암시되어 있다. 그러한 가운데서 한 마리 참새 새끼처럼 무력한 여자의 수난이 무참한 희생에 끝날 것은 이미 정해진 운명이 아닐 수 없다.

그리하여 이 소설은 낡은 제도 하에 청춘을 희생 당한 여자의 운명을 개시開示하려는 것처럼 전개된다.

즉 강동지의 딸 길순은 김승지의 소실 춘천집으로서 그 부친을 따라 상경한다. 강동지가 그 딸을 태운 교군轎軍을 몰아 김승지집으로 들어가니 김승지 일가一家에는 아닌 밤중에 홍두깨라 일대 소동이 일어난다. 어찌 할 줄 모르는 김승지. 노기怒氣가 충천한 부인. 비복婢僕의 내왕. 김승지 부처夫妻의 싸움. 춘천집의 출현으로 김승지 일가는 수라장修羅場이 된다. 길순에게는 모두가 뜻밖이요 알 수 없는 것이었다.

그러나 이 소설 가운데서 춘천집이 탄 교군채가 중문간에 놓인 뒤 일가의 소동을 묘사한 부분은 전권全卷의 백미일 뿐 아니라 지금 보아도 가치를 잃지 않은 광채육리光彩陸離한 문장이 아닌가 한다. 불과 10혈頁 미만의 짧은 글 속에서 작자는 김승지 저邸의 모습과 분위기까지를 눈앞에 방불케337 하였을 뿐만 아니라 실로 거기에 등장하는 모든 인물, 김승지, 그 부인, 침모, 유모, 비녀婢女와 그 부夫, 강동지, 춘천집 등의 성격이 여실히 표현되어 있음은 경탄치 아니 할 수 없다. 그 가운데서도 무력하면서도 음험하고, 우유부단하면서도 아리적我利的인 양반 김승지의 성격은 그때 생산된 어느 신소설에서도 비류比類를 찾기 어려울 만큼 훌륭한 당시 양반의 전형이라 할 수 있다.

---

337 원문에는 '彷佛에'로 되어 있으나 오식으로 보이기에 바로잡았다.

그리고 또 한 가지 들어 둘 것은 비단 이 소설이나 이인직에 국한한 것이 아니요 대개의 신소설의 공통한 특징이나 회화의 묘妙다. 김승지 부인이 노기가 충천하여 침모, 유모, 비녀나 그 남편, 심지어는 구경꾼 아이들에게까지 퍼붓는 독설은 실로 예리한 감정을 표현하는 데 조선어가 어느 정도까지의 기능을 가지고 있는가를 아는 좋은 표본이 될 수 있다.

이러한 분란紛亂 가운데 김승지는 춘천집을 슬그머니 뒤로 빼어 계동桂洞 박첨지朴僉知라는 영감의 집으로 갖다 둔다.[338] 그러한 눈치를 챈 김승지 부인은 비녀婢女 점순을 시켜 여러 군데를 찾아보고 하는 동안에 강동지[339]는 춘천으로 내려가고 춘천집은 김승지가 남문 외外에다 조그만 집을 한 채를 사주어 그리로 옮아가서 영아嬰兒를 낳는다. 거기서 우연한 기회로 김승지 부인의 미움을 받아 김승지집을 쫓겨난 침모를 만나 그와 동거를 하게 되고 김승지가家의 비녀 점순은 김승지 부인과 모종의 음모를 하여 가지고 이 집 행랑에 와서 있으면서 춘천집에게 친절을 다한다.

이 부분까지 『귀의 성』은 사실寫實소설로서의 풍모를 잃지 않고 또한 낡은 사회에 태어나서 양반의 첩이 된 무지하고 불행한 여자의 일생을 그려나가는 예술적 태도가 유지되어 있으나 이 이상 더 나가면서 이 소설은 다시 구투 의연舊套依然한 신소설의 상투수법을 되풀이하게 된다.

그것은 다름 아니라 지금 말로 하면 통속소설의 수법이요 그때의 사례로 말하면 재래의 가정소설이 벌써 전범과 같이 유형화해버린 구소설적 수법의 구사다.

---

338 원문에는 '갓가둔다'로 되어 있다.
339 원문에는 그냥 '同知'로만 되어 있다.

점순이라는 비녀가 춘천집에 대하여 거짓 충성과 친절을 다해가지고 그 집 행랑에 드는 데서 이것은 시작하는 것으로 점순의 행동에는 물론 표면으로 친절을 꾸미어 이면으로 가해를 모謀한다는 장래 전개될 비참사의 복선伏線이 들어있음은 누구나 알 수 있다.

이리하여 점순은 김승지 부인에게서 밀자密資를 타다가 돈을 물쓰듯 하고 처음에는 미워하고 경계했던 침모까지 유인하고 매수하려 든다. 그래서 춘천집 모자는 사고무친四顧無親한 서울에서 자기의 빈한자貧寒者들 속에서 그날그날 보내게 되는데, 점순의 이런 행위는 재래 가정소설의 어떤 유형에 해당하는가 하면 질투 많은 부인에 따라다니는 간악한 비녀의 형型 그것이다.

점순이 춘천집에 와서 있는 음모는 다른 것이 아니라 춘천집 모자를 없애버리자는 것이다. 그 목적을 달達키 위하여 김승지 부인은 점순에게 뒷돈을 대고 점순은 춘천집에 대하여 친절과 충성을 다한 것이다. 그런데 여기서 한 가지 우리가 주목할 것은 점순의 그런 간계가 소위 천성에서 유래한 것이 아니라 그 보수報酬로서 노예의 지위에서 해방되고 독립으로 생계를 세워가기에 족한 자금을 얻고자 한 데 동기가 있었던 것이다. 점순은 김승지 부인과 이 두 가지를 약속하고 춘천집 모자의 모살 계획의 앞X[잡]이가 된 것이다. 애써 말하자면 남의 '종'이라는 천한 신분과 빈곤이라는 상태가 그 여자를 악인惡人으로 만들었다고도 할 수 있다.

이런 것은 진순眞純한 소설의 구성상 필요로 간악한 비복婢僕을 등장시킨 구소설과는 구별된다. 작자는 구소설적 유형의 지배를 받고 그러한 인물을 빌어 소설을 구성하면서도 그것을 사회적으로 해석하려고 시험하지 아니 했는가 싶다. 작자의 의식뿐만이 아니라 당시의 사회형편이 전래해 오던 가내노예제가 폐지되고 있는 시대이며 또한 천민들이 신분의 구속을 벗어나서 자본을 축적하여 신흥 시민으로 성장하려던 시대인 만큼 점순이란 종의 취급 방법에는 당시의 사회적 사정이 반영되었다고도 할 수 있다.

이렇게 해서 좌우간 점순의 음모는 차차 진보되어 나중에는 춘천집이 전적으로 점순을 신뢰하고 오히려 그에게 감사하게까지 된다. 그리하여 점순은 기회를 놓지지 아니하고 저의 간부[340] 최가란 자를 김승지의 조카로 가칭(假稱)해가지고 김승지가 여중(旅中)에 중병이 들어 자기에게 와있으니 급히 내려가자고 속여서 춘천집 모자를 데리고 내려가다가 어느 산중에서 살해해 버린다. 일변(一邊) 점순은 춘천집이 간부를 따라 도망하였다고 김승지에게 전한다. 이리하여 점순과 김승지 부인이 꾸민 음모는 성사를 하고 쥐도 새도 아지 못하는데 한편 춘천 내려가서 있던 강동지 부처는 하도 오래 소식이 없어서 궁금증을 참다 못하여 상경을 하여 남대문 외(外) 춘천집이 살던 데를 찾아가니 딸은 벌써 몹쓸 손에 죽은 뒤라, 그래서 강동지 부처는 어떻게 어떻게 하여 자기 딸이 그렇게 죽은 줄을 알고 복수의 길을 떠나고 점순과 최가는 김승지 부인에게 돈 백냥이나 타가지고 경상도 부산에를 가 있다가 강동지의 손에 남녀가 다 죽고 김승지 부인까지 죽이고 그 음모에 일시 유인되려 하였던 침모(針母)까지를 죽이려고 하다가 그가 미인(美人)인 줄을 알고 아니 죽인다.

그리하여 악인은 다 죽고 소설의 인물로서는 김승지와 강동지 부처가 남았는데 침모는 남문 외(外)에 춘천집이 살아있을 때 김승지와 관계가 있던 터이라 김승지로 하여금 그 여자와 부부가 되어 주기를 바란다는 글 한 장을 써놓고 자취를 감추었는데 그들이 간 곳은 노령(露領) 해삼위(海參威)[341]다.

---

340 원문에는 '間夫'로 표기되어 있다.
341 원문에는 '參衛'로 되어 있으나 오식으로 보이기에 바로잡았다. 해삼위는 지금의 블라

김승지와 침모가 부부가 되어가지고 불쌍한 춘천집 모자의 묘를 춘천 삼학산으로 면례를 하고 그 묘를 쓴 뒤로 춘천 삼학산에 춘삼월이 되면 "시앗 되지 마라 시앗 시앗 시앗되지 마라 시앗 시앗" 하고 시앗새가 울었다 한다.

이 소설의 결미結尾인 시앗새 운운한 것은 전설을 따다 쓴 것이나 그 외의 강동지 복수담은 이데올로기적으로는 권선징악인 구소설의 면모를 가지고 있으며 춘천집의 모살謀殺 복수건復讐件의 진행, 강동지의 활약 등은 현저히 내지內地의 신파극과 탐정소설의 영향을 받은 것이라고 볼 수가 있다. 더구나 『치악산』에 비하면 『귀의 성』은 구소설적이라기보다 더 많이 일본의 신파극이나 탐정소설적인 데가 있는 것으로 특징적이다. 이 소설에도 『치악산』에서와 같이 강동지가 부산서 장님을 이용하여 점순과 최가를 유출誘出하는 에피소드 등에서 복점卜占의 허구를 폭로한 점이 보임은 주목할 만하다.

그런데 전체로서 역시 주목할 바는 전술에도 접촉한 것처럼 김승지라는 인물이다. "춘천집을 보면 춘천집이 불쌍하고 부인을 보면 부인이 불쌍하여" 어디에도 외우치지 못하고 결단할 수 없고 무능력하고 그저 호색탐재한 양반의 전형으로 소설에 등장하는 모든 인물이 유형적이거나 혹은 어느 때에 가서는 과장되어서 현실성이 없으나 김승지만은 끝까지 산 인간이었음은 특필할 가치가 있다. 나중에 침모하고 부부가 되는 것도[342] 조금도 부자연하지 않았다.

조선의 오블로모프라고 할 수도 있다. 이 인물은 아마 신소설이 창조한 최대의 인간형일 것이다.

끝으로 『귀의 성』의 발행 연대에 관하여 참고자료를 하나 들어둔다.

디보스톡을 말한다.
[342] 원문에는 '되는것'이라 하여 '도'가 없으나 누락된 것으로 보이기에 채워 넣었다.

『귀의 성』 상권 초판이 명치 45년에 나왔음은 먼저도 말한 바와 같거니와 경성 남부 동현銅峴에 있던 박문서관博文書館[343]이란 서점에서 융희 2년 4월에 발행한 서적목록에 당시 조선 독서계를 풍미하던 『월남망국사』, 『서사건국지』, 『금수회의록』, 『애국부인전』 등과 더불어 이인직의 소설로 『귀의 성』과 『혈의 누』가 기재되어 있다. 광고만 났다가 책은 명치 45년에 나왔는지[344] 혹은 융희 2년에 나왔던[345] 책이 있는지 알 수 없는 일이다.

×

『은세계』는 『혈의 누』와 더불어 조선소설사상 구소설의 양식과 권선징악적 모티브에서 해방된 최초의 작품들로서 그 중에도 『은세계』는 걸작傑作의 이름에 해당하는 소설이다.

융희 2년 11월에 동문사라는 서점에서 상권이 간행된 채 다시 속권이 나오지 못하고 융희가 끝나면서 일반 독서계에서 기간旣刊된 상권마저 자취를 감춘 이 소설은 융희년간에 나온 수다數多한 신소설 중 가장 진실히 당시의 사회를 반영하고, 그 시대를 역사적으로 표현한 소설이다.

이 소설에 이르러 비로소 가정소설의 양식이나, 계모소설의 유형 등의 전통적인 문학적 규범의 영향은 완전에 가깝게 종식되고, 사회현실을 전면적으로 반영하고 그것으로써 객관소설을 건축하려는 의도가 비로소 치열하게 표현되었다.

---

343 원문에는 '博學書館'으로 되어 있으나 오식이기에 바로잡았다.
344 원문에는 '낫는지'로 되어 있다.
345 원문에는 '낫든'으로 되어 있다.

거기에서 낡은 사회기구의 부패상이나 몰락 과정뿐만이 아니라 그 가운데 있는 계층적인 제 모순과 사회적인 제 갈등이 투쟁의 높이에까지 고조되어 표현되고 있다. 즉 봉건적 학정하에 신음하는 인민의 참을 수 없는 상태와 더불어 그들의 반항심과 그것이 유발하는 행위가 부패한 구舊기구와 더불어 자연스럽게 취급되고 있다.

이 점은 범백凡百의 신소설 중 『은세계』를 가지고 최고봉을 삼지 아니 할 수 없다.

그러한 가운데 시대는 자꾸 흘러가고 새 시대의 맹아는 고난 가운데서도 힘차게 자라난다. 이러한 것을 그리는 데 『은세계』의 작자는 누구보다도 사실적이었음에 불구하고 그래도 이상주의적으로 생각했던 그 시대의 문학으로서 어찌 할 수 없는 일이다. 그들의 이상은 구사회의 시민적인 개조가 없고 국가의 근대적인 통일과 자주와 문명 제방文明諸邦과의 우호적인 사람이었다. 그리하여 학문과 기술 등을 수입하고 그것으로써 싹터나는 새 힘에도 견고한 기초를 부여하자는 것이었다.

그러면서도 이 소설의 주제가 『치악산』, 『귀의 성』의 그것과 같이 건설적인 것을 추구하느니보다 더 많이 구사회의 부패상을 폭로하고 그것에 대한 증오로 충만되어 있었음은 다름이 아니라 새 사회의 건설에 있어 무엇보다 필요한 것이 위선爲先 구사회의 지배를 제거하고 그 부패를 시정하는 것이었기 때문이다.

바꿔 말하면 새 시대의 임무는 아직 건설적인 데 있는 것보다 아직도 파괴적인 데, 즉 건설을 위한 기초를 닦는 데 있었기 때문이다.

그런 때문에 『은세계』 가운데 있는 여러 가지 사건과 여러 가지 문제가 섞여 있었음에 불구하고 작자는 구사회의 폭로라는 데 초점을 설정했고 구舊사회에 대한 증오라는 곳으로 작자의 감정은 일관된 것이다. 이것은 신소설 시대에 있어 사회를 일관하고 있는 시대정신의 하나라고 할 수 있는 것이며, 동시에 모든 테마를 한 곳으로 귀일歸—케 하는 시대의 커다란 정신적 제약이라고 볼 수 있는 것이다.

이 소설의 경개梗槪를 따라가 보면 여러 가지 점이 명백해질 것이다.

어느 깊은 겨울밤 강원도 강릉 대관령이라는 산 밑 경금 동네에 최병도崔秉陶집 사리문을 넘어져라 하고 흔드는 소리가 들렸다. 본래 강원도가 산두메에[346] 있는 데다가 그 해에는 눈이 어찌나 많이 왔던지 갈모봉이 찌그러지고 경금 동네가 푹 파묻히게끔[347] 되었었다. 거기에다가 바람이 불고 눈보라가 심하여 이렇게 늦은 밤에 불한당이나 화적패가 아니면 찾아올 사람이 없는 시각이다.

거기에다가 경금 동네로 말하면 강릉에서 부촌富村의 이름을 듣는 동리요 '최본평'은 손등 발등이 닳도록 농사를 지어 푼푼이 모은 돈이 양兩돈이 되고 양돈이 두斗돈이 되어 송아지 길러 큰 소가 되고 박토 걸러 옥토를 만들어서 치가治家를 한 사람이다. 옛날 농촌에서 근검 저축하여 벼 천千이나 하는 사람이니 남의 원한을 살 일도 없고 밤늦게 찾아온 사람은 화적이 아니면 불한당이 분명하다.

그러나 고성대언高聲大言하며 위풍이 대단하게 걸리는[348] 것을 발로 차고, 문 열러 나간 머슴을 매다 꽂으며 들이닥치는[349] 5,6인의 장정은 불한당이 아니라 춘천 감영에서 최병도를 포박하러 내려온 사령들이다. 불문곡직不問曲直하고 사랑에서 늦도록 자지 않고 추수 셈[350]을 놓고 있던 최병도를 묶어 놓았다. 그런데,

---

346 원문에는 '산둠에'라고 되어 있다.
347 원문에는 '푹파무치게쯤'으로 되어 있다.
348 원문에는 '걸는'으로 되어 있다.
349 원문에는 '몃다 꼬지며 드려닥치는'으로 되어 있다.
350 원문에는 '秋收세음'으로 되어 있다.

그때 강원감사의 성은 정씨인데 강원감사로 내려오던 날부터 강원 일도 백성의 재물을 긁어 들이느라고 눈이 벌개서 날뛰는 판에 영문 장차들이 각 읍의 밥술이나 먹는 백성을 잡으러 다니느라고 이십 육 군 방방곡곡에 늘어 섰는데 그런 출사 한 번만 나가면 위선 장차들이 수나는 자리라.

장차들이[351] 최병도를 잡아놓고 차사례(差使例)를 추어내는데 염라국 사자 같은 영문 장차의 눈에 여간 최병도 같은 양반은 개 팔아 두 냥 반만치도 못하게 보고 마구 다루는 판이라 두 손목에 고랑을 잔뜩 채우고 차사례를 달라 하는데 최씨가 차사례를 아니 주려는 것이 아니라 여간 돈을 주마 하는 말은 장차의 귀에 들어가지도[352] 아니하고 제 욕심을 다 채우려 든다.

대체 영문 비관을 가지고 사람 잡으러 다니는 놈의 욕심은 남의 뫼를 파서 해골 감추고 돈 달라는 도적놈보다 몇 층 더 그악한 사람들이라. 가령 남의 뫼 파러 다니는 도적놈은 겁이 많지마는 영문 장차들은 겁없는 불한당이라. 더구나 그때 강원감영 장차들은 불한당 괴수 같은 감사를 만나서 장교와 차사들은 좋은 세월을 만나 신이 나는 판이라. 말끝마다 순사도(巡査道)를 내세우고 말끝마다 죄인 잡으러 온 자세를 하며 장차의 신발값을 달라 하는데 말이 신발값이지 남의 재물을 있는 대로 다 뺏어 먹으려드는 욕심이라. 열냥을 주마하여도 코웃음이요 백냥을 주마하여도 코웃음이요 이백냥, 삼백냥을 주마하여도 코웃음인데 그때는 엽전시절이라 새끼밴 큰 암소 한 필을 팔아도 칠십냥을 받기가 어렵고 좋은 붓돌 논[353] 한 마지기를 팔아도 삼사십 냥에 넘지 아니 할 때이라.

최씨가 악이 받쳐나서 장차에게 돈 한푼 아니주고 배기려만 든다. 장차는 죄인에게 전례돈 뺏어먹기에 졸업한 놈들이라 장교가 최씨의 그 눈치를

---

351 원문에는 '장차가'로 되어 있다.
352 원문에는 '들어가지'로 되어 있다.
353 원문에는 '보뜰논'으로 되어 있다.

채고 사령을 건너다 보며

"이애 김달쇠야

네가 명색이 사령이냐 무엇이냐 우리가 비관을 메고 올 때에 순사도 분부에 무엇이라 하시더냐

막중 죄인을 잡으러가서 만일 실포(失捕)할 지경이면 너희들은 목숨을 바치리라 하셨는데 지금 죄인을 잡아서 저렇게 헐후(歇后)히 하다가 죄인을 잃으면 우리들은 순사도께 목숨 바치잔 말이냐 우리들이 이런 장설(壯雪)을 맞고 이 밤중에 대관령을 넘어 올 때 무슨 일로 왔느냐

오늘밤에 우리가 곤하게 잠든 후에 죄인이 도망할 지경이면 우리들은 죽는 놈이다.

잘 알아 채려라."

그 말이 뚝 떨어지자 사령들이 달려들어 최병도를 죽도록 잡아 묶는다.

죄인을 잡으러 갔다가 돈을 받아먹는 사령들의 행실을 우리는 이 소설에서 처음 보는 것은 아니다. 상기上記한 부분에도 나오는 것처럼 '차사례差使禮'라 하여 혹은 '신발값'이라 하여 잡혀가는 사람이 사령들에게 호감을 사기 위하여서도 주고 혹은 이 소설에서처럼 의식적으로 뺏어내기도 하여 사령이 나갈 적마다 의례히 있는 사실이고 구형정舊刑政이나 경찰제도의 한 필수물처럼 관습화되어 있어 새삼스러이 논란할 것이 되지 아니한다.

그러나 우리의 흥미를 끄는 점은『춘향전』에 춘향을 잡으러 갔다가 사령들이 월매에게 돈을 받는 장면과『은세계』의 이 부분과의 대조다.

춘향은 자발적으로 사령들의 호의를 사기 위하여 엽전 5냥을 준다.

그러나 문제는 엽전 5냥과 100냥에 차이가 있는 것도 아니요 사령의 수뢰受賂가 의식적이고 무의식적인 데 있는 것도 아니다.

『춘향전』의 시대에 비하여『은세계』의 시대가 행정으로부터 행형行刑, 경찰에 이르기까지의 전全 정치기구가 민중에 대한 노골적인 약탈의 기구가 되어있다는 데 의미가 있다.

『은세계』의 작자가 말하는 것 사또로부터 사령들에 이르기까지의 상하관속이라는 것이 그야말로 공인된 불한당이다.

『춘향전』의 변학도는 오리汚吏는 오리나 탐색貪色한 데 지나지 않고, 김번수니 이번수니 하는 사령들도 차사례나 신발값을 목적으로 나간 것은 아니다.

이것은 물론『춘향전』이『은세계』와 같이 어떠한 사회적 의식을 근저로 한 소설이 아니요 일개의 연애소설이며 따라서 행정기구의 이러한 취급이 소설의 구성상 불필요한 일이라고 말할 수가 있으나 우리는 다음의 두 가지 점에서『춘향전』의 시대와『은세계』의 시대 의 차이란 것을 이 소설들을 통하여 알 수가 있다.

첫째는『은세계』와 같은 소설이 씌어지지 않고『춘향전』같은 소설이 씌어지는 것 자체가 벌써 그 시대가『은세계』의 시대보다 나은 시대라 볼 수 있고,

둘째로『춘향전』이 이러한 시대의 소설임에 불구하고 그 시대의 부패한 사회상을 어느 구소설에 비하여서도 진정하게 반영하고 있으니 그 가운데 나오는 사령들의 사실은 그 시대 지방행정의 보편화되었던 사실이라고 볼 수가 있지 않은가 하는 점이다.

그와 마찬가지로『은세계』에 나타난 강원감사와 사령들의 사실은 이조 말末 사회의 지방행정상 보편화된 사실이라고 할 것 같으면 두 소설 위에 반영된 비슷한 성질이[354] 사실은 그 차이가 실로 막대하다

아니 할 수 없다.

『춘향전』을 만일 통설대로 영·정조 시時의 소설이라고 할 것 같으면 『은세계』와의 사이에 약 백여 년의 간격이 있게 되고 그 백여 년 동안에[355] 이조사회의 부패는 급속도로 진전되어 개화 전후기에 와서 아주 완성의 역域에 달했다고 볼 수가 있다.

이러한 환경 가운데서 탄생한 신소설의 주요 테마가 그것의 폭로에 있지 아니할 수 없다는 것이요 또한 『은세계』와 같이 지방 장관에 의한 양민의 약탈로서 소설의 동인을 삼는 것도 극히 자연스러운 일이 아닐 수가 없다.

애고 이것이 웬일인고 이를 어찌 하잔 말인고

애고 애고

평생에 남에게 싫은 소리 한 번 아니하고 사는 사람이 무슨 죄가 있어서 이 지경을 당하노

애고 애고

하나님 하나님 죄없는 사람을 살게 하여 줍시사

애고 애고

여보 옥순 아버지 돈이 다 무엇이란 말이오 영문 장차가 달라는 대로 주고 몸이나 성하게 잡혀 가시오

하는 최병도 부인의 절규는 실로 그 시대의[356] 선량하고 무지한 백성의 부르짖음이요 원한이었을 것이다.

---

354 원문에는 '事實의'로 되어 있으나 문맥상 오식으로 보여 바로잡았다.
355 원문에는 '百餘年동에'로 되어 있으나 글자가 누락된 것으로 보여 바로잡았다.
356 원문에는 '그 時의'로 되어 있다.

이렇게 해서 결국 최병도는 엽전 7백 냥을 빼앗기고 그 익일翌日 아침에 춘천감영으로 잡혀가게 되는데 거기서 이 소설을 읽는 사람으로 하여금 간과할 수 없는 사건이 하나 일어난다.

그것은 포악한 관원에 대한 촌사람들의 반항이요 그것이 민요民擾의 형태를 띠게까지 되는 것이다. 소설 본문의 일부를 인引하면,

"본평댁 서방님이 영문에 잡혀가신다지"

"그 양반이 무슨 죄가 있어서 잡아가누"

"죄는 무슨 죄 돈 있는 것이 죄이지"

"요새 세상에 양반도 돈만 있으면 저렇게 잡혀가니 우리 같은 상놈들이야 논마지기나 있으면 편히 먹고 살 수 있나"

"이런 놈의 세상은 얼른 망하기나 하였으면 우리 같은 만만한 백성만 죽지 말고 원이나 감사이나 하여 내려오는 서울 양반까지 다같이 죽는 꼴 좀 보게"

"원도 원이요 감사도 감사이려니와 저런 장차들부터 누가 다 때려죽여 없애 버렸으면"

하고 주고받는 대화는 최병도가 잡혀가는 구경을 하러 왔다가 사령들이 억지로 못하게 하는 바람에 못 들어가고 이웃 농군집에들 모여 앉아서 수군대는 촌사람들이다.

그러던 차에 최씨집 머슴 천쇠千釗가 "아랫말 김진사댁 서방님께서 동네 백성들을 모으라신다 빨리 모여들어라"고 하고 촌村으로 뛰어 내려왔다.

김진사댁 서방님이라는 것은 최병도의 친구로 김치일金致-이라 하는 혈기 많은 청년이다. 최병도가 잡혀가는 것을 보러 왔다가 사령들

의 행색이 너무 분하여 천쇠를 시켜 촌사람들을 모은 것이다.

다시 본문을 인뮈하면,

　농군들이 "자, 들거라" 소리를 지르고 최본평집 사랑마당에 들어오는데 제 목소리에 제가 정신을 못차릴 지경이라.

　경금동네가 별안간에 발끈 뒤집으며 최본평집에 무슨 야단났다 소문이 퍼지며 양반 상인 아이 어른 없이 달음박질을 하여 최본평집에 몰려오는데 마당이 좁아서 나중에 오는 사람은 들어오지 못하고 사리문 밖에 서서 궁금증이 나서 서로 말묻느라고 야단이라.

　그때 최본평집 사랑마당[357]에서는 참 야단이 난 터이라. 김씨의 일호령에 원주 감영 장차들을 마당에 꿀려 앉혔는데 김씨의 호령이 서리같다.

　김 너희들이 명색[358]이 영문장차라는구나.

　영문기세만 믿고 행악을 할 대로 하던 놈들은 내 손에 좀 죽어 보아라.

　민요가 나면 원과 감사가 민요에 죽는 일도 있고 군요가 나면 세도재상이 군요에 죽는 일이 있는 줄을 너희들이 아느냐. 내가 너희들에게 실례하기는 하였다.

　너희들에게 할말이 있으면 내 집 사랑에서 너희들을 불러서 이를 일이나 지금 당장에 이댁 최서방님이 영문으로 잡혀가시는 터에 급히 너희들더러 청할 말이 있는고로 내가 여기 서서 방에 있는 너더러 좀 나오라 하였다가 내가 너희들에게 욕을 보았다.

　오냐 여러말 할 것 없다. 너희들같은 놈은 어디 가서 기승을 부리다가 남에게 맞아죽는 일이 더러 있어야 이후에 다른 장차들이 촌에 나가서 조심하는 일이 생길 터이니 오늘 너희들은 살려보낼 수 없다.

357　원문에서는 '마당'으로만 되어 있으나 글자가 누락되었기에 채워 넣었다.
358　원문에는 '명성'으로 되어 있으나 오식이기에 바로잡았다.

하더니 다시 동네백성들을 내려다 보며

김 이애, 이 동네백성들 들어보라. 나는 오늘 민요 장두(長頭)로 나서서 원주 감영 장차 몇 놈을 때려 죽일 터이니, 너희들이 내 말을 들을 터이냐.

경금백성들이 신이 나서 대답을 하는데 마당이 와글와글 한다.

백성 네, 소인들이 내일 감영에 다 잡혀가서[359] 죽더라도 서방님 분부 한마디만 있으면 무슨 일이든지 하라시는 대로 거행하겠습니다.

김 응, 민요를 꾸미는 몸이 살 생각을 하여서는 못쓰는 법이라 누구든지 죽기를 겁내는 사람이 있거든 여기 있지말고 나가고 나와같이 강원감영에 잡혀가서 죽을 작정하는 사람만 나서서 몽둥이 하나씩 가지고 장차들을 막 패 죽여라.

이 장면은 아마 조선의 농민규農民揆가 소설 위에 표현된 거의 유일의 예일지도 모른다. 우리는 역시 먼저도 이야기했던 『춘향전』에서 백성들이 춘향의 석방을 요구하여 관가의 행악을 하느님전前으로 등장等狀가자는 농부가의 일절을 본 일이 있다. 그러나 등장과 민요民擾는 동시에 논할 바가 아니요 더구나 하느님전 등장이라는 것은 민중의 분노가 절대적인 원한으로 변한 나머지 노래에서나 볼 일이다.

민요民擾는 백성의 분노가 인내할 수 있는 한계를 넘어서 폭발한 것이요 그것이 행동에까지 고조된 것이다. 이 장면은 선동자 김진사의 아들이 말하는 것처럼 확실한 민요民擾요 더구나 불평 양반을 지도자로 한 다분히 조직화된 일규一揆의 형태를 정로하고 있다.

만일 이야기를 다시 『춘향전』과 비교해서 논한다면 하느님전 등장이라는 것과 관명官命을 대帶한 사령들을 때려 죽이자는 행동과의 사

---

359 원문에는 '장히가서'로 되어 있다.

이에는 전술前述한 『춘향전』 시대와 『은세계』 시대의 이조 정치기구의 부패도의 차이가 반영되었을 것이다.

이러한 의미에서도 이 두 소설은 구소설 시대와 신소설 시대의[360] 사회생활과 시대의식을 대표하는 작품이라고 말할 수가 있다.

그런데 이 지위없는 불평 양반을 지도자 내지는 아지테이터로 한 민요의 성질은 이조 말 조선사회에 있어 가장 일반적이던 민요의 형태일 뿐 아니라 일반 봉건사회 말기에 서구에서도 가장 강력했던 성질의 농민 일규農民—揆라 할 수 있다.

러시아의 스텐카라진, 푸가초프 등의 일규—揆가 그런 것이요 독일의 농민전쟁이 그런 것이다.

그것은 농민의 토지에 있어서의 근대적 요구를 표현하는 형식일 뿐 아니라 하급 귀족이 발흥하는 시민사회를 배경으로 하여 정치상의 근대적 요구를 표현하는 일 형태이기도 하다. 농민에 있어서는 토지, 귀족에 있어서는 정치개혁, 이것이 농민 일규農民—揆를 형성하는 의식 내용이다.

『은세계』 가운데 이 장면은 단순히 그것이 이조말의 사회현실을 반영했다는 것보다 더 많이 그때 농민과 하층 양반이 서구나 그타他 봉건국가에서 같이 어떠한 요구를 내포하고 있었던 것을 반영한 점에서 가치있는 부분이다.

추상적으로가 아니라 행동을 통하여 명확히 자기의 요구를 표현한 점에서 …….

그러나 이 장면은 또한 그 의미 내용에서만 아니라 그 묘사의 생생한 점, 민요[361]라는 것이 어떠한 계기에 어떠한 경로로 어떠한 방법으

---

360 원문에는 '新小說時의'로 되어 있으나 글자가 누락된 것으로 보여 채워 넣었다.
361 원문에는 '民層'으로 되어 있으나 오식으로 보이기에 바로잡았다.

로 일어난다는 것을 모은 점에서 또한 가치있다.

최병도에 대한 막연한 동정이 지방관에 대한 분만憤懣으로 화하고 그것이 뒤이어 그들이 평생 품고 있던 불평과 불만을 점화하는 계기가 되어 그들로 하여 곧이라도 행동에 옮길 수 있게 만든다. 그러나 행동을 통솔하고 방향을 집중할 인물이 없어 그런 집단행동이 개시되지 아니한다. 거기에 김진사의 아들 같은 사람이 등장한다.

여기에 행동에 필요한 모든 조건이 구비된다. 그 다음으로는 그들의 손이 연장만 잡으면 최초의 미미한 동기에 비하면 예상도 못할 결과를 향하여 행동은 일사천리로 진전되고 확대되고 마는 것이다.

그러나 이 소설에선 행동이 그런 곳에까지 미치지는 않았다.

김청년이 이렇게 백성들을 모아 민요로 나아가려 할 때 최병도가 나와서 백성들을 제지하고 김씨를 만류한다. 그리해서 결국은 최씨는 잡혀가고 김진사 아들은 피신 출향出鄕하게 되어 전봉준이나 스텐카라진이 되지 아니하나 전봉준이 별別사람이 아니요, 스텐카라진이 또 특별한 인종이 아닌 것이다. 환경이 좀더 긴박했더라면[362] 김진사의 아들은 촌부로서 능히 일세의 민요 수령民擾首令이 되었을 것이다.

이렇게 김진사 아들은 멀리 달아나고 최병도는 춘천감영으로 잡혀간 뒤 원주 일대에,

내려왔네 내려왔네
불가사리가 내려왔네
무엇하러 내려왔나
쇠 잡아먹으러 내려왔네

---

[362] 원문에는 '緊迫했더면'으로 되어 있으나 글자가 누락된 것으로 보여 채워 넣었다.

하는 동요가 유행하였다 하는데 그 의미는 물론 지방관리배地方官吏輩를 풍자한 것이다.

이 동요가 작자의 창작인지 당시에 실제로 유행하던 것을 수록하였는지 모르겠으나 그 때 민중의 관헌에 대한 불평과 적의를 반영한 것만은 사실이다.

작자는 다시 민중을 수탈하는 경로와 기구機構를 이야기하였는데 그 중에도 그 기구를 가장 적절히 표현한 것은 감사의 식구를 별명別名지은 것이다.

순사도는 쇠귀신
호방비장은 구렁이
예방비장은 노랑수건
병방비장은 소경 불한당
공방비장은 초란이
회계비장은 갈강쇠
별실마마는 계집 망나니
수청기생은 불여우

이 별명은 여기 등장하는 인물들이 관권을 행사해 가지고 민중 가운데 나타날 제際 연연演하는 역할과 성격을 거의 유감없이 전형화한 것이다. 이러한 상하 관원이 한 메카니즘이 되어 민중 가운데 돈이란 돈은 돌돌 말아 들이는 것이다.

그래서 최병도가 감영으로 잡혀가니 형방이 감사의 말을 받아서 선고하는 말이,

여보아라, 최병도, 분부 듣거라.

너는 소위 대민 명색으로 부모에게 불효하고 형제에게 불목하니[363] 천지 간에 용납지 못할 죄다.

풍화소관(風化所關)에 법을 알리겠다

함으로 최씨가 변명을 하니 관정발악(官庭發惡)한다 하여 "형틀을 들여라. 별형장을 들여라. 집장사령을 골라세라" 하여 가지고 초주검을 시켜 별옥(別獄)에다 집어 처넣었다.

별옥이란 지금 독방으로 부자(富者)를 잡아오면 녹여서 돈을 긁어내는 곳이다. 이렇게 별옥 속에서 여러 차례 악형을 받고 수개월을 고생을 하는데 어언간 시골에는 봄이 와서 모를 심는데 그 이앙가가 흥미있다.

서마지기 방석배미
산골논으로는 제법크다
여─허여─허 어여라 샹사듸─야

한일자로 늘어서서
입구자로 심어가세
여─허 여─허 어여라 상사듸─야

불볕을 등에지고
진흙물에 들어서서

이농사를 지어서

누구하고 먹자하노

여ー허 여ー허 어여라 상사듸ー야

늙은부모 봉양하고

젊은아내 배채우고[364]

어린자식 길러내서

우리도늙게 뉘움보세

여ー허 여ー허 어여라 상사듸ー야

하나님이 사람내고

땅님이 먹을것내서

우리생명 보호하니

부모같은 덕택이라

여ー허 여ー허 어여라 상사듸ー야

신농씨 교육받아

논밭풀어[365] 농사하고

수인씨 법을받아

화식한 이후에는

사람생애 넉넉하여

퍼지나니 인종일세

여ー허 여ー허 어여라 상사듸ー야

---

[364] 원문에는 '비 봇우고'로 되어 있다.
[365] 원문에는 '놋ㅎ풀어'로 되어 있다.

쟁반같은 논배미에

지뻠한뼘 물을실고

어레같은 써레말로

목침같은 흙덩이를

팥고물같이 풀어놓았네

여―허 여―허 어여라 상사듸―야

흙한덩이에 손이가고

베한포기에 공이드니

이공덕을 생각하면

쌀한톨을 누구를주며

밥한술을[366] 누구를줄가

여―허 여―허 어여라 상사듸―야

바특바특 들어서서

촘촘이[367] 잘심어라

이논이 토박하고

논임자는 가난하여

봄양식 떨어지고

굶기에 골몰하여

대관령 흔한풀에

거름조차 못하였다

여―허 여―허 어여라 상사듸―야

---

366 원문에는 '볾흔술을'로 되어 있다.
367 원문에는 '촘총이'로 되어 있다.

우리동네 박첨지

올해농사 또잘되겠데

한섬지기 논농사

사흘가리 밭농사에

백짐풀을 베어넣고

그것도 부족하여

쇠두엄을 덮었다데

여－허 여－허 어여라 상사듸－야

염려되데 염려되데

박첨지집 염려되데

지붕처마 두둑하고

볏섬이나 쌓였다고

앞뒤동네[368] 소문났데

관가영문에 들어가면

없는죄에 걸려들어

톡톡털고[369] 거지되리

여－허 여－허 어여라 상사듸－야

우리동네 최서방님

굳기는 하지마는

그른일은 없더니라

벼 천이나 하는죄로

---

368 원문에는 '▲뒤동니'로 되어 있다.
369 원문에는 '툭툭털고'로 되어 있다.

영문에 잡혀가서

형문맞고 큰칼쓰고

옥중에 갇혀있어

반년을 못나오데

여-허 여-허 어여라 상사듸-야[370]

삼대독자 최서방님

조실부모 하였으니

불효부제 죄목듣기

그아니 원통한가

순사도 그양반이

정씨성을 가지고

돈소리에만 귀가길고

원망소리에는 귀먹었데

여-허 여-허 어여라 상사듸-야

우리동무 내말듣게

이농사를 지어서

먹고입고 남거든

돈모을 생각말고

술먹고 노름하고

놀대로 놀아보세

---

370 원문에는 한 행이 빠져 있고 오자도 있어 여기 원문을 인용해둔다. "우리동니 내서방님 / 굿기는 흣지마는 / 그른일은 업더니라 / 베쳔이나 하는 죄로 / 혐문뭇고 큰칼쓰고 / 옥중에 갓처잇서 / 반년을 못나오데 / 여-허 여-허 어여라 상사듸야"

마구뺏는 이세상에

부자되면 경치나니

여―허 여―허 어여라 상사듸―야

이 민요도 실제로 유행하던 노래에다[371] 어느 정도 작자가 가필한 듯도 하나, 또한 이런 민요가 불려질 수도 있는 것이다.

이 노래 속에는 최병도의 성격도 드러나고 감영의 치죄治罪가 허무함도 드러나며 그의 옥중 생활과 지방 장관의 학정에 대한 적개심의 한 풍자가 들어있는 것은 마치 『춘향전』에 "금준미주천인혈金樽美酒千人血 옥반가효만성고玉盤佳肴萬姓膏 촉누락시민루락燭淚落時民淚落 탄성고처원성고歎聲高處怨聲高"[372]란 시와 방불하나 특히 흥미있는 것은 끝의 일절이다.

의미는 애써[373] 벌어먹지 않고 돈 모으면 관인배에게 약탈당할 뿐만 아니라 매맞고 고생하고 비명에 죽을 터이니[374] 있거든 마음껏 먹고 쓰고 놀자는 것이다. 여기에는 물론 풍자적 의미가 있어 그대로 들을 바는 아니나 우리는 이 노래가 "노세노세 젊어노세" 하는 노래가락과 근사함을 알 수가 있다. 이 두 노래에 공통한 쾌락사상 혹은 유흥사상은 조선 민요의 고유한 색조의 하나로서 우리의 주목을 끌어왔는데 그 쾌락사상의 특징은 주지하는 바와 같이 퇴폐적인 데, 즉 절망적인 쾌락 탐구에 있었다.

---

371 원문에는 '노래에도'로 되어 있으나 오식으로 보이기에 바로잡았다.

372 현대어로 옮기면 다음과 같다. "금 술 그릇 맛있는 술은 천 사람의 피요, 옥쟁반의 좋은 안주는 만 백성의 기름이라. 촛불이 녹아 떨어질 때 백성의 눈물이 떨어지고, 노래 소리 높은 곳에 원망 소리 높도다." 원문에는 '燭'자가 누락되어 있다.

373 원문에는 '앨써'로 되어 있다.

374 원문에는 '줄을터이'로 되어 있으나 오식과 탈자가 있는 것으로 보여 바로잡았다.

이 절망이 바로 다른 원인도 있었겠지만 관인배의 약탈의 결과라고 할 수 있음을 상기上記한 민요의 일절一節이 보여준다. 민중의 생활이 부단한 협위脅威 하에 있을 때 돈 모아야 소용없으니 먹고 노는 사상이 발생함은 자연스러운 일이다.

경更히 계속되는 노래를 인引하면 작자의 말과 같이 나중에는 최병도의 노래뿐이다.

일락서산 해떨어진다

모춤을 들어라

모포기를 찢어라

얼른얼른 쥐어쳐서

저논한배미 더심어보자

여─허 여─허 어여라 상사듸─야

저기선 저아주머니

치마뒤에 흙묻었소

동구만이 치켜걸고

다부지게 심어보오

먹고사는 생애일에

넓적다리 남뵈기로

무엇이그리[375] 붓그럽소

여─허 여─허 어여라 상사듸─야

---

375 원문에는 '무어시그치'로 되어 있다.

곱수머리 저총각

음침하기는 다시업데

낮전부터 보아도

개똥어머니 뒤만따른다

개똥아버지가[376] 살았던들

날나리뼈 분질러

퉁솟대 팠을라

여-허 여-허 어여라 상사듸-야

최풍헌집 머슴녀석

이리와서 내말좀들어라

물같이논에[377] 건가리하기

찬물받이에 못자리하기[378]

물방아찧다가 낮잠자기

보릿단훔쳐다가 술사먹기

제반악증은 다가진놈이

최풍헌이 잔소리하고

주인마누라 죽자주싼다고

무슨염치에 흉을보아

여-허 여-허 어여라 상사듸-야

모춤나르는 강생원

---

376 원문에는 '깃똥아버지 사랏던들'로 되어 있다.
377 원문에는 '물가리논에'로 되어 있다.
378 원문에는 '찬물바지에 므짜하기'로 되어 있다.

얼굴좀들어서 날쳐다보오

그따위로 행세를하다가

체뿔관쓰고 몽둥이맞으리

코훌쩍이 술장사년

무엇이탐나서 미쳤소

밀한섬팔아서 치마해주고

아씨강샘을 만나서

노랑수염을 다뽑히고

동경강생원이 되었대[379]

여―허 여―허 어여라 상사듸―야

이논임자 배춘보

인심좋기는 다시업데

저먹을것은 없어도

일꾼대접은 썩잘하데

보리탁주 곁들이

실컷먹고 또남았네

배춘보야 들어보아라

네가참 잘알아챘다

다막먹고 막써서

부모세덕(世德) 다없애고

가난뱅이 되었으니

네신상에는 편하리라

---

379 원문에는 '되얏네'로 되어 있다.

볏백이나 하던재물[380]

지금까지 지녔던들[381]

걸렸을라 걸렸을라

영문고밀개에[382] 걸렸을라

강원감사 정등내(政等內)[383]

곰배정자는 아니지마는[384]

고밀개는 가지고왔데

앞으로긁고 뒤로긁고

이리긁고 저리긁고

자나긁으나 긁으나자나

득득긁어 들이는판에

너조차 걸려들어

사령에게 고랑맛

사도앞에 태장맛[385]

이세상에 따가운맛

볼대로 다본후에

네재물 있는대로

톡톡떨어 다바치고

거지되어 나왔을라

여―허 여―허 어여라 상사듸―야

---

380 원문에는 '흐던겨물'로 되어 있다.
381 원문에는 '지했던들'로 되어 있다.
382 원문에는 '연문고밀긔에'로 되어 있다.
383 원문에는 '경등너'로 되어 있다.
384 원문에는 '아니거마는'으로 되어 있다.
385 원문에는 '볏장맛'으로 되어 있다.

못볼러라 못볼러라

불쌍하여 못볼러라

우리동네 최서방님

불쌍하여 못볼러라

옥부비 보낼때에

내가갔다 어제왔다

옥사장에게 인정쓰고

겨우들어가 보았다

여-허 여-허 어여라 상사듸-야

거적자리 북더기는

개국원년에 깐것인지

더럽기도 하려니와

밑에서는 썪어나데

사람자는 아랫목은

보리알같은 이천지요

똥누는 웃목에는

꽁지벌레 천지라

설설기여 다니다가

사람에게로 기어오데

여-허 여-허 어여라 상사듸-야

그속에서 잠자고

그속에서 밥먹는

최서방님을 볼진대

눈물나서 못보겠데[386]

우리눈이 무디지마는

오지랖이 다젖었다

여—허 여—허 어여라 상사듸—야

누렇게 뜬얼굴

눈두덩이 수북한데

살이찐줄 알았더니

부기가나서 그러하데

여—허 여—허 어여라 상사듸—야

빗지못한 헙수머리

갈기머리가 되어서

눈을덮고 귀를덮어

귀신같이 된모양

꿈에뵐까 겁나데

여—허 여—허 어여라 상사듸—야

형문맞은 앞정갱이

살이푹푹 썩어나고

하얀뼈가 드러나서

못볼러라 못볼러라

소름끼쳐 못볼러라

---

386 원문에는 '못보곗데'로 되어 있다.

여-허 여-허 어여라 상사듸-야

독하더라 독하더라

순사도가 독하더라

아비쳐죽인 원수라도

그렇게는 못할네

목을베면 베었지

사람을어찌 썩혀죽이나

여-허 여-허 어여라 상사듸-야

글잘하는 양반이

말을하여도 남다르데

최서방님이 나를보고

순사도를 욕을하는데

나라망할 놈이라고

이를 북북갈고

피를퍽퍽 토하면서

우리나라 백성들이

불쌍하다고 말을하니

그매를 그렇게맞고

그고생을 그리하면서

내몸생각은 조금도없고

나라망할 근심이데

여-허 여-허 어여라 상사듸-야

못살러라 못살러라
최서방님 못살러라
장독나서 못살러라
먹지못해 못살러라
최서방님 살거들랑
내손톱에 장지져라
여-허 여-허 어여라 상사듸-야

최본평댁 아씨께는
이런말도 못했다
남이들어도 눈물을내니
그아씨가 들으시면
오죽대단 하시겠나
여-허 여-허 어여라 상사듸-야

그서방님이 돌아가면
그댁일도 말못되네
아들없고 딸뿐인데
과부아씨가 불쌍하다
여-허 여-허 어여라 상사듸-야

최서방님 죽었다고
통부오는 그날로
동네백성 우리들이
송장찾으러 여럿이가서

기구있게 메고오세

여-허 여-허 어여라 상사듸-야

장사를 지낼때도

우리들이 상여꾼되어

소방산 대틀에

기구있게 메고가며

상두소리나 잘해보세

여-허 여-허 어여라 상사듸-야

무덤을 지을때도

우리들이 달굿대들고

달구질이나 잘해보세

여-허 여-허 어여라 상사듸-야

죄없는 최서방님

원주감영 옥중에서

원통히죽은 넋두리는

입담좋고 넉살좋은

김헐렁이 내가하마

여-허 여-허 어여라 상사듸-야

이 노래는 이앙가 중의 가장 우수한 노래의 하나일 뿐더러 봉건 이조의 민중의 참담한 지위와 첩적^{疊積}한 원한을 여실히 반영한 노래다.

　그 다음에 최병도 부인이 그 남편을 죽기 전에 얼굴이라도 한 번
보겠다 하여 교군轎軍을 타고 원주감영을 가는 길에 치악산 모퉁이를
지나다가 들었다는 초동樵童의 노래를 다시 하나 인뷰해보자.

　　낭이라데 낭이라데
　　강원감영이 낭이라데
　　두리기동 검은대문
　　걸려들면 낭이라데
　　애－고 날살려라

　　도적질을 하더라도
　　사모바람에 거드럭거리고
　　망나니짓을 하여도
　　금관자서슬에 큰기침한다
　　애－고 날살려라

　　강원도 두메골에
　　살찐백성을 다잡어먹어도
　　피똥도 아니누고
　　뱃병도 없다데
　　애－고 날살려라

　　아귀귀신 내려왔네
　　아귀귀신 내려왔네
　　원주감영에 동토가나서

아귀귀신 내려왔네
애―고 날살려라

고사떡을 잘해놓면
귀신동토는 없지마는
먹을양식을 다없애고[387]
굶어죽기가 원통하다
애―고 날살려라

아귀귀신 환생을하여
당나귀가 되었네
강원감영이 망괘(亡掛)가들어서
선화당마루가 마판(馬板)이되었네
애―고 날살려라

귀웅을 득득뜯고
굽통을 탕탕치다가
먹을것만 주면은
코를확확 내푼다
애―고 날살려라

물고차는 그행실에
사람도많이 상했지마는

남의집 삼대독자
죽이는것은 악착한데
애-고 날살려라

명년삼월 치악산에
나무하러 오지마세
강릉사람이 못돌아가고
불여귀 새가되면
밤낮슬피 울터이라
불여귀 불여귀
불여귀구슬픈 그새소리를[388]
누가듣기 좋을손가[389]
애-고 날살려라

그 다음에는 최씨가 원주감영에서 나오다가 기어코 죽어서 상여가
나갈 제 부르는 노래가 또 아름답다.

워-허 워-허
이길이 무슨길고
북망가는 길이로다
워-허 워-허
이죽엄이 무슨죽엄인고
학정(虐政)밑에[390] 생죽엄일세

---

388 원문에는 '구슬픈 그 시소리를'로 되어 있다.
389 원문에는 이 행이 누락되어 있다.

워-허 워-허

생떼같은 젊은목숨

불연목에 맞아죽었네

워-허 워-허

이양반이 죽을때에

눈을감고 죽었을가

워-허 워-허

처자의 손목쥐고

유언할제 어떨손가

워-허 워-허

고향을 바라보고

낙루가 마지막일네

워-허 워-허

한을품고 죽은사람

썩지도 못한다데

워-허 워-허

대관령에서 운명할때

불여귀가 슬피울데

워-허 워-허

가이인이(可以人而) 불여조(不如鳥)아

우리도 일곡하세[391]

워-허 워-허

애고 불쌍하다

---

390 원문에는 '한져밋헤'로 되어 있다.
391 원문에는 '일곡일흔세'로 되어 있다.

죽은사람 불쌍하다

워-허 워-허[392]

공산야월(空山夜月) 거친무덤

그대얼굴 못보겠네

워-허 워-허

단장천 이한천(斷腸天離恨天)에

그대집은 공규(空閨)로다

워-허 워-허

함원귀천(含寃歸泉) 그대일은[393]

누가아니 슬퍼할까

워-허 워-허

가요는 마치 최병도의 일생을 서사敍寫한 것처럼 「장송가葬送歌」 다음에 「매장가埋葬歌」로 끝이 난다.

어-여라 달고

처자권속 다버리고

혼자가는 저신세

이제가면 언제오리

한정없는 길이로다

어-여라 달고

북망산이 머다더니

지적에도 북망이로구나

---

392 원문에는 위쪽으로 두 연("애고 불쌍하다")부터 이 행까지 누락되어 있다.
393 원문에는 '그더일은'으로 되어 있다.

황천이 머다더니

뗏장밑이 황천이로구나

어-여라 달고

인간만사 묻지마라

초목만도 못하구나

춘초(春草)는 연년록(年年綠)이오

왕손은 귀불귀(歸不歸)라

어-여라 달고

인생이 이러한데

천명을 못다살고

악형받다 횡사하니

그대신명 가긍토다

어-여라 달고

살일불고(殺一不辜) 아니하고

형일불고(刑一不辜) 아니할때

그시대에 백성들은

희호(熙皞)세계 그아닌가

어-여라 달고

희생같은 우리 동포

살아도 고생이나

그대같이 죽은것은

원통하기 특별나네

어-여라 달고[394]

---

[394] 본문에는 이 행 위로 4행("희생같은 우리 동포")부터 여기까지 누락되어 있다.

관위에 횡대덮고

횡대위에 회판일세

풍채좋은 그대얼굴

다시얻어 못보겠네

어-여라 달고

보고지고 보고지고

그대얼굴 보고지고

공산낙월(空山落月)의 달빛을보고

고인안색으로 비겨볼까

어-여라 달고

철천한 한을품고

유언이 남았거든

죽지사(竹枝詞) 전하듯이

꿈에나 전해주게

어-여라 달고

  이렇게 하여 최병도는 지하로 들어갔는데 유언에 의하여 관머리는 한양을 향하고, 발은 고향으로 정하였다. 그 의미는 한양은 5백년 수도라 국가를 근심하여 목하目下에 장안長安을 조망眺望하려는 뜻이요, 고향은 조상의 분묘墳墓도 있고 불쌍한 처자도 있고 시세時勢를 같이 염려하던 친구도 있는 때문이다.

  그런데 최병도는 여하한 인물이냐 하면 그냥 촌의 부농富農은 아니었다. 그의 내력을 말하는 작자의 기술은 이러하다.

  최병도는 강릉바닥에 재사로 유명하던 사람이라.

갑신년 변란 나던 해에 나이 스물 두 살이 되었는데 그 해 봄에 서울로 올라가서 개화당에 유명한 김옥균을 찾자보니 본디 김옥균은 어떠한 사람을 보든지 옛날 육국(六國) 시절에 신릉군이 손 대접하듯이 너그러운 풍도가 있는 사람이라.

최병도가 김씨를 보고 심복이 되어서 김씨를 대단히 사모하는 모양이 있거늘 김씨가 또한 최병도를 사랑하고 기이하게 여겨서 천하형세도 말한[395] 일이 있고 우리××[나라] 정치득실도 말한[396] 일이 많이 있으나 우리×× [나라]를 개혁할 경륜은 최병도에게 말하지 아니 하였더라. 갑신년 시월에 변란이 나고 김씨가 ××[일본]으로 도망한 후에 최씨가 시골로 내려가서 재물 모으기를 시작하였는데 그 경영인즉 재물을 모아 가지고 그 부인과 옥순이를 데리고 문명한 나라에 가서 공부를 하여 지식이 넉넉한 후에 우리× ×[나라]를 붙들고 백성을 건지려는 경륜이라.

갑신정변과 같은 대사변의 여파에 싸여 일어나는 비극은 결코 이러한 정도에 그치는 것이 아니다. 적지 않은 사람이 생명을 버렸고 재산을 잃었고 가족들은 학대받으며 노두路頭에 방황하였고, 생존한 사람들은 역적의 죄명을 쓰고 해외에 망명하였다. 이 사변은 개화당이 수구당의 손에서 정권을 탈취하려던 직접적 쿠데타인 점에서만 아니라 청년 조선이 노후한 조선에 대하여 결사적인 투쟁 자세를 취하고 자웅을 결決한 의의 깊은 봉기였다. 그것이 비록 3일 천하로 일패도지一敗塗地에 끝났으나 실로 전형기轉形期의 조선이 경험한 일대 진통이었다. 거기엔 주지하는 것과 같이 막대한 희생이 들었다. 그러나 한 번 뿌려진 희생의 종자는 그대로 끝나는 것이 아니다. 그 가운데

---

395 원문에는 '못흔'으로 되어 있다.
396 위와 같음.

얼마는 다시 새로운 맹아가 되어 움터나는 것이다. 갑오 이후 여러 가지 형태로 재흥再興한 개혁운동과 진보사상은 직접 혹은 간접으로 갑신개화당의 정치적·사상적인 영향을 아니 받은 것이 없을 것이다. 그러나 그 영향은 반드시 정치와 사상 위에 나타나는 것만이 중요한 것이 아니다. 오히려 역사의 중심에서 보면 주변에 지나지 않는 민중생활 가운데 박힌 영향이 뿌리 깊을 때가 있다. 이름도 없는 백성의 머리 속에 박혀 신념이 된 정치나 사상의 영향은 비록 그것이 소박하고 단순한 것이나 두려운 힘을 갖는 법이다.

소설 『은세계』는 봉건 지방관리의 민중 수탈을 묘사한 가치뿐만 아니라 갑신개화당의 영웅적 봉기가 무자각한 민중 가운데 남긴 영향과 그것의 비극을 그려서 또한 다른 가치를 가지고 있는 작품이다.

"재물을 모아가지고 그 부인과 옥순이를 데리고 문명한 나라에 가서 공부를 하여 지식이 넉넉한 후에 우리××[나라]를 받들고 백성을 건지려는 경륜"은 직접 손에 무기를 들었던 개화당에 비교하면 심히 미온적이고 개량적이나 그러나 재력과 지력으로 세사世事를 경륜하자는 사상은 실제적이고 건실한 시민적 신조인 것은 움직일 수 없는 사실이다.

최병도는 이 사상을 개화당과 그 영수領袖 김옥균에게서 훈도薰陶받은 것이다. 인간적으로 보면 사제간 차이가 있고 사상적으로는 완급의 차가 있으나,[397] 비극은 김옥균의 신상에 내린 것과 같이 최에게도 내린 것이다. 그러나 김은 상해 객잔客棧에서 죽고 최는 감영 장하杖下에 죽었다. 역시 비극에도 스케일의 차가 있었다. 『은세계』의 비극은 그런만치 민중의 하층 양반에 상응한 스케일의 비극이었다. 즉

---

397 원문에는 이 대목이 "師弟間 差級異가 잇고 思想的으로는 急의 差가 잇스나,"로 되어 있어서 오식이 있는 것으로 보여 고쳐 썼다.

김의 최후를 영웅비극이라면 최의 최후는 가정비극, 촌락비극의 역域을 넘지 아니했다.

작자가 이 비극을 그 주인공에 상응한 스케일 가운데 묘사한 것은 극히 총명한 일이다.

작자가 주인공을 설정함에 있어 특히 개화당 갑신봉기의 여문餘聞을 고르고, 관권의 포악을 묘사함에 개화 조선의 비극과 교섭시킨 것은 단순히 작자의 왕성했던 시대의식을 증명할 뿐 아니라 작자가 사회를 종합적으로 작품 가운데 반영하려고 하던 예술적 태도를 표시하는 귀중한 부분이다. 작자는 이조 말 사회를 가정소설의 측면에서 보기 시작하여 점차로 다면적으로 보기 비롯하고, 이 작품에 이르러서는 그것을 입체적·구성적으로 관찰하여 자기의 입장을 역사적인 지점에까지 높였다고 말할 수가 있다. 그러한 점에서는 『은세계』가 수많은 신소설 중 최고봉에 속할 것이다.

그런데 주인공 최병도의 경력을 소개하는 일부는 이러한 의미에서만 아니라 우연인지 몰라도 김옥균의 전기적 사실과 일치한다는 의미에서 또한 흥미있다.

지금 유자후柳子厚 씨가 소장하고 있는 한말 명사의 서화 중 김옥균의 족자 한 폭이 있다.

이 족자가 『은세계』의 주인공으로 최병도라고 불려지는 인물과 김옥균과의 관계를 이야기하는 자료다.

그 인물이 소설에 쓰여지던 최씨였는지 아닌지는 알 수 없으나 강릉 사람으로 김옥균 문하에 출입하다가 이 족자를 얻어가지고 갑신년 정변이 나기 전 강릉으로 내려간 인물이 실제로 있었다.

족자의 글은 "화류득로신기평華留得路慎其平"이라 하여 요컨대 사업의 전도가 양양하게 보일지라도 항상 조심함을 게을리 말라는 것이다.

무슨 동기로 김옥균이 이런 글을 강릉사람 모某에게 써 주었는지 모르겠으나, 생각컨대는 김씨가 평안平案에 서書가 능함으로 글씨를 청한 것인데 어느 정도까지 뜻을 통할 수 있는 인물이기에 기왕 글씨를 써줄 바에는 개혁운동의 전도를 경계하는 의미의 문文을 써준 게 아니었는가[398] 한다.

그런데 이 글씨가 서울 서도시장書陶市場에 다시 나타났을 때는 김옥균의 서명과 낙관까지를 묵墨으로 지워 알아 볼 수 없고 물건은 표구도 아니 하고 두껍다지에나 붙였던 것을 그냥 떼어 가지고 왔었다 한다. 전하는 사람의 말을 들으면 강릉 사람 모某가 김옥균의 수적手蹟을 얻어다가 소중히 붙여 두었는데 갑신정변이 3일 천하로 끝난 뒤 김옥균이 역적으로 몰리자 그 누가 미칠까 두려워 급급히 떼어버릴 수도 없고 얼른 묵으로 그 이름과 낙관을 지워 버렸던 것이라 한다.

돌아간 박영효 후侯도 이 글씨를 분명히 김옥균의 친필이라 하여 서명과 낙관이 있던 자리에 고균수적古筠手蹟이라 증서한 것을 보아 의심할 수 없는 것 같다.

물론 이 이외에 현재 김옥균 문인으로 그 글씨를 받아 갔던 강릉인 모某에 대하여 알 길이 없으나 이 사실을 그대로 시인한다 할 것 같으면 같은 강릉인인 이인직이 『은세계』를 쓸 때 그 인물을 모델삼았음이 또한 분명하다. 뿐만 아니라 『은세계』 가운데 등장된 최병도라는 주인공의 내력과 사적이 그대로 그 인물의 전기일지도 모른다. 이것은 단순히 모델적인 흥미뿐만 아니라 개화당에 대한 이인직의 견해를 이해하는 데 큰 도움이 되는 자료일 뿐 아니라 『은세계』를 제작한 용의가 낡은 시대의 비판과 새 시대의 창조라는 광범한 점에 더욱이

---

398 원문에는 '써주게아니했는가'로 되어 있다. '써주지 아니했는가'로 볼 수도 있다.

그것을 조선 근대사상朝鮮近代史上 산 역사적 사실 위에서 구하였다는 것을 이야기하는 귀한 자료가 될 수도 있다.

그러한 최병도가 죽은 뒤 다음 제너레이션으로 등장한 것이 최병도의 딸 옥순과 유복자로 탄생한 아들 옥남이다.

최병도의 사후 그 부인은 곧 실진失眞하여 버리어 산 송장이 되고, 도망갔던 김 청년은 다시 돌아와 최씨집을 자기 일같이 돌보아주어 가는 사이에 어언 옥순 남매가 공부할 나이에 이르러 김 청년은 그들 남매를 데리고 미국 화성돈華聖頓[399]으로 유학을 갔다. 이 미국 화성돈 유학은 이인직의 『혈의 누』에도 나오는 것으로 당시인當時人의 희망의 일단一端을 반영한 부분일 것이다.

그런데 이 소설에서 다시 주목할 것은 화성돈 유학으로 옥순남매와 김정수가 5년 미국에 체재해 있는 동안 강릉에서 생긴 일이다.

3인이 떠날 때에 십여 년 동안 학비를 가지고 갔던 돈이 의외로 많이 들어 5년 있는 동안에 다 쓰이고 수개월 후면 끊어질 지경으로 김정수는 다시 조선으로 돌아와서 놀란 일이다. 김정수가 강릉서 떠나올 때 그 아들에게 최씨집 추수는 연년年年히 작전作錢하여 늘리도록 한 것인데 최씨집 재산이 말 안되게 축이 나고 또 한 가지는 착실하던 그 아들의 난봉과 거짓말이 늘은 것이다.

그 원인을 작자는 이렇게 설명했다.

부모가 믿기를 태산같이 믿고 일가친척이 칭찬하고 동네사람들이 우러러 보던 그 아들이 그다지[400] 그렇게 되었던가.

제 마음이 글러서 그렇게 된 것도 아니요 남이 꾀어서 그렇게 된 것도 아니라. 그러면 어찌하여 그렇게 되었던가.

그때는 갑오 이후라 관제가 변하여 각 읍원은 군수가 되고 팔도는 십삼 도 관찰부가 된 때라. 어떤 부처님 같은 강릉군수가 내려왔는데 뒷줄이 튼튼치 못한고로 백성의 돈을 펼쳐놓고 뺏어먹지는 못하나 소문없이 갉아먹는 재주는 신통한 사람이라. 경금사는 김정수의 아들이 남의 돈이라도 수중에 돈 천 돈 만고 있다는 소문을 듣고 존문(存問)을 하여 불러들여서 치켜세우고 올려세우고 대접을 썩 잘하면서 돈 몇 천냥만 꿔달라하니 김소년의 생각에 그 시행을 아니하면 하늘 모르는 벼락을 맞을 듯하여 겁이 나서 강릉원에게 돈 몇 천냥을 소문없이 주고 벙어리 냉가슴 앓듯 하고 있는 중에 강릉군수보다 존장(尊長) 할애비 치게 세력있는 관찰사가 불러다가 웃으며 뺨치듯이 면새좋게 뺏어먹는 통에 김소년이 최씨집 추수작전한 돈을 제 것 같이 다 써 없애고 혼자 심려가 되어 별궁리를 다 하다가 허욕이 버썩 나서 그 모친이 맡아 가지고 있는 최씨집 논문서를 꺼내다가 빚을 몇 만냥을 얻어가지고 울진으로 장사하러 내려가서 한번 장사에 두 손 톡톡 털고 돌아왔더라.

처음에 장사 나설 때는 이번 장사에 군수와 관찰사에게 취치하여 준 돈을 어렵지 아니하게 벌충이 되리라 싶은 마음이더니 울진 가서 어사를 하다가 생선 비린내만 맡고 돈은 물속에 다 풀어넣고 장사라 하면 진저리 치게 되었는데 그렇게 낭패본 것을 그 부친에게 알리지 아니하고 편지할 때마다 거짓말만 하였더라.

이 가운데서 우리의 주목을 이끄는 것은 물론 김정수의 아들이 어떻게 해서 난봉이 나고 그 부친이나 타인에게 거짓말을 했느냐 하는 이유보다도 그 이유 가운데 반영된 객관적 사실이다.

그것은 갑오경장이 조선의 정치와 민중생활 위에 파급한 영향이다. 갑오경장을 통하여 상당히 많은 것이 새로와졌으나, 또한 그와 동시에 적지 않게 중요한 것이 구태의연한 대로 남아있었다. 어떤 의미에서는 이러한 것이야말로 개혁되어야 할 것임에 불구하고 그것은 의연히 존속하면서 단지 새로운 형식을 뒤켜 쓴 데 지나지 않았다. 이러한 점은 갑오경장이 하부의 실력에 의한 개혁이 아니고 상부로부터의 개혁인 때문이며, 자주적으로 되어진 개혁이 아니고 외부의 힘을 많이 빈 개혁인 때문이다. 그러므로 그 개혁이 정치에 미친 영향은 주로 제도의 형식상 개변에 불과하며 따라서 민중생활은 결국 형식만 새로워지고 본질은 낡은 재래적 생활에서 일보도 전진하고 있지 못했다고 말할 수가 있다.

소설 『은세계』의 전인前引한 부분이 이와 같은 큰 문제를 전반적으로 조상俎上에 올린 것도 아니요, 또한 이와 같은 소설이 그런 역사적 주제를 해명해 갈 수도 없는 것은 자명한 일이나, 그러나 짧은 에피소드를 통하여 갑오경장의 주요한 본질에 접근하고 있는 것은 작자 이인직의 적지 않은 예술적 재능의 결과라고 아니 할 수 없다.

"관제가 변하여 각도 원은 군수가 되고 팔도는 십삼도 관찰부"가 되었으나 탐관오리는 소멸하지 아니했을 뿐 아니라 오히려 그들은 새로운 관제에 상응한 방법을 가지고 예전 관원들에 못지않게 민중의 부를 노략하고 있었다.

다시 말하면 관제의 개혁은 탐관오리의 민중 약탈을 소멸시키지 못했을 뿐만 아니라 그것을 새로운 단계로 전개케 하였다.

즉 '치고 빼앗는' 시대에서 '얼르고 빼앗는' 시대로 전환시킨 것이다.

이것은 정치의 본질은 같고 형식만이 변해졌기 때문이다.

김정수의 아들의 경험은 이 단계의 전형적 사실이기에 충분하다.

그러므로 이 사실은 단순히 소설의 한 에피소드가 아니라 최병도 일가의 비극과 깊은 관련을 가진 역사적 사실이다. 작자가 두 사실의 그러한 연락聯絡을 의식했다는 것은 이 소설에 충분히 나타나 있다. 그것은 작자의 현실관과 거기서 오는 적확한 구상력의 소산일 것이다.

그러한 예로서 우리는 또 하나 이 소설의 하반부를 전부 차지한 옥순남매의 미국 유학생활과 그 결과를 들 수가 있다.

먼저도 말한 바와 같이 화성돈 유학은 그의『혈의 누』에도 나오는 것으로 당시 사람의 교육열과 문화적 희망을 반영한 사실일 뿐 아니라, 실로 최병도와 동일한 시대 사람들의 개화사상과 세대적世代的으로 관련된다. 갑신정변과 혹은 그 전후의 모든 개화주의자들은 구사회를 개혁할 원동력이 될 사상 학문과 문물제도를 물론 외국에서 배워왔고, 따라서 외국유학 자체에다 막대한 의의를 붙였었으나, 그러나 그들의 궁국窮局의 목표는 수구파로부터의 정권 탈취에 있었다.

따라서 그들의 안목에는 언제나 정치라는 것이 제일과제였고, 교육이라든가 문화라는 것은 정치적 목적을 달성키 위한 일 수단이었든가 그렇지 아니하면 정권을 장악한 이후의 시정 방책施政方策의 하나임을 면치 못했다.

그러나 갑오의 경장 이후 조건은 현저히 달라졌다. 그 개혁이 어떠한 수단에 의하였고, 어떠한 형태의 개혁이든 간에 직접 구세력으로부터 정권을 탈취할 임무는 면제되었거나, 그렇지 아니하면 대단히 변질되어, 어쨌든 국내의 수구세력과의 정치적 대립이란 것은 그 전만큼 래디컬한 맛이 감쇄減殺되었다. 그러므로 외국으로 유학을 간다는 것이 갑오 이전에 못지 않게 중요성을 정물하고 있었음에 불구하고 그것은 수구파와의 정치적 투쟁을 목표로 한 준비 행동은 아니었다. 그러면 그러한 새 조건하에서 외국으로 유학을 떠난 목적은 무엇이었는가?

보는 각도에 따라서 그때 사람들의 심리를 지배하고 있던 여러가지 사실을 매거枚擧할 수 있으나, 일반적으로 우리가 지적할 수 있는 것은 문화의 이식과 그것에 따른 민도民度의 개발이요 국가 실력의 함양이었을 것이다. 왜 그러냐 하면 갑오 이후에 조선사회는 단순히 쇄국주의나 수구사상 때문에 신음하고 있었던 것이 아니라 경장 그 자체로부터 그 이후까지 조선사람의 제반 생활을 제약한 기본적 힘은 외래세력이기 때문이다. 그 외래세력이야말로 문명하고 역강力强하고 개화하여 일찍이 개화주의자들이 전범이라고 생각했던 국가들이다.

그러므로 문제는 쇄국주의자의 항쟁이나 보수파와의 투쟁이 아니라 어떻게 하면 일일一日이라도 속히 이와 같은 외래세력과 같은 정도로 혹은 그 이상의 수준으로 문명개화하고 부국강병해지겠느냐 하는 데 있었다.

그러기 위하여는 물론 여러 가지 방책이 있을 수 있는 것이나 가장 일반적이고 손쉬운 길은 새 문화의 이식이다. 그것으로 말미암아 민도도 각성되고 실력도 향상되리라고 생각했던 것이다.

이러한 사상은 그 시대에 외국에 유학가고 신교육을 숭상하던 사람들의 심리 가운데도 들어있었던 것이나 그러나 그 목표하는 바의 성질은 대단히 달라졌다 아니 할 수 없다. 이 사상은 조선의 계몽사상이나 교육열의 수차에 긍亘한 앙양에 저면底面을 받친 것으로 잡지문화를 이야기할 때도 언급한 일이 있는 것으로 조선의 근대문화를 이해하는 데 극히 중요한 정신적 조류다.

옥순의 남매라는 것은 『혈의 누』의 주인공들처럼 조선사회가 이러한 시대를 통과할 때 등장한 전형적인 인물들로서 특히 『은세계』의 후반부의 대부분이 그들의 유학생활로 충당되었다는 사실은 작자가 최병도와 그의 자녀와의 사이에 과정된 시대의 변천을 명백히 의식한 표징이라 할 수 있다. 현대의 유행하는 개념을 빌면 가족사적으로 표현된 시대라 할 수 있다. 즉 최병도 일가의 두 세대를 통하여 두 시대의 용모가 전시된 셈이다.

최병도와 그의 자녀는 분명히 다른 생활 조건 가운데서 생활하였고 또한 서로 다른 정신적인 체험을 쌓은 것이다. 상이한 생활 조건과 상이한 체험 가운데서 상이한 세대가 형성된다. 이러한 두 세대라는 것은 동일한 사실을 다른 방식으로 이해하게 되는 것이다. 그것이 곧 우리가 먼저 언급한 교육과 문화에 관한 각이한 이해다. 먼저 사람은 그것을 정치의 자資를 삼으려 했고 뒤의 사람들은 계몽의 자資를 삼으려 한 것이다.

그러한 정신적 변천을 이야기하는 사실은 이 소설에서 두 가지를 들 수가 있으나 하나는 갑신정변의 실패 후 귀향치가歸鄕治家하고 있던 최병도의 사상이요, 다른 하나는 최병도가 잡혀갈 때 민요民擾를 일으키려다 그만두고 도주하였다가 돌아와서 최의 유아遺兒들을 데리고 미국 유학을 떠났던 '김정수'의 행동에 나타나 있다.

최병도가 재산을 모은 것은 먼저도 인용한 것처럼 그 자식을 데리고 외국가서 유학시킴을 궁국窮局 목적으로 삼고 있었으며 김정수도 최씨가 죽은 후 자기의 본 목적은 단념을 하고 그의 유아遺兒들을 교육시켜 국가사회에 유용한 인물을 만들려는 데 전 희망을 붙이고 있었다. 김정수의 행동에는 친우 최씨에 대한 신의라는 것도 있었겠으나 중요한 것은 이 두 사람의 행위상 동기가 서로 다름에 불구하고 그들에게 일관하여 공통한 것은 그들이 모두 자기의 청춘 시대가 포회抱懷했던 희망과 신념을 그것은 모두 정치적인 것이다! 자녀를 교육시키기 위한 봉사로 바꾼 것이다. 이 사실은 그들의 정치상 신념이나 사상적 신조의 약화를 의미하는 것이 아니라 오히려 그들이 자기의 신념과 사상을 표현하는 데 재래의 형식을 버리고 다른 형식을 취한 표현이 아닌가 한다. 정치적인 수단 방식에 의한 표현을 위하여는 자기 자신의 육체가 소용되었지만 계몽적·교화적인 수단 방식에 의한 표현을 위하여는 아직 젊은 그들의 자녀의 육체가 소용되었던 것이다. 그러한 의미에서 온전한 자기 자신에 속하는 고유한 희망을 버린 것이라고 할 수는 있으나 그들이 자기의 신념과 사상을 버렸다고는 할 수가 없는 것이다.

그러한 견지에서 보면 최병도와 김정수는 근대 조선의 정신사가 체험한 '정치로부터 교육에로' 조선 사람의 사고가 변천한 과도 시대를 반영하고 있는 성격으로서 우리의 흥미를 끌지 아니 할 수 없다.

더욱이 이 소설 가운데서 두 인물이 전부 죽어버리는 사실은 의미 깊은 일이 아닐 수가 없다.

최병도는 물론 감영 장하杖下에 죽거니와 김정수는 고향에 돌아와 최씨 집과 자기 집의 귀가한 것을 보고 그 아들의 타락한 것을 보고 타방他方 옥순 남매가 이역에서 고생할 일을 생각하고 울화가 나서 매일 술로 세월을 보내다가 소주 중독으로 죽어버린다.

이 두 인물의 죽음에도 우리는 약간의 차이가 있는 것을 발견할 수 있다. 하나는 물론 지방 장관의 민중 약탈의 희생이 되거니와 하나는 자포자기 끝에 죽는다. 이 김정수의 사死는 물론 그 아들의 새 지방 관리에게 속아서 빼앗긴 여파로 죽어 그 죽음의 배후에도 이조 말 사회의 부패가 안을 받치고 있고, 따라서 작가도 그의 사死를 비난하지 아니 했으나 그러나 일찍이 민요民擾의 수령이라도 되려던 인간의 자포자기 끝에 소주燒酒불에 죽는다는 것은 너무 비참하지 아니 할 수 없다.

우리들이 보기엔 김정수의 사死를 그리는 데 작자는 두 가지 복선을 꾸며 놓지 아니했는가 한다.

하나는 물론 김정수 자신도 이조 말의 정치적·사회적 부패의 희생자의 1인이라는 것이요, 다른 하나는 그들 구세대가 벌써 역사의 무대에서 희극배우로서 퇴장치 아니 할 수 없다는 것을 암시하지 아니 했는가 한다.

민요民擾 수령으로 출발하여 소주불에 죽는다는 것도 우리로 하여금 처음엔 비극배우로 그 다음에는 희극배우로 역사의 무대에 등장했다 사라지는 역사적 인간의 타입을 연상케 한다. 그런 의미에서 김정수는 이 소설 가운데 제일 흥미있는 인물의 하나라 아니 할 수 없다. 동시에 인간에 대하여 특히 과도 시대의 복잡한 인간에 대하여 이러한 견식을 가지고 있던 이인직의 예술적 재능을 우리는 또한 다시 한 번 놀라해[401] 보지 아니할 수 없다.

이렇게 낡은 세대가 비극적으로 혹은 희극적으로 퇴장한 뒤 젊은 세대는 고아처럼 쓸쓸해지고 모든 것을 그들 독자의 힘으로 해결하지 아니 하면 안될 운명에 봉착한 것은 당연한 일이다.

김정수의 사후 미국에 남은 옥순 남매는 이러한 사실의 상징같았다. 그들은 수륙만리의 이역에서 학비는 끊어지고 의지할 사람 하나 없는 완전한 고아가 되었다. 그들이 자기들의 힘으로 난경難境을 정복하기엔 너무 나이 어리고 힘이 약했다 아니 할 수 없다. 옥남이가 12세, 옥순이 19세다. 할 수 없이 남매가 손목을 맞잡고 자살을 꾀했다.

그런데 우연히 순사에게 구원받은 바 되어 죽음을 면하고 그 기사

---

[401] 원문에는 '놀난해'로 '논란해'로도 볼 수 있을 것이다.

가 난 신문을 읽고 남매를 데려다 공부시켜준 모某 서양부인의 출현은 완연히 구소설이라 아니 할 수 없다.

기구한 운명에 번롱飜弄되는 남매의 자태와 그것을 구한 기적의 출현은 재래의 조선 고대소설만 아니라 동양의 고대소설이나 설화가 장구한 동안 사용해 오던 진부한 수법의 연장이라 길게 이야기할 바가 되지 아니하나 역시 우리의 주목을 끄는 점은 이인직에 있어 왕왕 볼 수 있는[402] 구소설의 모티브와 새로운 소설의 그것을 교묘히 구사하는 재능이다.

고향에 돌아온 김정수의 사死에서 벌써 소설적 모티브로의 이행은 준비되었으나 김정수의 사를 전후하여 고향에서 생긴 사건은 너무나 현실적인 데 흥미가 있다. 사건의 연락連絡을 위하여 즉 플롯의 진행을 위하여 작자가 이따금씩 이런 구소설의 수법을 이용한 것 같다.

이러한 사건을 통하여 죽음을 면하고 다시 공부를 계속하게 된 옥순 남매를 이끌어 가는 데 작자는 고소설적인 안일에 침닉沈溺되지 않고 다시 신랄한 수단을 발휘한 것을 우리는 또 간과해서는 아니된다.

그것은 작자가 옥순이와 옥남이의 성격을 명백히 구분해서 그린 점이다. 옥순이는 어디까지든지 여자로서 더욱이 동양의 여자로서 전통에 살고 인습을 중시하고 선조와 집이라는 것이 그의 사고의 전영역이었다. 이것은 하나의 전형이 아닐 수 없다. 작자는 이러한 제점諸點에서 옥순이를 그렸다.

그러나 옥남이는 어디까지든지 남자다. 더구나 개화한 사람의 아들로 개화의 세계를 개척해 나갈 청년이다. 그는 전통과 인습에 대립

---

[402] 원문에는 '볼수업는'으로 되어 있으나 의미상 오식으로 보여 바로잡았다.

하고 선조보다도 미래의 국민, 집보다도 국가를 생각하는 사람이다. 그 국가라는 것도 폐쇄적으로가 아니라 세계의 한 국가로서 생각했다. 이 두 성격, 그 성격 가운데를 관류하는 사상의 대립을 묘사해가면서 작자는 여자와 남자의 성격과 사고의 차이를 분별해 갔을 뿐 아니라 그 때 청년층 가운데 들어있는 신시대적인 또는 구시대적인 두 가지 정신적 조류의 대립을 반영한 것이다.

여기에 어머니와 고향과 옛집을 생각하고 울면서 조선으로 돌아가자는 옥순의 말을 듣고 그 누이에게 대답한 옥남의 말을 인용하면 작자의 기도를 짐작할 수 있을 것이다.

여보 누님

누님이 문명한 나라에 와서 문명한 신학문을 배웠으니 문명한 생각으로 문명한 사업을 하지 아니하면 못씁니다.

누님

누님이 내 말을 좀 자세히 들어보시오. 사람이 부모에게 효성을 하려면 부모 앞에서 부모봉양만 하고 들어 앉았는 것이 효성이 아니라 부모의 은혜 받은 이 몸이 나라의 국민의 의무를 지키고 국민의 직분을 다 하는 것이 부모에게 효성이라.

우리××[나라]에는 세도재상이니 별입시니[403] 땅별입시니 무엇이니 무엇이니 하는 사람들이 성인같으신 임군의 총명을 옹폐하고 국권을 농락하여 ××[나라]는 망하든지 흥하든지 제 욕심만 채우고 제 살만 찌려고 백성을 다 죽여내는 중에 우리 아버지가 그렇게 몹시 돌아가시고 우리 어머니도 그 일을 인연하여 그런 몹쓸 병환이 들으셨으니 그 원인을 생각하면 나라의

---

[403] 원문에는 '별입시니'가 누락되었다.

정치가 그른 곡절이라.

(…중략…)

여보 누님

우리가 지금 고국에 돌아가서 어머니를 뫼시고 있더라도 어머니 병환이
나으실 리도 없고 아버지 산소에 가도 아버지가 살아오실 리가 없으니 아무
리 우리집에 박절한 사정이 있더라도 그 박절한 사정을 돌아보지 말고 국민
동포에게 공익을 위하여 공부를 더 하고 있읍시다. 우리××[나라]의 일만
잘되면 눈을 못감고 돌아가신 아버지께서 지하에서 눈을 감을 것이요 철천
지 한을 품고 실진까지 되셨던 어머님께서도 한이 풀리시면 병환이 나으실
는지도 모를 일이니 어머니를 위할 생각을 그만하고 ××[나라] 위할 도리
를 하시오.

누님이 만일 그런 생각이 하루바삐 고국에 돌아가서 어머니나 뵈옵고 누
님이 시집이나 가서 편히 잘 살려는 생각이 간절하거든 오늘일지라도 떠나
가시오 노잣돈은 아무 때든지 시엑기 씨에게 신세짓기는 일반이니 내가 말
하여 얻어 드리리다.

물론 옥순이 이러한 옥남의 의견에 좇았으리라는 것을 우리는 상
상할 수가 있다. 이것을 다른 견지에서 보면 그들이 간난艱難과 신고辛
苦를 능히 참고 수학의 길에 열중한 동력으로서의 개화사상이란 것을
생각할 수가 있다. 그것은 물론 이 소설을 일관하는 작자의 사상으로
특별 기이할 바가 없으나 그 사상이 옥순 남매의 성격적 차이라는 형
식을 통하여 전개되는 것이 흥미있는 일이다. 이 사실은 작자가 손쉽
게 한 가지 사실을 생각하는 데 여자와 남자가 다른 사고의 방법을
취한다는 사실을 감지한 것과 또한 그 사실은 우리로 하여금 동양적
여자의 전형이란 것을 옥순의 성격에서 느끼게 한다. 이것은 물론 작

자의 문학적 재능에 속하는 것이나 그보다도 중요한 것은 작자가 자기의 작품 가운데서 시대의 사상이라고 전개하는 관념을 산 인간의 육체 가운데서 살리려는 예를 우리가 이 남매에서 발견하는 데 있다. 작자가 옥순 남매를 취급하는 방법이 다분히 개념적인 데가 있고 소설의 구식의 전개 방법이 더욱 인간의 유형성을 조장하는 것 같음에 불구하고, 옥순 남매는 결코 어느 관념의 단순한 우열양식은 그것을 체현하는 때만 행동할 수 있는 로보트는 아니다. 그들은[404] 자기 이전에 선행한 전통과 자기 주위에 편만偏滿한 환경에 의하여 살아있고, 자기 스스로의 제욕구를 내포하고 있는 산 인간의 풍모를 상실하고 있지 않다. 우리는 모든 것을 관념적으로 생각하고 또한 모든 소설이 구소설의 지배에서 자유롭지 못했을 때 『은세계』의 작자가 인간을 만지는 데 그 생명을 죽이지 아니했다는 것을 칭찬치 아니할 수 없다. 그것은 금일에 작가들이 생각하는 것보다 훨씬 곤란된 일이기 때문이다.

그렇게 수년을 지내다가 하루는 신문에 '한국 대개혁'이라는 기사를 보고 두 남매가 용약勇躍하여 귀도歸道에 올랐다. 그 때는 바로 융희 원년이라 작자는 그 개혁을 물론 순연한 개화의 일면에서만 보지 않았으나 어찌 되었든 낡은 시대가 퇴거한다는 것은 즐거운 일이요, 또 때가 비록 늦었다 하나 노력하면 성과를 기대할 수 있다고 옥순 남매로 하여금 상의케 하여 귀국시킨 것이다. 이 두 남매의 의논에 나오는 귀국 개혁관이 정치적으로 보면 지금 이견이 있을 수 있으나 낡은 시대가 퇴거한다는 일면에서 보면 작자의 감정을 이해하지 못할 바도 아니다. 다음에 옥순 남매가 부산서 경부철도를 타고 느낀 소감의

---

404 원문에는 '그들'로만 되어 있으나 주격 조사가 누락된 것으로 보여 채워 넣었다.

기술은 작자의 생각을 이해하는데,[405] 일조-助가 될 수 있다.

옥순이와 옥남이가 부산에 이르러서 경부철도를 타고 서울로 향하여 오는데 먼산을 바라보고 소리없는 눈물이 비오듯 한다. 토피(土皮)벗은 자산(赭山)에 사태가 길길히 난 것을 보면 저 산의 토피를 누구들이 저렇게 몹시 벗겨먹었누 하며 옛일 생각도 나고 저 산이 언제난 수목이 울밀하게 될꼬 하며 앞일 생각도 한다.[406] 산밑 들 가운데 길가에[407] 게딱지같이 납작한 집을 보면 저것도 사람사는 집인가 싶은 마음이 난다. 옥순의 남매가 어렸을 때에 그런 것을 보고 자라났지마는 처음 보는 것 같이 기막히는 마음뿐이라.

이 감상은 외지에 갔다가 돌아오는 모든 사람이 일률로 느끼는 보편적 감정으로 아마 작자 자신이 동경 유학에서 돌아올 때 느낀 바를 그대로 옥순 남매에 가탁假托한 것이 아닌가 한다. 이것은 그 때 이후 몇 사람의 소설 가운데 혹은 여러 사람의 시 가운데 표현되어 각지에 가본 일이 있는 조선 청년으로서는 누구나 감명을 아니 받을 수 없는 구절이다. 우리가 아는 한 『은세계』의 이 구절은 그러한 감정을 문학적으로 표현한 중의 최초의 것이 아닌가 한다. 지금에 오히려 경부선 열차를 타고 북상하면 느낄 수 있는 이러한 감정이니 그 때에는 오죽 하였을지? 그것을 소설에 옮겨 놓은 작자에게 우리는 한없는 친근미를 느낀다. 분명히 작자는 고운 감수력感受力을 가진 사람일 것이다.

그러나 옥순의 남매가 고향에 돌아왔을 때 그들을 맞이한 것은 결코 화환이나 향연이 아니었다. 그들이 경성을 거쳐 곧 고향 강릉으로

---

405 원문에는 '이해하는'으로만 되어 있으나 문법상 글자가 누락된 것으로 보여 채워 넣었다.
406 원문에는 "산이~한다." 부분이 누락되어 있다.
407 원문에는 '길가에'가 누락되어 있다.

내려가서 반가운 것은 고향의 산천이요, 실신한 어머니였다.

여기서 작자가 옥남과 옥순을 만나서 실신했던 그의 어머니를 일시에 그야말로 진권청천震捲靑天식으로 회복케 한 것은 전에도 왕왕히 언급해 온 것처럼 순연한 구소설적인 우연에 불과하다.

그러나 자기의 정신이 돌아와서 몇 해 동안 만나지 못했던 아들딸을 만나 그 아버지의 명복을 빌러 절에 간 장면부터는 다시 작자는 천래天來의 예술적 능력을 발휘하여 소설『은세계』로 하여금 그의 전 작품 중의 수작秀作이 되기에 부끄럽지 아니 한 결말을 지운 것은 또한 놀라운 일이 아닐 수 없다.

일절을 인引하면,

극락전 부처님은 말없이 가만히 앉았는데 만수향 연기는 맑은 바람에 살살 돌아 용트림하고 본평부인의 축원하는 소리는 처량하다.

절 동구 밖에서 총소리 한 번이 탕 나면서 웬 무뢰지배 수백 명이 들어오더니 옥남의 남매를 붙들어 내린다. 옥순이와 옥남이는 학문과 지식이 넉넉한 사람이라 조금도 겁내는 기색이 없고 천연히 붙들려 나가는데 그 무뢰지배가 옥순의 남매를 잡아놓고 재약한 총부리로 겨누면서

(무뢰) 네가 웬사람이며 머리는 왜 깎았으며, 여기 내려오기는 무슨 정탐을 하러 왔느냐.

우리는 강원도 의병이라 너같은 수상한 놈을 포살하겠다

하며 기세가 당당한지라 옥남이가 천연히 나서더니 일장 연설을 한다.

여보시요 우리동포. 들어보시오.[408]

나는 동포를 위하여 공변(公辨)되게 하는 말이니 여러분이 평심서기(平心

舒氣)하고 자세히 들으시오.

의병도 우리××[나라] 백성이요 나도 우리××[나라] 백성이라. 피차에 ××[나라] 위하고 싶은 마음은 일반이나 지식이 다르면 하는 일이 다른 법이라. 이제 여러분 ××[동포]께서 의병을 일으켜서 죽기를 헤아리지 아니하고 하시는 일이 ××[나라]에 이롭고자 하여 하시는 일이요, ××[나라]에 해를 끼치려는 일이요, 말씀을 하여 주시오.

내가 동포를 위하여 그 이해(利害)를 자세히[409] 말하면 여러분의 마음과 같지 못한 일이 있어서 나를 죽이실 터이나, 그러나 내가[410] 그 이해를 알면서 말을 아니 하면 여러분 동포가 화를 면치 못할 뿐 아니라 ××[국가]에 큰 해를 끼칠 터이니, 차라리 내 한 몸이 죽을지라도 여러분 ××[동포]가 목전에 화를 면하고 국가진보에 큰 방해가 없도록 충하고는 일이 옳은 터이라.

여러분이 나를 죽일지라도 내 말이나 다 들은 후에 죽이시오.

여러분 ××[동포]가 의리를 잘못 잡고 생각이 그릇들어서 — 요순같은 황제폐하[411] — 칙령을 거슬리고 흉기(凶器)를 가지고 산야로 출몰하며 인민의 재산을 강탈하다가 수비대 ×[일]병 사오십명만 만나면 수십명의 의병이 더당치 못하고 패하여 달아나거나, 그렇지 아니하면 사망 무수(無數)하니 ××[동포]의 하는 일은 국민의 생명만 없애고 국가 행정상에 해만 끼치는 일이라. 무엇을 취하여 이런 일을 하시오.

하고 그들에게 묻기를 시국을 염려하고 행하는 일이면 시세가 그렇게 된 근본 원인을 살펴서 유효적절한 일을 도모함이 옳다는 것이다. 그리하여 옥남은 그 근본 원인으로 이조 말년의 학정을 들어 다음과

---

409 원문에는 '자세히'가 누락되어 있다.
410 원문에는 '내가'가 누락되어 있다.
411 원문에는 '八字中略'으로 처리되어 있다.

같이 이야기 한다.

　　수십 년래 학정(虐政)을 생각하면 이 백성의 생명이 이만치 남은 것이 뜻
밖이요 이 ××[나라]가 멸망의 화를 면한 것이 그런 다행한 일이 있소. 우
리××[나라] 수십 년래 학정은 다같이 당하던 일이니 모르실 리가 없으니
나는 내 집에서 당하던 일을 말씀하리다. 내 선인도 재물량이나 있는 고로
강원 감영에 잡혀가서 불효부제로 몰려서 매맞고 죽은 일도 있고 그 일로
인연하여 집안 화패(禍敗)가 무수하였으니 세상에 학정같이 무서운 것은 없
습디다. 여보 그런 한심한 일이 있소 내 이야기를 좀 들어 보시오. 내가 미
국가서 십여 년을 있었는데 우리××[나라] 사람 하나를 만나서 말을 하다
가 그 사람이 관찰사 지낸 사람이라 하는 고로 내가 내 집안에서 강원감사
에게 학정당하던 생각이 나서 말하느니 탐장하는 관찰사는 죽일 놈이니 살
릴 놈이니 하였더니, 그 사람이 하는 말이 '그런 어림없는 말좀 마오 관찰사
를 공으로 얻어 하는 사람이 몇이나 되오. 처음에 할 때도 돈이 들려니와
내려간 후에 쓰는 돈은 얼마나 되는지 알고 그런 소리를 하오. 일년에 몇
번 탄신에 쓰는 돈은 얼마나 되며 그 외에는 쓰는 돈이 없는 줄로 아오. 그
래 몇 푼 되지 못하는 월급만 가지고 되겠소. 백성의 돈을 아니 먹으면 그
돈 벌충을 무슨 수로 하오
　　만일 관찰사로 있어서 돈 한푼 아니 쓰고 배기려 들다가 벼락은 누가 맞
게?' 하는 소리를 듣고 내가 기가 막혀서 말대답을 못하였소.
　　대체 그런 사람들이 빙공영사(憑公營私)로 백성의 돈을 뺏으려는 말이오
탐장을 예사로 알고 하는 말이라.
　　그러한 정치에 ××[나라]가 어찌 부지하며 백성이 어찌 부지 하겠소.

여기에는 이조 말 관리의 학정의 근원이 들어있을 뿐만 아니라 그

근원의 근원이 개평開平되어 있다. 즉 지방관리의 민중 약탈은 단순히 그들 자신의 죄가 아니라 매관매작하는 것으로 체계화되다시피 한 이조 말 정치의 본질에 연유했던 것이다.

이 첩층적疊層的으로 된 유기체로서의 중앙집권제가 실상은 정치적 부패의 근본 원인이었던 것이다.

이러한 연설을 한 다음 옥남은 융희 개원隆熙改元에다 큰 의의를 붙이고 계몽주의를 고조함과, 즉 실업에 충실하고 민부民富를 증강시키며 교육을 보급시켜 민도民度를 향상시키자는 것이었다.

이 사상은 물론 작자의 것일 뿐 외外라 옥남이란 인물 자신이 또한 작자의 분신임은[412] 재언할 필요가 없다.

옥남은 말을 마치고 융희개원隆熙改元을 축하하는 의미로 인민의 생존을 주장하는 만세를 불렀을 때,

저놈이 선유사(宣諭使)의 심부름으로 내려온 놈인가 보다

저놈 잡아가자

하는 소리와 함께 의병이 달려들어 그들을 끌고 갔다.

이 소설의 표지에 상권이라 하였고 또 결말로 보아 당연히 하권이 예상되었으나 상권이 나온 채 하권은 쓰여지지 아니했다.

분명히 옥남의 남매가 의병에게 끌려가는 데서 작자는 통속소설식의 혹은 그 때 많이 유행하는 동경의 신파식의 스릴을 가미하여 독자로 하여금 다음 권을 읽을 흥미를 자아내게끔 복선을 숨기고 끝막은 것이다.

---

412 원문에는 '分임은'으로만 되어 있으나 문맥상 글자가 누락된 것으로 보여 채워 넣었다.

그럼에도 불구하고 이 최후의 장면은 한말의 문란된 사회 질서의 실상을 반영한 것으로 역사적·시대적인 가치가 있을 뿐만 아니라 그 때 선진 인텔리층과 하층 천민군의병이란 그런 층에 토대를 두고 있는 사람들이다의 정신적 또는 정치적인 견해와 행위의 차이를 묘사한 것으로 불후의 가치를 가질 작품이다.

"청일전쟁 총소리에 평양성이 떠나가는 듯 하더니 그 총소리가 뚝 그치매 인적은 끊어지고 모란봉만 높았는데" 운운하는 약간 구조舊調의 문장으로 시작하는 소설 『혈의 누』는 "아산둔포에 총소리가 통탕 통탕 나더니" 운운하는 유머러스한 문체로 시작되는 이해조의 소설 『모란병牡丹屛』과 더불어 청일전쟁이 조선인의 생활 가운데 남긴 파문을 그린 작품이다. 이해조의 『모란병』은 직접 이 전쟁의 영향을 그린 것이 아니고 갑오경장의 군호軍號로서 이 전쟁을 소설 모두冒頭에 끌어낸 데 불과하나 『혈의 누』는 소설 전체가 바로 직접 청일전쟁의 후일담으로 구성되어 있다.

석양은 묘묘한데 푸른숲 우거지고 비탈길 희미한 산모퉁에 한 부인이 갈팡질팡 하는데 나이 삼십이 될락말락하고 얼굴은 분을 따고 넣은 듯하나 인정없이 뜨겁게 내리 쪼이는 가을 볕에 익어서 선앵두빛이 되고 걸음걸이는 허둥지둥 하는데 옷은 흘러내려서 젖가슴이 다 드러나고 치마자락은 땅에 질질 끌려서 걸음을 걷는 대로 치마가 밟히나 그 부인은 아무리 급한 걸음걸이를 하더라도 멀리 가지도 못하고 허둥거리기만 한다

는 지금 안목으로 보면 거칠고 구문체舊文體의 영향이 남아 통일되지 않은 문장이나 당시의 신소설에서는 제1류에 해당하는 이 묘사는

"장사는 목을 잃고 산비탈에 가로눕고 영웅도 철환 맞아 구학에 굴렀는데" 운운하는 고체古體의 전쟁 서술에 곧 연달아 있는 피난민의 묘사다.

이 부인의 가정에 청일전쟁이 어떻게 영향하였는가를 그린 게 구체적으로 소설 『혈의 누』 전편全篇이다.

작자가 이 소설 중간에서 수삼차나 피력한 것처럼 전쟁이란 고금을 물론하고 예기하지 아니한 많은 결과를 남겨 놓는 것으로, 더구나 그것이 이름도 없는 한 백성의 가정에 미칠 때 실로 그 가족 구성원 각인各人에게 기구한 운명을 던져주는 수가 많다. 작자는 청일전쟁의 평양전平壤戰을 이야기함에 있어 조선사람이 받는 정치적인 득실이란 것보다도 행패가 막심했던 청병淸兵의 패퇴를 분명히 통쾌하게 기술함에 불구하고 이 전쟁을 그러한 각도에서 본 것은 무엇보다 당시의 조선인이 그 전쟁에 중립적으로 대하였던 객관적 태도의 소치이거니와, 그보다도 직접으로 중요한 것은 이 전란이 조선의 신문화를 수입하는 데 하나의 자극이요 측면적인 동력이었다는 점을 알고 있었던 때문이라 하겠다.

일찍이 독일에 침입한 나폴레옹의 군대를 보고 거기서 승마乘馬를 한 세계정신의 자태를 발견한 헤겔의 그것과는 여러 가지의 점이 다르다 하겠으나 전날의 갑신개화당이 일본의 힘을 빌어 수구당을 박멸하려던 생각처럼 청일전쟁을 이 작자는 조선서 수구파의 정치적·군사적 배경이 되어 있는 청국 세력의 구축과 그것의 결과로 정치상·문화상의 제 개혁을 수행하는 편의를 얻을 수 있는 기회라고 본 듯하다. 이러한 관찰은 보는 바에 따라서는 여러 가지로 비평할 수 있으나 당시의 개화주의자가 사실상 이와 근사한 견해를 가지고 있었고, 또한 갑오경장에서 볼 수 있듯 어쨌든 조선의 신문화와 근대식

정치가 실시되는 기회를 이 전쟁이 만들어 준 것만은 사실이다.

그 뒤의 제諸발전에 대하여는 여기에 다시 더 이야기를 계속할 필요가 없으나 당시의 개화주의자로서는 이 기회를 잃지 않고 포착하려고 노력했을 것은 당연한 일이었으며 해협을 건너와 흉포한 청군을 몰아내는 신선한 흑의의 군대 가운데서 개화정신의 유량한 행진곡을 들었을 것은 사실이다.

그러므로 청일전쟁이 그 주요한 전장戰場이었던 조선반도의 일 도성, 평양의 전투가 끝난 뒤 모란봉 하에서 방황하는 일 부인의 가정에 일어나는 여러 가지의 불행을 따라 소설『혈의 누』가 전개된다 하여도 결코 그것은 이 전쟁에 대한 작자의 부정적 태도에서 우러난 결과가 아니라 그것을 통하여 점차로 전개될 이 전쟁의 진정한 영향을 추구하기 위한 과정에 지나지 아니한다.

평양싸움은 그 부인을 그의 사랑하는 남편에게서 분리시켰고 그들의 어린 딸을 그의 부모로부터 분리시켜 천애의 고아를 만들었다. 요컨대 단 세 식구의 단란한 가정을 흩어지게 만들었다. 그러니 이러한 간난艱難과 불행 때문에 그 부인의 남편과 어린 딸은 다행하게 신학문을 배울 기회를 얻어 새 세계의 주인공이 되었다. 소설의 주제는 대략 이러한 것인데, 흥미있는 개소個所는 역시 이 소설의 상반上半 육분지일되는 부분이다. 간단히 그 부분의 경개梗槪를 추려보면, 평양전이 전개되기 전부터 평양성내 주민들은 청병淸兵의 행악에 못 이겨 피난가기를 시작하였다가 드디어 전란이 일어나니 모두 근방 피난할 만한 곳으로 난을 피하여 달아났다가 청병이 패주한 뒤 모두 돌아오는데, 그의 한 사람이 먼저 들은 부인인데 그는 모란봉 하에 사는 '김관일'이라는 사람의 부인 최씨요 그들에게는 외딸 '옥련玉蓮'이가 있었다. 그런데 전투가 종식된 뒤에 돌아와 보니 최씨는 남편을 찾을 도

리가 없고 남편은 최씨를 찾을 수가 없으며 그 딸 옥련은 더구나 생
사를 알 길이 없었다. 그래서 그들은 서로 다른 식구는 유탄에 맞아
죽었거니 하고 남편은 홧김에 부산 처가로 내려가 장인에게 학비를
타가지고 유람 겸 외국유학을 떠났으며, 부인 최씨는 비관 끝에 대동
강 물에 빠져 죽으러 뛰어들었다가 사람에게 구원을 받아 다시 집으
로 돌아와 보니 뜻밖에 그 사위 '김관일'에게 소식을 듣고 부산서 온
친부親父가 방안에 드러누워 있었다. 이 의외의 부녀간 해후에서 남편
의 소식을 알고 마음을 가라앉혀 그 남편이 수학 귀국修學歸國하기를
기다리는데 궁금한 것은 처녀 옥련의 소식이다.

그런데 한편 옥련이는 전란 중 부모를 잃고 그들을 찾아 방황하다
가 유탄에 다리를 맞아 정신없이 쓰러져 있는 것을 일본군 적십자 간
호수看護手에게 구함을 받아 야전병원으로 가서 치료를 받고 살아나서
자기 집에를 가보았으나 이미 부모가 다 없는지라, 마지못해 다시 일
본군 진지로 돌아와 군의軍醫 이노우에란 사람의 호의로 오사카大阪 그
의 본가로 수양딸이 되어 가게 되었다.

그러나 옥련의 부친이나 모친이 그의 딸 소식을 알 길이 없는 것
이라 꼭 죽은 줄만 알고 비탄리悲歎裏에 세월을 보냈다. 이 부분까지
가 직접 평양전이 '김관일' 일가 위에 파급한 영향을 묘사한 부분인
데, 이 부분이야말로 소설의 출발점이요 소설 구성의 중추부일 뿐만
아니라 성과에 있어서도 전권 중에서도 가장 독창적인 부분이요 최
상의 시공施工에 속한다.

비록 현대소설에서 볼 수 있듯이 묘사가 균제均濟하고 정밀치 않으
나 부분 부분 우월한 묘사와 투철한 서술이 있으며 특히 일점의 비非
를 찾기 어려울 만치 규격이 정비된 구성은 현대소설에 비하여 부끄
럽지 아니할 만하다. 단시일 간에 생기生起하는 여러 가지 사건과 그

가운데를 뚫고서 전개되는 부, 모, 녀, 3인의 각이한 운명의 전개는 지나치게 인공적이라고 할 만치 정교를 다 하였다. 세 식구가 각기 만날 수 있었음에[413] 불구하고 만나지 못했는데 그것이 부자연하지 않고 아주 자연스럽게 만나지 못하였다는 것은 여간한 구성의 기술로서는 불가능한 것이다.

거기엔 현대의 통속소설에서 볼 수 있고 그 전 신파극에서 볼 수 있는 기이한 인공미人工味의 흔적을 인정치 아니할 수 없으나, 그러한 전근대문학적前近代文學的인 결함을 능히 덮고도 남을 수 있는 것은 그러한 사건이 일어날 수 있는 시대적 혹은 현실적인 배경의 확고한 설정과 그 영향의 정확한 도입이다.

즉 평양전平壤戰을 일 가정의 파괴와 한 가족의 격리의 각도에서 받아들인 태도다. 이것은 전술前述한 것처럼 그 전쟁에 대한 작자 내지는 조선인 일반의 정치적인 중립 태도에서 유래하는 객관성의 한 결과나, 또한 전쟁을 그 화려한 정치적 측면에서 보거나 아주 추상적인 의미의 일점一點에서 보지 않고 생활 가운데 미치는 파동波動에서 보았다는 것은 이인직이 근본에 있어서는 문학자였다는 증좌證左다. 정치적 사건이라는 것은 대개 개인의 생활에는 이러한 시정적市井的인 형태로 영향하는 것이다. 이것은 생활에 나타나는 정치, 혹은 일상성의 형식으로 표현되는 전쟁이라고 말할 수가 있다.

물론 이러한 현상이 곧 정치나 전쟁의 본질은 아니다. 정치나 전쟁이라는 것은 보다 더 깊이 이해되어야 할 것은 또한 물론이다.

그러므로 『혈의 누』의 중간 부분을 현명하게도 작자는 평양으로부터 오사카[大阪]로 옮겼다.

---

413 원문에는 '업섯슴에'로 되어 있으나 문맥상 오식이기에 바로잡았다.

거기서 전개되는 것은 군의 이노우에 씨에게 구조되어 운송선으로 진남포에서 대판으로 건너가 그의 유수택留守宅에 몸을 부치고 있는 옥련의 묘사다.

이노우에 군의의 오사카 집은 이노우에 씨의 부인과 하녀 설자雪子가 있을 뿐으로 자녀간의 소생은 하나도 없는 터이라 부인은 이노우에 씨의 말대로 옥련이를 수양딸을 삼아 사랑이 지극했고 옥련이 역시 그를 따르며 타지에 와있는 느낌이 전혀 없다시피 살고 있었고, 간 지 반년이 못되어 일본어에 능숙하여 사람을 놀라게 하였다 한다.

그러나 호사好事에 다마多魔로 하루는 거리에 호외 돌리는 소리가 요란하더니 그 호외는 요동반도가 함락되었다는 전승첩보戰勝捷報인데, 그 가운데는 또는 이노우에 군의를 위시로 불소不少한 일본측 전사자가 발표되었다. 그야말로 일희일비! 전승은 국가의 경사나 그 남편의 전사는 역시 슬프지 아니 할 수 없다. 작자는 솔직히 "호외 한 장이 온 집안에 화기를 끊어 버렸더라"고 하였다.

여기에서 평양전으로 부모를 여의고 천애에 고아가 되었다가 겨우 의탁할 곳을 얻었던 옥련의 운명은 다시 한번 번롱飜弄 당하게 되는데 작자가 이노우에 부인의 일신상의 거취를 이야기함에 있어 과부의 재가 문제를 이야기하는 일절은 퍽 흥미가 있다.

"조선 풍속 같으면 청상과부가 시집가지 아니하는 것을 가장 잘하는 일로 알고 일평생을 근심 중으로 지내나 그러한 도덕상에 죄가 되는 악한 풍속은 문명한 나라에는 없는 고로, 젊어서 과부가 되면. 시집가는 것은 천하 만국에 부끄러운 일이 아니라" 하여 과부의 수절을 도덕상의 죄악이라 하고 재가를 극구 칭찬한 것은 여자의 자유의 욕구와, 즉 자식을 위하여 자기의 행복과 쾌락을 희생할 수 없다는 새로운 도덕에 대한 작자의 신념은 그 때에 있어 놀라울 만치 진보적인 것이라 아니 할 수 없다. 그러나 실상 옥련의 비극은 여기서 다시 시작하지 아니 할 수 없다.

이노우에 부인이 말하듯 인정상으로 말하면 개가 가는 곳으로 옥련을 데리고 가고 싶으나 실제에서는 그러기 어려운 것이라 옥련은 이역만리 오사카에 와서 다시 평양성 밖의 모란봉 밑에서 경험하던 일을 다시 맛보게 된다.

이 부분은 스토리의 진전상으로 보면 전혀 옥련의 기구한 운명을 전개하기 위한 시추에이션이란 구소설 양식을 그대로 구사하고 있으나 그러나 이 시추에이션의 문학적인 진실성이라든가 사상적인 진보성은 이 장면을 구소설적인 진부성에서 구출하고 있다.

그러나 이노우에 부인은 끝끝내 자기의 요구에 충실할 수가 없었다. 비록 자기의 친딸은 아닐지언정 의지할 곳 없는 어린 옥련을 희생할 수가 없었던지 그는 내내 인정에 굴하고 말았다. 이 점은 또한 청일전쟁 시대의 일본에 있어 개인의 자유가 아직도 명백히 확립되지 못했던 것을 설명하는 사실도 된다.

이애 옥련아 울지말아라. 내가 시집가지 아니하면 그만이로구나. 내가 이 집에서 네 공부나 시키고 있다가 십년 후에는 내가 네게 의지하겠으니 공부나 잘하여라.

이것은 인정의 승리다. 더구나 이러한 경우에서 이노우에 미망인이 인정에 끌린 것은 결코 작자의 과장이 아니다.

그러나 현실이란 것은 언제나 인정에 의하여서만 움직이는 것이 아니다. 이노우에 미망인은 젊은 여자, 더구나 조선과 같이 불경이부 不更二夫의 인습이 타파되고 개인의 자율이란 것이 어느 정도까지 새로운 도덕률이 되어 진 곳의 여자로서 어느 때까지나 어린애에게 끌려 자기의 청춘과 육체가 제출하는 요구에 묵묵默默할 수 없는 것은 상상 키에 어렵지 아니한 일이다. 더구나 옥련이는 자기의 생녀生女도 아니 고 생면부지의 남의 딸, 더구나 이국인異國人이다. 아무래도 그 자신의 요구가 발언을 할 시기가 오지 아니할 수 없다.

　　본래 부인이 시집가려 할 때에 옥련의 사정이 불쌍하여 중지하였으나 젊은 부인이 공방에서 고적한 마음이 있을 때마다 옥련이가 미운[414] 마음이 생긴다. 어디서 얻어온 자식말고 제 속으로 나은 자식일지라도 귀치 아니한 생각이 날 로 더 하는 모양이다.

이 서술은 바로 그 진실을 찌른 것이다. 거기서 불가불 다시 옥련 의 불행이 시작되지 아니할 수 없는 것도 사실이다. 허나 결코 인간 으로 이노우에 부인이 악해서 그러한 것이 아니라 그 여자가 실로 인 간이기 때문이다. 옥련의 불행은 최초의 고아가 될 때와 같이 이 경 우에 있어서도 무슨 선악의 인과因果 때문에 일어나는 것이 아니라 현 실에 살기 때문에, 실로 누구나 인정하지 아니 할 수 없는 인간적인 현실에 살기 때문에 일어나는 것이다. 이러한 부분의 묘사에 있어 작 자는 조금도 구소설적이 아니고 명백한 근대작가로 등장하고 있음을 기억할 필요가 있다. 우리의 현대소설이 신소설의 이러한 전통과 교 섭되고 있고, 또 거기서 자기의 재산을 섭취하지 아니하면 안될 것도 사실이다.

　　그러나 그 가운데서 일어나는 옥련의 불행은 또한 어찌할 수 없는

---

[414] 원문에는 '옥련이를 귀치 아니한'으로 되어 있으나 오식이기에 바로잡았다.

것이다. 이노우에 부인은 갈수록 옥련을 귀치 아니 여기고 나중에는 자꾸 히스테리하게까지 대하게 된다. 그 히스테리를 우리는 또한 그 근거와 더불어 이해할 수가 있다. 거듭 말하거니와 이노우에 부인이 악인이어서가 아니며 그가 근대적 자각에 눈뜬 현실 가운데 사는 여자이기 때문이다. 그러나 이노우에 부인의 그러한 심리적 내지 성격적 변화를 돕는 데 보좌적補佐的으로 등장하는 하녀 설자雪子는 바로 낡은 유형의 악인이다. 구소설에 흔히 볼 수 있는 간악한 하녀의 유형이다. 여기서 작자는 옥련의 불행을 강조하기 위하여 구소설적 수법을 또 다시 차용하고 있다. 하녀는 자꾸 이노우에 부인으로 하여금 옥련을 내버리고 개가하라고 권하는 것이다. 그러는 동안에 수년이 가서 옥련은 소학교를 졸업하게 되었으나 윗학교를 갈 수도 없고 그렇다고 이노우에 부인을 봉양할 수도 없다. 생각다 못해 자기가 없어져서 이노우에 부인에 누累됨을 없이 할까 하여 자살을 할까 하고 오사카 부두에 나갔다 순사에게 구원되어 들어오기도 하고, 방황하던 차에 그가 최후로 이노우에 부인의 눈앞에서 아주 없어질 결심을 하고 어디든지 가서 남의 집 고용살이라도 하리라고 기차를 타고 가다가 조선 학생을 하나 만나는 데서 새로운 운명이 전개된다.

그 학생은 조선에서 미국으로 유학을 가는 학생으로 오사카에서 배를 타고 상항桑港415을 건너가려는 도중이다.

소설로서는 옥련이가 그 서생을 만나는 장면의 묘사가 퍽 유머러스 하고 서술이 평명平明, 간단하나 사건으로서는 기이할 바가 없다.

전차 속에서 우연히 그 학생이 옥련을 조선 사람으로 알고 언어를 교환하게 되며 학비까지를 나누어 쓰자고 하여 같이 미국으로 건너

---

415 오늘날의 '샌프란시스코'를 지칭하는 당대 표기다.

가는데, 이 수법은 역시 구소설적 양식을 답습한 것이다. 기구한 운명에 빠진 가인佳人이 우연하게 재자才子를 만나는 식이다.

그러나 이러한 낡은 양식을 생채生彩있게 살린 것은 그의 문학적 재능과 또한 그가 영향받은 새 문학의 수법인 묘사법을 사용한 소치다. 그러나 내용상으로 보면 이 소설의 전개는 아연 이 부분에 와서 중대한 국면에 봉착한다. 그것은 당시의 풍조나 사정으로 보아 오사카 간 소녀가 학생을 만나서 미국으로 건너간다는 것은 별로 기이할 것이 아니나, 그러나 이 부분에 와서 소설 『혈의 누』의 동인動因이고 시대적인 배경이 된 청일전쟁에 대한 작자의 견해가 결론적으로 제시된다.

청일전쟁의 평양전은 단란한 옥련 일가를 깨뜨려 해치는 비극적 결과를 낳고 요동반도의 함락은 이노우에 군의를 희생으로 하여 옥련을 다시 한 번 더 의지할 곳 없는 고아를 만들었으나, 그러나 전쟁은 단순히 비극적으로만 영향하고 결말지운 것은 아니다.

그것은 벌써 요동반도의 함락을 보報하는 호외가 희비 양면을 정呈하였던 사실에서 작자는 전쟁에 대하여 단순치 아니한 견해를 가졌었다는 것을 알 수 있었으나, 옥련이 학생을 만나는 데서는 아연 다른 방면으로 그 영향은 전개된다.

그것은 옥련이 미국으로 가는 원인을 두 가지 측면에서 고찰함으로 명백해 진다. 하나는 물론 학생과의 해후가 옥련을 미국으로 가게 한다. 그것은 직접의 동인動因이다.

그러나 옥련이 대판으로 오지 아니했더라면 그 학생을 만날 수 없고, 따라서 미국 유학을 떠날 수가 없다. 그러면 옥련이 오사카로 온 원인은 곧 그 일가의 일 분해로416 그 원인은 평양전쟁이다.

그러면 원인遠因으로 말하면 청일전쟁이 옥련을 미국으로 가게 한 것이라고 볼 수가 있다.

즉 청일전쟁의 영향이 어디까지 소극적으로만 표현되어 오다가 여기에 이르러서는 적극적인 형태로 표현된다. 다시 말하면 평양전은 일 가정을 격리의 비탄에 빠지게 하고 한 사람의 소녀를 천애의 고아를 만들었으나 그러나 또한 한 사람의 이름도 없는 소녀를 새로운 세계에 눈뜨게 하는 실로 예상하지 아니했던 방향으로 인도한다.

만일 실제로 작가가 전쟁이란 것을 의식적으로[417] 이러한 소설적 가구假構와 인물을 통하여 다면적으로 추구하였다면 그는 범상한 작가가 아니다. 그러나 『혈의 누』를 보면 그 가운데 혼효된 구소설적 양식의 잔재라든가 기타의 점으로 보아 의식성을 의심하지 아니할 수 없다. 그러나 이 소설은 이것만으로도 작자의 비범한 현실관과 소설적 재능을 보이는 점이 아니라 할 수가 없다.

실로 청일전쟁은 한 사람의 또는 한 가정에 또는 한 국가에 적지 않은 변동을 야기하면서도 조선의 역사를 전체로 낡은 세계로부터 새로운 세계로 내어 밀은 추진력이 된 것만은 사실이다. 이렇듯 굴곡 많고 다면적인 역사적 운동은 소설 『혈의 누』를 통하여, 더욱이 옥련이란 소녀의 기구한 운명 위에 교묘하게 표현되어 있음을 볼 수가 있다. 이것은 작자가 그 시대에 대하여 가지고 있는 역사적 투시력의 소산이다.

그 다음에 전개되는 미국 유학 생활은 장소도 화성돈華盛頓이 되어 『은세계』의 옥순 남매의 미국 유학과 그리 다른 바가 없으나 한 가지 주목할 것은 『은세계』의 경우는 육친의 남매나 『혈의 누』에서는 전연 타인인 연소年少 남녀가 동반했다는 사실이다.

---

416 원문에는 '屯解로'로 되어 있으나 오시기으로 보이기에 바로잡았다.
417 원문에는 '意識으로'로 되어 있으나 글자가 누락된 것으로 보여져 채워 넣었다.

물론 비상非常하고 피할 수 없는 경우에 사람이 만나면 아무리 인습과 도덕이 남녀칠세 부동석을 계율처럼 강요하는 때라도 동석, 동반은 물론 생활을 같이 할 수까지 있다.

옥련과 학생의 경우는 이러한 사례이나 우리가 이 사실 가운데서 발견하는 것은 역시 다른 것이 아닐 수가 없다.

무엇보다 흥미있는 것은 전통적 도덕이 새로운 환경에 봉착할 때 당하는 불가피한 운명이다. 그것은 곧 전통적 도덕의 붕괴 내지는 폐기다. 옥련과 학생이란 순연히 타인이 국내에서는 얼굴도 맞댈 수 없는 것인데, 그러한 두 사람 사이에 가로막힌 구도덕적 장벽을 헐어 놓는데 구성한 시추에이션은 자못 준열한 데가 있다.

보기에 따라서는 옥련과 학생이 만나는 장면을 가인기우佳人奇遇식의 구투舊套가 있고 그 두 사람을 결의형제를 맺게 하는 점은 약간 작가의 타협적인 점이 보이나 그러한 사실이 구도덕을 시련의 마당으로 끌어내는 데는 실로 준엄타 아니 할 수 없다.

그러나 이러한 사실은 단순히 소설적 가구假構에 그치는 것이 아니라 한편으로는 점차 무력화無力化해 가는 전통적 도덕의 와해를 반영하고 있고, 또 새로운 환경 가운데서 그 환경에 적응하는 근대적인 도덕이 형성되어 가는 사실을 아울러서 반영한 것이다. 시추에이션으로 보아도 당시에 벌써 외국에 유학을 간 남녀간에 자유로운 교제가 행해지는 사실이 있었을 것이고 그러한 관계 가운데서 그 전 시대에는 상상도 아니했던 성性과 연애 혹은 이성간의 우정 관계라는 것이 존재했던 것이다. 이것은 그 시추에이션 자체의 시대적인 진실성을 설명하는 것이다.

끝으로 우리는 작자의 사상을 보지 아니할 수 없다. 물론 그것은 전권前卷에 이노우에 부인의 재가 문제를 이야기할 때 작자가 피력한 견해에서도 직접 알 수 있듯이 여자의 자유로운 권리와 남녀의 자연적인 관계 등 일반으로 근대적인 도덕을 주장하는 사람이라 옥련과 학생의 관계도 청년에게 개화사상을 선전키 위하여 선택한 것뿐이 아니라 그것의 구체적인 예로써 인륜적인 자유를 주장하는 데 특히 이러한 남녀를 등장시키지 아니했는가 한다.

그런데 그들이 곧 연애 관계라든가 서로 그와 비슷한 감정을 품은 흔적이 없이 끝나는 것은 전언前言한 바와 같이 작자가 구식 남녀도덕에 타협하는 것이요 구소설적인 수법의 소치이나 타방他方으로는 이러한 해석을 내릴 수도 있다.

즉 낡은 도덕에서 보면 청년 남녀가 만나기만 하면 이상한 관계에 빠지게 되는 줄 아나, 그러나 실제로는 이렇게 순연할 수 있다는 것을 보인 것이라고……. 물론 이것은 논자의 추측의 역域을 넘지 아니하나 그렇게 되는 주요한 원인은 역시 옥련과 학생이 좀더 생생하고 인간답게 살아있지 않고 다분히 개화사상을 표현하는 데 사용된 로보트에 끝난 때문이다. 그들은 남녀관계라는[418] 측면에서 보면 아주 유형類型이다. 왜 그러냐 하면 젊은 남녀가 이렇게 오래 공부 이외에는 아무것도 생각지 않고 지냈다는 사실이 오히려 부자연하기 때문이다. 그들을 율律한 것은 사상적으로 개화사상이나 윤리적으로는 구도덕이기 때문이다. 그러므로 앞으로 나가는 사상과 뒤로 끄는 윤리와의 사이에서 육체는 정지하고 있었다. 이것을 증명하는 것이 그들이 화성돈華盛頓에서 부친을 만난 뒤에 비로소 약혼 관계에 들어가는 데서 알 수 있다.

이러한 사실 이외에 그들의 유학생활은 『은세계』에 비하여 새로운

---

[418] 원문에는 '男女關係는'으로 되어 있으나 글자가 누락된 것으로 보여 채워 넣었다.

아무 것도 없다. 그러나 문장은 『귀의 성』에 비하면 좀더 새로워서 "우자 쓴 벙거지 쓰고 검정 홀태바지 저고리 입고 가죽주머니 메고 문밖에 와서 안중문을 기웃기웃하며 편지 받아 들여가오 편지 받아 들여가오[419] 두 세 번 소리하는 것은 우편군사라"지요 하는 구절 같 은 것은 먼저 지난 평양전의 묘사와 더불어 우리 신소설의 가량佳良한 부분에 속한다.

그 밖에 본장 서절에서 이야기 한 바와 같이 『국민신보』[420]에 연재 되다가 중단된 『백로주강상촌』이란 작품이 있는데, 그와 동시대인으 로 역시 저명한 신소설 작가인 최찬식 씨의 말에 의하면 이인직의 작 품 중에 제일 나았다고 한다. 그러나 필자가 본 단편斷片에 의하면 이 작품은 예술적이란 이상 더 무엇을 이인직에게 더하여 주는 것 같지 는 않았다. 재미있을지는 모르나 『은세계』, 『혈의 누』 등의 강한 사 상성이라든가 『귀의 성』 등의 리얼리즘은 이 소설에서 색채가 훨씬 희박해진 것을 부정할 수 없었다.

나. 이해조와 그의 작품

이해조는 경기도 포천 출생으로 소화昭和 초년까지 생존했던 작가 인데 이인직과는 거의 같은 연배의 동시대자인데 문학사적으로는 그 의 뒤에 위치한다. 그러나 작품의 수효는 이인직보다 훨씬 많아 발행 년대로 보아 제일 처음에 속하는 『빈상설』[421] ― 융희 2년 6월 발행

---

419 원문에는 '편지 받아~들여가오'가 누락되어 있다.
420 원문에는 '每日新報'로 되어 있으나 잘못이기에 바로잡았다.
421 이해조가 최초로 발표한 작품은 『소년한반도』에 1906년 11월부터 1907년 4월까지 연
　　 재하였던 미완의 한문소설 『금상태(琴上态)』이고, 최초로 발표된 신소설 작품은 『제국
　　 신문』에 1907년 6월 5일부터 10월 4일까지 연재하였던 『고목화』이다. 『빈상설』은 『고
　　 목화』에 뒤이어 『제국신문』에 10월 5일부터 연재된 두 번째 신소설 작품이다.

―로부터 최후의 작품 『강명화실기康明花實記』에 이르기까지 10여 편이 넘는다. 그의 문학적 특색에 대하여서는 본장本章 서절에 언급하였으므로 중언을 피하거니와 그의 소설도 이인직이나 최찬식과 같이 신문기자로서 출발하여 대부분이 월급을 받고 쓴 것이라 한다. 그의 일대의 걸작인 『옥중화獄中花』같은 것도 『매일신보』에 연재하던 것이다. 그의 작품에는 내지內地 이야기가 적지 아니 나오나 그가 한 번도 내지에를 가보지 못한 사람이라는 것도 흥미있는 사실이다. 어쨌든 이인직과 최찬식의 중간을 걷는 작가가 이인직에 의하여 개척되고 최찬식에 의하여 대중화된 신소설의 기초를 확립하는 데 바친 공헌은 막대한 바가 있다.

그의 작품을 이야기함에 있어 당연히 연대가 먼저 되는 『빈상설』, 『구마검』 등 융희 2년대의 소설로부터 시작하는 것이 당연하나 일부러 융희 4년에 나온 『자유종』에서부터 시작함은 『자유종』이 신소설이기보다 그것이 선행한 정치소설의 범주 가운데 속하기 때문이다.

『자유종』은 소설이라기보다 그 본문 서두에 '토론소설'이라고 쓰여 있는 것처럼 어떤 부인의 생일잔치에 모인 부인들이 주고받는 토론조의 연설로 된 작품이다.

이 작품에 주제가 된 자유란 것에 대하여 작자는 소설 모두에서 이렇게 말한다.

천지가 만물 중에 동물되기 희한하고 천만가지 동물 중에 사람되기 극난하다. 그같이 희한하고 극난한 동물 중 사람이[422] 되어 (…중략…) 압제를 받아 자유를 잃게 되면[423] 하늘이 주신 사람의 직분을 지키지 못함이어늘 하

---

[422] 원문에는 '극난한 사람이'로 되어 있으나 '동물 중'이 누락되었기에 채워 넣었다.
[423] 원문에 '압제를…… 잃게 되면'이 누락되었기에 채워 넣었다.

물며 사람 사이에 여자되어 남자의 압제를 받아 자유를 빼앗기면 어찌 희한 코 극난한 동물 중 사람의 권리를 스스로 버림이 아니라 하리오.

여자의 개성의 자각과 여권의 주장 그리고 현실생활과 정치의 장래에 대해서까지 이 소설의 토론 범위는 미쳤는데 주인 '매경'이란 부인의 인사가 끝난 뒤 '설헌'이란 부인이 "우리 ××[대한]의 정계가 부패함도 학문[424] 없는 연고요 민족의 부패함도 학문 없는 연고요 우리 여자도 학문 없는 연고로 기천년 금수 대우를 받았으니 우리 ××[나라]에도 제일 급한 것이 학문이요 우리 여자 사회도 제일 급한 것이 학문인즉 학문 말씀을 먼저 하겠소" 하여 교육의 필요[425]를 역설하고 그 중에도 여자 교육을 열렬히 주장하였다.

그러나 교육에 대하여 일층 구체적인 견해를 '금운'이란 부인이 피력한다.

우리××[나라] 지식을 보통케 하려면 그 소위 무슨 변에 무슨 자 무슨 아래 무슨 자라는 옛날 상전으로 알던 중국 글을 폐지하여야 필요하겠소. 대저 글이라 하는 것은 말과 소와 같아서 그 나라의 범백 정신을 실어두나니 우리××[나라] 소위 학문은 곧 지나의 말과 소라. 다만 지나의 정신만 실었으니 우리××[나라] 사람이야 평생을 끌고 다닌들 무슨 이익이 있겠소 그런 중에 그 말과 소가 대단히 사나와 좀체 사람이 끌지 못하오.

문장 지식을 마馬와 우牛에 비한 것도 흥미 있거니와 오랫동안 아녀자의 문자였던 언문의 전용을 주장하고 한문의 폐지를 창도唱導한

---

424 원문에는 '한분'으로 되어 있으나 오식이기에 바로잡았다.
425 원문에는 '心要'로 되어 있으나 '必要'의 오식으로 보이기에 바로잡았다.

것은 오래 억압된 지위에 있는 조선 부인이 자기의 권리를 주장하는
데 따르는 당연한 문화적 욕구일 뿐 아니라 그 욕구가 당시의 민중
전체의 욕구와 일치하였다는 데 특히 주목을 요한다. 개화開化 조선이
자기의 표현수단으로서 자기의 어문을 부활시키려고 하는 강력한 요
구의 표현이다. 그러나 이것은 학문의 형식이나 그 내용에 있어서도
연설은 일단 깊이[426] 들어가 있다.

대체 글은[427] 무엇에 쓰자고 읽소. 사리를 통하려고 읽는 것인데 내 ××
[나라] 지리[428]와 역사를 모르고서 제갈량전과 비사맥전[429]을 천번 만번이나
읽은들 현금 비참한 지경을 면하겠소. ××[일본] 학교 교과서를 보시오. 소
학교 교과라는[430] 것은 당초에 ××[대한]이다 청국이라는 말도 없이 다만
자국 인물이 어떠하고 자국 지리[431]가 어떠하다 하여 자국 정신이 굳은 후
에 비로소 만국 역사와 만국 지리를[432] 가르치니 그런 고로 무론[433] 남녀하
고 자국의 보통 지식 없는 자가 없어 오늘날 저러한[434] 큰 세력을 얻어 나라
의 영광을 내었소.

자기의 표현 형식뿐만 아니라 거기에 따르는 자국에 관계한 지식,
또는 자국의 정신과 동시에 외래문화의 학득學得이란 것을 이야기한
것으로 이것은 재래의 한문이 사대적이었던 것을 비판하고 또한 새

---

426 원문에는 ‘길이’로 되어 있으나 오식으로 보이기에 바로잡았다.
427 원문에는 ‘글을’로 되어 있다.
428 원문에는 ‘지지’로 되어 있으나 오식이기에 바로잡았다.
429 ‘비사맥’은 ‘비스마르크’의 당대 표기이다.
430 원문에는 ‘교과하는’으로 되어 있으나 오식으로 보이기에 바로잡았다.
431 원문에는 ‘지리’로만 되어 있으나 글자가 누락되었기에 채워 넣었다.
432 원문에는 ‘만국지리를’로만 되어 있으나 누락되었기에 채워 넣었다.
433 원문에는 ‘무른’으로 되어 있으나 오식이기에 바로잡았다.
434 원문에는 ‘저러한’으로만 되어 있으나 앞에 글자가 누락되었기에 채워 넣었다.

로운 문화 수입이 잘못하면 오류를 되풀이 할 것을 경계한 것이다.

그러나 그 다음 '국란'이란 부인의 연설은 이 한문 전폐全廢와 언문 전용주의諺文專用主義를 비판하고 언한문혼용주의諺漢文混用主義를 주장하였다.

우리××[나라] 국문은 미상불 좋은 글이나 닦달 아니한 재목과 같으니 만일 한문을 버리고 국문만 쓰려면 한문에 있는 천만사와 천만법을 국문으로 번역하여 유루한 것이 없은 연후에 서서히 한문을 폐하여[435] 지나 사람을 되주든지 우리가 휴지로 쓰든지 하고 그제야 국문을 가위 글이라 할 것이니 이 일을 예산한즉 오십년 가량이라야 성공하겠소

'국란' 부인은 이 사실을 '수모'라는 벌레에 비比하고 혹은 이사移舍에도 비유하여 오래 거居하던 집을 타인他人의 집이라 하여 갈 곳도 정하지 않고 이사가는 것은 무모한 일이라 하였다.

그 중요한 예로 언문으로 된 적당한 책이 없다는 것을 탄嘆하였다.

…… 한문자만 숭상하고 국문은 버려 두어서 암글이라 지목하여 부인이나 천인이 배우되 반절만 깨치면 다시 읽을 것이 없으니 보는 것은 다만 『춘향전』, 『심청전』, 『홍길동전』 등물 뿐이라. 『춘향전』을 보면 정치를 알겠소. 『심청전』을 보고 법률을 알겠소. 『홍길동전』을 보아 도덕을 알겠소. 말할진대 『춘향전』은 음탕 교과서요, 『심청전』은 처량 교과서요, 『홍길동전』은 허황 교과서라 할 것이니, 국민을 음탕 교과[436]로 가르치면 어찌 풍속이 아름다우며 처량 교과로 가르치면 어찌 장진지망이 있으며 허황 교과

---

435 원문에는 '폐지하여'로 되어 있으나 오식이기에 바로잡았다.
436 원문에는 '음당탕과'로 되어 있으나 오식이기에 바로잡았다.

로 가르치면 어찌 정대한 기상이 있으리까. 우리××[나라] 난봉 남자와 음탕한 여자의[437] 제반 악증이 다 이에서 나니 그 영향이 어떠하오.

이것은 언문으로 된 소설 비판이거니와 그 부인은 뒤이어서 각색各色 미신서迷信書가 모두 언문으로 씌어있고 또 그것들이 사본寫本, 인본印本 이외에 전토全土에 보급되어 있다는 사실을 지적하였다. 그리고 그런 유해한 서책書冊의 판매를 허락하는 정부 당국을 비난하였다. "학무국은 무슨 일들을 하며 편집국들은 무슨 일들 하는지, 저러한 관리를 믿다가는 배꼽에 노송나무가 나겠소. 우리 여자 사회가 단체하여 문무관리에게 질문 한 번 하여 봅시다" 하고, 그 다음 "여보[438] 사회단체가 그리 용이하고" 하고 '국란' 부인의 자문자답같이 되는데 내용과 문장의 맥락으로 보아 분명 딴 부인의 말 같다. 그 부분은 전인前引한 것과 같이 '사회단체'가 용이치 아니한 것을 여러 가지 예를 들어 말하였는데 그것은 실상 조선사회 각반各般에 대한 새로운 평민적 부인의 입장에서의 비판이었다. 관인사회의 부패에 대하여는 더 말할 것도 없다하여 물론勿論하고, 먼저 그는 종교사회를 비판하였는데 "우리 ××[나라]는 범위를 좁혀서 남자만 종교를 알지 여자는 모를게라, 귀인만 종교를 알지 천인은 모를게라 하여 대성전에 제관[439]싸움이나 하고 시골 향교에 재임이나 팔아먹고 소민들은 향교 추렴이나 물리니 공자님의 도라는 것이 무엇이오" 하여 유도儒道의 부패를 열렬히 적발하고, 나아가 유생들의 소위 고고孤高한 은둔주의

---

[437] 원문에는 '난봉남지와'로만 되어 있으나 오식과 함께 또 글자가 누락되었기에 채워 넣었다.
[438] 원문에는 '그 다음 그냐"여보'로 되어 있으나 문맥상 불필요한 말이 삭제되지 않은 듯하여 삭제하였다.
[439] 원문에는 '제판'으로 되어 있으나 오식이기에 바로잡았다.

를 또 비판하는데 자못 예리한 바가 있다.

옛적 정자산[440]의 외교수단을 공자님도 칭찬하셨으니 공자님은 척화를 모르시오. 척화도 형편대로 하는 것이지 붓끝으로만 척화 척화하면 척화가 되오. 또 고상하다 자칭하는 자는 당초 사직으로 장기를 삼아 ××[나라]가 내게 무슨 상관있나 백성이 내게 무슨 이해가 있나 독선기신이 제일이지. 자질도 이렇게 가르치고 문인도 이렇게 어거하여 혹 총명재자가 있어 각국 문명을 흠선하여 정치가 어떠하다 법률이 어떠하다 교육이 어떠하다 언론을 하게 되면 자세히 듣지는 아니하고 돌려세우고, 고담준론으로 아무집 자식도 버렸다 그 조상도 불쌍하다 하여 문인 자제를 엄하게 신칙하되 아무개와 상종을 말라, 그 말을 듣다가는 너희가 내 눈앞에 보이지 말라 하니 우리 이×[천]만인이 다 그 사람의 제자되면 ××[나라]꼴은 잘 되겠지요.

이것은 유생 사회가 단순히 부패되어 있을 뿐만 아니라 실로 개화주의의 적이란 점을 강조하였다. 유교의 상층부가 이러할진댄 그 하층은 더할 나위가 없으리라는 것을 작자도 부언하여 유교의 무력화를 이야기하고, 다시 일반 사회를 비판하는데 상업 사회는 에누리 사회요, 공장 사회는 날림 사회요, 농업 사회는 야매 사회라 하였고, 신교육 사회를 이야기하는데 그는,

구교육 사회보다는 낫다 하나 불심상원이요. 관공립은 화욕 학교라 실상은 없고 문구뿐이요,[441] 각처 사립은 단명 학교라 기본이 없어 번차례로 폐지할 뿐 아니라, 무론 아무 학교든지 그 중에 열심한다는 교장이니 찬성장이니

---

440 원문에는 '정산'으로 되어 있으나 글자가 누락되었기에 채워 넣었다.
441 원문에는 '문구문이오'로 되어 있으나 오식이기에 바로잡았다.

하는 임원더러 묻되 이 학교에 제갈량과 이순신과 비사맥과 격란사돈[442] 같은 인재를 교육하여 일후의 국가대사를 경륜하려오 하면 열에 한둘도 없고 또 묻되 이 학교에 인재성취는 이 다음 일이오 교육사회에 명예나 취하려오 하면 열에 칠팔이 더 되니 그 성의가 그러하고야 어찌 장구히 유지하겠소 교원 강사도 한만한 출입을 아니하고 시간을 지키어 왕래한다니 그 열심은 거룩하오 공익을 위함인지 명예를 위함인지 월급을 위함인지 명예도 아니요 월급도 아니요 실로 공익만 위한다 하는 자가 몇이나 되겠소.

실로 풍자가 뼈끝을 찌르는 감이 있는 글로 우리에게는 이미 보이지 않는 당시 교육계의 양부이면良否二面을 여실히 보여주고 있다.

이리하여 이 연설자의 결론은 "이렇게 교육 교육할지라도 십년 이 십년에 영향을 알리니 그 중에도 몇 사람이야 열심 있고 성의 있어 시사를 통곡할 자가 있겠지요마는 단체 효력을 오히려 못 보거늘[443] 하물며 우리 여자에 무슨 단체가 조직되겠소" 하는 비관론이다.

그러나 그 다음에 등장하는 '설헌'이라는 부인은 이러한 막연한 비관론과 일방적인 부정을 비판하는데 "사람이 일을 하려면 이기려다가 패함도 있거니와 패할까 염려하여 당초에 하지 아니하면 이는 당초에 패한 사람이라" 하였다는 양계초梁啓超의 말과, "편한 것이 위태한 근본이라", "무식은 유식의 근원이라" 등의 서양철학가라는[444] 사람의 말과 "좋은 사람이 없다 함은 덕 있는 말이 아니라"는 『소학小學』의

---

442 원문에는 '격란마도'로 되어 있으나 오식이기에 바로잡았다. '격란사돈'은 '글래드스턴(Gladstone, William Ewart : 1809.12.29~1898.5.19)'을 지칭하는 당시 표기이다. 글래드스턴은 영국 리버풀 출생으로 자유주의자로 명성을 떨친 자유당의 지도자로 총리까지 지낸 정치가였다.

443 원문에는 '못보거던'으로 되어 있으나 오식이기에 바로잡았다.

444 원문에는 '西洋哲學家과는'으로 되어 있으나 오식이기에 바로잡았다.

장구章句 등을 인용하면서 조그만 것이라도 좌우간 방가邦家에 익益되고 문명개화에 도움이 되는 것이면 행하는 데서 시작할 것이라고 역설하였다.

우리 여자 몇몇이 지껄이는 것이 풀벌레 같을지라도 몇 사람이 주창하고 몇 사람이 권고하면 아니 될 일이 어디 있소. 석달 장마에 한 점 볕이 개일 장본이요, 몇 달 가물에 한 조각구름이 비 올 장본이니 우리 몇 사람의 말로 천만인 사회가 되지 아니할지 뉘 알겠소.

이러한 정신은 아마 전번에 연설한 한 부녀의 비관론과 더불어 당시의 사회심리를 지배하고 있던 가장 전형적인 사상의 하나가 아닌가 한다. 그러므로 자기의 것에 비하여 우월한 타인의 것을 그저 경탄하고 숭앙만 하며 자기의 것을 폄하만 할 것이 아니라 실로 그 뒤떨어진 자기의 것을 살리기 위하여 전진前進한 타인의 것을 배우라는 의미다. 그러므로 자조自嘲하는 태도를 '설헌' 부인은 준열히 비난하는데 "소학에 가로되 좋은 사람이 없다 함은 덕 있는 말이 아니니라"[445] 한 것은 이도利刀로 난마亂麻를 베는 것과 같이 명쾌한 바가 있다.

그리하여[446] '설헌' 부인이 여자에게 권하는 것은 먼저 등장했던 부인이 비관론 끝에 가서 조금 비추었던 모성론母性論과 비슷하여 결국 "우리 여자만 합심하고 자녀를 잘 교육하면 제2세에 문명은 우리 사업이라 할 수 있소" 하여 유명한 맹모孟母의 예를 위시로 현모賢母가 그 자녀에게 끼친 거대한 영향을 일일이 인례引例하여서 부인들이 훌륭한 모성으로, 즉 자녀들의 최량崔良한 교육자로서 자각할 것을 강조

---

445 원문에는 '안니니라'로 되어 있으나 오식이기에 바로잡았다.
446 원문에는 '그리하나'로 되어 있으나 문맥의 흐름을 고려하여 바로잡았다.

하였다.

그 다음에 등장한 '국란' 부인은 다시 이 논지를 보충하고 구체화하여 여러 가지 각도에서 자녀 교육의 원리와 방법을 이야기하였는데, 먼저 이기적인 애자주의^{愛子主義}를 버리라고 절규하였다.

> 세상 사람들이 자식을 사랑한다 하나 실상은 자기 일신을 사랑함이니, 자식이 나매[447] 좋아하고 기꺼하는 마음을 궁구하면 필경은 제 자식이 있으니 내 몸이 의탁할 곳이 있으며 내 자식이 자라니 내 몸 봉양[448]할 자가 있도다 하고, 혹 자식이 병이 들면 근심하고, 혹 자식이 불행하면 설워하니, 근심하고 설워하는[449] 마음을 궁구하면 필경은 내 자식이 병들었으니 누가 나를 봉양하며 내 자식이 없었으니 내가 누구를 의탁하리오 허나 그 마음이 하나도 자식을 위한다는 자도 없고 국가를 위한다는 자도 없으니 사람마다 자식자식 하여도 진리는 실상 모릅디다.

이것은 전통적인 동양의 더구나 조선의 중세적인 이기주의에서 우러난 자녀관, 혹은 가부장적 가족제도 하에서 발생한 윤리관에 대한 부정이요, 새로이 성장하고 있는 연소한 세대의 입장을 대변한 반항이라고 할 수가 있다.

그리하여 그는 일종의 자녀공물론^{子女公物論}을 주장하였다. 그것은 효라는 것을 부모의 입장에서가 아니라 국가와 공공의 입장에서 해석함으로써 나오는 결론이다. 즉 "공자 말씀에 인군을 잘못 섬겨도

---

447 원문에는 '남매'로 되어 있으나 오식이기에 바로잡았다.
448 원문에는 '몸양'으로 되어 있으나 오식이기에 바로잡았다.
449 원문에는 "혹자식이불행하면 설워하는"으로 되어 있으나 글자가 많이 누락되었기에 채워 넣었다.

효가 아니요 전장에 용맹이 없어도 효가 아니라 하셨으니 이 말씀을 생각하면 자식이라는 것이 내 몸만 위하여 난 것이 아니요[450] 실로 나라를 위하여 생긴 것이니 자식을 공물이라 하여도 합당하오” 하는 것이다.

그러나 이 견해를 훨씬 그 뒤에 발표된 춘원의 여자중심론女子中心論의 사상에 비하면 물론 불철저하고 모호하다. 춘원은 자녀를 단순히 부모에게서만 분리시켰을 뿐만 아니라 실로 국가사회에서 다시 한 번 구분시켜 그들의 독립한 개성으로서 위치주려고 부르짖은 것이다.

허나 이 소설의 사상은 자녀를 부모에게서 분리시키는 데서는 진보적이었으나 그를 공물이라 하여 국가사회에 귀속시키고 효로써 그것을 논하는 데서는 타협적이었다. 그것은 분명히 재래의 전통적 윤리와의 타협이요, 자녀의 인간적 자유의 부여에 대한 주저를[451] 볼 수 있다. 여기에는 시대의 한계도 있고 또한 내셔널리즘의 한계도 있다. 이것이 또한 일반으로 계몽주의의 한계이기도 하다. 우리는 한말韓末의[452] 계몽주의의 사회적 기초가 어디까지든지 시민에게 있지 않고 불평 양반, 개화 귀족에 있다는 것을 잊어서는 아니 된다.

그러나 이러한 한계성에 불구하고 계몽주의는 당시에 있어 가장 진보적인 사상이었다는 것을 또한 잊어서는 아니 된다.

그것은 시민화하고 있고 근대적으로 개장改裝하려는 귀족의 사상이었기 때문이다.

그것은 ‘국란’ 부인의 자녀교육 방침을 개진하는 데 다시 전개된다.

먼저 ‘국란’ 부인은 봉건제하의 가부장적 가족제도의 부수물인 일

부다처一夫多妻가 낳은 적서관계適庶關係의 폐지를 열렬히 주장하여 가로되 "그 서자이니 얼자이니 하는 총중에 영웅이 몇몇이며 문장이 몇몇이며 도덕군자가 몇몇인지 누가 알겠소" 하였다.

이것은 소설 『죽음의 집의 기록』 가운데 도스토예프스키가 "얼마나 많은 천재가 이 가운데서 멸망해 가느냐"고 말한 인간적 절규와도 비교될 수 있다. 사실 수다數多한 천재와 유위有爲한 인재가 정실의 소생이 아니고 서자이기 때문에 부패하고 멸망해 간 것이다. 즉 축첩제도는 단순히 여성을 불행하게 하였을 뿐만 아니라 그 소생을 더욱 비참하게 만들었다. 근대에 눈뜨는 부인들이 여성의 불행한 지위뿐만 아니라 그 자녀의 비참한 운명에 관심關心하는 것은 당연한 일이다. 더구나 국가 사회가 유위有爲한 인재를 광범히 요구하고 있을 때 그 인물이 서자인 때문에 교육의 기회와 사회적인 발전의 문이 굳게 닫혀 열리지 아니한다는 것은 우려할 일이다. "그 사람도 원통하거니와 나라일이야 더구나 말할 것이 있소" 하고 개탄한 것은 정히 이러한 사태를 가리켜 이른 것인데, 이것은 또한 예의 자녀공물론子女公物論을 의미하는 것이기도 하다. 이것은 물론 전언한 바와 같이 생명으로서의 개성의 자유로운 발전과 개화의 질곡으로서의 적서제도를 타파하려는 순純근대적 요구와는 차이가 있으나, 그러나 자녀공물론, 자녀예속 시대로부터 자녀중심론의 시대로 전이해 가는 하나의 중간계단으로서 막대한 진보적 의의를 갖는 것이다. 개인이 성장하려면 먼저 개인의 공동체로서의 사회가 비개인적인 상태에서 이탈할 필요가 있기 때문이다.

그러한 시대는 그러므로 항상 일종의 개인과 국가의 연립聯立 시대인 것이다. 작가가 '국란' 부인의 말 가운데 "적서 동문을 혁파하자, 서북사람을 등용하자" 하던 성호星湖의 언설言說을 인引해온 것은 결코 우연이 아니다. '국란' 부인의 입을 빌어 이야기하는 작자 이해조의 사상은 우리에게 가깝다느니보다는 차라리 성호나 지봉芝峰에 더 가깝기 때문이다.

이러한 사상은 또한 이해조 1인의 사상이 아니라 실로 전全 신소설 시대의 사상으로서 이인직을 위시로 하여 그 뒤에 여러 신소설 작가가 즐겨 취급한 계모소설적인 주제는 이것과 사건은 다르나 성질은 동일한 것이다.

'국란' 부인이 자녀교육 방침의 둘째 것으로 든 것이 바로 전기한 정부실正副室 다음에 이야기한 전후실前後室 관계의 타파론이다. 정부실 관계에서는 적서를 가렸으나 전후실 관계에서는 전실 소생이나[453] 후실 자녀나 한 아버지 자식이기는 일반이요, 한 나라 국민되기는 동일하지 아니하냐는 것이다. 이 관계는 정부실 관계보다도 더 많이 비참한 일을 야기한 원인으로, 좀 전대前代로는 『장화홍련전』을 위시로 대부분의 신소설의 주제가 되었을 뿐만 아니라 참학慘虐과 잔인과 온갖 죄악의 근원이 된 관계이다.

일찍이 전장前章에서 계모가 전실 소생에게 대한 박해와 학대를 여성의 사회적 지위 열악에서 오는 분만憤懣의 방수로放水路라 하였는데, 이것도 물론 봉건적 가부장제의 한 산물이라 할 수 있지만 그것은 간접의 원인遠因이라 할 수 있고, 직접의 근인近因은 역시 정부실 관계에 있어서와 같이 전후실에 대한 신분상의 차이에 있지 아니한가 하며, 또 거기에 부가되기를 혈연의식이 하나 더하기 때문이 아닌가 한다. 즉 자녀에게 가는 영향이라는 것은 부모들의 관계의 한 연장에 지나지 않는다.

---

[453] 원문에는 '前室所生이'로 되어 있으나 문맥을 고려하여 고쳐 썼다.

그러므로 통틀어 자녀 교육을 논하면서 '국란' 부인이 먼저 정부실과 전후실 관계를 열거한 것은 어버이들의 관계를 자식에게까지 미치게 하지 말자는 입장, 바꾸어 말하면 전술한 소위 자식을 사랑하는 데 부모 중심의 이기주의를 떠나 자녀들을 국가의 공물公物로 대상화시켜 놓을 것이라는 원리에서 연역해 낸 것이라고 볼 것이다.

그러나 '국란' 부인이 동일 계급 내의 차별의 철폐를 중심中心한 대신 그 다음에 등장한 '매경' 부인은 더 광범위로 나아가 아주 사회적인 차별의 철폐까지 외친다.

자식의 진리를 자세히 말씀하셨으나 그 범위는 대단히 넓다고는 못하겠소 기왕 자식을 공물이라 말씀하셨으면 공물이 많아야 좋겠소 공물이 적어야 좋겠소. 공물이 많아야 좋다 할진대 어찌 서자이니 전취 소생이니[454] 그것만 공물이라 하여도 역시 사정이올시다.

즉 자녀들을 그 부모의 소속으로부터 분리할 뿐만 아니라 모든 자녀를 국가사회의 공물로서 동일시하는 평등론이다. 이것은[455] 서구의 인본주의에다 기초를 둔 사회적 평등론이나 만인평등론에 비하면 아직도 협의狹意의 것이요 한계적인 것이나, 그러나 사회는 모든 불평을 그 계급적 내지 신분적인 차별과 구속에서 해방할 것을 요구한다는 사상은 민주적이 아닐 수가 없다.

비록 종의 자식이나 거지의 자식이라도 우리××[나라] 공물은 일반이어늘 소위 양반이나 중인이니 상인이니 서울이니 시골이니 하여 서로 보기를

---

454 원문에는 '전취이니'로 되어 있으나 글자가 누락되었기에 채워 넣었다.
455 원문에는 '이것을'으로 되어 있으나 문맥의 흐름상 오식이기에 바로잡았다.

타국 사람같이 하니 단체가 성립할 날이 어찌 있겠소. 또 서북으로 말할지라도 몇 백년을 나라 땅에 생장하기는 일반이어늘 그 사람 중에 재상이 있겠소 도학 군자가 있겠소. 천향이라 하여도 가하니 그 사람 중에 진개[456] 재상 재목과 도학 군자 자격이 없는 것이 아니라 재상의 교육과 군자의 학문이 없음인지 몇 백년 좋은 공물을 다 버리고 쓰지 아니하였으니 어찌 ××[나라]가 왕성하오리까.[457]

작자의 표현에 의하면 재상과 도학군자가 모두 이토泥土 중에 매몰되어 개화되지 못하고 썩은 것은 상하 반상의 계급적·신분적 차별에 중요한 원인이 있으나, 또한 지방주의적 분리에 의함이 다대多大했음을 '매경' 부인은 지적하였다. 이것은 전통적인 봉건적 분열에 대한 새로운 시민의 비판이요, 그것의 타파의 강조가 아닐 수 없다. 지방주의에 대한 이러한 비판 정신은 한말韓末에 있어 국가적 또는 사회적 통일을 위하여 치열히 주장되는 바로, '매경' 부인의 연설은 이러한 풍조를 대변한 것이라 하겠는데, 그러한 사조의 발생한 원인은 또한 서북西北이 조선 근대화에 있어 어느 지방보다도 먼저 깨인 데도 중요 원인이 있다.

즉 개국 전에 사신왕래는 물론 천주교가 서북으로 들어왔고 그 뒤에 신교도 서북 지방을 경유하여 유입하여 와서 서북은 다른 지방이 아직도 봉건적·쇄국적 미몽迷夢 가운데 방황할 때에 벌써 서양문화의 영향을 받아 급격히 신흥세력으로 대두하였다.

그러므로 통일적 욕망이 치열했던 당시 사람들이 일반적 견지에서 서북西北 관북關北 등 이조 5백 년간에 등한시되었던 지방을 새삼스러

---

456 한자어로 표기하면 '眞個'이다.
457 원문에는 '완성하오리까'로 되어 있으나 오식이기에 바로잡았다.

이 중요시하였을 뿐 아니라 서북 지방 자체가 당시 조선 사회의 제1선상에 등장하기를 요구한 것이다.

허나 그것은 서북이 지방주의적 견지에서 자기 지방의 존재권存在權을 주장하였다느니보다 봉건 조선을 근대화하려는 의도에서 자기를 주장한 것이다. 그러므로 서북의 등장이 왕왕 지방주의적 파문을 야기한 느낌이 있으나, 그것은 오히려 호남, 영남의 봉건적 경향과의 대립의 한 파생 현상에 지나지 않는다. 그러나 또한 이 현상이 낡은 지방주의적 분열의 한 잔재인 것도 부인키 어렵다. 이러한 여러 가지 사실은 또한 근대 조선이 자기를 통일하는 데 있어 얼마나 많은 장해障害에 봉착하였는가를 이야기하는 사실이기도 하다.

그런 만큼 그 당시에 있어 지방주의에 대한 일반 민중의 반감은 가위可謂 골수骨髓에 철徹해 있었다. 그리고 그 비난이 과거에 주로 정권을 장악해 내려온 기호인畿湖人에게 자연히 향해서 있었던 만큼 서북인을 주로 한 반反지방주의가 일종 반기호주의反畿湖主義와 같이 나타나 새로운 지방열地方熱을 초래했던 것과 같은 현상을 정呈하였다.

이러한 사정은 "다름 아니라 서북은 인재가 배출하니 기호와 같이 교육하면 사환 권리를 다 빼앗긴다 하니 그러한 좁은 말이 어디 있겠소" 한 '매경' 부인의 말이 잘 그것을 증명한다. 그것은 지방주의를 여러 각도에서만 아니라 실로 그 근원에서 밝힌 감이 있다. 그 다음으로 사회적 분리는 그 최대한 자者로 바상의 구별을 들지 아니할 수 없으니 '매경' 부인의 말을 다시 인引하면,

또 반상으로 말할지라도 그렇게 심한 일이 어디 있겠소. 어찌하다가 한 번 상놈이라 패호하면 영웅열사가 있을지라도 자자손손이 상놈이라 하대하니 그 같은 악한 풍속이 어디 있으리까.

이것은 과거 조선 사회의 최대의 분리인 신분적 격리를 비난한 것이 아니면 아니 된다. 상인常人이기 때문에 모든 인재가 초야에 썩어 가는 것은 모든 중세[458] 사회에 공통한 현상이 아닐 수 없다. 이 종행終行은 당연 상인=민중의 권리의 주장이요, 교육과 정치에 있어 기회 균등의 요구라 할 수 있다. 그러므로 이러한 요구는 르네상스 이후 시민적 요구의 세계적인 표어이었으며 또 조선에 있어 개화 운동의 중심 사상의 하나였다.

새로운 사회의 생탄生誕을 위하여 시민의 자유로운 성장을 위하여 봉건적 구속의 최대한 자牆인 신분 제도가 타파되어야 한다.

불란서에 있어서와 같이 인간 해방 혹은 만인 평등의 이 사상은 거대한 대중 행동과 정치적 대변혁에까지 이른 것은 주지의 사실이다. 실로 신분제의 타파는 시민 사회의 최대의 요구였다. 그러나 이 변혁이 급격히 하부로부터가 아니라 상부로부터 서서히 수행된 동양, 그 중에도 조선과 같이 중中얼치기적이요 불철저하고 기형적인 조선에 있어 인간 해방의 사상은 자연스러이 발달되지 못했고 철저하게 개화하지 못했을 것은 의심할 여지가 없다.

초기의 급진적 지식층이 이러한 사상에 일시 접근했을[459] 뿐이요, 그 뒤로는 조선 근대 사회 그것과 같이 타협적인 형태로 이 사상은 존속하여 왔다. 즉 반상 구별의 완전한 철폐가 아니라 부분적인 개폐 혹은 그것을 존속시키고 개량하여 전대의 폐만을 제除하라는 것이다. 이것이 계몽주의의 성격이요 또한 정치적 내셔널리즘의 사상 내용이었다. 이러한 제점諸點을 가장 명확히 알 수 있는 일구一句를 인引하면,

---

458 원문에는 '中在'로 되어 있으나 오식이기에 바로잡았다.
459 원문에는 '接近함을'으로 되어 있으나 오식으로 보이기에 바로잡았다.

그러나 국가질서를 유지하려면 불가불 등급이 있어야 문란한 일이 없거늘 우리나라 경장[460] 대신들이 양반의 폐만 생각하고 양반의 공효는 생각지 못하여 졸지에 반상 등급을 벽파[461]하라 하니 누가 상쾌치 아니하겠소마는 국가 질서의 문란은 양반보다 더 심한 자 많으니 어째 정치가의 수단이라고 인정하겠소.

하는 '매경' 부인의 말이다. 부인은 다시 자유를 숭향崇向하게 된 그때 시속時俗을 분격憤激하고 "속담에 상두꾼에도 수번이 있고 초란이 탈에도 차례가 있다 하니 하물며 전국 사회가 이렇게 문란하고야 무슨 질서가 있겠소" 한 다음 "갑오년 경장 대신의 정책이 웬 까닭이요" 하고 갑오개혁의 급진적임을 오히려 비난하였다. 이것은 분명히 과도한 평등정책에 대한 양반적 불만이다. 그러면서도 일편一便으로 반상 타파를 주장하는 것은 모순되는 것 같으나, 그러나 이 모순이 곧 조선 개화의 구체적 내용이다.

그러므로 결국 상인에게는 적당한 자유를, 양반으로서는 필요한 권리를, 즉 양반을 지배자로 한 근대사회를 만들어 가자는 것이다.

이것은 또한 벌써 갑신甲申, 갑오甲午의 급진 시대를 한 고비 넘어선 근대화된 양반의 의식의 반영이기도 하다.[462]

---

460 한자어로 표기하면 '更張'이다.
461 한자어로 표기하면 '劈破'이다.
462 이 뒤부터가 『인문평론』 1940년 11월호에서 1941년 4월호까지에 실려 있는 글이다. 연재에 들어가기 전에 '지금까지 발표된 분(分)의 목차'라 이전까지 신문에 연재한 글의 목차를 싣고 다음과 같은 편집자 주가 앞머리에 실려 있다.
   "B. 이해조와 그의 작품(미완)
   그러므로 결국 본지에는 속 「이해조와 그의 작품」으로 시작하게 된다. 조선일보에서 이 글이 사정으로 중단될 때 불행히 마저 끊지 못했던 관계상, 본지에서부터 읽어주는 독자에게는 약간 불편하고 이해하기 곤란한 점이 있을지 모르나 역시 신문에서 끊어진 개소(個所)에서 계속할 작정이니 여러분의 양해를 빈다."

이 소설이 전혀 급진적 절정을 한 고비 넘어선 근대화된 양반의 의식의 선양宣揚을 목적으로 한 작품이 아님은 물론이다. 양반의 과실만 지적하지 말고 양반의 공적도 평가해야 된다는 말은 급진적 평민주의를 반대하는 것과 다른 측면에서 음미될 것을 또한 요청한다. 그것은 전인前引한 '매경' 부인의 긴 변설辨說의 결어結語다.

지금 형편은 어떠하냐 하면 어기어차 슬슬 다리어라 네가 못 다리면 내가 다리겠다. 어기어차 슬슬 다리어라 하는 이 지경에 한 번 큰 승부가 달렸은즉, 노인도 다리고, 소년도 다리고, 새아기씨도 다리어도 이길는지 말는지 할 일이요. 나도 양반으로 말하면 친정이나 시집이나 삼한 갑족이로되 다 쓸 데 있소. 우리도 자식을 공물이라 하면, 그 소위 남북이니 반상이니 썩고 썩은 말을 다 고만두고 내××[나라] 청년이면 아무쪼록 교육하여 우리 어렵고 설운 일을 그 어깨에 맡깁시다.

즉 모든 것의 흥망성쇠의 운명이 그 한 시대에 달려 있는 비상한 중요시기에 있어, 사회가 신분적으로 분열되어 있다든가, 계급적으로 괴리되어 있어, 서로 싸우고 다투는 것을 그만 두자는 말이다. 어거禦拒키 어려운 기세로 흘러들어오는 제반 외래세력의 분류奔流 앞에 내부적 단합과 일치된 대외 행위가 생각된 것으로 이러한 현상은 금석今昔을 통하여 변함이 없음을 생각하면 자못 흥미있는 사실이라 아니 할 수 없다. 지금 말을 빌면 반상일체라든가, 혹은 남북, 또는 동서일여東西一如라고도 부를 수 있는 생각이다.

비록 그 결론인 폴리티컬한 목표에까지 고양되지 않고, "내××[나라] 청년이면 아무쪼록 교육하여 우리 어렵고 설운 일을 그 어깨에 맡깁시다" 하는 류의 청년교육의 계몽주의로 기울어졌으나 그 본질적인 정신은 다른 바가 있지 않다.

그들이 여자이고, 더구나 가정과 자녀를 가진 부인들이라는 것을
생각할 제際 모든 희망을 다음 세대의 성장과 교육 위에다 걸었다는
것은 괴이치 아니한 일이다.

더구나 융희隆熙 말 모든 사람들이 자기의 희망과 노력을 행정과
시사로부터 교육과 문화로 옮긴 때에 있어 이러한 현상은 당연한 일
이 아닐 수 없다.

당시의 이러한 제 사정은 계몽주의의 길뿐만 아니라, 단합론을 만
들어 내어 급기야는 갑오경장 시대의 급진적 반상班常 평등론을 반대
케 하였을 뿐만 아니라, 일종의 순연純然한 유토피아적 경향물론 정론적인!
까지를 빚어낸 것이다. 이 소설의 결미는 그런 의미에서 심히 흥미가
있다.

'금운'이란 부인의 발설로 해동고풍海東古風에 매년 제일 상원일上元日
밤에 꿈을 잘 꾸면 소원을 성취한다 하였으니 각인이 작야昨夜에 꾼
꿈이야기나 하고 헤어지자고[463] 하여 제각기 꿈이야기를 하게 되었는
데, 그 꿈이란 게 그 때 그들의 일종의 희망이요, 유토피아였다.

먼저 '설헌'이란 부인의 꿈이야기를 들으면, 처음 자기는 어젯밤에
자주××[독립]하는 꿈을 꾸었다 하고 그 내용은 이렇게 이야기한다.

활멸사(活滅社?)라는 사회가 있는데 그 사회에 두 당파가 있으니, 하나는
자활당(自活黨?)이라 하여 그 주의인즉 교육을 확장하고, 상공을 연구하여
신공기를 흡수하며, 부패사상을 타파하여 대포도 무섭지 아니하고, 장창도
두렵지 아니하여, ××[국가]에 몸을 바치는 사업을 이루고자 할새 그 말에

---

[463] 원문에는 '헤지자고'로 되어 있으나 글자가 누락된 것으로 보여 채워 넣었다.

외국 의뢰도 쓸 데 없고, 한 두 개 영웅이 혹 X[국]권을 만회하여도 쓸 데 없고, 오직 전X[국] 남녀청년이 보통지식이 있어서 자주권을 회복하여야 완전하다 하여 설시하며, 신서적도 발간하여 남이 미쳤다 하든지 못생겼다 하든지 자주권을 회복하기에 골몰 무가하나 그 당파의 수효는 전사회에 십 분지 삼이요.

하나는 자멸당(自滅黨)이라 하니 우리가 이왕 이 지경에 빠졌으니 제갈공 명이가 있으면 어찌하며 격란사돈이가[464] 있으면 무엇하나, 십승지지 어데 있노, 피난이나 갈까보다. 필경은 세계가 바로 잡히면 그 때에야 주림직각 을 나 내놓고 누가하나. 학교는 무엇이냐. 우리 마음에는 십대 생원님으로 죽는데도 자식을 학교에야 보내고 싶지 않다. 소위 신학문이라는 것은 모두 천주학인데 우리네 자식이야 설마 그것이야 배우겠나.

하면서 심지어 "도적놈을 주면 매나 아니맞지", "전곡이 썩어지더 라도 학교에 보조는 안할테야"라고까지 하는 수구당守舊黨으로 자활당 이라는 개화파와 대립시켰는데, 그 수는 전사회의 십분지칠十分之七이 라 그 때의 사회 사정을 제법 잘 반영시켜 놓았다.

그러한 대립이 어떻게 해결되느냐 하면 "혹 권고도 하며, 혹 질욕 도 하며, 혹 통곡도 하며, 혹 무수 애걸까지 해가지고" 독립관에 최종 의 가부회可否會를 열자, 수구파도 목석木石과 금수禽獸는 아니라, 개화 파의 정대한 언론과 비참한 형용을 보고 서로 뉘우쳐서 개화키로 만 장일치로 가결되어 여러 회원이 노래를 부르고 춤을 추고 돌아가는 것을 보았다는 것이다.

그 다음 '매경' 부인의 개명꿈이라는 것은 일견 유치하면서 심히

---

464 원문에는 '결란사돈이가'로 되어 있다.

유머러스한 데가 있다.

　사람들이 모두 병이 들었다는데 혹 반신불수도 있고 혹 수중다리도 있고, 혹 내종병도 돌고, 혹 전충증도 있고, 혹 체증, 회배와 귀 먹고, 눈 멀고, 벙어리까지 되어 여러가지 병으로 집집이 앓는 소리요, 곳곳이 넘어지는 빛이라. 남녀노소를 물론하고 성한 사람은 하나도 없더니 마침 한 명의가 하는 말이 이 병들을 급히 고치지 아니하면 강산이 빈터만 남으리니 그아니 곡할 일이요. 내가 화제 한 장을 낼 것이니 제발 믿으시요 하더니 방문을 써서 드리니, 그 방문 이름은 청심환골산(淸心換骨散?)이니 성경(聖經)으로 위군하고 정치, 법률, 경제, 산술, 물리, 화학, 농학, 공학, 상학, 지리, 역사, 각 등분하여 극히 정묘하게 언문으로 법제하여 병세 쾌차하도록 무시복(無時服)하되 병자의 증세를 보아 임시 가감도 하며 대기(大忌)하기는 주색, 잡기, 경박, 퇴보, 태타 등이다.

　이 방문을 사람마다 베껴다가 시험할 새, 그 약을 방문대로 잘 먹고 나면 병 낫기는 더 할말 없고 또 마음이 청상해지며 환골탈태가 되는데 매미와 뱀과 같이 묵은 허물을 일제히 벗어 버립디다.

　오륙세 전(前) 아이들은 당초에 벗을 것이 없으나 팔세 이상 아이들은 거뭇거뭇한 종이장 두께만 하고, 십오세 이상 사람들은 검고 푸르러서 장판 두께만 하고, 삼십 사십된 사람들은 각색 빛이 어둑어둑하여 멍석 두께만 하고, 오십 육십된 사람들은 어둑어둑 두들두들 하며 또 각색 악취가 촉비(觸鼻)하여 보료 두께만 하여 노소 남녀가 각각 벗을 때 참 대단히 장관입디다.

　아이들과 젊은이와 당초에 무식한 사람들은 벗기가 오히려 쉽고, 조금 유식하다는 사람들과 늙은이들은 벗기가 극히 어려워서 혹 남이 붙잡아도 주고, 혹 가르쳐도 주되 반쯤 벗다가 기진한 사람도 있고 인하여 아니 벗으려고 앙탈하다가 그대로 죽는 사람도 왕왕 있습디다.

필경은 그 허물을 다 벗어 옥골선풍이 된 후에 그 허물을 주체할 데가
없어 공론이 불인한데 혹은 이것을 집에 두면 그 냄새에 병이 복발하기 쉽
다 하며, 혹은 그 냄새는 고사하고 그것을 집에 두면 철모르는 아이들이 장
난으로 다시 입어보면 이것이 큰 탈이라 하며 혹 이것을 모아 한 곳에 몰아
쌓고, 그 근처에 사람다니는 것을 금하면 다시 물들 염려도 없을 터이니 그
것을 한 곳에 모아 쌓은즉 백두산 보다 클 것이니 이러한 조그마한 나라에
백두산이 둘이면 집은 어디 짓고, 농사는 어디서 하나, 그것도 못될 말이지
하며, 혹은 매미 허물은 선퇴(蟬退)라는 것이니 혹 간기에도 쓰고, 뱀의 허물
은 사퇴(蛇退)라는 것이니 혹 인후증에도 쓰거니와 이 허물은 말하려면 인
퇴라 하겠으나 백 가지에 한 군데 쓸 데가 없으며, 그 성질이 육기가 많고
와사 냄새가 많아서 동해바다에 멸치 썩은 것과 방불한즉 우리 척박한 전지
에 거름으로 썼으면 각각 주체하기도 경편하고 또 농사에도 심히 유익하겠
다 하니 그제야 여러 사람들이 그 말을 시행하여 혹 지게에도 져내고 혹
구루마에 실어내어 낙역부절(絡繹不絶)[465]하는 것을 보았소.

만일 전번의 '설헌' 부인이 정치적 사회적인 희망을 몽상에 비겨
이야기하였다면, '매경' 부인의 이 이야기는 문화가 인간을 개조하는
과정을, 혹은 구문화와 전통을 질병에 비하여, 혹은 신지식과 과학을
의약에 비하여, 또는 신문화가 인간에게 주는 영향과 그 영향에 의한
인간의 개조를 뱀과 매미의 탈피에 비하여 실로 교묘한 기지와 환발
換潑하는 유모와 놀라운 비유로 이야기하고 있다.
더욱이 머릿속에 낡은 고습固習과 교양을 갖지 아니한 소년들로부
터 7,80세의 순연한 구시대인들까지에 이르는 동안 신문화의 삼투滲

---

[465] 원문에는 '력날부절'로 되어 있으나 오식이기에 바로잡았다.

透 정도와 개조改造의 이난易難을 가죽의 후박厚薄에 비한 데라든가, 탈피하는 정황을 들어 이야기한 부분이라든가, 벗어놓은 가죽의 처치에 관한 이야기는 이 소설 작자의 높은 소설적 재능을 어명語明하는 부분이 아닌가 한다. 소박한 계몽문학 속에 이와 같은 주옥에 비길 유머가 있을 수 있다는 것은 놀라운 일이 아닐 수 없다.

그 다음 '금운'이란 부인의 '오뚝이' 꿈이라는 것도 교훈적이면서도 유머러스한 이야기다.

오뚝이라는 것은 조그마하게 아이를 만들어 집어던지면 드러눕지 아니하고 오뚝오뚝 일어서는 고로 이름을 오뚝이라 지었으니 한문으로 쓰려면 나 오(吾)자, 홀로 독(獨)자, 설 립(立)자 세 글자를 모아 부르면 오독립이니 내가 홀로 선다는 의미가 있고, 또 오뚝이의 사적을 들으니 옛날 조그마한 동자로 정신이 돌올하여 일찍 일어선 아이라, 그런 고로 후세 사람들이 아이를 낳아서 혹 더디 일어설까 염려하여 오뚝이 모양을 만들어 희롱감으로 아이들을 주니, 그 정신이 오뚝이와 같이 오뚝오뚝 일어서기를 배워야 하겠다 하여 우리 영감 평양 서윤으로 계실 때 장만한 수백 석지기 좋은 땅을 방매하여 오뚝이 상점을 설시하고 각 신문에 영업광고를 발표하였더니 과연 오뚝이를 몇 달이 못 되어 다 팔고 큰 이익을 얻어 보았소.

이것은 단순히 작자가 '오뚝이' 내력을 이야기하였다고 해서가 아니라 전인前引한 '매경' 부인의 이야기와 더불어 그 조자調子, 구조, 내용 어디로 보든지 구전민화口傳民話를 교묘히 재생시켰거나, 혹은 그 양식을 구사한 게 틀림이 없다. 더구나 '오뚝이 꿈' 이야기에는 래디컬한 내용을 조금도 손상치 않고 둥글어서 표현하는 민화의[466] 독특한 은유적 수법이 전승되어 있다. 이 이야기 하나하나만으로도 따로 세련되고 정교한 민화로서의 특색을 잃지 않을 만하다.

여기에 비하면, 석가여래가 "그대는 적악積惡한 일 없고, 이생에도 부모에게 효도하며, 형제에 우애하며, 투기를 아니 하며, 무당과 소경을 멀리하여 음사 기도를 아니 하며, 전곡을 인색히 아니하며, 어려운 사람을 잘 구제하고 학교에나 사회에나 공익상으로 보조를 많이 하였으니 너는 과연 선녀라" 칭하여 가지고 자손대대로 부귀영화를 누릴 것이라 하였다고, 그것으로 미루어 곧 자기 자손이 사는 사회나 지방이 역시 그러하리라고 운운한 '국란'이란 부인의 이야기는 진부하기 짝이 없다고 아니 할 수 없다.

이렇게 해서 닭이 울어 밤이 새는 이 소설은 신소설이기보다도 정치소설에 더 가까울 것이며 또 신소설 가운데다가 놓고 본다 하더라도 계몽소설로서 최상급에 가는 것이라 아니 할 수 없다. 여기에 필적할 문학은 아마 안국선의 『금수회의록』이 있을 따름일 것이다.

그런데 이 소설을 이야기함에 하나 부가해 둘 사실은 대정 2년 1월 30일부 경성 유일서관 발행의 『천중가절天中佳節』이란 소설이다. 이 소설 역시 오월 단오에 부인들이 모여 여자의 해방과 각성, 또는 문화계몽을 토론하는 것으로 내용이 극히 『자유종』에 근사한데 작자는[467] 전혀 알 수 없고, 그냥 편집발행자에 남궁준南宮濬으로 되었을 따름이다. 물론 이것은 작자의 이름이 아니고 저작권을 사가지고 있던 출판업자의 명의여서, 처음에는 이해조 자신이 융희가 명치를 지나 대정으로 되는 가운데 『자유종』을 개작한 것이 아닌가 하였으나 암만해도 그렇지는 아니한 듯 싶다.

이 두 종 소설의 차이는 물론 그 정신 내용의 농담濃淡에 있겠으나,

---

466 원문에는 '민화'로만 되어 있으나 글자가 누락된 것으로 보여 채워 넣었다.
467 원문에는 '작자가'로 되어 있다.

그 외에도 여러 가지 차이가 있다.

첫째 『자유종』은 토론체의 소설인데, 『천중가절』은 순연한 회록會錄의 형식으로 되어있어, 아무개가 동의하니 아무개가 재청하고 거수가결하니 몇 대 몇으로 가결된다 하는 식으로 일관했다.

간단히 참고를 위하여 내용을 소개하면, 모두에 다음과 같은 발기문이 실려있고, 그 다음에 의사록 형식으로 내용이 이야기되었는데 발기문에 왈曰,

교육이 세 가지가 있으니 가정교육과 학교교육과 사회교육이라. 현금에 남자부에는 이상 세 가지 교육이 다 있다 할지라도 여자부에는 다만 학교교육만 있고 가정교육과 사회주의를 알지 못한 까닭은 단체와 공의에 대한 의무를 부담치 못함이며 또 고명한 언론을 듣지 못함이니 어찌 탄식할 바 아니리요. 여자의 개인상 관계를 들어 말하더라도 대등한 권리가 있고 자담할 의무가 있거늘 이왕 쇄국시대와 같이 남자에게 노예 대우만 즐겨하리요. 가정의 부패한 것도 정리하여야 어시호 교육이 완전할지라. 동지자들이 부인 다화회(茶話會)를 발기하옵고 좌기[468] 업무에 관한 부인에게 앙고하오니 앙촉하신 후 이 아래 기록한 장소와 정한 시간에 다수 강림하심을 바라나이다.

　명치 사십오년 유월 십일

　부인계 다화회 발기인 이 은 덕 (인)

　김 규 명 (인)

　정 의 경 (인)

　우 정 애 (인)

468　당시의 세로쓰기에 따라 쓰여진 용어이다.

최 문 희[469] (인)

좌 기

전도부인, 여교사, 간호부, 조산부, 우두 파원[470], 부인 상점, 은행 사무, 우편사무, 철도 역원, 감옥소 여감, 농사집 부인, 세답집, 바느질집, 박물장사, 중매, 기름장사, 밥장사, 반찬장사, 그릇장사, 물장사, 그 외에 여러 가지 업무자[471]

첨 좌 하[472]

一, (장소) 개성 남부 경덕궁 내

二, (일시) 본월 십구일 오후 이시(구력 오월 단오)

三, (방청) 뜻대로 들으시오

이러한 발기문을 그 관계 방면에 돌리어 다화회를 열고, 의장을 선거한 다음, 의사를 진행하는데, 이 좌기坐記에 쓰인 각색 업무 부인이 등장하여, 여자의 직업의 신성, 또 자기의 직업에 관계되는 지식의 선전, 혹은 그것과 관련되는 서양 이야기의 소개 등으로 소설 전체가 형성되어 가지고, 모모某某 씨 특청特請으로 동 7시에 폐회하다 하는 곳에서 끝이 난다.

『자유종』의 등장인물이 모두 각성한 구舊부인인 대신 『천중가절』의 인물들이 신여성 내지는 새 시대의 직업 부인이라든가, 혹은 『자유종』이 양가부인이 우연히 모인 생일연生日宴인 대신 『천중가절』은 신여성과 혹은 직업여성들이 의식적으로 발기한 다화회라는

---

469 원문에는 '최운희'로 되어 있다.
470 원문에는 '과원'으로 되어 있다.
471 원문에는 '업무좌'로 되어 있다.
472 원문에는 '첨좌히'로 되어 있다.

점 등 여러 가지로 새 시대의 분위기와 여성들의 새로운 진보를 반영한 점은 이 소설에서 엿볼 수 있으나, 그러나 『자유종』에 있는 폴리티컬한 성격, 울발鬱勃한 정신, 열정적인 계몽주의 등은 이 소설에선 벌써 자취를 감추었다. 이것은 물론 달라진 시대 현실의 반영일 것이다. 그러나 내용에서만 아니라 문학적으로 이 소설은 월등히 『자유종』에 비하여 손색이 있는 점은 무엇보다도 큰 특색이다. 『자유종』의 개작이고, 그 모방임에 불구하고, 『천중가절』은 도저히 『자유종』에 미치지 아니한 채, 신소설 가운데의 정론적 계몽적 경향, 혹은 융희隆熙 연대의 정치소설은 이상 더 발전되지 못하고 말은 것이다.

『자유종』과 같은 계열에 속할 작품으로 역시 융희 2년 12월에 대한서림大韓書林에서 간행된 『구마검驅魔劍』을 들 수 있다. 이 소설을 이야기함에 있어 먼저 몇 마디 붙일 말은 융희 2년에 도합 3편의 소설을 이해조는 세상에 내어 놓았는데, 다음에 이야기할 『빈상설』이 동년 7월 5일에 광학서포廣學書舖에서 간행되고, 『자유종』이 융희 4년[473] 7월 30일에 역시 광학서포에서 간행되어 결국 『구마검』이 제일 나중 발행된 것으로, 발행일자를 보면 먼저 『빈상설』을 이야기하고 다음으로 『자유종』과 『구마검』에 이르러야 할 것임에 불구하고 나의 서술이 이 순서를 무시하는 데 관한 이유에 관해서이다. 간행 시일의 선후가 반드시 저작 시일과 일치하지 아니함은 현금에도 흔히 볼 수 있는 일이라 거기에 맹종盲從할 의무야 없는 것이지만 이 작품들과 같이 간행시일 이외에 다른 수단으로 저작의 순서를 알 길이 없을 때에는 발행일자라는 것이 일응一應 존중되지 않을[474] 수 없는 것이다.

그러나 한편 돌이켜 생각하면 세 권의 소설이 7월부터 12월에 이

---

473 원문에는 '동년'으로 표기되어 있으나 잘못이기에 바로잡았다.
474 원문에는 '알을'로 되어 있으나 오식으로 보이기에 바로잡았다.

르는 6개월간에 간행되었고, 『빈상설』과 『자유종』의 간행 간격이 근근僅僅 25일에 불과한 것을 보아 간행의 차례가 반드시 저작의 순서를 좇았다고[475] 보기가 어려운 점도 있으며, 설사 간행의 차례가 저작의 순서를 따랐다고 하더라도 한 사람의 작가의 작품 가운데서 임의의 경향을 발견하여 계열을 나눌 때 이러한 디테일이 무시된다는 것은 비평에만 아니라 그것의 한 연장이라고 볼 역사에서도 당연히 보류되어야 할 권리에 속해야 할 것이다.

이러한 의미에서 『자유종』이 맨 먼저 이해조의 업적을 논하는 데 매거枚擧되어야 할 작품이라면 또한 당연히 『구마검』이 그 다음 차례에 들어야 할 것이다. 『자유종』 가운데서 우리가 발견한 것은 여태까지 이야기해 온 것처럼 정론성政論性, 혹은 정론성에까지 고조된 새로운 시대의 요구다.

이것은 누언屢言해 온 것처럼 신소설이란 것을 생성케 한 근원인 동시에 작가 개인에게 있어서는 창작의 정신적 동기가 되는 것이기 때문에 이 시대의 문학을 볼 제 우리는 항상 그 작가의 출발점을 점검하고 다음으로 각 작가가 그 노선 위에서 제각기 어떠한 일을 했는가를 알아보는 게 불가피하고 또한 당연한 방법이 되지 아니할 수 없다.

그러므로 비록 『빈상설』이 『구마검』보다 훨씬 먼저 쓰여졌다 하더라도 우리의 시야 가운데는 먼저 후자가 나타나지 아니할 수 없다. 『구마검』은 『빈상설』이 그의 다른 작품들과 같이 소위 가정소설에 속하는 작품인 대신 『자유종』과 더불어 이해조의 강렬한 정론성과 계몽정신을 대표하는 단 두 편의 소설에 속한다. 그러나 『구마검』은 『자유종』과 같이 연설과 정담政談과 구호와 정치적 공상 등으로 일관

---

⁴⁷⁵ 원문에는 '쫓아다고'로 되어 있으나 오식으로 보이기에 바로잡았다.

한 작품은 아니다. 먼저 보아오듯 『자유종』에선 소설의 조건이란 것이 전혀 존중되지 아니했다. 오히려 소설이 무시되면서까지 작가의 그때 시국에 관한 제반 견해가 노골적으로 토로되었다. 인물도 사건도 스토리도 아무 것도 없이 몇 사람의 연설기록이 모여서[476] 한 권의 책을 이루었다는 사실로 보아 우리는 『자유종』의 이러한 성질을 직각直覺할 수가 있을 것이다. 서구의 관례에 의해서는 물론 소설이 아닐 뿐 외外라 우리 동양의 관례에 의해서도 『자유종』은 소설이 아니다. 그러면서도 『자유종』이 순연한 정론에 기울어지지 아니한 것은 그것이 논설체로 쓰여지지 아니했다는 사실 때문이다. 요컨대 연설을 이야기하는 사람의 등장과 이야기하는 사람들이 모이는 장면의 설정을 통하여 표현했던 때문이다. 부제가 '토론소설'이라고 붙어있듯 『자유종』은 서구의 18세기 계몽가들이 시험한 대화소설과 같이 결코 예술로서의 소설은 아니다. 정론적인 주장의 발표에 있어 극히 근소한 정도로 소설의 조건에다 한 때 자기를 가탁假托한 데 불과한 것이다.

　그러나 『구마검』은 『자유종』과 더불어 이해조의 정론적인 계몽주의의 노골한 표현에 속하는 작품임에 불구하고 『자유종』에서와 같이 소설이 무시되어 있지 않은 것이 주요한 특징이다. 『구마검』은 소설의 구체적인 제 조건을 통해서 작가의 주장이 표현되어 있는 작품이다. 『자유종』은 작가의 주장을 빼면 전혀 소설로서의 흥미도 가치도 없는 것이나, 『구마검』은 무엇보다도 먼저 소설이다. 그 가운데서 작자가 강렬히 독자에게 전하려고 고조한 사상성을 묻지 아니한대도 능히 독립 자존할 수 있는 소설이다. 위선爲先 이 소설의 경개梗槪를 소

개하면 지금에 이야기한 『구마검』의 특징을 대략 참작할 수 있을 것이다.

즉 어느 해 여름 서울 대안동大安洞 네거리에 때 아닌 회오리바람이 불어 어떤 점잖은 사람 하나를 겹겹이 싸고 돌아가서 의관이 날아가고 먼지를 뒤켜써서 난데없는 욕을 당한 일이 있었는데 그 사람은 중부中部 다방골 사는 ‘함진해’라는 부유한 중인中人이요, 그 때 마침 어떤 장옷 쓴 여인 하나가 이 광경을 보고 의미있게 ‘함진해’의 얼굴을 넌짓 보고 행랑 뒷골로 들어갔으니 그 여인은 서울의 유명한 무당 ‘금방울’이었다.

‘함진해’는 가세도 넉넉하고 식자識字도 없지 않아 어디로 보든지 다방골 일판一版에서 남부럽지 아니하게 살아왔으나 한갓 자손복이 없어 낳는 아이마다 기르지를 못하더니 현現 부인 최씨가 삼취三娶로 들어와서 아들 하나를 낳아 ‘만득’이라 이름 짓고 금지옥엽같이 기르는 터이었다.

그런데 최씨 부인은 친가가 ‘노들’이라 어려서부터 무당촌에서 자라나 미신의 염念이 두텁던 차에 주인의 비위 잘 맞추고 눈치 잘채는 흉칙한 안잠자기 노파를 만나 겨우 돌이 지난 ‘만득’이를 위해서 빌고 굿하고 정성드리고 하는 데 쓴 돈이 어린애 몸뚱이의 몇십 배가 되었다.

그 중에도 ‘만득’이에게 제일 자주 덤비고 떠나지 않는 여귀女鬼가 둘이 있는데 다른 것이 아니라, 하나는 ‘함진해’의 초취初娶부인 이씨요, 또 하나는 재취再娶부인 박씨라 한다. 그래서 어린애가 감기만 들어도 이씨 여귀요, 설사 한 번만 하여도 박씨 여귀라 하고 걸리기가 바쁘게 무당, 판수,[477] 점쟁이집으로 돌아다녔다. 한 번은 이 사실을 안 ‘함진해’가 부인에게 요사한 미신의 헛됨을 훈계하였으나 최씨 부인은 이것을 오히려 선처先妻에 대한 남편의 미련의 소치라고 생각하여 그의 무당집 출입은 그칠 바를 몰랐다.

그러던 중 '만득'이 유행하던 천연두를 걸려놓으니 천연두란 다른 병과 달라 고래로 '호구별성'이니 '별성마마'이니의 내림來臨이라 하여 전혀 미신적으로 생각하던 병이라 최씨 부인의 굿에 대한 열熱은 가위 절정에 달했다고 볼 수가 있을 것이다. 미리 우두를 넣지 아니했을 것은 물론 남편이 지어오는 약은 그가 보는 데서는 다리는 체하다가 안보이면 쏟아버리고, "손발 정히 씻고 정성을 지극하게 드려서 열사흘이 되거든 장안에 한골 나가는 만신을 청하고, 입담 좋은 마부나 불러 삼현육각에 배송 한 번을 적지게 하여 볼터이요" 하는 식으로 치료를 했으니 그 아이가 살아날 리가 만무한 것이다.

이렇게 아들을 죽이고도 최씨 부인의 생각에는 굿의 영험이 나타나지 아니한 까닭은 부정이 들었던 때문이요, 한 되는 일은 남편이 반대를 하기 때문에 마음 놓고 큰 굿 한 번 해보지 못한 것이며, 결국 용산에 나가서 죽은 아이가 좋은 데로나 가라고 '지노귀새남'이나 한 번 해보자는 것이다. 이런 푸념을 섞어가며 애통을 하는데 안잠자기 노파가 '진배송'을 내라는 지혜를 빌린다. '진배송'이라는 것은 천연두 환자가 죽은 뒤에 천연두의 신인 '별성마마'를 배송내는, 즉 멀리 떠나보내는 굿으로서 '진배송'을 내면 그 다음에 낳는 자손이 길하다는 데서 만들어낸 굿이다. 그렇지 않아도 미련이 많던 차에 죽은 아이에게도 좋고 또 다음 낳는 아이에게도 좋다는 '진배송' 소리가 최씨 부인의 신神 귀를 번쩍 뜨이게 하고 남음이 있을 것은 물론 상상키에 어렵지 아니한 것이다. 그래서 즉시로 '단골만신'에 노파를 보내

---

477 원문에는 '관수'로 되어 있으나 오식이기에 바로잡았다.

어 소위 '진배송' 낼 의논을 하니 노파는 물실호기勿失好機하고 좀더 대규모로 주인의 돈을 울궈 낼 음모를 '만신'하고 꾸몄다. 그 음모라는 것은 '만득'이의 병 경과와 그 간에 생긴 일, 가내 사정, 기타의 요컨대 굿을 해서 주인이 일일이 들어맞고 영靈하다고 할 만반의 자료를 제공할 뿐 아니라, 그런 자료를 얻어들은 '단골만신'은 별안간 욕심이 더욱더 커져서 보다 대규모로 함씨 가家의 재산을 빼앗아내려고 자기보다도 더 유명하고, 따라서 최씨 부인이 일층 신임할 수 있는 '김씨만신', 속칭 '금방울'이라고 하는 무당을 소개한다.

이 '금방울'이 물론 어느 날 대안동 네거리에서 '함진해'가 회오리바람을 만났을 때에 장옷 틈으로 유심히 쳐다보고 가던 '금방울'이니 '진배송' 굿이 벌어진 뒤 그때까지 무복巫ㅏ을 반대하던 '함진해'를 고스란히 녹여내는 데 이날의 노상소견路上所見이 지극 유용하게 이용되었으니 놀라지 아니할 수 없다.

'금방울'은 초취 부인이 되고 다른 무당은 재취 부인이 되어 "에그 영감 나를 몰라보오", "에그 영감 나 도로 왔소" 하고 번갈아 가며 그럴듯이 푸넋두리를 하다 한참 뒤에 눈물을 흘려가며 병창竝唱을 하는 게 바로 회오리바람 대목이다.

우리 둘이 전후취로 영감께 들어와 생전에는 서로 보지도 못했으나 고혼은 남과 달라 손목을 마조 잡고 설운 눈물이 마를 날이 없이 전전걸식 다니다가 칠월 보름날 사시 초에 배전 병문에서 영감을 만나 이씨 나는 동남풍이 되고 박씨 나는 서북풍이 되어 두 바람이 모여 회오리 바람이 되었소오 영감의 가시는 길을 에워싸고 이리 돌고 저리 돌고 감돌고 푸돌며 지접(地接)할 곳을 두루 찾더니 영감 쓰신 제모립이 둥둥 떠나가 일마장 밖에 가 떨어지기에 우리가 그 갓에 은신을 했더랬소오 그 길로 영감을 따라 집에

를 돌아온 지 보름이 다되도록 국내 장내 맡기만 했지 떡 한 덩이 못 얻어
먹었소오. 여보아라 최씨야, 우리를 그렇게 박대하고 무사할 줄 알았더냐.
네 자식 데려간 것을 원통타 말아라. 별성마마께 호소하고 네 자식을 잡아
왔다아.

이리해서 최씨 부인에게는 두 전실의 망령이 절대한 위협이 되고,
'함진해'는 무당의 말이 하도 신비롭게 적중하는 바람에 "허허 무당
도 헛것이 아니로군, 내가 배전 병문에서 회오리바람을 만난 것을 집
안 사람도 본 이가 없고 아무더러도[478] 이야기 한 적도 없는데 여합부
절로 말하는 양을 보니 귀신이라는 것도 있기는 있는 걸" 하고 탄성
을 발했으니 최씨 부인은 일부러 남편하고 어우러져서 마음껏 귀신
봉사를 하게 되었다.

어떤 때는 이씨가 노비를 달란다, 어떤 때에는 박씨가 의복차依服差를
달란다, 어떤 때는 그들을 당집을 짓고 위해 달란다 하여 가지고 열흘
거리로 보름거리로 굿이요, 치성이요, 당집 건축이요 하여 물건 전곡
이 물 쏟아지듯 흘러나가며 문 앞에는 황토를 퍼놓고, 좌우 설주에는
청솔가지를 꽂아두었으며, 대문은 주야를 물론하고 잠가두어 부정이
들어올까 엄계嚴戒를 하니 도시 사람 사는 집같지 아니했다.

그러던 차에 시골 사는 '함진해'의 사촌 아우 '함일청'이 올라왔는
데 그때가 역시 '함진해' 일가는 몇 십일을 두고 소위 '삼신'에게 아들
을 빌고 있던 중이라 온 집안이 벌컥 뒤집히고 야단이 났다. 왜 그런고
하니 그때 마침 '함일청'은 자기 부친의 거성을 입고 있는 상중喪中이라
부정이 들어 수십일 치성 기도한 게 수포로 돌아갔기 때문이다.

---

478 원문에는 '아모다려도'로 되어 있다.

그래서 원로遠路에 온 아우를 마루에도 올려 앉히지 아니하고 축출逐出을 했을 뿐 아니라 몇 마디 충고한 것이 괘씸타고 어찌 최씨 부인이 충동을 하는지 나중에는 자기 부친 유언으로 해마다 주던 전곡錢穀을 일체로 끊었을 뿐 아니라 사촌이 사는 땅에 토지까지 다른 곳으로 이매移賣를 하여 농사도 지어먹지 못하게 만들었다. 이렇게 동족간의 우애까지를 끊고 야단을 치나 아이를 낳지 못하는 것은 고사하고, '함진해' 부부까지 번차례로 잃아서 가중家中 형편이 피기는커녕 점점 말이 아니 되어갔다. 그러던 중 무녀 '금방울'의 근처에 와있던 지관地官 임모林某라는 자가 금방울과 부동付同이 되어 나타나서 이제부터는 풍수로써 '함진해'의 집안이 탕진하게 되는데, 구실은 물론 '함진해'의 선산이 흉지凶地라서 무자無子하고 자손에게 길吉하지 아니하다는 것이다. 굿과 기도에 어지간히 지쳐가는 '함진해' 부부에게는 풍수란 신선한 광명같고 '금방울'로서 함가의 재산을 철저히 울궈 내는 데 가장 좋은 수단이 된 것이다. 그래서 임지관이란 자를 소개하는 데도 '금방울'이 모월 모일에 목욕재계하고 모처에 가면 돌[石]을 베고 자는 한 도사가 있을테니 찾아보라는 식의 신비적인 점괘를 내어 미신에 혹한 자로 하여금 흠뻑 빠지게 임가와 음모를 꾸며서 붙여놓고, 한 편으로는 '금방울' 집에 자주 나무를 팔러오는 양주 나무장사의 산을 명산이라고 꾸며가지고 그 나무장사까지를 매수해서 대규모의 음모를 꾸며 수십만 량의 돈으로 그 땅을 사게 하여 면례를 시키는데, 이장날은 지중地中에다 괴상한 비기秘記까지를 나타나게 하여 함가 부부로 하여금 그 곳을 명산으로 확신케 하였다. 이렇게 하여 함가의 재산을 거의 전부 빨아먹고는 지관이란 자는 자못 은사隱士처럼 자취를 감추고 드디어는 가산이 탕진되었을 뿐 아니라 최씨 부인은 반신불수의 병신까지 되어 함씨 일가의 전일前日

의 면모는 찾을 길이 없이 되었다.

이렇게 되고 보니 '함진해'의 집안은 함씨 일문의 종가라, 누대累代 종가가 절단이 나고 보니 종중宗中에[479] 물의가 분분하던 끝에 드디어 종가의 구제와 재건을 위하여 대종회大宗會를 개최하였다. 이 종회에서 다시 수년 전에 문전 축출을 당했던 '함일청'의 정당함이 입증되고, 더욱 의지가지가 없이 되었던 '일청'은 그 간에 근검 치부하여 부명富名을 듣게 된 터이라, 종회의 결의로 '일청'의 아들로 '진해'의 양자를 삼아 가업을 이어가고, 그 뒤를 '일청'이 보아 가계를 다시 이루어 가게 하였다.

처음에는 '진해'나 최씨 부인이 '일청'과 양자로 들어온 '일청'의 아들을 좋아하지 아니했으나 부자가 지성을 다하는 바람에 다 감복하여 열심으로 그 아들을 길러 신학문을 공부시키고, 나중에는 평리원平理院 판사까지 되어 일찍이 혹세무민하는 감언이설과 괴악요망한 사계邪計로 자기 집을 망케 한 무녀 '금방울', '단골만신', '안잠자기노파', '임지관'까지를 낱낱이 잡아다가 치죄治罪하고, 그 전에는 그렇게 위하던 재석, 산신, 터주, 후구, 무엇 무엇 하는 귀신단지 것을[480] 전부 들어내다가 불을 싸지르니 오히려 집안이 깨끗하고 명랑하여 아이를 나면 감기 한 번 아니 들고 자라더란다는[481] 이야기로 소설은 끝이 난다.

이러한 『구마검』의 줄거리를[482] 읽고 무엇보다 먼저 알 수 있는 것

---

479 원문에는 '宗中五'로 되어 있어 오식임이 분명하여 의미를 고려, 바꾸었다. '종중도'나 '종중에도'도 가능할 것이다.

480 원문에는 '귀신단지것를'로 되어 있으나 오식으로 보이기에 바로잡는다. '귀신단지를'로도 볼 수 있겠다.

481 원문에는 '잘라드린다는'으로 되어 있으나 오식으로 보이기에 바로잡았다.

482 원문에는 '줄거를'로 되어 있으나 글자가 누락된 것으로 보여 채워 넣었다.

은 같은 계몽문학이면서도 작가의 기도企圖가 『자유종』에서보다 아주 판이한 점이다. 『자유종』 가운데서는 그래서 되겠느냐, 이러해야 한다는 식으로 작가가 자꾸만 역설하며 주장하고 있다. 그러나 『구마검』 가운데는 전혀 작가의 그러한 흔적이 찾기 어렵다. 한 두 군데 논설 냄새가 나는 곳이 있고, 맨 나중 종회宗會에서 공개되는 '진해'에게 보냈던 '일청'의 충고 편지에 미신의 비非를[483] 계몽하는 긴 사설이 나오나, 『구마검』의 특징은 이러한 요소로 인하여 소설의 질서가 교란攪亂되지 아니한 점이다. 요컨대 작가의 주장이요, 독자에의 공연한 역설이라고 보아질 대목과[484] 꿈까지가 소설로서의 질서 가운데서 자기의 위치를 찾아 들어앉아 있다.

이러한 사실 등은 먼저도 말한 바와 같이 작가의 주장이 소설을 무시하지 않은 증좌證左이나 그러한 사실 가운데서 우리는 작가가 납득시키려고 노력하고 있는 태도를 발견할 수 있을 것이다. 이러이러해야 한다는 태도가 연설자나 교육가[485]의 것이라면, 어디까지든지 독자의 이해를 기대하고 납득하기를 노력하고 겸손하는 것은 분명히 문학자의 것이라 할 수 있다.

그러므로 『구마검』에 있어서는 단순히 소설이 무시되지 아니했을 뿐더러, 오히려 소설이 존중되어 있다고 보지 아니하면 아니 된다. 왜그러냐 하면 주장하고 역설만 하려면은 하필 소설의 형태를 빌릴 필요가 없으나 — 그것은 문학의 이외의 방법으로 충분할 뿐만 아니라 때로는 전혀 비문학적 형태에 의하는 것이 보다 더 효과적일 때가 있다 — 이해시키고 납득시키기 위하여는 소설의 형태를 빌 뿐 아니

---

483 '非'를 '罪'의 오식으로 볼 여지가 많다.
484 원문에는 '대목라'로 되어 있으나 오식으로 보이기에 바로잡았다.
485 원문에는 '教教家'로 되어 있으나 오식으로 보이기에 바로잡았다.

라 문학의 형상을 통하는 것이 가장 효과있기 때문이다. 몰라도 좋으니깐 믿으라든가, 그렇지 못해도 이러해야 한다든가 하는 류의 청이 전혀 없기 때문에 이해를 기대하는 사람은 논리와 웅변 대신 현실의 재현에 의한 인식이란 방법을 전용하게 된다. 이러한 것은 항상 문학자가 자기를 표현하는 방법이다. 그러므로 여기에선 소설이 무시되지 아니할 뿐만 아니라 존중된다고 하는 것이며, 존중된다는 의미는 소설적 가구假構의 설계라는 것이 자기표현의 전제가 되기 때문이다. 따라서 이러한 경우엔 그가 정론가이고 계몽가인 것보다는 먼저 예술가이고 작가임을 요한다.

그런 의미에서 『자유종』이 정론가, 계몽가로서의 이해조의 면목을 전하는 것이라면, 이 소설은 예술가, 작가로서의 이해조를 이야기하는 증거일 뿐만 아니라, 대단히 강한 정론성과 계몽성을 가진 작가로서의 면목을 전하는 작품이다. 왜 그런가 하면[486] 단순한 작가로서의 이해조를 이야기하는 작품은 전언前言한 『빈상설』을 위시爲始 『자유종』, 『구마검』 이외에 불소不少하게 있기 때문이요, 또한 그러한 의미에서 『구마검』은 『자유종』과 더불어 이해조의 정론적·계몽적 문학을 대표하는 작품이 되는 것이다. 이 점은 신소설 작가 중[487] 이해조의 유독唯獨히 특이한 점으로 주지와 같이 이인직은 이해조의 이러한 소설들과 필적할 작품을 가지고 있지 아니한다. 『은세계』가 어느 의미에서 『구마검』과 비교될 성질을 가지고 있으나, 그러나 『자유종』과는 천양지판天壤之判이요, 『혈의 누』나 『귀의 성』과 근본적으로

---

486 원문에는 '웨그런고 하나'로 되어 있으나 문맥상 어색하기에 현대적 관용법으로 바로잡았다.
487 원문에는 '新小說作中'으로 되어 있으나 문맥상 글자가 누락된 것으로 보여 채워 넣었다.

다른 경향에 속하는 작품은 아니다. 이해조의 이러한 작품에 비교할 수 있는 작품을 우리 신문학에서 구한다면 멀리는 명백히 정론적인 목적으로 번역된 『서사건국지』와 『월남망국사』와, 안국선의 『금수회의록』 같은 소설이 있을 따름일 것이다.

어째서 이해조에게 이러한 특질이 있었느냐 하면[488] 그가 이인직과 더불어 신소설 시대를 대표하는 가장 우수한 작가요, 그때 문학자에게 특유했던 문학자와 정론가가 종합되어 있던 시대적 성격의 반영이라 볼 수 있는 동시에 이해조에게만 이러한 작품이 다른 경향의 작품과 함께 남아있었느냐 하는 것은 또한 약간의 다른 이유도 발견할 수가 있다. 이인직은 주지와 같이 자기의 정론적 욕구를 실천에서 만족시킨 사람으로, 정치 당파의 인ㅅ으로서 혹은 정치 신문의 논객으로 활동의 무대를 가졌었다. 그러나 이해조는 넓게 말하면 문화인이요, 구체적으로 말하면 소설가인 데 머무른 사람이다. 그럼에 불구하고 시대는 모든 선진적인 사람에게 광범한 것을 요구했고, 또한 그들 자신이 이러한 시대의 아들로서 탄생한 이상, 자기의 자질, 성격에 맞는 활동의 형태를 구한 것이 두 작가에게 이러한 형식으로 표현된 것이다.

그렇다고 해서 우리는 이인직을 정치가, 이해조를 예술가라고 분류할 수는 없다. 두 사람이 다 결국은 작가에 불과한[489] 사람이요, 전자가 후자보다도 우수한 작가임에 틀림없었다. 어떤 의미에서 이인직이 고도의 정치적 욕구를 문학에다 전개시키지 아니하고 직접 실천 장면에서 만족시키려고 한 사실이 오히려 예술가로서[490] 그의 우

---

488 원문에는 '하면은'으로 되어 있으나 현행의 관용적인 표현법으로 바꾸었다.
489 원문에는 '불과하는'으로 되어 있으나 현행 표기법으로 바꾸었다.
490 원문에는 '藝術家로서서'로 되어 있으나 오식으로 보이기에 바로잡았다.

월함을 증명하는 사실이 될지도 모른다.

　여하간 이해조는 이인직이 만들어 놓은 신소설이란 양식의 계승 위에서 활동을 시작하여 자기의 정론政論[491] 예술 두 방면의 요구를 한 가지로 문학 가운데서 실현한 작가로서 우리 앞에 등장한 것이다. 만일 『빈상설』을 발행년대대로 이해조의 처녀작이라고 하면, 그는 직접 『치악산』, 『귀의 성』의 답습에서 출발한 작가임이 틀림이 없고 『자유종』과 『구마검』은 신소설의 근원이 된 개화 계몽의 정신이 그에 있어서 최고조에 달한 작품일 뿐 아니라, 전소 신소설 시대에 있어 이러한 정신적 고조기를 대표한 주요한 작품임을 불실不失하는 것이다.

　다시 돌이켜 『구마검』 가운데서 어떠한 소설이 존중되고, 또한 소설이 어떠한 형태로 존중되었는가를 약간 성찰해 볼 필요가 있다. 이것은 이해조의 문학사적 지위를 결정하는 문제일 뿐 아니라 신소설의 발전 과정을 의미하는 사실이기 때문이다.

　먼저 『빈상설』을 발행년대대로 믿는다면 이것이 이해조의 처녀작이 되리라는 말을 꺼냈을 때 이 소설이 이인직의 『치악산』과 『귀의 성』에 많이 관계한다고 하였는데 이 말은 곧, 구소설적인 가정소설에서 출발하였음을 의미한다. 신소설이란 소설형식이 이인직에 의하여 만들어진 뒤에 창조활동을 개시한 작가이기 때문에 가정소설적인 요소도 이인직으로부터 흘러온 것이라고 볼 수 있으나, 전혀 이렇게만 볼 것이 아니다. 구소설 가운데의 가정소설의 형식이란 것은 군담, 전기 등속으로부터 구소설의 역사가 일단 비약한 산물이기 때문에 그것은 전반적으로 신소설작가들에게 직접으로 계승된 예술적 유

---

[491] 원문에는 '放論'으로 되어 있으나 오식으로 보이기에 바로잡았다.

산으로서의 의미를 가지고 있었다.

신소설작가들이 연대상 약간의 선후가 있다 하나 거의 동시대의 작가들이요, 그들의 교양의 지반이 된 문학이 외래문학을 제외하면 이러한 소설류였기 때문에 그들 가운데 있는 가정소설적 요소라는 것은 또한 신소설 가운데 있는 구소설적 요소임을 의미하게 된다.

그런 의미에서 『구마검』이 가정소설적 형型의 설정에서 출발한 것은 당연한 것이며, 이 작품에서 존중된 소설이 구소설적 구성임도 당연한 것이다. 낡은 사회의 붕괴를 가정의 와해에서 발견한 신소설이 봉건사회에 있어 가부장제적 모순의 산물인 가정소설 가운데 작품 구성의 원형을 찾은 것은 통틀어 틀림없는 일이다. 요컨대 그러한 요소는 새로운 사회의 건설에서보다 더 많이 구사회의 와해와 관계하고 있던 시대, 더구나 봉건적 유제가 아직도 사회의 전면을 지배하고 있던 시대의 문학인 신소설의 시대에 와서도 충분히 존재할 가치가 있었던 것이다.

『구마검』은 근본적으로 '함진해' 일- 가정내의 사건으로 시작하여 끝난 점으로 보아서도 가정소설적이고 '함진해', 그의 아내 최씨, 두 전실, 그 망령들과 최씨 소생자所生子와의 갈등이란 형식을 통하여 온갖 미신 행위가 벌어지는 것을 보아도 이 소설의 주요 목적인 미신의 해독을 이야기하는 데 작자가 전혀 구舊가정소설의 형식에 의거하고 있음을 알 수가 있다.

전후취 관계라는 것은 자녀를 중심으로 한 가정적 갈등 중 계모·자子 관계와 더불어 실로 전형적인 관계이기 때문이다. 이 소설에 만일 최씨의 소생이 없고, 죽은 이씨나 박씨의 소생이 남아 최씨를 섬기게 된다면 순연한 장화홍련전식 계모형 가정소설이 될 것은 물론이다.

그렇지 아니하고 최씨의 소생을 중심으로 소설적 사건이 발생하려 하니 자연 죽은 전실들이 귀신으로서 관계되지 아니할 수 없다. 이 모티브를 작자가 미신에의 탐혹耽惑과 그 해독을 표현하는 사건 전개의 단초로 삼은 것은 기지機智에 당當한 일이다. 그러나 이 소설에 이용된 구소설형은 가정소설에 머무르지 않고, 그의 사촌과의 관계에서 볼 수 있던 부형富兄, 즉 악형惡兄 대 빈제貧弟, 즉 현제賢弟라는『흥부전』의 형식도 교묘히 이용되어 있고, 악한 후실, 간교奸巧한 노파, 그것과 연결된 외부의 악한 천인賤人 등의 배치는 이 소설의 기승전결이 된 권선징악주의와 더불어 모두 구소설의 조박糟粕들이다.

그러나 먼저 신소설을 총설總說할 때 이야기한 것처럼, 낡은 양식은 새 정신을 담으면서부터 제 자신이 변화되는 것이라,『구마검』은 결코 구가정소설 양식의 무진보無進步한 구사는 아니었다.

먼저 우리는 모든 신소설이 그러한 것처럼『구마검』도 구가정소설의 기본형에 의거했다 뿐이지 순연한 가정소설이 아님은 재언할 여지가 없다. 구가정소설의 형型 가운데다가 이해조가 새로 도입한 것은 시정소설市井小說의 요소라는 것을 주목할 필요가 있다. 주인공의 주거를 중부 다방골에다 정한 것이라든가, 다방골의 정경情景 서술이라든가를 위시로 하여, 최씨의 미신광을 노들 친기親家에다 연원을 구한 것, 또 무녀 '금방울'과 지관[492] 임가의 관계 같은 것을 실재했던 무녀 신령군神靈君과 복자卜者 이유인李裕寅과의 관계에서 모델을 취해 온 것이라든가,[493] 양주 나무장사를 매수하여 거짓 명산名山을 팔아먹는 것이라든가, 평리원에서 '금방울'을 잡자 폭주輻輳하는 청촉請囑이라든가 등의 인물, 사건, 묘사가 모두 그때 세상의 반영이요, 시정생

---

[492] 원문에는 '地方'으로 되어 있으나 오식으로 보이기에 바로잡았다.
[493] 원문에는 '것이되든가'로 되어 있으나 문맥상 오식으로 보이기에 바로잡았다.

활의 표현이었다. 같은 신소설작가로도 이인직의 작품에는 생활상의 이러한 시정적인 반영은 비교적 적은 것으로 이 점은 그의 다른 약간의 작품과 더불어 이해조의 독특한 점이요, 동시에 특장特長이다. 그러나 이인직에게는 시정 대신에 더 넓은 의미의 사회란 것이 있었다. 그러므로 신소설 가운데 시정적 요소를 도입한 것은 전혀 이해조의 공적에 속하나 역사적으로는 문학이 사회의 수준에서 시정의 수준으로 저하했음을 의미하게 됨은 또한 피할 수 없는 준엄한 사실이다.

그러므로 같은 미신의 허망을 폭로하는데도 이인직의 『치악산』에서와 같이 터무니 없는 인위적 조작으로 하지 않고, '금방울'과 임지관의 사건에서 볼 수 있던 시정현실의 자연스러운 재현을 통하여 전개하는 것은 모든 점에서 『구마검』이 이인직의 작품에 떨어진다고 하더라도 이 점에서만은 이해조의 수법은 훨씬 이인직의 위이다.

이러한 과정, 복잡한[494] 경로를 통해서 문학이라는 것은 일보일보一步一步 진보되는 것인데, 이 소설의 우수한 점은 단순히 구소설의 형에다가 시정적인 요소를 도입했다는 데 그치지 아니하고 전체가 즉 인물에서, 환경에서, 사건에서 모두가 치졸하나마 당시의 세상을 반영하고, 그것을 표현하고 있는 점이다. 그 일례로 우리는 최씨의 아들의 천연두 사건을 들 수가 있다. 천연두를 '마마'신의 강접降接으로 생각한 것도 그때로부터 현금에 이르도록 전승되는 미신이요, 그것을 치료하는 데 약을 아니 쓰고, '배송굿'을 하는 것이라든가 죽은 뒤에 '진배송'을 내는 것이라든가가 모두 현실에 있는 일이요, 그러한 방법의 해독이라는 것도 또한 현실에서 무한히 많이 있었고 또 지금에까지 있는 일이다. 미신의 해독을 이러한 사건을 통하여 독자에게 납

---

494 원문에는 '複難'으로 되어 있으나 '複雜'의 오식으로 보이기에 바로잡았다.

득시키려고 하는 태도는 비록 우리 문학 초창기에 나서 좋은 작품을 남기지 못했을망정 비범한 예술적 능력을 가지고 있던 증좌라 아니 할 수 없다. 지금 말로 하면 표현과 묘사, 자기주장과 현실 인식이 왕왕히 조화되었었다. 이것은 경탄에 치値할 일이 아니면 아니 된다. 이 사실은 이 작가가 자기의 주장과 더불어 현실의 인식이라는 것을 극히 중시했던 증좌인 동시에 세상의 소설적인 반영을 통하여 자기 주장을 이해시키고 납득시키려고 했던 태도의 표현이다. 작가의 이러한 태도는 『구마검』의 진부한 반면半面이요, 이인직의 『은세계』 같은 데 비하여 손색이 있게 하는 부분인 권선징악적 사건 전개의 잔재에다가도 본질적인 변화를 부여하였다.

즉 이 소설에[495] 와서 권선징악은 분명히 권신징구勸新懲舊가 되고, 선승악패善勝惡敗는 신승망구新勝亡舊의 성질을 정星하게 되었다. 이런 것은 새 정신이 구양식을 이용하는 최고 한계를 표시하는 것으로 의미깊은 예이다. 이러한 곳에서 한계를 넘어 새 양식을 창조하지 못하면, 즉 낡은 양식을 파괴하지 못하면 문학의 진심한 발전은 정지되고 마는 것이다. 이인직이 먼저 신소설을 개척했는데 불구하고 이 한계 돌파를 실현하였었는데, 이해조로부터 그 이후의 작가가 그 길을 잇지 못하고 한계 이내에 악착하였다는 데 신소설이 그 이상 발전 못하고 말은 하나의 원인이 있다.

그러므로 또한 『구마검』은 이해조의 정점임에 그 끝이고 신소설 전체의 정점이지 못하는 것이다.

『빈상설』은 『자유종』의 정론성, 『구마검』의 계몽성과 더불어 이해조의 절충성折衷性을 대표하는 소설이다. 절충성이란 다른 말로 하

---

[495] 원문에는 '이小說에삼'으로 되어 있으나 오식으로 보이기에 바로잡았다.

면 불철저한 종합성이다. 즉 그 가운데에 여러 가지 경향을 내포하고 있음에 불구하고 각개의 경향이 충분히 개성을 발휘한 채 종합되지 않고 소박하게 편의便宜한 대로 수합되어 있음을 의미한다. 이러한 현상은 아직 태생기에 있는 문화나, 혹은 노쇠기에 있는 문화 위에 나타나는 것으로 우리가 신소설사 상上에서 이러한 절충성을 지적하는 것은 물론 전자의 의미에서다. 신소설을 우리는 낡은 양식에 새 정신을 담은 문학이라고 하였는데 여기에서는 아직 새 양식은 물론 엄밀한 의미에서 새 정신도 탄생하기 전, 즉 모든 것이 새로운 것의 탄생을 위하여 위선爲先 한 번 혼효混淆해 보는 신문학의 태생의 시기인 때문에 문학은 그러한 성격을 정呈하는 것이다. 그러므로 절충성이라는 것은 신소설의 근본 성격이라고도 할 수 있으면서 그것이 현대소설로 발전해 오는 노정은 먼저 『구마검』과 『자유종』을 이야기하면서 말한 것처럼 계몽성이라든가, 정론성이라든가 하는 개별적인 주제의 명백성을 통하면서 단순히 새로운 데 불과하였던 정신이 성숙하고, 드디어 그것은 미숙한 정신이 일시 차용借用했던 낡은 양식을 탈각하고 새로운 양식의 창조를 필요로 하는 순간에 봉착하는 것이다. 이 순간에서 물론 신소설이라는 과도기의 문학은 양기揚棄되고, 형식과 내용이 공히 새로운 현대문학의 역사가 시작되며 그 과정 가운데 절충성은 종합적인 통일성으로 비약한다. 그러므로 같은 신소설 시대의 작가 중에서도 가장 현대문화에 가깝고 또한 현대문학의 생탄生誕을 위하여 직접의 산모가 된 이인직 같은 작가는 초기에 가졌던 절충성을 종합적 통일적인 방향으로 발전시켜 온 것이다. 이렇게 보면 절충성 가운데 포함된 각개의 요소를 혼효로부터 이끌어내는 방법은 이해조의 소설적 행정行程에서 볼 수 있듯 한 작품으로 한 경향을 표현한다는 개별적인 방법보다도 한 작품 속에서 각개의 요소를 명백히 해가면서 그것을 종합하는 방면을 취한다는 것이 이러한 시대의 가장 본격적인 과정이라 할 수 있다. 왜 그러냐 하면 우리는 신소설 이전에 정치소설, 계몽적인 번역문학 등을 가지고 있기 때문이다. 어떻게 보면 신소설 가운데 개별적으로 강조되는 정론성이나 계몽성이란 신소설 자체의 발전이라기보다 신소설의 형태를 빌은 정치소설, 혹은 계몽문학이라고 할 수 있기 때문이다. 사실『자유종』같은 작품은 분명히『금수회의록』등과 더불어 정치소설 가운데 편입될 수 있는 것이며, 이보다 소설적으로 우월하다고 볼『구마검』같은 작품도 문학적 기도企圖 가운데 계몽적 의식이 들어 있다느니보다 계몽적 기도가 문학적 형태를 정물하고 있다고 말할 수 있는 것이다. 신소설의 생성이 본래 낡은 양식 가운데 새로운 정신을 담은 데서 시작하였다고 하더라도 그것이 정치소설이나 계몽문학의 직접의 연장이 아님을 명기銘記할 필요가 있다. 즉 신소설은 정치선전이나 교훈·계몽인 것보다 새 문학의 탄생으로서의 의미를 갖는다는 것은 여기에 새삼스러이 중언重言을 요물치 않는다. 그러므로 신소설이 탄생할 당시의 절충성이란 것은 정신의 미숙이면서 동시에 문학의 유소幼少임을 의미한다. 따라서 절충성은 신소설의 성장 과정 가운데서 종합성으로 발전하는 것이라고 말하는 것이다.

　여기에서 우리는『빈상설』이 가지고 있는 절충성을 먼저 극히 당연한 현상으로서 이해할 수가 있다.『빈상설』이『자유종』과『구마검』에 선행하여 맨 먼저 씌어졌기 때문이다. 이인직의 다음 나온 작가로서 이해조가 그 창작적 출발에 있어『치악산』의 커다란 영향 하에서 자기의 발길을 내어딛기 시작했다는 사실을 용이하게 이해할 수 있는 동시에『치악산』이 가지고 있던 절충성을 그대로 답습하였으리라는 역사적 시정도 또한 곧 수긍할 수가 있다. 바꿔 말하면 이해조도 신소설 탄생 당시의 절충성에서 출발한 것이다. 그러나 이해조가 이인직과 같이 일직선으로 문학적인 발전의 길을 걷지 않고 단조로운 정치소설이나 계몽문학의 길로 들어섰다는 것은 보기에 따라서는 그 시대의 지식인들을 사로잡았던 정치적·계몽적인 욕구의 표현을 자기의 과제로 한 것이라고도 할 수 있으나, 다른 반면에서 보면 이 현상을 이해조의 문학적인 방황이라고도 볼 수가 있다. 왜 그러냐 하면 같은 정치적·계몽적인 욕구의 표현에 있어서 이인직과 같은 종합화의 길을 개척해 간 작가가 엄연히 존재해 있기 때문이다. 즉 이인직에 있어서는 그러한 욕구가 문학적 발전의 동력이 된 데 반하여 이해조에 있어서는 문학적 발전의 추진력에까지 그러한 요구가 고양되지 아니한 채로 됐었다. 소박한 관념대로 개개의 작품 제작의 동기와 목적이 된 데 불과하다. 물론 이러한 주제의 선택을 그 작가의 다양한 관심의 표현이라고 할 수도 있으나 그러한 관심은 주지와 같이 충분히 성숙되고 보다 높은 성과에 이르러야 비로소 가치로 평가할 수가 있다. 그러나 『빈상설』의 절충성에서 출발한 이해조는 『자유종』, 『구마검』 등의 단일한 주제의 취급을 거쳐 다시 더 높은 종합성에로 발전되지 못하고 말았다. 다시 말하면 『빈상설』의 절충성은 이후 그의 모든 작품을 일관하는 경향이 되어 끝나고 말은 것이다.

이 사실은 그가 신소설 탄생기의 경향을 가지고 자기의 모든 작품의 특성을 삼았음을 의미한다. 동시에 『구마검』에서와 같이 낡은 소설의 양식을 새로운 정신에 최대한으로 적응시켜 모든 시험을 하면서도 그것을 양식 자체의 개혁에까지 인도하지도 못했고, 또한 『자유종』에 이르러서와 같이 주제를 위하여 소설을 희생하는 극단의 결과에까지 도달한 사실은 분명히 하나의 방황이다. 그는 방황에서 다시 출발점으로 돌아간 것이다.

처음에 당연하였던 경향은 나중엔 불가피한 경향이 된 것이다. 즉 작가 이해조의 예술적 성격 급及 능력을 말하는 표준이 된 것이다. 다시 말하면 이해조에 있어서 신소설은 근본적인 의미의 발전을 보지 못했다는 의미다.

따라서 『빈상설』은 그의 문학적 출발을 아는 데, 또 그의 전예술적 성격을 이해하는 데 이중의 의미에서 관건이 되는 작품이다.

이 소설은 대략 아래와 같은 곳에서 시작한다.

'복단' 아범은 날마다 큰길가에 군밤을 팔아 자기의 불행한 상전 이씨 부인을 부양해 가고 있는 충복인데, 어느 날 우연히 노상에서 본부인인 이씨 부인을 축출해버리고 작첩치가作妾治家하고 사는 바깥 상전 서정길徐貞吉을 만나 무수봉욕無數逢辱을 하였는데 그것은 순전히 '복단' 아범이 자기가 축출한 본부인의 편을 들고 산다는 때문이다. 그리해서 그 날은 쌀도 못 사고 팥죽 한 그릇을 사 가지고 들어가 이씨 부인에게 드리고 자기 부처는 굶은 채로 있었다. 한편 이씨 부인으로 말하면 그의 첩 평양집으로 말미암아 남편을 빼앗기었을 뿐만 아니라 하인까지 빼앗기고 집까지를 쫓겨나와 화개동花開洞 오막살이에서 교전비轎前婢 '복단'의 에미 애비의 충의忠義로 겨우 호구연명湖口延命해 가는 형편이었다. 이씨 부인의 남편 서정길은 본래 호화자제豪華子弟로 일찍부터 외입外入 길에 통달했었으나 부모 생전에는 시하侍下라 그래도 꺼리는 점이 있더니 일단 부모가 구몰俱沒한 뒤로부터는 따로 두었던 첩 평양집을 대안동大安洞 본가로 데려오고, 본처 이씨를 축출하여 모른 체 하는 인간이었다. 평양집으로 말하면 또한 뭇 남자를 거쳐 온 그야말로 산전수전을 다 겪은 노증老會한 첩의 모든 조건을 구비한 여편네로서, 본부인을 내어몰고, 남편과 재산과 집과 하복下僕까지를 탈취해가지고 모든 것을 마음대로 하고 있는 인간이다.

그러므로 이 소설의 기초가 되어있는 세 인물의 성격은 한없이 정숙한 본부인과 한없이 무능한 남편과 또한 한없이 간악한 첩으로 분류되는데, 그 성격들은 모두 다 최대한으로 과장된 유형임은 물론이다. 허나 그 유형은 결코 이해조에 의하여 새로 만들어진 유형이 아니라, 그 이외의 다른 신소설작가들에 의하여 광범히 구사되고 또한 이인직에 의하여 몇 차례 사용된 경험이 있는 유형이다.

뿐만 아니라 주지와 같이 이러한 유형적 인물은 신소설 이전의 구소설에서 오랫동안 사용되어 오던 유형이라는 의미에 있어 이 인물들의 선택에서 이해조의 공적이라는 것은 특필할 것이 없다. 낡은 소설의 유형을 그냥 용이하게 습용襲用한 데 지나지 아니한다. 단지 새로운 시대의 생활을 통하여 새로운 의장을 입고 등장했을 따름이다. 이러한 조건은 이 소설의 그 후의 전개를 제약하였을 것은 물론이다. 특히 여기에서 주의할 점은 소설을 운전運轉해 나갈 세 인물의 성격 위에 시대의 특색이 가미되어 있지 않은 것이다. 즉 유형은 재래대로 선악으로만 구별되고 다른 소설에 있어서와 같이 신구新舊로서 착색되지 아니하고 있다. 이 점은 『빈상설』의 전개를 아주 구소설이게 만들은 것이다.

따라서 이러한 인물로 기초 구조를 삼은 소설의 전개에 있어 결정적 동기라는 것은 첩에게 있지 아니할 수 없다. 본처의 끝이 없는 정숙貞淑에서도 사건은 일어나지 않고, 또 남편의 어리석음과 무력에서도 세 사람의 관계에 변화를 일으킬 인자因子는 생겨나지 아니한다. 남편에 의하여 일어날 수 있는 사건은 벌써 소설 이전에서 거의 끝이 났기 때문이다. 오직 첩의 한이 없는 간악奸惡에서만 파란은 환기될 수 있다. 그 간악이라는 것은 또한 직접 간접으로 자기가 명실名實이 함께 남편의 부인으로서, 또는 서씨 가의 본부인으로서 행세하고 싶다는 욕심과 관계될 것은 물론이다.

　그러므로 이 작품에서 소설적인 사건은 본처 부인[496]에게서 빼앗아 온 하인들을 학대하는 데서 시작한다. 먼저 말한 이씨[497] 부인의 교전비轎前婢 '복단'과 서씨의 안잠자기의 아들 유거복柳巨福의 계집으로 사왔던 '금분', 이 둘이 그 집에 종으로 있었는데, 다같이 평양집에게 미움을 받던 중 금분은 눈치가 있어 어느새 평양집의 장중인掌中人이 되고 복단이만이 여전히 자기 상전에게 충성되고 있었다. 그러므로 평양집의 증오와 학대가 복단[498] 일인一人에로 집중될 것은 자연지세自然之勢다. 그래서 복단 아범이 군밤을 팔다가 서정길에게 봉변을 당하던 날 밤에 드디어 우물에 빠져죽고 말았다.

　이 사실을 안 금분과 평양집은 자기들이 직접 하수下手한 것은 아니라 하더라도 혹독한 학대의 결과 그렇게 되었다는 것은 모를 사람이 없는 것이라, 여러 가지 생각 끝에 암암리에 그 시체를 처치해 버리고, 사람들에겐 '복단'이가 도망을 갔다고 소문을 내어 놓았다.

　그러나 복단이 하나의 소멸이 평양집에게 그리 특별한 효과를 남기는 사실이 아님은 물론이다. 본부인 이씨를 근본적으로 어떻게 처치하고 말지 아니하면 아니 되겠다는 것이 역시 결정적인 문제다.

　그리하여 복단의 사屍를 본부인의 집에서 은닉하고 아니 내놓는 것이라고 서정길에게 역이용하여 어떻게든지 서가 이씨를 처치하도록 갖은 수단을 다한다. 그래서 결국은 서로 하여금 뚜쟁이 화순집을 중간에 넣어서 이씨[499] 부인을 몰래 처치해 버릴 계책을 세우게 하였는

496　원문에는 '李人'으로 되어 있으나 오식으로 보이기에 바로잡았다.
497　원문에는 '李人'에게로 되어 있으나 오식으로 보이기에 바로잡았다.
498　원문에는 '禍丹'으로 되어 있으나 오식으로 보이기에 바로잡았다.
499　원문에는 '李人'으로 되어 있으나 오식으로 보이기에 바로잡았다.

데, 화순집은 평양집을 서에게 중매한 경성 안에 유명한 뚜쟁이라 그는 이씨 부인을 업어내어다가 황단율黃段栗이라는 불량배에게 팔아먹을 음모를 꾸미고 있었다.

이리하여 『빈상설』은 이씨 부인의 기구한 운명이란 구소설의 고유한 방법에 의하여 줄거리가 전개되는데, 여기에서 한 가지 주의할 것은 화순집, 황단율이라는 두 인물의 등장과 그들의 성격과 생활을 통하여 표현되는 화류계의 면모다. 화순집이라는 인물은 물론 평양집과 같은 악인의 부류에 속하는 인물이나 우리는 그 인물의 노금老檎하고 이기적이며 능란한 성격을 통하여 사람들이 항용 뚜쟁이라고 하는 노파의 제법 방불한 자태를 접할 수 있다. 또한 황단율은 "저의 시골집이 황해도 안악인데 도내의 몇째 아니 가는 부자의 자식으로 서울 올라와 돈의 조화로 은률군수 차함을 얻어 한 후 흔한 정삼품의 옥관자까지 붙인 자이라"고 작자가 말하는 것처럼 그 시대의 유야랑遊冶郎의 한 타입과 근사할 수 있었다. 뿐만 아니라 이 두 사람이 획책하는 이씨 부인 약탈 음모라든가, 서정길이 거기에 참획參劃한다는 사실들은 약간 인위적이지만 역사적으로 보면 당시에 왕왕 있었던 사실의 비교적 자연스러운 반영이었다. 과부를 약탈한다는 것이 그 전시대에는 왕왕 재가再嫁의 수단이 된 것을 우리는 기억할 수 있기 때문이다. 화순집을 중심으로 서정길과 황단율의 출입이라든가, 대소 제반의 사건은 뚜쟁이집의 생활로써 현실감을 전하는 것으로, 역시 이 작가가 시정을 그리는데 장기를 가진 작가임을 증좌하는 사실이다.

그리하여 이씨 부인은 아무도 모르는 사이에 화순집의 손을 거쳐 황가에게 넘어가서 욕을 당하게 되는 위기가 박두하였을 때 서정길을 따라 화순집에를 갔던 유거복이가 이 소리를 엿듣고, 이씨[500] 부인

집에 있는 복단 아비에게 일러주고, 복단 아비는 또 그때 우연히 제주도에서 상경한 이씨 부인의 동생 이승학李承學에게 이 말을 전한다.

그래서 이승학은 매씨妹氏 이부인을 남복男服을 시켜 제주도로 내려보내고 자기가 여복을 하고 이씨 부인의 행세를 하고 있는데 하루는 금분이가 급작히 와서 하는 말이 세월도 수선스럽고 서울 살 재미가 없어 두 집이 모두 경상도 대구 일가집 수풀로 이사를 하는데 먼저 이씨 부인부터 첫 차를 타고 떠날 터이니 오늘 새벽으로 떠나게 하라는 것이다.

그래서 승학은 여복을 한 채 모르는 척하고 그날 새벽에 교군轎軍을 타고 떠나다가 중로中路에서 이씨 부인으로 오인되어 약탈이 되었다. 잡혀가니 그날 밤 과연 황가가 들어온 것을 못 이기는 체 응낙하고 그 자의 마음을 풀리게 하여 그날 밤은 밖에 나가 자게하고 그집 딸 옥희와 한 방에서 자게 되어 우연히 통정을 한 후, 후일을 기약하고 새벽에 남복을 다시 갈아입고 도망을 하였다.

이 사건은 먼저부터 이씨 부인의 기구한 운명을 얽어내기 위하여 만들어진 인위적 허구이나, 여기에서 잠시 보충적으로 설명해 둘 것은 이씨 부인의 친가親家의 상황이다. 이씨 부인[501]의 친부親父 이승지는 "남의 청 아니 듣고 재물 모르기로 유명하던 양반으로 충신을 가까이 하여 정사를 바르게 하고 간신을 물리쳐 법강을 세우려고 옳고 반듯한 상노를 하다가" 제주로 귀양을 가 있어 일가가 모두 그곳으로 가 있던 것이었다. 이러한 친가의 불의지사不意之事가 또 이씨 부인의 불행을 가중하는 조건이 되었는데, 그것은 작자의 설명도 순純 구소설체이거니와 사실 자체도 중국소설로부터 조선 구소설에 빈번히

---

[500] 원문에는 '李人'으로 되어 있으나 오식으로 보이기에 바로잡았다.
[501] 원문에는 '李氏夫'로만 되어 있으나 글자가 누락된 것으로 보여 채워 넣었다.

쓰여진 진부한 수법의 산물이다.

단지 여기에서 주목할 수 있는 사실은 승학과 옥희가 통정을 한 후 다음 날을 언약했다는 것이다. 지금 말로 하면 약혼이라고 말할 수 있는 약속인데 승학이 자기 누이를 해하려고 하던 화순집이 옥희의 이모요, 또 그만치 천한 여자인데 불구하고 일시의 일로 그쳐버리지 아니했다는 것은 신분과 계급의 차이를 무시함을 의미한다. 작가는 아마도 이런 소설 사건을 통해서나마 여자에 대한 남자의 행위에 확고한 책임을 물은 듯 싶다.

바꿔 말하면 일시적 희롱이나 향락의 대상으로부터 여자를 남자와 대등한 입장에 올려놓으려고 기도했을 것이다. 그렇지 아니하면 자기 누이 원수의 일족一族이요, 천하기가 짝이 없는 옥희가 아무리 미인이라기로 한 번 통정한 후 결혼을 약속한다는 것은 상상키 어려운 일이기 때문이다.

그러나 이러한 소삽화를 지내면 소설은 의연히 구소설적인 줄거리를 따라 전개되고 있다.

이승학이 우연히 도망하는 도중에서 일찍이 금분이의 위촉을 받고 복단의 시체를 처치하던 돌이를 만나 평양집의 모든 악행과 음모를 알아가지고 경무청에 고발하여 평양집과 금분을 잡히게 하는 사실에서 모든 의연한 권선징악적 방법이라든지, 그것도 모르고 집에 돌아와 가지고 다시 화순집이 중매해 준다는 꾀임에 넘어가는 사실 등에서 나타나는 화순집의 유형성이라든지 모두가 낡은 소설양식의 반복이다.

그런데 서정길에게 다시 중매하겠다는 색시는 다른 색시가 아니라 바로 옥희로, 옥희의 아버지가 평양집에 상사喪事가 나서 온 집안이 내려가고 옥희 혼자서 집을 지키고 있는 판에 서徐를 끌고 들어와 흥계를 달達하려고 들었던 것이다. 이 지경에 당면한 옥희는 일찍이 여장한 이승학이 서정길을 꼬이던 것과 꼭 같은 수단으로 당장의 욕을 면하고 도망을 하다가 어느 친절한 노인의 구救함을 받아 어느 때이고 승학을 만날 날만 기다리고 있었다. 여기에도 절개있는 선인善人의 불행과 위기를 천우天祐가 구한다는 구소설의 양식이 의연히 채용되고 있다.

그런데 한편 이씨 부인은 제주도로 내려가다가 중도에 배가 파선이 되어 표류하여 인천 해안에 표착漂着하여 가지고 죽으려 하다가 마침 서씨집 하인을 그만두고 인천에 인부로 와있던 돌이에게 구원을 받고, 또 뒤이어서 누이를 찾아 나섰던 이승학을 만나 서울로 오게 되는데, 그 동안에 이승학의 부친 이승지는 제주 정배定配에서 풀려 올라와 그 딸의 생사를 몰라 일야日夜로 근심하던 차이라 두 남매는 반갑게 부모의 슬하로 돌아온다. 그리한 뒤에 옥희를 구원한 노인 부부란 사람이 마침 이승지의 친지여서 옥희의 사정을 듣고 이승지가 옥희를 딸같이 귀해하며 승학이 돌아오기만 기다리는 차次이라, 그뒤 문벌의 차이를 돌보지 않고 승학과 결혼시켜 일가가 화락和樂히 지내게 되었는데, 하루는 평양집도 잃어버리고, 다시 옥희에게까지 속아 울울鬱鬱히 지내다가 상해로 달아나서 소식이 없던 서정길로부터[502] 개심改心을 하고 그곳 학교에 입학하여 신학문을 공부하고 있다는 사연과 더불어 깊이 전비前非를 뉘우쳐 사죄하는 편지가 오니 홀로 우수의 날을 보내던 이씨 부인[503]도 다시 즐거운 날을 맞이하게 되었다. 여기에서 소설은 끝이 나는데 여러 가지 기로岐路로 착잡히 벌어졌던

---

502 원문에는 "다시 玉姬에게 자리 속에 鬱鬱히지내다가 上海로 다라나서 消息이 없든 徐貞吉이로부터"로 되어 있으나 문맥이 통하지 않아 의미가 통하도록 고쳐 썼다.
503 원문에는 '李氏夫'로 되어 있으나 글자가 누락된 것으로 보여 채워 넣었다.

사건이 이승지의 상경을 중심으로 하여 경하스럽게 대단원을 맺은 방식은 물론 재래의 소설양식 그대로이다. 그 가운데 약간 색다른 것은 상경한 이승지 부부가 딸의 일을 걱정하면서 자녀의 결혼을 부모의 의사대로 하고, 문벌이나, 형세만을 찾아서 하기 때문에 이러한 불상사가 생긴다는 이승지 부인의 탄식이나, 돌이가 인천에 인부로 오게 된 사정 등에서 표현되는 시대색時代色이다. 전자는 물론 강제 결혼, 혹은 계급적 혼인제도에 대한 반성이나 후자는 보다 더 현실성을 띠고 있다.

"원래 돌이가 각집 벌배로 월급푼을 얻어먹고 지내더니 개화된 이후는 전배 후배를 늘여 세우고 다니던 재상들도 구종 하나 데리기도 하고 아니 데리기도 하여 생애길이 뚝 끊어지니 막벌이 하기로 나섰는데 서울서는 동무가 부끄럽고 차라리 낯모르는 곳에 가 품팔이를 할 작정으로 인천항구에 와 있던 터이라"[504] 하는 작자의 서술은 돌이가 인천에 온[505] 사정을 극히 요령있게 이야기하였을 뿐만 아니라, 그가 남의 집 하인에서 노동 인부로 변하는 사실을 통하여 시대 현실의 변천을 여실히 반영하고 있는 점은 주목할 만하다. 이러한 시정市井 위에 반영된 시대성은 그의 다른 소설에도 왕왕 볼 수 있는 것으로, 시정의 반영이 그의 작품의 주요한 장점이라면, 이러한 시대성의 반영은 그 중에서 더욱 이 작자의 문학에서 귀중한 부분이다. 그러나 애석한 것은 돌이의 예에서와 같이 그러한 요소가 전부를 통하여 표현되지 아니하고 부분적으로밖에 삽입되어 있지 아니한 점이다. 따라서 이러한 요소가 작품 전체의 가치와 별개로 존재하게 된다. 바꿔 말하면 낡은 가치의 개혁과 새로운 가치 수준의 정립에까지 도달할

---

504 원문에는 '것이다'로 되어 있으나 오식이기에 바로잡았다.
505 원문에는 '仁川온'으로 되어 있으나 이해하기 쉽게 조사를 넣어 두었다.

정도의 것이 되지 못한 채 끝나고 말은 것이다. 그러나 시정생활의 반영이야말로 새로운 소설의 근본 성격의 하나가 될 산문정신이었다. 만일 이해조가 이러한 길에 대하여 자각을 갖고, 좀더 큰 재능을 발휘할 수 있었다면 그는 단지 이인직의 후계자로서만 아니라, 신소설을 일보 앞으로 발전시킨 작가로서 막대한 공적을 남길 수 있었을지도 모른다. 왜 그러냐 하면 이인직의 소설 가운데 가장 부족한 점이 이 산문성이었고, 산문성을 증장시킨다는 것은 또한 신소설을 일층 가깝게 현대소설로 발전시키는 직접의 계기였기 때문이다. 이해조가 어째서 자기에게 지워진 역사적 과무課務를 자각하지 못하고, 또한 자연발생적으로 그의 영역에 속해 있던 이 요소를 이상 더 독자의 가치에까지 형성시키지[506] 못했는가 하는 데는, 먼저 역사적 제약, 요컨대 시대의 미숙이라는 근본 조건을 고려하지 아니 할 수 없는 것이다. 이해조는 역사적으로 이인직의 후계자이었지만 시대적으로는 이인직과 전혀 동시대인이었기 때문이다. 그러나 한편 먼저도 말한 바와 같이 이해조 자신에게 절충적인 작가 이상의 작가가 될 소인素因이 결여되어 있었다는 것도 우리는 역시 지적하지 아니 할 수 없다. 그러므로 그의 문학 가운데 현대적 관점에서 유일한 가치라고 말할 수 있는 시정성·산문성이라는 요소도 그가 이인직의 소설을 따르면서 물려받은 낡은 양식과 새 정신과 아울러서 기계적으로 그의 작품 가운데 담겨져서 있는 데 지나지 아니했다. 다시 말하면 이인직에 있어 종합적인 재산을 절충적으로 물려받은 데서만 절충적일 뿐 아니라, 자기의 발견한 세계까지 역시 전자와의 소박한 절충에서밖에 표현하지 못했다는 의미에서도 역시 절충적인 작가였다. 고쳐 말하면 낡은

---

506 원문에는 '形成시키'로 되어 있으나 글자가 누락된 것으로 보여 채워 넣었다.

양식도 새 정신도, 새 경지도 이해조에 있어선 새로운 의미에서 재종합될 지주支柱를 발견하고 있지 못했다.

그것은 『빈상설』로부터 『구마검』, 『자유종』을 거친 4년 뒤인 명치 44년 4월에 나온 『모란병牡丹屛』을 보면 일층 이해하기 용이할 것이다. 위선爲先 『모란병』의 다음과 같은 모두冒頭의 서술을 인용해 보자.

아산 둔포에서 총소리가 통탕통탕 나더니 장안 만호 상하 삼판에 떼거지가 생겼는데 남북촌 고가대족의 차례 걸음으로 오던 육조판서, 각 영장, 신병, 이조 양관과 중바닥이 나오되 친구의 세세상전하던 역관, 찰방, 각궁소차지, 서리 등속의 놀고 먹고 놀고 입던 밥자리가 나는 간다 너 잘있거라 하고 일조일석에 둥둥 떠나가니 평일에 배운 것이라는 술먹고 계집질하고 노름하기 뿐이요 열손가락에 물을 톡톡 튀기며 자자손손이 사시장철 내 호강이야 어디가랴 장비야 내 배 다치지 마라 하고 이 세상이 나 하나를 위하여 생겼거니 하는 교만하고 가증한 생각이 똥구멍에서 목구멍까지 꼭 차서 지내던 위인들이 무너지지 마옵소서 하는 이 지경을 당하니 처음에는 부지불각에 따귀맞은 것 같아서 다만 얼쩍지근할 뿐이지 어떤 영문인지 모르고 이왕 도적질하여 장만하였던 전답마지기며 이왕 쓰고 남져지 전천 전백을 가지고 설마 이것 다 없어지기 전에 세상이 다시 무슨 변통이 되겠지 하는 어림 반푼어치 없는 예산을 하고 조금도 규모없이 여전히 먹고 입고 지내니 근원없는 물이 얼마 있다 마르며 뿌리없는 나무가 며칠이나 살리오. 자기네 생각에도 할 수 없고 할 일 없어 만전불패로 큰 의사를 낸다는 것이 멀고 가깝고 제각기 시골로 반이하여 묘하일가와 향곡우민의 잔 전량을 취하기도 하고 빼앗기도 하여 원숭이 이 잡아 먹듯 구석구석 뒤져다가 그 노릇도 한 두 번이지 허구한 날에 속던 사람도 꾀가 나서 빼앗기던 사람도 악이 나서 여일령 시행을 아니하니 그 다음부터는 선산 발치에 푸릇푸릇한 솔포기 낡을 송충이 모양으로 모조리 베어 먹으니 참말 송충이 같고 보면 그 솔나무 없어지기 전에 저부터 집을 짓고 들려니와 이 송충이는 이 솔나무를 다 먹고도 집짓고 들 날이 아직도 멀어 기갈들이 자심하여 껄덕껄덕 하더라

먼저 이해조의 문장을 이야기 할 제도 이 서술의 일부분을 인용할 일이 있거니와 이 가운데서 약간의 한문 숙어와 구투의 어조를 제한다면 조선소설 가운데 씌어진 산문 문장의 궤범軌範의 하나로 뺄 만한 글이다. 상부구조의 붕괴에 따라 급격히 시정 가운데 내던져진 기생계급寄生階級의 자태에 대한 명확한 관찰이 이 문장의 기초를 이룬 것은 말할 것도 없거니와 그 서술이 조금도 단조롭지 아니하고 뼈를 찌르는 풍자와 야유를 섞은 솜씨는 좋은 소설가로서의 이해조의 반면半面을 이야기하고 남음[507]이 있다.

그러나 시정 가운데 떨어진 양반사회의 기생적 층層의 새로운 운명을 묘파할 만한 의기意氣로 출발한 이 작품은 실제의 창작적 픽션 가운데 들어가자마자 그가 일찍이 『빈상설』에서 도달한 이상의 것을 기도하지 못하고 말았다.

한참 당년에 선혜청宣惠廳 고직庫直이로 있던 '현玄'이란 사람이 소설의 첫 주인공으로 선택되어 낡은 사회의 기생층단寄生層團이 새로운 사회적 환경 가운데서 체험하는 운명을 표현하는데 우리는 '현고직'의 인간적 운명을 소설적으로나 역사적으로나 진실한 것으로서 수긍할 수 있다.

그의 빈곤, 그의 불생산성, 무능, 그의 탄식 모두가 "현고직"이와 같은 사람에게 있어 역사적 인간적으로 진실한 성격적 속성이다. 또

---

[507] 원문에는 '다음'으로 되어 있으나 오식으로 보이기에 바로잡았다.

한 그가 빈궁의 나머지 무남독녀를 못된 친구에게 속아 뜻하지 아니한 화류항花柳巷으로 가게 한 사건도 역시 수긍할 수 있다. 그는 꼭 자기의 딸이 좋은 곳으로 시집가는 줄로만 알고 있었기 때문이다.

그러나 ‘현고직’의 딸 ‘금선’이 최별감이라는 기부가妓夫家에 가서 고생하는 것이라든가, 혹형에도 불구하고 자살을 하려다가 미수未遂하여, 다시 인천 화개동 노가盧哥에게로 전매되어 거기서 유시幼時의 동무 ‘벽도碧桃’ — 전명前名 ‘부전’ — 를 만나고 다시 인천 부두에 나가 투신을 하다가 행순行巡 순검에게 구원되어 인천부仁川府로 들어가는 데에 이르러서는 이 소설은 출발점에서 이탈하여 구소설의 정석을 밟아 전개하고 있음을 직각直覺할 수 있다. 그것은 전혀 구투의연舊套依然한 박명 처녀의 다난한 생애와 그러면서 몸과 마음을 더럽히지 않고 뒷 날을 기다린다는 낡은 소설의 스토리 전개양식이 있을 따름이다. 여기에서 간혹 인천 감리監理를 오리汚吏로서 묘사하여 당시의 부패한 정치기구를 표현한 사실을 들 수 있으나, 그것은 모처럼의 구원이 박명한 처녀를 일층 깊은 호혈虎穴로 몰아놓은 사건을 꾸미는 부산물의 의의밖에 갖지 아니 하였다. 다시 말하면 순검이 데려온 ‘금선’을 옳은 길로 구원 해방시켜주는 것이 아니라, 도리어 화개동의 ‘금선’을 사온 노가盧哥에게 매수되어 포주에게로 돌려보내고자 한 것이다. 즉 일난一難이 거去하면 일난이 래來한다는 소위 팔자八字의 표현을 위하여 부패한 감리와 악한 포주가 필요했던 것이다. 이러한 수법은 인천 경무청에서 ‘금선’을 동정하여 대동, 도망한 ‘송순검’의 출현에서도 일관되어 있다. 그 다음 ‘금선’의 배필이 될 사람으로 등장하는 송순검의 이종 ‘황진사’의 아들 황수복黃壽福의 출현에서 소설 가운데 탐정소설의 수법이 들어온다.

즉 황수복은 본래 정의감이 강하고 탐구욕이 강한 소년으로 서울

모某 기가妓家에서 동기童妓 하나가 자살을 했다느니 도망을 했다느니
하는 소문이 장안에 파다하자 거기엔 무슨 깊은 곡절이 있으리라 하
고 인천으로 조사를 하러 갔다. 그리해서 나중에 그 소년과 '금선'이
상회相會하게 되는데 이러한 성격이란 것은 물론 탐정소설에서 차용
해 온 것이요, 그 뒤에 황소년은 '금선'이 모某 순검하고 부동付同 도망
하였다는 소문을 듣고 일본 유학을 결심하고 도본渡本하는 데서 다시
소설은 본래 대로의 구소설양식으로 돌아온다. 황소년이 없은 뒤 그
모친 황씨 부인은 송순검이 인천서 구해온 '금선'을 딸같이 데리고
여학교에 입학시켜 신학문을 공부시켜 일람첩기一覽輒記의 재원으로
일취월장日就月將하며, 그 동안 외딸을 잃고 시골서 고적히 지내는 '금
선'의 부모도 올라와 다복한 세월을 보내는데, 호사다마라 강화에 있
는 황수복의 종형 황수득黃壽得이 음모를 하여 가지고 그 집 가산을
탕진케 하고 나중에는 금선의 신원을 알아가지고 전前 포주에게 팔아
먹으려고까지 하여 '금선'의 운명은 다시 역경에 들게 되었었다.

그럴 때에 소설의 대단원[508]을 맺을 황수복이 일본서 돌아와 모든
문제는 빙해氷解되고 둘이 서로 결혼하여 살게 되는데, 그대로 백년해
로하고 자자손손이 복을 누리고 사는 것이 아니라 다시 미국 워싱턴
으로 아주 이사를 해가지고 둘이 다 대학까지를 마치고 다시 돌아오
니 작가의 서술에 의하면 "전국 인사의 환영하는 소리가 천인 만인
의 정신을 깨우치더라"는 것이다.

이것은 물론 모든 신소설에서 볼 수 있는 개화사상의 선양으로 특
별히 뇌우칠 것이 없으나 이해조의 이후 작품에서는 다시 더 볼 수
없이 고조되어 있는 점은 기억할 만하다. 그러나 어느 의미에서이고

---

[508] 원문에는 '大圓'으로 되어 있으나 글자가 누락된 것으로 보여 채워 넣었다.

『모란병』은 『빈상설』의 하나 조그만 연장에 지나지 않았으며 또한 『모란병』 이후의 작품들이 모두 이 일선상一線上을 벗어나고 있지 아니하다.

그러나 명치 45년 7월 20일에 초판이 간행된 『구의산九疑山』 상하권에 이르러서 이해조의 예술적 행정行程은 확실히 저조低調에 들어섰다. 『구의산』이 『빈상설』에서 비롯하여 『모란병』을 통해서 흐르고 있는 이해조의 이른바 절충성의 한 연장임은 중언할 여지가 없으나 그보다도 주목할 점은 통속성의 현저한 증장增長이다. 통속성이란 것은 언제나 소설이 독자의 저속한 흥미에 추종함을 의미하는 것으로 신소설과 현대소설의 어느 것을 물론하고 일관되는 원칙이나 신소설에 있어서의 통속성이란 것은 좀 다른 준비를 가지고 이해될 필요가 있다.

신소설이란 것을 우리는 누누이 말해 오거니와 낡은 양식에 새 정신을 담은 문학이라고 규정해 왔는데 신소설에 있어서 통속성의 대두 내지는 증장이란 현상은 이 신소설의 근본 성격 위에서 먼저 이해될 필요가 있다.

통속성의 대두 내지는 증장이란 말은 다른 각도에서 보면 문학적 발전의 정돈停沌 내지는 퇴보, 즉 문학의 속화를 의미한다. 고쳐 말하면 문학이 독자를 지도하는 입장을 방기하는 것이다. 그러므로 통속성은 독자를 추종하는 것이라고 말한 것이다.

그러므로 신소설에 있어서의 문학적 발전이 정돈되고 퇴보하기 시작했다는 말은 결국 낡은 양식에 대한 새 정신의 지도적 지위가 약화되고 소멸하기 시작했음을 의미하지 아니할 수 없다. 따라서 새로운 정신의 지위가 약화, 소멸하기 비롯했다는 말은 신소설 가운데서 낡은 양식의 지위가 반대로 강화되고 복구됨을 의미하게 된다. 왜 그러냐 하면 신소설은 새 정신이 자기의 고유한 양식을 창조할 만치 미처 성장하지 못한 시대의 문학이므로 그것의 발전이 정돈되고 그것의 존재가 소실되려 할 때 신소설의 내부에서는 낡은 양식이 재생되고 그것의 가는 곳은 구소설의 복구復舊가 아닐 수 없다. 새 정신의 발전만이 낡은 양식을 개조할 수 있고, 그것의 성장만이 조선 소설 가운데서 구소설 양식을 최후적으로 양기揚棄할 수 있기 때문이다.

따라서 신소설이 역사적인 자기 발전을 중지했을 때 일어나는 즉, 신소설의 문학적 속화의 표현인 통속성의 대두와 증장은 먼저 신소설의 구소설양식에의 복귀에서 명백한 면모를 나타낸다. 구소설 양식에의 복귀는 일반적으로는 노골적인 권선징악의 유형 소설에의 귀환이요, 좀더 구체적으로는 계모형 소설 구성에의 집착이다.

왜 그러냐 하면 먼저 우리가 말한 것처럼 새로운 정신이 낡은 양식과 결부하여 그것을 개조하는 데 최초로 취한 방법인 윤리적인 선과 악을 시대적인 신新과 구舊로[509] 대치한 역사적 대립이 의의를 상실하면서부터 표면에 등장하는 것은 불가불 선과 악이라는 유형적인 윤리가 아닐 수 없다.

그러나 또한 선악의 유형을 계모형 소설에서 구하게 되는 것은 첫째 신소설이 자기에게 가장 가까운 소설 전통의 하나로서 계모형 소설을 취역取譯했던 데도 원인이 있거니와 계모형 소설의 토대가 된 가부장제적 가족관계가 신소설 시대에도 아직 강하게 조선 사람의 생활을 지배하고 있었던 때문이기도 하다. 이 사실은 요컨대 신소설도 인간적인 선악의 기초를 계모형 구舊소설과 같이 가부장제적인 가족관계에서 구했음을 의미한다. 그러나 이것은 결국 문학이 현실에 대

---

[509] 원문에는 '新과 舊는으로'로 되어 있으나 현행의 관용적인 표현법으로 고쳐 썼다.

하여 새로운 해석의 시각, 또는 새로운 인식의 방법을 전혀 가지지 아니하고 있었다는 사실의 표현이기도 하다.

그러나 신소설의 통속적 현상은 단순히 구소설 양식에의 복귀에만 나타났었느냐 하면 그렇지 아니했다.

왜 그러냐 하면 신소설은 구소설에 비하여 여하간 새로운 시대의 문학이요, 자기의 시대를 가진 문학이기 때문에 완전히 구소설에 돌아갈 수는 없었다. 이 사실은 또한 신소설 시대의 독자의 흥미라는 것이 구소설 시대의 독자의 흥미와 동일하지 아니했다는 사정의 반영이기도 하다. 그러므로 신소설은 그 시대에 수입되었던 신파연극이라든가 탐정소설 혹은 내지의 통속문학의 영향을 몽蒙하고 그것을 이용하지 아니할 수 없게 되었었다. 이것은 또한 신소설이 새로운 시대의 독자의 흥미를 추종하는 사실도 되기 때문이다.

이인직이나 이해조의 초기작품에도 이러한 영향은 지적할 수 있으나 그러나 그때에는 이러한 요소는 신소설 가운데 있는 구소설 양식과 더불어 새로운 정신의 명백한 영도하에 있었기 때문에 미숙한 문학 가운데 있는 하나의 협잡물挾雜物에 불과한 것이었다. 하지만 신소설의 퇴화 과정에 이르러서는 이 경향은 구소설 양식과 더불어 통속성의 양대 근본적인 구성요구[510]가 된 것이다.

이러한 통속성은 먼저 이해조가 현대를 제재로 한 소설 가운데 나타나고 시기를 따라 차차 분화되는 경로를 취했는데, 보다 구시대적인 제재를 취급할 때엔 구소설양식에의 복귀가 지배적이요, 보다 현대적인 제재를 취급할 때면 보다 신파적인, 보다 현대 통속소설적인 또는 탐정소설적인 경향이 명백화된 것은 흥미있는 현상이다.

---

510 '구성요소'의 오식(求→素)으로도 보이나 의미상의 훼손은 특별히 없기에 그냥 두었다.

『구의산』은 어떤가 하면 이런 것의 분화가 아직 명백치 않은 통속성을 정₃한 작품에 속한다 할 수 있다. 즉 구소설에의 복귀와 현대적인 비속화가 혼재하여 있는 의미에서 『구의산』은 『빈상설』과 『모란병』의 절충성이 연장되어 있는 소설이다. 다시 말하면 절충성의 일층의 저조화低調化다.

이 소설의 경개梗槪를 소개하면 대략 아래와 같다.

서울 모某 동에 사는 서판서는 처궁妻宮이 박복하던지 초취 부인은 신부례新婦禮해 온 지 3년이 못되어 세상을 버렸고 향곡 토반鄕谷土班 소씨의 여女에게 재취 장가를 들었더니 나이 40이 넘도록 슬하에 일점 혈육이 없던 차에 천행으로 태기가 있어 아들 오복五福을 낳았으나 불행히 산후 3일만에 소씨 부인마저 세상을 떠났다. 서판서는 하릴없이 유모를 구하여 유아를 맡기고 자기는 "계집이라는 것은 편성이 되어 용납하는 일이 적은 고로 후취가 전실 소생을 구박하는 것이 열이면 아홉은 의례되어 심한 자는 집안에 큰 변고를 내는 일이 흔히 있는 법이라 옛날 대순 같은 성인의 계모와 민자건 같은 군자의 계모도 모두 다 전실 소생을 비상히 학대하였거든 하물며 근일 효박한 풍속에 무슨 변고가 아니 나리" 싶은 마음에 후취나 작첩作妾을 맹서코 아니 할 작정으로 차집 노파差執老婆와 유모 등에게 가사를 맡기고 주야로 어서 오복이 커서 자부子婦나 얻기를 바라고 살아갔다.

그러던 차 오복이 3세되던 해 우연히 술이 취하여 인력거에서 낙상을 하자 응급가료를 하러 들렀던 집 주인 과부 '이동집'을 얻어 살게 되었는데, 다행히 '이동집'의 사람됨이 무던하여 전실 소생 오복을 친자와 같이 귀히 길러 어언간 성혼할 연령에 도달하였었다. 마침 서판서의 죽마고우로 청운에 뜻을 버리고 낙향하여 고양高陽 마둔馬屯에 칩거하던 김판서의 무남독녀가 혼기에 있어 쉽사리 혼약이 되고 이내 경사를 치르게 되었는데 돌연히 결혼 초야에 신방에서 신랑 오복이 피살되는 변사가 일어났다. 그래서 혼가婚家가 변하여 상가가 되고 신랑이 타고 갔던 사인교 대신 오복의 시체가 상여에 실려 서울로 오게 되고 신부 김씨는 남장변복하고 뒤를 쫓아 상경하여 시가 근처에 주인主人을 정하고 변사變事의 탐색에 열중하였다. 변사인즉 계모 '이동집'이 노복 칠성을 시켜 선실先室 소생 오복을 살해한 것인데 이 비밀이 드디어 김씨 부인의 탐지한 바 되어 서판서에게 고하고, 뒤이어 '이동집'은 법소法所로 잡혀가고, 김씨 부인은 유복자 효손孝孫을 낳아 길러가던 중, 서판서는 참변을 당한 끝에 울화가 나서 출가 방랑한 지 어언 10년이 넘었다. 효손이 지각知覺들 나이가 됨에 부친의 원수를 갚으러 출가 편력遍歷 중 우연 승자僧姿의 친부親父 서판서를 만나 휴수귀로携手歸路의 도중 우연히 칠성과 죽은 줄 알았던 오복을 만난다. 그러나 조손祖孫은 그것이 자기 아들 노주奴主인 줄은 모르고, 구수仇讎 칠성일당七星一黨인 줄 알고 관헌에게 고하여 체포 상경케 하니 일체一切는[511] 법정에서 빙해氷解되어 '이동집'은 처형을 당하고 서가徐家는 친부와 아들 내외와 손자를 맞아 다시 석일昔日의 평화한 가정으로 돌아갔는데, 오복은 결혼날 밤 칠성의 의협義俠으로 사지를 벗어나고 일편一便 칠성은 모략으로 '이동집'을 속여가지고 오복과 더불어 내지로 건너가 학교를 다니다가 무사히 돌아온 것이었다.

상하 양권으로 된 이 소설은 이 경개梗概에서도 규지窺知할 수 있을 만큼 자못 복잡기괴하고 파란곡절이 많은 것인데, 첫째의 특징은 물론 근본 구조가 계모형 소설 양식을 기초로 한 곳에 있다. 즉 10여 년을 참아가면서 선실先室 소생을 사랑해 오다가 결혼 초야에 흉한兇漢

---

511 원문에는 '一切은'으로 되어 있어 '일절'로 쓴 듯하나 '모든 것'을 뜻하는 일체가 맞기에 고쳐 썼다.

을 시켜 수급首級을 베어 올 만큼 계모의 전처 소생에 대한 증오는 숙명적이라고 하는 것이다. 이러한 관념과 이러한 유형적인 계모의 정립으로 소설이 구조構造되는 것이나, 그러나 이 소설의 발전 양식과 거기에 따르는 사건, 삽화 등은 결코 구소설 양식 그대로라기엔 약간 다른 요소가 가미되어 있음을 지적하지 아니 할 수 없다. 그것은 칠성이란 노복의 성격에 나타나 있는 것과 같은 신파극조다. '이동집'에게 매수되어 오복을 살해하러 가는 데까지의 칠성은 완전히 구소설에 나오는 악인의 부하이나, 도중에서 부정한 남녀가 본부本夫를 모살하자는 밀어를 듣고 의분이 나서 살해하는 삽화라든가, 또 그 시체를 둘러메고 가서 모계謀計를 써서 오복을 구출해 가지고 내지로 가는 데는 순연히 신파나 명치 초에 내지內地 속문학俗文學에 볼 수 있는 의협남아義俠男兒의 형상이라 아니 할 수 없다. 또한 신부 김씨가 남복 상경하는 데라든지 유복자를 낳는 데 같은 데서 김씨는 순연히 구소설적인 박명가인薄明佳人이나, 그가 시가媤家 근처에서 대소사를 조사하는 부분 같은 데 이르러서는 신파의 히로인 내지는 탐정소설적인 요소를 생각할 수 있고, 또 계모 '이동집'이 꾸며내는 오복 살해사건도 본질은 구소설적이나 사건의 형태는 다분히 신파 탐정조新派探偵調의 악녀다운 데가 있다. 그밖에 조손祖孫이 돌아오다가 도중에서 오복과 칠성을 만나 자기 아들인지 자기 아버지인지 모르고 잡혀오게 하여 독자로 하여금 하회下回를 궁금케 속여 오다가 법정에 가서 일체의 수수께끼를 푸는 방법 가운데도 그러한 요소가 있다. 허나 서판서의 성격이나, 김판서, 또 서판서의 출가, 유복자 효손의 탄생, 효손의 복수편력, 승僧이 된 친부親父와의 해후, 결미의 대단원은 물론 모두 구소설이다.

그러나 이 소설의 모두冒頭에서 오복이 자라는 자태와 '이동집'이 그를 사랑하는 묘사에서 시작하는 것이라든지, 혼인날 서씨가徐氏家의 장면 묘사라든지, 주막에서 칠성과 오복을 만나는 장면이라든지는 신소설의 수준에서 그다지 떨어지지 아니하는 기량이 표현되어 있을 뿐더러, 그 외의 서판서가 낙상을 하여 '이동집'에서 치료를 받고 있는 동안에 연애 관계의 묘사 같은 데서 시정작가로서의 이해조의 면목이 뚜렷이 나타나 있다. 그러한 의미에서 이 장면은 혼인날 서씨가 장면과 더불어 『구의산』 가운데 가장 우수한 부분일 뿐 아니라, 또한 일개 농민이요, 과부인 '이동집'과 당당한 누대累代 양반 서판서를 동거케 하는 사실은 오복의 내지內地 유학건과 더불어 반상班常 무시와 개화사상의 편린을 아직도 이 작가가 잃지 아니하고 있다는 증좌라 할 수 있다. 그러나 『구의산』에 와서도 벌써 이해조는 『모란병』에 있느니만치도 정신적인 새로움을 가지고 있지 아니했다는 것은 기억할 일에 속하지 아니 할 수 없다. 그것은 먼저 우리가 이야기한 이해조의 문학의 주요한 특징의 하나였던 절충성으로부터 점차로 진보성이 감퇴하는 과정이다.

대정 원년 12월 25일에 초판이 간행된 『춘외춘春外春』 상하권도 『구의산』과 같은 경향에 속하는 작품으로 이해조의 문학적 퇴보 과정은 의연히 진행되고 있다. 간단히 경개梗槪를 소개하면 다음과 같다.

경성 순라골 호동 사는 한주사韓主事는 여식 영진英珍을 낳고 산후가 불호不好하여 별세한 뒤 후취 성씨成氏가 들어왔는데 한주사 면전에서는 흔연히 영진을 대하나 그실實은 학대가 우심尤甚하였다. 그러는 동안에 영진의 나이가 여학교를 졸업할 때에 이르러 우연히 병상에 눕게 되자 성씨 부인은 그 기회를 이용하여 남편 한주사에게는 고명한 한의에게 치료 겸 피접을 시킨다는 명목으로 호춘식扈春植이라는 불량배에게 팔아먹는다. 호가란 자는 의주 태생의 부호 자제로 주색에 탐혹하여 가산을 탕진하고 이제는 기가포주妓家抱主로서 소일하는 자인데 영진은 학교도 졸업하지 못하고 무진 고생을 하게 된다. 그때 영진의 유모가 방물장사의 행색을 차려가지고 서울 장안을 두루 영진을 찾으러 나서 다니다가 급기야 호가의 집에서 영진을 만나가지고 몰래 휴수携手 도망해 나오니, 호가는 일편 또 영진을 수색하느라고 열중했고, 또 한편 호가에게 영진을 매개한 조소사趙召史; 색주가 퇴물로 중매장이를 핍박하고 조소사는 성씨 부인을 또한 졸라댄다. 그래서 영진은 그 유모와 또 유모의 동생의 손으로 구호救護를 받아 그 자들의 마수를 피해 위급한 지경을 당하여 창졸간에 담을 넘어 들어간 인가隣家가 아들 하나를 내지內地로 유학 보내고 고적히 지내는 강참위姜參尉 미망인의 집이었는데, 마침 그 미망인의 아들 학수學洙가 내지內地서 유년학교를 졸업하고 모某 내지 부인의 집에 신세를 끼치고 기숙을 하고 있었는데 그 부인이 바로 영진이 다니던 개진여학교改進女學校에서 영진을 무한 사랑하고 동정하던 하나다[花田] 교사였다. 하나다 부인은 학수를 통하여 영진의 사정을 듣고 내지로 불러들여서 공부를 시켜 두 남녀가 한집에 유留하고 있어 서로 은근히 사모하고 있던 차에 하루는 학수의 몽사夢事가 심히 불길하여 혹 홀로 계신 모친 신상에 무슨 불길한 일이나 있을까 심려가 되어 조선으로 돌아와 보니, 그때 마침 호가의 일당이 강참위 미망인 집에 영진이 있는 줄 알고 내정內庭에를 난입하여 야료를 하던 차라. 그래서 일찍 같은 동경 유학생으로 경찰학교를 졸업하고 경성에 와 경무관으로 있는 김씨에게 고하여 그 자들을 일망타진하여 치죄治罪하고, 영진을 위하여 호가 일당에게 감금까지 당하여 곤욕을 당하던 유모 자매의 충의를 칭송한 뒤 그제야 한주사는 몽夢을 깨웠는데 영진과 학수는 장래 학교를 필畢하고 돌아오면 부부될 약속을 두 집에서 하였다.

물론 이 소설은 『구의산』과 더불어 계모형 소설 양식에다 기초를 둔 평범한 작품이다. 『구의산』과 다른 점은 『구의산』의 무대가 된 가정이 재상가인 대신 『춘외춘』의 그것은 일반 서민의 가정인 데 있고, 그 뒤의 발전이 아주 구소설의 투를 일척一擲하고 순연한 신파 통속조로 나아간 데 있다. 영진을 찾으러 나선 유모의 활동, 영진을 빼앗기고 탈회奪回하려고 맹수색猛搜索을 하는 호가와 조소사의 일당, 그리고 찾아내 온 영진을 숨기고 빼앗기지 아니 하려는 유모 형제의 활동이 이 소설에 있어 갈등의 기축이 되어 있는데, 이 두 종의 인물들은 구소설의 선인善人 악인惡人이 아니라 신파 속의 악한惡漢과 충의인忠義人의 전형이다. 따라서 그 두 패 인물들의 투쟁을 박迫해서 전개되는 사건이라는 것도 물론 신파 탐정식임은 필연지세必然之勢라 할 것이다.

약간若干 여교사 하나다[花田]와 영진, 학수의 내지 유학이 개화 시대의 풍모를 전하는 바가 있으나, 사실 창졸간에 뛰어든 집이 학수의 집이었다는 사실이나 경무청에서 일체의 사건이 빙해氷解되는 장면 같은 것은 구소설에서 박명薄命의 가인佳人이 재자才子를 만나는 기법의 재생이요, 관정官庭에서 선악이 심판되는 것은 수백년래로 사용되어 오던 구소설의 대단원 맺는 법과 동일한 것에 지나지 아니한다.

더구나 한 가지 지적해 둘 것은 이 소설에 와서 작자는 그 전의 자기 작품에서 사용해 보던 수법을 그대로 반복하는 사실인데 이 현상은 작가의 창작력이 분명히 고조기를 지나 발랄미와 긴장을 상실하고 있다는 증거가 아닐 수 없다. 『모란병』 미말尾末에 여주인공 '금선'이 숨어있던 황씨가를 악한들이 습격해 올 때 황소년이 내지內地서 마침 돌아와 위경危境을 구하는 장면과 『춘외춘』의 종말 근처에 와서 강참위 미망인 집에 호가 일당이 침입했을 때 마침 학수가 출현하는 장면은 전혀 동궤同軌의 것이고 동일한 기법의 반복이라 아니 할 수 없다.

그럼에 불구하고 이 소설에 대해서 그냥 지나치지 못하는 이유는 그래도 이 소설은 아직 신소설 전체에 있어서나 이해조 자신에 있어서 신소설이 자기의 생명을 전혀 상실해 버리지 아니한 시대의 작품인 때문이며, 개화의 정신이 문학의 근저를 미약하게일망정 흐르고 있는 시대의 문학으로서의 면모를 정^로하고 있기 때문이다.

그러나 『장화홍련전』과 같은 독특하고 선미善美한 계모소설이 이만치 저속 야비에 이르렀다는 것은 동일한 계모소설의 유형에다 기초를 두었다 하더라도 천양天壤의 차差가 있는 일이며, 이 시대에 이르러 구소설의 붕괴가 얼마나 처참悽慘의 경境境에 이르렀는가 하는 점을 생각케 하는 사실이 아닐 수가 없다. 고전과 전통이 건설적으로 계승되지 아니 하고 파괴적으로 회고될 때 우리는 이러한 결과에 봉착하지 아니하는가 한다. 그 증거를 우리는 신소설이 자기 발전을 그만 두고 퇴화의 과정에서 구소설 양식으로의 복귀를 뜻했다는 데서, 예하면 『춘외춘』과 같은 소설에서 구하게 되는 것인데 중대한 시사를 함축한 사실이 아닌가 한다.

대정 2년 9월 20일에 초판이 간행된 『봉선화』 상하권에 이르러서도 이해조는 역시 계모형 소설의 기초에서 출발을 했는데, 이 소설은 『춘외춘』과는 약간 달라 전혀 먼저 말한 작가의 창작 능력의 감퇴 현상을 이야기하는 자료의 하나임에 그치는 작품으로서 주목에 치値한다.

모두冒頭는 『춘외춘』이나 『구의산』과 동일한 장면, 동일한 기법에서 시작한 것으로 이해조가 자기 자신이 쓰던 기법을 반복한 데 지나지 아니하나, 전체의 구조와 스토리의 진행이 태반은 이인직의 『치악산』을 모방한 흔적이 있는 것 같다.

『치악산』은 상권이 이인직의 손으로 융희년간에 간행되고 하권이 김교제金敎濟의 손으로 계속되어 대정년간에 간행되었으니 근사한 곳이 있더라도, 상권에 한할 것은 물론이요, 하권에 만일 그러한 점이 있다면, 오히려 김교제가 이해조의 『봉선화』 하권을 모방하였다고 할 것이나 여하간 『치악산』의 상권이 『봉선화』 상권과 불가분리의 관계에 있는 것만은 부동의 사실이다.

『치악산』은 원주 사는 홍참의洪參議의 후처가 전실 소생 철식 부처를 미워하여 철식이 내지內地 유학을 떠나게 한 뒤 점점 더 그 자부 이씨를 증오 학대하던 나머지 시비 옥단과 동리 불량배 최서방이란 자를 사주하여 거짓 간부월장姦夫越墻의 연극을 꾸며 홍참의를 속여 넘긴 뒤 이씨로 하여금 친가로 쫓겨가게 하는데, 그실實은 경성 친가로 이씨를 보내는 체하고 치악산 중에 내어버리고 오게 하여 이씨 부인의 기구한 운명을 전개시키는 것인데 『봉선화』는 전연 이와 동일한 구조를 사용하고 있다.

『봉선화』는 경성사는 여승지呂丞知의 삼취 부인 구씨具氏가 전실 소생 경현敬顯 부처夫妻를 미워하던 끝에 일부러 경현을 내지로 유학을 보내게 하고 자부 박씨를 증오하다 못해 시비 추월과 동리 불량배를 시켜 역시 박씨의 방에 간부姦夫와 월장 출입하는 연극을 꾸며 여승지를 목도케 하고 나중에는 박씨의 이불 속에 껍질 벗긴 쥐를 집어넣어 낙태한 것같이 하여 박씨로 하여금 그 집을 쫓겨나 친가로 가게 마련하여 놓고, 타방他方 구씨 부인은 박씨를 친가로 가게 하는 것이 아니고 어느 산중에 내어버려 봉욕逢辱하게 하는데 여기에 계모들이 각기 자기 소생의 간악한 여식女息을 하나씩 가지고 있는 점이라든가, 그 밑에 간악한 종을 배치한 것이라든지, 또 자부 밑에 충직한 교전비轎前婢를 두어 박복薄福512 여인을 돕게 한 사실이라든지 두 소설이 조금도 다른 점이 없다.

단지 『봉선화』가 자부의 이불 속에 껍질 벗긴 쥐를 집어넣는 연극으로 계모 구씨의 간악한 성정을 더 강조하였으나 그것도 이해조의 독창이 아니라 주지하듯 『장화홍련전』의 그 대목을 송두리째 가져온 모방이다. 구씨[513] 부인이 자부 박씨를 남편 앞에서 거짓 사랑함과 같은 것은 『구의산』, 『춘외춘』 등에서 사용한 수법의 반복이요, 또한 모든 계모형 소설에서 볼 수 있는 남편에게 자기를 캄프라치하기 위한 자태요 위선에 불과한 것이다.

그러면서도 『봉선화』를 『치악산』에 비교할 수 없음은 『치악산』 가운데는 이러한 제 관계를 통하여 신구의 시대적 대립이 분명하게 일관하여 있는 대신, 『봉선화』에는 그러한 것의 면모는 전혀 상실되어 있기 때문이다.

그러므로 자부 박씨의 간난艱難을 전개하는 데 있어서도 『치악산』에서는 구소설적 줄거리가 풀려가는 사이에다 미신의 허망함을 폭로하는 것과 같은 중요한 정신적 기도가 삽입되어 있으나, 『봉선화』는 충비忠婢 은례銀禮가 몸을 희생해 가면서도 상전을 추적하고, 박씨 부인은 산중에서 자기를 산 자들의 마수를 피하여 칠전팔기 기구무쌍崎嶇[514]無雙한 길을 가다가 의리 있는 사람들을 만나 생명을 보존해 가지고 있고, 다시 자기를 살해하려고 구씨 부인이 매수한 장한壯漢이 오히려 의분을 느껴 구씨와 추월을 죽이고 박씨를 구하는 식의 비속한 신파조에 머무르고 말은 것이다.

여기에 장한 조선각趙先覺이란 사람은 『구의산』 가운데 칠성과 동일

---

512 원문에는 '薄倖'으로 되어 있으나 의미 맥락상 오식으로 보이기에 바로잡았다.
513 원문에는 '呂氏'로 되어 있으나 오식이기에 바로잡았다.
514 원문에는 '畸嘔'로 표기되어 있으나 현재 사용되는 일반적인 표기로 바꾸었다.

한 인물로 악인의 사주를 받는 무지한 인간이나 부정을 당하여 번연
飜然히 의분을 느껴 정의를 위하여 악을 응징하는 협객으로 신파 시대
의 문학 가운데 유형이 된 인물이다.

조선각은 이 소설 대단원에서 박씨 부인과 그를 구원해 준 일행이
구씨와 추월을 죽인 살인혐의자로 잡혔을 때 돌연히 출현 자수하여
일체를 빙해氷解케 하는데, 이 사실은 『봉선화』가 단순한 근징소설勤懲
小說일 뿐 아니라 거기서 일보 진進하여 확연히 신파조의 속문학으로
접근했음을 의미한다. 후실後室 구씨를 다른 근징소설에서와 같이 관
용 포옹하여 생명을 살려두지 않고 무참히 죽여 버리는 데도 신파적
속문학의 고유한 잔인성이 표현되어 있다고 아니 할 수 없다.

여기에 비하면 김교제의 손으로 된 『치악산』 하권에선 유학 갔던
철식이 돌아와 원수를 은혜로 갚아 풍파 많던 홍참의 일가는 다시
석일昔日의 평화를 회복하게 되어 오히려 살벌하지 않고 전아典雅의
풍風이 있다.

여하간 『봉선화』는 『모란병』에서 시작하여 『구의산』, 『춘외춘』 등
을 거쳐 온 신소설의 붕괴 도정이 급속도로 표현된 작품이다.

역사적 반성에의 요망[•]

조선문학 금일의 상태에 관한 관찰과 인식에 있어 나는 근래 심히 이해하기 어려운 한 개의 공기空氣가 떠돌고 있음을 느끼고 있다. 그런데 일층 우스운 것은 이 경향의 견해라는 것이 부지불식간에 지금 우리가 조선의 문학계 가운데 아무라도 손쉽게 구별할 수 있는 몇 개의 상위相違한 정치적 급及 예술적으로 성질을 가진 제파諸派를 통하여 웬일인지 공통화共通化되고 나아가서는 지배적인 조류로 화하고 있음을 이 암시만 가지고라도 능히 민감한 독자는 감지할 수 있으리만큼 거의 상식적으로 일반화되고 있다. 물론 똑똑히 어떠한 본질적인 내용을 가진 색채의 안개가 최근의 조선문학계를 물들이고 있는가 하는 물음에 대하여 즉석에서 소용될 간편한 개념을 모든 사람이 가지

●『조선중앙일보』, 1935년 7월 4일~16일

고 있다는 말은 아니다.

더욱이 이 색다른 새 경향이라는 것의 정체가 심히 애매한 것이고 모든 종류의 인간이 자기의 존재를 합리적으로 설명하는데 일체一切로 편리를 범박汎博한 데서는 이러한 곤란이란 것은 더한층 그 도度를 깊이할 것이다.

그러나 대체로 작년 이후로 저 20년대 신문학의 형성기 이래 일찍이 어느 시대에서도 찾아보기 어려운 한 개의 일반적 성질의 문학적 공기가 상당한 농도로 우리 조선의 문학 가운데 확산되고 있었다는 것은 누구를 물론하고 거의 육체적인 관능을 가지고 감지했을 것이다.

이 새로운 성질의 경향이라는 것은 물론 각개各個의 문학자나 또 정치적, 예술적인 차별이 갖는바 특질을 가지고 제 유파가 각기 독자의 방법으로써 그 한 개의 일반적인 조류로 접근하는 것이므로 상당한 복잡한 면모를 정呈하는 것이다.

그러나 지금 논제의 본질적인 방면보다도 이야기를 단순한 현상론現象論에 한정하고 본다고 하더라도 우리는 그리 어렵지 않게 한 개 공통한 어떤 와사瓦斯의 냄새를 분별할 수 있을 것이다.

무엇보다도 금일 우리가 조선의 문학계 가운데 가장 많이 유행되고 각 저널리즘이 즐기어 논의의 제목으로 우리는 작가, 비평가 앞에 내거는 바, '조선문학, 혹은 민족문학'과, 그 '재건' 다음으로 문학의 '조선적' 또는 '민족성'이란 두 개의 개념의 외모를 곧 위의 흉리胸裏에 그릴 수가 있을 것이다.

'조선문학'이란 말이나 '조선적'이란 개념적 용어가 금일과 같이 여러 작가의 입으로부터 제종諸種의 문학평론상에 나나났던 것을 과연 우리는 우리나라의 신문학 성립 이후 어느 시대에 보았을까?

그리하여 과연 어느 스쿨의 누구를 물론하고 문학을 말하려면 반드시 '조선적' 내지 '민족적'과 또 '조선문학'이란 개념이 머리에 붙으며, 아울러 이러한 간단한 표현으로써 모든 복잡한 내용적인 것이 설명되고 모순된 것까지라도 안일하게 처리되고 있다.

물론 이 개념에 대하여 품고 있는 우리의 의혹이라는 것이 결코 예술에 있어 진실로 '조선적인 성격'이라든지 우리나라 민족생활의 생생한 현실상에선 '조선문학'의 형성과 개화를 부정한다든가 그 가능에 대한 회의를 의미한다든가 아님은 중언重言을 필요치 않을 것이다.

대체 우리나라의 토양과 창공 그 가운데 영위되는 역사와 사회생활이 낳은 생활적 진실 가운데 생산되는 문화가 우리들의 생활과 역사의 고유의 성격과 무관계일 수가 있을 것이며[1] 또 언어적 표현과 사회적 생활의 구체적 사실에 의하여 형성되는 문학이 조선어와 조선의 자연과 기후와 그 생활의 긴 역사 가운데서 연원淵源[2]하는 정서와 감정으로부터 자유일 수 있을 것인가.

그러나 가만히 우리들의 머리로 하여금 '조선적' '민족성'이라든가 혹은 '조선문학' '민족문학'이라든가 내지는 그 '재건'이라는 개념 등이 내용內容하는 실체를 생각한다면, 금일에 성행되고 있는 작가 비평가의 잡다한 문학적 사변思辨 가운데서 그 해답을 찾기가 얼마나 곤란한가를 느낄 것이다.

혹자에 있어서는 이 개념이란 말의 단순한 편의로써 자기들의 문학이 오늘날의 조선이 가진 객관적 생활로부터 자유로 언어의 유희와 주관적 인상의 감미甘美한 몽환 가운데 소요하면서도 역시 조선어를 말한다는 단순한 이유로써 훌륭히 '조선문학'이란 대大문학을 뚜

---

1 원문에는 '無關係일수 가슬것이며'로 되어 있으나 문맥과 의미를 고려하여 바로잡았다.
2 원문에는 '源淵'으로 표기되어 있다.

렷이 달 수 있으며 혹은 삼문三文의 역사 강담과 사□史□ 등의 속문학
俗文學까지 다 그것이 과거사실 — 그나마 심히 왜곡된 속견俗見이다 —
을 내용으로 하였다는 사실만으로도 능히 그 예술성의 미약微弱을 보
충하고 오히려 훌륭한 민족성을 띤 문학일 수가 있는 것이다.

또 혹자에 이르러서는 심지어 학생 시대의 노트나 외서外書의 졸렬한
악론惡論의 일편一篇을 가지고 간행물의 여백을 메우는 한사閑事까지도
역시 이 개념은 민족문학의 재건과 수립을 위하여 혈血과 육肉이 될
범례範例를 외국에서 찾는다는 민족문학 건설의 대사업이 되고 하였다.

금일에 와서는 무엇이든 조선의 과거에 대하여 이야기하고 그것을
작품상 평론상에서 취급하며 과거의 방법으로 말하고 노래하면 벌써
제일류의 ‘조선문학’의 천재일 수 있는 실로 고마운 시대가 도래한
것이다.

그리하여 비판이나 문학사적 평가란 골동품의 그것과 전혀 동일하
게 되어 그저 시대가 현대보다 멀어가면 멀어갈수록 고귀한 가치를
발휘하여 평단이란 완연宛然 고물시古物市의 잡연雜然한 풍경 그것을 그
대로 정呈한 흥미 없는 현상을 나타내고 있다. 뿐만 아니라 오늘날 지
극히 우심尤甚한 운명하에 있는 프롤레타리아문학 잔존의 대원들의 대
부분까지 자기의 세계관상의 개종改宗과, 문학적 진실의 굳은 신조를
방기하는 패퇴敗退의 길까지 역시 문학의 ‘조선적인 것’의 획득으로
그 예술성을 풍요케 하고, ‘조선적 현실’의 특수성 위에 그 진로를 찾
으려는 등, 실로 우열을 극한 구호로써, 문학의 국제성과 진실한 민족
성에 관한 이미 옛날에 천명되고 풍부한 문학사적 현실에 의하여 확
증된 철鐵의 원리에 향하여 ‘활줄’을 당기는 것이다.

작가들은 이 허울 좋은 엄호 하에 자유로 색정色情 문학과 심경心境
소설의 흙구렁으로 공연히 잠행할 수 있고 비평적, 문학사적 사업가

들은 하등의 현실을 갖지 않는 명제를 붙잡고 10일 20일식 공허한 사변을 거듭할 행복된 자유를 향유하고 있다.

일방 과거 프롤레타리아문학을 위하여 불소한 공헌을 한 소위 진보적인 연구자들도 단순한 민속학적, 내지는 언어학적 해석과 서술로써 과학적 예술학이나 문학사에 대代하면서도 오히려 하등의 반성도 나타나지 않는 현상이다.

프롤레타리아적 문학 스쿨 내에 나타난 이러한 풍조는 작년 신新창작방법을 중심으로 한 논쟁 가운데서 폭로된 상당히 뿌리깊은 근거를 가진 것으로 결국 왕시往時 한 때 머리를 든 일이 있던 정치상의 '특수조선론'의 신장을 새로이 한 예술상의 반복反覆으로써 하등의 과학적 내용을 명시明示치 않는 '모스크바에서 조선으로'라는 위험한 슬로건에 의하여 일층 조장되고 있다.

더욱이 거년 일부 민족주의문학자 배輩에 의하여 제창되던 '민족적 계급문학론'과의 상위점이 어디 있는가를 반성하고 그 위에 작년말부터 왕년의 이 소론의 주장자들의 시의時宜를 얻은 듯한 재등장의 사실 등을 미루어 본다면 반드시 생각生覺키우는 곳이 있을 것이다.

이리하여 실로 슬퍼할만한 논리적 혼란과 명확히 역사적이고 계급적인 예술과학[3]의 방기로써 그들은 이 최악의 의미의 시대적인 조류 가운데 몸을 담궈 '민족성' '조선문학'과의 개념의 전시대적인 전국통일사업[4]의 가장 유력한 원군인 영예를 얻은 것이다.

동시에 일찍이 금일의 세대世代의 어느 청년으로부터도 돌아보아지지 않던 가장 보수적 반시대적인 시인이나 작자作字의 곰팡내 나는 일

---

3 원문에는 '藝術科의'로 되어 있으나 '學'자가 누락된 것으로 보이기에 바로잡았다.
4 원문에는 '『民族性』文學朝＝』과의 槪念의 全時代的인 全國統一事等'으로 되어 있으나 문맥을 고려하여 순서와 누락된 부분을 보완하였다.

군을 가장 빛나는 사회적 문학적 존재로 만들며 이리하여 그들은 조선문학사 제일위第一位의 성좌로 올라앉게 된 것이다.

사실 이러한 풍조는 일방一方으로 민속학, 언어학, 역사학, 심지어는 한학의 실로 우스운 학도배學徒輩들까지 문학사와 비평, 내지는 창조적 문학의 권위있는 천재로서 황혼의 성군星群처럼 문학계의 암공暗空에 나타나고 있는 일대장관을 이루었다.

유상무상有象無象의 인간이 '문학의 조선'을 말함으로써 권위와 학명 비평가가 되며 문학의 모든 사변이 '조선적'으로 '민족성'과 '조선문학'의 노래를 와군蛙群과 같이 합창하는 것으로써 이 문화적 암야暗夜를 장식한다.

그리하여 이미 이 추념推念은 모든 사람의 앞에 한 번도 그 실체를 보이지 않은 채 벌써 비판의 대상으로부터 신앙의 대상으로 변하여 어느덧 불가침의 신격적 성격이 부여되어 절대표화絶對表化하고 있는 듯싶다.

따라서 현재의 조선의 문학이란 그 정치상 예술상의 상위相違 여하를 물론하고 그 초미의 급무는 이 '조선적'인 '민족성'을 가진 '조선문학'이란 것의 '재건'과 '건설'이라는 한 개의 통일된 방향이 지시되는 것이다.

그러나 대체로 이만치 구체적 내용을 갖지 않으면서 이만치 많은 본질적으로 다른 계층의 인간의 두뇌를 정복하는 개념이란 있을 수 있을 것일까?

마치 모든 인간에게 일률로 천국의 평화를 주는 천계天啓나 신의 의지와 같이 '조선문학'의 개념이란 조선의 문학 금일의 에호바일 것인가?

20년대 신문학의 개념

이러한 질문에 대하여 주저치 않고 만족한 해답을 여與할 것은 사실의 논리가 아니라 오로지 모든 것이 위에 관절冠絶한 신적인 것이 있을 뿐이라는 것은 의심할 여지가 없을 것이다.

여기에 이 '조선적'과 '조선문학' 내지는 전일적인 의미의 '재건'이라는 개념의 절대화된 신비적 성격이 철학哲學되는 것이다.

그리고 예술적 정치적으로 그 성질을 달리하고 있던 문학과 문학자들이 기약이나 한 듯이 금일에 와서 이상하게도 때를 같이하여 이 비밀한 개념에 보편성을 주면서 서로 접근하며 일치하는 것은 한 개의 우연일지도 모른다. 아니 전혀 우연의 소치일 것이다. 신은 항상 우연을 사랑하는 것이다.

그러나 나는 묻고 싶다.

뒤떨어진 조선 땅 위에 신문학의 종자種子를 뿌리고 장래 찬란한 대문학을 건설하려고 이상理想하며 불소한 동안 그 난사업難事業에 심신을 바치던 문학자 제현은 과연 어느 때부터 법왕法王의 충성된 신하가 되었으며 오로지 신의 존재를 증명하기 위하여 사유하고 문학하던 영예있는 스콜라정신에 귀의했는가?

보다도 자기를 과학자 가운데 가장 과학적인 존재라고 생각하며 또 실증사상과 필연론적 역사학의 가장 철저한 지지자로 스스로 임任하던 프롤레타리아 문학자 제공에게 더한층 명료한 대답을 듣고 싶다.

대체 언제부터 귀하들은 속된 유물론과 계급사상으로부터 '민족적인 것'의 우월과 4천년 래來의 한 불□변신不□變神에로 눈떴는가?라고

나는 이러한 대답을 듣기 전에 위선爲先 현재 조선의 정신문화와

예술상 문학의 상하를 침투하고 있는 암흑한 과거에의 농무濃霧를 이야기하지 않을 수가 없다. 동시에 이 과거에의 강한 흡인력은 필연의 순서로써 전진에의 의지의 명확한 정지와 역사적인 후퇴 운동을 결과함은 역시 말하고자 한다.

이 과거에의 운동이란 항상 진보에 대한 무관심으로부터 시작되어 현재에 대한 안일에 안착되어 다시 과거에의 관심으로 변하고 내지는 과거에의 행동으로 추이推移되어가는 것으로, 우리가 위선爲先 지금 조선의 문학이란 단일적 명칭 가운데 개괄할 수 있는 모든 문학의 청춘 시대인 1920년대의 정황을 회고한다면 실로 시사깊은 장면에 봉착할 것이다.

이 시대는 무엇보다도 조선문학의 신화[5] 시대라고 일컬어도 좋을 만치 평화롭고 자유스러운 시대이었다.

위선爲先 평화스러운 것은 이 시대에 조선문학이란 구舊 한문학에 대하여 '신문학'이라고 불러질 만큼 상당한 정도로 단일적 성격을 가지고 조선문학 내부에 하등 본질적인 성질을 띤 상쟁相爭이 없었던 시대이다. 물론 20년대 당대도 작가 개인간이나 또 약간의 스쿨적인 차위差違의 맹아가 배태되어 오던 것은 사실이나 상세한 것은 후일에 미루고 극히 일반적인 범위에서 이야기를 진행시킨다면 좌우간 당시에 새로운 정신과 형식으로 이야기되던 모든 문학을 '신문학'의 개념 하에 충분히 개괄할 수 있는 것이다.

그리하여 오직 낡은 한문과 한문학적인 모든 것으로부터 해방되려는 문학적 의욕과 모든 구시대적봉건적인 생활에 대한 강한 반감—극히 제한된!과 신시대자본주의적인!에 대한 이상으로 말미암아 비록 사소한 차

---

5 원문에는 '袖話'로 되어있으나 '神話'의 오식으로 보이기에 바로잡았다.

위差違는 있을지언정 그들은 소小를 버리고 대大에서 일치한 단일의 평화를 가졌었다. 이래서 그들은 지극히 짧은 동안이고 말할 수 없이 미미한 정도이나마 진보의 체현자일 수 있는 명예를 가졌었다. 이러한 신화를 이해하기에 정昆한 몇 개의 고적古蹟과 유물을 지금도 발견할 수가 있다.

그러나 그들이 가진 평화가 고대의 평화인 것과 같이 '신문학'의 시대가 가진 자유라는 것도 너무나 원시적인 문학의 자유이었다.

즉 20년대의 문학의 자유는 부富의 공유가 아니라 빈곤의 공유이었던 것이다. 그들은 과거의 자기 나라의 문학예술이나 외국의 그것으로부터 자유로 많이 영양을 섭취한 것이 아니라 자유로 적게 섭취한 것이다.

물론 문학이 자기의 과거와 주위와 더불어 관계하는 데는 각기 그 자신의 독자의 방법이 있는 것으로 복잡하고 다양한 것이나 역시 역사를 관철하는 객관적 법칙에 의존하고 역사 그것이 주는 만큼 먹고 그것이 허락하는 만큼 소화하여 역사 과정 가운데서 자기가 점하고 도달할 수 있는 데까지 자기를 기르며 생존할 수 있는 것이다.

20년대 문학의 과거와 주위와 더불어 관계한 특징은 그 무정부성에 있다. 즉 그들은 조직화 체계화되지 않는 방법으로 그것과 교섭한 것이다. 그리고 물론 이러한 조건이 가장 주요한 요인이 되어 그들은 과거 조선의 문학적 유산과 해외의 그것으로부터 실로 조잡하고 근소하게 밖에 문화적 영양을 섭취하지 못하였던 것이다.

그러나 이것은 결코 그들이 보다 더 좋은 방법을 가지고 그것들과 관계했다면 혹은 보다 더 좋은 수확을 가질 수 있지나 않을까 하는 반문을 남기는 것은 결코 아니다. 그것은 최초부터 끝까지 조선의 문학사적 내지는 사회사적 필연의 과정이 그러하게 한 것으로 그들은 조직화된 방법으로 그것들과 교섭할 수 없는 운명 하에 놓여 있었고[6], 그러기 때문에 그것밖에 그것들로부터 상속相續하고 수입輸入할 수밖에 없었던 것이다.

따라서 대체로 말하면 '신문학'은 외국문학이나 문학적 조선의 과거에 대하여 한 번 무자각한 상태에 살았던 것이다. 오직 소극적, 무의식리裏에 소여所與의 것을 받았을 뿐이다.

그러므로 이 시대의 비평이나 문예학 내지는 문학사적인 업적이 태무한 것은 하등 의심할 여지가 없는 것이다.

나는 이 시대를 조선 근대문학사의 문학의 방목放牧의 시대라고 부르고 싶다. 허나 그들은 선악간 평화와 자유를 가지고 전혀 문학적 애매曖昧의 자연의 결과로써 단일적 체재體裁와 진보의 정신에 있어 통일된 방향을 갖고 있었다.

그러나 이 문학은 주지하는 바와 같이 2천만 동포 전체의 문학도 아니었고, 4천년래來로 고유한 불변의 문학도 아니었다. 아직 근대 노동자계급이 태반胎盤 속에 있고 농민은 그들의 선조와 그들과 그들의 새 주인의 여러 가지 무거운 조건과 그 영향 속에서 명확히 자기를 깨달아 자기의 진실한 요우僚友 계급과의 동맹자로서의 위치에 설 수 없는 역사적 환경 가운데 있었던 때문에 신흥한 상품소유자와 신교육을 받은 지주의 불효자식들의 문학이 패권을 잡는데 오직 침묵하였으므로 '신문학'은 이들이 역사 위에 자기의 좌석을 찾았을 때 벌써 자기의 운명을 재개척하기 시작하였다.

진보에 관심은 정지되고 현재의 고집固執이 고정화의 길을 시작하는 일방一方 신문학의 일부분은 작일昨日까지의 그들의 적敵이던 과거

---

6 원문에는 '노해잇섯고'로 되어 있으나 문맥상 '놓여 있었고'를 뜻하기에 바로잡았다.

적인 것에 대한 관심과 야합하는 길로 일로매진—路邁進하였다.

시가詩歌는 순수히 언어의 '공기'가 되고 산문은 무내용無內容한 개인의 자성自省과 사변思辨으로 화하며 비평이란 수사학과 일치하였다. 그리고 후자는 곧 역사 강담講談과 민족적 과거를 예찬하는 낭만적 송가頌歌로 변하여 '이야기'와 '시조'가 신문학에 대신하였다.

신경향파문학

다음의 시대! 그것은 중언重言할 것도 없이 신경향파문학과 그 이후의 것의 조직화된 '군대'이었다. 근대 조선문학 신화 시대의 감몽甘夢은 깨어지고 화해할 수 없는 대립과 격렬한 모순이 조선의 문학계를 미증유의 폭풍 가운데로 끌어넣었다.

이것은 최근까지 약 10년 가까이 계속되어 이 동안 이 새로운 문학적 세대의 존재가 일반 사회생활에서나 또 예술문학의 영역에서나 질풍과 같이 승리적 행진을 계속하여 왔다고 말했다. 별로 과장은 아닌 것이다.

그리하여 이 동안 '신문학'이란 고전적인 단일 개념과 평화는 깨어지고 '부르문학' '프로문학'과 열화熱火 같은 호전적 정기情氣가 창일하고 원시적인 방목의 목가적인 자유 대신에 실증적인 과학성과 체계화된 의지가 문학계 위에 군림하기 시작한 것이다.

프로문학은 그 공과功過[7] 여하는 별문제로 하고라도 좌우간 일정한 자각화된 입장에서 문학사와 외국문학과 관계하려고 하였으며 또 하

---

7 원문에는 '巧過'로 되어 있으나 오식으로 보여 바로잡았다.

여왔고 '신문학'이 문학의 애매曖昧 위에 선 자연성 위에 단일적單一的 체재와 통일적 방법을 가졌던 대신 프로문학은 문학의 진보와 계획적 필연성 위에 파괴된 단일성을 일층 높은 곳에서 조직하고 명확히 체계화된 이상을 가지고 생활적 현실과 결부하면서 보다 견고한 통일적 방향을 걸었던 것이다.

그러므로 프로문학은 단순히 20년대의 신문학이 하다 버린 것을 다시 줍거나 그 모두를 부정한 것이 아니라 그 가운데서 그들이 하려고 하다 못한 모든 적극적인 것은 계승하고 그들이 가지고 있던 모든 부정적인 것과 상쟁相爭하면서 높은 형태로 그것을 조직화하고 발전시키려던[8] 것이다. 그리고 이 임무는 조선의 생활적 현실의 발전해 나가는[9] 역사적 필연의 문학적 체현體現으로써, 그들에게 허락된 무한의 능력 위에 명확히 자각한 방법을 가지고 수행하려고 하였다. 또한 그리 하였던 것이다. 그리고 아마 미래에도 이 세대의 손에 의하여서만 조선의 근대문학이 이상理想하던 모든 것이 성취될 것이다.

얼마나 이 시대에 와서 비평은 융성하고, 문학은 생활과 결부되었는가? 물론 이곳에서 그 공과[10]의 재단은 후일로 미루고, 오직 문학의 생산, 작가의 사회생활 비평이 비로소 육체적으로 조직되고 절대적인 세대에 대한 적극적인 격투格鬪 정신이 우리 조선문학상上에 나타난 것만은 사실이다. 더욱이 격투적 정신 말이 났으니 말이되, 어느 나라의 문학의 예를 보아도, 우리 '신문학' 같이 자기의 반대적인 문학과 그 세대에 대하여 그렇게 적게 적개심을 가졌던 새로운 문학의 조류는 없었음이다.

---

8 원문에는 '發展시기랴든'으로 되어 있다.
9 원문에는 '發展나가는'으로 되어 있으나 글자가 누락된 것으로 보이기에 바로잡았다.
10 주 7)과 같음.

뿐만 아니라 이 세대에 와서 비로소 창작 과정에 관한 학學이나, 또 비평이 생기고, 외모만이라도 과학의 성질을 띠게 된 것이다.

재건과 부흥의 환상

좌우간 이리하여 이 동안은 격렬한 내적 모순을 가지면서도 오히려 보다 강한 단일성에의 성격화와 통일적인 방향으로 조선문학은 운동해 왔으며 일찍이 20년대적 진보의 길에서 현재에의 안이安易로 우회하던 조류는 현재 급及 과거 일체에 대한 무관심을 표명하면서 내종乃終에는 생활적인 모든 것을 거부하고 상아탑 가운데 칩거하여 오늘날에 보는 예술파광의의!란 일군一群을 이룬 것이다.

그러나 약 2,3년부터 우리들 조선인의 사회적인 생활 현실의 조건은 급격한 변화를 경험치 아니치 못하게 되었다. 그리하여 근 10년간 단일적인 체재와 통일된 방향의 유일한 조직적 추진력이었던 프로문학의 근대의 운명 위에 거대한 저지력沮止力[11]이 가하게 되어 전진 운동에 장해를 입게 되었다. 다시 말하면 이 문학이 전일前日과 같은 보조로 전진 운동을 계속하기가 심한 곤란을 받고 일시 정돈할 비운悲運에 이르렀을 때 독자들은 조선문학의 상태가 여하히 되리라는 것을 곧 상상할 수 있을 것이다.

통일적 방향의 상실! 그것이 아니고 무엇이랴!

벌써 오래 전에 과거에로 돌아선 일군一群과 예술지상주의라는 귀貴치 않은 복잡한 방법으로 이것과 결부되었던 복고주의적 조류는 시詩

---

11 원문에는 '阻止力'으로 되어 있으나 '沮止力'의 오식으로 보이기에 바로잡았다.

와 같이 도도히 범람하기 시작하였다.

시조에의 관심, 춘향전의 재평가, 문학 고전의 발굴 등의 일견 그 럴듯한 경향이 신경향파의 초창기에 그들과는 판이한 과학적 외관을 띤 성인成人의 방법으로 누구나 알 듯이 □□하였다.

그리하여 지금 말할 수 없는 곤란한 조건 하에 있는 프로문학의 대원은 날카로운 역사과학의 메쓰가 아니라 낭만적 환상과 그 과학 적인 외피만 보고 탁류 속에 뛰어드는 것이다. 이른바 '조선학의 수 립' '조선문학의 재건' '조선적 현실의 분석' 등의 말만의 과학적 환 상에 사로잡혀 비관주의와 패퇴敗退 정신을 의식적이거나 무의적이거 나 은폐하고 있는 것이다. 대체 어느 때 어느 곳에 대*조선문학이 있 어 그것을 지금 '재건'하는 것일까? 귀하貴下들은 조선문학이란 『춘향 전』밖에 없다는 어느 문학자의 콧노래를 곧이듣고 있는가. 재건·부 흥이란 이런 것의 재건·부흥인 것이다.

이곳에 '조선적'과 '조선문학'과 그 '재건'의 전全 비밀이 있는 것 이다.

그리하여 문학의 방목放牧이 금일의 문학계 위에 재림再臨하고 있으 며, 다시 문학적 애매曖昧가 이것을 지배하고자 하는 것이다.

염상섭·최서해·이기영이나 김석송·주요한·이상화·박팔양 등의 예술적 달성의 고처高處로부터 금일의 조선문학을 『춘향전』 타령, 시 조의 수준으로 끌어내리는 재건과 부흥에 제현諸賢들은 이의가 없는 가?

의심할 것도 없이 이것은 현재 조선문학의 위기 현상의 표현이다. 우리는 지금 단순한 감상적 회고가 아니라 과학적인 문학사·예술학 을 가지고 일체의 복고주의적 유령과 그 환상을 파괴하고 20년에 가 까운 '신문학'의 예술적 발전과 그 도달의 수준을 밝히고, 진실로 명일明日의 위대한 예술문학 건설에 공헌해야 할 것이다. 이것이 내가 지금 요망하는 문학사적 반성의 가장 큰 이유이다.

물론 이곳에는 신경향파로부터 금일까지의 카프문학의 발전과 또 그 이전의 신문학의 역사와 부르문학의 그 뒤의 발전의 전全 역사가 종합적으로 과학적 문학사의 조명하에 놓여져야 할 것이다.

그러나 이러한 복고주의적 경향이란 일반이 조선문학의 위기를 소리친 작금에 비로소 생겨난 것도 아니며, 또 복고적이란 말이 의미하는 내용이란 것도 글자 그것이 말하는 것처럼 지금 문학계의 일우一隅에서 볼 수 있는 시조나 역사소설, 감상적 회고 등의 속문학만을 가리키는 것이 아니다.

복고적 경향은 벌써 근 10여 년 전 조선의 부르주아적 문학이 그 역사적 발전의 한계에 당도하였을 때 신경향파[12]의 사회적 진보문학이 출발함으로부터 확연히 자기를 한 개의 방향을 가진 문학적 스쿨로서 조직한 것이다. 물론 이것은 신문학 그 자신이 자기의 사회적 문학적인 격두적格斗的 대상으로 삼았고, 또한 경멸의 대상이었던 일체의 보수적 과거적인 것과의 야합 위에 성립한 것이다. 한학과 유교적 정신에 이르기까지 이 전진의 보조를 정지한 신문학의 일군一群은 접근하고 타협해간 것이다. 이것은 이 나라 부르주아지의 독특한 보수성[13]과 그들이 씨족氏族생활의 역사 가운데서 연演하는바 발전적 진보적 역할이 제외국諸外國의 해당該當계급에 비하여 실로 비할 수 없이 근소하다는 사실의 정직한 예술적 반영이다. 그리하여 이 경향은 부르

---

12 원문에는 '新傾波'로 되어 있으나 글자가 누락된 것으로 보여 채워 넣었다.
13 원문에는 '獨特保守性'으로 되어 있으나 단어 연결이 어색하고 글자가 누락된 것으로 보는 것이 타당하여 채워 넣었다.

주아적인 것이다. 오히려 다분히 봉건적이고 근대적인 것보다 더 많이 중세적인 것이다. 엄밀하게 말하자면 그들은 보다 더 예술적 사회적으로 봉건적 과거 가운데 자기의 이상을 발견하고 항상 그것을 감상하는바 낭만주의의 예술인 것이다. 춘원의 이상주의라든가 일부 백조계의 시인이나 파인巴人의 농후한 낭만적 시가 등 20년대 전후를 장식하던 현란絢爛한 낭만주의 조선의 시적 군성群星들이 서있던 바 사회적 토대도 실로 이런 것이었다.

물론 차등此等 낭만주의는 작자 시인 개처個處에 따라서나 또 가장 크게는 역사적 시기에 따라 현저히 그 내용을 달리한 것을 잊어서는 안 된다. 20년대에 있어 그들은 과거에 일족一足을 내디뎠기 때문에 산[生] 문학일 수가 있었고, 『백조』 내부에도 상징주의나 데카당스의 허울을 썼던 소시민적 조선의 하등 적극성 없는 절대적 향락의 순간 속에 침닉沈溺하고 있던 바 금일의 잡다한 소위 예술적 시인들의 선조先祖도 있었던 것이다. 그러나 여하한 것을 물론하고 20년대 조선 낭만주의는 미래에 보다 훨씬 많이 상실된 과거에다 로맨스를 가지고 있었던 것이다.

그리하여 좀더 현실 생활의 역사가 그 황급한 발걸음을 앞으로 내디뎠을 때 이들의 대부분은 곧 미래에 향한 편족片足을 빼어 과거에의 로맨스 위에로 모아버리고 말았다. 이리하여 낭만주의는 복고주의적 정신으로 자기의 내용을 바꾸어 오늘날에 이르기까지 조선문학에 있어 미래와 현재의 반대자로서 존재해온 것이다.

오랫동안 미래에 대한 정보를 가지고 현재를 인식하고 그것의 앞에 로맨틱하던 문학이 2,3년래*로부터 커다란 고난 가운데 있게 되고, 날이 갈수록 그것의 전진이 어려워지자 이 문학계의 일우一隅에 초라히 파묻혔던 복고주의는 다시금 때를 만난 듯이 활기를 얻어 조선문학의 전면으로 전진을 개시하였는 바 이미 맑스주의적 문학비평이 이것을 지적한 것은 2,3년부터이었다. 그러던 것이 금일에 와서는 그 유상무상의 악류惡流들을 이끌고 태양이 넘어간 밤의 암흑처럼 문학계 위에 범람하고 있다.

그러나 이 범람의 방식은 간단치 않은 것으로 지금 그들의 불우不遇 시대와 달라 여러 가지의 복잡한 외모를 가지고 문학계의 전진에의 통일적 방향의 운동이 정돈되자 '문학 고전의 재인식' 혹은 '조선문학의 특수성' '문학에 있어 조선적인 것의 고양' 등의 과학적 외관을 쓰고 도량跳梁하고 있다.

물론 통일적 방향이 상실된 혼돈 가운데서 이것을 다시 과거에의 방향으로 통일하려는 기도가 신문학 15년의 역사가 쌓아놓은 예술적 달성의 수준과 거기 따르는 일체의 문화적 재산을 일조一朝에 파괴하는 위험한 탁류濁流라는 것은 중정重定할 바 없으나 보다 더 위험한 것은 현재의 위기에 대한 정확한 인식[14]의 완전한 결여 그것임을 재삼再三 강조치 않을 수가 없다.

도도히 넘치는 수없는 위기현상의 탁류를 탄식하는 것은 사死에의 송장곡送葬曲 이외에 아무것도 아닐 것이며, 차등此等의 문학적 암야暗夜가 마치 일개一個의 등화燈火처럼 던지는 '신문학의 건설'이나 '재건'의 공허한 규성叫聲에 방책을 생각하고 제의하는 것은 이 위기를 일층 구할 수 없는 무서운 혼란 속으로 몰아넣는 최악의 행위인 것이다.

---

14 원문에는 '正確 認 識'으로 되어 있으나 문맥의 흐름상 글자가 누락된 것으로 보여 채워 넣었다.

감상적 회고로부터 문학사의 연구로

우리들은 지금 무조건적으로 현재의 위기에 대한 정확한 인식을 필요로 한다. 이것 없이는 작일昨日의 패퇴敗退의 쓰린 감정도 헛되이 죽을 것이며 또 그 원인이 무엇인지도 모르고 말아 다시 이 두려운 혼란의 와중에서 통일적인 전진의 방향을 찾기는 완전히 허사虛事에 그칠 것이기 때문이다.

금년 초에 들어와 도하의 각 신문 잡지는 '조선문학의 재건'이나 또 '신문학의 건설' 등의 표어를 걸고 소리쳤다. 과연 과거에 여하한 조선문학의 고전 시대가 있어 금일에 재건을 꾀하며 이제 새삼스러이 어떠한 '신문학'을 지금 있는 '신문학' 위에다 다시 건설한다는 것일까? 이러한 완전히 무내용하고 공허한 절규는 그의 본질을 밝혀야 하고 조선문학의 진실한 성장과 발전의 도상에서 일소一掃해 버려야 한다.

동시에 감정적 회고로부터 완전히 자유로운 과학적 정신을 가지고 이제 차디찬 역사적 반성의 문학사적 비평적 사업을 조직하고 위선爲先 현대문학의 문학사적 지위와 현대문학 자기 자신의 제諸성격을 천명하여 명일明日에의 방향을 발견해야 할 것이다.

그러나 우리는 오늘날까지 이러한 기도의 일편一片조차 찾아볼 수 없는 조건 가운데 놓여 있다.

작가들은 자기의 예술적 영양의 섭취를 위한 암중모색에 열한熱汗을 흘리고 있는 때 창작방법의 논쟁은 그야말로 구체적인 조선의 문학적 현실과는 지극히 먼 순수이론의 상공에서 졸렬拙劣을 극한 권투를 하고 있으며 문학사가라고 지칭되는 이들은 낡은 소설의 민속학적[15] 해석에서 만족하고 있다. 어째서 고소설과 한말의 잡다한 신소설, 또 국초, 춘원을 거쳐[16] 20년대 문학에 이르는 역연한 문학적 발전의 계열을 설명하지 않는지 이해하기 어렵다. 이것은 가장 학적으로 흥미있고 또 작가들에게 대단히 유익한 사업이 아니면 아니 된다.

그리고 금일에 와서 가장 예감銳感[17]한 작가, 평가評家란 이들이 겨우 조선문학의 위기를 조심성스럽게 이야기하고 신비적, 예술지상주의 문학이 발전하리라는 일종의 예언에 만족함을 볼 뿐이다. 이러한 견해는 금년초 '침통의 일색―色'이 조선문학의 특질이리라는 현민玄民 씨의 소설所說에 발단하여 카프 해산을 계기로 씌어진 함대훈咸大勳 씨의 「조선문학의 위기」라는 일문―文에서 명확히 된 듯 싶다.

그러나 우리가 본 것과 같이 현재의 문학계에서 최량의 조류라는 이러한 제경향이 이른바 조선문학 금일의 위기를 극복하는데[18] 하등의 적극적인 의의를 갖지 못하리라는 것은 조금도 이해하기 곤란치 않을 것이다.

혼돈한 금일의 문학적 조선의 역사와 현실의 대해大海 가운데서 작가로 하여금 여하히 자기의 창조적 항행航行을 조직할까를 똑똑히 지시치 않는 창작적 논쟁이 과연 무슨 이익이 있을 것일까? 프롤레타리아문학이 자기의 ××를 상실하고 대부분의 작가들이 자신의 창작적 방면을 잃고 암흑 가운데서 괴로운 모색을 계속하며 한편으로는 안일한 트리비알리즘과 자연주의적 색정문학의 구렁으로 쓸려 들어가는 차제此際 차등此等의 복잡다기한 일체의 현실적 과제로부터

---

15 원문에는 '民謠學的'으로 되어 있으나 오식으로 보이기에 바로잡았다.
16 원문에는 '春園은것처'로 되어 있으나 의미상 오식으로 보이기에 '춘원을 거쳐'로 바로잡았다.
17 '銳感'보다는 '銳敏(예민)'이란 말이 흔히 쓰는 용어지만, 의미상 큰 차이는 없는 듯하여 그냥 두었다.
18 원문에는 '朝鮮文學今日의 危機克服하는데'로 되어 있으나 문맥의 흐름상 글자가 누락된 것으로 보여 채워 넣었다.

격리하여 ‘리얼리즘’을 논하고 ‘로맨티시즘’을 논하며 ‘사회주의적 리얼리즘’의 당부當否에 관한 공허한 이론적 사변을 농弄하고 있음은 인텔리겐차의 악질적 자위 이외의 아무것도 아니다. 제군 앞엔 새 창작이론의 일체의 해결을 줄 프로문학 10년이 낳은 풍부한 창작적 경험과 신문학 조선에서 갖는바 프로문학의 커다란 가치를 기록한 예술적 피라미드 민촌民村의 『고향』이 솟아있지 않은가?

모스코의 모든 이론가들이 소리를 맞추어[19] ‘사회××[주의]적 리얼리즘’은 무엇보다도 일체의 과거 문학의 역사적 개괄 위에 서 있기 때문에, 다시 말하면 구체적인 문학적 현실의 기초 위에 서 있기 때문에 진실된 것이고 위대한 것이라고 말하지 않는가?

이러한 일체의 것으로부터 떨어진 공허한 창작논쟁은 금일의 문학적 암흑을 수놓은 가련한 감정적 풍경 이외 아무것도 아니다.

그리고 단순히 민속학이나 어느 문학의 사회적 경제적 해석에 시종하는 문학적 노력이 있다면, 그것은 곧 플레하노프,[20] 프리체 등의 상대주의적 미학과 멘세비즘의 비역사적 방법과 혈연의 것일 것이며, 잘못하면 맑스주의적 언어로 복고적 경향을 일층 힘있게 하며 과학적으로 근저根底를 부쳐주는 결과를 낳을 커다란 위험이 상반相伴[21]하는 것이다. 위험뿐만 아니라 차등此等 복고주의적 보수가保守家들은 이러한 과학적 문학사의 노력까지도 자기의 방향으로 일반적 분위기를 조직하는데 교묘히 이용하려고 하고 있음을 잊어서는 안 될 것이다.

다음으로 현민玄民, 함대훈咸大勳 씨 등 귀중한 작가들의 위기론은 일견 정확한 관찰인 듯하면서도 절망의 언어이고 비명의 철학인 것이다.

---

19 원문에는 ‘갓추어’로 되어 있으나 의미상 ‘맞추어’가 적당하기에 고쳐 썼다.
20 원문에는 ‘푸레타―노프’로 되어 있으나 ‘플레하노프’의 오식으로 보이기에 바로잡았다.
21 원문에는 ‘相律’로 되어 있으나 문맥의 의미상 ‘相伴’으로 보이기에 바로잡았다.

물론 감상적 회고의 길을 가는 사람들은 자기의 문학을 관념화하여 갈수록 리얼리즘으로 멀어져서 신비적 문학의 선당仙堂을 지을 것이며 예술지상주의의 형식미의 문학이 시세時勢를 올릴 것이다. 그리하여 보수주의자들은 차등此等 소시민들로 하여금 미문학적美文學的 형식적 완성이 문학 본래의 최고의 임무라고 떠들게 하면서 과거에의 깊은 동혈洞穴을 팔 것이다.

그러나 좀더 냉정히 과학적 관찰안을 가지고 과거로부터 금일까지의 문학적 현실과 우리들의 사회생활과 그 관계 또 제諸 외국의 문학사적 실례 등을 본다면은 곧 이것과는 전연 다른 한 개의 중요한 결론을 얻을 것이다.

다름 아니라 금일의 조선 사람의 사회생활의 현실 가운데서는 신비적 문학이나 단순한 문학상의 형식미의 완성은 도저히 불가능하다는 것이다.

대체로 20년대 이후 금일까지의 모든 경향의 문학이 일률로 상당한 사실성을 가지면서도 형식적으론 황박荒粕한 낭만적 성격을 가졌었다는 것을 부정치는 못할 것이다. 여태까지의 최량의 문학도 진실로 예술적인 형식적 완성으로부터는 원거리遠距離에 놓여진 것이고 여하한 문학적 재능도 조선문학의 성장 위에 가로놓인 수많은 사회적 예술적 난관을 본질적으로 타개치는 못한 것이다.

하물며 복고주의나 예술지상주의가 수성遂成할 바 성과란 실로 예측하는 것보다도 엄청난 적은 것에 그칠 것이다.

대체로 이렇게 절박하고 지극히 사소한 일상적 생활의 귀퉁이까지 정치의 색채가 농후히 젖어있고, 여하히 미미한 사유적 생활까지도 현실이 강고한 힘을 가지고 육박하는 조선의 속에서 여하한 신비적 문학의 '발달'이 가능할 것인가? 오직 죽은 문학으로서 조선 사람의 문학이 아니라 소수 '지사志士'의 문학으로만 이것의 존재는 가능할 것이다.

또 신비적 문학이나 지상주의적至上主義的 문학이 도달한 형식미의 수준이란 것도 눈앞에 보는 듯한 것이다. 한껏해야 사어死語의 부활이나 언어의 단순한 적목유희적積木遊戲的 세공細工, 문장의 일상어로부터의 갈수록의 유리 등의 현상 이외에 아무것도 없을 것이다. 벌써 이 현상은 도처에 나타나 있다. 중견작가란 이들의 예를 들면 이태준李泰俊 씨 등의 소설에서 보는 어휘의 현저한 부족과 김기림金起林 씨 등과 그의 추종자들의 시에서 보는 어휘의 언어도단言語道斷의 근소僅少와 고정화, 조선어 독자의 언어미의 파괴와 언어학계에서 보는 관념적 언어학의 발달 등이 곧 그것이다.

특히 김기림, 김광균金光均, 황순원黃順元, 신석정辛夕汀 등 제씨의 시를 주의깊이 읽은 사람이면 그 사용하는 형용사, 명사 등의 가경可驚할 유사와 그 용어의 대부분이 상용어가 아니며 시형詩形의 구어체로부터의 유리, 그리고 어느 누구를 물론하고 어휘를 통털어야 백을 넘을 둥말둥한 소수인데는 일경一驚을 금할 수가 없다. 그리고 시 전체를 통하여 외국시의 어조로서 조선어 같은 음률적인 미, '리듬의 고유한 음악성' 등은 간곳없이 추방되어 있다. 이것이 과연 조선어의 예술미적 완성일까?

민요·동요·시조나 고가사古歌詞 등이 가진 주옥과 같이 아름다운 조선어의 미는 흔적도 없이 깨어지고 있다.

그리하여 오직, 우리들 조선민족의 현실적인 생활로부터도 멀어지고, 언어의 진실한 아름다움으로부터도 완전히 외국의 방법이나, 사어死語의 형식으로 유리되어, 문학의 시해屍骸만이 우리들 독자의 앞에 놓여져, 전혀 형식적인 의미의 미문학美文學의 발달도 우리는 이들 예술가의 장래에서 기대치는 못할 것이다.

우리는 생활의 실천의 광범하고 진실한 반영 위에서만 그 언어적 형식적 완미完美의 획득을 기期할 수 있고 문학 그것의 예술적 완성도 역시 그 위에서만 가능한 것으로 이곳에는 일편一片의 환상도 남겨둘 것이 아니다.

뿐만 아니라 이러한 신비적 예술파적 문학의 ‘발달’을 불가능케 하는 또 한 개의 요인은 이러한 경향의 문학이 성립하고 발전할 현실적 기초가 다른 외국에 비하여 전혀 문제 안 되리만치 박약하고 협소한 것으로 사실 이 조건은 전자보다도 근원적인 것이다.

보수적 정신의 본질적 태반인 귀족계급이나 또 그것의 다음가는 민족자본계급 그리고 문학 자신을 가지고 모든 것에 관심하지 않으려는 예술지상주의적 정신의 사회 기초인 소시민층이란 부절不絶히 좌와 우와의 간間에 동요하고 고정固定한 소비자적 심리에 안정을 유지케 하지 않을 것이 금일의 조선 사회생활의 특징이며 또 보다 중요한 일면은 그들이 조선 사람의 사회생활에 있어 물질적으로 본질적인 지배적 존재가 아니라는 점이다.

즉 조선은 부르주아적 문학의 생산자의 사회계급적 기초가 조선의 민족생활 가운데서 연演하는바 역할은 다른 외국에 비할 수 없이 보잘 것 없는 것이며, 명확히 한 개 종속적인 의미밖에는 갖지 못하였다는 점이 이러한 반시대적 문학이 로서아露西亞나 독일에서와 같이 조선에서는 발달될 수 없는 중요한 논거論據의 하나가 되지 않을 수가 없다.

경향傾向의 문학이 사실로서는 한 개 종속적 존재의 예술이면서도 오히려 보다 지배적인 존재에 의하여 일정한 정도의 보호를 받는다는 것을 이곳에서 망각하여서는 아니 된다.

허나 필자는 이곳에서 이 이상 더 이야기를 진행시키지 않으려고 한다. 보다 구체적인 설명을 하기에는 곧 여러 가지 곤란이 따를[22] 것이고 또 후일에 기회도 있을 것이므로 오로지 조선문학 금일의 상태는 프로문학자들까지도 작일昨日의 과제로 밀어놓았던 ××와 문학과의 관계를 과거의 어느 때보다도 금일은 보다 절박한 확실성을 가지고 제기하는 것이라는 것과 문학의 진실로 위대한 용기와 시적 천재의 비양飛揚을 요구하는 조선의 신문학이 있은 이후 가장 문학사적으로 긴장된 시대라는 암시를 던짐에 그치고자 한다.

우리가 이러한 사실을 더한층 똑바로 보기 위하여 18세기 이후 러시아 근대문학 성립사상에서 12월당의 수난과 신문학의 발달과의 관계나 '청년독일'파의 시가의 사실史實 등을 생각하여도 좋을 것이다.

그리하여 과학적 비평의 안광眼光을 가지고 조선문예의 현대적 성격을 밝히어 자기 자신의 금일의 자태를 관찰하고 그 역사적 지위를 살려봄에 있어 금일은 한 개 문학 이외의 요인의 우리 문학 위에 가한 좋은 역사적 반성의 시기인가 한다.

이것을 위하여 우리는 근대 조선문학의 사회사적 또는 정신사적 근원을 밝히고 근대문학이 그 직접의 모태로 한 춘원春園 국초菊初 사업事業 무명의 신소설가들의 업적과 또 한말韓末의 각 문화적 교육적 사업이나 또 고소설류에 역사적 연구로부터 20년대 신문학의 빛나는 군성群星들이 섭취한 외국문화의 영향을 분석하면서 조선의 진실한 문학 성장의 10년사[23]를 밝히는 것은 실로 영예있는 사업이 될 것이고 이 속에서만 위기의 정확한 인식은 나올 것이다.

동시에 이것만이 조선문학 금일의 위기를 극복하는 적극적 노력에

---

22 원문에는 '따른'이나 시제로 볼 때 '따를'이 되어야 하므로 바로잡았다.
23 원문에는 한자로 '十年事'라고 기술되어 있다.

의 일보—進일 수가 있을 것이며, 아울러 이것만이 금일의 이 곤란한 시기를 과학적인 역사적 반성으로서 충만시키고 작가들은 부단히 정확한 창작적 노선상에 결집시키는 데서만 비로소 꽃필 것이다.

　이것은 위대한 인내력과 곤란과를 동반하는 사업일 것이다. 그러나 동시에 얼마나 영예있는 일일 것일까?

조선신문학사론 서설(序說)

이인직(李仁稙)으로부터 최서해(崔曙海)까지

전언(前言)

이 글은 신경향파문학의 역사에 대한 전혀 부당한 수삼數三의 논문을 비판의 대상으로 하는 국한된 목적으로 기초된 것이 의외의 방면으로 벌어지고 길어져서 전혀 발표의 사정에 의하여 불손한 제목을 붙이게 된 것이다. 그러므로 이곳에서 '사론史論'에 상응하는 풍부한 내용을 기다린다면 적지 않은 실망을 가질 것을 미리 말해두는 바이다. 필자 병와病臥한지 연여年餘에 하등의 자료도 없이 단지 낡은 수첩 일개의 힘을 빌어 이 소설小說을 여지旅地에서 적었으므로 독자는 충분한 양해 밑에 보아주기를 바란다. 오직 우리들의 문학사 연구에 대한

●『조선중앙일보』, 1935.10.9~11.13

필자 연래^{年來}의 소회^{所懷}의 일단을 기술할 기회를 얻은 바이니 독자의 연구에 자資함이 있으면 만행^{萬幸}이라 생각한다.

1. 문학사적 연구의 현실적 의의

오늘날에 있어 우리 조선문학사상^{朝鮮文學史上}의 모든 사실에 대하여 엄밀한 과학적 평가를 내리고 그 복잡다단한 역사적 발전의 전노정^{全路程} 가운데서 일관한 객관적 법칙성을 찾아내어 한 개의 정확한 체계적 묘사를 만든다는 것은 실로 곤란한 사업이면서도 또한 가장 존귀한 일의 하나가[1] 아니면 아니 된다.

그러나 지금 이 문학사적 노력의 가치와 의의에 관하여 오늘날에 있어서란 한 개 특별한 시대적 관심을 가지고 이야기하게 됨은 이 오늘날이란 시기가 가지고 있는 바 제 내용이, 그 가치와 결과하는 바 의의를 다른 여하한 시기보다도 실로 고유의 것을 만들기 때문이다.

무엇보다 그 절박한 필요에 있어 또 비상히 높고 큰 의의에 있어 다른 시기에 있을 문학사적 사업과 스스로 구별되어야 한다.

따라서 우리가 문학사적 사업에 요구하는, 과학적 엄밀성은, 일층 가혹하고, 또 고도의 것이다. 왜 그러냐 하면, 오늘날에 있어서 처해지는, 근소한 과학적 부정확성은, 명일^{明日}에 볼 수 있는 우리의 문학적 창조에 있어 실로 금일에 앉아 상상키 어려운 심대^{甚大}한 결과를 초래할, 출발점이 되는 때문이다. 마치 두 개의 직선이 일점상^{一點上}에 서 상교^{相交}함에 있어, 그 일점상^{一點上}을 통과한 직후에 두 선의 거리[2]

---

1 원문에는 '하나이'로 되어 있으나 요즘 어법대로 '하나가'로 고쳤다.
2 원문에는 '短離'로 되어 있으나 '距離(거리)'의 오식으로 보이기에 바로잡았다.

란 무한히 협소한 것이나, 드디어는 영원히 상합相合치 않을 무한대의 방면으로 발전하는, 기하학상의 범례範例와 같이, 금일의 시기란 우리들의 문학적 발전상에 있어 정히 중대한 일점一點인 때문이다.

현재 우리 조선의 프롤레타리아문학이 어떠한 조건 하에 있으며, 또 그 외의 건전한 문학 전반이 미증유의 심각한 역사적 국면 위에 서있다는 것은 다언多言을 요치 않을 것이다.

비단 한 개 프롤레타리아문학의 운명에 관한 사태가 아님도 또한 역연歷然한 것이다.

이미 몇 사람의 양심있는 문학자의 입으로부터 이대로 가면 조선 문학은 멸망할 것이다! [3행 삭제] 라는 비통한 부르짖음이 발해진 것도 1,2차가 아니다.

그리고 이러한 위기적 곤혹困惑을 가장 우심尤甚히 받고 있는 문학은 일반적인 조선문학의 영역 가운데서도 자연주의문학의 쇠미衰微 이후 올 민족적 문학의 진실한 길을 걷고 있던 그 유일의 예술적 사상적 지주인 프롤레타리아문학이라는 것은 과거 프로문학에 관하여 부당한 평가를 내리고 있던 일련의 맹안자盲眼者류에게 정히 두상頭上의 일봉一棒이 아니면 아니 될 것이다.

지금에 있어 이들 맹안자들이 문학상의 한 개 광포狂暴한 좌익적 이단자의 조류로 보아오던 문학 위에 가하여진 침통을 극한 시대적 압력이 파급하는 범위의 넓음을 감지하지 못하는 자가 아직도 이 나라 문학계 가운데 남아있다면 그것은 전혀 예술적으로 사유하고 인식할 하등의 자질을 갖지 않은 자뿐일 것이다.

그리하여 이곳에 가장 육체적인 절박성을 가지고 만인의 가슴에 전해지는 사실은 우리 조선문학이란 ××××××생활과 함께 있다는 것, 다시 말하면 조선의 문학적 성쇠盛衰의 운명과 불가분의 관계하에 서있다는 사실의 일층의 확인이 아니면 아니 된다. 이 압력이란 오늘날에 와서는 여하히 두터운 피부가 신경체계의 작용을 무디게 하던 인간의 피부라도[3] 용이히 감각感覺할만한 노골적이고 강렬한 형태를 가지고 작용하고 있다.

그러므로 만일 어떠한 형태로이고 금일 우리의 문학이 위기 하에 서있다면 [2행 삭제] 는 것이다. 따라서 문학적 위기의 극복은 또한 생활적 위기의 타개 그것과 한 장소, 한 시기에서 수행될 것이며 문학상의 위기현상이란 ×××××× 한 개의 정직한 반영에 불과하다.

우리가 문학이 생활적 진실의 반영자·구현자이고 그 토대 위에서 자기의 자유스러운 창조적 세계를 개척하는 것이 진리라고 하면 문학이 그 자신의 위기를 타개치 못하고 기피하거나 좌절한다면 그것은 곧 생활적 현실로부터 격리되는 것이다.

또는 이 위기현상의 구체적 인식을 그르친다고 하면 이것 역시 문학이 그것 위에 서서 발전해나갈 토양으로부터 자기를 뽑아내는 비참한 결과에 도달할 것도 논리의 지극히 명확한 순서이다.

따라서 생활로부터 유리되는 문학이 곧 진정眞正 의미의 예술성으로부터 떠나게 되는 것이라면 이 또한 자기를 예술적 파멸의 길로 인도하는 결과에 도달할 것이다. 따라서 오늘날에 있어서의 조선의 문학사적 연찬硏鑽이란 이 위기현상의 정확한 인식과 또한 그의 극복의 엄밀한 과학적 기초가 되는 의미에 있어 특별히 중대한 현실적 의의를 갖는 것이다.

그러므로 위선爲先 현재의 문학사적 노력은 결코 일반이 상식으로써 이해되는 단순한 '학구적' 의미로부터는 훨씬 거리가 먼 것이다.

---

3 원문에는 '피부이라고'로 적혀 있으나 의미상 '피부라도'의 오식으로 보여 바로잡았다.

　이곳에서 취급되는 문학적 대상은 결코 단순한 평화스러운 '학문적' 연구와 그 흥미의 대상이기에는 너무나 절박한 현실적 필요의 대상이다. 다시 말하면 이 과제는 우리들 앞길에 산같이 쌓인 잡다한 현실적 난관을 극복할 문학적, 창조적인 실천의 생X[산]적 문제와 밀착되어 있다.

　정말로 이것 없이는 우리들의 문학이 현재 가지고 있는 예술적 세계관적 제결함을 보정補正할 수 없고, 동시에 이곳에서 일보를 그르친다면 이 위기 가운데서 자기를 전일적으로 완성하면서 ××적으로 위기를 초극하여서 이것을 자기의 일층의 비약적 발전의 계기로 만드는 대신, 일직선적으로 쇠망의 길로 이끌고 말 역사적 실천의 운명을 좌우하는 중대한 계기이다.

　현실생활의 역사적 운동의 조류 위에서 자기 스스로를 전방前方으로 이끌 통일된 예술적 X[정]치적인 실X[천]의 절박한 육체적 필요만이 문학사적 제 문제를 정당히 취급하고, 또 평가할 수 있는 것이다.

　그러므로 우리는 진실한 문학적 전진이 지극히 곤란한 조건 하에 놓인 금일, 다난한 전진 운동의 급류로부터 자기를 어떤 안일한 장소로 이끌어가기 위한 한 개의 방편으로서의 역사적 반성의 휴식소를 구하는 기도라든가, 또는 문학적 실천의 복잡한 과정 위에 과학적 조명을 던지려는 하등의 적극적 열의도 없는 아카데미안의 무미건조한 해석적 분석으로부터 이 사업을 구별하지 않으면 안 될 것이다. 금일에 있어 문학사적 문제란 실로 완전한 한 개의 실천적 과제이다.

2. 근대문학의 형성과 신경향파

특히, 지금 내가 수언數言을 소비하려는 신경향파문학 발생의 역사를 천명하는 데 있어서는 이 고유의 의의는 일층 더 첨예하게 나타나며, 문학운동의 예술적 X[정]치적 X[실]천과의 관계는 백배 더 긴요해지는 것이다.

이것은 의심할 것도 없이 프로문학의 예술적 X[정]치적인 전발전의 단초이고, 그 전공과全功過의 비판적 해명의 기초인 때문이다. 동시에 신경향파문학 대두 이후 카프 문학의 십년은 그 형태의 변이와 공과 모두가 이 시대의 제 내용의 각개의 연장이고 또 지금으로부터 먼 미래로 향한 조선 프롤레타리아문학과 그것에 의하여 제약될 조선의 민족문학 전반도 어떤 의미에서 본다면 이것의 특정한 의미에 있어서의 구체적이고, 발전이라 할 수 있기 때문에, 특히 이 중요성은 배가하는 것이다.

따라서 신경향파문학의 역사적 검토의 결론은 곧 조선의 프로문학 운동 전반의 평가의 기준이 되는 것이며 아울러 현재로부터의 창조적 실천의 행로와 방향을 지시하는 한 개 행동적 기간基幹이 되는 것이다.

이러한 의미에 있어 필자는 일찍이 현재의 시기에 있어 금일까지의 신문학의 전역사에 관한 과학적인 역사적 반성을 요망한 것이고, 특히 프롤레타리아문학이 선행한 신문학으로부터 계승한 제유산과 부채를 과학적 문예학의 조명하에 밝힐 것을 희망한 것이다. 이것은 곧 프로문학의 십년간에 긍亘한 예술적 정치적 실천이 자기의 쌍견雙肩 위에 지워진 예술사적 임무를 정확히 자각하고 실천하였는지 그렇지 못하였는지를 알게 하는 것이며 또 그것의 과학적인[4] 비판은 곧 장래할 우리들의 문학의 역사적 진로를 조명하는 예술적 강령의 범위를 지시하는 것이다.

그러므로 비록 희귀하고 실로 완전치 못하나마 이러한 문학사적 반성의 맹아에 접할 수 있는 것은 이러한 귀중한 관심의 앙양으로서 반가와해야[5] 할 현상이다.

그러나 금일까지 우리가 통독할 수 있는 이 문제를 위하여 쓰여진 몇 개의 노작을 살펴볼 때 우리들의 이러한 원칙적인 요구의 방향과는 전혀 무연無緣한 어떤 일관된 경향의 견해를 발견할 수가 있다. 뿐만 아니라 현재까지 발표된 거의 전부의 논문의 필자들이 약속이나 한 듯이 이러한 경향의 대표자들이란 데는 일경一驚을 불금不禁할 뿐더러 한 개 중대한 사태의 표현으로써 우리들은 확고한 태도와 방침으로써 이것과 대립하지 않으면 실로 슬퍼할 결과에 도달하고 말 것이다.

이 유행되는 문학사적 사상이란 별 것이 아니라 신경향문학[6]과 프로문학의 비판상에 나타난 문학과 생활의 이원적 분리의 관념론이다. 동시에 이 이원론적 사관은 문예 급及 예술의 역사적 발전의 해명[7]에 있어 프리체적 상대주의의 아류자亞流者들로서 일一 시대의 문학과 그 전과 후의 시대의 문학적 발전의 내적 관련의 설명에 있어 완전히 무력할 뿐더러 자기류의 독특한 기계론을 가지고 모든 시대의 문학을 수화水火와 같이 절단絶斷하는 데 높은 기술을 가진 사가史家들

---

4 원문에는 '學科的'으로 되어 있으나 이는 '科學的'의 오식으로 보임.
5 원문에는 '반가워해하야'로 되어 있다.
6 원문에서 '신경향문학'은 '신경향파문학'과 함께 혼용되어 사용되고 있다. '신경향파문학'으로 통일시키는 것이 좋을 듯하나 의미상의 오해를 불러일으킬 여지가 없기에 이들 용어와 관련해서는 원문에 따랐다.
7 원문에는 '鮮明'으로 되어 있으나 문맥상 '解明'의 오식으로 보이기에 바로잡았다.

이다.

오직 이곳에는 하등의 문학적 또는 예술사적 교양을 상반相伴치 않고 관념형태와 생산관계와의 복잡다기한 관계를 죽은 변증법과 경화硬化한 유물사관의 공식을 가지고 요리하는 독단론의 칼이 준비되어 있는 데 불과하다. 그리하여 문예예술상의 계급적 상극과 창조적인 실천의 이해는 안일한 몇 개 공식에 의하여 교묘히 대치되고 만다. 뿐만 아니라 이러한 이원사관은 과거 카프의 조직적 와해를 촉진시킨 변질주의變質主義의 이론적 무기였다는 것을 날카롭게 기억하지 않으면 아니 된다. 다시 말하면 신경향파문학의 형성으로부터 이기영李箕永의 소설 『고향』을 생산한 높은 수준에 이르는 십년간에 긍亘한 고난에 찬 행로를 걸어온 프로문학의 전존재가 그것으로 말미암아 성립하고 또 발전해온 예술상의 X[당]파적 견지를 파괴하려는 데 이 이원사관은 실로 효과적이었다.

그러나 박영희朴英熙, 이형림李荊林에 의하여 대표되는 신장新裝한 예술지상주의 이론!명기하라! 이것은 카프해산론이었다!은 금일에 와서 아무도 거기에 공연한 찬의를 표하는 자를 발견할 수는 없을 만큼 이 이론의 가치와 명예는 똑똑하다.

그러면 우리들 진보적 문학의 영역에 있어 이러한 이론의 여훈餘薰은 완전히 묵살되고 소청掃淸되어 있는가 하면 결코 그렇지 않다. 몇 사람의 작가들이 창작상에서 서서徐徐한 퇴각을 실천하는 데 이 고마운 교설敎說은 진리가 되어있고, 프로문학의 사적史的 평가란 과학적 노력의 형태를 통하여 이 경향은 복잡한 과학적 논리의 외모를 갖추어 재생산되고 있다.

이 종류의 견해는 9월 『신동아』지에 실린 근대 조선문학의 사상적 천이遷移의 연구를 위하여 쓰여진 신남철申南澈,[8] 이종수李鍾洙[9] 양씨의 논문과 좀 멀리는 작년 『신동아』에 실린 김기진 씨의 조선문학의 현계단과 수준에 관한 제론諸論[10]에서 그 한 개 기초적인 요소를 발견할 수가 있다.

특히 흥미있는 것은 박영희적 이론에 대하여 정면의 비판자로 등장한 김기진 씨는 말할 것도 없거니와 신남철, 이종수 양씨가 다 박영희적 이원론의 비판자라는 점에서 한개의 공통점을 가지고 있다는 점이다.

이렇게 본다면 박영희, 이형림 등과 그 비판자인 제씨들을 지금 한 개의 이론적 계열하에 놓는다는 것이 모순하는 것 같으나, 그러나 우리들의 이해할 요점은 이 비판자나 비판당하는 자나 모두가 동일한 이론적 기간基幹 위에서 출발한 두 개의 지엽枝葉이란 요점이다.

이 문제의 가장 적당하고 또 종합적인 자료를 제공하는 대상은 신남철 씨의 '신경향파의 대두와 그 내면적 관련에 대한 한 개의 소묘'란 긴 부제가 붙은 「최근 조선문학사조의 변천」이란 일문一文이다. 이하 주로 이 논문이 가지고 있는 문제의 비판을 따라 문예사관의 신이원론新二元論을 해명코자 한다.

주지하는 바와 같이 '신경향파'는 프로문학의 역사적 단초이고 그가 가진 문학적 사상적 이상은 금일까지의 프로문학운동의 창조적 비평적 제활동을 지배해온 것이라고 보아도 대범한 의미에서 별로 사실과 모순치 않을 것이다.

---

8 정확한 제목과 출처는 다음과 같다. 「최근 조선 문예 사조의 변천」, 『신동아』 47호, 1935.9.
9 여기에 해당하는 이종수의 글은 다음과 같다. 「프로 문학의 현재 수준」(『신동아』 28호, 1934.2), 「조선 문학의 현단계」(『신동아』 39호, 1935.1).
10 여기에 해당하는 글은 다음과 같다. 「조선 문학의 현재의 수준」(『신동아』 27호, 1934.1), 「프로 문학의 현재 수준」(『신동아』 28호, 1934.2).

즉 문학은 현실생활에 의존한다는 견지에 있고, 동시에 문학은 생활현실에 일정한 정도로 봉사하는 것이라고 주장한 것이다.

우리는 신경향파문학의 창시자들의 대단히 오랜 논문 가운데서 다음과 같은 말을 발견할 수가 있다.

"다만 현실을, 우리의 생활을 변혁하여야만 우리의 문학을 혁명할 수 있고, (…중략…) 예술 이것을 해방시키고 생명의 본질을 찾고자 하자면 우리는 우리의 생활을 변혁하지 않으면 아니 된다."[11]『개벽』대정[大正] 13년 2월호 「금일의 문학·명일의 문학」, 김기진

혹은 "시대마다의 위대한 생활의 발견이 위대한 예술을 출생시킨다", "그런고로 문예가 생활에 영향이 있다느니보다 생활이 문예에 영향을 주는 것이다"『개벽』 12월호[12] 「조선을 지나는 비너스」, 박영희는 일견 소박하나 그러나 명확한 사적 유물론의 견지 위에서 자기들의 예술적 출발을 비롯한 것이다.

물론 어느 시대의 문학도 대부분 그러한 것과 같이 '신경향파' 시대에 있어서도 실제의 창조적 활동과 비평의 이상과는 상당한 거리가 있었다. 즉 이러한 비평가들의 이상적 욕구에 상응하기에는 신경향파 문학의 예술적 정치적 수준은 비교적 옅은 곳에 있었다. 허나 그렇다고 해서 신경향파의 원칙적 욕구가 작가들의 창조X[실]천에 맞지 않았다든지 공허한 것이라든지 하는 관찰은 가능치 않은 것이다.

그때나 지금이나 비평의 요구는 항상 비평과 문학 그것이 의존한 X[계]급의 현실적 X[실]천의 이상적 요구를 가장 높게 집결적으로 표

---

11 원문에는 "다만 현실을, 우리의 생활을 ××해야만 우리의 문학을 ××할 수 있고, (…중략…) 예술 이것을 해방시키고 생명의 본질을 찾자면 우리는 우리의 생활을 ××시켜야 한다는 것이다"라고 되어 있다. 김기진이 쓴 원문을 찾아 고쳐 썼다.

12 원문에는 '『開闢』 12월'로 되어 있으나 위의 서술에 비추어 '12월호'로 통일시켰다.

현한 것으로 문학상의 창조적 ×[실]천이 현실적 제 과정에 비하여 후행적後行的이었다는 것은 신경향파 이후 전全 프로문학의 공통의 약점이면서도 또한 역사적인 한 개 개연성을 가진 것임을 이해해야 한다. 그것은 사회생활의 현실적 과정이 도달한 이상의 고처高處를 문학이나 예술이 걸을 수 없다는 단순한 관계로부터 귀납되는 것이다. 특히 조선과 같이 근대 근로층의 자각적 ××가 옅은 계단에 있는 곳의 유소幼少한 문학이 맛보는 제 곤란이란 특히 큰 것이다.

그러나 신경향파문학의 이 원칙적 욕구는 금일에 이르기까지 프로문학의 전×[실]천을 일관한 프린시플이었다. 허나 이 유소한 문학적 세대들은 이러한 원칙을 강조하는 나머지 문학상에서 내용 편중주의라고 하는 한 개의 마이너스를 가졌었다. 그리하여 문학상에 있어 그 사상성과 예술성에 대한 통일된 과학적 견지를 가지는 대신, 예술의 형식의 의의에 관한 유명한 김기진 대 박영희의 역사적 논쟁을 거쳐 문학적 창작과 그 운동과 공히 정치의 우위성이란 것을 곧 정치 급及 사상에의 직접의 봉사주의라는 방향을 가지고 최근까지에 이르도록 지배적 원칙으로써 통용된 것이다.

그러나 먼저도 말한 바와 같이 이 땅의 사회적 제 조건에 의하여 이러한 결함은 거의 불가피의 것으로써 문학 자신이 혼자 다른 유력한 현실적 힘의 명확하고 정당한 지도를 떠나 자기의 정로正路를 찾을 수는 없었다.

실로 이러한 경향은 신경향파나 프로문학 자신만이 생각해낸 방향이 아니라 조선의 새로운 층의 유약한 ×[실]천이 이러한 문학상의 결함을 시정할 능력을 갖지 못했을 뿐만 아니라 때로는 이 그릇된 방향을 시인하고 또 조장, 요구까지 하고 있었다는 중요 사실이 이 가운데 개재되어 있는 것이다.

그러나 이러한 역사적 사회적인 제결점이 박영희, 이형림을 두목으로 하는 일련의 이원론적 당파성 해제론자들의 교설教說과 같이 그 전체계를 일률로 부정할 기초가 되어야 할 것이냐 하면 천만의 말이다. 이것은 조선의 유소幼少한 근로층이 성장의 통고痛苦 가운데서 지불한 불가피의 ××적 희생이고 이것에 수반하는 경험 없고 나이 어린 문학예술의 대오隊伍가 역사적 과정 가운데 내놓지 않을 수 없는 실로 아픈 공물貢物이었다.

왜 그러냐 하면 우리들의 현실적 제 과정이나 문학예술의 운동이 이러한 희생을 지불치 않으려고 아끼었다면 그보다 몇 백배 귀중한 본질적인 것을 희생의 제단에 내놓아야 했을 것임으로써이다.

다시 말하면 이 부차적인 조그만 희생을 아끼었다면 모든 것은 태초로부터 존재하지 않았으리라는 것이다. 더구나 신경향파문학이 그 제일보를 내놓을 때는 세계의 어느 나라에서도 근로층의 문학적 창조와 그 운동의 정당한 경험을 섭취할 지주支柱와 실례가 없었다는 역사적 약점을 더 한번 고려하지 않으면 아니 된다. 소련에 있어서는 시민전쟁 시대의 초연硝煙이 스러질락말락한 때로, 겨우 프로작가의 단일적 운동이 형성된 직후이고, 일본 내지內地에 있어서도 겨우 『신흥문학新興文學』, 『파종인播種人, 씨뿌리는 사람』 등의 연소한 운동이 조선과 대차大差 없는 형태로 출발한 때였다는 국제적 사정은 그들로 하여금 금일에 생각하는 것과 같은 고도의 예술적 수준으로부터의 반성을 불가능케 하였다.

그러면 과연 오늘날 신경향파문학에 대하여 거의 지배적 평가로 되어있는 것과 같이 "비상히 유치한 수법, 졸렬한 취재, 미숙한 문장, 초보적인 자각 의식을 가지고 시를 쓰고, 소설을 지었음에 불구하고, 그것이 이광수 등의 개인적 상인적商人的 문학작품보다 낫다는 것은

그 수법, 그 문장, 그 취재取材에 있어서가 아니라 사회적인 소위 '목
적의식적' 개조운동과의 관련과에 있어 우위를 가졌다"『신동아』 9월호, 전
계논문, 신남철는 것에[13] 불과한 것일까?

3. 춘원(春園)문학의 역사적 가치

이것은 보다 평이한 말로 바꾸면 신경향파문학이란 대체로 문예,
예술적으로는 이광수 기타의 부르주아적 문학에 비하여 뒤떨어지면
서도[14] 그것이 후자보다 우월하다는 유일한 근거는 그들이 '소위 목
적의식적 개조운동'과 연결되는 '초보적인 자각의식'을 그 내용으로
하였기 때문이라는 의미이다.

즉 세계관상의 진화에 대하여 예술적 발전은 상부相符치 않았다는
것, 다시 말하면 우위적 발전적 상태에 있는 것은 사상상의 현상뿐이
고 예술상으로는 퇴화되었다는 말이다. 이것은 곧 누구의 눈에도 명
료한 것과 같이 문화사상에 있어 세계관적 과정과 예술적 과정의 내
적 관련을 설명치 않고 문학적 발전상에 있어 사상과 예술성을 만리
萬里의 장성長城을 가지고 분리하는 이론이다.

이 분석이 고의의 독단적 판단이 아님을 이야기하는 것보다 근본
적인 견해는 상기의 인용 중에 표시된 씨의 이른바 '초보적인 목적의
식'과 '목적의식적 개조운동과의 관련'이란 전일적全一的 내용의 개념
을 두개 상이한 것으로 취급한 역사 이해의 방법으로부터 유래한다.

---

13 원문에는 '것'으로만 되어 있으나 조사가 빠져있어 채워놓았다.
14 원문에는 '뒤떠려져지면서도'로 되어 있으나 '뒤떨어지면서도'나 '뒤떨어져 있으면서
　　도'라는 현재식 표기로 바꾸는 것이 적당하여 '뒤떨어지면서도'로 바꾸었다.

주지하는 바와 같이 사적 유물론은 한 개 관념형태로서의 '자각 의
식'의 '초보성'을 '목적의식적 개조운동' 그 자체의 '초보성'으로부터
연역하고 후자가 가진 현실적 '초보성'의 정신적 반영으로 그것으로
말미암아 제약된 필연적 결과로서 파악하는 것이다.

이 일점一點은 역사의 현실적 토대와 그 상부구조와의 내적 관련에
대한 신씨의 파악 방법이 사적 유물론의 원칙, 그것과는 상당히 먼
거리의 것임을 이야기하며, 아울러 문학 현상의 사상성현실운동과의 관련의
표현으로서의과 예술성의 '내적 관련'에 대한 그릇된 이해의 사상적 핵심
이 무엇임을 알게 하는 가장 명확한 표시이다.

이곳에서 우리는 신씨의 자랑하는바 내적 관련의 이론이 결국은
양자의 분리의 이론이며, 동시에 이 이원론은 결코 한 개 우발적 현
상이 아니라 씨가 모든 현상과 그 역사적 관계를 이해함에 있어 체계
적 방법으로서 가지고 있는 수미일관한 것임을 이해케 한다.[15]

역사적 이해에 있어 이러한 입장은 문학사 서술의 국면에 있어서,
종從으로는 각 문학적 유파의 사적 소장消長의 일관한 법칙적 발전의
연락을 절단하고, 횡橫으로는 동시대에 존재한 제작가와 유파 경향의
복잡한 교호관계 중의 과거적인 것과 융흥적隆興的인 것의 역사적이것은
필연적으로 당파적 평가에 도달한다 사회적인 분석과 구별을 불가능케 하고 문학
적 비평에 있어서는 내용과 형식의 분리로써 표현된다.

그러므로 신씨의 여사如斯한 문학사관은 제일로 신경향파문학 평가
에 있어 그 종적從的 표현인 그 전시대의 신문학과의 복잡한 제관계를
사상捨象하고 시대 구별의 안일한 개념으로써 대치하는 낡은 역사학의
관용慣用된 방법으로부터 출발한다. 우리는 씨의 논문의 서두적緖頭的

---

15 원문에는 '하다'로 되어 있으나 문맥상 '한다'가 타당하기에 바로잡았다.

부분에서 다음과 같은 주목할 만한 일절一節을 인용할 수가 있다.

　　이광수의 『무정』, 『개척자』 등에 있어는 사실 진보적 경향적 요소를 간취할 수 있다. 그러나 이것은 끝끝내 개인 인간의 생활개선의 역(域)을 탈각치 못하였다. 그것은 상당의 사회적 계급분화의 개인주의적 상인적 유물주의적 표현에 불과하였다. 이것이 조만간 새로운 세력의 성장과 함께 대두한 소위 '신경향파문학'과 대립하게 된 것은 아주 자연적인 이로(理路)이었으니 그것은 각기 사회적 지반을 달리하고 있었기 때문이었다.
　　　　　　　　　　　　　　　—『신동아』 9월호, 신남철, 상게 논문

이것은 씨의 이론적 출발로써 지극히 당연한 순서이다.

장황한 인용문 가운데 곧 간취할 수 있는 바와 같이 이곳에는 해該 논문에 있어 씨의 기도企圖의 주요방향이 되어있는 문학적 세대교체의[16] 사회사적 측면에 있어서도 씨는 심히 부정확한 개념밖에 못 가지고 있음을 위선爲先 알 수가 있다.

신경향파문학이 형성되지 않으면 아니 될 사회적 계급적 근거와 이광수 등의 문학이 과거의 문학으로서 역사의 국면으로부터 퇴거退去치 아니하면 아니 될 동일한 근거의 분석을 볼 수 없고 또 그때의 대립된 근거의 역사적 관련의 필연성의 석명釋明이란 가장 중요한 사업이 결여되어 있다.

뿐만 아니라 씨의 논문의 대상이 아무리 사조思潮 변천變遷의 묘출描出에 있다 하여도 그것이 문학사를 대상으로 하는 한 반드시 해명해야 하고 또 사실상 이것 없이는 문학 사조의 추이를 이해하기 불가능

16　원문에는 '世代交替의의'로 되어 있는데, 그 사이가 누락된 것으로도 볼 수 있으나 알 수 없어 문맥을 흐름상 크게 어색치 않아 '의'자 하나를 뺐다.

한 불가결의 것인, 이광수 이래 신경향파문학 이전에 개재하였던 문학 현상에 대하여의 고구考究를 피한 것은 불가사의不可思議의 일이다.

신경향파가 그 자체를 문학적으로 형성함에 있어 직접으로 관계한 것은 기미己未 이후에 개화된 자연주의와 데카당이즘, 낭만주의 등의 문학이었다.

이 조류는 신문학사상 가장 화려 융성한 시대를 대표하는 것으로써 춘원 이후의 문학 발전과 시대정신의 찬란한 축도縮圖이었다는 것을 잊어서는 안 된다.

이때 비로소 조선의 신문학은 문단이란 것을 가졌고 유치하나마 비평이 생기고 시와 소설이 근대적 형태의 터를 잡아 마치 황혼을 맞는 하늘과 같이 어린 문학 조선의 하늘은 미증유의 성관盛觀을 정묘하였다.

프로문학의 영아嬰兒 '신경향파문학'이 이 가운데서 자기의 정신적 문학적 영양을 섭취하고 그들이 해결치 못한 잡다한 사상적 문학적 부채를 계승하면서 차등此等 문학의 부정적인 제점諸點에 화살을 던지고 생활적 역사의 새로운 요구에 조응하면서 시대의 전면에 일어선 것이다.

이곳에는 춘원으로부터 신경향파문학에 이르는 문학적 발전의 역연歷然한 법칙과 사실이 아울러 가로놓여 있는 것이다.

그럼에도 불구하고 신남철 씨에 있어서는 춘원에 대한 부정확한 추상적 평가와 차등此等의 선행적 문학과 신경향파문학을 대등의 균형론상에서 취급하는 무원칙적 대립의 이론이 지배하고 있을 뿐으로 구체적 사실과 그 제 관계 급及 발전에 대한 과학적인 배려는 완전히 무시되어 버렸다.

첫째 춘원의 『무정』 등을 신경향파문학의 직접의 선행자로서의 위치상에 놓고 아울러 그 '많이 간취할 수 있다는 진보적 경향적 요소'를 '당시의 사회적 계급 분화의 개인주의적 상인적 유물주의적 표현'이란 간단한 추상적 개념을 가지고 처리하고 오히려 그것이 '개인의 생활 개선의 역域을 탈각'치 못한 데 '불과'하다고 불만을 피력하는 것은 일견 그럴 듯하면서도 기실其實은 아무것도 의미하지 않은 무의미한 말이다.

춘원이 대표하는 문학이 신경향파문학 직접의 선행자가 아님은 말할 것도 없거니와 그 진보성 경향성이란 신씨의 평가와 같이 그다지 '많은' 것도 아니며, 또 그것은 당시의 사회계급의 분화 과정에서 생산된 상인적 사상!씨의 표현을 빌면 개인주의와 유물주의의 본래적 의미의 표현도 아니었으며, 그것이 '개인적 생활 개선'의 한계 밖을 나가지 못함은 결코 '불과하다'고 볼 것이 아니다.

오히려 상인적 사상이란 본래에 있어 개인주의에 입각하고 또 그것의 최대의 고려점考慮點이 개인의 산업상·상업상의 수리受利, 그것임은 당연한 것이고 필연의 결과이다.

그러므로 만일 당시 춘원의 문학이 이 상인적인 요구를 완미完美한 의미에서 차기의 예술상에 표현 반영할 수 있었다면 문학사적 견지에서는 최대의 찬사를 가지고 대접받아야 할 것이다.

씨는 레닌이 그 톨스토이평 가운데서 "레오 톨스토이 제 견해에 있어서의 모순은 근대 노동자운동 급及 근대의 사회주의의 견지에서 평가할 것이 아니라그것은 물론 필요한 것이나 그러나 그것으로는 불충분하다 …… 운운"의 논문 가운데서 지시한 유명한 교의敎義를 기억케 해야 할 것이다.

이곳에는 과학적 사회주의의 추상적 지수를 가지고 척도할 것이 아니라 문학사의 구체적 사실과 그 문학을 낳은 사회적 현실로부터 출발하는 것이 진정한 과학적 ××[사회]주의의 발전이라는 것을 명시한 것이다.

그러므로 일리치는 고정화된 프롤레타리아×× 견지에서가 아니라 러시아 역사의 부르주아 데모크라시의 과정 가운데 문제 해명의 제 기점提起點을 든 것이다.

이러한 착오·혼란된 견해는 구체적 현실의 무시와 역사 현실의 계루繼累 과정에 대한 부정확한 이해, 즉 발전의 사상의 결핍으로부터 유래하는 것이다.

춘원의 문학은 위선爲先 그 자신 소위 '발아기發芽期를 독점'하는 존재일 뿐 아니라 이해조, 이인직으로부터의 진화의 결과이고 동시에 동인, 상섭, 빙허 등의 자연주의문학에의 일 매개적 계기였다는 변증법진실로 초보적인!의 견지에서 이해되어야 하며, 다음에는 그의 사회적 역사적 의의를 구체적 현실과의 의존 관계의 법칙에 의하여 평가하여야 할 것이다.

이러한 견지에서 본 『무정』 등의 문학적 가치란 동인, 상섭 등에 비하여 뒤떨어지는 것이고 또 그의 선행자 이해조, 이인직의 수준보다는 높은 것일 수 있는 것이며 또 사실에 있어 그러한 것이다.

허나 이곳에 춘원이 관계한 전후의 문학적 세대와의 차이에 있어 약간의 특수한 고려를 필요로 한다.

그것은 『무정』 등이 이인직 등에 비하여 갖는 문학적 우월성이란 이인직의 작품이 그의 선행 시대에 있던 구舊투의 신구소설류에 대하여 가지고 있는 진보적 의의에 비하여 그리 높지 못한 것이다.

당초 이인직의 창조적 성과란 과거 한 시대의 소설과 대비한다면 비록 금일에 보는 것과 같이 완미完美한 것이 아니라 하더라도 그 내용內容하는 사상과 제재에 있어 또 언어 문장, 특히 재래에 보지 못하던 정밀한 묘사에 있어 개척한 바 사업에 있어서는 실로 혁신적인 것이었다.

허나 춘원이 이인직으로부터 구별되는 본질적인 것은 그 형태에 있어 실로 평화적이다. 물론 제재의 범위, 그 근대성, 묘사의 일층 풍다화豊多化·정밀화와 시대적 정신을 일층 명확히, 지극히 한정된 의미에서나마! 반영하였다는 점에서 커다란 진보이나, 동인東仁 씨가 『춘원연구』 가운데서 지적한 바와 같이 '이러라', '이로다', '하더라', '하노라' 등 구시대의 문어체의 유물이 그대로 잔존해 있을 뿐만 아니라 세계관상에 있어서도 이인직의 그것불철저한 근대정신의 단순한 연역·부연付椽의 역域을 넘지 못하고 제재를 구성하는 데서도 낡은 권선징악 소설의 여훈餘薰를 채 탈각치 못하였었다.

이 모든 조건은 춘원의 이인직에 대한 문학적 우월이란 것을 심히 조건적인 것으로 만드는 것으로서 이인직의 구舊시대 문학에 대한 관계에 비하여 춘원의 이인직에 대한 그것은 상대적으로 보아 전자에 뒤진다는 것이다.

이것들이 모두 현재現在한 저[17] 『무정』이란 소설을 볼 제 엄밀한 의미에 있어서 근대문학의 형태를 갖춘 예술작품으로서 평가하기에 약간의 주저를 삽입케 하는 점이다.

그러나 필자는 결코 춘원이 독행천리獨行千里의 기개로써 신문학 발전의 공고한 기초를 쌓아올린 존귀한 업적을 추호라도 과소하게 평가하려는 자는 아니다.

오히려 신씨의 논법에 보는 바와 같이 『무정』이나 『개척자』가 그 예술적 가치에 있어서보다 그것이 당시 발전하고 있던 새로운 시대 정신을 반영한 내용적 사상성에서만이나, 혹은 이종수 씨의 소론에

---

17 원문에는 '現在안저'로 되어 있어 자세한 의미를 파악키 힘드나, '현재 앉아' '현재한 저' 등으로 볼 수 있을 듯하다. 여기서는 문맥을 고려하여 '현재한 저'로 고쳤다.

서 보는 것과 같이 '봉건도덕에 대항한 자유를 부르짖은 점에 있어서' 겨우 '진보적이라고 할 수 있다'는 그러한 일면적 비평으로부터 완강히 그 문학적 진보의 가치를 주장, 옹호하는 자者이다.

왜 그러냐 하면 이곳에는 비단 논리상뿐만 아니라 사실로 문학적 예술적 발전·진화의 확호確乎한 달성이 존재한 때문이다.

이러한 편안적片眼的 비평이란 과거의 젊은 좌익적 비평이 범한 일이 있는 공식주의적 과오의 확대 재생산이 있을 뿐외外라 문화상의 아나키즘으로 과학적 문학비평의 현명한 관찰과는 무연無緣의 것이다.

차등此等의 사실은 우리들이 이인직의 『치악산』이나 『혈의 누血淚』[18]를 읽으면 곧 알 수 있는 것으로 그 디테일[19]의 시대적 정확성에 있어, 또 예술적 묘사의 높은 달성에 있어, 심지어는 문장·어휘에 있어서까지 그 진화·발전을 해득解得할 수가 있다.

이 점은 춘원이 그 전시대의 문학에 비하여 가진 바 세계관의 우월성과 한 가지 그의 작품이 당연히 제약 반영할 예술적 발전을 이론적으로 긍정하기에 충분한 것이다.

오랜 작가 김동인 씨는 그의 논문 『춘원연구』 가운데서 이 문제에 관한 시사 깊은 견해를 서술하고 있다.

김동인 씨는 조선 신문학 발달사에 있어 『무정』의 특필特筆할 가치에 대하여 그 내용이 갖는 바 '새로운 감정' — 김씨에 있어 '감정'의 개념이란 감정 이상의 광범한 사상성의 일부까지를 포함한 듯하다! — 을 효시적으로 표현한 점을 들고 뒤이어 이 소설이 문장상에 있어 낡은 문어체적 구투舊套를 일소치 못하였음에도 불구하고 "조선 구어체로서 이만치 긴 글을 쓴 것

---

18 원문에는 '血淚'로 되어 있으나, 요즘 공인된 '혈의 누'를 쓰고 거기에 한자를 병기했다.
19 원문에는 '테-텔쓰'로 되어 있어 '디테일스(details)'로 해야 하나, 보통 '디테일'로 통하기에 이를 적용했다.

은 조선문학 발달사상 특필할 만한 가치가 있다"고 부언하였다.[20]

그리하여 이것이 『무정』이 이인직 시대의 문학에 대하여 우월한 지위를 차지할 뿐더러 이것이 또한 『무정』이 대중에게 애독된 이유라고 말하였다.

지금 김동인 씨의 『무정』 비평에 대한 우리들의 모든 의견을 이곳에서 보류하더라도 몽롱하나마 김씨가 가진 일 작가―作家 일 시대―時代의 문학의 내용상, 세계관상의 진화와 병존하는 예술적 발전을 동일계열에서 설명하는 태도를 간취하기에 족하다.

이곳에서 우리 과학적 문예사가의 추상적 이론에 있어서보다 훨씬 명확한 균일均―된 실증사상의 편린片鱗을 발견할 수가 있다.

그러나 결코 이것은 동인 씨 등의 비평안批評眼이 우리 과학적 학도들보다 이상의 과학적이라든지 혹은 보다 정확한 사관史觀을 파지把持하고 있다는 것을 의미하지는 않는다.

반대로 신남철 씨나 이종수 씨 등에게 비하여 하등 과학적인 비평안이나 구체적 사관의 방법을 가지고 있지 못함에 불구하고 사소한 정도에 있어 역사적 사실에 충실하였다는 한미寒微한 일 점―點이 추상화된 과학적 방법보다 때로는 정확한 부분을 가질 수 있는 것을 강조하기 위함이다.

『무정』 등의 소위 '특필한 가치'라든가 '진보적 경향적 요소'의 한계 급及 내용의 분석에 이르러는 우리는 보다 더 정확·엄밀을 기하지 않으면 아니 될 것이다.

『무정』 등에서 표현된 다분히 톨스토이적인 인도주의적 이상주의란 현실적으로 보아 그 진보적 경향성에 있어 당시의 민족재벌적民族

---

20 원문에는 '부언되었다'로 되어 있으나 문맥상 '부언하였다'가 타당하여 고쳤다.

財閥的 '상업적 또는 겨우 머리를 든 산업적인' 제층諸層이나 또는 그 지적知的 대변자로서의 지식청년층의 급진성과 정치적 사회적 욕구의 내용에 비하면 신씨의 해석같이 그리 '많지'도 못하고 또 이종수 씨의 말씀같이 '상공업 진흥과 신조선 건설의 정신이 가득차 있지도' 못한 협애·애매한 것이 있다.

하물며 이씨의 『무정』평과 같이 이 건전한 근대 부르주아지의 전진적前進的 열정이 춘원의 주의와 사상이라고 하는 견해는 한 개 호의好意에 의한 과장적 독단임을 면치 못할 것이다.

당시 뒤늦게서야 겨우 머리를 들고 성장하기 시작한 토착의 산업적·상업적 부르주아지는 자기의 본래의 욕구로서의 정상正常한 자본주의적 발전을 다른 세력에 의하여 저지당하고 부자연한 노선을 밟고 있었으며, 농민의 대부분도 그들을 봉건적 관계로부터 자유롭게 할 상기上記의 기본적 조건의 변형 때문에 근대적 민주적인 제 욕구를 억류당하고 있었다. 이 전토全土에 긍亘한 부자연한 현실적 조건은 모든 영역에 있어 그 순조로운 발전을 저해하여 한 개 전일적인 공기가 전토全土의 상공을 덮고 있었다. 그러나 이런 모든 근대적 숙제는 본래 민족 부르주아지가 해결할 역사적 임무를 가진 것임은 물론이다.

그러나 이곳에 있어서의 자본주의적 발전의 특이한 부자연성은 토착 부르주아지로 하여금 한 개 역사적 운명적인 십자로상에 서게 하였다. 이 딜레마는 다른 것이 아니라 이 옹색한 자기 발전의 활로를 타자에게 예속되어 기생하는 데 구할 것인가, 혹은 모든 역사적 숙제를 해결할 행동선상에 진출할 것이냐 하는 오뇌懊惱, 그것이었다.

허나 이미 명확한 바와 같이 그의 힘은 너무 약했고, 또 그들을 타력본원他力本願에 의귀依歸케 함에는 이여爾餘의 사회적 민족적인 하부의 압력은 지나치게 큰 것이었다.

즉 토지 문제의 근대적 해결을 요구하는 농민의 팽창된 열망과 아직 객관적으로 자각되지는 아니하였을망정 자본주의적 발전 그것과 같이 급격히 성장하고 있는 하층 민중의 잠재된 세력, 그리고 낡은 봉건적 속박과 자본의 전진前進하에 고통을 감感하고 있는 지적 소시민 등의 급진된 정신은 이 딜레마를 일층 심각게 하였다.

이 하부의 압력이 영향하는 심각성은 이중의 것으로, 하나는 토착 부르와 그들간에 있는 복잡한 계급적 이해의 모순이 전자의 행동에의 진출을 곤란케 하는 것이고, 둘째는 하부 제층의 전일화全一化된 행동에의 열망이 전자들 밑에서 행동에의 광장으로 추진시키는 것이다.

그러나 이 후자의 힘이 당시에 있어 우세로 된 원인은 위선爲先 당시의 계급 분화가 그 대립을 정면에서 상극케 할 만큼 성숙되지 않았고 또 토착 부르가 좌우간의 연명을 위하여 일응一應 행동해보지 않으면 아니 될 절박한 정황 등이 종합되어 실로 복잡하고 급한 정치적 정신의 분위기를 가지고 기미己未에로 흐르고 있던 것이다.

정히 이러한 정신사적 공기 가운데서 춘원의 『무정』 등은 제작된 것이다. 이러한 현실적 정황은 곧 소설 『무정』 가운데 여하한 형태로이고 반영되지 않을 수 없었다.

그리하여 주로 자유연애, 개인의 도덕상·윤리상의 권리의 요구, 부권父權에 대한 부인 등의 형태로서 표현되었다. 그러나 이것은 이것으로부터 벌써 명확한 것과 같이 거의 토착 부르의 소극적 반면反面의 표현과 더 많이 소시민들의 정신적으로 왜곡된 자유의 표현이었다.

이곳에는 자유의 전체의 자태가 아니라 그 한정된 반분半分, 즉 기본적인 사회적 정치적 현실성을 사상捨象한 불구의 정신이 일면적으로 과장되어 표시되었다.

즉 당시 조선 사람이土着 부르까지되 생활적 현실 가운데서 한 개 통일적 목표로서 요구하는 자유로부터 윤리상·도덕상의 개인의 자유를 분리하여 마치 그것이 전부와 같이 과장한 그 '사상적 과장'이 춘원의 낭만적인 이상주의의 기초이다.

동시에 춘원의 문학에 있는 '전全 허위'의 핵심으로서 이것은 그의 예술적 묘사의 사실성을 날카롭게 제한하였다.

그러나 물론 이러한 형태의 자유라는 것이 낡은 봉건적 구속으로부터 근대 시민이 요구한 역사적 욕구의 하나라는 점에서 갖는 진보적 가치를 부정하는 것은 결코 아니다.

허나 이것을 가리켜 우리가 한정된 반분半分이라고 평가하는 사유는, 이러한 영역에서 요구되는 자유의 권리란 본래에 있어 근대 시민 계급이 중세적인 정치와 경제의 지배에 대한 정치 경제적 발전의 보장 요구와 함께 되든지, 적어도 그와의 밀접한 관련하에서 수행되어야 하는 때문이다.

이러한 기간적基幹的인 것으로부터 분리된 형태란 전혀 반분半分 이하로 제한된 한낱 무력한 기도에 불과하다. 왜 그러냐 하면 모든 개인의 자유란 이 토대적인 것의 해결 없이는 철저적徹底的[21]으로 자기를 관철키 불능不能한 때문이다.

그러므로 춘원의 문학이 갖는 경향성의 불철저함은 조선 부르주아지의 행동적 불철저성과 병존하는 것이나, 그 사상이 문학적 표현을 입은 시기가 상기한 바와 같이 아직 그들의 계급이 다소간이나마 행동적 조류 가운데 섰을 때에 미리 자기를 제한하였다는 의미에서 그 진보성이 '심히 적음'을 지적할 수 있는 것이다.

그렇지 않고 현재와 같이 전혀 그들이 행동의 권외, 혹은 대립자의

---

21 원문에는 '撤底的'로 표기되었으나 '徹底的'의 오식으로 보인다.

입장으로 전락하였을 때는 경향성이나 진보성이란, 문제로부터 성립하지 않는다.

이 세계관상의 자기 제한은 먼저 말한 사실성의 한계를 저하시킨 데만 작용한 것 아니라 춘원의 인간적 형상의 창조에 있어 각개 인물의 개적個的 성격의 불확실, 전형적 보편성의 결여라는 중요한 결함으로 표현되어 통렬한 예술적 보복을 여與하였다.

즉 『무정』에서도 『개척자』에 있어도 춘원은 이 나라의 현실생활 가운데 있는 '자유를 희구하는 인간군人間群'의 사회적 개인적 양면을 종합적 통일적 형상 가운데서 보편적 전형화의 수준에까지 자기의 창조적 사업을 진전시키는 대신 근근 '자유연애쟁이'나 '부권에 대한 불효자식' 청년의 소극적 반항의 자태를 심히[22] 일면적인 묘사를 통하여 소묘한 데 불과하다. 이것은 서정적인 것의 문학적 형상화를 위하여는 서정적인 사실과 그것을 가능케 한 서정적 정황의 묘사를 통하여서만 가능하다는 옛날 아리스토텔레스 이후의 묵은 원리에 충실치 않은 한 개 인업因業일지도 모른다.

당시 인간의 종합된 전형화를 위하여는, 그 인간이 생활하는 현실적 사태·정황에 대한 이해와 묘사 없이는 불가능한 것이었음에 불구하고, 춘원의 세계관상의 약점은 그 사태 정황의 정확한 인식을 그르치고 그것으로 인한 사실성의 제한으로 말미암아 전형적인 인간적 형상의 창조는 일면적인 것이 되고 말았다.

이것은 예술창작에 있어 직관력의 과도한 평가에 대한 일개一個 훌륭한 반박이다. 왜 그러냐 하면 우리가 곧 상상할 수 있는 것과, 춘원의 그만한 상상력과 직감력直感力을 가지고, 만일 그의 세계관상의 제

---

22 원문에는 '甚하'로 되어 있으나 오식으로 보이기에 바로잡았다.

한이 저만치 큰 역할을 연演하는 것이 아니라면, 이러한 전형화의 길을 발견키에 그리 곤란을 느끼지 않았을 것이다.

그러나 세계관의 힘은 직관력을 훨씬 능가하는 것으로서, 당시 현실에 대한 비전형적 인식은 곧 전형적 사태 급及 정황의 묘사에 있어 확고 부동의 제한으로서 나타나, 드디어 세계관상의 약점은 그 예술적 창조의 힘을 파괴하고, 그 가치를 저하시킨 지배적 요인[23]으로서 작용한 것이다.

이것은 의심할 나위도 없이 문학적 창조와 예술적 형상화의 영역에 있어 세계관의 지배적 역할이란 심히 높다는 한 개 중요 사실을 증좌證左하는 생생한 교훈이다.

더욱이 나는 춘원의 작품이 내용하고 있는 세계관적 요소라는 것의 본질이란 그 작품이 씌어진 시대의 이상에 비하여 뒤떨어질 뿐만이 아니라, 이 뒤떨어졌다는 것의 성질이 민족 부르주아지가 그 역사적 진보성을 포기한 기미己未 이후, 이 계급이 가졌던 환상적 자유와 대단한 근사점을 가지고 있다는 구체적 이유에 의하여 이 시대의 춘원의 작품의 진보성을 그리 높게 평가하는 데 항의하는 자이다.

즉 『무정』 등이 가진 사상으로서의 이상이란 구체적으로 보아 기미己未의 대풍大風이 일과一過한 후 한 개 연화軟化된 공기로서의 '문화열文化熱'적 이상 그것이 아닌가 하는 점이다. 사실 이 시대에 있어 기미己未 전의 고조되었던 정치열政治熱은 급작히 문화열 내지 산업열産業熱이란 것으로[24] 변형되어 전후 양자의 차이는 실로 당목瞠目할 바 있었다.

이곳에는 단지 조선 사람의 문화적 성각醒覺이란 피상적 관찰을 불

---

23 원문에는 '支配力 要因'으로 되어 있으나 문맥상 '支配的 要因'의 오식으로 보여 바로 잡았다.

24 원문에는 '것을'으로 되어 있으나 문맥상 '것으로'의 오타로 보여져 고쳤다.

허하는 한 개 본질적 내용의 것이 있다. 그것은 기미己未 대풍大風을 중심으로 민족 부르계급이 역사적 도정 가운데서 연演하는 바 역할과 차지한 위치의 근원적인 변화가 내재한다. 다름 아니라 그것은 기미己未에 이르기까지 이 계급은 다소간이나 진보적이었고 전진운동의 일우一遇에 처하여 있었음에 불구하고 대풍大風은 그들을 곧 이 반대자로 전화시킨 것이다.

문화열이란 다른 일체의 관련을 불구하고 기본적으로는 정히 이 변화의 산물임에 불외不外한다.

즉 그들은 정치상의 욕구를 제한하고 오직 관념상의 자유=문화의 획득이란 방향으로 변전變轉한 것이다. 이러한 굴욕적인 자기 제한이 일시적으로나마 통일적 표지標識로서의 효과를 수득受得할 수 있었느냐 하는 현실적 이유로서 농민과 노동자층의 계급적 자존自尊의 불충분이란 사실이 조응한다.

이곳에 정치적 사회적인 일면을 제거한 문화적 자유의 반신상半身像이 성립하며 춘원의 사상적 세계란 것 또한 이 반신상의 문학적 축도縮圖에 불외不外하는 것이다.

그러므로 나는 일찍이 춘원을 조선 부르주아지의 약한 반면半面의 정신적 표현자라고 부른 것이다.

동시에[25] 이 약점이란 한 개 숙명적 형태로서 춘원 이후 신문학의 지위 전부를 일관한 특질로 된 것도 당연한 일이다.

---

25 원문에는 '同時의'로 되어 있으나 문맥상 '동시에'가 적당하여 고쳤다.

4. 자연주의로부터 낭만주의에의 과도(過渡)
─조선문학의 전후적[戰後的] 개화기

일찍이 나는 지나온 부분 가운데서 신경향파문학과 이광수 시대의
그것을 연결하는 매개적 계단의 무시를 비난한 일이 있다. 그러나 우
리는 신·이 양씨의 논문 가운데서 이 시대의 문학에 대한 상당히 자
세한 논술을 발견할 수 있음을 잊어서는 아니 된다. 그러면 상기의
비난은 근거 없는 고의에 의함이냐 하면 결코 그러한 것이 아니다.
요점은 양씨의 논술의 내용과 방법에 있어 공통적으로 인정할 수 있
는, 사실의 단순한 무질서적 나열과 그것을 발전과 매개의 입장에서
파악하지 않았다는 그것이다.

그러므로 이 시대의 다기多岐한 문학현상은 이광수 시대와 신경향
파문학과의 전체적 발전적 연결의 관절關節로서 설명되지 않고, 교과
서류의 소박素朴을 가지고 연대상의 순서를 따라 점철되어 있다. 그리
고 이 논자들의 이원사관의 공식에 의하여 문학적 발전과 세계관상
의 진화가 분리되어 자연주의문학을 단지 약간의 문학 기술상의 진
보가 있을 뿐 사상적으로는 춘원 시대보다도 저하하다는 간편한 평
가를 내리었다.

이종수 씨는 그의 논문 「신문학 발생 이후의 조선문학」 가운데서
이 시기그의 구분을 빌면 제2기를 다음같이 결론하였다.

이와 같이 제2기는 제1기에 비하여 문학수법 기술상으로는 일단의 진보가
있다고 할 수 있다. 그러나 그 문학사상에 있어서는 도리어 혼돈상태에 있는
무이상시대라고 하여도 과언이 아닐 줄 안다.

위선爲先 이 견해는 신남철 씨의 '현상의 잡다성雜多性의 바다' 운운의 소론과 김기진 씨의 '모색 시대' 운운의 규정과 본질적으로 구분할 수 없는 공통성을 인정하기에 어렵지 않을 것이다.

그리고 이 주인主人의 이론적 공통성에 보는 특색은 이들이 소위이 무이상적 혼란 시대 문학을 비평함에 있어 그들 자신까지 무이론적無理論的 혼란상을 정呈하고 있다는 점이다.

즉 비판자들은 이 시대의 문학이 그들도 설명한 바와 같이 전대의 그것에 비하여 별반 사상상의 진화가 없음에 불구하고 문학상의 발전을 인정할 수 있다는 일견 모순하는 현상에 대하여 한 사람도 이론적 해명을 가하지 않았다.

'혼란'이라든가, '무이상'이라든가, '잡다성의 해양海洋'이라든가, '모색 시대의 호수湖水'라든가 등등의 표현은 모순하는 현상의 단순한 긍정적 설명의 형용사이지 결코 모순되는 원인과 관계를 분석 비판하는 이론적 개념은 아니다.

요컨대 세 논자[26]가 각기 관찰의 심도나, 문학사적 교양에 있어 발견할 수 있는 약간의 우열에 불구하고 문학적 현상의 흥망 소장消長을 일관한 계열하에 선 '발전의 견지'에서 평가함에 무력하였다.

위선爲先 춘원의 문학 가운데 관류하고 있던 기본적 약점인 현실 인식 급及 파악의 일면성은 그대로 대부분이 차대次代의 문학 위에 계승되었다.

이 시대의 문학적 주류이었던 자연주의문학이나 낭만적 데카당적 시인 작가들의 취재의 범위 및 방향 위에 '유전된 제한'으로 작용된 것으로 상기 세 논자[27]들의 일치한 견해와 같이 사실 이 영역에 있어

---

26 원문에는 '三論者'으로 표기되어 있으나 현행 한글 표기에 따라 '세 논자'로 바꾸었다.
27 위와 같음.

본질적인 진화를 인정키 어렵다.

그러나 조선 신문학을 한정하는 이 특질은 춘원의 시대에 그 맹아가 움텄다고 한다면 기미己未 이래에 현황한 국면에 이르러서는 정히 성숙한 개화기의 구체화를 볼 수 있다.

이것의 첫째의 이유는 역사적 사회적으로 보아 기미 후 새로운 성관盛觀을 정呈한 문학적 제상諸相이란 본원적本源的 의미에서 전대의 문학의 한 개 연장에 불과하였다는 데[28] 기인한다.

즉 상기의 세 논자[29]와 또 이 시대를 이야기하는 대부분의 비평가들의 설명과 같이 사실 그 내용으로부터도 실로 단순치 않은 잡다한 경향으로 복잡화되어 있었음에 불구하고 그들 제경향의 문학이 존립하고 있는 사회적 토양이란 춘원 시대에 그것과 사회적으로 일치되는 때문이다.

그러나 자연주의적 문학이나 데카당스의 문학이 예술적 용모라든가 내용상에 불소不少한 상이相異를 가진 것은 필자가 일찍이 춘원의 문학을 이야기할 제 논술한 바와 같이 기미己未라는 한 개의 분수령을 중심으로 조선 사람의 역사적 생활의 용모와 내용이 현저히 변화한 때문이다.

즉 차등此等 제경향의 문학은 기미己未 이후 새롭게 추이推移된 조선의 역사적·사회적 생활의 소산이었다. 허나 이 시대의 문학이란 그 유파 경향에 있어 일찍이 보지 못하던 잡다성을 대帶하였었음에 불구하고 보통으로 '신문학'이란 개념으로서 개괄되고 보다 명확한 용어법을 쓰는 이에게 있어서는 '민족문학'의 시대라고 불러진다.

다시 말하면 기본적으로 보면 아직 한 개 통일적 개념하에 포괄될

---

28 원문에는 '不過하였는데'로 되어 있으나 문맥을 고려하여 '불과하였다는 데'로 고쳤다.
29 위와 같음.

수 있었고, 사회적으로 보면 조선의 사회적 계급분화가 아직 기본적 성질의 대립을 생활의 전숲 표면상에 현현치 않았었다.

그러나 지금 이미 누구에게 있어서나 명확한 바와 같이 이 시기는 신경향파문학 탄생의 진통기, 혹은 사상 급及 생활의 혼돈을 그 특징으로 한 역사적 전형기轉型期=과도기라고 불러짐을 주의해야 한다.

물론 이러한 평가는 모두가 다소의 비판될 제점諸點을 가졌을지라도 당대의 문화적·사회적 현상을 충실히 묘사한 것으로 보아 틀리지 않는다.

이 시대의 사상이나 문학상의 급격하고 또 다양한 변화 현상의 혼돈, 모순은 전혀 이 문화적·역사적 전형기의 생활적 모순의 한 개 적확한 반영이다.

그러나 이 상호모순하는 것의 병존이라든가, 무질서한 교류라든가, 상극이라든가, 또 현란한 소장消長은 결코 단순한 혼돈이나 모순의 무질서한 운동은 아니다.

차등此等 혼탁한 외면을 정목한 배후에는 역사적·사회적 상극과 발전의 일관한 객관적 법칙이 관류하고 있었으며 문학예술은 그 현실적 토대로부터 제약되는 관념형태 특유의 법칙성法則性상에 소장·명멸明滅한 것이다.

위선爲先 전기 춘원의 민족주의적 외피를 입은 인도적 이상주의문학과 직접으로 연락되는 것은 『창조』와 『폐허』 등에 의거한 자연주의문학이었다는 사실을 상고想考하여야 한다.

이것이 첫째로 영향받은 것은 일본 내지의 자연주의 소설이며 모파상류의 단편형식이다.

사실 엄밀한 의미에 있어 조선 신문학상의 단편의 형식을 수입한 것도 이들이며 또 그것을 건설한 것도 자연주의문학이다. 뿐만 아니라 이 시대 문학의 대표적 작품도 역시 장편보다는 동인東仁, 빙허憑虛, 상섭想涉의 단편이었다.

이 사실은 조선문학 발달사 중 양식사적 고구考究상에 심히 시사적인 현상으로 자연주의문학이 가진 바 문학 사상과 세계관의 한 개 구체적 표현이다.

주지와 같이 자연주의문학은 무이상無理想이라고 한다. 오직 객관의 충실을 제일로 한다고 한다.

물론 특수한 구별은 있을지언정 조선의 자연주의도 이 사상적 근원으로부터 전연 자유로운 것은 아니다. 그리하여 현실의 전소 개괄을 필요로 할 것 아니라 그 한 개 단편短片 가운데도 진眞은 있다. 그러므로 생활의 일− 단편의 충실한 묘사는 능히 문학일 수 있다. 이것은 단편短片의 형식을 흥융케 하는 일 요인임을 면免치 못할 것이다.

뿐만 아니라 조선 자연주의[30] 위에는 위에서 말한 바와 같이 춘원 이래의 고유한 현실 파악의 일면성이 유전되어 있다. 이것은 자연주의의 무이상성, 객관편중성으로 인하여 일층 그 인식적 한계를 협소케 한다. 결과로 역사적 현실의 전면적 개념보다도 안일한 단편습색斷片拾索과 세부묘사의 한계로 자기를 한정한다.

이것은 단편형식으로 작가들을 집중케 하는 또 한 개 요인이 아닐 수 없다.

이렇게 말한다면 자연주의문학이 갖는 상당히 훌륭한 장편의 생산을 설명치 못할 뿐더러 이 시대의 문학이란 춘원으로부터 일반적으로 퇴화하였다는 결론을 낳을 것이고 동시에 그들의 현저한 묘사의 진화 등은 아무 곳으로부터도 해명할 수 없는 것으로 될 것이다.

---

30 원문에는 '自由主義'로 표기되었으나 문맥이나 의미상 '자연주의'의 오식으로 보이기에 바로잡는다.

그러나 이 모든 것을 일거에 해명하는 한 개 중요한 사실은 당시의 역사적·사회적 과정 중에 점거한 이 문학의 지위 급及 성질이다.

필자는 일찍이 춘원을 조선 부르주아지의 약한 일면의 반영자, 또 이 계급의 전진기에 있어 더 많이 그 정치적 전진이 정지한 기미己未 직후적 정황 하의 '자유'의 표현자로 평가한 일이 있으며 한편 춘원은 대체로 이 민족 자벌資閥의 '약한 일면'을 체현하면서 소시민적 제 요소를 다분히 혼유混有하고 있었다고 말하였다.

그러면 이 소시민성이란 무엇일까? 흔히 운위되는 바와 같이 막연한 중간적 무기력자를 말함이 아니라 당시의 조선의 사회계급적 생활 가운데 있는 소시민과 지식층 그것이었다.

당시 소시민의 상태란 물론 노동자도 아니고 농민도 아니며 민족 자벌에 위位하지도 못하면서 이들과 공통적으로 외래적 힘의 중압 하에 있으며, 특히 전기 4계층 중 민족부르층을 제際한 3개층과 함께 '외력'과 '민족부르'의 이중의 압력 하에 서 있었다.

뿐만 아니라 이 계층의 특색은 그 소小소유적인 경제의 와해에 의하여 부절히 전이자前二者의 영역으로 전락轉落하면서 한편으로는 외력과의 경쟁에서 전락되는 '민족 부르'의 정류소이었다.

그러므로 그 이데올로기적 특색으로는 붕괴 과정 중에서도 아직 소유적 발전을 꿈꾸고, 한편 소시민화하면서 '자본가'이려는 원망願望을 함께 가지고 있었다. 그러나 이들이 노농 이자二者로부터 구별되는 점은 이들이 후자에 비하여 대체로 한 개의 근대적인 사회적 자각을 포지包持하고 있었다는 것이다. 교육을 받았고 그것을 가지고 낡은 봉건적인 것에 대항하였으며, 그러므로 이 시대의 소시민이란 조선의 제 사회계급 중 그 경제적 와해와 정치상 지위의 상실을 가장 통렬히 경험한 부분의 하나이었으며 그 경험을 가장 아프게 자각한 부분이었다.

　　그러나 이 시대에 있어서의 소시민의 자각이란 소위 근대적 자각에 불과한 것으로 아직 부르조아이려는 욕망에 결련^{結聯}되어 있었다. 인텔리겐차 혹은 몰락하는 소시민이 그 자신을 해방할 본래의 불가피의 길로서의 노농 이자^{二者}와의 연결을 발견하기에는 역사적 계단이 너무 일렀었다.[31] 즉 그들 앞에 이 길의 유일의 지주^{支柱}인 신흥층이 자각적 행동의 국면에 나오지 못했었고, 따라서 농민은 분산 상태에 놓였었으며 오직 그의 눈에는 '민족 부르'의 요구하는 '특수한 길'만이 반영되었었다.

　　그러므로 이들은 조선이 갖는 특수적 사정에 의하여 자기의 곤혹을 마련하는 기본적 요소가 아직 내외 이자^{二者}인 줄을 모르고 '외^外'의 한 개^個로 인식하여 그 자신의 방법을 가지고 민족적 운동의 조류 가운데로 뛰어든 것이다.

　　소소유자[32]^{중간층적}로 더욱 특유^{特有}한 소시민의 한계의 협애성은 '민족 부르'를 자기와의 대립자로 보지 못하는 그것으로 인하는 일층 혼란되고 강화되어 관념상의 해방이 모든 것을 가져오는 것 같이[33] 생각하고 현실의 자기의 인식과 자각의 한계를 넘을 때 곧 애매한 관념적 방법으로 이상화·낭만화한 것이다.

　　이곳에서 춘원의 인도주의와 이상주의적 귀결의 낭만적 환상은 구성된 것이다.

　　그러나 기미^{己未} 이후의 '민족문학' ― 자연주의 ― 으로부터는 이 환상성이 소멸되었다. 이것은 무엇보다도 그들이 기대하던 '민족 부

31　원문에는 '歷史的 階段을 넘우일엇섯다'로 되어 있으나 문맥과 의미상 '역사적 계단이 너무 일렀었다'이 적절하기에 고쳤다.
32　원문에는 '小所有志'로 되어 있으나 '소소유자'의 오식으로 보이기에 바로잡았다.
33　원문에는 '모든것을 가저오것야가티'로 되어있으나 문맥상 '모든 것을 가져오는 것같이'의 오식으로 보이기에 바로잡았다.

르’가 이것은 아무것도 그들에게 주지 못하고 오히려 전진적 경향으로부터 떠나 그들 소시민의 공연公然한 대립자로서 산업 흥융토산 장려를 위하여 비싸더라도 우리 상품을 사라토산 애용는 후안적厚顏的 행위를 감행함에 의존하는 것이다.

당시 춘원의 소위 정치적 경론經論이라는 ‘민족개조론’이 여하如何한 사회적 민족적 ‘환대’ 중에서 영접되었으며, 그의 작품이 여하히 불평판不評判이었음을 상기하면 족하리라.

소시민의 문학으로서의 자연주의문학은 ‘이곳 민족자벌’[34]을 자기의 대립자로 인식하고 그것에 등[背]을 돌렸다.[35]

그러므로 “이것이 생활이냐? 모두 뒈져버려라![36] 무덤이다! 구더기가 끓는 무덤이다!” 하고 자연주의의 대표적 작가 염상섭으로 하여금 그의 장편 『만세전萬歲前』 가운데서 절규케 하였다.

갈수록 혼돈해가고 모순만을 보여주는[37] 듯한 어두운 현실에 대한 고조된 혐오는 그들로 하여 모든 생활과 현실은 가석可惜히 생각할 아무것도 없는 것으로 그것을 대담 무자비하게 폭로하라고 외친 것이다. 이곳에 조선 자연주의의 현실 폭로[38]는 단순한 외국의 모방이 아닌 사회적 정신적 기초를 발견했고 부정적 리얼리즘의 문학은 발달되어 그들로 하여금 사실상 조선 사실주의의 건설자의 영예를 갖게 한 최대의 요인이었다.

동시에 정正히 차일점此一點이야말로 춘원에 비하여 진보된 사회적 정신에 존재케 한 것이며 또 예술적 달성의 수준에 있어 일단一段의

---

34 원문에는 ‘民族資聞’으로 되어 있으나 ‘民族資閥’의 오식으로 보이기에 바로잡았다.
35 원문에는 ‘돌니키엇다’로 되어있으나 요즘 표현법상 ‘돌렸다’가 적당하기에 고쳤다.
36 원문에는 ‘뒤어져버려라!’로 되어 있으나 바로잡았다.
37 원문에는 ‘보해주는’으로 되어 있으나 오식으로 보여 바꾸었다.
38 원문에는 ‘慈露’이나 의미상 ‘폭로’의 오식으로 보이기에 바로잡았다.

고처高處를 걷게 한 것이다.

동인, 상섭, 빙허 등의 작가는 춘원의 수준보다 소설문학의 생명으로서의 묘사상 확실히 일보 전진한 것이다. 현실을 폭로하려면은 적확한 묘사를 통하여 그것을 정시呈示해야 하겠으므로!

이곳에는 민족자벌의 경제적 압력과 그것에 의한 자기의 경제적 와해를 방어하려는 노력과 그것이 환기하는 강한 부정적 반항의 정신이 물결칠 것이다.

그러나 이 '암흑한 무덤'에서 그들은 전진할 길을 지시하는 광명을 발견치 못하였다. 역사적 발전의 필연적 도정에 대한 그들의 무이해와 무자각은 이 반항의 정신을 단순한 소극적 부정에 억류하고 이른바 '무이상성無理想性'의 제약 앞에 정돈停頓케 하고 말았다.

이 커다란 조건은 곧 그들로 하여금 그 이상의 예술적 발전을 불가능케 제약하고 그들 소시민 고유의 협애성과 전대前代로부터 유전된 예의 일면성 등에 의하여 이 약점은 일층 확대되어 편중주의화한 불구적인 객관성에의 집착을 낳아 내종乃終에는 명확히 트리비알리즘 가운데 침전沈澱케 한 것이다.

그러므로 그들은 외국의 자연주의문학과 동양同樣으로 현실의 단편과 지엽에 집착함에도, 일층 축소되고 정신화된 세계의 형상을 묘사하는 데 시종케 하고 말았다.

이것이 이 나라의 자연주의문학으로 하여금 졸라 등의 수준에까지 도착到着치 못하게 한 한 개 주요물론 이외에도 기개(幾個)의 원인이 있으나, 그것은 부차적이며 또 이곳에서 매거(枚擧)치 않는다한 원인이다.

그럼에도 불구하고 그들이 조선 문학사, 특히 그 예술적 발전의 간선幹線을 이루는 리얼리즘의 발전상에서 점령하는 바 높은 지위는 움직이지 않는 것이다.

그리하여 이들 가운데 가장 재능이 풍부하고 높은 생활적 관심과 정열을 가진 소수의 작가는 단편소설 「제야」상섭에서 보는 것과 같은 성격 급及 심리 묘사의 높은 리얼리즘을 획득하였으며 비록 지극히 제한된 범위에서나마 그 이외의 어느 작가도 가능치 않았던 당대 지식청년의 심리, 사상, 생활을 그때의 역사적 사회적 분위기 중에서 묘사 개괄할 수 있었던 것이다. 상섭의 장편소설 『만세전』은 정正히 우리가 당대에서 발견할 수 있는 유일의 기념비적 작품이다. 사실 상섭은 프로문학 10년의 고투사苦鬪士가 『고향』의 작자 이기영을 발견하기까지 조선문학사상 최대의 작가이었다.

이곳에는 또한 우수한 단편 「태형」김동인에 보는 것과 같은 당시의 옥獄내 생활을 상당히 정확한 수법으로 지적한 아름다운 역사적 풍경화의 일폭一幅이 있다는 것도 잊어서는 아니 된다.

이 모든 것은 20년대 조선 자연주의문학이 소유하는 예술적 보옥寶玉으로서 그 뒤에 올 프로문학에 물려준 최량最良한 문학적 유산에 속하는 것들이다.

그러나 상기한 바와 같은 자연주의문학의 이미 트리비알리즘화 한 예술적 약점은 곧 형식주의와 예술지상주의로 발전?할 길을 열었다.

이것은 곧 조선 고유의 제 사정으로 말미암아 풍부화된 예의 협애성에 기인하는 것으로-현실의 지엽과 현실의 단편斷片[39]을 현실의 전체로 확대하는 환상을 낳고 이것은 또 묘사는 문학의 전부인 듯한 확대 재생산된 환상에 이르렀다.

그리하여 내종에는 문학을 한 개 언어, 문장의 기술로 환언시키는 형식주의, 예술을 위한 예술의 경지로 전화된 것이다.

---

39 원문에는 '斷行을'로 되었으나 '斷片을'의 오식으로 보이기에 바로잡았다.

일찍이 이들 작가의 대부분이 연애를 '생' 그것으로 확대하였다는 것을 상기하여 연상한다면 그다지 이해에 곤란함이 적을까 한다.

자연주의의 후기 혹은 그 와해 쇠미기衰微期에 생산된 대부분의 작품은 이 경향의 틀림없는 반영이었다.

그러나 자연주의의 부정의 태도는 비평적 정신과 연결되어 수입된 실증사상과의 결합 위에 미미하나마 문학비평적 관심이 대두하고, 사실상 조선 문학사상 비평의 배태는 이 때에 구할 것이라는 일점一點을 암시함에 그치고자 한다.

이 다음에 오는 소위 낭만적 세기말의 잡다한 경향은 — 허무주의, 다다이즘, 낭만주의, 유미주의, 악마주의, 감상주의 등등 — 이 암담한 현실감과 무이상의 일층의 확대 발전이었다.

그러므로 이 혼란한 현상의 표면만을 관찰할 제, 단순한 혼돈이종수, 단순한 검색팔봉으로 표현되며 혹은 이러한 피상관觀을 비판함에 이 시대 작가 시인들이 각기 자기의 생각을 한 개 '주의'에까지 형성하였는지를 의문신남철에 부付하는 데 그치고 만다.

이곳에는 이미 우리가 개관해 온 바와 같이 문학적 발전의 역연歷然하고 일관된 법칙성이 가로놓여 있는 것이다.

그런데 이곳에서 '다음' 온다는 시대적 구분을 가지고 이 조류를 관찰할 때는 어느 의미에서 보면 부당하다는 비난을 살지도 모른다. 자연주의와 이들 제경향의 문학은 사실 동시대의 공서자共棲者로 아니 볼 수가 없다. 그러나 비록 지극히 근소한 차이나마 약간 선후가 있었고, 그보다 자연주의문학의 하향적 피곤 가운데 있었을 때 이들의 번영이 왔었다. 뿐만 아니라 이 과히 크지 않은 사실을 가지고 한 개 문학현상의 세대교체적 입장에서 취급하면은 춘원 이후 전全 신문학 발달상發達上 예술사적 또 정신사적 발전이 객관적 법칙성에 의하여 이것은 엄연한 존재 사실일 뿐더러 지극히 필요한 사실이므로 필자는 이 시간적 구분의 의견을 갖는 것이다.

허나 이 조류가 자연주의 하향기에 본류本流로서 번영하였다는 즉 한 개 주의를 요하는 것으로 그것은 이 시기야말로 자연주의가 신문학사에서 그 갖는바 진보적 역할의 종언과 신경향파문학이 교체되는 황당荒唐한 과도적 국면이었다는 그것이다.

한데 자연주의가 주로 단편의 양식에 의거하였으면 이 조류는 자기표현의 주요양식으로 시를 찬撰하였다. 이것은 전자에서와 같이 그 본래의 세계관적 성질상 당연한 것이었다.

자연주의가 호불호간好不好間 사실과 직접 관계하였다면 이 조류는 암담한 현실 가운데서 발생하는 절망의 '감정'과 '정서'를 취급하였다.

바야흐로 조선문학은 이 조류이상화, 회월, 홍노작, 박월탄, 임노월, 나도향 등등 『백조』를 중심으로 한 시인, 소설가에 이르러 사실상 '현실의 부정'으로부터도 '폭로의 정열'을 경주할 '현실의 단편, 지엽'에서까지 격리하여 오로지 감상하고, 탄식하고, 절망하고, 고민하면서 '허무'라든가 환상적 혼미昏迷라든가의 세계로 승화하여 버린 것이다. 일방一方 자연주의문학의 형식주의 예술지상주의적 변이의 격렬한 도정이 산문의 세계에서 이와 보조를 합하여 진행되었다.

이리하여 신문학은 잡다한 형태의 예술지상주의에로 변화되며 이때까지 '민족적'이란 사상적分위기만으로라도! 특질 가운데서 물러서는 '신문학'의 통일적 개념은 와해되었었다. 사실 그들을 민족적이란 개념 가운데 포괄하기엔 너무나 많이 비민족적이었다. 즉 그들은 현실생활의 무엇을 위하여 자기의 문학을 준비한다느니보다는 더 많이 예술상藝術上 자체를 위하여 존재하려던 것이었다.

이곳와서 조선의 신문학은 현실로부터 떠나 자기의 묘굴墓窟을 파기에 급하였고 통일된 방향은 방기되었다.

『백조』, 『영대』 등, 이 경향을 대표하는 간행물이 족출簇出되고 『폐허이후』 『개벽』 기타에서 후기 자연주의[40]는 잔존하여 보들레르, 베를레느, 와일드 등이 수입되어 세기말적 경향[41]의 각색各色 조류가 범람하였다.

그러나 이 조류는 조선 신문학사상 희유稀有의 시적 예술의 융성기를 초래한 원동력이었음을 기억해야 한다.

이 시대는 사실 조선 신문학발달사상 낭만주의의 황금기라고 부를 수 있을 만치 낭만적 정열이 창일漲溢하던 때로 젊은 시인들이[42] 소리 높여 부르는[43] 낭만적 훈향薰香 높은 시가로써 조선 문학계의 하늘은 화려하게 장식되었었다.

이것은 육당, 춘원의 발아기 이후, 자연주의문학 시대에 와서 그 기초를 잡은 근대 조선시의 일─ 개화이었다.

이곳에서 우리는 잠깐 붓을 멈추어 자연주의가 공헌한 커다란 업적에 대하여 정당한 평가를 경의와 함께 던져야 할 것이다.

자연주의는 소설에서뿐만 아니라 시가에 있어서도 김석송,[44] 주요한, 김소월, 춘원, 김억 등의 사업 위에 강한 영향을 주어 언문일치의 구어시口語詩의 언어적 음률적 개척을 보게 하였으며 근대시상近代詩上에 사실적 경향을 발전케 한 것이다.

이들은 다 조선 근대시상 진정한 의미의 창시적 건설자의 명예를

40　원문에 '後期自立主義'로 되어 있으나 '後期自然主義'의 오식으로 보여 바로잡았다.
41　원문에는 '債向의'로 되어있으나 '傾向의'의 오식으로 보이기에 바로잡았다.
42　원문에는 '하든때도젊온은시인들이'로 되어 있으나 '하던 때로 젊은 시인들이'의 오식으로 보이기에 바로잡았다.
43　원문에는 '무르는'으로 되어 있으나 '부르는'의 오식으로 보이기에 바로잡았다.
44　원문에는 '자연주의는 소설에서뿐만松니라 詩歌에 잇서서도, 金石아'로 되어 있으나 조판할 때 '松'과 '아'가 빠뀐 것으로 보여 바로잡았다.

차지해야 할 것이다.

물론『백조』를 중심으로 한 세기말적 낭만시인들은 이들의 귀중한 업적 ― 주로 언어적 ― 의 계승 위에서 출발한 것이다. 그러나 그들이 절망의 어두운 동혈洞穴을 사死의 신음같이 노래하였음에 불구하고 시적 발전상 일정의 공헌을 한 것은 당시 현실이 전하는 깊은 고민을 기분간幾分間이라도 정확히 노래하였고 그 참을 수 없음을 표현하였다는 일점一點에서 유래하는 것이다.

시집『흑방비곡黑房秘曲』의 작자 박월탄朴月灘이나 양洋시집『오뇌懊惱의 무도舞蹈』에서 서구의 데카당스를 소개한 김억金億이나, 그 특유의 고혹蠱惑인 장시형으로 「나의 침실로!」 기타의 시편에서 암담한 고민을 넣은 낭만적 정열을 가지고 노래한 이상화李相和 등은 실로 이 시대가 생산한 최량最良의 시인들이다.

더욱이 이상화에 있어서는 긴 시를 조금도 리듬의 저조·이완에 빠짐이 없이 조선어를 강한 열정의 표현의 조금도 부족함이 없는 시어로 창조하는 데 일― 전형을 여與한 가장 높게 평가될 시인이다. 이 시인의 유산으로부터 그 뒤 프롤레타리아 시가 받은 경향은 적지 않은 것이다.

사실 이들의 시는 감상에 울고 절망에서 넘어지려 하고 탄식에서 한숨지으며 이것을 바로 못 부르고 상징象徵하고 허무虛無에서 얼굴을 가리고 공포에 떨었음에 불구하고 일반적으로 비통한 고민苦悶의 시가였다.

그러므로 가장 우수한 시가들이 격렬한 낭만적 리듬을 가지고 노래되었음은 당연한 것이다.

그러므로 보통 '상징주의' 시인으로 불려지는 낭만주의의 대표적 시인의 하나 박월탄은 1923년 1월 잡지『개벽』에 실린 어떤 논문[45]

가운데서 이렇게 말하였다. 아니 이렇게 부르짖었다.

> 앞으로 우리가 가져야 할 예술은 '역(力)의 예술'이다. 가장 강하고 뜨거웁고 매운 힘있는 예술이라야 할 것이다. 헐가(歇價)의 연애문학, 미온적인 사실문학 그것만으로는 우리의 오뇌를 건질 수가 없으며 시대적 불안을 위로할 수 없다. 만(萬)사람의 뜨거운 심장 속에는 어떠한 욕구의 피가 끓으며 만사람의 얽혀진 뇌 속에는 어떠한 착란(錯亂)의 고뇌가 헐떡거리느냐? 이 불안, 이 고뇌를 건져주고 이 광란의 핏물을 눅여줄 영천(靈泉)의 파지자(把持者)는 그 누구뇨? '역(力)의 예술'을 가진 자이며[46] '역(力)의 시'를 읊는 자이다.

이곳에는 그들이 침통한 고민으로부터 도피하지 않고 그곳에 즉철卽撤하려는 태도와 그들이 벌써 춘원[47]의 인도주의나 자연주의의 자유 연애·현실주의 등의 안티테제로서 자기를 확인하려는 한 개 적극적 정신을 찾을 수가 있다. 요컨대 이 논문의 필자도 정직하게 지적한 바와 같이 기존旣存한[48] 제 문학으로 만족하기에는 그들의 '오뇌'나 '시대적 불안'은 보다 더 심대深大했던 것이다.

그러므로 연애의 자유는 '헐가歇價'의 것이고 '인권사상', '현실 폭로' 등은 '미온적'인 것이었다.

비록 관념적 방법으로나마 그들의 시가, 소설에는 전대前代 문학이 표현한 그것보다는 더 심각한 것을 탐구하려는 열정과 시대의 불안과 오뇌를 해결할 그 무슨 '역力'을 검색 발견하는 성실한 노력과 고

---

45 원문에는 '22년'이라 했으나 오식이기에 바로잡았다. 정확한 제목은 「문단의 1년을 추억하여 ─ 현상과 작품을 개평하노라」이다.

46 임화의 글에는 "'力의 藝術'이며"로 되어 있으나 원문을 찾아 바로잡았다.

47 원문에 '春田'으로 되어 있으나 '춘원'의 명백한 오식이기에 바로잡았다.

48 원문에는 '歸存한'으로 되어 있으나 '旣存한'의 오식이기에 바로잡았다.

민이 있었다. 그러므로 그들은 일개一個의 노선에서가 아니라 각양각색의 방향에서 자기의 길을 발견하려 노력하고 또 그 몸을 맡긴 것이다. 이곳에 소위 세기말적 조류의 다양성은 원인原因한다.

이 '역力의 예술'을 고민 가운데서 찾는 곤란한 암중모색의 정열의 일단이 신경향파문학에로 통한 것은 수긍할 수 있는 일이다.

박영희, 이상화 등의 시인, 특히 박영희가[49] 이 조류 가운데로부터 신경향파문학 건설의 가장 영예있는 창시자의 길을 개척한 것은 조선 낭만주의가 갖는 최대의 명예이어야 할 것이다.

이러한 적극적 요소를 다분히 함유하면서 그 요절로 말미암아 길을 끊긴 재능있는 작가로서 우리는 낭만주의 시대의 거의 유일의 소설가인 도향 나빈稻香羅彬을 들 수가 있다. 도향은 낭만주의 시대가 갖는 유일의 소설가일 뿐만 아니라 근대 소설가 가운데 희유의 재질을 가진 작가이었다.

허나 그의 소설, 특히 이 시대에 씌어진그의 초기의 장편 『환희』, 단편 「옛날의 꿈은 창백하더니」, 「별을 안거든 우지나 말걸」 등은 그 제명題名이 표시하는 것과 같이 낭만주의적 감상적인 것으로 그의 만년의 작품과는 약간 달라 소설로서는 너무나 시적인 작품이었다.

이와 같이 그들이 소설적인 것보다는 더 시적이었고 자기표현의 주요 양식으로 시를 고른 이유는 외국의 영향주로 불란서 데카당스가 많이 시적이었다는 것과 구체적으로는 보들레르, 베를레느 등등도 있지만 당시의 시의 대부분이 서사적인 것보다 서정적이었다는 사실로써 일층 명확해진다.

즉 이 시인들이 서사적인 여기는 '자기의 사실'을 가지지 않고[50] 오

---

49 원문에는 '朴英熙는'으로 되어 있으나 뒤에 주어(… 것은)가 또 나오므로 '박영희가'가 문법상 올바르기에 바로잡았다.
50 원문에는 '卽 이詩人들이 敍事的인여기는 『自己의事實』을 가리지 안코'로 되어 있다.

직 감상, 비애, 절망하고 고민하며 모색하는 흥분된 감정과 상기된 기분만을 가지고 있었다는 이것이 그들을 시의 세계로 인도한 것이다.

이들은 모두 당시 급격히 몰락하는 소시민과 지식청년의 시대적 불안, 모색의 고민 등의 부정적 반면反面을 반영하며 한편 하자何者이고 미래와 현실의 이상以上을 환상幻想하는 정열이 배태되어 있었다.

그러므로 이때의 조선문학을 그 표면의 무질서와 혼돈, 방향이 상실된 비참한 상태라든가 후기 자연주의의 예술지상주의, 형식주의적 퇴화만을 보고, 예술사적 발전의 객관적 본질 운동을 파악치 못하는 것은 일개一個 무력한 피상론이다.

5. 신경향파문학의 사적 가치

물론 이때의 상태는 사실 무질서, 혼돈 그것이고, 통일된 방향이 상실된 참상을 정呈하였음은 필자도 지적한 바이며 또 이대로 방치되고 그대로 진화된다면 조선문학의 사멸 그것이리라.

그러나 모든 역사적 문화적 달성은 그대로 역사 도정 가운데 유기遺棄되는 법은 없다. 반드시 자기의 쇠망 가운데는 그 대립자, 자기 부정적 요소를 내포하여 계기적繼起的으로 생성하는 정당한 사적 계승자 위에 적극적인 모든 것이 재생 발전되어 가는 것이다.

이것이 문화사상上 사적 소장消長의 자기 발전의 변증법이며, 역사 도정 일반의 객관적 법칙성이다.

‘敍事的인여긔는’도 의미를 정확히 포착하기 힘드나 달리 고칠 방도를 찾기 힘들어 그 냥 현대어로 풀어썼다. 그리고 그 뒤의 ‘가리지’는 의미상 ‘가지지’가 적당하겠기에 고 쳤다.

　이것의 이해를 결缺할 제 예술사의 각개各個의 계단은 편편히 분리
되며, 이러한 과도기를 그 본질적 견지에서 파악하지 못하고, 현상론
적 견지에서 표면의 무질서한 나열 소묘에 시종하고 마는 것이다.

　이러한 '혼돈'을 일층 '혼란'?케 하는, 격화시키는 한 개 문학적 조
류가 자기의 존재를 강렬히 주장하며 출현하였다.

　이 문학적 조류란 지금까지 보아온 여러 가지 신문학상上 유파 경
향의 소장성쇠와는 한 개 본질적 차이를 가지고 자기를 과거의 일체
의 문학유파로부터 구별하는 당시 신경향파문학이라고 불려지던 프
롤레타리아문학 그것이다.

　당시 여사如斯한 무질서와 혼돈의 교류 가운데서 '신경향파문학'의
대두와 함께 제기된 훤소喧騷와 파문은 능히 상상하기에 족할 것이다.

　그러나 일층 격화된 혼돈이란 실상, 진정한 의미로 본다면 혼란이
라느니보다 신세계의 영아嬰兒가 탄생키 위한 구舊세계의 통고痛苦 그
것일 것이다. 그러므로 이 혼란하는 신경향파문학이 자기를 확립하
는 영웅적 도정에서 표현된 구舊문학의 유상무상의 저항으로서 특징
화되었다.

　이러한 저항이란 문학적 현상의 세대교체 급及 유파 대립에 있어
문학사가 항상 경험하고 또 번복飜覆하는 바이나, 신경향파문학의 형
성 과정 가운데서 당면한 저항이란 조선의 신문학사상 최초의 심각
하고 또 본질적인 상극의 표현 그것이다. 위선爲先 신경향은 현존한
문학 전부를 그 적으로서 가졌었다. 춘원류의 낡은 이상주의도 상
섭·동인의 자연주의, 세기말적 데카당스 모두가 신시대의 문학적
표현자의 출발을 방해하려 하였다.

　즉 이제까지 무질서, 혼돈, 무無방향적 현상 가운데 있던 '신문학'
은 그 수습收拾된 통일적 방향으로 한 개 적대자를 택한 것이다.

이것이 그 '저항'의 특징이다.

다음으로는 이들은 마치 문화 급及 예술의 침해자侵害者를 대하는 것과 같이 예술 급及 문학의 옹호하는 이름 아래 일치한 것이다.

즉 예술은 예술 그것을 위하여 존재하는, 순수히 신성한 그것이고, 하등 실생활적인 무엇과 관계를 맺으며 그것에 봉사할 것이 아니라는 구호로써 새로운 계급 예술에 연행沿行하며, 문학은[51] 현실생활의 반영 표현이어야 한다는 신경향파문학에 도전한 것이다.

이곳에서 지금까지의 우리가 읽어온 문학적 발전의 논리로부터 한 개 반성적 질문을 제기해야 할 것이다.

즉 민족적이라든가, 근대적이라든가 연애 급及 인권의 자유라든가의 현실적 목적을 추구하던 춘원春園적 문학은 어떻게 되었는가?

혹은 암담한 현실을 부정하고 그것을 폭로하며, 소시민, 지식적知識的의 연애,[52] 학문, 기타 자유를 절규하며 묘장墓場과 같은 현실을 증오하던 자유주의의 현실에 대한 깊은 관심, 또 고민하고 감상하고 발버둥치며 '오뇌를 건지고 시대적 불안을 위로'라도 할 '역力의 시'를 열구熱求하던 낭만파는 어디 갔는가?

그러나 벌써 신경향파문학에 대한 예술지상주의적 통일××[전선]에서 '이상', '폭로', '역力' 등의 형태로서 표현되는 일체의 현실적진보적 정신은, 일편一片의 공문空文으로서 역사적 도정 중에 방기되었다. 춘원, 자연주의, 낭만파 등이 가졌던 일체의 관념적 비관적인[53] 요소

51　원문에는 '새롭은階級 沿行하며, 藝術에文學은'으로 되어 있으나 조판상 실수가 있었던 것으로 보여진다. 문맥을 참작하여 '새로운 계급 예술에 연행(沿行)하며, 문학은'으로 순서를 바꾸었다.

52　원문에는 '小市民, 知識的의 戀愛'로 되어 있다. 누락된 것이 있는지 의미를 파악하기 힘들어 원문 그대로를 현대어로만 바꾸었다. '소시민 지식인의 연애'로 바꿀 수 있지 않나 추정해본다.

53　원문에는 '悲現的인'으로 되어 있으나 '悲觀的인'의 오식으로 보이기에 바로잡았다.

는 이곳에서 자기의 사적 결론을 맺은 것이다.

그리하여 지금까지 우리가 해該 시대의 문학적 현상을 일관한 발전 도정 가운데서 성찰하여 온 데서 그 부정적 반면反面과 함께 그 역사적 변천의 연선沿線을 따라온 적극적인 요소의 일체는 그 새로운 계승자 신경향파문학 위에 상속된 것이다.

춘원으로부터 자연주의문학에, 자연주의로부터 낭만주의문학에로 그 근소한 일맥一脈을 보전해 내려온 현실의 역사적 유동流動에 한 성실성과 진보적 정신은 한 개 비약적 계기를 통과한 것이다.

그러므로 춘원으로부터 낭만파에 이르기까지의 각 시대의 제경향이 전대의 단순한 대립표對立表로서 일면적으로 이것을 계승하였다면 신경향파문학은 그 모든 것의 전면적 종합적 계승표繼承表이었었다.[54]

이것은 신경향파문학이 의존하는 바 사회적 계급의 역사적 지위의 전체성, 종합적 통일성에 유래하는 것이나 문학적 발전에 있어 그것은 심히 명확한 형태로 표시되어 있다. 물론 이곳에는 우리의 많은[55] 사가史家 급及 논객, 학도들이 모순, 혼란, 무질서로 이해할 만큼 정치・사회사에서[56] 보는 것 같은 그런 소박한 직선直線을 그을 수는 없다.

문화 급及 예술사의 발전에는 원칙적으로는 토대적인 것에 제약을 수受하면서 일응一應 그것과는 구별되는 관념형태 그것이 갖는 고유의 객관적 법칙성을 갖는 것이다.

신경향파문학은 국초, 춘원에서 출발하여 자연주의에서 대체의 개

---

54 이 문장 속의 '對立表', '繼承表'는 각각 '對立者', '繼承者'의 오식으로 보이나, 문맥상 의미의 훼손이나 곡해가 일어날 여지는 적은 듯하여 그냥 두었다.
55 원문에는 '우리만흔'으로 되어 있으나 문장 흐름상 '우리의 많은'이 적절하여 고쳤다.
56 원문에는 '政治社會史에'로 되어 있으나 '정치사회사에서'로가 맞춤법상 더 적당하기에 바꾸었다.

화를 본 사실적 정신과 동일하게 국초, 춘원으로부터 발생하여 자연주의의 부정적 반항을 통과한 뒤 낭만파에 와서 고민하고 새로운 천공天空으로의 역ヵ의 비상을 열망하던 진보적 정신의 종합적 통일자로 계승된 것을 무한無限의 발전의 대해로 인도할 역사적 운명을 가지고 탄생된 자者이다.

낡은 문예학의 개념을 빈다면 이것은 신문학이 가지고 있던 '고전적인 것'과 '낭만적인 것'의 역사적 종합, 통일이다.

그리고 이것은 금일까지의 문학사가 가지고 있던 이러한 형태의 종합, 통일 가운데 최초, 최대의 것이다.

그러나 흔히 볼 수 있는 소박한 두뇌가 상상하는 것과 같이 신경향파문학은 자연주의의 사실적 요소와 낭만파의 정신의 단순한 계승자이거나 혹은 신경향파문학이란 전혀 이 양자 가운데서 생탄生誕된 것은 아니다.

그것은 전기前期의 모든 문학 현상이 그리하였던 것과 같이 조선의 경제적 발전의 토대 위에서 연행沿行하는 사회계급적 분화와 그 투쟁이란 현실적 제 도정諸道程으로부터 형성된 것이다.

위선爲先 이러한 제사정 가운데 최초로 매거枚擧해야 할 기본적 특질은 조선에 있어서의 자본주의적 발전의 필연적 소산인 근대 노동자계급의 자각과 그 정치적 사상적 영향력의 증대 그것이다.

기미己未를 치르고 20년대의 소위 윌슨류의 민족사상을 대신하여 노도와 같이 우리 청년들의 두뇌를 점거한 '××[사회]주의 사상'의 분류奔流와 이 땅 노동자운동의 최초 계단의 형태였던 '사상단체'의 족생簇生은 이 기본적 사실의 사상적 정치적 표현이다.

그러나 주지하는 바와 같이 이 '자각'의 수준이 얕은 상태는 이 운동의 성질 급及 형태를 제약하였다는 것을 망각하지 말아야 한다.

허나 이 역사적 사실의 예술상 반영인 신경향파문학은 겨우 대정大
正 12,3년 경에 근근히 형성된 것으로 전기前記의 토대적인 제諸운동보
다 상당히 후행적後行的이었다.

이곳에는 항상 문학에 대하여는 선행적인 사회적 사정의 우위성과
또 그 시간적 상거相距의 양은 이 계급적 '자각'이 저도低度한 데 기인
한 한 개 개연적蓋然的인 것이었다.

뿐만 아니라 이러한 것은 일면 조선 프로문학의 전소 역사적 약점
으로서 금일까지 문학이 현실에 뒤떨어진 장면이었음도 역시 기억
될 사실이다.

이것이 다 주관적 세력에도 의존하지만 그 생활시生活時부터 가졌던
기초적 사정의 '저도低度의 자각'이란 조선적인 특수성이었음도 아울
러 명기해야 한다.

그러므로 신경향 문학이 자기의 적에게 공연公然한 도전의 화살을
던지기 전 이미 문학 외의 일 논객에 의하여 낡은 세대의 문학이 비
판의 조상爼上에 올랐음은 심히 시사 깊은 사실이다.

『개벽』 1923년 7월호로부터 9월호까지 2회 연재된 임정재의 「문
사제군에게 여與하는 일문一文」은 신경향파의 선구자들이 겨우 클라
르테운동을 소개하고팔봉[八峯] 혹은 비참의 예술, 생활의 문학을 이야
기하며, 새로운 이상을 도입하려는 검색적檢索的이고 소극적인 한계에
머물렀을 때, 최대의 명확, 직절直截한 말로당시의 수준을 보아 그는 예술이
대중의 것이어야 하며 인간사회의 진화 발전에 공헌해야 한다는 의
미의 긴 원칙을 논술한 다음,

그러나 우리 조선의 유산계급의 문사나 무산계급의 문사는 부르주아 경
제학의 발달과 귀족생활의 형식상 발달로 현대생활 요식(要式)을 조성하고,

각 방면으로 성숙하고 고착하며 민중의 생활을 무시하는 자본가의 사익(私益)으로 지배당하며 중간계급의 자유주의적 사상으로 민족적 자유주의 사상과 혼란하여 생활의식을 무의식간에 형성하고 통일을 실(失)하는 동시 중간계급의 자유주의 사상의 동요, 지배되는 상태에 재(在)하여 필연적으로 세기말적 절망의 데카당적으로 되었다. (…중략…) '문화사' 일파의 데카당적 경향과 '문인회' 일파의 저널리즘적 경향과 사상적으로 초월하려는 중간계급적 사상 경향은 조선 사회 사정의 적라(赤裸)한 산물이다[57]

라고 당시 『백조』를 중심으로 낭만주의적 작가 시인을 망라하고 있던 '문화사' 그룹과 후기 자연주의 작가들로 말미암아 구성되었던 '문인회' 그룹을 비판하면서 모든 것으로부터 초월하려는 '지상주의'적 조류를 정당히도 그때 사회적 혼란의 산물로서 평가하였다.

그런 다음 동(同) 논자는 다시 하등 '사회성' 또 현실생활에 대한 '총의(總義)'적 책임도 없는 단순한 '낭만적 비애의 독백기(獨白記)'에 대(代)하여 '참으로 시대의식과 계급의식에 자아를 확립시킬 것은 조선 문사(文士)의 급박한 문제'라고 무사상성과 형식주의적 전화(戰華)의 노상에서 헤매이는 조선문학이 나아갈 한 개 길을 지시한 것이다.

뿐만 아니라 상기의 인용에도 약간 암시되었지만 다시 그 다음 구

---

57 이 인용문은 『개벽』 39호(1923년 9월)에 실려있는 임정재의 「문사제군에게 여(與)하는 일문」(하)에서 따온 것이다. 원문에는 여러 곳이 누락되어 있거나 잘못 표기되어 있다. 임화가 인용한 대목은 다음과 같다. "그러나 우리朝鮮의 有産階級의文士나 無産階級의 文士는 뿔쪼이經濟學의 發生과 貴族生活의形式上發達로 現代生活 要式을 造成하고, 各 方面으로 成熟하고, 固着하며 民衆의生活을 無視하는資本家의 私益으로 支配當하며中間階級의自由主義的思想으로民族的自由主義思想과混亂하야生活意識을無意識間에形成하고統一을失하는同時中間階級의自由主義思想의動搖支配되는 望衆에在하야 必然的으로 世紀平和絶望의 떼카단적으로되엇다. (…中略…) 文化社一派의 떼카단的傾向과 文人會一派의쩌내리즘的傾向과 思想的으로 超越하랴는 中間階級的思想傾向은 朝鮮社會 事情의赤裸한産物이다."

절에서 이 준비된 새로운 예술적 노선을 다음과 같이 관망하고 있다.

> ······ 이 운동내(무산운동 ······ 인용자)에 일부인 계급예술은 이러한 참담
> 한 생활을 하는 무산 문사(無産文士)가 부르주아 계급 급(及) 예술에 대항하
> 며, 모순의 사회현상을 타파하며, 신(新)인생의 광명을 욕(浴)하려는 것이 피
> 등(彼等)의 운동이며 예술이다.

이곳에는 우리들이 감지할 수 있는 것과 같이 실로 소박하고 기다幾多의 논리적 불분명, 불충분을 가졌음에 불구하고 전체 운동의 일환으로서 예술운동 그것을 규정하였으며 운동의 전사상적 핵심으로 당파적 원칙을 설정한 것이다.

이 짧고 소박한 일문一文의 가치라든가 의의에 관하여 이 이상 머무름을 피避코자 한다. 오직 당시 그들의 전全 운동에 속한 시대적인 제약[58] 때문에 비록 문제를 전면적으로 제기하고 정확한 표현을 가지고 구체具體인 제 부분을 밝히지 못했음에 불구하고 이 일一 소논문은 신경향파문학의 창시자들이 아직 완전 명확한 역사적 자각의 계단에 이르기 전, 예술적인 그것에 선행된 부분에 의하여 표시된 문화 예술상의 의견으로서 심히 가치 있는 것이다.

실로 이 견해란 우리 조선의 문학예술에 관한 노동자 운동의 높은 관심을 이야기하는 것으로 명기할 논문이다.

모든 부르주아적 예술가, 문학자들의 악의에 찬 선동과 '비방'에 불구하고 조선의 신흥계급과 그 운동은 다른 어느 나라의 그것에 지지 않게 높은 예술적 관심을 가진 가장 문화적인 것이었다.

---

[58] 원문에는 '時代的 이制約'으로 되어 있으나 문맥상 '시대적인 제약'이 적당하기에 고쳤다.

사실 신경향파문학은 그들이 의존依存[59]해 있는 바의 사회적 토양인 현실적 운동이 매뉴팩추어적인 분산된 사상운동의 초보계단으로부터 자기를 전全 목적 통일의 고처高處로 발전시키고 그 궁극적 이해를 가장 정련된 방법으로 집약하는 바 정치적 행동의 통일적 핵심이 형성된 그때 비로소 그 최초의 계몽적인 제일보를 내어 디딘 것이다.

이 가운데는 시간적으로 보아 약 3,4년의 선후를 갖는 것으로 근로자층이 경제적 욕구의 영역에서 자연성장적이고 분산적인 제일보를 내디디기 비롯한 1920년 전후로부터는 말할 것도 없거니와, 그들의 운동을 명확한 일개一個 사상체계를 가지고 통일을 기도하고 광범한 계몽사업을 비롯하던 잡지 『공제共濟』조선노동공제회의 기관지로 1920년 4월 창간, 『신생활』1922년 3월 창간, 『조선지광朝鮮之光』1922년 9월 창간 등의 발간으로부터 약 2,3년의 간격을 갖는다.

물론 이 3,4년 혹은 2,3년이란 세월은 심히 짧은 것이고 또 시간적 장단의 표준이 될 신경향파의 문학적 출발 연대年代도 엄밀한 의미에서는 약간 고구考究의 여지를 남기는 것이나 이 가운데 시간적 선후의 존재는 위선爲先 부동의 것이므로 먼저 낭만주의문학을 말할 때와 같이 곧 이에도 필자는 연대적 선후를 인정하는 것이다.

뿐만 아니라 당시 조선의 2년 내지 3년의 시일이란 그 의미하는 바 사회적 내용에 있어 타 시대의 기십년에 해당하는 풍부한 내용의 것이므로 이 시간적 차이의 평가란 2중으로 조선의 문화 발전의 특질을 이해함에 지극히 필요한 것이다.

조선의 근로자운동은 상술한 바와 여如히 문학 급及 예술상에 있어 자기의 자각된 행위의 출발을 보기에는 '약간의' 시간을 필요한

---

[59] 원문에는 '依在'이나 '依存'의 오식으로 보이기에 바로잡았다.

것이다.

이 '시간'은 사회적 모순이 원시적[60]인 초보 계단으로부터 명확히 '적대'관계의 형태를 가지고 전국적 규모에까지 발전할 그 동안, 다시 말하면 자기의 정치적 사상적 영향을 상당히 광범위의 인민생활 중에 확대시킬 만큼 ××적인 성숙을 이루었을 그때 비로소 자기층自己層의 문학예술의 대오隊伍를 정리할 수가 있었던 것이다.

이러한 사실을 이해하기 위하여는 신경향파문학적 시발기로서 보편화된 연대인 1924년大正 13년대의 조선의 사회 정황을 살펴봄이 가장 유의의有意義할 것이다.

이 해1924년의 가장 중요한 사회적 내용의 특질로서 우리는 위선爲先 근로자운동이 분산된 계몽적 사상운동으로부터 ××[정치]행동의 전국적 통일의 방향으로 발전하고 있었다는 것과, 한편 민족주의의 민족개량주의에의 급격한 전화와 그 통일적 전진에의 기운의 대두를 들 수가 있다.

이것은 곧 조선의 ××[계급]적 모순이 그 전형적인 대립에로 발전하였음을 알 수 있으며 '기미己未' 전후에까지 식민지적 특수성에 의하여 은폐되었던 ××[계급]적 모순이 비로소 본래의 성질을 가지고[61] 기본적 국면에서 상극하게 된 것이다.

즉 모든 사회적 모순은 일체의 은호물隱護物의 암영暗影으로부터 자기의 ××[계급]적 본질을 드러내어 ××[계급]적이란 개념이 모든 과거적 개념에 대신한 가장 명확하고 최종적인 인간적 개념으로서 조선사람의 생활 가운데 확립된 것이다.

이 해 4월에 '노총勞總'이 노동조합운동과 농민운동의 통일적 기관

---

60 원문에는 '原生的'으로 되어 있으나 '原始的'의 오식으로 보이기에 바로잡았다.
61 원문에는 '가리고'로 되어 있으나 문맥상 '가지고'가 적절하기에 고쳤다.

으로 성립하고 청년운동의 통일적 조직으로 '청총靑總'이 창립되었다. 그 뒤 얼마 안가 '민중운동자대회'가 소집되며 또 그 '××대회'가 소집되어 조선사람의 사회적 생활 위에는 일찍이 보지 못하던 신사상을 가진 ××적 운동의 격랑激浪이 밀려왔다. 이 속에서 조선 근로층은 비로소 불충분하나마 자기의 운동을 한 개 통일된 정치적 핵심 결성의 고처高處에까지 끌고 갔으나 또 처음으로 그 자기를 국제의 결류結紐의 일우一遇에 붙잡아 매인 것이다.

이것은 의심할 것도 없이 근로층의 사적史的으로[62] 가장 높은 자로적自勞的 표현이며, 현실적 제 문제를 가장 철저한 해결의 길 위에서 종합한 것이다.

이 때1924[63]까지 대부분의 사람의 정치적 사상적 대변자로 자타가 인정해 오던 신문『동아일보』1924년 신년호에는 과거 전숲 민족을 대표한다는 부분의 심히 의의 깊은 정치적 의견이 발표되었다.

『동아일보』는 이해 1월 1일부터 수삼數三일 연재하던 장문소설長文小說「민족적 경륜」이란 것 중의 하나인 '정치운동과 결사' 가운데서 그들은 "우리는 조선 내에서 허許하는 광범위 내에서 일대一大 정치적 결사를 조직하라"는[64] 주목할 제안을 하였다.

이 단소短小한 언구言句는 일견 우스운 듯도 하나 그러나 곧 이해할 수 있는 것과 같이 이 가운데는 과거 민족주의 운동의 한 개 간과치 못할 행동상의 전향이 있음을 알 수가 있다.

그들이 노자勞資의 평화적 협조를 말해옴도 짧지 않으나, 그러나 이러한 민족적 운동, 그것의 제한을 기도한 일은 없었다. 이러한 정치

---

62 원문에는 '史的一'으로 되어 있으나 문맥상 '史的으로'가 자연스럽기에 바꾸었다.
63 원문에는 '24'로만 표기되어 있다.
64 원문에는 인용문 다음에 '는'이 누락되어 있어 채워 넣었다.

적 공기 가운데는 명확한 민족주의 운동의 합법주의화와 철저한 욕구 대신에 개량주의적 정견이 '당면 목표'라는 명목_{名目}하에 대치된 것이다.

당시 이 의견에 대하여 민중은 여태까지 붙어오던 신망_{信望}을 방기함은 물론, 사면팔방에서 의혹의 시선은 집중한 것이다.

모든 사람들은 그해 3월경 소위 '각파유지연맹_{各派有志聯盟}'이란 데 모인 국민협회, 소작인상조회, 청림교_{靑林敎}, 대정_{大正}친목회, 유민회_{維民會}, 동문회_{同門會}, 유도진흥회, 동민회_{同民會}, 조선경제회, 상애회_{相愛會}, 교풍회_{矯風會} 등 잡다한 세력이 '관민일치', '대동단결', '노자협조' 등 3대 표지_{標幟}하에 성_盛히 움직이고 있던 사실과 전자_{前者}의 신경향 그것을 전연 분리해서 생각할 수는 없었던 때문이다.

이렇듯 불분명하던 과거의 사회적 제 관계가 특이한 역사적 긴장 가운데서 한 개 전기_{轉機}를 넘는 해에 신경향파문학은 명확히 자기의 깃발을 올리었다.

이 시기는 또한 전술한 자연주의문학의 퇴화와 세기말적 혹은 데카당적인 낭만파주의문학 등의 분화 발전과 신경향파문학과의 세대 교체기에 해당한다.

이 시간적 간격은 현실적 발전이 상층구조 위에 그 발전의 질도_{質度}를 반영하는 전달의 소요시간이었으며, 한편 새로운 사회적 세대가 자기의 문화 예술을 형성함에 있어 과거적인 그것과의 간에 잔재_{殘滓}한 역사적 재산관계를 정리하는 시간이었다고 볼 수 있는 것이다.

여하한 역사상의 신세대도 황무지[65]로부터 자기의 문화 예술을 만들어 낼 수는 없는 것이다.

---

[65] 원문에는 '平蕪地'로 되어 있으니 '荒蕪地(황무지)'의 오식으로 보이기에 바로잡았다.

근소한 시간적 차이를 지리支離함을 무릅쓰고 장황히 말하는 연유가 전혀 이곳에 있다.

주지와 같이 신경향파는 1923년 경부터 팔봉의 논문 「금일의 문학과 명일明日의 문학」이나 불란서 '클라르테운동도'의 소개, 박영희의 논문 「조선을 지나는 비너스」 등을 위시로 거의 잡지 『개벽』을 근거로 하여 예술과 생활의 불가분의 관련과 생활적 현실에의 예술의 종속을 강렬한 구조口調로 절규하면서 낡은 문학에 도전한 것이다.

말할 것도 없이 신경향파문학의 이러한 태도는 사회경제적 사정의 추이의 반영일 뿐만 아니라 위에서도 약간 논술한 것과 같은 자연주의문학과 낭만주의문학의 퇴화가 직접으로 이것과 연결되는 것이다.

그러므로 점차로 생활로부터 유리하고 예술지상주의로 전화하는 퇴화된 자연주의나 관념적인 비관과 절망의 독백[66]으로 시종하고 마려는 낭만파적 시가에 대하여 그들이 투쟁자의 입장에 선 것은 필연의 순리이었다.

그들은 문학예술에 대한 극히 초보적인 유물론적 계몽을 전개하고 한편 소설, 시가에 대하여 새로운 사회적 기준을 가지고 성盛히 비평활동을 가加하는 것으로써 그들의 출발점을 장식한 것은 과거적 문화에 대한 철저한 역사적 비판자로서의 그들의 본질에 조응하는 것이었다.

사실 신경향파문학의 가장 주요한 활동영역은 계몽적 혹은 비평적인 이론활동으로서 조선문학사상ㅗ 최초로 비평다운 비평이 씌어진 것도 이 시기이며 잘되나 못되나 문학이론이라는 것이 체계를 가진 사상으로 말해진 것도 이때이었다.

---

66 원문에는 '獨自'로 되어 있으나 의미상 '獨白(독백)'으로 보이기에 바로잡았다.

이것은 먼저도 말한 바와 같이 신경향파문학 본래의 성질에 의존하는 것이나 한편 이 사실은 조선 근대문학의 특질, 특히 시민문학의 발전이 얼마나 얕低고 빈약한가를 설명하는 주목할 현상의 하나이다.

다른 대부분의 나라의 시민적 문학은 각각 다 체계적인 문학이론과 비평을 봉건적 중고문학中古文學과의 ××[항쟁] 과정에서 수립한 것이었음에 불구하고[67] 조선의 시민문학은 여사如斯한 정상한 발전의 노선을 걷기에는 너무나 특이한 과정 가운데서 고갈된 빈약한 것이다.

다시 말하면 조선의 근대문학은 언어, 양식, 내용, 이론 등 전全 영역에 있어 봉건적인 문화에 대한 철저한 비판자가 되지 못했던 것이다.

그러므로 신경향파문학이 던진 문학사적 파문은 일찍 경험한 바가 없던 심각한 것이었고, 또 가장 통렬, 철저한 것이었다.

조선문학은 비로소 한 개 ××[혁명]적인 세대교체를 경험한 것이었다. 봉건적 소설류로부터 이인직에 이르는 계기나, 또 이인직으로부터 춘원, 춘원으로부터 자연주의, 자연주의[68]로부터 낭만주의에 이른 전全 과정은 역사 도정에 본업本業의 성질로 보면 한 개 문화혁신적 선풍旋風 가운데 성숙되는 격렬한 도정이었음에 불구하고 그럴듯한 현상을 발견키 우리는 곤란하다.

단지 봉건적 문학과 한문학의 전통으로부터 이인직에 이르는 사이가 한 개 르네상스적 형태의 그것이라고 부를 것이다. 그러나 우리는 이인직의 모든 업적을 최대한으로 평가한다고 하더라도 그 빈약, 불철저, 중도반단성中途半端性을 들여다볼 때, 오오! 무엇이라고 말할 초라한 르네상스인가! 하고 탄식하지 않을 사람이 없을 것이다. 조선의

---

67 원문에는 '樹立한 것이 엇슴不에拘하고'로 되어 있다.
68 원문에는 '自主主義'로 되어 있으나 '자연주의'의 오식으로 보이기에 고쳐 썼다.

시민과 그 문학은 이렇게 역사적으로 초라한 것이었으며 또 빈약, 불철저한 것이었다.

이 발전의 전全 도정은 당목瞠目할 비약 대신에 지지遲遲한 점진성의 완만한 곡선이 그어져 있을 뿐이다.

그러므로 신경향파문학이 그 전의 시대에 버금하여 교체하는 형태란 실로 한 개 르네상스이었다.

신경향파는 사실상 문화사상의 순서로 당연히 조선의 시민적 문학이 해결[69]해야 할 것을 미해결 채로 남긴 과제까지도 계승받아 실로 모든 영역의 개척자로서의 운명을 가지고 출발한 것이다.

이것은 저 가련한 조선의 시민문학이 채 자기의 과제도 해결할 능력을 가지고 있지 못했던 것과 또 프롤레타리아문학의 본래의 역사적 본질에 의존하는 것으로 어떤 의미로 본다면 조선의 프로문학은 과거의 문학으로부터 적극적인 문학적 재보財寶에 속하는 유산보다도 오히려 부채를 더 많이 계승하였다고 보아도 과언이 아닐 것이다.

부르주아문학의 비평을 한 것이 역사적 순서로 보아 중세적인 것과의 항쟁에서 수립될 것임에 불구하고 반대로 프롤레타리아문학과의 대립에서 급급急急히 작조作造되었다는 고소苦笑할 사실을 우리는 가지고 있지 않은가? 그러나 신경향 문학이 과거한 문학의 모든 적극적인 유산 가운데서 형성된 것은 확호確乎한 것이다.

그들의 유물론적 문학정신, 그것은 이인직 등의 초기 시민문학과 주의主義 문학이 단적으로 내포하고 있던 실증사상의 연장 계승이라는 것은 단순히 긍정할 사실일 뿐만 아니라 신경향파와 프로문학이 갖는 한 개 역사적 명예이다. 그뿐만 아니라 그들의 치열한 비평정

---

69 원문에는 '鮮決'로 되어 있으나 '解決(해결)'의 오식으로 보이기에 바로잡았다.

신, 그것도 이인직의 봉건적 문학에 대한, 춘원의 이인직에 대한, 또 자연주의의 춘원에 대한, 낭만주의의 그 전의 모든 것에 대한 칼날 같은 비판적 사상의 장구한 발전 가운데서 형성되어온 것이며 그 한 개 비약적 종합이었다.

구체적으로는 자연주의문학이 가졌던 적극적인 것으로서의 자연과학적인 실증사상=실험실적 태도와 낭만주의가 가진 관념화된 전체성에로 지향된 비판정신의 한 개 역사적 종합인 동시에 그것은 이 단순한 종합으로부터 본질적으로 구별되는 일층 고도계단[70]으로의 비약적 일- 고양이었다.

그러므로 신경향파의 이론적 비평적 활동의 기초에는 이 두 조류에서는 전연 발견할 수 없는 높은 사적 유물론의 세계관이 기초가 되어있는 것이다.

신경향파문학이 그들의 직접의 선행자의 문학세대와의 관계를 표시하는 최대의 사실로서 우리는 신경향파문학 가운데 두 개의 상이한 경향을 발견할 수가 있다.

이것은 신경향파문학의 창작적 실천상에서 구분할 수 있는 박영희적 경향과 최서해적 경향 그것이다.

이때까지의 대부분의 논자들은 프로문학의 자연성장적 계단이라든가, 혹은 빈궁문학, 기아와 개인적 복수의 문학이라든가, 관념의 문학이라든가 하는 잡다한 규정을 가지고 이 차이를 무시하여 왔다.

물론 이러한 유상무상有象無象의 형용사가 신경향파문학의 반면半面 내지 일부분을 설명치 않는 것은 아니다. 그러나 이곳에는 문학현상의 구체적 인식의 견지가 결여되어 있거나, 전체적 통일적 파악이 망

---

70 원문에는 '高度階級'으로 되어 있으나 문맥상 '高度階段'이 더 자연스럽기에 바로잡았다.

각되어 있는 것이다.

더구나 이 시대를 전체적으로 규정한다는 '자연발생적 계단'신남철이나 '관념의 문학론'팔봉 등은 전체를 본다고 너무 성급히 규정하는 데만 망살忙殺되어 중요한 구체적 제 사실을 인공적人工的 방법으로 재단하고 있는 것이다.

더구나 이러한 반분적半分的 관찰이나 추상적 규정에는 신경향파문학을 그 사상성의 진보에서만 평가하려는 저주할 만한 이원론이 사상적 핵심을 이루고 있음을 잊어서는 아니 된다.

그들은 자기의 논리에 적응하도록 문학적 현상의 구체적 특이성, 차별 등을 왜곡 개조하여 한 개 추상적 개념과 규정을 만드는 데만 급급한 것이다.

그러므로 세계관상의 발전 그것과 동양同樣으로 신경향파문학의 전개와 예술적 달성의 구체적인 관찰과 분석에 노력을 지불치 않는 것은 그리 이해키 어려운 일이 아니다.

전기前記 박영희의 「지옥순례」, 「사냥개」 등과 최서해의 「홍염」, 「기아와 살륙」 등이 갖는 명백한 예술상 차이, 그리고 신경향파의 최초의 비평적·창작적 활동가들이 주로 팔봉, 조명희, 박영희이었으며, 그들의 경향이 서해의 그것에 비하여 약간 선행하였다는 제사실은 일률화一律化되어 무차별적인 것이 되고 말았다.

위선爲先 전술한 바와 같이 신경향파의 작가 비평가로서의 박영희, 김기진은 가장 먼저이고 또 지극히 큰 존재이었음은 주지하는 바이다.

그리고 그들이 전부 과거의 시인이었고, 또 『백조』 중심의 낭만적 문학으로부터의 전향자이었다는 것도 명백한 것이다.

사실 그들은 낭만주의로부터 신경향파에로, 이상화 그 외 몇 시인들을 이끌고 투신하여 그 창설자의 명예를 차지한 것이다.

이곳에는 과거 조선 낭만주의 가운데 있던 전진적 열정과 진보적 정신의 명확한 발전을 볼 수가 있는 것인 동시에, 신경향파문학 중 박영희적 경향이라고 부를 수 있는 한 개 창작경향을 낳았다.

이 창작경향이란 그들의 과거가 시인이었음에 불구하고 이 시대에 와서는 전혀 소설 양식상에 표현된 그것이었음을 이곳에서 주목해야 한다.

그들은 낭만파적 시인으로부터 비평가로 그리고 소설가로 전이해 온 것이다. 그리고 그 중심계기로는 그들의[71] 세계관상의 비약이 개재价在한다. 이것은 의심할 나위도 없이 실로 명확한 한 개 필연적인 현실적 이유를 가지고 있는 것으로 그들이 시인으로부터 소설가, 비평가가 된 것을 개인적 우연사로 돌릴 수는 없는 것이다.

그들의 이러한 전이는 한 개 세계관적으로는 신경향파문학의 역사적 본질에 의하여 해석된 현상이다.

신경향파뿐만이 아니라 전全 프로문학의 창작적 역사는 거의 소설사라고 해도 과언이 아닐 만큼 그들의 주요한 문학적 표현의 양식으로 의거한 것은 시가보다 소설이었다.

그러나 신경향파나 프로문학이 주로 소설 형식에 의거하였다는 것은 자연주의문학이 소설을 취한 것과는 본질적으로 구별된다.

프로문학은 결코 시나 가악歌樂[72]을 배제하는 ××의 예술은 아니다. 그러나 낭만주의와 같이 감정하고 체읍涕泣하는 시를 원하는 문학도 아니다.

이곳에는 자연주의문학이 접근치 못한 현실생활의 전면의 역사를 예술적으로 개괄할 장대한 소설과 그 영웅적 사업과 쓰라린 희생을

---

71 원문에 '그리의'로 되어 있으나 '그들의'의 오식으로 보이기에 바로잡는다.
72 원문에는 '奇樂'으로 되어 있으나 '歌樂'의 오식으로 보이기에 바로잡았다.

기념하고 부절不絶히 이상과 전진에의 열의를 노래하는 서사적 또 정
서적인 시가를 누구보다도 많이 열구熱求하는 자이다.

그러나 자연주의문학의 지상주의적至上主義的 퇴화와 낭만적 시가의
관념적 승화의 혼탁한 교류 가운데서 신경향파문학이 소설을 통하여
그의 사실주의를 건설한 것은 지극히 당연한 일이었다.

어떤 의미에서 보면 신경향파문학의 소설은 시와 소설의 혼효라고
도 말할 수 있으매 이러한 상정想定은 신경향파문학 중에 있는 양구兩
舊 경향에서 그 예술상 표현을 발견할 수도 있는 것이다.

이러한 견지로 보아가기를 계속한다면 박영희적 경향은 보다 시적
인 소설이었으며, 서해적 경향은 보다 소설적인 소설이었을지도 모
르는 것이다.

그러나 이러한 지극히 상식적인 판단은 일견 우스운 것 같으면서
도 그대로 모시侮視[73]하기 어려운 점이 다분히 있다.

소위 박영희적 경향이라고 볼 소설 「사냥개」라든가, 「지옥순례」를
보면 과거의 낭만주의문학의 고철古轍을 소박하게밖에 해탈치[74] 못한
역력한 유적遺蹟을 발견할 수가 있다.

이곳에는 낭만주의의 '악惡한 전통'의 하나인 구체적 현실의 안일
한 관념적 이상화의 방법이 신경향파의 세계관적 또 예술적 미숙과
상반相伴하여 문학 가운데 나타난 세계관의 생경한 노출이란 결과를
초래하였다. 이것은 낭만주의로부터 받은 신경향파문학의 한 개 약
점이면서도 반면에는 현실에 대한 전면적 파악의 지향이라든가 이상
적 의욕에 대한 예술작품의 통일적 구성이라든가 하는 점은 낭만주

---

73 원문의 '侮視' 대신 '無視(무시)'가 더 자연스러운 듯하나 의미상으로 통하기에 그냥
살려두었다.

74 원문에는 '解說치'로 되어 있으나 문맥상 '解脫치'가 타당한 것으로 판단하여 고쳤다.

의문학이 자연주의의 무사상성에 비판자로서 가졌던 바 그 장점의 발전임은 또한 부정할 바가 아니다.

그러므로 이 박영희적 경향이란 저도低度의 진실성[75]과 주제의 적극성=사회성과 높은 세계관에 의하여 특징화되어 있는 보다 낭만적인 예술이었다.

그러나 최서해적 경향이라고 부를 「홍염」이라든가, 「기아와 살륙」이라든가는 보다 더 많이 상섭, 동인 등의 자연주의문학의 사실적 정신과 관계하고 있는 것으로 이인직 이후의 조선적 리얼리즘의 전全 발전이라고 볼 수 있다. 사실 자연주의문학에서 그 최고의 절정을 이룬 조선의 사실주의는 한설야, 이기영의 고도의 종합적 사실주의의 계단에 이르는 중간적인 도정적道程的 존재이었다.

사실 신경향파문학의 이러한 경향을 가진 초기의 이기영, 김영팔, 최승일 등등의 작가 중에서 최서해의 존재는 자못 거대한 것이었다. 서해를 우리는 신경향파가 가진 최대의 작가, 또 그것이 달성한 예술적 수준의 최고점이라고 보아도 그리 과장[76]이 아닐 것이다.

서해의 명예에 의하여 대표되는 이 경향은 자연주의문학으로부터의 확고한 예술적 전진으로, 개인적 관찰의 시각으로부터 사회적인 광도廣度로 확대된 사실주의, 또 서해의 소설 「갈등」에서 보는 것과 같은 자기박탈과 추구의 강한 객관적 정신은 문학의 저류底流로서의 세계관과 더불어 문학 자신 가운데 표시된 예술적 진화의 정통적인 현상이었다.

물론 이 경향을 '개인적 복수의 문학'이라는 규정을 내릴 만큼 생활적, 혹은 현실상의 제 모순을 개인적 돌발 행위로 결과케 한 작품

---

75 원문에는 '實眞性'으로 되어 있으나 '眞實性'으로 오식으로 보여져 고쳤다.
76 원문에는 '誘張'으로 되어 있으나 의미상 '誇張(과장)'의 오식으로 보이기에 바로잡았다.

이 불소不少한 것이나, 그러나 신경향파문학이 낡은 문학으로부터 프로문학에 이르는 한 개 과도적 문학이었다는 점을 이해한다면, 이 한 점을 가지고 예술적으로는 퇴화했으나, 사상적인 일점一點으로 그것은 우월하였다는 예술적 규정을 끌어내지는 않을 것이다.

이러한 결함은 신경향파문학이 과거 자연주의문학으로부터 받은 악한 유산의 하나임을 이해하여야 한다. 신경향파문학은 자연주의문학의 낡은 제 영향을 완전히 벗어나 순수한 자기를 형성하기에는 역사적으로 너무나 유소幼少하였었다.

전자는 낭만적인 것을 정확한 과학적 사실성 위에 통일하기엔 아직도 완전한 예술적 성숙의 지점에 이르지 못했었고, 후자는 광범한 현실생활의 잡다한 제 모순을 완미完美한 사회적 노선 위에서 그의 이상적인 수준의 중中에서 해결하기에는 이 역시 너무나 지나치고 젊었었다.

그러나 조선문학은 한 번도 자기의 '낭만적인 것'을 신경향파의 그것과 같이 정당한 역사적 필연의 길에서 체현한 일이 없었으며, 또한 자연주의의 여하한 작가도 신경향파＝서해에 있어서와 같이 인간생활의 광대한 영역으로 자기의 사실적 세계를 전개한 일이 없고 또 그 객관성에 있어서도 서해에 있어서와 같이 자기 추구, 모든 가면의 박탈에 있어 철저치 못했으며 개인으로 사회적 전체성의 견지에서 파악하지는 못했었다.

이곳에 신경향파문학이 모든 것에 관절冠絶하는 조선문학의 최량의 종합·통일자된 특색이 있는 것이며 또 그들의 새로운 세계관이 예술적 발전을 실현케 한 역연歷然한 성과가 가로 놓여 있는 것이다.

신경향파의 사상적 본질만을 평가하고 그 예술적 진화 달성을 방기하는 모든 이론은 무엇보다도 최서해의 문학에 대하여 정당한 평가를 내릴 줄 모르는 편안자片眼者들이다.

이것은 프로문학의 고난에 찬 십년을 통하여 한설야, 김남천, 송영, 윤기정, 조명희 등의 제諸 작가를 지나 『고향』의 작자 이기영에 와서 프로문학의 본래적 달성의 최고의 수준을 보인 것이다.

일반으로 보아 신경향파의 문학은 조선의 신흥계급이 계급 그 자신으로부터 그 자신을 위한 계급으로 성장할 자각적인 과도기의 예술적 반영이었다.

그러므로 신경향파문학은 그 예술성에서가 아니라 그 사상 내용에서만 과거의 문학에 대하여 우월하였다는 이원적인 모든 평가는 완전히 사실과 부합치 않는 한 개 추상적 허상이며 이러한 평가는 곧 김기진 씨에 있어서와 같이 프로문학의 예술적 발전을 비역사적인 애매한 상대적인 것으로 설명하기 쉬운 것이다.

즉 프로문학은 과거의 전全 문학의 발전이라고 설명하지 않고 일면적으로 프로문학 자신의 '미미하나마의 발전'을 인정하여 겨우 박영희적 이원론에 대립?하고 만다. 신남철, 이종수 씨 등의 신경향파의 이원론적 평가는 직접으로 '프로문학'의 예술 역사적 진화를[77] 부정하는 견지로서 "얻은 것은 이데올로기요 잃은 것은 예술이라!"는 박영희적 멘셰비즘과 동일한 결론에 도달하는 것이다.

이 현저顯著한 자者를 우리는 신남철 씨의 상기 논문의 신경향파문학 이후, 방향전환기, 유물변증법적 창작방법, 사회주의적 리얼리즘에 이르는 프로문학의 창작적 실천을 기술한 심히 불분명한 논술에서 일관된 경향으로 발견할 수 있는 것으로 씨 등은 결코 박영희적 이론의 진정한 비판자는 아니었다.

문학의 예술성과 사상성을 이분하는 이원론, 신경향파문학에서 과

---

77 원문에는 ''「文學」의 藝術歷史的 進化푸로를'으로 되어 있으나 ''「프로문학」의 예술역사적 진화를'의 오식으로 여겨 바로잡았다.

거過去한 모든 문학의 예술적 진화를 관찰치 못하고 그 세계관적 일면
만을 평가하려는 모든 종류의 기도는 필연적으로 "잃은 것은 예술이
요 얻은 것은 이데올로기이라" 하는 유명한 박영희적 멘셰비즘과 일
치하고 또 그의 사상적 발상지가 아니면 아니 된다.

왜 그러냐 하면 부르주아적 문학이 프로문학에 비하여 그 내용 사
상에는 뒤떨어지더라도 문학적 기술적으로는 아직도 우월하다는 이
론은 결국 예술과 정치에 있어서 전혀 이원적인 분리의 사상으로 일
관되는 것으로 프로문학 십년의 역사에 있어서 이데올로기와 함께
상반相伴하여 발전하는 예술을 이해하지 못하는 자이며, 드디어는
『고향』에까지 도달한 예술적인 고도의 수준을 마치 사상과는 무연無
緣한 것으로 관찰하던가, 그렇지 않으면 『고향』에까지 이른 도정에서
사상적인 발전만을 간취하고 그와 함께 진화해올, 그리고 그것 없이
는 불가능한 예술적인 발전을 전연 무시하는 이론이기 때문이다.

이러한 점에 있어서 박영희적 이론의 비판자로 자처하는 김기진
씨나 혹은 그의 새로운 대변자인 신남철, 이종수 양씨나 모두가 박朴
씨의 이론과는 종이 한 장 상이相異로 결국 한 가지 이원론 사관의 모
태母胎에서 자라난 쌍아雙兒에 불과한 것이다.

더구나 신남철 씨에 있어서는 전게前揭『신동아』지의 씨의 논문을
가지고 퍽이나 문헌학적인 연구로 자처하고 그곳에서 표시된 씨의
철학적 교양을 조선 지고至高의 것으로 자신하고 있는 모양이나 우리
들이 보는 바는 한 개의 속학서생俗學書生의 이원적인 사관에 의하여
재단된 비참한 죽은 역사의 형해形骸뿐이어서 하등의 '높은 교양'도,
'엄정한 과학적 태도'도, 또한 '풍부한 문헌'도 발견할 수는 없는 것
이다. 그리하여 우리들은 이러한 이원적인 프리체적 상대주의로부터
끝까지 신경향파문학과 그의 계승자인 신흥新興문학 10년의 역사를

지키려는 자이며 동시에 이러한 평가 밑에서 현재의 문학을 발전시
켜 나가려는 것을 다시금 명언^{明言}하는 자이다.^{大尾}

을해(乙亥) 10월 마산 병석에서

소설문학의 20년[●]

지금으로부터 20년 전은 조선 소설 가운데 자연주의가 처음 수입된 시대다.

자연주의는 설說하듯 춘원春園의 이상주의[1]에 뒤이어 조선 소설의 새로운 성격을 형성시킨 문학적[2] 경향이다.

잡지 『창조創造』가 간행되고 김동인金東仁의 처녀작 「약한 자의 설움」이 발표된 1919년은 춘원의 『무정』과 『개척자』가 세상에 나온 지 여러 해 뒤다.

이 당시에 춘원이 벌써 시대에 뒤떨어졌다기보다는 오히려 동인이 더 그 시대에 적합할 만치 새로웠다. 그 의미는 1919~20년대에 있어

● 『동아일보』, 1940.4.12~1940.4.20
1 원문에는 '現想主義'로 되어 있으나 오식으로 보이기에 바로잡았다.
2 원문에는 '文學時'로 되어 있으나 오식으로 보이기에 바로잡았다.

동인의 자연주의는 춘원의 이상주의[3]보다 분명히 더 현대의 양식이었다는 의미다.

춘원이나 그의 이상주의가 동인이나 그 뒤의 자연주의에 비하여 일보 장(長)한 점이 적지 아니하나, 그러나 아직도 조선 현대소설의 선구인 신소설로부터 완전히 자기를 구별하고 있지는 못했었다.

잡지『창조』와 김동인의 소설에서 비롯하는 자연주의 소설이 비로소 조선 현대소설을 신소설의 영향에서 완전히 분리시켰다. 이것은 자연주의가 조선소설사상(上)에 기여한 거대한 재산이다. 그러한 의미에서 조선 현대소설은 진정하게는 김동인에서 시작한다고 할 수 있다.

김동인이야말로 도덕과 정치와 전통과 환경으로부터[4] 독립한 순수한 의미의 개성이란 것을 소설 가운데서 생각하기 시작한 사람이다. 그러나 춘원은 개성이라는 것보다는 언제나 정치와 민족과 도덕과 전통과 그 외의 초개인적인 전체라는 데 주요한 관심을 두고 온 사람이다. 비록 개성의 문제를 제기하고 그것을 추구할 때라도[5] 언제나 초개인적인 전체의 일원으로서 개성이라는 것을 생각했다.

그러나 동인은 이와 반대로 전체의 문제라는 것을 생각할 때도 개인의 입장이라는 것을 근원에 두었고, 따라서 인간의 육체적 자연적 욕구라는 것을 긍정하였다. 그러나 춘원은 인간의 자연적인 욕구를 전면에 내세울 때라도 항상 그것을 도덕이라는 거울에 비추어 봄을 잊지 아니했다.

그런 의미에서 춘원과 동인은 멀리는 10년, 가까이는 4,5년의 연대적 거리밖에 아니 가졌으나 그 문학에 있어서는 대단한 차이를 거의

---

3 주1)과 같다. 이후에도 간혹 되풀이되지만 더 이상 주는 달지 않겠다.
4 원문에는 '환경으로'로 되어 있으나 글자가 누락된 것으로 보여 채워 넣었다.
5 원문에는 '때라'로 되어 있으나 글자가 누락된 것으로 보여 채워 넣었다.

대척적對蹠的인 위치에 서있는 두 작가라고 할 수 있다.

벌써 역사적 원경에서 바라볼 수 있는 이 시대의 두 작가를 놓고 우리는 그 피차의 장단長短뿐만 아니라 역사적인 의미의 평가를 내릴 수 있으나 아마도 이 지면에서 그것은 곤란한 일이 아닌가 한다.

단지 독자의 편의를 위하여 이상에 나열한 말을 요약하면 자연주의라는 것은 문학으로부터 전체적역사적·사회적 관심이 수축收縮하고 개성의 자율이란 것이 당면의 과제가 된 시대의 양식이라고 말할 수가 있다. 그것은 자연주의란 이상주의에 비하여 새로운 시대적 환경 가운데서 생성한 문학이기 때문이다.[6] 1919년대라는 것은 비록 1918이 지난 즉후即後이나 조선 인텔리겐차 가운데서 전체적 혹은 폴리티컬한 관심이 한 에폭을 그은 뒤요, 또한 그러한 관심이 점차로 봉건적 유제 하에서의 개성의 자유와 권리의 신장 문제라든가의 고쇠枯衰한 도덕과 윤리 대신 정감情感의 자유, 육체적 쾌락, 청춘의 권리라든가의 지상적地上的 세계를 긍정하려는 분위기가 발생한 때이다. 이러한 요구는 이미 이상주의라고 하는 춘원의 소설 가운데, 특히 인도주의적 형식으로 반영될 것이나, 거기에선 전체적인 이상 가운데 포괄된 한 소현실小現實로서밖에 지위가 주어지지 아니했었다. 그 시대엔 비록 춘원의 소설에서와 같이 도덕적 윤리적 형태로 표현되었으나 인간적인 요구보다 계몽적 정론적인 요구가 전면에 나서 있었기 때문이다. 이것은 춘원의 시대가 신소설의 시대에서 물려받은 직접의 유산이요 또 그 연장이었다.

그러나 문제를 문학적으로 고친다면 전체에의 관심이라는 것은 문학보다도 정치나 그타他의 문학적 목적을 중시한 것이요, 인간적인

---

6 원문에는 '때문이'로 되어 있으나 글자가 누락된 것으로 보여 채워 넣었다.

요구가 종속시되었다는 것은 문학이 그렇게 취급되었다는 것을 의미한다. 정히 춘원이 그런 작가요 춘원의 시대가 그런 시대였다. 그러나 그 시대 또는 그 때의 춘원의 문학 가운데는 그 다음 시대에는 볼 수 없었던 개인과 전체와의 통일에서 인간을 형성할 수 있는 요소는 맹아萌芽로서 있었다. 이 점이 춘원을 스케일이 큰 작가로 만든 점이며 또한 조선 소설 중의 누구보다도 정말 성격을 그리는 작가임의 한 점이다. 성격이란 전체를 일신상에 발현하고 있는 개인이기 때문이다.

그럼에 불구하고 춘원으로 하여금 신소설의 구투舊套를 완전히 못 벗게 하고, 발자크나 톨스토이처럼 국민적 작가가 되지 못하게 한 것은 그 때 조선이 가지고 있는 반봉건성이다.

이러한 조건 하에서 소설이 인간적인 요구를 제출하는 방법은 객관적인 대규모의 사실주의보다도 주관적인[7] 좁은 자연주의의 길을 더듬지 아니할 수 없었던 것이다. 사회생활 가운데 반봉건성의 두터운 잔재가 침적沈積되어 있는 한 전체에의 관심은 개성을 떠나서는 순수히 시민적일 수 없는 것이다.

왜 그러냐 하면 인간적인 요구를 제출하는 당자當者인 시민 자신이 개인으로서는 근대적일지라도 사회적으로는 반봉건적이기 때문이다.

조선뿐 아니라 내지內地 같은 데서도 대규모의 사실주의가 선행되지 못하고 자연주의의 수입과 더불어 근대소설이 생탄生誕한 것은 역시 이러한 동양적 후진성을 반영한 때문이다.

그러한[8] 곳에서는 전체가 아직 개인을 너그러이 포섭할 수 없고, 개인은 또한 전체 가운데 자기의 질서를 발견하는 것보다 그 반대의

---

7 원문에는 '主義的인'으로 되어 있으나 오식으로 보이기에 바로잡았다.
8 원문에는 '그러나'로 되어 있으나 오식으로 보이기에 바로잡았다.

질서와 충돌된다.

따라서 정말로 근대적이요 인간적인 요구는 위선爲先 사회를 떠나서 순純 개인의 입장에 돌아온 다음에 제출할 수밖에 없는 것이다.

그러므로 근대소설의 필수必須한 제요소가 자연주의를 통하여 비로소 개화하게 되는 것은 어찌할 수 없는 일이다.

그러나 또한 자연주의의 대두와 더불어 신소설 시대 이래 춘원에 이르기까지 소설 가운데를 관류하던 개인을 전체에서 보는 고차적 입장이 상실된 것은 사실이다. 전자가 만일 자연주의의 장점이라 하면 후자는 분명 히 자연주의의 단점이다.

그 대신 개성이란 것이 비로소 전면에 나타나고 산 인간이 요구하는 지상적인 세계라는 것이 안전眼前에 전개되었다.

잡지 『창조』를 그런 의미에서 소설뿐만 아니라 시요한에 있어서도 커다란 공적을 끼친 것으로 김동인은 그의 예술적 성과의 다과多寡를 불구하고 이 길의 선구자이었다.

춘원이 낡은 인간과 새 인간의 조화와 융합을 시험한 대신『무정』, 동인은 분명히 모든 인간에서주로 여자 평등한 자유와 권리를 부여하려 했다처녀작 「약한 자의 설움」, 「목숨」, 「배따라기」 기타.

이것은 춘원과 동인, 혹은 이상적 인도주의와 개성적 자연주의의 분리分離한 분기점이다.

그런 만큼 묘사는 정밀해지고 심리가 비로소 소설적 묘사의 주요 대상이 되며 따라서 세부라는 것이 소설에서 비로소 중요하게 의식된 것도 이때부터다. 뿐만 아니라 문장도 춘원에까지 남아있던 구舊 문체의 잔재가 완전히 일소되고 유창한 격조 대신 깔깔한 국어가 일반 색조가 되었다. 이러한 제점諸點에서 동인은 분명히 제종諸種의 공적을 끼친 사람으로 항상 춘원과 비교될 수 있는 작가다.

그러나 기술적인 의미에서 자연주의를 일보 앞서게 한 작가는 동인보다도 빙허憑虛 현진건이다. 동인은 세부나 관능 등의 묘사에 유의하였다고는 하나 사실 기술보다도 자연주의를 그 정신에서 도입한 사람이다. 그렇지만 빙허는 그 정신을 토대로 하여 좀더 여유있게 그것의 기술적인 성숙된 전개를 꾀한 사람이다.

그의 소설은 예리한 맛이라든가, 관능의 향기라든가, 대담한 사상성이라든가보다는 대부분 견실한 사실적 수법을 구사한 것이다. 그대신 빙허는 동인만큼 전대로부터 전승된 일정한 과제를[9] 똑똑히 받아들인 작가도 아니며 또한 그러한 것을 받아들일 만치[10] 명백한 문제를 시대가 그에게 제기하지도 않았다.

그러니 만큼 빙허는 우리가 명백히 꼬집어 평가할 만치 특정한 무엇을 소설사상小說史上에 기여하지도 않았다.

그러나 동인보다도 그가 소설의 기술에 관심한 만큼 그의 작품은 소설의 근간이 될 성격 묘사의 문제를 표면에 끌어내어 본 것은 사실이다.

무엇보다도 성격을 소설의 초점에서 생각한 것은 동인의 왕성하고 다채多彩한 정신보다는 훨씬 진보된 것이다.

그러나 이 두 작가에 비하여 결정적인 특징을 가지고 자연주의 시대의 왕도를 수립하고 조선 소설사상小說史上 찬연한 지위를 점하고 있는 작가는 염상섭廉想涉이다.

그는 1922,3년대로부터 1925년에 이르는 3,4년간에 『견우화牽牛花』 『금반지』 등의 두 단편집과 장편 『만세전萬歲前』 등의 단행본으로 조선 현대소설의 최고 절정을 형성하였는데, 그의 가장 큰 공적은[11] 동

---

9 원문에는 '詩題를'로 되어 있으나 오식으로 보이기에 바로잡았다.
10 원문에는 '바다드리고만치'로 되어 있으나 오식으로 보이기에 바로잡았다.

인에서 비롯하여 빙허에서 발전된 조선 자연주의를 완성의 역域에 이끌어 올린 데[12] 있다.

주지와 같이 자연주의의 양식상의 특징은 세부 묘사의 완벽을 기하는 데 있다. 사실주의도 자연주의와 같이 디테일을 중시하나, 그러니 사실주의에서는 디테일이란 성격에 종속하는 법이다.

그러나 자연주의에 있어서는 성격보다도 세부가 보다 더 중시되는 것으로 자연주의적 양식은 불가불 정치한 묘사의 기술이란 것을 초래하게 된다.

허나 조선 자연주의는 동인에 있어서나 빙허에 있어서나 상대적으로는 춘원의 문학보다 이런 점의 발전이 있었으나 그것이 하나의 양식적 질서에까지 도달될 수는 없었다.

상섭에 이르러 묘사 기술의 완성에 대한 노력이라는 것은 비로소 급격히[13] 앙양되기 비롯하였다. 단편집 『견우화』 등에 실려있는 극히 초기의 작으로부터 그 뒤의 모든 작품을 통하여 이 점은 상섭의 예술의 결정적 특징이 된 것이다.

그러나 서구의 자연주의와 같이 이곳의 자연주의도 양식적 완성을 위하여는 어떠한 정신적 동력이 없을 수가 없었다. 즉 무엇 때문에 작가가 자기의 그리려고 하는 대상을 그 디테일에서부터 하나도 남기지 아니하고 묘파描破하려고 하는가?

이 점에 대한 V. M. 프리체의 견해는 우리가 자연주의 일반뿐만 아니라 조선의 자연주의를 이해하는 데도 근본 안내가 되는 것이다. 그것은 대상에 대한 부정적 의식이 대상의 철저한 묘사로 작가를 인도

---

11 원문에는 '공적은'이 누락되어 있으나 문맥상 필요하여 채워 넣었다.
12 원문에는 '게'로 되어 있으나 오식으로 보이기에 바로잡았다.
13 원문에는 '急激의'로 되어 있으나 오식으로 보이기에 바로잡았다.

한다는 것이다. 사회적으로는 시민을 도와서 시민의 세기世紀를 만든[14] 소시민이 자기들의 요구를 현실現實해 주지 않은 시민사회에 대한 보복의 일념에서 부정될 것으로써, 즉 악한 것으로 시민사회를 제시하기 위하여 그것의 정치한 묘사로 들어서는 것이다. 바꾸어 말하면 일견 그럴 듯하나 그실實은 그렇게까지 기대할 수 없는 것이라는 결론을 끌어내기 위하여 자연주의는 사회 분석과 해부에 메스로서 철필鐵筆을 들은 것이다.

상섭의 소설 「제야除夜」는 이러한 자연주의의 정신적 동인動因을 알기에 가장 적절한 작품의 하나이다.

거기에는 육肉에서 육으로 방종하여 이성을 항복받기 위한 대담 잔인한 행동을 하면서 끝까지 세상을 비웃고 반항하려다가 자살로써 세상에 자기 태도를 표명하는 경로를 그린 것으로 이것은 동인이 찬미한 지상세계의 긍정이 결과하는 바를 부정으로 그린 것이 명백하다. 그의 출세작 「표본실의 청개구리」 역亦 세상을 향락하려 하다가 박해당하고 반半 광인이 된 주인공을 그리었다. 작가는 그러한 인간들의 운명을 표현하기 위하여 조선소설에서는 유례를 보기 드문 정치한 묘사술을 발휘한 것이다.

상섭의 이러한 페시미즘은 어디서 왔느냐 하면 비견卑見같아서는 멀리서는 신문화 수입 이래의 전全 성과에 대한 부정이요, 가까이는 1918년으로부터 시작되어 일一 시민이나 인텔리겐차의 제반 요구를 청허聽許해 주는 듯한 정황의 귀결에 대한 비관悲觀일 것이다. 춘원은 말할 것도 없거니와 동인에 있어서까지도 신문화의 수입에 대하여 크나큰 기대를 가지고 있었고, 또 그 결과에 대하여 상당히 낙관적인

---

14 원문에는 '맹그른'으로 쓰여져 있어 표준어로 바꾸었다.

생각을 지니고 있었다. 그러나 상섭에 와서는 그러한 기분은 아주 일소되다시피 했다. 이러한 기분을 조장한 것은 전기前記의 멀다란 역사적 원인遠因도 있으나 그것을 아주 결정화시킨 것은 그들이 1918년 이래에 가지고 있어 왔던 커다란 제종諸種의 환상이 점차로 냉각되면서부터이다.

사회 일반에 반봉건성의 강한 잔재가 있음에 불구하고 춘원은 근대적 시설을 기원했으면 동인은 요구했으나 상섭은 이미 실시된 성과를 검토하고 또 결과를 세밀히 계량計量했다. 그의 페시미즘은 이 검토와 계량에서 나온 것일 것이다.

그의 청춘기를[15] 대표하는 장편 『만세전』은 이러한 페시미즘으로 충만되어 있는 걸작이다.

그는 지상적 세계를 긍정하고 그것 가운데 침닉沈溺하는 데까지 실망失望한 것이다. 그는 그 속에서 쾌락 대신 회의[16]와 불안과 비애를 맛본 것이다.

그러나 상섭이 결코 춘원과 같은 윤리적 견지에서 그러한 것은 아니다. 그는 현실적 견지에서 혹은 인간적 견지에서 그러한 것이다. 왜 그러냐 하면 상섭이 발견한 것은 이 땅에서 새로운 문화도 충분히 발전될 수도 없고 또한 인간적인 제요구도 순수히 수락受諾되지 못하였기 때문이다.

그는 요컨대 그들의 선도자들을 위시하여 자기 자신의 사업의 성과가 그 요구에 비하여 너무나 헛될 것을 두려워한 것이리라.

이것은 항용 신문학이라고 불려지는 초기 조선문학, 즉 시민적 문

---

15 원문에는 '그靑의春期를'로 글자 순서가 뒤바껴 있다.
16 원문에는 '情疑'로 되어 있으나 오식으로 보이기에 바로잡았다. '시의(猜疑)'의 오식일 가능성도 있다.

학의 가장 투철한 결론이며, 그것의 좋은 측면의 최고의 절정이 아닐
수가 없다. 상섭은 이리하여 초창기 문학 가운데 가장 소설가다운 소
설가,[17] 진실로 산문의 정신에 투철한 유일의 작가가 된 것이다.

　그야말로 조선 자연주의 소설의 최고의 절정일 뿐 아니라 최종^{最終}
의 모뉴멘트이다.

　상섭의 다음으로 초기 조선 소설사 상^上에 자기의 좌석을 요구할
수 있는 작가는 도향 나빈^{稻香 羅彬} 한 사람뿐이다. 흔히 말하듯 도향은
그 재능이나 소질에서가 아니라 실로 그 업적과 성과에서 그렇다.

　상섭을 만일 조선 자연주의문학의 최고봉이라 하고 신문학 작가
중 춘원에 대비되는 유일의 절정이라고 할 것 같으면 도향은 자연주
의로부터 신경향파문학에로 시대가 전이하는 짧은 기간에 나타나
찬연히 빛난 작가다. 그의 요사^{夭死}는 자기의 시대의 운명에 방불^{彷彿}
한 바가 있었다. 그는 결코 춘원이나 상섭에 대비될 만한 스케일의
작가도 아니요, 동인에 비교될 만한 작가도 아니다. 지극히 작은 규
모의 작가였다. 『환희』나 「별을 안거든 우지나 말걸」 「옛날의 꿈은
창백하더이다」 등의 감상과 체읍^{涕泣}과 애수와 영탄에서 보듯 그는
약한 조선의 인텔리였다. 그러나 예술가로서의 도향은 결코 단순한
감상가는 아니었다. 그는 자기의 작품을 형성하는 데 있어 공장^{工匠}
처럼 냉철했다. 「여이발사」 등으로부터 「뽕」 「지형근」 「벙어리 삼
룡」 등에 이르는 작품은 조선의 단편소설 중 가장 견고한 형태와 가
장 세련된 스타일을 가진 작품이다. 당시의 단편작가로서는 동인만
이 도향에 대비될 수 있으나 형태의 완미와 스타일의 세련에 있어

17　원문에는 '小說'로 되어 있으나 글자가 누락된 것으로 보여 채워 넣었다.

동인은 도향을 따를 수는 없다.

「별을 안거든 우지나 말걸」 등 단편집 『진정眞情』 소록所錄의 작품에서 후기의 제작諸作에 이르는 거리는 놀랄 만큼 멀지 아니할 수 없다.

이것은 아마 잡지 『백조』를 중심으로 세기말적 혼란으로부터 도향이 다시 자연주의의 유산과 다시 결부함으로써 생겨난 결과일 것이다. 그만큼 도향의 작품엔 자연주의의 강한 낙인이 찍혀 있다. 그러나 도향은 상섭이나 동인의 복제 제화複製製畵는 아니었다. 마치 『백조』를 위요圍繞하고 있던 영탄과 오뇌와 고민과 비애와 생에 대한 강한 갈망 가운데서 김기진·박영희·이상화 등이 신경향파문학을 창조한 것처럼 도향은 주옥과 같은 자기의 단편예술을 만들어낸[18] 것이다.

도향은 단편형식의 완성이란 공장工匠의 길을 개척하면서 낡은 자연주의의 유산 가운데 내면화의 길을 도입하였다. 이것은 분명히 『백조』적인 사상이 혼돈 가운데서 가지고 들어온 것이다.

그의 만년작 가운데서 우리는 상당히 명백한 심리적 리얼리즘의 맹아를 발견할 수가 있다. 이 점은 분명히 조선문학의 새로운 재산에 속하는 것이며 졸라가 죽은 뒤 서구의 자연주의문학이 걸어간 경로와 방불한 바가 있다. 이 부분은 그 뒤의 조선 현대소설과 밀접한 관계가 있는 곳으로 아마 1930년대 이후 발전되는 일부의 순문학과 유례類例한[19] 계열 관계가 성립될 것이다.

그러나 조선 자연주의의 유산을 여과한 듯한 느낌이 있는 『백조』 이후의 사조적 혼돈 가운데서 도향과는 대척적인 방향을 걷는 일군의 작가가 생탄生誕하였다. 그것은 일괄하여 신경향파 작가라고 말할

---

18 원문에는 '맹그러 내인'이라고 사투리로 표기되어 있다.
19 '유사(類似)'의 오식으로도 보이나 의미가 통하기에 그대로 둔다.

수가 있다. 『백조』적 혼돈이 낳은 가장 영맹獰猛하고 준예俊銳한 이들은 그 강렬한 주관적 욕구를 계승한 시인이고, 비평가이며, 동시에 소설가인 박영희朴英熙, 김기진金基鎭 양인兩人이다. 팔봉八峯의 「붉은 쥐」가 이 파에 속하는 최초의 작품이요, 회월의 「사냥개」 등이 연달아 세상에 나왔다. 그 뒤를 이어 최서해崔曙海, 이기영李箕永, 송영宋影, 김영팔金永八 등이 나와 신경향파를 하나의 창작적 유파로 형성케 하였다.

그러나 신경향파 가운데는 명백히 구분할 수 있는 두 가지의 조류를 우리는 발견할 수가 있다.

하나는 김기진, 박영희로부터 송영, 김영팔 등에 이르는 주관의식의 강렬한 경향으로 그 조류는 신흥新興한 계급의식을 내용으로 하였음은 재언再言할 필요가 없으나 계열적으로 『백조』적 분위기 가운데를 관류하던 낭만적 주관주의와 관계되는 것이다. 이들에 있어서는 표현하려는 작가의 욕구가 항상 작품의 전면에 나타나 있었다.

그러나 최서해, 이기영 등의 작가에 있어선 분명히 동인으로부터 상섭에 이르는 조선 자연주의의 영향이 압도적이었다. 누구보다도 이 두 작가는 자연주의의 품안에서 생탄, 성장한 사람으로 그들에게 있어서는 주관의 표현보다도 대상의 묘사가 작품의 주主 모티브가 되어 있었다.

그러면서도 이 두 조류—예술적으로는 분명히 그들은 상이한 양식상의 조류를 형성하고 있었다—가 하나의 신경향파를 형성하고 있었는가? 하는 게 흥미있는 문제다. 그러나 이러한 문제는 타일他日을 기할 밖에 없고 오직 그들이 모두 같은 시대적 조건의 문학이란 점만을 말해두는 데 그친다. 자연주의는 주지와 같이 소시민적인 문학이다. 그러나 서해, 민촌은 양식에 있어 자연주의적이면서도 그들은 상섭과 동인과 같은 작가일 수는 없다.

그들은 주로 농민의 세계를 들고 등장한 작가다. 그런 만큼 그들은 시대와 관념적으로 교섭하지 않고 농촌이란 현실을 통하여 관계하였다. 요컨대 그들은 자기의 관념을[20] 농촌이란 현실적 기구의 구조 내용에 비추어 재구성한 사람들이다. 만일 그들에게 페시미즘을 발견할 수 있다면 상섭에게 있는 일반적이고 추상적인 것이 아니다. 그들의 예술적 대상이 되어 있는 농민들의 생활적 절망에 더 많이 관계하고 있었다. 그러나 주지와 같이 그들은 페시미스트들은 아니었다. 그들은 페시미즘으로부터의 분리에서 자기의 예술적 출발을 한 작가들이다. 그것은 마치 『백조』적인 혼란이 자연주의의 페시미즘을 부정하고 그것을 타파하여 자기의 욕구를 전면에 내세우는 것에서 기인한 것처럼 당시의 말로 하면 생生의 문학, 역力의 예술을 만들기 위하여 페시미즘의 심연에서 싸움이란 것을 생각한 사람들이다. 그것을 가능케 한 것은 그들이 발견한 현실이다. 서해나 민촌에 있어서 그것은 물론 농촌이었다.

그러나 회월, 팔봉, 송영 등에 있어서[21] 그들의 페시미즘과 막연히 방황하던 반항의식을 구체화시킬[22] 현실은 도시요, 거기에 사는 빈민, 근로자층이었다.

요컨대 자연주의문학이 퇴세頹勢에 들면서 환기된 사상적 혼란과 방황은 새로운 방향의 발견으로 구원될 운명에 있었고, 새로운 방향의 발견은 새로운 현실의 발견에서만 가능했었던 것이다.

그리하여 신경향파문학은 새로운 현실의 발견에서 새로운 방향을

---

20 원문에는 한 글자가 공백인 채로 '순을'로 되어 있다.
21 원문에는 '없어서'로 되어 있으나 오식으로 보이기에 바로잡았다.
22 원문에는 '變體化시킬'로 되어 있으나 오식으로 보이기에 바로잡았다.

수립한 문학이었다. 그러므로 춘원이 한문漢文문학과 구소설의 부정에서 출발하고, 자연주의가 이상주의를 부정하고 출발했으며, 『백조』류의 데카다니즘이 자연주의의 부정에서 출발한 대신 신경향파는 이미 노후하고 방향을 잃어 방황하게 된 신문학 그것의 대담한 부정에서 출발한 것이다.

그리하여 신경향파의 임무는 조선의 소설문학 위에 새로운 적극적 방향을 부여하고, 그러기 위하여 새로운 현실을 찾아오는 데 있었다 아니할 수 없다.

이러한[23] 시대적 요구 가운데서 팔봉과 회월은 먼저 방향을 제시했다.[24] 이것이 신경향 가운데 있는 주관적 한제적限際的 경향이 되었음은 불가피한 일이다.

그들은 그 전의 신문학 작가들처럼 비근한 현실을 통하여 방향을 설정하려고 들었기[25] 때문이다. 이것을 나는 일찍이 박영희적 경향이라고 부른 일이 있다.

그러나 누구보다 순수히 조선 자연주의문학의 토양에서 자라난 서해는 일찍부터 서북향도西北向道의 생소한 현실을 소설 가운데 들고 등장하여 사람의 눈을 놀래이고 민촌이 역亦 충청도의 농촌을 가지고 문단에 데뷔하였다.

여기에선 방향이 현실 가운데서 찾아지는 듯 하였고 현실의 안을 맞추는 듯하였다.

거기에는 추상적 반항이나 절망이나 광조狂操 대신 불행한 인간, 혹은 일반 사회가 돌아보지 않는 인간들에 대한 동정과 신뢰와 그들의

---

23 원문에는 '어떠한'으로 되어 있으나 오식으로 보이기에 바로잡았다.
24 원문에는 '提示文했다'로 되어 있으나 오식으로 보이기에 바로잡았다.
25 원문에는 '들어나기'로 되어 있으나 오식으로 보이기에 바로잡았다.

인간적 가치의 확인과 창조력에 대한 희망이 있었다. 이것은 신경향파 소설 중 박영희적 경향에서 볼 수 있는 추상성에 대신하는 것으로 「홍염」과 「기아와 살륙」 그타他 민촌民村의 제작諸作과 같은 우수한 소설은 나왔다. 박영희적 경향이 그 강한 주관성에 있어 다분히 시적인 대신 최서해로서 대표되는 후자에 있어서는 그런 때문에 보다 소설적이었다. 그들은 무엇보다 순연한 소설가이었다.

이러한 가운데서 초기 신경향파 가운데 박영희적 경향에 가까운 작가로[26] 비교적 좋은 소설을 남긴 이는 송영과 조명희다.

송영은 재동경 조선인 노동자의 세계를 가지고 등장했고, 조명희는 농촌을 가지고 나타났다. 그들의 작품을 노출적 관념성에서 구출한 것은 역시 그들이 각각 가지고 있던 새 현실이었다.

이리하여 신경향파문학의 출현으로 조선 소설은 상실된 방향을 다시 발견하였을 뿐만 아니라 실로 광대한 새 영토와 풍부한 색채를 얻은 것이다.

그러나 신경향파가 조선의 소설 문학에[27] 기여한 것은 그것에 그치지 않는다. 신경향파문학을 통하여 춘원 이후 계속하여 학생과 인텔리의 문학이었던 조선 소설은 비로소 명실공히 조선의 문학이 된 것이다.

그러나 보다 더 중요한 것은 소설에 있어 관념과 묘사의 조화에 관한 새로운 가능성을 제시한 점이다.

여러 차례 말해오듯 이인직에서 비롯하는 조선 소설은 관념의 문학에서 출발한 춘원의 이상주의를 거쳐 『백조』적인 주관주의에 이르

---

26 원문에는 '作家도'로 되어 있으나 오식으로 보이기에 바로잡았다.
27 원문에는 '文章에'로 되어 있으나 오식으로 보이기에 바로잡았다.

는 동안 관념성은 하나의 전통이 되어 왔다. 또한 김동인으로부터 시작하여 빙허, 상섭에 이르러 도향에 끝나는 자연주의는 되도록 관념을 피해 왔다. 이 두 조류는 근대 조선문학의 성립 과정에 있어 역연歷然한 두 갈래의 계열을 형성한다. 그러나 사실은 춘원 같은 작가에 있어 이 대립과 분리는 통일되고 조화될 것이나 주지와 같이 춘원에게 그러한 재능이 없었다는 것보다 환경의 특수성이 그것을 용허容許치 아니했다. 그것은 조선에 있어 대규모의 리얼리즘이 형성되지 못한 까닭이다.

그러나 신경향파문학은 자연주의의 몰관념성에도 대립하고 이상주의나 데카당스의 주관주의에도 대립한 문학이다. 그들은 그 문학 본래의 성질상 자기의 관념의 현실성을 강고히 요구하고 또한 현실의 관념성을 확신하고 있었던 만큼 관념과 현실의 통일을 당연히 초래한 운명을 지니고 있었다. 이것은 곧 새로운 방향의 타개와 영역의 확대가 소설문학의 내부에 가져온 중대한 결과다. 그러나 전술하듯 신경향파 소설에도 이 양자의 분열 상태는 상당히 강한 흔적을 남기어 박영희적 또는 최서해적이라고 부를 수 있는 결과를 낳았다.

그것은 퍽 주목할 사실이다. 왜 그러냐 하면 조선 시민문학의 특성의 하나인 이 분열을 신경향파는 당연히 통일해야 할 것이었기 때문이다. 그러면 어째서 신경향파문학은 그것을 통일할 수 있는 문학이었음에도 불구하고 그렇지 못했던가?

그것은 다른 곳에 원인을 구할 것이 아니라 새로운 사회적 세대의 문학으로서 신경향파문학이 미처 정신적으로 또는 예술적으로 미숙한 채 생탄生誕하였다는 곳에 궁극 원인을 구하지 아니할 수 없다.

그러므로 신경향파문학이 초창기에서 벗어나[28] 일층의 성장을 꾀하려면 불가불 소설에 있어 관념과 현실의 통일을 당면 의제로 하지 아니할 수 없었다.

이러한 조건 가운데서 등장한 작가가 한설야韓雪野와 조명희趙明熙였다. 이 시기가 바로 프로문학에 있어 제2기적 작자 문제로 논쟁이 한창 격렬하던 시대인데, 이 논쟁은 결코 추상적인 이론투쟁이 아니라 실로 그 기초에는 신경향파문학의 근본 결함을 해결하려는 요구가 들었던 것이다. 그것은 신경향파가 초기의 루즈한 형태를 벗어나 명확한 경향傾向 문학으로 자기를 정비할 시기다. 그러나 결국 조명희는 박영희적 경향의 하나 연장에 불과하였다. 단지 그 소설이 독자의 심령心靈에 울린 것은 영탄적인 그의 시정詩情 때문이었다.

이 시기에 에폭을 지은 작품은 역시 한설야의 「과도기」다. 이 작품은 현실에서 분열된 관념과 관념에서 떨어진 묘사의 세계를 단일한 메카니즘 가운데 형성하려고 한 최초의 작품이다. 그것을 가능케 한 것은 신경향파 시대와 근본에서는 같으나 그러나 그것보다는 일층 명백한 경향적인 정신이다. 그러므로 「과도기」는 그 양식에 있어서만 아니라 실로 그 정신에 있어서도 분명히 새 시대의 문학이다.

이것을 집대성하고 그 이래의 모든 노력이 합쳐진 성과가 경향소설의 제일 큰 모뉴멘트인 이기영의 『고향』이다.

당연히 『고향』 이후의 현대 작가에 대하여도 이야기할 것이나 편폭編幅의 부족으로 여기서 할애한다.

---

28 원문에는 '벗어'로 되어 있으나 글자가 누락된 것으로 보여 채워 넣었다.

『백조(白潮)』의 문학사적 의의[*]
일 전형기(一轉形期)의 문학

1

　『백조』가 창간되기는 대정大正 11년1922 1월이요 종간되기는 대정 12년1923 9월로 대정 11년 5월에 나온 제2호 알래 전후 3책이 세상에 나온 데 불과한 동인잡지다. 이 잡지가 탄생하게 된 경위에 대하여는 동지同誌 창간호 「6월잡기六月雜記」 가운데 "뜻한 지 이미 4년, 꾀한 지 2년 나머지에 비로소 몇 낯 뜻이 같은 글동무와 두 낯에 깊은 후원자 김덕기金德基 홍사중洪思中 양씨를 얻어 이에 뜻하던 문화사文化社가 출현케 되니 그로써 경영하는 바는 문예잡지 『백조白潮』와 사상잡지 『흑조黑潮』를 간행하는 동시에 문예와 사상 두 방면을 목표로 하여 서적과 잡지를 출판하여 써 우리의 전적 문화생활에 만일의 보

● 『춘추』 22호, 1942.11.

람이 있기를 바라는 바이다"라고 한 월탄月灘 박종화朴鍾和 씨의 문장이 어느 정도의 사정을 이야기한다. 그러나 『백조』 외에 사상 잡지라는 것도 발행되지 않고 출판이라는 것도 실현되지 아니하여 경리經理기관으로서 문화사라는 것은 하등 이렇다할 존재가 되지 아니했다. 또한 잡지 발행의 소요 비용이라는 것도 모모 후원자그 중의 홍사중이란 이는 노작(露雀) 홍사용(洪思容) 씨의 중씨(仲氏)라 한다의 힘에 의하느니보다도 노작이 전답을 방매放賣해 가지고[1] 와서 거기에 충充했다 하니 오로지 동인들의 힘으로 간행된 것임을 알 수가 있다.[주1 : 『조광』 제4집 제11호 안석영(安夕影), 「조선문단측면사—백조파의 대두」 참조][2]

동인으로 노작 홍사용, 월탄 박종화, 도향稻香 나경손羅慶孫, 又名 羅彬, 회월懷月 박영희朴英熙, 상화尙和 이상화李相和, 빙허憑虛 현진건玄鎭健, 석영夕影 안석주安碩柱, 우전雨田 원세하元世夏 등이며 뒤에 팔봉八峰 김기진金基鎭이 가입하고 기고하기는 춘성春城 노자영盧子泳, 춘원春園 이광수李光洙가 있었다. 그 중에도 중심이 된 동인은 노작을 비롯하여 월탄, 도향, 회월, 석영 등 수인數人이 아니었던가 한다.

교분交分에서뿐만 아니라 연령과 경향 기타其他로 보아 당시 그들은 분명히 동일한 세대였다.

대개가 서울 태생이요, 나이는 노작이 20세, 도향이 19세, 월탄, 회월, 석영 등이 다 막상막하의 열혈 소년들로 노작의 낭만주의,[3] 월탄의 상징주의, 도향의 감상주의, 회월의 유미주의, 모두가 서로 통한 바 있었다. 엄격히 그들을 이러한 개념으로 특징지우기는 약간의 난

---

1 원문에는 '放賣해가게'로 되어 있으나 오식으로 보이기에 문맥에 맞게 고쳐 썼다.
2 원문에는 '第四號第十一號', '「朝鮮文壇」—「例面史白潮派의 擡頭」'로 되어 있으나 오식이기에 바로잡았다.
3 원문에는 '浪漠主義'로 되어 있으나 오식으로 보이기에 바로잡았다.

점이 없지 아니하나, 그러나 그들의 경향이라는 것은 마치 한 줄거리에서 피어난 여러 가지의[4] 꽃과 같았다.

이러한 고향과 연령과 경향이 비슷한 수인數人의 문학 동호同好의 소년들을 중심으로 하고 몇 사람의 문인을 더하여 만들어진 잡지가 우리 신문학사 위에 멸각滅却하기 어려운 족적을 남겼다는 것은 감회 깊은 일이다.

회월 박영희 씨의 술회를[주2 : 『조선일보』 소화(昭和) 8년(1933년) 9월, 박영희, 「백조 화려하던 시절」 참조] 보면 이러한 문학 동호자의 소집단은 대정 9,10년대를 전후하여 도처에 산재散在해 있었고, 그 중요한 자는 대개 자기들의 잡지를 가지고 있었다고 한다. 그는 평안도인을 중심으로 한 『창조』와 경기도인을 중심으로 한 『백조』를 들었으나, 이러한 소집단과 잡지는 『창조』나 『백조』에 머무르지 아니했다. 당시로 말하면 문화열文化熱이 전선全鮮에 팽배했던 때요, 새로운 문화정책의 파조波潮를 타고 『개벽』 『조선지광朝鮮之光』 등을 위시로 경향京鄉에 잡지가 족출簇出했으며 모든 잡지가 문예를 위하여 상당한 지면을 제공했었고 소규모로나마 『신청년』 『신문예』 『장미촌』 등의 순문예 잡지가 산재散在했다. 또한 이미 『창조』와 『폐허』가 자연주의의 견고한 아성이 되어 있던 시기다. 이러한 환경 속에서 『백조』의 모태가 된 소집단이라는 것도 처음엔 물론 단순한 문학동호자의 일一 소집단이었으나 그들은 점차로 재래의 문학에서 자기를 구별하고, 『백조』의 동인으로 결합될 때에 이르러서는 경향을 같이하는 집단에까지 발전하였다.

이 경향의 동일성이라는 것은 한편으로 『청춘』 『창조』 『폐허』 이래의 재래 문학으로부터 그들을 구별하는 특징인 동시에, 또 한편으

---

4 원문에는 '여러가어지'로 되어 있으나 오식으로 보이기에 바로잡았다.

로는 그들 자신의 개인적인 제 차이를 초월하여 그들을 일관하는 성
격이다. 그것은 먼저 열거한 수인數人의 예에서도 일괄하여 볼 수 있
듯 강렬한 주관성에 있지 아니할 수 없다. 그들은 자기의 환경을 참
을 수 없는 심정에다 문학의 출발점을 둔 사람들이다. 이것은 또한
연소年少한 그들에게 있어 인생의 출발점이기도 했다. 열중하고 도취
하고 황홀해야 할 인생에 있어 더구나 연소한 그들에게 있어서는 화
원花園 같아야 할 청춘의[5] 환경이 너무나 황막荒漠했다는 것은 말할 것
도 없거니와 무엇보다 그들을 직접 괴롭힌 것은 당시의 정신적 문화
적 영위營爲의 무력화이었다. 황막한 현실에서일수록 예술은 힘차야
할 것임에 불구하고 그들의 눈 앞에 전개된 문학의 세계는 도저히 그
들을 만족시키지 아니했다. 문학은 다시 힘차야 한다. 이러한 임무를
감당해나갈 것은 벌써 재래의 문학으로는 되지 아니한다. 역시 우리
와 같은 열熱과 힘을 가지고 세계의 모든 것을 새롭게 모든 신선한
정신이라야―라고 하는 모든 문학적 과도기에 고유한 상념想念의 섬
광이 그들의 머리를 각각으로 스치고 지나갔던 것이다.

2

여기에 『백조』가 재래의 문학과 맺고 있던 관계를 이해하는 데 심
히 중요한 일구一句를 인引하면 다음과 같다.

앞으로 우리가 가져야 할 예술은 역(力)의 예술이다. 가장 강하고 뜨거

---

[5] 원문에는 '花園같아야 靑春의'로 되어 있으나 문맥상 글자가 누락된 것으로 보여 채워
넣었다.

읍고 매운 힘있는 예술이라야 할 것이다. 헐가(歇價)의 연애(戀愛)문학, 미온적(微溫的)의 사실(寫實)문학 그것만으로는 우리의 오뇌(懊惱)를 건질 수 없으며 시대적 불안을 위로할 수 없다.(방점-필자)[주3 : 『개벽』 대정 12년(1923년) 1월호, 박종화 「문단의 1년을 추억하여」][6]

이것은 『백조』 창간호가 나온 지 만 1년 뒤인 대정 12년 1월에 월탄이 문단의 1년을 회고하여 쓴 평론 중의 한 토막이다.

그 가운데 씌어진 "헐가의 연애문학, 미온적의 사실문학"이라는 구절은 분명히 그때까지의 신문학을 비난한 문구다. 더욱이 이 구절이 『백조』 창간호에 실린 「육호잡기六號雜記」 중 "이미 가졌던 빛은 낡아 퇴색褪色된 지 오래였고 새로운 이의[7] 부르짖음은 아직도 뜨거웁지 못하여"방점-필자라 한 방점傍點한 부분에 함축되었던 의미가 구체적으로 표현되었다는 데 한층 우리의 흥미를 끈다. 「육호잡기」 역시 월탄의 글로 1년을 사이에 두고 씌어진 두 글의 다른 문구가 동일한 사상의 표현이었다는 것은 『백조』가 일반적으로 출발점에서부터 재래의 문학에 대하여 막연하나마 하나의 다른 태도를 의식하고 있었다는 사실을 의미한다.

"새로운 이의 부르짖음은 아직도 뜨겁지 못하여"라는 말이 곧 재래의 문학이 "헐가의 연애문학이요 미온적의 사실문학"임을 의미하였다면, "헐가의 연애문학"이라는 것은 춘원의 『무정』 『개척자』 등에 나타나는 자유연애를 중심으로 한 이상적 인도주의를 의미하였을 것이며 "미온적의 사실문학"이라는 것은 김동인金東仁 염상섭廉想涉의

---

6 원문에는 '大正十年'으로 되어 있으나 '12년'의 오식이기에 바로잡았다. 그리고 임화의 원문에는 장별로 주 번호를 새로 매겼으나 여기서는 전체적으로 주 번호를 매겼다.
7 원문에는 '새로운의'로 되어 있으나 오식이기에 바로잡았다.

자연주의를 가리킴일 것이다. 이 비평은 『백조』의 예술적 태도를 이해하는 극히 중요한 안내가 되는 것으로, 사실 『백조』는 동인들의 개인적 차이가 잡다雜多한 데 불구하고 춘원의 이상적 인도주의와 동인, 상섭의 자연주의와는 확연히 대립하고 있었다.

그러나 월탄의 상기 문장이 말하듯 그들이 소위 '역力의 예술'의 시인이요 작가이었느냐 하면 실제로는 그렇지 못하였다.

참고로 『백조』 창간호의 목차를 열거해보면,

백조는 흐르는데 별 하나 나 하나		홍사용
표박(漂泊)	(소설)	노자영
밀실로 돌아가다[8]	(시)	월탄
꿈이면은?	(시)	노작
젊은이의 시절	(소설)	도향
미소의 허화시(虛華市)[9]	(시)	회월
영원의 승방몽(僧房夢)	(감상)	박종화
악부(樂府)		춘원
말세의 희탄(希嘆)	(시)	이상화
무지개 나라로[10]	(동화)	오천원(吳天園)
투르게네프 산문시		나빈
철옹성(鐵甕城)에서	(기행)	꿈길
객(客)	(산문시)	회월
영춘류(迎春柳)	(소설)	빙허

---

8 원문에는 '密室로 돌아가쟈'로 되어 있으나 오식이기에 바로잡았다.
9 원문에는 '虛榮市'로 되어 있으나 오식이기에 바로잡았다.
10 원문에는 '무지개나라'로 되어 있으나 글자가 누락되었기에 채워 넣었다.

꽃피려는 처녀	(시)	춘성
살로메	(희곡)[11]	박영희
러시아의 민요	(소개)	월탄

등등으로 박영희 씨의 말과 같이 "한 개의 문예의 사상적 경향으로 볼 때 얼마나 통일된 정돈된 목차"[주4 : 『조선일보』 소화 8년(1933년) 9월, 박영희 「백조 화려하던 시절」]라고까지는[12] 말하기 어려워도 내부의 일정한 동일성이 있었다는 것은 용이容易히 간취할 수 있다.

이 '통일'과 '정돈'이란 것이[13] 설사 사실이라고 하더라도 여기에 나타나 있는 경향은 소위 '역의 예술'이기보다는 차라리 무력無力의 예술의 표현이 아닐까? 어떤 사람은 오열하고, 어떤 사람은 탄식하고, 누구는 하염없는 몽상에 잠기고, 또 누구는 스스로 독배를 마시고, 혹자는 상징의 밀실 깊이 양광陽光을 기피하여, 실로 비현실적인 온갖 사념이 비등沸騰하는 곤로焜爐[14] 속처럼 뒤끓고 있었다. 오직 이 비등하는 근저에는 일찍이 월탄이 말한 것처럼 오뇌와 불안이 가로 놓여 있을 따름이다.

요컨대 『백조』적인 경향이라는 것은 춘원 이후 눈을 가리운 마차馬車 말처럼 일로一路 앞으로만 내닫던 신문학의 위기 그것의 표현이었다. 그것은 또한 신문학의 근원이 되었던 정신 그것의 위기를 의미하지 아니할 수 없다.

---

11 원문에는 '(飜譯)'으로 되어 있으나 잘못 옮겨적었기에 바로잡았다.
12 원문에는 '이라고까지는'으로 되어 있으나 현행맞춤법에 맞춰 고쳐 썼다.
13 원문에는 '이 「統一」과 「整頓」이란이'로 되어 있으나 글자가 누락된 것으로 보여 채워 넣었다.
14 일본에서 온 말(こんろ)이다. 요즘은 '풍로(風爐)'로 순화해서 쓰지만, 여기서는 그대로 두었다.

3

　신문학의 근원이 된 정신은 물론, 비봉건적인 시민의 이데올로기다. 이 정신이 문학에 도입된 것은 이인직李人稙으로부터 기산起算한다 해도 근근僅僅 15,6년에 불과하다. 뿐만 아니라 이 15,6년 동안을 성찰하여 보면 비록 춘원, 동인, 상섭에 이르는 동안 황당하게나마 정신적 예술적인 발전의 길을 더듬어 왔다고 하지만 독자獨自의 한 문화를 형성해 놓을 만큼 원숙해 있지 못한 것이었다.

　처음에는 강렬한 비봉건적 의식으로 발생하여 정론적 계몽적인 곳에 주력을 경주하다가 개인이라는 것의 발견과 더불어 비로소 급격히 순수한 문학의 정신으로서 자기를 주장하기 시작한 것이다. 즉 문학의 정신이 문학 외의 목적의 종속물로부터 문학정신 그 자체로서 성립하였다. 이 시기에 와서 문학정신은 비로소 자립하였고 문학은 또한 처음으로 진정한 의미에서 성립한 것이다. 춘원의 「무정」과 「개척자」 등으로부터 동인, 상섭에 이르는 과정이 여기에 해당한다는 것은 쉽사리 알 수 있는 일이다.

　그러나 개인의 발견은 조선문학을 자립시키면서 동시에 깊은 고립 가운데 빠트렸다. 봉건적 유제遺制의 광범한 잔존 가운데서 개인의 발견은 현실적인 인간의 발견이라기보다, 차라리 개인의 의식의 발견에 지나지 않았기 때문이다.

　새로운 문학이 깨달은 의식 가운데의 개인에 비하여 현실 가운데서 목도目睹된 개인이 얼마나 비참했는가는 초기의 문학 가운데 우리는 그 명료한 자태를 볼 수가 있다. 나팔소리처럼 유량했던 신문학의 정신이 미구未久에 깊은 환멸 가운데로 들어간 원인을 우리는 이곳에서도 볼 수가 있다. 더구나 봉건적 유제가 단지 새로운 인간의 질곡

일 뿐 아니라 외래 세력의 반려伴侶로서 이중의 의의를 띠이고 다시 새로운 환경을 형성할 때, 각성된 개인의 자태라는 것은 밀동자蜜童子의 그것보다도 더욱 미약했을 것이다. 이러한 사실은 또한 스스로 발견된 개인의 성장을 제어했을 뿐만 아니라, 그것을 토대로 하여 발전해나갈 개인의 의식 위에도 현저한 영향을 미치지 아니할 수 없었다. 개인의 발견이란 사회적으로는 물론 시민의 자각이다. 시민의 존재가 미약하였을 때 자연히 그 자각은 철저치 못했을 것이요, 거기에 따른 개인의 의식 내용도 충실치 못했을 것이라는[15] 것은 상상할 수 있다.

이러한 환경 가운데서 시민은 대외적인 균형의 유지를 위하여 왕왕 내부에 있어서의 자기의 대립자인 봉건적 세력과 결합함으로써 그들이 봉건적 유제와 깨끗이 결별하려는 욕구를 감쇄減殺시킨다. 이러한 경우에 시민은 원치 않더라도 자기의 하반신이 구舊세계의 의상衣裳을 떨치고 있음을 면할 수가 없다. 말하자면 뒤떨어진 사회의 시민은 항상 반半은 봉건적인 시민임을 어찌할 수 없다. 이른바 독일적 '미제레'[16]의 한가지다.

다른 한편 시민은 그들 본래의 욕구인 시민적 자립을 위하여 때로는 대외적인 접근을 꾀함으로써 매판적買辦的[17]인 존재로서의 고통을 의식치 아니할 수 없다. 이러한 경우에 시민은 뜻하지 않고 자기의 어깨 위에 낯설은 상의上衣가 걸려 있음을 놀라지 아니할 수 없다. 이른바 독일적 '미제레'의 둘째다. 이러한 조건들은 시민의 존재를 대단히 모순되게 만든다.

---

15 원문에는 '못했을이라는'로 되어 있으나 글자가 누락된 것으로 보여 채워 넣었다.
16 독일어 'Misere'. 우리 말로 '비참함'·'곤궁'을 뜻한다.
17 원문에는 '買辨的'으로 되어 있으나 오식으로 보이기에 바로잡았다.

마치 시계추와 같이 이 무력한 시민은 외래 세력과 봉건 유제와의 사이를 그칠 줄 모르고 왕래하는 것이다.

그러나 이러한 모순과 부단한 동요 가운데서도 그들을 시민에게 바라는 것은 뿌리깊은 경제적 성장의 요구다. 이 요구의 실현 과정에서 그들이 체험하는 것은 먼저도 말한 것처럼 두 겹의 제약이요 그 틈에 찡긴 자기의 엄청난 무력無力이다. 따라서 개인의 자기 발견은 역감力感의 의식보다도 더 많이 각각刻刻으로 체험하는 무력의 의식이다. 그러나 가슴 속에 경제적 성장이란 강한 욕구를 지닌 그들로서 시시로 느끼는 절망감을 이겨나가지[18] 아니하면 안 된다. 자연 이러한 조건 가운데 기도企圖되는 것은 관념의 세계에서의 자기 위안이다. 현실의 세계에서 맛보지 못하는 만족을 관념의 세계에서 찾는 것이다. 후진後進한 지방의 초기 시민문학이 흔히 관념적 경향을 띠는 한 가지 이유가 여기 있다. 정신상의 관념적 경향이 또한 문학상에서 흔히 이상주의적 경향을 □하는 이유는 관념론과 문학상 이상주의의 특수한 근친관계에 유래함이기도 하나, 한편 이상주의적 문학 가운데서 그들은 달성되기 어려운 욕구의 완성된 자태를 그려보기 때문이다.

그렇게 되고 싶은 세계의 영상을 그려봄으로써 자기의 희망하는 심정을 표백하는 동시에 그 세계의 영상은 또한 그렇게 되고 싶어 애쓰는 그들 자신을 위로하는 효능을 가졌다. 통틀어 이상주의적 문학은 자기 위안과 자기 고무鼓舞의 좋은 방법이 되는 것이다.

예例하면 춘원의 이상적 인도주의라는 것은[19] 다분히 이러한 토대의 산물이다. 거기서 작자는 항상 희망이라는 것을 환상하고 그것이

---

18 원문에는 ‘익여나지’로 되어있으나 오식으로 보이기에 바로잡았다.
19 원문에는 ‘인도주의라는’로 되어 있으나 문맥상 글자가 누락된 것으로 보여 채워 넣었다.

있다는 것을 설교해서 미구에는 그것이 현실을 재구성하는 원리일 것을 희구하고 있다. 『무정』이나 『개척자』 가운데 나타난 자유연애라는 것은 지금 보면 한 장의 낡은 풍속화에 지나지 않을지 모르나 열두 살에 스무 살 먹은 처녀와 혼인한 선인先人들에게는 한바탕의 아름다운 몽환의 세계였을 것이다.

그러나 급격히 변해가는 현실의 발걸음은 문학을 언제까지나 이렇게 안한安閑한 세계에 칩거[20]하게 하지 않았다.

자연주의의 이식과 발전은 시민들 가운데 숨어 있는 모순을 드디어 외부에 드러내버렸다. 성장해가는 시민은 전체의 이름으로 봉건층에 접근했고 근대화의 이름으로 대외적으로도 접근해가는 동안 사실상 어느 정도까지 그들은 한 걸음 한 걸음 경제적 성장의 노정路程 위에 설 수가 있었다. 결국 가장 쓰라린 체험과 환멸은 소시민 기타의 층의 것이었다.

그러므로 소시민의 문학으로서의 자연주의는 대시민층과 향배向背를 달리하기에 이르렀다.[주5 : 『중앙일보』 소화 10년 8월, 졸고 「조선신문학사론 서설」]

"이것이 생활이냐?"[주6 : 대정 13년 고려공사 발행, 염상섭 소설 「만세전」]라고 한 자연주의문학의 대표적 작가 염상섭의 심히 히스테리컬한 부르짖음은 정正히 이러한 기분의 표현이다.

생활에 대한 회의, 환멸은 드디어 그것의 무자비한 폭로로 향하여 자연주의문학으로 하여금 부정否定의 문학을 만들었다.[주7 : 주 6)과 同]

요컨대 이상理想의 정신 대신에 부정의 정신이 문학 위에 군림한 것이다.

---

20 원문에는 '蟄去'로 되어 있으나 '蟄居'의 오식으로 보인다.

또한 이 사실은 조선의 시민문학이 긍정을 통하여 현실과 결합되지 못하고 부정을 통하여 비로소 그것과 결합되었음을 의미한다. 현실을 긍정적으로 수용해야 할 춘원 낭만주의 시대의 문학은 현실을 단지 이상 가운데서 상상한 데 불과했다.

자연주의문학에 이르러 부정을 통하여 문학은 자기의 현실적 성격을 명백히 하였다.

그러나 부정을 통한 현실과의 교섭이라는 것은 항상 부정의 배후에 긍정될 현실을 준비하고 있는 경우에만 실제적 의미를 갖는다. 이런 경우에 긍정될 현실이라는 것은 단지 부정하는 의식 가운데가 아니라, 부정되는 현실 가운데서 이미 맹아로서 존재하고 있음을 요한다. 예例하면 르네상스와 같이 봉건사회 가운데서 이미 성장하고 있는 시민사회의 현실을 토대로 삼고 있는 것과 같은 때다. 그러므로 부정의 정신이라는 것은 정신에 의한 현실의 부정이 아니라 새 현실에 의한 낡은 현실의 부정의 관념적 반영이라 말하는 것이다.

그러나 소시민이란 것은 본질적으로는 시민적 현실의 일부분이다. 자기 자신이 하나의 독립한 현실을 가질 수는 없는 계층이다. 따라서 소시민적 부정이 현실의 토대를 가지려면 시민과는 근본적으로 배치되는 다른 층의 현실로 이동하지 아니하면 아니 된다.

그러나 자연주의문학은 이렇게 근본적으로 자기의 입장을 이동시킨 현실 부정의 문학이 아니다. 그러므로 자연주의문학이 부정을 통하여 현실과 결합하는 말의 의미도 스스로 한정되지 않을 수 없다.

그것은 부정의 배후에 자기의 현실을 지니지 못한 현실의 부정이었다. 요컨대 근본적으로는 자연주의적 현실 부정은 공허한 것이었다. 먼저도 말한 것처럼 소시민도 결국에선 시민적 현실의 일부분이기 때문이다. 마치 자연주의문학이 시민문학의 일부분인 것과 마찬

가지로 ─.

그러면 자연주의적 부정이란 어떠한 것인가? 그들이 성盛히 사용하던 폭로란 말을 우리는 다시 상기할 필요가 있다.

결국은 시민사회가 스스로 자기의 불합리를 발로發露하는 자연성장적 현상에 지나지 않는 것이 자연주의적 부정이다.

이러한 자연성장적 발로가 정신적 문학적인 주조를 이룬다는 것은 시민정신, 시민문학 자체로서 볼 때에는 정신과 문화의 한 쇠퇴 현상이라 할 수 있다. 춘원을 이러한 정신과 문학의 완미完美한 개화라고 볼 수 없는 한, 자연주의문학의 대두와 발전을 통하여 우리가 간취할 수 있는 것은 만개해보지 못한 채 오무려지는 한 떨기 꽃이다.[주8 : 동상(同上)]

결국 자연주의는 이인직, 이해조李海朝 등의 정론적, 계몽적인 문학 이래 이광수에 이르기까지 근대적 발전이란 이상만을 추구하여 질주하던 문학에게 비로소 현실을 보라!고 소리친 문학이요, 실제로 부정의 면을 확대 제시함으로 편벽되게나마 현실을 그려 보인 문학이다.

"이 시기에 이르러서 작가에게는 공상적 정열이 없어지고 쌀쌀하고 날카로운 응시의 눈이 있었고"[주9 : 소화 4년 1월 『조선일보』, 김기진 「십년간 조선문학 변천과정」] 여기에 나타난 사상은 "추한 것일망정 그것이 진실이면 좋다"[주10 : 동상(同上)]는 폭로의 의식이었다.

자연주의의 이러한 응시의 눈과 해부의 메스는 일찍이 이인직이 이상理想하고 춘원이 찬미하던 세계에까지 용서없이 미쳤을 것은 상상에 족하다.

정열과 환상만이 아니라 전체에 대한 관심이란 것도 사라져서 현실을 전면적으로 파악하려는 종래의 경향도 영자影子가 희박해갔다. 이 점은 자연주의가 우리 문학 위에 끼친 많은 공헌과 더불어 또한 어찌할 수 없는 중대한 상실에 속하는 것이다. 리얼리즘 대신에 트리비얼리즘이 등장한 것도 이 때다.

어찌했던 자연주의는 근대정신과 문화의 쇠미衰微의 제일보임은 사실이다. 허나 그것은 아직 붕괴의 반영이나 위기의 표현은 아니었다. 단지 문학상에서 시티즌의 헤게모니가 과거過去하는 최초의 징후徵候임에 지나지 않았다. 『백조』가 등장하면서 이러한 증후症候는 분명히 격렬한 병증病症으로 나타났다.

4

『백조』의 경향이라는 것은 먼저도 약간 언급해두었거니와 대체로 세기말적인 데카당스의 일색一色으로 볼 수 있는데 동인들의 대부분이 시인이었다는 사실도 우연히 서구의 데카당스와 비슷한 점이 있다.

자연주의가 문단을 풍미할 때 돌연히데카다니즘이 『백조』에만 한하지 아니했으나 이것은 후술하겠다 불어온 세기말의 선풍 가운데는 월탄이 말한 것처럼 그들의 오뇌와 불안이 있었다.

이러한 오뇌와 불안은 고전주의 이후 전 시민문학의 붕괴의 표현이었고 개인의 존재와 시민사회와의 부조화의 반영이었음은 주지의 사실이다.

서구에서 더구나 불란서佛蘭西에서 자연주의로부터 데카당스에 이르는 동안에는 적지 않은 계단이 있었으나 조선의 자연주의와 데카다니즘은 직접으로 연결되어버리고 말았다. 물론 자연주의문학 가운데도 김동인과 염상섭의 차이는 있다 할 수 있으나, 그러나 데카당스에 이르러 최고조에 달하는 현실에 대한 절망감은 조선 자연주의에서도 한 절정에 있었다고 말하지 아니할 수 없다. 이것은 먼저 말한 바와 같이 조선 자연주의의 특질의 하나일 뿐 외^外라 또한 조선에 있어 데카다니즘이 자연주의와 직접으로 연결될 수 있는 조건이 된 것이다.

그러나 동일한 현실에 대한 절망감에서 출발하였다고 하더라도 자연주의와 데카다니즘은 또한 절망의 의식의 방향에 있어 분리된 것이다.

자연주의는 현실에 절망하면서 그것을 부정하려고 다시 현실로 향하였으나 데카다니즘은 영영 현실에서 떠나가 버렸다. 자연주의는 부정된 현실에 대하여 그것을 폭로함으로써 현실에 보복하려 했으나 데카다니즘은 보복할 만큼도 현실에 대하여 애착과 미련을 가지고 있지 아니했다. 어떠한 형식으로이고 그들은 달갑지 아니한 현실과 교섭할 것을 일체로 거절한 것이다. 그러므로『백조』는 부정을 통해서라도 현실과 교섭을 가지려는 자연주의를 '미온적'이라고 비난할 것이다. 순결한 정열이란 것은 오직 그러한 현실 가운데서는 현실과 깨끗이 결별할 수밖에 없다는 것은 이십대 전후의 순량純良한 청년들이 생각할 수 있는 세계였다. 오직 울고 애상하고 탄식하고 퇴폐와 방종과 신기新奇와 호사豪奢의 낭만적 세계 가운데서 열광함으로 그들은 자기를 위로할 수 있었던 것이다.

자연주의문학을 만일 부정을 통해서일망정 현실의 어느 정도까지의 개량을 의도한, 다시 말하면 어느 귀퉁이에 희미한 희망의 일편—片을 숨긴 정신의 표현이라고 할 것 같으면 데카다니즘은 완전한 무망無望의 문학이라고 할 수 있다.

시민과 입장을 같이한 각도로부터의 현실의 부정이라는 것은 궁국에선 시민의 현실을 인정하고 그것의 개량을 희망하는 의식의 표현이라고 할 수 있기 때문이다.[주11 : 프리체, 『구주문학발달사』]

그러나 데카다니즘은 패잔敗殘의 의식과 멸각滅却의 환상과를 통하여 자기의 구원될 수 없는 절망감과 현실로부터 완전한 유리遊離의 희구를 거리낌 없이 표현한다. 이러한 감정과 기분의 표현을 위하여 소설보다도 시가 택해지는 것은 동서양을 물론하고 당연한 일이다. 『백조』의 동인은 먼저도 말한 바와 같이 대부분이 시인이었을 뿐만 아니라 단 두 사람의 소설가인 도향, 빙허까지도 이 시대에는 소설이라기보다도 시에 가까운 소설을 썼다. 「젊은이의 시절」『백조』 창간호 「별을 안거든 우지나 말걸」동상 제2호 「옛날의 꿈은 창백하더이다」 등의 도향의 소설 제목은 그때 소설의 전모를 이야기하고 남음이 있다.

그러나 『백조』의 동인들은 한 말로 데카다니즘이라고 규정짓기에는 약간 부적당한 여러 가지 개별적 면을 가지고 있었다.

노작의 낭만주의는 회월의 유미적인 경향과 동일하지 않고, 상화의 퇴폐주의는 또한 월탄의 상징주의와 명백히 구별될 것을 요구할 것이며, 춘성과 도향도 같은 감상주의로 일괄됨을 두 사람이 다 지하地下에서 반대할 것이다.

이것은 모두 위선爲先 양식상의 차이라고 말할 수 있으나 양식 속에 숨은 혹은 각자의 양식을 통한 그들의 지향이란 것도 어느 정도의 차이가 있지 아니할 수 없다.

이렇게 보면 『백조』라는 것은 각색의 경향을 달리한 작가의 공동 집단과 같은 감이 없지 않다. 여기서 우리는 뜻하지 아니한 중대한 문제에 봉착한다.

즉 각이各異한 양식이라는 것은 각이한 내용의 표현이며 각이한 예술적 지향이라는 것은 또한 각이한 사회적 토대를 지반으로 하여서만 가능한 것인 때문에 역사상에서 그러한 토대를 가진 문학적 경향

이라는 것은 계기적繼起的으로 소장消長하기 때문이다. 『백조』의 상태
는 문학사의 이러한 법칙, 내지는 세계적 사실과 명백히 모순하는 것
같기 때문이다.

우리는 먼저 『백조』의 경향을 이야기할 제 그것을 동일한 경향이
라고 말했고 또 그 주조主潮를 데카다니즘이라고까지 부른 일이 있다.
만일 이 견해를 그대로 『백조』의 상태에다 적용한다면 서로 다른 각
자의 경향을 일관하여 연결하는 것은 데카다니즘이라고 아니할 수
없다. 그러면 위선 노작의 낭만주의가 어떻게 해서 데카다니즘과 연
결되는 것일까? 이 의문을 푸는 것은 『백조』의 경향성을 이해하는
데 중대한 계기가 아니 될 수 없다. 낭만주의는 예술학자 문학사가
프리체의 견해에 의하면 시민사회에 있어 귀족적 반동의 문학적 표
현이라고 한다. 그러나 낭만주의의 이러한 성격은 모든 경우에 일률
로 공식으로서 통용될 때는 심히 위험한 결과를 낳을 우려가 있다.
영국과 독일에 있어 프리체의 낭만주의 원칙은 고전적인 범례를 발
견할 수 있으나 조선 같은 곳에서 노작의 시를 그렇게 단정하기는 여
러 가지 난점이 따른다. 노작의 시 가운에는 때로 낡은 세계에 대한
회고적 동경이 보이나, 그러나 궁국窮局에서 근대문화 대신에 이조李朝
문화를 재현시키려는 의도는 가지고 있지 않다.

그는 역시 개인의 자유로운 천지天地를 열망하였다. 그의 오열 그의
차탄嗟嘆 가운데는 금일의 현실 대신에 차라리 목가적인 세계를 찬미
하는 심정이 엿보일 때가 있으나 오히려 그것은 중세에의 회고回顧이
라기보다 더 많이 자연스러운 세계에 대한 동경이었다. 단지 낭만주
의의 양식을 차용하고[21] 있음에 불과하지 않을까? 양식의 차용! 이것

---

21 원문에는 '備用하고'로 되어 있으나 '借用하고'의 오식으로 보인다.

은 일찍이 노발리스 쉴레겔의 그것을 청년독일파가 차용한 데서 볼 수 있듯 낭만주의의 역사 가운데 볼 수 있는 현상에 속한다. 현실이 주어지지 아니했을 때 다시 말하면 문학이 리얼리즘에 의거할 가능성이 없을 때 강한 주관적 표현의 전형적 표현 양식이 된 낭만주의는 이른바 차용되는 수가 있는 것이다.

감상주의가 또한 이러한 견지에서 이야기될 수 있는 것이다. 감상주의란, 말할 것도 없이 현실에 대한 작가의 감상의 표현으로 그것의 파악을 대신하는[22] 것이다.

이러한 경향은 오뇌와 불안의 시대, 나이 어린 지식인을 더구나 근대적인 예술과 지적인 전통이 거의 수립되어 있지 못한 환경 가운데서 쉽사리 그들을 사로잡을 수 있는 기분이다. 여기에는 양식의 차용이라기보다 후진한 사회에서 볼 수 있는 문학적 사유의 소박하고 원시적인 표현이라고 말할 수가 있다. 이것은 또한 지식인의 지적 귀족주의의 유치한 표현이기도 하다. 두려웁고 거창한 현실에 손을 대이기보다는 먼저 자기 스스로의 순정純情에 탄식하고 애상하는 심정이란 무력한 인간을 어느 정도 고고하게 만드는 것 같기 때문이다. 이러한 것은 조선 낭만주의의 감상적 경향을 이야기하는 사실도 된다. 사실로 노작의 낭만주의는 낭만적이기보다도 더 많이 감상적이었다. 어떤 이가 조선 낭만주의를 가리켜 '센티멘탈 로맨티시즘'이라고 부른 것은 연고緣故 없는 일이 아니다. 감상성은 『백조』의 주조를 이룬 월탄의 상징주의, 회월의 유미주의, 상화의 퇴폐주의까지를 둘러싸고 있는 사포紗布와 같은 외피外皮였다. 이것은 『백조』 가운데서는 유일한 이채異彩로서 발아發芽하고 있던 빙허의 자연주의에까지 미치고

---

22 원문에는 '대신마는'으로 되어 있으나 오식으로 보인다.

있었다. 이러한 점은 그들이 모두 20세 전후의 연소한 이들이었다는 생리적生理的 관계도 있었지만 갈수록 거창해가는 현실에 대하여 『백조』 동인들은 그 전의 어떠한 문학 집단보다도 완전히 무력한 세대世代이었다는 사실이 보다 더 중요한 의의를 갖는다.

때마침 세기말의 제 경향이 동경을 통하여 조선에 건너왔다는 데도 이들이 이른바 세기병世紀病에 걸린 원인의 일부가 있다. 동시에 되나 아니 되나 계몽문학으로부터 이상주의, 자연주의를 거쳐서 발전해 내려온 과정 끝에 그들은 세기말의 문학에서 자기표현의 가장 적절한 양식을 발견했던 것이다. 이것은 필연성의 소산이라 아니할 수 없다. 그러므로 데카다니즘과는 구별되는 경향까지가 『백조』 가운데 공서共棲할 수 있었고 그것들은 한가지로 데카당스의 신의 세례를 받아 세상에 나온 것이다.

『백조』의 세기말적 경향이 불란서나 내지內地의 그것에 비하여 유독唯獨히 깊은 감상성에 쌓여 있는 것은 조선이 사회적으로 뒤떨어졌었고 근대문화가 건립되지 못한 채로 쇠미衰微 과정에 직면한 데서 오는 정신의 미숙과 문화의 유치 때문이라고 말할 수가 있다.

그러므로 어느 사람은 『백조』를 로만주의의 황금기라고도 부르는 것이다.

5

문제는 오히려 『백조』 내부에 빙허와 같은 자연주의자가 있었다는 사실을 중심으로 제출될 수 있는 것이다. 주지와 같이 자연주의는 『백조』의 일반 경향에서 보면 부정될 경향에 속한다. 상징주의, 퇴폐주의와 더불어 낭만주의가 있었다는 사실보다도 더 큰 의미가 있다. 낭만주의는 차용되기 쉬운 양식이라고 하여 우리는 그것이 감상적인 자기 표현상에 적응한 양식이라고 말할 수 있으나 자연주의는 감상적 내지는 주관적 자기 표현에 편의한 양식으로서는 도저히 차용될 수 없는 것이다.

자연주의는 사실주의 양식의 한 연장이요, 사실주의는 낭만적, 감상적인 제 경향의 철저한 부정에서 출발했기 때문이다.

여기서 문제는 불가불 역사적인 각종 문학 양식의 계기繼起 순서의 개변改變이란 곳에 다다른다. 구체적으로는 낭만주의와 자연주의, 혹은 자연주의와 데카다니즘의 병존은 어떻게 해서 가능한가 하는 문제다.

조선에 있어 자연주의와 낭만주의 혹은 세기말적 경향의[23] 성쇠라는 것은 대정 8년1919으로부터 대정 11,12년1922, 1923 간에 이르는 4,5년간의 짧은 시일에 일어난 현상인데, 데카다니즘은 결코 『백조』의 탄생과 더불어 시작되지 아니했다.

보들레르 베를렌느 등 불란서 데카당스의 시가 수십 편 실려 있는 안서岸曙의 역시집 『오뇌의 무도』 초판이 대정 10년 초에 출판되었다. 『백조』 창간호가 나오기 1년 전이다.

또 『오뇌의 무도』 서에서 역자가 "이 역시집에 모아 놓은 대부분의 시편은 여러 잡지에 한 번씩은 발표하였던 것"[주12 : 대정 10년 3월 경성 광익서관 발행, 김억 역시집 『오뇌의 무도』]이라고 한 사실을 고려할 필요가 있다. 안서가 이 역시집에 실린 시편들을 처음 소개한 것은 사실 대정 8,9년간의 일이다.

---

23 원문에는 '世紀末的傾의'로 되어 있으나 글자가 누락된 것으로 보여 채워 넣었다.

안서는 실상 조선에 있어 자연주의문학의 탄생의 시기인 『창조』의 초기부터—그 자신 또한 『창조』의 동인이었다 데카다니즘 소개에 착수하였던 것이다.

이렇게 보면 조선의 데카다니즘은 자연주의와 함께 탄생했고 낭만주의 또한 자연주의와 더불어 존재하였다고 보아지지 아니할 수 없다. 이러한 사실은 주지와 같이 서구의 문학사 상上에는 볼 수 없는 사실이다.

고전주의-낭만주의-사실주의-자연주의-세기말적 경향.

이러한 정식이 대략 문학사 상에서 각종의 양식이 계기繼起하고 교체된 전형적 예다. 또한 각 양식의 이러한 계기 순서와 교체의 기초에는 거기에 상응한 사회적 시대와 그 시대를 담당했던 사회계층의 소장성쇠消長盛衰가 따른다는 것은 벌써 프리체의 저작에서 확립되었다.

그러면 이러한 역사적 진행의 순서를 교란攪亂하고 과정을 개변하는 동인은 무엇일까?

그것은 물론 조선의 신문학사가 근대문학사의 일반적 과정을 통과하지 못하고 변칙적인 길을 걸은 데서 오는 결과다.

이것은 또한 변칙적인 근대 사회사의 반영이기도 하다. 이와 같은 현상은 지나支那의 신문학사에서 볼 수 있는 것으로, 1917년으로부터 1925년에 이르는 동안, 지나인支那人이 소위 '5·3[24] 전후의 문학운동'五三前後的文學運動이라고 부르는 기간 중, 사실주의적인 '문학연구회'와 낭만주의적인 '창조사'가 병존해 있었다. 일찍부터 지나의 문학사가는 이 점에 착안하여 제종諸種의 해설을 시試했는데, 우리의 흥미를 끄는 것은 『중국신문학사 대계』[25]의 편찬자인 이하림李何林의 견해다.

---

24 원문에는 '五州'로 되어 있으나 오식으로 보이기에 바로잡았다.
25 원문에는 '「中國新文學大系」'로 되어 있으나 오식이기에 바로잡았다.

이하림은 근저近著『근近이십년 중국문예사조론』에서 이 문제에 관하여 사회적인 분석을 시험하였는데, 그의 설說의 요점은 5·3[26] 전후 소시민을 중심으로 여러 계층이 동일한 목적을 위한 사회적 문화적인 운동에 종사한 데서 발생한 현상이라는 데 있다.

제각기 다른 방식으로 공동한 목표를 향하여 집결하는 데서 계기 순서로 보면 서로 다른 시대에 속할 두 가지 경향이 한 시기에 공존할 수 있었다는 것이다.

이 공동한 목표라는 것은 물론 철저한 사회적 문화적인 근대화의 욕구다.[주13 : 민국(民國) 28년 상해 생활사서점 발행, 신중국학술총서 54, 이하림 편,『근이십년 중국문예사조론』]

이러한 의미에서 김동인으로부터 나도향에 이르는 5,6년간에 각색 경향으로 표현된 조선의 문학도 동일한 과제하에 선 여러 계층의 존재와 문화 이식의 급속한 영향 등으로 짧은 기간 중에 많은 경향이 병존한 사실을 설명할 수 있으나, 일찍 내가 「신문학사론 서설」[27]에서 반대한 것처럼 혼돈기라든가 모색 시대라든가 하는 애매한 개념으로 이 시대를 규정지을 수는 없다.[주14 : 소화 9년 1월『신동아』, 김기진, 「조선문학의 현재 수준」 참조. 소화 10년 9월『신동아』, 신남철(申南徹) 「최근 조선 문예사조의 변천」 참조. 동년 동월『신동아』, 이종수(李鍾洙), 「신문학 발생 이후의 조선문학」 참조.]

지나 신문학사의 '문학연구회'와 '창조사'의 병존과도 달라 우리 신문학사 상에는 자연주의로부터 낭만주의-세기말적 경향[28]이란 역력한 발전의 선線을 찾을 수가 없고, 그 발전의 기초에는 각개의 경향

---

26 원문에는 '五,三О'으로 되어 있으나 오식이기에 바로잡았다.
27 원래의 정확한 글 제목은 「조선신문학사론 서설」이다.
28 원문에는 '世紀末時傾向'으로 되어 있으나 오식으로 보이기에 바로잡았다.

을 체현한 계층의 소장성쇠가 안 받혀 있기 때문이다.

신소설이 만일 반半봉건적 내지는 시민화하고 있는 상층의 문학이라면 춘원은 시민이 사회의 전면에 등장한 시대 문학이며, 자연주의는 소시민이 사회사의 무대에서 일정한 역할을 연演하던 시대의 문학이고, 다시 『백조』의 문학은 소시민이 사회적 고독 가운데 들어선 시대의 문학이라고 할 수가 있다.

여기에는 각 계층의 역사적 운명의 변천이 반영되어 있을 뿐만 아니라 시대의 추이에 따라[29] 그들의 역할과 존재 의의가 변화한 과정이 명백히 표현되어 있다.

6

그러므로 『백조』는 비로소 명백한 과도기의 문학이었다. 『백조』의 문학은 일면一面 재래 시민문학의 위기의 표현이면서 동시에 다른 새 문학의 탄생의 전조前兆이었고 혹은 그것의 매개자이었다.

전인前引한 『개벽』에 실린 월탄의 글 가운데 계속하여 이러한 구절이 있다.

이 불안 이 고뇌를 건져주고 이 광란의 핏물을 녹여줄[30] 영천(靈泉)의 파지자(把持者)는 그 누구뇨 '역(力)의 예술'을 가진 자이며 '역(力)의 시'를 읊는[31] 자이다.

---

29 원문에는 '따되'로 되어 있으나 오식으로 보이기에 바로잡았다.
30 원문에는 '이 不安 苦惱를 건저주고 이 狂亂을 녹여줄'으로 인용되어 있으나 글자가 누락되었기에 채워 넣었다.

가장 경건한[32] 태도로 강하고 뜨거운 그곳에 관조(觀照)하여 명상의 경역(境域)을 넘어선 꿈틀꿈틀한 굵다란 선이 뛰는 듯한 하얀 종이에 시커먼 묵(墨)을 찍어 연대(椽大)의 필(筆)을 두른 듯한 그러한 예술의 파지자(把持者)라야 될[33] 것이다. 그러나 불행히 우리 문단엔[34] 이러한 소설가가 없으며 이러한 시인이 없다.[주15 : 대정 12년 1월, 『개벽』, 박월탄 「문단의 일년을 추억하여」][35]

이 글이 씌어진 것은 대정 12년 『백조』 창간호가 나온 지 1년 뒤요, 종간호가 나오기 9개월 전이다. 월탄의 이 문장은 전장前章에서도 인용한 바와 같이 직접으로는 이상주의와 자연주의에 대한 비판이며 동시에 『백조』에 대한 자기 부정이 들어 있음은 그가 "우리 문단에는 이러한 소설가, 그러한 시인이 없다"고 탄식한 거로 보아 의심할 여지가 없다. 그는 분명히 『백조』보다도 더 힘차고 큰 문학에의 대망待望을 이 글 가운데 암시하였다. 그것이 구체적으로 어떠한 문학을 의미하는지는 알 수 없으나 당시 내외의 문화 사정을 살펴볼 때 경향적인 문학의 대두가 그들에 미친 커다란 영향을 생각지 아니할 수 없다.

월탄 자신이 같은 평론 다른 부분에서 "1년 동안을 회상할 때 또 한 가지 기억하여야 할 현상顯狀이 있다"고 전제한 다음 "비록 문단의 표면으로 논쟁된 일은 없으나 소리없이 잠잠한 듯한[36] 그 밑바닥에는 조선문단에도 또한 부르주아예술 대 프롤레타리아예술의[37] 대치對峙

---

31 원문에는 '읊을'으로 인용되어 있으나 오식이기에 바로잡았다.
32 원문에는 '敬虔할'로 인용되어 있으나 오식이기에 바로잡았다.
33 원문에는 '할'로 인용되어 있으나 오식이기에 바로잡았다.
34 원문에는 '에선'으로 인용되어 있으나 오식이기에 바로잡았다.
35 원문에는 '追憶하면서'로 되어 있으나 오식이기에 바로잡았다.
36 원문에는 '잠잠한'으로 인용되어 있으나 오식이기에 바로잡았다.
37 원문에는 '傾向藝術과 非傾向藝術의'로 되어 있으나 잘못 인용되었기에 바로잡았다.

될 핵자核子가 배태되었다”고 말하였다.

강한 자극과 묵중한 영향을 이 새로운 현상에서 받은 것을 고백하면서 거듭 “이러한 추세는 우리 문단을 권외로 할 리 만무하다. 멀지 않은 앞날에 표면으로 나타날 현상의 하나이다”고 간파한 것은 실로 저간這間의 사정을 이야기하고 남음이 있다.

이만치 명확치는 아니하나 역시 『백조』의 유력한 동인이었던 노작이 회상한 가운데 있는 다음과 같은 구절은 이 시대의 비등하는 풍조를 또한 방불케 한다.

“아무튼 이제는 새 시대다.”

“톨스토이의 인도주의는 늙은 영감의 군수작이요, 투르게네프의 「전날 밤」도 너무나 달착지근하여 못쓰겠다. 노서아면은 고리키나 안드레에프다.”

“아무튼 시방 이때 일초 일각까지 모든 시대는 지나갔다. 지나간 시대다. 그까진 지나간 시대를 우리가 말하여 무엇하랴. 우리의 시대는 앞으로 온다.”

“우리의 앞에는 백조(白潮)가 흐른다. 새 시대의 물결이 밀물이 소리치며 뒤덮어 흐른다.”[주16 : 『조광』 제2권 제9호, 홍노작 「백조가 흐르는 시절」]

처음으로 바닷가에 나간 소년 같은 이 이들의 귀에 들린 새 시대의 파도 소리는 과연 어떠한 것일까?

월탄은 명확히 이 소리를 듣고 전한 것이다. 그가 말하듯 이러한 세계적 풍조가 조선문단만을 권외에 남겨둘 리가 만무할 뿐 외싸라, 일용日用의 정신적 예술적 양식을 동경에서 구하고 있는 조선문단이 급속히 영향을 받을 것은 사실이었다. 뿐만 아니라 내부적으로 사정은 또한 존재하고 있었다는 것을 잊어서는 아니 된다.

예민한 문학의 신경이 이러한 내외 사정에 안한安閑하였을 수가 없었던 것은 물론이다. 월탄의 말과 같이 "비록 문단의 표면으로 논쟁된 일은 없으나 소리없이 잠잠한 그 밑바닥에는 조선문단에도 핵자가 배태되었다"[38]고 보는 것은 정곡을 얻은 관찰이라 아니할 수 없다.

사실 머지않아 조선문단 위에 오리라고 예측한 사실은 드디어 『백조』 자신의 내부에 와 버리고 말았다.

새로 동인이 된 팔봉八峯 김기진의 원고詩를 게재하는 문제로 해서 제3호의 동인회는 자기들 가운데에 예술에 대한 명백히 다른 의견이 숨어 있었다는 놀라운 사실을 발견하였다.

이 사실에 관하여서는 어쩐 일인지 『백조』를 이야기하는 모든 사람이 말하기를 꺼려하는 듯하나, 박영희 씨의 회상만이 신뢰할 기술記述을 남기었다.

이러한 보헤미안들 가운데는 점점 붕괴작용이 생기기 시작하였었다. 이것은 『백조』 제3호에서 다소간 그 맹아가 표현되었었다. 김기진 군이 새로이 동인으로 추천되어서 군의 작품을 게재케 될 때를 한 형식적 계기로서 동인들 가운데는 커다란 회의(懷疑)의 흑풍(黑風)이 떠돌았다.

그것은 예술을 위한 예술—퇴색(褪色)하여가는 상아탑에—만족을 얻지 못할 만큼 사물에 대한 객관적 관찰이 성장하기 시작하였다. 그 전부터 김 군과 나와는 이 점에서 많은 토론을 거듭하였으나 이때부터 정식으로 '아트 포어 아트[art for art]'에 관한 한 개의 논의를 제출하였다.[주17 : 『조선일보』 소화 8년 9월, 박영희 「백조 화려하던 시절」]

---

38 정확한 인용이 아니나 재차 정리하여 인용한 것으로 보아 그대로 두었다.

이리하여 아름다운 로망의 요람이라고 생각하던 『백조』는 소란騷亂한 의논議論의 자리로 화하였다.

같은 해대정 12년 12월에 문제의 장본인 팔봉은 『개벽』 지상의 일문一文 가운데 "예술은 peuple에게로 가지 아니하면 거짓말이다. Allt aux peuple이다. Pour peuple이다. 그리로 가자. 우리의 할 일이 그곳에 있다. 그들을 위한 것을 만들자. 우리의 기쁨이 그곳에 있다"[주18 : 대정 12년 12월, 『개벽』, 김기진 「마음의 폐허」]고[39] 절규하였다.

그리고 자신있게 그는 동년[40] 5월 『백조』 최후호의 일문一文에서 "백척간두百尺竿頭에 선 시대병자時代病者의 망령을 조상弔喪할 날이 가까워오는 것을 나는 느끼고 있다"고 소리쳤다.[주19 : 대정 12년 5월, 『백조』 제3호, 김기진 「떨어지는 조각 조각」]

사태는 절정에 올라간 것이다. 그들이 불안의 나머지 부르짖은 막연한 '역의 예술' 대신에 실천의 방향도 명백해졌다.

초기 시민문학의 황혼을 장식하던 『백조』는 제3호로 자기의 운명을 끝마치고 대정 14년 12월에 회월 박영희 씨에 의하여 정식으로 명명되어[주20 : 대정 14년 12월, 『개벽』, 박영희 「신경향파의 문학과 문단적 지위」] 자기의 역사를 시작한 문학의 형성기에 이르러 『백조』는 그 요람과 더불어 동인同人을 완전히 와해해버렸다. 팔봉과 회월이 새로운 입장에서 비평과 문학의 창시자가 된 것은 『백조』의 명예일 뿐 아니라, 퇴폐頹廢의 시인 이상화가 「빼앗긴[41] 들에도 봄은 오는가」로 새로운 시의 건설자로 등장한 사실이라든가, 석영이 또한 새 예술 집단의 창립자의 일인一人이 된 사실 등은 『백조』가 새로운 시대를 매개

---

39 원문에는 인용문 다음에 '고'가 없으나 문맥을 고려하여 채워 넣었다.
40 원문에는 '今年'이라 되어 있으나 오식으로 보이기에 바로잡았다.
41 원문에는 '빼앗긴'이란 구절이 생략되어 있어 채워 넣었다.

한 혁혁赫赫한 전형기轉形期의 집단이었다는 사실을 웅변으로 증명하
는 것이다.

『백조』 종간호 제1혈頁에 실린 「흐르는 물을 붙들고서」라는 노작
의 시는 자기들의 낡은 동료가 신시대의 주인공으로 떠나갈 제 아름
다운 청춘의 최후를 기념하기 알맞은 송가.[42]

시냇물이 흐르며 노래하기를
외로운 그림자 물에 뜬 나뭇잎
나그네 근심이 끝이 없어서
빨래하는 처녀를 울리었도다

돌아서는 님의 손 잡아다리며
그리지 마서요 갈길은 육십리
철없는 이 눈이 물에 어리여
당신의 옷소매를 적시었어요

두고가는 긴 시름 쥐어뜯어서
여기도 내 고향 저기도 내 고향
젖이나 마르나 가는 이 설움
혼자 울 오늘밤도 머지 않고나

이렇게 『백조』는 흘러갔으나 그 동인들은 제 각기 성장하여 빙허
는 드디어 자연주의의 일방一方의 작가로, 눈물 많던 도향은 조선의

---

42 원문에는 '賴歌'로 되어 있으나 '頌歌'의 오식으로 보이기에 바로잡았다.

심리주의적 소설의 수립자로, 상화는 전형기의 거대한 시인으로, 팔봉 회월은 새 시대의 개척자로, 모두 감상과 낭만의 시절을 이별하고, 노작은 영영 침묵하고, 월탄은[43] 오래인 칩거 속에서 역사소설에서 자기의 길을 다시 열었다.

　일언―言으로 결어結語를 짓자면[44] 『백조』는 실로 커다란 전환기의 문학이었다.

---

43 원문에는 '月潮는'으로 되어 있으나 오식으로 보이기에 바로잡았다.
44 원문에는 '걷자면'으로 되어 있으나 오식으로 보이기에 바로잡았다.

조선 민족문학 건설의 기본과제에 관한 일반보고[●]

1

모든 영역에서 조선민족의 독자적 발전과 자유로운 성장을 저해하고 있던 일본 제국주의의 붕괴는 문학의 영역에 있어서도 독자적 발전과 자유로운 성장의 새로운 전제를 만들어내었다.

우리 민족의 모어母語로 표현되고 우리 민족의 사상·감정을 내용으로 한 조선문학이 제국주의의 지배 하에서 순조로히 발전할 수 없었음은 불가피한 일이었다. 생활을 지배하는 자者는 문학을 지배하고 생활에서 예속된 민족은 문학에서도 예속되는 것이다.

더구나 뒤늦게 자본주의적 발전의 도상途上에 오르고 황급히 제국

<hr>

● 『건설기의 조선문학』, 조선문학가동맹, 1946.6.

주의적 계단으로 돌입하지 아니할 수 없었던 일본 제국주의 자신이 후진국이었다는 사정은 그 밑에 예속된 조선민족의 불행을 한층 더 깊게 하였다.

일본의 조선 통치는 근대 제국주의 국가의 식민지 지배라느니보다도 고대에서 볼 수 있는 강한 민족에 의한 약한 민족의 정복의 성질을 다분히 가지고 있었다.

로마羅馬에 침입한 게르만족이나 폴란드波蘭에 나타난 몽고족과 같이 일본은 통치자이기보다 정복자에 가까웠다.

첫째로 일본이 전래의 문화수준에 있어 조선보다 높지 못했던 것.

둘째로 자기의 문화를 가져오지 못하고 제3자의 문화를 매개한 데 지나지 못한 것.

셋째로 그런 때문에 조선을 통치하는 대신 민족적으로 동화시키고자 한 것.

이러한 몇 가지 점에서 조선민족은 일본 제국주의에 지배되어 있었다느니보다 차라리 정복되어 있었고 일본 제국주의의 후진성은 일관하여 36년간 조선 민족의 전全 생활에 작용하고 있었다.

합병 이후 10년을 계속한 소위 무단정치武斷政治의 광포한 행동 가운데, 또 1차대전 뒤 10여 년 동안 이른바 문치文治 시대를 피로 물들인 반일투쟁에 대한 중세기적 공격을 통하여, 그리고 만주침략 이후 태평양전쟁 기간 중 무모하게도 강행한 동화同化정책 속에 후진後進한 제국주의 국가의 비근대적인 식민지 약탈정책인 군국주의軍國主義는 그 잔인한 본성을 유감없이 발휘하였다. 그러므로 근대적 제국주의 국가의 지배 하에 사는 다른 식민지 제국이 향유하고 있는 피압박 민족의 사소한 권리까지도 우리 조선에 있어서는 허용되지 않았다.

조선어와 조선문학, 조선의 산천과 조선민족이 받은 수난의 역사에 비하면 『퀴리부인전』은 오히려 행복된 기록이라 할 수 있었다. 조선 민족은 이 미개한 침략자의 채찍[1] 아래 오직 노예가 될 자유밖에 아무 자유도 가지지 못했던 것이다. 이러한 유례없이 가혹한 조건 하에서 조선의 민족생활이나 문학이 여하한 의미에서이고 발전할 수 있다는 것은 상상키 어려운 일이 아닐 수 없다.

거기에 또 한 가지 불리한 조건은 조선 민족 자체가 극히 후진한 민족이었다는 불행한 조건이 첨가되어 있었음을 잊어서는 안 된다. 조선 민족은 오래인 역사와 전통을 가지고 있었음에도 불구하고 그 구할 수 없는 아시아亞細亞적 봉건사회의 장구한 꿈을 미처 깨우기 전에 영맹獰猛한 침략자의 독아毒牙에 물린 바 되고 말은 것이다.

모든 의미의 근대적 개혁과 민주주의적 발전의 제과제를 어느 한 가지 수행하지 못한 채 사멸하고 있는 봉건 왕국으로 식민지화의 운명을 더듬었다.

그리하여 민족생활 가운데 광범하게 남아있는 봉건적 제관계는 제국주의적 착취의 호개好個의 지반이 되고 난폭한 비근대적 약탈의 편의한 온갖 수단을 제공하였다. 이리하여 봉건적 잔재는 일본 제국주의가 조선을 지배를 하는 데 불가결한 발판이 되고 조선의 근대화와 민주주의적 개혁은 일본 제국주의의 극히 싫어하는 바가 되어 조선에 있어서 민족 독자의 발전의 기초가 될 민주주의 개혁은 일본 제국주의가 조선을 지배하는 한 영원히 달성될 수 없는 죽은 과제로 화하고 있었다.

그러므로 조선에 있어 반봉건적 투쟁은 일본 제국주의에 대한 투쟁이 되지 아니할 수 없었고, 일본 제국주의에 대한 투쟁은 또한 언

---

1 원문에는 '채축'으로 되어 있다.

제나 내부에 있어 봉건잔재에 대한 투쟁과 연결되지 아니할 수가 없었다. 조선에 있어 일본 제국주의 지배의 철폐야말로 조선의 근대화와 민주주의적 개혁의 유일한 전제이었던 것이다.

일본에 대한 연합국의 승리에 의하여 비로소 조선 민족 앞에 이 전제가 만들어진 것이다.

우리가 일본 제국주의의 패망을 가리켜 조선문학의 독자적 발전의 길을 여는 전제를 창조하였다고 하는 것은 이 때문이다.

2

그러므로 구舊 조선 개국 이래 일제 하의 36년간 불소不少한 노력이 경주되어 왔음에도 불구하고 진정한 의미의 조선 민족문학 수립의 과제는 이 전제의 실현 위에서 처음으로 근본적 해결의 계단으로 들어서는 것이다.

왜 그러냐 하면 먼저도 말한 것과 같이 민주주의적 개혁을 수행하지 못하고 일본의 식민지가 된 조선은 근대적인 의미의 민족문학을 형성할 시간과 조건을 한 가지로 갖지 못했었기 때문이다. 민족문학은 한 민족을 통일된 민족으로 형성하는 민주주의적 개혁과 그것을 토대로 한 근대국가의 건설 없이는 수립되지 아니할 뿐 아니라 조선과 같이 모어母語의 문학이 외국어―한문―문학에 대하여 특수한 열등 지위에 있었던 나라에서는 정신에 있어 민족에 대한 자각과 용어에 있어 모어로 돌아가는 르네상스 없이 민족문학은 건설되지 아니하는 것이다.

주지와 같이 우리나라에서는 천년 이상 중국의 문자로 표현된 한

문문학에 대하여 모어의 문학은 종속적 지위에 떨어져 있었다. 이 원인이 동양문화사상上에서 점하는 중국문화의 탁월한 지위와 우리의 고유한 문자의 발명이 지연된 곳에도 있다고 하지만, 이 명예롭지 못한 역사를 20세기 초두初頭에 이르도록 청산하지 못한 것은 전혀 조선의 봉건왕국이 과도하게 장수했던 때문이다. 민주주의적 개혁, 근대국가의 건설만이 한문과 국문, 혹은 한문문학과 모어母語문학의 부자연한 위치를 고칠 것이요, 이것을 고쳐야 조선민족은 비로소 자기의 진정한 민족문학을 건설할 수가 있는 것이었다. 한문 대신에 국문이, 한문문학 대신에 국어문학이 지배적인 위치에 설려면은 당연히 한문을 숭상하고 국문을 천시하는 문화적 사대주의의 물질적 기초인 봉건사회가 파괴되지 아니하면 안될 것은 물론이다.

그러므로 부당한 지위에 있던 국어문학을 정당한 지위로 회복시키고 그것을 질적으로 근대적인 민족문학에까지 발전시키자면 조선민족생활 전반에 긍亘[2]해서 민주주의적 개혁이 수행되어야 하는 것이었다.

이 개혁은 주지와 같이 역사적으로 조선 시민계급의 손으로 실천될 것이었다. 그러나 이 과제를 수행할 시민계급의 연령은 극히 어리고 이 개혁이 실천될 희망은 먼 장래에 예상할 수밖에 없는 시기에 조선은 일본으로 예속되고 말았다. 동시에 이 개혁의 실천과 그 임무를 담당한 시민계급의 손으로만 건설될 수 있는 조선 민족문학은 미처 건설의 기도企圖가 착수되기도 전에 일본 제국주의의 문화적 지배 밑으로 예속되고 만 것이다.

요컨대 문학상에 있어서도 민주주의적 개혁을 통과하지 않고 조선

---

2 원문에는 '亙'로 되어 있으나 의미상 오식으로 보이기에 바로잡았다.

문학은 일본 제국주의 지배 하에서 근대문학의 수립 과정을 걸어 나오게 되었다는 변칙적이고 기이한 운명의 길을 더듬게 되었다.

봉건사회의 문학으로부터 일약―躍하여 제국주의 치하 식민지 민족의 근대로서의 비약, 이것이 오늘날까지 우리가 영위해오던 온갖 문학생활의 본질이었다.

그러므로 조선 신문학의 40년 역사는 단순히 제국주의 치하에서 식민지 민족이 영위한 문학이었다는 의미에서만 특이한 것이 아니라 문학사적 발전의 법칙으로 보아서 민족적으로는 민족문학 수립의 역사적 계기요, 문학적으로 보면 근대문학 성립의 현실적 계기였던 근대적 시민적 개혁의 과제를 해결하지 아니하고 고유한 봉건적 문학과 외래한 근대적 문학이 기계적으로 연결·접합되었다는 사실에서 변칙적인 것이었다.

조선 신문학사상上에 나타나는 온갖 부자연성, 비법칙성은 모두 여기에 기인하는 것이다. 결국 제국주의에 의하여 유린된 문학의 혼란과 황폐의 한 표현에 불과한 것이었다. 그러므로 신문학의 전사全史를 장식하는 여러 가지 유파와 각양의 사조가 혹은 교체되고 혹은 서로 투쟁하였음에 불구하고 문학사상上에 있어 민주주의적 개혁의 과제의 해결은 그대로 보류되어 있었고, 이 과제가 보류되어 있는 한 모든 문학 유파와 사조의 변천은 견실한 민족문학으로서의 성격을 형성하기 어려웠다. 우리는 신문학사의 각 유파와 사조의 변천이 유행의 변화와 같았고 모두가 모방과 같은 감感을 주었음을 역력히 기억하고 있다. 신문학의 역사가 이러한 감을 준 원인은 물론 여러 곳에 구할 수 있으나 근본적인 이유는 민주주의적 개혁에 의하여 신문학 전체가 민족생활 가운데 충분히 뿌리를 박고 있지 아니했기 때문이다.

이러한 현상은 결국 우리 민족의 기구한 운명과 변칙적인 역사생활의 소산이나 그와 동시에 신문학은 또 조선 민족이 변칙적으로나마 근대화의 길을 걸어가고 있었다는 사실의 표현임은 움직일 수 없는 일이다.

이조 말엽 이래 귀족의 문학으로부터 점차로 중인과 평민의 문학으로 옮겨오던 시조라든가, 새로운 시대의 문학적 주인공이 되면서 결하지세決河之勢로 일반화되던 '이야기책'의 발전이 벌써 미미하나마 이조 봉건사회 가운데서 머리를 들기 시작한 시민계급의 문학적 생활을 표현한 것이요, 개국 이래 한일합방韓日合邦에 이르기까지 문학계의 주인공이 된 신소설과 창가가 역시 이 시대의 시민계급의 급격한 성장을 말하는 문학이었다.

다른 기회에도 여러 번 지적한 바와 같이 신소설과 창가는 낡은 형식에다 새로운 정신을 담은 문학이었다. 이 새로운 정신이란 일본과 그타他 외국으로부터 흘러 들어오는 근대사상의 영향임은 물론이나, 이 가운데는 또한 조선 시민계급이 조선의 민주주의적 개혁과 근대국가를 수립하자는 역사적 욕구가 표현되어 있음도 부정해서는 안 된다.

이러한 역사적 사회적 조건 가운데서 이인직·이해조 등의 신소설과 유명무명有名無名한 작가의 손으로 된 다수多數한 4·4조의 창가가 씌어졌고 이러한 문학적 시험을 통해서 초기의 소설과 신시가 만들어 졌다. 신소설과 창가가 구시대舊時代 문학의 연장이었다면 새로운 소설과 신시는 형식, 내용이 다같이 신시대에 적합한 문학이었다. 이러한 형태의 문학이 일본의 영향과 또 일본을 통하여 수입된 서구문학의 직접적인 모방에서 나온 것은 부정할 수 없는 사실이었다. 그러나 이러한 영향을 받고 또 그것을 모방한 동기 속에는 조선 시민계급의 문학적 이상이 반영되어 있었다. 그들이 비록 사회적으로나 문학적으로 일체의 봉건적인 것을 타파하고 명실 공히 시민의 문학을 수립할 계단에 이르지 못하였다 하더라도 외래外來한 서구문학을 대하자 그것이 자기 계급의 이상理想하는 문학적 형태임을 직각直覺한 것이다. 한일합병 전후를 통하여 생산된 시와 소설은 조선 시민계급의 이러한 상태를 여실히 반영하고 있었다.

유치한 내용, 졸렬한 형식이 비록 서구적 소설이나 시의 형식은 모방했다 하더라도 신소설과 창가로부터 그다지 먼 거리를[3] 떠난 것은 아니었다. 솔직히[4] 말하면 이 시대의 문학은 겨우 조선 근대문학 건설의 한 단초에 불과하였다.

이러한 시기에 조선은 일본 제국주의의 식민지로 정복되고 3·1봉기가 일어날 1919년까지 조선 민족의 전全 생활은 헌병정치의 야만스런 마제馬蹄 하에 유린되고 말았다. 문학 역시 미문未聞의 참담한 운명 가운데 침묵하지 아니할 수 없어 완전히 암흑暗黑한 10년간이 계속하였다.

이 동안 쓰여진 한 두 개의 작품이 우리 신문학사상上에 아직도 기억될 수 있는 것은 그 전에 쌓아온 약간의 문학적 시험과 일본 제국주의에 대한 조선 민족의 반항의식을 근대문학의 형식 가운데 담았기 때문이다.

이러한 가운데 1차대전이 종식하고 3·1의 대봉기가 일어나자 조선인의 민족적 자각은 전면적으로 앙양되고 세계를 풍미하던 약소민족

---

3 원문에는 '矩離를'로 되어 있으나 '距離를'의 오식으로 보이기에 바로잡았다.
4 원문에는 '卒直히'로 되어 있으나 '率直히'의 오식으로 보이기에 바로잡았다.

해방운동의 혁명적 파조波潮는 조선 전토全土를 휩쓸었다.

실로 현대 조선문학의 토대가 된 본격적 신문학운동은 이와 같은 일본 제국주의에 대한 반항운동의 일익으로 파생하여 무단정치의 폐지와 문치文治로 표현된 일본 제국주의의 소량의 양보를 틈타서 급격히 발전하기 비롯하였다.

형태적으로는 조선문 신문, 잡지의 허가와 약간若干한 언론활동의 완화를 이용하여 문학은 가능한 온갖 방법으로 조선 민족의 의견을 표현하려 하였고 문학적 형식의 최대한의 발달을 도모하였다.

이 사업의 영도적 세력이 된 것은 물론 시민계급이요 그것을 대변하는 소시민들이었다. 따라서 1920년대 전후의 신문학 가운데는 약간의 반봉건성과 반제성反帝性이 표현되어 인권의 자유라든가 인성人性의 해방 등에 대한 기초적 요구가 들어 있었다.

그러나 계급으로서 유약한 조선의 시민은 신문학의 진보성을 철저히 추진시키지 못했다.

그들은 일본 제국주의에 대하여 철저하게 반항할 수 있을 만큼 혁명적이지 못하였고, 이미 지도적 시민층의 일부는 봉건적 지주와 야합하여 일본 제국주의와의 타협의 길에서 활로를 개척하기 비롯하고 있었다.

여기에서 3·1봉기 후 불과 2,3년이 못가서 신문학은 조선 시민계급의 정신적 반영이기보다도 더 많이 조선 현실에 대한 소시민층의 비관적 기분과 급진적 반항의식의 표현수단으로 화하고 말았다. 이것이 1922~24년[5] 전후 조선문학의 주조를 이룬 자연주의문학의 특색이다. 그리하여 이 시대의 문학의 급진적 일면은 새로이 대두하는

---

5 원문에는 '一九二二－二四'로 되어 있어 '年'이 누락된 것으로 보아 채워넣었다.

노동자계급의 문학운동과 봉착하면서 그 자신의 역사적 사명을 끝막는 순간에 도달하지 아니할 수 없게 되었다.

바꿔 말하면 신문학의 급진성은 프롤레타리아문학의 혁명성과 결부되든가 그렇지 아니하면 데카다니즘과[6] 절망의식의 심연으로 전락되었다.

이 과정을 통하여 조선의 시민계급은 조선의 민족문학 건설에 있어 기여할 수 있는 역량과 시간이 얼마나 적고 짧다는 것을 유감없이 표시하였다.

4

이러한 조선 시민계급의 문학적 단명短命과 더불어 새로이 대두한 프롤레타리아문학은 그것 역시 일본의 직접의 영향과 일본을 통해서 들어온 소련의 간접적 영향을 받은 것은 물론이나, 원칙적으로는 조선에 있어 근대적 노동계급의 발생과 그 계급적 자각의 정신적 표현이었다. 그러므로 조선의 프롤레타리아문학은 조선의 노동자운동의 영향 하에 그리고[7] 그 일익으로서 발생한 것이다.

그런데 3·1봉기를 계기로 전개되었던 민족운동이 1923~4년경 노동자운동의 대두로 말미암아 교체되다시피 퇴조한 것은 문학의 발전 위에서도 중대한 의의가 있다. 왜 그러냐 하면 민족해방운동에 있어 노동자운동의 대두가 민족운동의 혁명성의 상실과 시기를 같이 하였던 것과 마찬가지로 문학의 영역에서 거의 동일한 현상이 나타나 있

---

6 원문에는 '메카다니즘과'로 되어 있으나 오식으로 보이기에 바로잡았다.
7 원문에는 '그러고'로 되어 있으나 오식으로 보이기에 바로잡았다.

기 때문이다.

민족운동의 혁명성의 상실은 말할 것도 없이 조선 민족해방운동에 있어 시민계급의 진보성의 상실이다. 그와 반대로 노동자운동이 민족해방운동 가운데서 영도적領導的 위치에 서게 되었다는 것은 사회주의 사상이 수입된 때문이 아니라 조선의 노동자계급은 시민계급이 탈락한 뒤 민족해방운동 가운데서 불가피적으로 중심적 역할을 놀지 아니할 수 없었기 때문이다.

그러므로 1924~5년대로부터 10년간 프롤레타리아문학이 이론적 창조적으로 문학계의 주류를 이룬 것은 단순히 외래사조나 문학적 유행의 결과도 아니며 조선문학이 이미 역사상에서 민족문학 수립의 과제가 해결되었거나 과거의 일로 화했기 때문도 아니다.

조선의 시민이 힘으로 미약하고 그 진보성이 역사적으로 단명하였다 하더라도 근대적인 민족문학 수립 과제는 의연히 전全 민족 앞에 놓여있는 것이었다.

그럼에도 불구하고 민족문학 수립 운동이 계급문학 운동으로 바뀐 것은[8] 이 시기에 있어 문학적 진보와 민족해방의 정신이 계급문학의 형식으로밖에 표현될 수 없었기 때문이다. 바꿔 말하면 타협화하고 있는 시민에 대한 반대투쟁을 추진하면서 노동자계급은 자기의 반제국주의 투쟁을 계급적 형식으로 전개한 것이다.

그리하여 속칭하는 바와 같이 계급문학과 민족문학의 대립 시대가 출현하였다.

그러나 이 시대가 단순한 양파의 분열 시대로 조선의 민족문학 발전은 정체되었느냐 하면 그렇지 아니했다.

---

8 원문에는 '박퀸것을'로 되어 있으나 문장구조상 오식으로 보이기에 바로잡았다.

양파의 분열과 대립에도 불구하고 조선문학의 발전은 의연히 쉬지 않았고 오히려 조선의 민족문학 수립에 필요한 여러 가지 문제가 이 대립투쟁을 통하여 밝혀졌다.

첫째로 프로문학은 종래의 신문학 위에 몇 가지 중요한 예술적 기여를 했다. 내용에 있어 미약한 진보성과 계몽성을 혁명성과 대중성의 방향으로 발전시켰고, 형식에 있어 리얼리즘을 확립한 것은 큰 공적에 속하는 일이었다. 더욱이 중요한 사실은 프로문학은 협애한 소수자로부터 문학을 민중에게 해방하였다.

둘째로 대립투쟁을 통하여 종래의 민족문학 가운데 있는 반봉건성과 국수주의적 일면이 노정되었다. 이 두 가지 요소는 옳은 의미의 민족문학 수립 과정에 있어 분명히 배제되어야 할 비근대적 요소이었음에 불구하고 초창기 이래 일관해 신문학에 부수되어 오던 요소이다. 이 점은 신문학의 비진보적 측면이며 조선 시민의 경제적 후진성과 정치적 약점의 반영으로 프로문학측의 공격이 주로 여기에 집중되었음은 정당하였다. 더구나 1920년대만한 진보성도 가지지 못한 당대의 시민문학이 프로문학측의 공격을 받아 격렬히 반발하면서 드러낸 측면도 이것이었다.

셋째로 프로문학은 수입된 사조의 모방으로 기인되는[9] 공식주의적 약점을 드러내었다. 종래의 신문학 가운데 들어있는 긍정될 요소와 새로이 대두할 수 있는 예술문학 가운데 들어있는 좋은 의미의 민족성을 부르주아적이라고 하여 부정하는 과오에 빠졌다. 반제국주의적이요 반봉건적인 민족문학 수립의 과제가 역시 장래에 있다는 사실도 그다지 고려되지 아니했고 문학유산의 계승이라든가 예술적 완성

---

9 원문에는 '基困되는'으로 되어 있으나 '基因되는'의 오식으로 보이기에 바로잡았다.

이라든가 하는 문제도 적당히 취급되지 아니했다. 통틀어 민주적인 민족문학의 수립이 부단히 현실적 과제로 살아있고 그것을 수행할 주요한 담당자로서의 역사적 사명에 대한 자각이 부족했음은 반성되지 아니하면 아니 된다.

이러한 문학적 정치적 분열의 과정을 통해서 프로문학은 자체 가운데 내포된 결함을 인식할 수 있을 정도로 예술적 정치적으로 성장해갔고 그와 대립한 진영에서도[10] 초기의 신문학과는 확실히 구별되는 신선한 작가와 시인이 성장하였다.

만일의 프로문학의 정치적 공식주의와 그밖의 문학의 국수적 잔재와 예술지상주의를 청산할 수 있었다면 넓은 의미의 예술적 협동과 높은 의미의 민족문학의 수립이란 과제로 접근할 수 있는 지점에 도달하고 있었다.

그러나 불행히 우리나라의 모든 경향의 문학은 문학에 있어서의 민주주의적 개혁과 진보적인 민족문학의 수립이란 역사적 과제에 대한 충분한 이해와 자각을 가지고 있지 못했다.

5

그러는 사이에 양심있는 조선의 작가와 시인에게 협동을 촉진시킨 정치적 변화가 생기生起하였다. 일본 제국주의는 드디어 세계전쟁의 막을 연 것이다. 우선 1930년에 만주침략을 개시하면서 가장 반일적인 계급운동과 프로문학운동을 공격하고 중국에 대한 일층 대규모의

---

10 원문에는 '진영에서'로 되어 있으나 조사 '도'를 붙이는 것이 적절할 듯하여 첨가하였다.

약침掠侵전쟁을 시작하면서 모든 종류의 진보적 운동과 진보적 문학에 대한 더한층 가혹한 압박에 착수하였다. 실로 이때부터 조선 민족의 희생을 토대로 하여 침략전쟁을 성취시키자는 일본 제국주의의 야망은 노골적으로 조선반도에서 실행되고 민족생활은 미증유의 도탄塗炭 가운데로 들어간 것이다.

조선의 문학은 일제히 공포와 위협과 가속화하는 박해의 와중으로 몰려들어 가면서 대략 다음의 세 가지 지점에서 공동전선을 전개하는 태세를 취하였다.

첫째, 조선어를 지킬 것.

둘째, 예술성을 옹호할 것.

셋째, 합리정신을 주축으로 할 것.

조선어의 수호는 우리나라의 작가가 조선어로 자기의 사상, 감정을 표현할 자유가 위험에 빈瀕하고 있었던 것이 당시의 추세이었을 뿐만 아니라 모어母語의 수호를 통하여 민족문학 유지의 유일한 방편을 삼고 있었기 때문이다.

예술성의 옹호를 통하여 모든 종류의 정치성을 거부할 자세를 갖춘 것은 일견 민족주의를 내용으로 삼던 종래의 민족문학이나 맑시즘을 내용으로 삼던 종래의 프로문학의 본질과 모순하는 것과 같으나 이 시기의 특징은 문학의 비정치성의 주장이 하나의 정치적 의미를 가지고 있었다. 바꿔 말하면. 일본 제국주의의 선전문학이 됨을 거부하는 소극적 수단이었었다.

합리정신의 문제는 주로 평론활동에 국한되었으나 비합리주의로 무장한 파시즘이 동아東亞에서 일어나고 있던 당시 조선문학은 비교적 마찰이 적은 논리적 측면에 이것과 대립한 것이다.

이 기간 동안에 협동 가운데서 조선의 문학자들이 남긴 업적은 결코 적은 것이 아니었고 또 하나 기억할 것은 조선의 문학자들이 신문학 이래 처음으로 공동노선에서 협동했다는 사실이다.

그러나 세계 파시즘의 발광發狂에 끊일 줄 모르는 침략정책은 조선문학의 이러한 상태를 오래 지속치 못하게 하였다.

태평양전쟁은 전영역에서 조선 민족의 생활을 근저로부터 뒤집어 놓았다. 봉건적 지주층과 대부분의 자본가들은 즐기어 일본 제국주의의 주구走狗로 화하고 민중은 사死와 기아의 구렁으로 내몰렸다. 조선 민족의 생과 사의 시기가 드디어 도래하고 만 것이다. 그리하여 문학 위에도 철추가 내려 조선어 사용의 금지, 내용의 일본화에 의해서만 조선인의 문학생활은 가능하게 되었다. 몇 사람의 문학자는 주지와 같이 이 길을 선選하고 그 길만이 조선의 문학이 살 수 있는 것이라고 말하였다.

조선인을 일본 제국주의의 노예를 만드는 운동의 일익으로서의 국민문학, 이것이 태평양전쟁 개시기開始期로부터 작년[11] 8월 15일에 이르는 동안 조선을 지배한[12] 유일의 문학이었다.

그리하여 종래에는 민족적이냐 계급적이냐, 또는 진보적이냐 반동적이냐 하는 방법으로 생각되던 문제가 이 시기에 이르러서는 민족적이냐 비민족적이냐, 혹은 친일적이냐 반일적이냐 하는 형식으로 제기되기에 이른 것이다.

그러므로 친일親日문학은 존재하였고 반일反日문학은 존재할 수 없었던 것이다. 그러나 유감스러운 일은 우리 문학이 용감한 반일문학의 기치를 높이 들고 싸우지 못한 사실이다.

이러는 동안에 일본 제국주의의 운명의 날은 돌아와서 전쟁은 종

---

11 '1945년'을 말한다.
12 원문에는 '文配한'으로 되어 있으나 '支配한'의 오식으로 보이기에 바로잡았다.

식되고 조선 민족은 자동적으로 일본 제국주의의 기반羈絆을 떠났다. 그리하여 먼저도 말한 바와 같이 정치적 문화적으로 독자적 발전과 자유로운 성장의 가능성이 전개되자 문학에 있어서도 문제는 친일적 이냐 반일적이냐 하는 데로부터 다시 한 번 전회轉廻하여 근본적인 지 점으로 돌아오게 되었다. 바꿔 말하면 해방된 조선민족이 건설할 문 학은 어떠한 성질의 문학이어야 하느냐를 자문해야 할 중요 국면에 서게 된 것이다.

계급적인 문학이냐?

민족적인 문학이냐?

우리는 솔직히 문제를 이러한 방식에서 주관적으로 세웠던 사실이 있음을 인정하지 않으면 안 된다. 어떤 사람은 계급문학이어야 한다 고 주장한 것도 사실이요 민족적인 문학이어야 한다고 말한 것도 사 실이다.

그러나 이만치 중대한 문제는 항상 객관적으로 제기되어야 하는 법 이다.

그러면 조선문학사상上의 가장 큰 객관적 사실은 무엇이냐? 하면,

첫째로 일본 제국주의 문화 지배의 잔재가 남아있는 것.

둘째로 봉건문화의 유물이 청산되지 아니한 것.

등등인데 어째서 이러한 유제遺制가 아직도 잔존해 있는가 하면 조선 의 모든 영역에 있어 민주주의적 개혁이 수행되어 있지 않기 때문이 라는 것은 여러 번 말한 바와 같다.

조선문학의 발전과 성장의 가장 큰 장애물이었던 일본 제국주의가 붕괴된 오늘 우리 문학의 이로부터의 발전을 방해하는 이러한 잔재 의 소탕이 이번엔 조선문학의 온갖 발전의 전제 조건이 되는 것이다. 그러므로 이것의 제거 없이는 어떠한 문학도 발생할 수도 없고 성장

할 수도 없는 것이 현실이다. 그러면 이러한 장애물을 제거하는 투쟁을 통하여 건설될 문학은 어떠한 문학이냐 하면 그것은 완전히 근대적인 의미의 민족문학 이외에 있을 수가 없다. 이러한 민족문학이야말로 보다 높은 다른 문학의 생성 발전의 유일한 기초일 수가 있는 것이다.

이것이 우리가 이로부터 건설해 나갈 문학의 과제이며 이 문학적 과제는 또한 이로부터 조선민족이 건설해 나갈 사회와 국가의 당면한 과제와 일치하고 공통하는 과제다.

여기에 문학 건설의 운동이 조선 사회의 근대적 개혁의 운동과 조선의 민주주의적 국가 건설의 사업의 일익이 될 의무와 권리가 있는 것이다.

문학자는 재능과 기술과 그리고[13] 인간으로서 성실과 예술가로서의 양심을 가지고 우리나라의 민주주의적인 민족문학의 건설을 위하여 노력하고 그보다 더 큰 노력과 희생으로써 조국의 민주주의적 국가 건설을 위하여 싸워야 한다.

이상이 나의 생각에 의하면 조선문학 건설의 기본과제에 대한 문학자와 문학가동맹의 임무라고 믿는다. 이 임무의[14] 수행을 위하여 우리 문학자는 개인의 노력을 동맹의 노력으로 집중하고 동맹의 노력을 또 민주주의적 국가 수립에 관한 전국적 사업에 집중하지 아니하면 안 될 것이다.

---

13 원문에는 '그러고'로 되어 있으나 오식으로 보이기에 바로잡았다.
14 원문에는 '任務에'로 되어 있으나 오식으로 보이기에 바로잡았다.

조선 소설에 관한 보고[*]

보고자 안회남(安懷南) 씨의 결석으로 인하여 대행한 연설 요지

조선의 현대소설이 전前 시대의 이야기책으로부터 출발하였다는 것은 주지의 사실이다. 이조 봉건사회 붕괴기에 있어 평민문학을 대표하고[1] 있던 이야기책이 새로 발흥하는 시민적 문학의 건설자들에 의하여 맨 먼저 주목되었다는 것은 당연한 사실이다. 그러나 우리가 말하는 현대소설, 즉 서구적 조건을 구비한 소설양식에 비하여 소박하고 유치할 뿐만 아니라 어느 의미에서는 이질적인 요소를 다분히 포함한 이야기책이 새로운 문학적 표현의 토대가 된 데는 다른 이유가 있다.

여러 가지 경우에 말하는 것이지만 조선 시민계급의 유약성幼弱性, 다시 말하면 새로운 시대의 사회적 문화적 지향을 가졌으면서도 실

• 『건설기의 조선문학』, 조선문학가동맹, 1946.6.
1 원문에는 '代表가고'로 되어 있으나 오식으로 보이기에 바로잡았다.

제에 있어 그것을 건설할 역량이 결여되었기 때문에 그들은 낡은 문학에다 약간의 개량을 가함으로써 새로운 창조에 대신한 것이다. 이것이 이른바 신소설이다. 일언一言으로 말하여 신소설은 낡은 형식, 즉 그 전 이야기책의 형식을 그대로 보유하면서 약간의 새로운 정신을 담은 데 불과한 것이다. 이러한 신소설이 나온 뒤에 종래의 이야기책은 일괄하여 구소설이란 명칭으로 불려지게 되었다.

그러면 신소설과 구소설은 어디에 차이가 있느냐 하면 형식에도 물론 약간의 개량이 가해졌다고는 하지만 기본적인 것은 먼저도 말한 바와 같이 새로운 내용을 담은 데 있다. 새로운 내용이란 그때 말로 하면 개화사상 즉 시민정신이다. 신소설이란 결국 새로운 내용과 낡은 형식의 절충물,[2] 조화되지 아니한 접합체接合體에 불과한 것이다. 그러면 어째서 새로운 내용은 새로운 형식을 창조하지 아니하고 낡은 형식을 이용하느냐 하면 그 원인은 먼저도 말한 바와 같이 일반적으로는 시민정신의 정도가 극히 유치했다는 데 귀착하는데, 특히 이야기책의 형식과 새 정신이 큰 파탄破綻 없이 결합하였는가 하면 그때의 시민정신이란 것이 문명개화라는 데 대한 막연한 요구와 새로운 윤리라는[3] 데 국한되어 있었기 때문이다. 이야기책이야말로 봉건사회 내에 있어 저도低度한 발전 계단이었던 평민의 윤리적[4] 교훈을 낭독체 설화로 표현한 것이기 때문이다.

이야기책이란 먼저도 이야기했지만 현대소설에 비하면 실로 원시적인 형태에 가까운 설화문학이요, 그것도 서구의 설화나 민간의 전승과도 달라 형식과 내용 공히 중국의 영향을 받은 것이어서 생경하

---

2 원문에는 '析衷物'로 되어 있으나 '折衷物'의 오식으로 보이기에 바로잡았다.
3 원문에는 '論理라는'으로 되어 있으나 '倫理라는'의 오식으로 보이기에 바로잡았다.
4 원문에는 '論理的'으로 되어 있으나 오식으로 보이기에 바로잡았다.

기[5] 짝이 없는 것이었다.

이러한 낭독체, 설화형, 교훈담과 현대소설과의 차이는 본질적이어서 그것의 연장이나 발전 위에서 현대소설의 건설은 기대하기 어려운 것이었다. 결국 신구新舊를 막론하고 이야기책은 일체로 양기揚棄되고 현대소설로 비약하지 아니하면 안 되는 것이다.

그리하여 신소설의 창시자요 대표적 작가이었던 이인직을 위시로 한 이해조, 최찬식 등의 작품은 10년도 생명을 유지하지 못하고 과도기의 문학으로서의 운명을 만들 수밖에 없었다.

×　　×　　×

이광수李光洙가 근본에서 이야기책을 양기하고 서구의 소설을 들여다가 조선의 소설문학 건설의 출발점을 삼은 것이다. 이李가 단편에서 자기의 문학적 사업을 시작했다는 것은 이 사실의 웅변雄辯스런 증거다. 단편이란 근본에서부터 서구의 것이요 동양의 것이 아니며, 이야기책의 것이 아니요 소설의 것이다. 거기에는 낭독도, 설화, 교훈도 있을 수 없으며 오직 사람과 사람의 생활이 있을 수밖에 도리가 없는 것이었다.

신소설이 나온 지 5,6년 뒤인 1908,9년경에 시험된 이광수의 소박한 단편소설은 신소설의 역사적 운명의 종언을 고하게 한 것이요, 낭독소설이 전혀 새로운 시기, 즉 본격적인 예술문학의 계단으로 발전했음을 의미하는 것이었다. 분명히 이광수의 단편은 이야기책의 전통적 형식으로부터의 완전한 분리요 예술적인 일대 비약이었다.

---

5 원문에는 '生硬하고'로 되어 있으나 오식으로 보이기에 바로잡았다.

여기에 이르러서 새로운 내용이 있을 뿐 의연히 낡은 형식의 지배 하에 있었던 조선의 근대문학은 새로운 내용에 적합한 새로운 형식의 획득에 성공한 것이다. 이것이 이광수의 단편의 역사적 의의다.

그러나 이 시험이 미처 일반화되기 전에 주지와 같이 조선은 일본 제국주의에 침략되어 민족생활의 일체의 발전은 저지되고 소설의 발전 위에다 근본적인 타격을 여輿하였다. 직접의 정치적 압박은 물론, 일체의 출판활동의 금압禁壓으로 인하여 소설 역시 한 번 획득된 토대를 이용하기 어려웠다. 그리하여 신소설은 다시 일반 독서계에 군림하고 그것은 갈수록 비속화되고 타락되면서 자꾸만 생산되었다.

그러나 일방一方으로 당시의 유일한 신문이었던 『매일신보』를 통하여 현대소설의 새로운 수입이 계속되었으니 그것이 소위 번안소설이다. 이상협李相協·조일제趙一劑 등에 의하여 『불여귀不如歸』라든가 일인日人이 서양 통속소설에서 의역意譯 개작한 『눈물』 등이 이 시대의 대표적인 소설문학이라 할 수 있다. 번안이란 일종 역자가 의역하여 자의로 개조한 것인데 이것은 소설적으로 보면 일종의 통속소설이요 조선소설의 형식 변천사상上에서 보면 신소설과 현대소설의 중간 계단에 속하는 것이라고 볼 수 있다. 어쨌든 이광수의 『무정』이 『매일신보』에 연재될 때까지 조선사람이 서양소설 맛을 본 것도 이 번안소설이요, 현대소설 형태에 접해본 것도 이 번안소설에서이었다.

그러나 『눈물』이나 『불여귀』에서 보는 바와 같이 이 시대의 번안소설은 책 모양, 인쇄 체제로부터 문체에 이르기까지 더 많이 신소설적이었음을 잊지 말아야 할 것이다.

이광수의 『무정』이 나옴으로써 조선소설은 번안소설에서 완전히 구별되었다.

그의 시작試作 단편은 조선의 소설 독자에 의하여 도무지 관심되지 아니했음에 불구하고 장편『무정』은 일반에[6] 크게 주목하는 바 되었음은 흥미있는 사실이다.

　첫째는 이야기책이나 신소설만 읽던 독자에게 짧은 이야기 한 토막을 잘라 놓은 듯한 단편은 소설 같지 아니했고, 둘째로 역시 장편이 그래도 이야기가 있고 사건 발전의 기복起伏 등이 있어 독자가 만족할 수 있었던 것, 셋째로는『무정』자체가 가진 예술적 약점이 소설 감상력이 부족한 당시의 독자의 수준과 우합偶合되었던 것 등이다.

　『무정』의 작자는 현대적 장편소설을 근본적으로는 신소설과 번안소설로부터 구분시키는 데 성공하였으나 부분적으로는 신소설과 번안소설과 결부되어 있었기 때문에 당시의 독자는『무정』을 가리켜 잔소리가 많다고 비난했지만, 현대소설의 견지에서 보면 잔소리, 즉 묘사의 노력이 아주 부족하였고, 또 약간의 교훈성이 인도주의의 명의名義 하에 현저히 드러나 있었던 것이다.

　1919년[7] 3·1봉기가 지나고 근소하나마 조선문학 발전의 새로운 가능성이 허여許與되자 현대소설은 염상섭廉想涉, 김동인金東仁 등의 자연주의를 통하여 본격적 발전의 궤도로 오르게 되었다.

　김동인의 소설에서 이광수의 교훈성의 잔재는 일소되고 염상섭의 소설에 이르러 비로소 사실적인 생활의 묘사 가운데 심리와 성격을 갖춘 진정한 소설이 탄생한 것이다. 염상섭의 제 단편과 약간의 장편은 조선 현대소설 발전사상上의 한 고봉高峰을 이루는 것이다.

　빙허憑虛 현진건玄鎭健 역시 자연주의 조류 가운데 탄생하였으나 벌써 자연주의가 하향기의 비탈길을 걷던 시대에 나온 작가요, 지극히 감상적인 지점에서 출발했던 나도향羅稻香이 프로문학이 발흥하기 비

---

6 원문에는 '一般의'로 되어 있으나 오식으로 보이기에 바로잡았다.
7 원문에는 '一九一八年'으로 되어 있으나 오식이기에 바로잡았다.

롯한[8] 1924~5년대의 과도기에서 창백한 광망光芒과 같은 심리 묘사의 재능을 발휘하고 요절한 것이다.

× × ×

1924~5년대는 사상으로도 시민적 사상과 사회주의적 사상이 교체되던 전환기이지만 문학사적으로 주요한 의미를 갖는 시기였다.

프로문학은 민족해방운동사상上에 있어 시민계급의 영도적 역할의 상실과 노동자계급의 정치적 성장 급及 진출을 토대로 한 사회주의 사상을 기초로 하여 출발되었지만 문학적으로는 자연주의문학의 성과 없이는 새로운 발전이 약속될 수 없었다.

그러나 자연주의문학을 토대로 성장한 작가는 단지 프로문학, 즉 당시의 신경향파 작가들만은 아니었다.

이태준李泰俊·채만식蔡萬植·최서해崔曙海·이기영李箕永·한설야韓雪野·송영宋影 등 최근 15년간 우리 문학의 중심이 되어온 작가들이 모두 자연주의 소설이 달성해 놓은 수준을 토대로 출발했고 성장한 것이다.

그리하여 대체로[9] 두 가지의 큰 계열로 발전한 것인데, 첫째는 이태준을 기점으로 한 민족주의적, 혹은 순문학적인 방향과, 둘째는 최서해·이기영으로 사회주의적, 혹은 계급문학적인 방향으로 분기分岐되어 왔다. 여기에 관하여서는 일반보고 가운데 언급하였으므로 중복을 피하거니와 소설적인 특징을 2,3 지적하면 다음과[10] 같다.

첫째, 이태준을 중심으로 하여 채만식·박태원·안회남 등에서 볼

---

8 원문에는 '버릇한'으로 되어 있으나 오식으로 보이기에 바로잡았다.
9 원문에는 '大體'로 되어 있으나 문맥의 흐름을 고려하여 글자를 채워 넣었다.
10 원문에는 '다음과'로 되어 있으나 오식으로 보이기에 바로잡았다.

수 있는 특성은 우선,[11] 자연주의의 전통을 그대로 계승하여 주로 소시민의 생활 감정의 묘사에 치중했고, 주로 소설의 예술적 측면의 완성에 주요한 노력이 경주되었다.

둘째, 이기영·최서해·한설야를 중심으로 하여 송영·조명희趙明熙·김남천金南天 등에 이르러서는 우선[12] 자연주의문학의 한계를 탈출하여 농민이나 노동자 혹은 재외 동포 등 민중의 생활 감정을 표현하였고, 소설의 예술적 측면보다는 사상적 방향을 중시하여 온 것이 사실이다.

이리하여 초기에서는 민족적 문학과 계급적 문학의 형태로 대립되던 이 두 조류는 각각 독자의 길에서 예술적 사상적 성장과 완성을 향하여 전진하면서 1930년대 이후로는 순문학과 계급문학의 형태로 관계하게 되자 소설계에는 또 하나 다른 요소가 부가되었다.

그것은 당시 중간파 혹은 동반자 문학이라고 지칭되던 일단一團[13]의 작가들이다. 예하면 이무영李無影·유진오兪鎭午·이효석李孝石 등인데 이 사람들은 계급문학에 가깝기도 하고 때로는 순문학에 가깝기도 한 독자獨自의 경지境地에 있었다. 이렇게 작가가 양적으로도 증가되고 질로도 다양화되면서 소설은 예술적 사상적으로 장족의 발전을 수遂하게 되었다.

× × ×

이러한 조건 가운데서 1932년에 일본의 만주침략이 개시開始되면

---

11 원문에는 '干先'으로 되어 있으나 '于先'의 오식으로 보이기에 바로잡았다.
12 원문에는 '干爲'로 되어 있으나 앞 문장과의 연결을 고려하여 고쳐 썼다.
13 원문에는 '一國'으로 되어 있으나 오식으로 보이기에 바로잡았다.

서 조선에 대한 새로운 압박이 가해지기 시작했다.

그 압박의 예봉銳鋒은 말할 것도 없이 반일운동의 주동세력이었던 공산주의운동에 대한 맹렬한 공격으로 집중되고, 이와 동시에 문화적으로 프롤레타리아문학에 대한 노골적인 박해로 표현되었다.

프롤레타리아문학 단체와 그 성원에 대한 정치적 박해는 자연히 그 문학운동의 전면적 퇴조를 결과하게 되었다. 이 제국주의적 압박이 프롤레타리아문학 진영 내 일부의 정치적 동요를 일으키었음도 역시 부정키 난難한 사실이나, 그러나 이 박해의 와중에서 프롤레타리아문학은 과거의 공식주의, 정치중심주의 내지는 예술성의 무시 경향에 대한 자기비판의 사업을 전개하였다. 소련 문학운동의 방향 전환과 사회주의적 사실주의 이론의 수입을 통하여 자기의 정치적 동요를 변호하려는 일부 경향과 싸우면서 조선의 프롤레타리아문학은 비교적 성과있게 수난의 과정을 자기비판과 재출발의 새로운 계기를 만들려고 노력한 것은 사실이다.

그러나 계속하여 확대되는 일본의 중국 침략전쟁의 진전은 조선에 대한 압박을 가중하고, 이 결과로 문학에 대한 정치적 압박은 미증유의 중압이 되면서 있었다.

프로문학의 재건은 물론, 민족적 경향에 대하여서까지 압박의 촉수觸手는 확장되고 조선어 자체에까지 진동震動은 파급할 우려가 발생하기 시작하였다.

때마침 서구에서는 독일 파시즘이 횡행하여 민주주의와 문화 일반의 위기가 절규되었으며 전쟁의 위험은 각각으로 증대하고 있었다.

주지와 같이 서구에서는 전쟁과 파시즘의 위험을 앞두고 문화의 옹호와 휴머니즘의 고양의 소리가 높게 되고, 조선에 있어서는 종래의 민족적 문학, 계급문학 혹은 순문학의 차이는 점차로 의미가 없이 되고 조선문학에 대한 일본 제국주의의 전면 공격을 앞둔 어떤 종류의 통일전선에의 구심적 동향이 움직이게 되었다.

휴머니즘 논의를 거쳐 지성론의 계단에 이르는 동안 이 경향은 점차로 증대하고 있었으나, 그래도 문학계에는 적지않이 종래의 민족적 경향과 순문학의 한 그룹, 또 과거의 프로문학을 중심으로 한 휴머니즘 지성론자의 한 그룹이 혹종或種의 간격과 차이를 가지고 있었으나, 일본의 대미선전을 신호로 한 일본적 문학운동의 전개를 계기로 문학계는 친일계와 비친일계로 양분되고 말았다. 도도히 흘러 들어오고 강력하게[14] 내려누르는 정치적 압력을 피하기 위하여 우리 문학은 예술성의 옹호를 구호로 일치 결속하게 되었다. 조선어의 수호와 예술성의 고지固持로써 문학에 대한 일본 제국주의자의 요구를 거부하는 구실을 삼은 것이다.

이 황당한 고난의 와중에서 소설은 유표有標한 주제를 피하여 시정市井의 묘사로, 세태의 표현으로 혹은 연대기적인 기술로 방황하면서 리얼리즘의 길을 닦고 있었다.

소설이 주제를 피하고 있었다는 사실로 이 시대의 문학의 고민과 작가의 고충을 추측할 수 있거니와, 동시에 우리가 통감한 것은 주제의 회피가 주인공의 결여를 초래한다는 중대한 결함의 발견이었다. 조선문학과 같이[15] 성장기의 문학 또는 조선 민족과 같이 수난受難하는 민족의 문학이 자기의 주인공을 갖지 못한다는 것은 비통한 사실이 아닐 수 없다. 당시의 용어에 의하면 소설에 그려지는 환경과 주인공의 괴리, 혹은 묘사와[16] 표현의 분리는 작가들로 하여금 이 두 가지의

---

14 원문에는 '强力하고'로 되어 있으나 오식으로 보이기에 바로잡았다.
15 원문에는 '같지'로 되어 있으나 오식으로 보이기에 바로잡았다.
16 원문에는 '描寫의'로 되어 있으나 문맥상 오식으로 보이기에 바로잡았다.

새로운 통일에 대한 열렬한 원망願望을 자아내지 아니할 수 없었다.

무엇이 이 통일을 실현하느냐? 그것은 물론 문학 자체로서는 불가능하다는 사실은 체험한 일이요 동시에 명약관화明若觀火의 일이었다. 결국 새로운 현실의 전개만이 이것의 가능성을 창조해 낼 것이다. 우리는[17] 전쟁 중에 늘 이것을 생각했고 기다렸다.

8월 15일은 드디어 우리에게 새 현실, 우리 문학의 유사有史 이래의 위대한 새 시대를 열어 놓았다.

주인공과 환경이, 그려지는 사실과 표表할[18] 정신이 통일될 가능성을 제시한 것이다. 우리의 문학, 오랫동안 수난受難하고 방황하던 우리의 소설의 무한한 발전을 약속하는 새 시대가 도래한 것이다.

이 시대는 우리 민족의 해방과 우리나라의 민주주의적 개혁, 민주주의적 건설의 길에서 동터오고 있는 것이다. 우리 자신이 그것을[19] 위한 사업에 몸소 참가하고 그 사업 가운데 새로 생탄生誕하고 성장하는 인간들과 새로 전개되는 현실을 옳게 보고 인식함으로써 우리의 소설문학은 또한 자기 자신의 새로운 시대를 맞이할 것이다.

---

17 원문에는 '우리'로만 되어 있으나 문장상 주격 조사가 누락된 것으로 보여 채워 넣었다.
18 원문의 '表할'보다는 '표현(表現)할'이 더 적당한 듯하나 의미가 통하기에 그대로 두었다.
19 원문에는 '우리自身이 이 그것을'로 되어 있으나 불필요한 글자가 들어있는 것으로 판단하여 바로잡았다.